ŒUVRES COMPLÈTES

DE

VOLTAIRE

10

CONTES EN VERS. — SATIRES. — ÉPITRES
POÉSIES MÊLÉES

PARIS. — IMPRIMERIE A. QUANTIN ET Cie

ANCIENNE MAISON J. CLAYE

RUE SAINT-BENOIT

ŒUVRES COMPLÈTES

DE

VOLTAIRE

NOUVELLE ÉDITION

AVEC

NOTICES, PRÉFACES, VARIANTES, TABLE ANALYTIQUE

LES NOTES DE TOUS LES COMMENTATEURS ET DES NOTES NOUVELLES

Conforme pour le texte à l'édition de BEUCHOT

ENRICHIE DES DÉCOUVERTES LES PLUS RÉCENTES

ET MISE AU COURANT

DES TRAVAUX QUI ONT PARU JUSQU'A CE JOUR

PRÉCÉDÉE DE LA

VIE DE VOLTAIRE

PAR CONDORCET

ET D'AUTRES ÉTUDES BIOGRAPHIQUES

Ornée d'un portrait en pied d'après la statue du foyer de la Comédie-Française

---

CONTES EN VERS. — SATIRES. — ÉPITRES

POÉSIES MÊÉLES

PARIS

GARNIER FRÈRES, LIBRAIRES-ÉDITEURS

6, RUE DES SAINTS-PÈRES 6

1877

CONTES

DE

GUILLAUME VADÉ

PRÉFACE

DE CATHERINE VADÉ

POUR LES CONTES DE GUILLAUME VADÉ [1].

(1738 [2])

Je pleure encore la mort de mon cousin Guillaume Vadé [3], qui décéda, comme le sait *tout l'univers*, il y a quelques années : il était attaqué de la petite vérole. Je le gardais, et lui disais en pleurant : « Ah! mon cousin, voilà ce que c'est que de ne pas vous être fait inoculer! Il en a coûté la vie à votre frère Antoine [4], qui était, comme vous, une des lumières du siècle. — Que voulez-vous que je vous dise? me répondit Guillaume; j'attendais la permission de la Sorbonne, et je vois bien qu'il faut que je meure pour avoir été trop scrupuleux. — L'État va faire une furieuse perte, lui répondis-je. — Ah! s'écria Guillaume, Alexandre et

---

1. Sous le nom de *Contes de Guillaume Vadé,* Voltaire donna, en 1764, un volume in-8°, dans lequel on trouvait les sept premiers contes qui suivent : *Ce qui plaît aux dames,* l'*Éducation d'un prince,* l'*Éducation d'une fille, les Trois Maniè-res, Thélème et Macare, Azolan,* et *l'Origine des métiers,* et qu'il avait fait précéder de la préface sous le nom de Catherine Vadé.

Peu après parut une brochure de 24 pages, intitulée *le Bijou trop peu payé, et la Brunette anglaise, nouvelles en vers pour servir de supplément aux OEuvres posthumes de Guillaume Vadé;* à Genève, chez les frères Cramer, 1764, in-8°. Le dernier de ces contes a été réimprimé sous le nom de Voltaire à la page 1 de l'*Almanach des Muses* de 1774. Mais ce conte est de Cazotte.

Le succès des *Contes de Guillaume Vadé* suggéra au libraire Duchesne l'idée de publier les *Contes de Jean-Joseph Va lé pour servir de tome second à ceux de Guillaume Vadé,* MCCLXV (au lieu de MDCCLXV), in-8°. Ce volume n'est autre que le quatrième tome des *OEuvres de Vadé.* Il n'y eut point réimpression : le libraire fit les frais d'un frontispice et d'un *Avis de l'Éditeur.* (B.)

2. C'est ce millésime qui se trouve dans l'édition originale. Nous croyons que c'est une faute typographique, et qu'il faut lire : 1758, date de la mort de Vadé. (G. A.

3. Vadé, auteur de poésies poissardes et de quelques pièces pour les théâtres de la Foire, mort le 4 juillet 1757, s'appelait Jean-Joseph; il était né en 1720.

4. Antoine Vadé est, comme Guillaume Vadé, un personnage imaginaire.

frère Berthier [1] sont morts ; Sémiramis et la Fillon, Sophocle et
Danchet, sont en poussière [2]. — Oui, mon cher cousin ; mais
leurs grands noms demeurent à jamais : ne voulez-vous pas revivre dans la plus noble partie de vous-même? Ne m'accordez-vous
pas la permission de donner au public, pour le consoler, les
contes à dormir debout dont vous nous régalâtes l'année passée?
Ils faisaient les délices de notre famille ; et Jérôme Carré, votre
cousin issu de germain, faisait presque autant de cas de vos
ouvrages que des siens : ils plairont sans doute à *tout l'univers,*
c'est-à-dire à une trentaine de lecteurs qui n'auront rien à faire. »

Guillaume n'avait pas de si hautes prétentions ; il me dit avec
une humilité convenable à un auteur, mais bien rare : « Ah! ma
cousine, pensez-vous que dans les quatre-vingt-dix mille brochures imprimées à Paris depuis dix ans mes opuscules puissent
trouver place, et que je puisse surnager sur le fleuve de l'Oubli,
qui engloutit tous les jours tant de belles choses ?

— Quand vous ne vivriez que quinze jours après votre mort,
lui dis-je, ce serait toujours beaucoup ; il y a très-peu de personnes qui jouissent de cet avantage. Le destin de la plupart des
hommes est de vivre ignorés ; et ceux qui ont fait le plus de bruit
sont quelquefois oubliés le lendemain de leur mort. Vous serez
distingué de la foule ; et peut-être même le nom de Guillaume
Vadé, ayant l'honneur d'être imprimé dans un ou deux journaux,
pourra passer à la dernière postérité. Sous quel titre voulez-vous
que j'imprime vos *Opuscules?* — Ma cousine, me dit-il, je crois
que le nom de *Fadaises* est le plus convenable ; la plupart des
choses qu'on fait, qu'on dit, et qu'on imprime, méritent assez ce
titre. »

J'admirai la modestie de mon cousin, et j'en fus extrêmement
attendrie. Jérôme Carré arriva alors dans la chambre. Guillaume
fit son testament, par lequel il me laissait maîtresse absolue de
ses manuscrits. Jérôme et moi lui demandâmes où il voulait être
enterré ; et voici la réponse de Guillaume, qui ne sortira jamais
de ma mémoire :

« Je sens bien que, n'ayant été élevé dans ce monde à aucune
des dignités qui nourrissent les grands sentiments, et qui élèvent

---

1. Le P. Berthier n'est mort qu'en 1782 ; mais Voltaire avait publié, en 1759,
une *Relation de la maladie, de la confession, de la mort, et de l'apparition du
jésuite Berthier.* (B.)

2. Voyez tome Ier du *Théâtre,* page 288, *Fête de Bélébat,* un passage analogue
dans l'exhortation faite au curé de Courdimanche.

l'homme au-dessus de lui-même ; n'ayant été ni conseiller du
roi, ni échevin, ni marguillier, on me traitera après ma mo
avec très-peu de cérémonie. On me jettera dans les charni₊
Saint-Innocent, et on ne mettra sur ma fosse qu'une croix de
bois qui aura déjà servi à d'autres ; mais j'ai toujours aimé si tendrement ma patrie, que j'ai beaucoup de répugnance à être
enterré dans un cimetière. Il est certain qu'étant mort de la
maladie qui m'attaque, je puerai horriblement. Cette corruption
de tant de corps qu'on ensevelit à Paris dans les églises, ou auprès
des églises, infecte nécessairement l'air ; et, comme dit très à
propos le jeune Ptolémée, en délibérant s'il recevra Pompée chez
lui :

> . . . . Ces troncs pou·ris exhalent dans les vents
> De quoi faire la guerre au reste des vivants[1].

« Cette ridicule et odieuse coutume de paver les églises de
morts cause dans Paris tous les ans des maladies épidémiques,
et il n'y a point de défunt qui ne contribue plus ou moins à
empester sa patrie. Les Grecs et les Romains étaient bien plus
sages que nous : leur sépulture était hors des villes ; et il y a
même aujourd'hui plusieurs pays en Europe où cette salutaire
coutume est établie. Quel plaisir ne serait-ce pas pour un bon
citoyen d'aller engraisser, par exemple, la stérile plaine des
Sablons, et de contribuer à faire naître des moissons abondantes !
Les générations deviendraient utiles les unes aux autres par ce
prudent établissement ; les villes seraient plus saines, les terres
plus fécondes. En vérité, je ne puis m'empêcher de dire qu'on
manque de police pour les vivants et pour les morts[2]. »

Guillaume parla longtemps sur ce ton. Il avait de grandes
vues pour le bien public, et il mourut en parlant, ce qui est une
preuve évidente de génie.

Dès qu'il fut passé, je résolus de lui faire des obsèques magnifiques, dignes du grand nom qu'il avait acquis dans le monde.
Je courus chez les plus fameux libraires de Paris ; je leur pro-
posai d'acheter les œuvres posthumes de mon cousin Guillaume ;
j'y joignis même quelques belles dissertations de son frère
Antoine, et quelques morceaux de son cousin issu de germain
Jérôme Carré. J'obtins trois louis d'or comptant, somme que
jamais Guillaume n'avait possédée dans aucun temps de sa vie.

---

1. Corneille, *Pompée*, acte Ier, scène Ire.
2. Voltaire n'a cessé de demander le déplacement des cimetières. (G. A.)

Je fis imprimer des billets d'enterrement ; je priai tous les beaux esprits de Paris d'honorer de leur présence le service que je commandai pour le repos de l'âme de Guillaume ; aucun ne vint. Je ne pus assister au convoi, et Guillaume fut inhumé sans que personne en sût rien. C'est ainsi qu'il avait vécu ; car encore qu'il eût enrichi la Foire de plusieurs opéras-comiques qui firent l'admiration de tout Paris, on jouissait des fruits de son génie, et on négligeait l'auteur. C'est ainsi (comme dit le divin Platon [1]) qu'on suce l'orange, et qu'on jette l'écorce ; qu'on cueille les fruits de l'arbre, et qu'on l'abat ensuite. J'ai toujours été frappée de cette ingratitude.

Quelque temps après le décès de Guillaume Vadé, nous perdîmes notre bon parent et ami Jérôme Carré, si connu en son temps par la comédie de *l'Écossaise*, qu'il disait avoir traduite pour l'avancement de la littérature honnête. Je crois qu'il est de mon devoir d'instruire le public de la détresse où se trouvait Jérôme dans les derniers jours de sa vie. Voici comme il s'en ouvrit en ma présence à frère Giroflée [2], son confesseur :

« Vous savez, dit-il, qu'à mon baptême on me donna pour patrons saint Jérôme, saint Thomas, et saint Raimond de Pennafort, et que, quand j'eus le bonheur de recevoir la confirmation, on ajouta à mes trois patrons saint Ignace de Loyola, saint François-Xavier, saint François de Borgia, et saint Régis, tous jésuites ; de sorte que je m'appelle Jérôme-Thomas-Raimond-Ignace-Xavier-François-Régis Carré. J'ai cru longtemps qu'avec tant de noms je ne pouvais manquer de rien sur terre. Ah ! frère Giroflée, que je me suis trompé ! Il faut qu'il en soit des patrons comme des valets : plus on en a, plus on est mal servi. Mais voyez, s'il vous plaît, quelle est ma *déconvenue* (car ce terme est très-bon, quoi qu'en dise un polisson. Montaigne, Marot, et plusieurs auteurs très-facétieux, en font souvent usage ; il est même dans le *Dictionnaire de l'Académie*). Voici donc mon aventure :

« On chasse les révérends pères jésuistes ou jésuites, pour ce que leur institut est pernicieux, contraire à tous les droits des rois et de la société humaine, etc., etc. Or Ignace de Loyola ayant créé cet institut appelé *Régime*, après s'être fait fesser au collége de Sainte-Barbe, Xavier, François Borgia, Régis, ayant vécu dans ce régime, il est clair qu'ils sont tous également repré-

---

1. Le divin Platon est ici pour le roi de Prusse ; voyez la lettre à Mme Denis, du 2 septembre 1751.

2. C'est le nom du moine théatin qui figure dans *Candide*.

hensibles, et que voilà quatre saints qu'il faut nécessairement
que je donne à tous les diables.

« Cela m'a fait naître quelques scrupules sur saint Thomas et
saint Raimond de Pennafort. J'ai lu leurs ouvrages, et j'ai été confondu quand j'ai vu dans Thomas et dans Raimond à peu près les
mêmes paroles que dans Busembaum[1]. Je me suis défait aussitôt
de ces deux patrons, et j'ai brûlé leurs livres.

« Je me suis vu ainsi réduit au seul nom de Jérôme; mais ce
Jérôme, le seul patron qui me restait, ne m'a pas été plus utile
que les autres. Est-ce que Jérôme n'aurait pas de crédit en
paradis? J'ai consulté sur cette affaire un très-savant homme : il
m'a dit que Jérôme était le plus colère de tous les hommes; qu'il
avait dit de grosses injures au saint évêque de Jérusalem, Jean,
et au saint prêtre Rufin; que même il appela celui-ci *hydre* et
scorpion, et qu'il l'insulta après sa mort : il m'a montré les passages. Je me vois obligé de renoncer enfin à Jérôme, et de m'appeler Carré tout court; ce qui est bien désagréable. »

C'est ainsi que Carré déposait sa douleur dans le sein de frère
Giroflée, lequel lui répondit : « Vous ne manquerez pas de saints,
mon cher enfant : prenez saint François d'Assise. — Non, dit
Carré; sa femme de neige[2] me donnerait quelquefois des envies
de rire, et ceci est une affaire sérieuse. — Hé bien, prenez saint
Dominique. — Non, il est auteur de l'Inquisition. — Voulez-vous
de saint Bernard? — Il a trop persécuté ce pauvre Abélard, qui
avait plus d'esprit que lui, et il se mêlait de trop d'affaires :
donnez-moi un patron qui ait été si humble que personne n'en
ait jamais entendu parler; voilà mon saint. »

Frère Giroflée lui remontra l'impossibilité d'être canonisé et
ignoré. Il lui donna la liste de plusieurs autres patrons que notre
ami ne connaissait pas; ce qui revenait au même : mais à chaque
saint qu'il proposait, il demandait quelque chose pour son couvent; car il savait que Jérôme Carré avait de l'argent. Jérôme
Carré lui fit alors ce conte, qui m'a paru curieux :

« Il y avait autrefois un roi d'Espagne qui avait promis de dis-
tribuer des aumônes considérables à tous les habitants d'auprès
de Burgos qui avaient été ruinés par la guerre. Ils vinrent aux

<hr>

1. Voyez dans l'*Essai sur les mœurs* une des notes du chapitre CLXXIV.

2. Saint Bonaventure, chapitre v, page 61 de la *Vie de saint François d'Assise*,
qui fait partie du second volume d'octobre des Bollandistes, publié en 1768, parle
d'une femme de neige qui apparut à saint François pendant qu'il se flagellait pour
vaincre la concupiscence. (B.)

portes du palais; mais les huissiers ne voulurent les laisser entrer qu'à condition qu'ils partageraient avec eux. Le bonhomme Cardero se présenta le premier au monarque, se jeta à ses pieds, et lui dit : « Grand roi, je supplie Votre Altesse royale de faire « donner à chacun de nous cent coups d'étrivières. — Voilà une « plaisante demande, dit le roi; pourquoi me faites-vous cette « prière? — C'est, dit Cardero, que vos gens veulent absolument « avoir la moitié de ce que vous nous donnerez. » Le roi rit beaucoup, et fit un présent considérable à Cardero. De là vint le proverbe qu'*il vaut mieux avoir affaire à Dieu qu'à ses saints.* »

C'est avec ces sentiments que passa de cette vie à l'autre mon cher Jérôme Carré, dont je joins ici quelques opuscules[1] à ceux de Guillaume; et je me flatte que messieurs les Parisiens, pour qui Vadé et Carré ont toujours travaillé, me pardonneront ma préface.

Catherine VADÉ.

1. Dans le volume publié en 1764, sous le titre de *Contes de Guillaume Vadé*, on trouve d'autres opuscules, soit en vers, soit en prose; parmi ces derniers en est un intitulé *du Théâtre anglais, par Jérôme Carré,* qui, sauf quelques corrections et transpositions, n'est autre que l'*Appel à toutes les nations de l'Europe des jugements d'un écrivain anglais.* (B.)

CE QUI PLAIT AUX DAMES [1]

Or maintenant que le beau dieu du jour
Des Africains va brûlant la contrée,
Qu'un cercle étroit chez nous borne son tour,
Et que l'hiver allonge la soirée ;
Après souper, pour vous désennuyer,
Mes chers amis, écoutez une histoire
Touchant un pauvre et noble chevalier,
Dont l'aventure est digne de mémoire.
Son nom était messire Jean Robert,
Lequel vivait sous le roi Dagobert.

    Il voyagea devers Rome la sainte,
Qui surpassait la Rome des Césars ;
Il rapportait de son auguste enceinte,
Non des lauriers cueillis aux champs de Mars,
Mais des agnus avec des indulgences,
Et des pardons, et de belles dispenses.

1. Ce conte fut imprimé séparément en vingt-deux pages in-8°, avec la date de
1764 ; mais il circulait dans le dernier mois de l'année précédente (voyez la lettre
à Damilaville, du 7 décembre 1763). Les *Mémoires secrets* en parlent au 12 décembre 1763. Collé, dans son *Journal* (tome Ier, page 212), dit que cet ouvrage n'est
qu'un *mauvais conte*. C'est une preuve de plus que la haine est aveugle. Collé est
resté seul de son avis. Dans sa lettre à Damilaville, du 19 décembre 1763, Voltaire
dit ce conte imité d'un vieux roman. Il ajoute que le même sujet a été traité par
Dryden. Le conte de cet auteur anglais est intitulé *the Wife of Bath*, et est une
imitation en vers du conte de Chaucer ayant le même titre, et pris lui-même dans
un ancien ouvrage.

    Favart a composé *la Fée Urgèle, ou Ce qui plait aux dames, comédie en quatre
actes, mêlée d'ariettes, représentée par les comédiens italiens, à Fontainebleau, le
26 octobre 1765, et à Paris le 4 décembre suivant*. Cette pièce de Favart, restée
longtemps au répertoire, a été, en 1821, réduite en un acte pour le théâtre du
Gymnase dramatique, qui ne pouvait alors donner de pièces en ayant davantage. (B.

Mon chevalier en était tout chargé ;
D'argent, fort peu ; car dans ces temps de crise
Tout paladin fut très-mal partagé :
L'argent n'allait qu'aux mains des gens d'église.
　Sire Robert possédait pour tout bien
Sa vieille armure, un cheval, et son chien ;
Mais il avait reçu pour apanage
Les dons brillants de la fleur du bel âge,
Force d'Hercule, et grâce d'Adonis[1],
Dons fortunés qu'on prise en tout pays.
　Comme il était assez près de Lutèce,
Au coin d'un bois qui borde Charenton,
Il aperçut la fringante Marthon,
Dont un ruban nouait la blonde tresse ;
Sa taille est leste, et son petit jupon
Laisse entrevoir sa jambe blanche et fine.
Robert avance, et lui trouve une mine
Qui tenterait les saints du paradis.
Un beau bouquet de roses et de lis
Est au milieu de deux pommes d'albâtre,
Qu'on ne voit point sans en être idolâtre ;
Et de son teint la fleur et l'incarnat
De son bouquet auraient terni l'éclat.
Pour dire tout, cette jeune merveille
A son giron portait une corbeille,
Et s'en allait, avec tous ses attraits,
Vendre au marché du beurre et des œufs frais.
Sire Robert, ému de convoitise,
Descend d'un saut, l'accole avec franchise :
« J'ai vingt écus, dit-il, dans ma valise ;
C'est tout mon bien, prenez encor mon cœur :
Tout est à vous. — C'est pour moi trop d'honneur,
Lui dit Marthon. » Robert presse la belle,
La fait tomber, et tombe aussitôt qu'elle,
Et la renverse, et casse tous ses œufs.
Comme il cassait, son cheval ombrageux,
Épouvanté de la fière bataille,
Au loin s'écarte, et fuit dans la broussaille.

1. Dans *la Pucelle*, chant X, vers 399 et 400, on lit :

> Qui d'un Hercule eut la force en partage,
> Et d'Adonis le gracieux visage.

De Saint-Denis un moine survenant
Monte dessus, et trotte à son couvent.
   Enfin Marthon, rajustant sa coiffure,
Dit à Robert : « Où sont mes vingt écus? »
Le chevalier, tout pantois et confus,
Cherchant en vain sa bourse et sa monture,
Veut s'excuser : nulle excuse ne sert ;
Marthon ne peut digérer son injure,
Et va porter sa plainte à Dagobert.
« Un chevalier, dit-elle, m'a pillée,
Et violée, et surtout point payée. »
Le sage prince à Marthon répondit :
« C'est de viol que je vois qu'il s'agit.
Allez plaider devant ma femme Berthe ;
En tel procès la reine est très-experte :
Bénignement elle vous recevra,
Et sans délai justice se fera. »
Marthon s'incline, et va droit à la reine.
Berthe était douce, affable, accorte, humaine ;
Mais elle avait de la sévérité
Sur le grand point de la pudicité.
Elle assembla son conseil de dévotes.
Le chevalier, sans éperons, sans bottes,
La tête nue, et le regard baissé,
Leur avoua ce qui s'était passé ;
Que vers Charonne il fut tenté du diable,
Qu'il succomba, qu'il se sentait coupable,
Qu'il en avait un très-pieux remord ;
Puis il reçut sa sentence de mort.
   Robert était si beau, si plein de charmes,
Si bien tourné, si frais, et si vermeil,
Qu'en le jugeant la reine et son conseil
Lorgnaient Robert, et répandaient des larmes.
Marthon de loin dans un coin soupira ;
Dans tous les cœurs la pitié trouva place.
Berthe au conseil alors remémora
Qu'au chevalier on pouvait faire grâce,
Et qu'il vivrait pour peu qu'il eût d'esprit :
« Car vous savez que notre loi prescrit
De pardonner à qui pourra nous dire
Ce que la femme en tous les temps désire ;
Bien entendu qu'il explique le cas

Très-nettement, et ne nous fâche pas. »
   La chose, étant au conseil exposée,
Fut à Robert aussitôt proposée.
La bonne Berthe, afin de le sauver,
Lui concéda huit jours pour y rêver ;
Il fit serment aux genoux de la reine
De comparaître au bout de la huitaine,
Remercia du décret lénitif,
Prit congé d'elle, et partit tout pensif.
   « Comment nommer, disait-il en lui-même,
Très-nettement ce que toute femme aime,
Sans la fâcher? La reine et son sénat
Ont aggravé mon trop piteux état.
J'aimerais mieux, puisqu'il faut que je meure,
Que, sans délai, l'on m'eût pendu sur l'heure. »
   Dans son chemin dès que Robert trouvait
Ou femme, ou fille, il priait la passante
De lui conter ce que plus elle aimait.
Toutes faisaient réponse différente,
Toutes mentaient, nulle n'allait au fait.
Sire Robert au diable se donnait.
   Déjà sept fois l'astre qui nous éclaire
Avait doré les bords de l'hémisphère,
Quand sur un pré, sous des ombrages frais,
Il vit de loin vingt beautés ravissantes
Dansant en rond ; leurs robes voltigeantes
Étaient à peine un voile à leurs attraits.
Le doux Zéphire, en se jouant auprès,
Laissait flotter leurs tresses ondoyantes ;
Sur l'herbe tendre elles formaient leurs pas,
Rasant la terre, et ne la touchant pas.
Robert approche, et du moins il espère
Les consulter sur la maudite affaire.
En un moment tout disparaît, tout fuit.
   Le jour baissait, à peine il était nuit ;
Il ne vit plus qu'une vieille édentée,
Au teint de suie, à la taille écourtée,
Pliée en deux, s'appuyant d'un bâton ;
Son nez pointu touche à son court menton,
D'un rouge brun sa paupière est bordée ;
Quelques crins blancs couvrent son noir chignon ;
Un vieux tapis, qui lui sert de jupon,

Tombe à moitié sur sa cuisse ridée :
Elle fit peur au brave chevalier.
  Elle l'accoste ; et, d'un ton familier,
Lui dit : « Mon fils, je vois à votre mine
Que vous avez un chagrin qui vous mine ;
Apprenez-moi vos tribulations :
Nous souffrons tous ; mais parler nous soulage ;
Il est encor des consolations.
J'ai beaucoup vu : le sens vient avec l'âge.
Aux malheureux quelquefois mes avis
Ont fait du bien quand on les a suivis. »
  Le chevalier lui dit : « Hélas ! ma bonne,
Je vais cherchant des conseils, mais en vain.
Mon heure arrive, et je dois en personne,
Sans plus attendre, être pendu demain,
Si je ne dis à la reine, à ses femmes,
Sans les fâcher, ce qui plaît tant aux dames. »
  La vieille alors lui dit : « Ne craignez rien,
Puisque vers moi le bon Dieu vous envoie ;
Croyez, mon fils, que c'est pour votre bien.
Devers la cour cheminez avec joie :
Allons ensemble, et je vous apprendrai
Ce grand secret de vous tant désiré.
Mais jurez-moi qu'en me devant la vie,
Vous serez juste, et que de vous j'aurai
Ce qui me plaît et qui fait mon envie :
L'ingratitude est un crime odieux.
Faites serment, jurez par mes beaux yeux
Que vous ferez tout ce que je désire. »
Le bon Robert le jura, non sans rire.
  « Ne riez point, rien n'est plus sérieux »,
Reprit la vieille ; et les voilà tous deux
Qui, côte à côte, arrivent en présence
De reine Berthe et de la cour de France.
Incontinent le conseil assemblé,
La reine assise, et Robert appelé :
« Je sais, dit-il, votre secret, mesdames.
Ce qui vous plaît en tous lieux, en tous temps,
Ce qui surtout l'emporte dans vos âmes,
N'est pas toujours d'avoir beaucoup d'amants ;
Mais fille, ou femme, ou veuve, ou laide, ou belle,
Ou pauvre, ou riche, ou galante, ou cruelle,

La nuit, le jour, veut être, à mon avis,
Tant qu'elle peut, la maîtresse au logis.
Il faut toujours que la femme commande ;
C'est là son goût : si j'ai tort, qu'on me pende. »
    Comme il parlait, tout le conseil conclut
Qu'il parlait juste, et qu'il touchait au but.
Robert absous baisait la main de Berthe,
Quand, de haillons et de fange couverte,
Au pied du trône on vit notre sans-dent
Criant justice, et la presse fendant.
On lui fait place, et voici sa harangue :
    « O reine Berthe ! ô beauté dont la langue
Ne prononça jamais que vérité,
Vous dont l'esprit connaît toute équité,
Vous dont le cœur s'ouvre à la bienfaisance,
Ce paladin ne doit qu'à ma science
Votre secret ; il ne vit que par moi.
Il a juré mes beaux yeux et sa foi
Que j'obtiendrais de lui ce que j'espère :
Vous êtes juste, et j'attends mon salaire.
— Il est très-vrai, dit Robert, et jamais ·
On ne me vit oublier les bienfaits.
Mes vingt écus, mon cheval, mon bagage,
Et mon armure, étaient tout mon partage ;
Un moine noir a, par dévotion,
Saisi le tout quand j'assaillis Marthon :
Je n'ai plus rien ; et, malgré ma justice,
Je ne saurais payer ma bienfaitrice. »
    La reine dit : « Tout vous sera rendu :
On punira votre voleur tondu.
Votre fortune, en trois parts divisée,
Fera trois lots justement compensés :
Les vingt écus à Marthon la lésée
Sont dus de droit, et pour ses œufs cassés ;
La bonne vieille aura votre monture ;
Et vous, Robert, vous aurez votre armure. »
    La vieille dit : « Rien n'est plus généreux ;
Mais ce n'est pas son cheval que je veux :
Rien de Robert ne me plaît que lui-même ;
C'est sa valeur et ses grâces que j'aime.
Je veux régner sur son cœur amoureux ;
De ce trésor ma tendresse est jalouse.

Entre mes bras Robert doit vivre heureux :
Dès cette nuit, je prétends qu'il m'épouse. »
    A ce discours, que l'on n'attendait pas,
Robert glacé laisse tomber ses bras ;
Puis, fixement contemplant la figure
Et les haillons de notre créature,
Dans son horreur il recula trois pas,
Signa son front, et, d'un ton lamentable,
Il s'écriait : « Ai-je donc mérité
Ce ridicule et cette indignité ?
J'aimerais mieux que Votre Majesté
Me fiançât à la mère du diable.
La vieille est folle ; elle a perdu l'esprit. »
    Lors tendrement notre sans-dent reprit :
« Vous le voyez, ô reine ! il me méprise ;
Il est ingrat ; les hommes le sont tous.
Mais je vaincrai ses injustes dégoûts.
De sa beauté j'ai l'âme trop éprise,
Je l'aime trop pour qu'il ne m'aime pas.
Le cœur fait tout : j'avoue avec franchise
Que je commence à perdre mes appas ;
Mais j'en serai plus tendre et plus fidèle.
On en vaut mieux, on orne son esprit ;
On sait penser ; et Salomon a dit
Que femme sage est plus que femme belle.
Je suis bien pauvre : est-ce un si grand malheur ?
La pauvreté n'est point un déshonneur.
N'est-on content que sur un lit d'ivoire ?
Et vous, madame, en ce palais de gloire,
Quand vous couchez côte à côte du roi,
Dormez-vous mieux, aimez-vous mieux que moi ?
De Philémon vous connaissez l'histoire :
Amant aimé, dans le coin d'un taudis,
Jusqu'à cent ans il caressa Baucis.
Les noirs Chagrins, enfants de la Richesse,
N'habitent point sous nos rustiques toits ;
Le Vice fuit où n'est point la Mollesse.
Nous servons Dieu, nous égalons les rois ;
Nous soutenons l'honneur de nos provinces ;
Nous vous faisons de vigoureux soldats ;
Et, croyez-moi, pour peupler vos États,
Les pauvres gens valent mieux que vos princes.

Que si le ciel à mes chastes désirs
N'accorde pas le bonheur d'être mère,
L'hymen encore offre d'autres plaisirs :
Les fleurs du moins sans les fruits peuvent plaire.
On me verra, jusqu'à mon dernier jour,
Cueillir les fleurs de l'arbre de l'amour. »
 La décrépite, en parlant de la sorte,
Charma le cœur des dames du palais :
On adjugea Robert à ses attraits.
De son serment la sainteté l'emporte
Sur son dégoût. La dame encor voulut
Être, à cheval, entre ses bras menée
A sa chaumière, où ce noble hyménée
Doit s'achever dans la même journée ;
Et tout fut fait comme à la vieille il plut.
 Le cavalier sur son coursier remonte,
Prend tristement sa femme entre ses bras,
Saisi d'horreur, et rougissant de honte,
Tenté cent fois de la jeter à bas,
De la noyer ; mais il ne le fit pas :
Tant des devoirs de la chevalerie
La loi sacrée était alors chérie.
 Sa tendre épouse, en trottant avec lui,
S'étudiait à charmer son ennui,
Lui rappelait les exploits de sa race,
Lui racontait comment le grand Clovis
Assassina trois rois de ses amis,
Comment du ciel il mérita la grâce.
Elle avait vu le beau pigeon béni
Du haut des cieux apportant à Remi
L'ampoule sainte et le céleste chrême
Dont ce grand roi fut oint dans son baptême.
Elle mêlait à ses narrations
Des sentiments et des réflexions,
Des traits d'esprit et de morale pure,
Qui, sans couper le fil de l'aventure,
Faisaient penser l'auditeur attentif,
Et l'instruisaient, mais sans l'air instructif.
Le bon Robert, à toutes ces merveilles,
Le cœur ému, prêtait ses deux oreilles,
Tout délecté quand sa femme parlait,
Prêt à mourir quand il la regardait.

L'étrange couple arrive à la chaumière
Que possédait l'affreuse aventurière.
Elle se trousse, et, de sa sale main,
De son époux arrange le festin ;
Frugal repas fait pour ce premier âge
Plus célébré qu'imité par le sage.
Deux ais pourris sur trois pieds inégaux
Formaient la table où les époux soupèrent,
A peine assis sur deux minces tréteaux.
Des deux époux les regards se baissèrent.
La décrépite égaya le repas
Par des propos plaisants et délicats,
Par ces bons mots qui piquent, et qu'on aime ;
Si naturels que l'on croirait soi-même
Les avoir dits. Robert fut si content,
Qu'il en sourit, et qu'il crut un moment
Qu'elle pourrait lui paraître moins laide.
Elle voulut, quand le souper finit,
Que son époux vînt avec elle au lit.
Le désespoir, la fureur le possède ;
A cette crise il souhaite la mort.
Mais il se couche, il se fait cet effort :
Il l'a promis, le mal est sans remède.
   Ce n'étaient point deux sales demi-draps
Percés de trous et rongés par les rats,
Mal étendus sur de vieilles javelles,
Mal recousus encor par des ficelles,
Qui révoltaient le guerrier malheureux ;
Du saint hymen les devoirs rigoureux
S'offraient à lui sous un aspect horrible.
« Le ciel, dit-il, voudrait-il l'impossible ?
A Rome on dit que la grâce d'en haut
Donne à la fois le vouloir et le faire :
La grâce et moi nous sommes en défaut.
Par son esprit ma femme a de quoi plaire ;
Son cœur est bon : mais dans le grand conflit
Peut-on jouir du cœur ou de l'esprit ? »
Ainsi parlant, le bon Robert se jette,
Froid comme glace, au bord de sa couchette ;
Et, pour cacher son cruel déplaisir,
Il feint qu'il dort, mais il ne peut dormir.
   La vieille alors lui dit d'une voix tendre,

En le pinçant : « Ah ! Robert, dormez-vous ?
Charmant ingrat, cher et cruel époux,
Je suis rendue, hâtez-vous de vous rendre ;
De ma pudeur les timides accents
Sont subjugués par la voix de mes sens.
Régnez sur eux ainsi que sur mon âme ;
Je meurs, je meurs ! Ciel ! à quoi réduis-tu
Mon naturel qui combat ma vertu ?
Je me dissous, je brûle, je me pâme.
Ah ! le plaisir m'enivre malgré moi ;
Je n'en puis plus ! faut-il mourir sans toi ?
Va, je le mets dessus ta conscience. »
    Robert avait un fonds de complaisance,
Et de candeur, et de religion ;
De son épouse il eut compassion.
« Hélas ! dit-il, j'aurais voulu, madame,
Par mon ardeur égaler votre flamme ;
Mais que pourrai-je ! — Allez, vous pourrez tout,
Reprit la vieille ; il n'est rien à votre âge
Dont un grand cœur enfin ne vienne à bout,
Avec des soins, de l'art, et du courage.
Songez combien les dames de la cour
Célébreront ce prodige d'amour.
Je vous parais peut-être dégoûtante,
Un peu ridée, et même un peu puante ;
Cela n'est rien pour des héros bien nés :
Fermez les yeux, et bouchez-vous le nez. »
    Le chevalier, amoureux de la gloire,
Voulut enfin tenter cette victoire :
Il obéit, et, se piquant d'honneur,
N'écoutant plus que sa rare valeur,
Aidé du ciel, trouvant dans sa jeunesse
Ce qui tient lieu de beauté, de tendresse,
Fermant les yeux, se mit à son devoir.
    « C'en est assez, lui dit sa tendre épouse ;
J'ai vu de vous ce que j'ai voulu voir :
Sur votre cœur j'ai connu mon pouvoir ;
De ce pouvoir ma gloire était jalouse.
J'avais raison : convenez-en, mon fils :
Femme toujours est maîtresse au logis.
Ce qu'à jamais, Robert, je vous demande,
C'est qu'à mes soins vous vous laissiez guider :

Obéissez ; mon amour vous commande
D'ouvrir les yeux et de me regarder. »
    Robert regarde ; il voit, à la lumière
De cent flambeaux sur vingt lustres placés,
Dans un palais, qui fut cette chaumière,
Sous des rideaux de perles rehaussés,
Une beauté dont le pinceau d'Apelle
Ou de Vanlo, ni le ciseau fidèle
Du bon Pigal, Le Moyne, ou Phidias,
N'auraient jamais imité les appas.
C'était Vénus, mais Vénus amoureuse,
Telle qu'elle est, quand, les cheveux épars,
Les yeux noyés dans sa langueur heureuse,
Entre ses bras elle attend le dieu Mars.
    « Tout est à vous, ce palais, et moi-même ;
Jouissez-en, dit-elle à son vainqueur :
Vous n'avez point dédaigné la laideur,
Vous méritez que la beauté vous aime. »
    Or maintenant j'entends mes auditeurs
Me demander quelle était cette belle
De qui Robert eut les tendres faveurs.
Mes chers amis, c'était la fée Urgèle,
Qui dans son temps protégea nos guerriers,
Et fit du bien aux pauvres chevaliers.
    O l'heureux temps que celui de ces fables,
Des bons démons, des esprits familiers,
Des farfadets, aux mortels secourables !
On écoutait tous ces faits admirables
Dans son château, près d'un large foyer.
Le père et l'oncle, et la mère et la fille,
Et les voisins, et toute la famille,
Ouvraient l'oreille à monsieur l'aumônier,
Qui leur faisait des contes de sorcier.
    On a banni les démons et les fées ;
Sous la raison les grâces étouffées
Livrent nos cœurs à l'insipidité ;
Le raisonner tristement s'accrédite ;
On court, hélas ! après la vérité :
Ah ! croyez-moi, l'erreur a son mérite.

L'ÉDUCATION D'UN PRINCE [1]

Puisque le dieu du jour, en ses douze voyages,
Habite tristement sa maison du Verseau,
Que les monts sont encore assiégés des orages,
Et que nos prés riants sont engloutis sous l'eau,
Je veux au coin du feu vous faire un nouveau conte :
Nos loisirs sont plus doux par nos amusements.
Je suis vieux, je l'avoue, et je n'ai point de honte
De goûter avec vous le plaisir des enfants.

Dans Bénévent jadis régnait un jeune prince
Plongé dans la mollesse, ivre de son pouvoir,
Élevé comme un sot, et, sans en rien savoir,
Méprisé des voisins, haï dans sa province.
Deux fripons gouvernaient cet État assez mince ;
Ils avaient abruti l'esprit de monseigneur,
Aidés dans ce projet par son vieux confesseur :
Tous trois se relayaient. On lui faisait accroire
Qu'il avait des talents, des vertus, de la gloire ;
Qu'un duc de Bénévent, dès qu'il était majeur,
Était du monde entier l'amour et la terreur ;
Qu'il pouvait conquérir l'Italie et la France ;
Que son trésor ducal regorgeait de finance ;

---

1. Ce conte est aussi de la fin de 1763 (voyez la lettre à Damilaville, du
1er janvier 1764). Il a fourni à Rauquil-Lieutaud le sujet d'un drame héroïque en
trois actes et en vers, intitulé *le Duc de Bénévent, représenté, pour la première fois,
par les comédiens italiens ordinaires du roi, le 16 juillet* 1784; Paris, Vente,
1784, in-8°.

Le Prince de Catane, opéra en trois actes, par feu Castel, joué le 4 mars 1813,
imprimé la même année in-8°, a la même origine.

Voltaire lui-même en avait tiré son *Baron d'Otrante;* voyez tome V du *Théâtre*,
page 577. (B.)

Qu'il avait plus d'argent que n'en eut Salomon
Sur son terrain pierreux du torrent de Cédron.
Alamon (c'est le nom de ce prince imbécile)
Avalait cet encens, et lourdement tranquille,
Entouré de bouffons et d'insipides jeux,
Quand il avait dîné croyait son peuple heureux.
　　Il restait à la cour un brave militaire,
Émon, vieux serviteur du feu prince son père,
Qui, n'étant point payé, lui parlait librement,
Et prédisait malheur à son gouvernement.
Les ministres jaloux, qui bientôt le craignirent,
De ce pauvre honnête homme aisément se défirent.
Émon fut exilé, le maître n'en sut rien.
Le vieillard, confiné dans une métairie,
Cultivait sagement ses amis et son bien,
Et pleurait à la fois son maître et sa patrie.
Alamon loin de lui laissait couler sa vie
Dans l'insipidité de ses molles langueurs.
Des sots Bénéventins quelquefois les clameurs
Frappaient pour un moment son âme appesantie.
Ce bruit sourd et lointain, qu'avec peine il entend,
S'affaiblit dans sa course, et meurt en arrivant.
Le poids de la misère accablait la province;
Elle était dans les pleurs, Alamon dans l'ennui :
Les tyrans triomphaient. Dieu prit pitié de lui;
Il voulut qu'il aimât, pour en faire un bon prince.
　　Il vit la jeune Amide ; il la vit, l'entendit ;
Il commença de vivre, et son cœur se sentit.
Il était beau, bien fait, et dans l'âge de plaire.
Son confesseur madré découvrit le mystère :
Il en fit un scrupule à son sot pénitent,
D'autant plus timoré qu'il était ignorant :
Et les deux scélérats, qui tremblaient que leur maître
Ne se connût un jour, et vînt à les connaître,
Envoyèrent Amide avec le pauvre Émon.
Elle fit son paquet, et le trempa de larmes.
On n'osait résister. Le timide Alamon,
Vainement attendri, s'arrachait à ses charmes ;
Car son esprit flottant, d'un vain remords touché,
Commençant à s'ouvrir, n'était point débouché.
　　Comme elle allait partir, on entend : « Bas les armes,
A la fuite, à la mort, combattons, tout périt,

Alla, san Germano, Mahomet, Jésus-Christ! »
On voit un peuple entier fuyant de place en place.
Un guerrier en turban, plein de force et d'audace,
Suivi de musulmans, le cimeterre en main,
Sur des morts entassés se frayant un chemin,
Portant dans le palais le fer avec les flammes,
Égorgeait les maris, mettait à part les femmes.
Cet homme avait marché de Cume à Bénévent,
Sans que le ministère en eût le moindre vent;
La Mort le devançait, et dans Rome la sainte
Saint Pierre avec saint Paul étaient transis de crainte.
C'était, mes chers amis, le superbe Abdala,
Pour corriger l'Église envoyé par Alla.

Dès qu'il fut au palais, tout fut mis dans les chaînes,
Prince, moines, valets, ministres, capitaines.
Tels que les fils d'Io, l'un à l'autre attachés,
Sont portés dans un char aux plus voisins marchés,
Tels étaient monseigneur et ses référendaires,
Enchaînés par les pieds avec le confesseur,
Qui, toujours se signant et disant ses rosaires,
Leur prêchait la constance, et se mourait de peur.

Quand tout fut garrotté, les vainqueurs partagèrent
Le butin, qu'en trois lots les émirs arrangèrent :
Les hommes, les chevaux, et les châsses des saints.
D'abord on dépouilla les bons Bénéventins :
Les tailleurs ont toujours déguisé la nature;
Ils sont trop charlatans, l'homme n'est point connu.
L'habit change les mœurs ainsi que la figure :
Pour juger d'un mortel, il faut le voir tout nu.

Du chef des musulmans le duc fut le partage.
Il était, comme on sait, dans la fleur de son âge;
Il paraissait robuste, on le fit muletier.
Il profita beaucoup dans ce nouveau métier.
Ses muscles, énervés par l'infâme mollesse,
Prirent dans le travail une heureuse vigueur :
Le malheur l'instruisit, il dompta la paresse;
Son avilissement fit naître sa valeur.
La valeur sans pouvoir est assez inutile;
C'est un tourment de plus. Déjà paisiblement
Abdala s'établit dans son appartement,
Boit le vin des vaincus, malgré son évangile.
Les dames de la cour, les dames de la ville,

Conduites chaque nuit par son eunuque noir,
A son petit coucher arrivent à la file,
Attendent ses regards, et briguent son mouchoir.
Les plaisirs partageaient les moments de sa vie.
   Monseigneur cependant, au fond de l'écurie,
Avec ses compagnons, ci-devant ses sujets,
Une étrille à la main, prenait soin des mulets.
Pour comble de malheur, il vit la belle Amide,
Que le noir circoncis, ministre de l'Amour,
Au superbe Abdala conduisait à son tour.
Prêt à s'évanouir, il s'écria : « Perfide !
Ce malheur me manquait, voici mon dernier jour. »
L'eunuque à son discours ne pouvait rien comprendre.
Dans un autre langage Amide répondit
D'un coup d'œil douloureux, d'un regard noble et tendre,
Qui pénétrait à l'âme, et ce regard lui dit :
« Consolez-vous, vivez, songez à me défendre ;
Vengez-moi, vengez-vous : votre nouvel emploi
Ne vous rend à mes yeux que plus digne de moi. »
Alamon l'entendit, et reprit l'espérance.
   Amide comparut devant Son Excellence :
Le corsaire jura que jusques à ce jour
Il avait en effet connu la jouissance ;
Mais qu'en voyant Amide il connaissait l'amour.
Pour lui plaire encor plus elle fit résistance ;
Et ces refus adroits, annonçant les plaisirs,
En les faisant attendre irritaient ses désirs.
Les femmes ont toujours des prétextes honnêtes :
« Je suis, lui dit Amide, au rang de vos conquêtes ;
Vous êtes invincible en amour, aux combats,
Et tout est à vos pieds, ou veut être en vos bras ;
Mais souffrez que trois jours mon bonheur se diffère,
Et, pour me consoler de ces tristes délais,
A mon timide amour accordez deux bienfaits.
— Qu'ordonnez-vous ? parlez, répondit le corsaire ;
Il n'est rien que mon cœur refuse à vos attraits.
— Des faveurs que j'attends, dit-elle, la première
Est de faire donner deux cents coups d'étrivière
A trois Bénéventins que j'ai mandés exprès ;
La seconde, seigneur, est d'avoir deux mulets,
Pour m'aller quelquefois promener en litière,
Avec un muletier qui soit selon mon choix. »

Abdala répliqua : « Vos désirs sont mes lois. »
Ainsi dit, ainsi fait. Le très-indigne prêtre,
Et les deux conseillers, corrupteurs de leur maître,
Eurent chacun leur dose, au grand contentement
De tous les prisonniers et de tout Bénévent ;
Et le jeune Alamon goûta le bien suprême
D'être le muletier de la beauté qu'il aime.
  « Ce n'est pas tout, dit-elle, il faut vaincre et régner.
La couronne ou la mort à présent vous appelle :
Vous avez du courage, Émon vous est fidèle ;
Je veux aussi vous l'être, et ne rien épargner
Pour vous rendre honnête homme, et servir ma patrie.
Au fond de son exil allez trouver Émon ;
Puisque vous avez tort, demandez-lui pardon.
Il donnera pour vous les restes de sa vie ;
Tout sera préparé, revenez dans trois jours.
Hâtez-vous : vous savez que je suis destinée
Aux plaisirs d'Abdala la troisième journée.
Les moments sont bien chers à la guerre, en amours. »
Alamon répondit : « Je vous aime, et j'y cours. »
Il part. Le brave Émon, qu'avait instruit Amide,
Aimait son prince ingrat devenu malheureux.
Il avait rassemblé des amis généreux,
Et de soldats choisis une troupe intrépide.
Il embrassa son prince, ils pleurèrent tous deux.
Ils s'arment en secret, ils marchent en silence.
Amide parle aux siens, et réveille en leur cœur,
Tout esclaves qu'ils sont, des sentiments d'honneur.
Alamon réunit l'audace et la prudence ;
Il devint un héros sitôt qu'il combattit.
Le Turc, aux voluptés livré sans défiance,
Surpris par les vaincus, à son tour se perdit.
Alamon triomphant au palais se rendit,
Au moment que le Turc, ignorant sa disgrâce,
Avec la belle Amide allait se mettre au lit.
Il rentra dans ses droits, et se mit à sa place.
  Le confesseur arrive avec mes deux fripons,
Tout fraîchement sortis de leurs sales prisons,
Disant avoir tout fait, et n'ayant rien pu faire :
Ils pensaient conserver leur empire ordinaire.
Les lâches sont cruels : le moine conseilla
De faire au pied des murs empaler Abdala.

« Misérables ! c'est vous qui méritez de l'être,
Dit le prince éclairé, prenant un ton de maître :
Dans un lâche repos vous m'aviez corrompu [1].
Je dois tout à ce Turc, et tout à ma maîtresse.
Vous m'aviez fait dévot, vous trompiez ma jeunesse :
Le malheur et l'amour me rendent ma vertu.
Allez, brave Abdala ; je dois vous rendre grâce
D'avoir développé mon esprit et mon cœur.
C'est à vous que je dois mon repos, mon bonheur.
De leçons désormais il faut que je me passe ;
Je vous suis obligé ; mais n'y revenez pas.
Soyez libre, partez ; et si les destinées
Vous donnent trois fripons pour régir vos États,
Envoyez-moi chercher ; j'irai, n'en doutez pas,
Vous rendre les leçons que vous m'avez données. »

1. Variante :

Dans un lâche repos vous m'aviez corrompu ;
Vous m'aviez fait dévot, vous trompiez ma jeunesse ;
Je n'aurais jamais su ce que c'est que vertu :
Je dois tout à ce Turc, et tout à ma maîtresse ;
Le malheur et l'amour me rendent ma valeur.
Allez, brave Abdala ; je dois vous rendre grâce
D'avoir développé mon esprit et mon cœur.
De leçons désormais il faut que je me passe ;
Je vous suis obligé ; mais n'y revenez pas.
Soyez libre, et partez ; etc.

GERTRUDE

ou

L'ÉDUCATION D'UNE FILLE [1]

Mes amis, l'hiver dure, et ma plus douce étude
Est de vous raconter les faits des temps passés.
Parlons ce soir un peu de madame Gertrude.
   Je n'ai jamais connu de plus aimable prude.
Par trente-six printemps, sur sa tête amassés,
Ses modestes appas n'étaient point effacés;
Son maintien était sage, et n'avait rien de rude;
Ses yeux étaient charmants, mais ils étaient baissés.
Sur sa gorge d'albâtre une gaze étendue
Avec un art discret en permettait la vue.
L'industrieux pinceau, d'un carmin délicat,
D'un visage arrondi relevant l'incarnat,
Embellissait ses traits sans outrer la nature;
Moins elle avait d'apprêt, plus elle avait d'éclat:
La simple propreté composait sa parure.
   Toujours sur sa toilette est la sainte Écriture;
Auprès d'un pot de rouge on voit un *Massillon*,
Et le *Petit Carême* est surtout sa lecture [2].
Mais ce qui nous charmait dans sa dévotion,
C'est qu'elle était toujours aux femmes indulgente:

---

1. Ce conte est de la fin de 1763; Voltaire en parle dans sa lettre à Damilaville, du 1er janvier 1764; on l'imprima séparément en sept pages in-8°; Favart en
composa son *Isabelle et Gertrude*. (B.)

— En 1822, Carmouche, de Courcy et Vanderburch, ont rhabillé cette pièce.
(G. A.)

2 C'était la lecture favorite de Voltaire, qui avait, dit-on, sur sa table de nuit
Athalie et le *Petit Carême*. (B.)

Gertrude était dévote, et non pas médisante.
  Elle avait une fille; un dix avec un sept
Composait l'âge heureux de ce divin objet,
Qui depuis son baptême eut le nom d'Isabelle.
Plus fraîche que sa mère, elle était aussi belle :
A côté de Minerve on eût cru voir Vénus.
Gertrude à l'élever prit des soins assidus.
Elle avait dérobé cette rose naissante
Au souffle empoisonné d'un monde dangereux;
Les conversations, les spectacles, les jeux,
Ennemis séduisants de toute âme innocente,
Vrais piéges du démon[1], par les saints abhorrés,
Étaient dans la maison des plaisirs ignorés.
  Gertrude en son logis avait un oratoire,
Un boudoir de dévote, où, pour se recueillir,
Elle allait saintement occuper son loisir,
Et faisait l'oraison qu'on dit jaculatoire.
Des meubles recherchés, commodes, précieux,
Ornaient cette retraite, au public inconnue;
Un escalier secret, loin des profanes yeux,
Conduisait au jardin, du jardin dans la rue.
  Vous savez qu'en été les ardeurs du soleil
Rendent souvent les nuits aux beaux jours préférables;
La lune fait aimer ses rayons favorables :
Les filles en ce temps goûtent peu le sommeil.
Isabelle, inquiète, en secret agitée,
Et de ses dix-sept ans doucement tourmentée,
Respirait dans la nuit sous un ombrage frais,
En ignorait l'usage, et s'étendait auprès;
Sans savoir l'admirer regardait la nature;
Puis se levait, allait, marchait à l'aventure,
Sans dessein, sans objet qui pût l'intéresser;
Ne pensant point encore, et cherchant à penser.
Elle entendit du bruit au boudoir de sa mère :
La curiosité l'aiguillonne à l'instant.
Elle ne soupçonnait nulle ombre de mystère;
Cependant elle hésite, elle approche en tremblant,
Posant sur l'escalier une jambe en avant,

1. Dans *la Prude*, acte II, scène 1re, Voltaire a dit du jeu et du bal :

Ce sont, ma chère, inventions du diable.

Étendant une main, portant l'autre en arrière,
Le cou tendu, l'œil fixe, et le cœur palpitant,
D'une oreille attentive avec peine écoutant.
D'abord elle entendit un tendre et doux murmure,
Des mots entrecoupés, des soupirs languissants.
« Ma mère a du chagrin, dit-elle entre ses dents,
Et je dois partager les peines qu'elle endure. »
Elle approche : elle entend ces mots pleins de douceur :
« André, mon cher André, vous faites mon bonheur ! »
Isabelle à ces mots pleinement se rassure.
« Ma tendresse, dit-elle, a pris trop de souci ;
Ma mère est fort contente, et je dois l'être aussi. »
Isabelle, à la fin, dans son lit se retire,
Ne peut fermer les yeux, se tourmente et soupire.
« André fait des heureux ! et de quelle façon[1] ?
Que ce talent est beau ! mais comment s'y prend-on ? »
Elle revit le jour avec inquiétude.
Son trouble fut d'abord aperçu par Gertrude.
Isabelle était simple, et sa naïveté
Laissa parler enfin sa curiosité.
    « Quel est donc cet André, lui dit-elle, madame,
Qui fait, à ce qu'on dit, le bonheur d'une femme ? »
Gertrude fut confuse ; elle s'aperçut bien
Qu'elle était découverte, et n'en témoigna rien.
Elle se composa, puis répondit : « Ma fille,
Il faut avoir un saint pour toute une famille ;
Et, depuis quelque temps, j'ai choisi saint André.
Je lui suis très-dévote, il m'en sait fort bon gré ;
Je l'invoque en secret, j'implore ses lumières ;
Il m'apparaît souvent, la nuit, dans mes prières :
C'est un des plus grands saints qui soient en paradis. »
    A quelque temps de là, certain monsieur Denis,
Jeune homme bien tourné, fut épris d'Isabelle.
Tout conspirait pour lui : Denis fut aimé d'elle,
Et plus d'un rendez-vous confirma leur amour.
Gertrude en sentinelle entendit à son tour
Les belles oraisons, les antiennes charmantes,
Qu'Isabelle entonnait quand ses mains caressantes

---

1. Dans une première édition, au lieu de ce vers et du suivant, on en lit un
seul qui est sans rime :

Songeant à cet André qui rend les gens heureux. (B.)

Pressaient son tendre amant de plaisir enivré.
  Gertrude les surprit, et se mit en colère.
La fille répondit : « Pardonnez-moi, ma mère,
J'ai choisi saint Denis, comme vous saint André. »
  Gertrude, dès ce jour plus sage et plus heureuse,
Conservant son amant, et renonçant aux saints,
Quitta le vain projet de tromper les humains.
On ne les trompe point : la malice envieuse
Porte sur votre masque un coup d'œil pénétrant ;
On vous devine mieux que vous ne savez feindre ;
Et le stérile honneur de toujours vous contraindre
Ne vaut pas le plaisir de vivre librement.
  La charmante Isabelle, au monde présentée,
Se forma, s'embellit, fut en tous lieux goûtée.
Gertrude en sa maison rappela pour toujours
Les doux Amusements, compagnons des Amours ;
Les plus honnêtes gens y passèrent leur vie :
Il n'est jamais de mal en bonne compagnie.

LES

TROIS MANIÈRES [1]

Que les Athéniens étaient un peuple aimable !
Que leur esprit m'enchante, et que leurs fictions
Me font aimer le vrai sous les traits de la fable !
La plus belle, à mon gré, de leurs inventions
Fut celle du théâtre, où l'on faisait revivre
Les héros du vieux temps, leurs mœurs, leurs passions.
Vous voyez aujourd'hui toutes les nations
Consacrer cet exemple, et chercher à le suivre.
Le théâtre instruit mieux que ne fait un gros livre [2].
Malheur aux esprits faux [3] dont la sotte rigueur
Condamne parmi nous les jeux de Melpomène !
Quand le ciel eut formé cette engeance inhumaine,
La nature oublia de lui donner un cœur.

Un des plus grands plaisirs du théâtre d'Athène
Était de couronner, dans des jeux solennels,
Les meilleurs citoyens, les plus grands des mortels :
En présence du peuple on leur rendait justice.
Ainsi j'ai vu Villars, ainsi j'ai vu Maurice [4],

---

1. Voltaire, dans sa lettre à d'Argental, du 30 décembre 1763, dit être toujours occupé à faire des *Contes de ma Mère l'Oie*, et envoie une correction pour celui des *Trois Manières;* voyez ci-après la note de la page 36. (B.)

2. Voltaire a dit depuis, dans *la Guerre civile de Genève*, chant V (tome IX, page 547) :

> Mieux qu'un sermon l'aimable comédie
> Instruit les gens, les rapproche, les lie.

3. Les jansénistes.
4. Maurice de Saxe.

Qu'un maudit courtisan quelquefois censura,
Du champ de la victoire allant à l'Opéra,
Recevoir des lauriers de la main d'une actrice.
Ainsi quand Richelieu revenait de Mahon
(Qu'il avait pris pourtant en dépit de l'envie [1]),
Partout sur son passage il eut la comédie;
On lui battit des mains encor plus qu'à Clairon.

Au théâtre d'Eschyle, avant que Melpomène
Sur son cothurne altier vint parcourir la scène,
On décernait les prix accordés aux amants.
Celui qui, dans l'année, avait pour sa maîtresse
Fait les plus beaux exploits, montré plus de tendresse,
Mieux prouvé par les faits ses nobles sentiments,
Se voyait couronné devant toute la Grèce.
Chaque belle plaidait la cause de son cœur,
De son amant aimé racontait les mérites,
Après un beau serment, dans les formes prescrites,
De ne pas dire un mot qui sentît l'orateur,
De n'exagérer rien, chose assez difficile
Aux femmes, aux amants, et même aux avocats.
On nous a conservé l'un de ces beaux débats,
Doux enfants du loisir de la Grèce tranquille.
C'était, il m'en souvient, sous l'archonte Eudamas.

Devant les Grecs charmés trois belles comparurent :
La jeune Églé, Téone, et la triste Apamis.
Les beaux esprits de Grèce au spectacle accoururent.
Ils étaient grands parleurs, et pourtant ils se turent,
Écoutant gravement, en demi-cercle assis.
Dans un nuage d'or Vénus avec son fils
Prêtait à leur dispute une oreille attentive.
La jeune Églé commence, Églé simple et naïve,
De qui la voix touchante et la douce candeur
Charmaient l'oreille et l'œil, et pénétraient au cœur.

ÉGLÉ.

Hermotime, mon père, a consacré sa vie
Aux muses, aux talents, à ces dons du génie

---

1. Voyez le chapitre xxxı du *Précis du siècle de Louis XV.*

Qui des humains jadis ont adouci les mœurs ;
Tout entier aux beaux-arts, il a fui les honneurs ;
Et sans ambition, caché dans sa famille,
Il n'a voulu donner pour époux à sa fille
Qu'un mortel comme lui favorisé des dieux,
Cultivant tous les arts, et qui saurait le mieux
En vers nobles et doux élégamment décrire,
Animer sur la toile, et chanter sur la lyre
Ce peu de vains attraits que m'ont donné les cieux.
Lygdamon m'adorait. Son esprit sans culture
Devait, je l'avouerai, beaucoup à la nature :
Ingénieux, discret, poli sans compliment ;
Parlant avec justesse, et jamais savamment ;
Sans talents, il est vrai, mais sachant s'y connaître ;
L'Amour forma son cœur, les Grâces son esprit.
Il ne savait qu'aimer ; mais qu'il était grand maître
Dans ce premier des arts que lui seul il m'apprit !

    Quand mon père eut formé le dessein tyrannique
De m'arracher l'objet de mon cœur amoureux,
Et de me réserver pour quelque peintre heureux
Qui ferait de bons vers, et saurait la musique,
Que de larmes alors coulèrent de mes yeux !
Nos parents ont sur nous un pouvoir despotique ;
Puisqu'ils nous ont fait naître, ils sont pour nous des dieux.
Je mourais, il est vrai, mais je mourais soumise.

    Lygdamon s'écarta, confus, désespéré,
Cherchant loin de mes yeux un asile ignoré.
Six mois furent le terme où ma main fut promise :
Ce délai fut fixé pour tous les prétendants.
Ils n'avaient tous, hélas ! dans leurs tristes talents,
A peindre que l'ennui, la douleur, et les larmes.
Le temps qui s'avançait redoublait mes alarmes.
Lygdamon tant aimé me fuyait pour toujours :
J'attendais mon arrêt, et j'étais au concours.

    Enfin de vingt rivaux les ouvrages parurent :
Sur leurs perfections mille débats s'émurent.
Je ne pus décider, je ne les voyais pas.
Mon père se hâta d'accorder son suffrage
Aux talents trop vantés du fier et dur Harpage :
On lui promit ma foi, j'allais être en ses bras.

    Un esclave empressé frappe, arrive à grands pas,
Apportant un tableau d'une main inconnue.

Sur la toile aussitôt chacun porta la vue.
C'était moi : je semblais respirer et parler ;
Mon cœur en longs soupirs paraissait s'exhaler ;
Et mon air, et mes yeux, tout annonce que j'aime.
L'art ne se montrait pas ; c'est la nature même,
La nature embellie ; et, par de doux accords,
L'âme était sur la toile aussi bien que le corps.
Une tendre clarté s'y joint à l'ombre obscure,
Comme on voit, au matin, le soleil de ses traits
Percer la profondeur de nos vastes forêts,
Et dorer les moissons, les fruits, et la verdure.
Harpage en fut surpris ; il voulut censurer :
Tout le reste se tut, et ne put qu'admirer.
Quel mortel ou quel dieu, s'écriait Hermotime,
Du talent d'imiter fait un art si sublime !
A qui ma fille enfin devra-t-elle sa foi ?
Lygdamon, se montrant, lui dit : « Elle est à moi !
L'Amour seul est son peintre, et voilà son ouvrage.
C'est lui qui dans mon cœur imprima cette image ;
C'est lui qui sur la toile a dirigé ma main.
Quel art n'est pas soumis à son pouvoir divin ?
Il les anime tous. » Alors, d'une voix tendre,
Sur son luth accordé Lygdamon fit entendre
Un mélange inouï de sons harmonieux :
On croyait être admis dans le concert des dieux.
Il peignit comme Apelle, il chanta comme Orphée.
    Harpage en frémissait ; sa fureur étouffée
S'exhalait sur son front, et brûlait dans ses yeux.
Il prend un javelot de ses mains forcenées ;
Il court, il va frapper. Je vis l'affreux moment
Où le traître à sa rage immolait mon amant,
Où la mort d'un seul coup tranchait deux destinées.
Lygdamon l'aperçoit, il n'en est point surpris ;
Et de la même main sous qui son luth résonne,
Et qui sut enchanter nos cœurs et nos esprits,
Il combat son rival, l'abat, et lui pardonne.
Jugez si de l'amour il mérite le prix,
Et permettez du moins que mon cœur le lui donne.

    Ainsi parlait Églé. L'Amour applaudissait,
Les Grecs battaient des mains, la belle rougissait ;
Elle en aimait encor son amant davantage.

Téone se leva : son air et son langage
Ne connurent jamais les soins étudiés ;
Les Grecs, en la voyant, se sentaient égayés.
.Téone, souriant, conta son aventure
En vers moins allongés, et d'une autre mesure,
Qui courent avec grâce, et vont à quatre pieds,
Comme en fit Hamilton [1], comme en fait la nature.

TÉONE.

Vous connaissez tous Agathon ;
Il est plus charmant que Nirée ;
A peine d'un naissant coton
Sa ronde joue était parée.
Sa voix est tendre : il a le ton
Comme les yeux de Cythérée.
Vous savez de quel vermillon
Sa blancheur vive est colorée ;
La chevelure d'Apollon
N'est pas si longue et si dorée.
Je le pris pour mon compagnon
Aussitôt que je fus nubile.
Ce n'est pas sa beauté fragile
Dont mon cœur fut le plus épris :
S'il a les grâces de Pâris,
Mon amant a le bras d'Achille.

Un soir, dans un petit bateau,
Tout auprès d'une île Cyclade,
Ma tante et moi goûtions sur l'eau
Le plaisir de la promenade,
Quand de Lydie un gros vaisseau
Vint nous aborder à la rade.
Le vieux capitaine écumeur
Venait souvent dans cette plage
Chercher des filles de mon âge
Pour les plaisirs du gouverneur.
En moi je ne sais quoi le frappe ;
Il me trouve un air assez beau :
Il laisse ma tante, il me happe ;
Il m'enlève comme un moineau,

---

1. Voyez, dans les *OEuvres* d'Antoine Hamilton, le début du conte intitulé *le Bélier.*

Et va me vendre à son satrape.
    Ma bonne tante, en glapissant,
Et la poitrine déchirée,
S'en retourne au port du Pirée
Raconter au premier passant
Que sa Téone est égarée;
Que de Lydie un armateur,
Un vieux pirate, un revendeur
De la féminine denrée,
S'en est allé livrer ma fleur
Au commandant de la contrée.
    Pensez-vous alors qu'Agathon
S'amusât à verser des larmes,
A me peindre avec un crayon,
A chanter sa perte et mes charmes
Sur un petit psaltérion ?
Pour me ravoir il prit les armes :
Mais n'ayant pas de quoi payer
Seulement le moindre estafier,
Et se fiant sur sa figure,
D'une fille il prit la coiffure,
Le tour de gorge et le panier.
Il cacha sous son tablier
Un long poignard et son armure,
Et courut tenter l'aventure
Dans la barque d'un nautonier.
    Il arrive au bord du Méandre
Avec son petit attirail.
A ses attraits, à son air tendre,
On ne manqua pas de le prendre
Pour une ouaille du bercail
Où l'on m'avait déjà fait vendre;
Et, dès qu'à terre il put descendre,
On l'enferma dans mon sérail.
Je ne crois pas que de sa vie
Une fille ait jamais goûté
Le quart de la félicité
Qui combla mon âme ravie
Quand, dans un sérail de Lydie,
Je vis mon Grec à mon côté,
Et que je pus en liberté
Récompenser la nouveauté

D'une entreprise si hardie.
Pour époux il fut accepté.
Les dieux seuls daignèrent paraître [1]
A cet hymen précipité ;
Car il n'était point là de prêtre :
Et, comme vous pouvez penser,
Des valets on peut se passer
Quand on est sous les yeux du maître.
    Le soir, le satrape amoureux,
Dans mon lit, sans cérémonie,
Vint m'expliquer ses tendres vœux.
Il crut, pour apaiser ses feux,
N'avoir qu'une fille jolie,
Il fut surpris d'en trouver deux.
« Tant mieux, dit-il, car votre amie,
Comme vous, est fort à mon gré.
J'aime beaucoup la compagnie :
Toutes deux je contenterai,
N'ayez aucune jalousie. »
Après sa petite leçon,
Qu'il accompagnait de caresses,
Il voulait agir tout de bon ;
Il exécutait ses promesses,
Et je tremblais pour Agathon.
Mais mon Grec, d'une main guerrière,
Le saisissant par la crinière,
Et tirant son estramaçon,
Lui fit voir qu'il était garçon,
Et parla de cette manière :
    « Sortons tous trois de la maison,
Et qu'on me fasse ouvrir la porte ;
Faites bien signe à votre escorte
De ne suivre en nulle façon.
Marchons tous les trois au rivage ;
Embarquons-nous sur un esquif.
J'aurai sur vous l'œil attentif :
Point de geste, point de langage ;
Au premier signe un peu douteux,

---

1. D'après la lettre à d'Argental, du 30 décembre 1763, il paraît que l'auteur avait d'abord mis :
    Les dieux seuls purent comparaître.

Au clignement d'une paupière,
A l'instant je vous coupe en deux,
Et vous jette dans la rivière. »
    Le satrape était un seigneur
Assez sujet à la frayeur :
Il eut beaucoup d'obéissance :
Lorsqu'on a peur on est fort doux.
Sur la nacelle, en diligence,
Nous l'embarquâmes avec nous.
Sitôt que nous fûmes en Grèce,
    Son vainqueur le mit à rançon :
    Elle fut en sonnante espèce.
Elle était forte, il m'en fit don :
Ce fut ma dot et mon douaire.
    Avouez qu'il a su plus faire
Que le bel esprit Lygdamon,
Et que j'aurais fort à me plaindre,
S'il n'avait songé qu'à me peindre,
Et qu'à me faire une chanson.

Les Grecs furent charmés de la voix douce et vive,
Du naturel aisé, de la gaîté naïve,
Dont la jeune Téone anima son récit.
La grâce, en s'exprimant, vaut mieux que ce qu'on dit.
On applaudit, on rit : les Grecs aimaient à rire.
Pourvu qu'on soit content, qu'importe qu'on admire?

Apamis s'avança les larmes dans les yeux :
Ses pleurs étaient un charme, et la rendaient plus belle.
Les Grecs prirent alors un air plus sérieux,
Et, dès qu'elle parla, les cœurs furent pour elle.
Apamis raconta ses malheureux amours
En mètres qui n'étaient ni trop longs, ni trop courts;
Dix syllabes par vers, mollement arrangées,
Se suivaient avec art, et semblaient négligées.
Le rhythme en est facile, il est mélodieux.
L'hexamètre est plus beau, mais parfois ennuyeux.

APAMIS.

L'astre cruel sous qui j'ai vu le jour
M'a fait pourtant naître dans Amathonte,
Lieux fortunés où la Grèce raconte

Que le berceau de la mère d'Amour
Par les Plaisirs fut apporté sur l'onde ;
Elle y naquit pour le bonheur du monde,
A ce qu'on dit, mais non pas pour le mien.
Son culte aimable et sa loi douce et pure
A ses sujets n'avaient fait que du bien,
Tant que sa loi fut celle de nature.
Le rigorisme a souillé ses autels ;
Les dieux sont bons, les prêtres sont cruels.
Les novateurs ont voulu qu'une belle
Qui par malheur deviendrait infidèle
Allât finir ses jours au fond de l'eau
Où la déesse avait eu son berceau,
Si quelque amant ne se noyait pour elle.
Pouvait-on faire une loi si cruelle ?
Hélas ! faut-il le frein du châtiment
Aux cœurs bien nés pour aimer constamment ?
Et si jamais, à la faiblesse en proie,
Quelque beauté vient à changer d'amant,
C'est un grand mal ; mais faut-il qu'on la noie ?
   Tendre Vénus, vous qui fîtes ma joie
Et mon malheur ; vous qu'avec tant de soin
J'avais servie avec le beau Bathyle,
D'un cœur si droit, d'un esprit si docile ;
Vous le savez, je vous prends à témoin
Comme j'aimais, et si j'avais besoin
Que mon amour fût nourri par la crainte.
Des plus beaux nœuds la pure et douce étreinte
Faisait un cœur de nos cœurs amoureux.
   Bathyle et moi nous respirions ces feux
Dont autrefois a brûlé la déesse.
L'astre des cieux, en commençant son cours,
En l'achevant, contemplait nos amours ;
La nuit savait quelle était ma tendresse.
   Arénorax, homme indigne d'aimer,
Au regard sombre, au front triste, au cœur traître,
D'amour pour moi parut s'envenimer,
Non s'attendrir : il le fit bien connaître.
Né pour haïr, il ne fut que jaloux.
Il distilla les poisons de l'envie ;
Il fit parler la noire calomnie.
O délateurs ! monstres de ma patrie,

Nés de l'enfer, hélas! rentrez-y tous.
L'art contre moi mit tant de vraisemblance
Que mon amant put même s'y tromper;
Et l'imposture accabla l'innocence.
  Dispensez-moi de vous développer
Le noir tissu de sa trame secrète;
Mon tendre cœur ne peut s'en occuper,
Il est trop plein de l'amant qu'il regrette.
A la déesse en vain j'eus mon recours,
Tout me trahit; je me vis condamnée
A terminer mes maux et mes beaux jours
Dans cette mer où Vénus était née.
  On me menait au lieu de mon trépas:
Un peuple entier mouillait de pleurs mes pas,
Et me plaignait d'une plainte inutile,
Quand je reçus un billet de Bathyle;
Fatal écrit qui changeait tout mon sort!
Trop cher écrit, plus cruel que la mort!
Je crus tomber dans la nuit éternelle
Quand je l'ouvris, quand j'aperçus ces mots:
« Je meurs pour vous, fussiez-vous infidèle. »
C'en était fait: mon amant dans les flots
S'était jeté pour me sauver la vie.
On l'admirait en poussant des sanglots.
Je t'implorais, ô mort, ma seule envie,
Mon seul devoir! On eut la cruauté
De m'arrêter lorsque j'allais le suivre;
On m'observa: j'eus le malheur de vivre;
De l'imposteur la sombre iniquité
Fut mise au jour, et trop tard découverte.
Du talion il a subi la loi;
Son châtiment répare-t-il ma perte?
Le beau Bathyle est mort, et c'est pour moi!
  Je viens à vous, ô juges favorables!
Que mes soupirs, que mes funèbres soins,
Touchent vos cœurs; que j'obtienne du moins
Un appareil à des maux incurables.
A mon amant dans la nuit du trépas
Donnez le prix que ce trépas mérite;
Qu'il se console aux rives du Cocyte,
Quand sa moitié ne se console pas;
Que cette main qui tremble et qui succombe,

Par vos bontés encor se ranimant,
Puisse à vos yeux écrire sur sa tombe :
« Athène et moi couronnons mon amant. »

Disant ces mots, ses sanglots l'arrêtèrent ;
Elle se tut, mais ses larmes parlèrent.
Chaque juge fut attendri.
Pour Églé d'abord ils penchèrent ;
Avec Téone ils avaient ri ;
J'ignore, et j'en suis bien marri,
Quel est le vainqueur qu'ils nommèrent.

Au coin du feu, mes chers amis,
C'est pour vous seuls que je transcris
Ces contes tirés d'un vieux sage.
Je m'en tiens à votre suffrage ;
C'est à vous de donner le prix ;
Vous êtes mon aréopage.

THÉLÈME ET MACARE [1]

Thélème est vive, elle est brillante ;
Mais elle est bien impatiente ;
Son œil est toujours ébloui,
Et son cœur toujours la tourmente.
Elle aimait un gros réjoui
D'une humeur toute différente.
Sur son visage épanoui
Est la sérénité touchante ;
Il écarte à la fois l'ennui,
Et la vivacité bruyante.
Rien n'est plus doux que son sommeil,
Rien n'est plus beau que son réveil ;
Le long du jour il vous enchante.
Macare est le nom qu'il portait.
Sa maîtresse inconsidérée
Par trop de soins le tourmentait :
Elle voulait être adorée.
En reproches elle éclata :
Macare en riant la quitta,
Et la laissa désespérée.
Elle courut étourdiment
Chercher de contrée en contrée
Son infidèle et cher amant,
N'en pouvant vivre séparée.
Elle va d'abord à la cour.
« Auriez-vous vu mon cher amour,
N'avez-vous point chez vous Macare ? »
Tous les railleurs de ce séjour

1. L'édition originale de ce conte est intitulée *Macare et Thélème,* et contient la
lettre au duc de La Vallière, du 6 février 1764. (B.)
Voyez l'opinion de d'Alembert sur le mérite de ce conte, lettre du 22 février 1764.

Sourirent à ce nom bizarre.
« Comment ce Macare est-il fait?
Où l'avez-vous perdu, ma bonne?
Faites-nous un peu son portrait.
— Ce Macare qui m'abandonne,
Dit-elle, est un homme parfait,
Qui n'a jamais haï personne,
Qui de personne n'est haï,
Qui de bon sens toujours raisonne,
Et qui n'eut jamais de souci.
A tout le monde il a su plaire. »
    On lui dit : « Ce n'est pas ici
Que vous trouverez votre affaire,
Et les gens de ce caractère
Ne vont pas dans ce pays-ci. »
    Thélème marcha vers la ville.
D'abord elle trouve un couvent,
Et pense dans ce lieu tranquille
Rencontrer son tranquille amant.
Le sous-prieur lui dit : « Madame,
Nous avons longtemps attendu
Ce bel objet de votre flamme,
Et nous ne l'avons jamais vu.
Mais nous avons en récompense
Des vigiles, du temps perdu,
Et la discorde, et l'abstinence. »
Lors un petit moine tondu
Dit à la dame vagabonde :
« Cessez de courir à la ronde
Après votre amant échappé;
Car, si l'on ne m'a pas trompé,
Ce bonhomme est dans l'autre monde. »
    A ce discours impertinent
Thélème se mit en colère :
« Apprenez, dit-elle, mon frère,
Que celui qui fait mon tourment
Est né pour moi, quoi qu'on en dise :
Il habite certainement
Le monde où le destin m'a mise,
Et je suis son seul élément :
Si l'on vous fait dire autrement,
On vous fait dire une sottise. »

La belle courut de ce pas
Chercher au milieu du fracas
Celui qu'elle croyait volage.
« Il sera peut-être à Paris,
Dit-elle, avec les beaux esprits
Qui l'ont peint si doux et si sage. »
L'un d'eux lui dit : « Sur mon avis,
Vous pourriez vous tromper peut-être :
Macare n'est qu'en nos écrits ;
Nous l'avons peint sans le connaître. »
. Elle aborda près du Palais,
Ferma les yeux, et passa vite :
Mon amant ne sera jamais
Dans cet abominable gîte ;
Au moins la cour a des attraits,
Macare aurait pu s'y méprendre ;
Mais les noirs suivants de Thémis
Sont les éternels ennemis
De l'objet qui me rend si tendre. »
Thélème au temple de Rameau,
Chez Melpomène, chez Thalie,
Au premier spectacle nouveau,
Croit trouver l'amant qui l'oublie.
Elle est priée à ces repas
Où président les délicats,
Nommés la bonne compagnie.
Des gens d'un agréable accueil
Y semblent, au premier coup d'œil,
De Macare être la copie.
Mais plus ils étaient occupés
Du soin flatteur de le paraître,
Et plus à ses yeux détrompés
Ils étaient éloignés de l'être.
Enfin Thélème au désespoir,
Lasse de chercher sans rien voir,
Dans sa retraite alla se rendre.
Le premier objet qu'elle y vit
Fut Macare auprès de son lit,
Qui l'attendait pour la surprendre.
« Vivez avec moi désormais,
Dit-il, dans une douce paix,
Sans trop chercher, sans trop prétendre ;

Et si vous voulez posséder
Ma tendresse avec ma personne,
Gardez de jamais demander
Au delà de ce que je donne. »
    Les gens de grec enfarinés
Connaîtront Macare et Thélème,
Et vous diront, sous cet emblème,
A quoi nous sommes destinés.
Macare[1], c'est toi qu'on désire ;
On t'aime, on te perd ; et je croi
Que je t'ai rencontré chez moi ;
Mais je me garde de le dire :
Quand on se vante de t'avoir,
On en est privé par l'envie :
Pour te garder il faut savoir
Te cacher, et cacher sa vie.

1. Feu M. Vadé a fait aux lecteurs la justice de croire qu'ils savent que *Macare* est le Bonheur, et *Thélème*, le Désir ou la Volonté. (*Note de Voltaire*)

AZOLAN

ou

LE BÉNÉFICIER [1]

A son aise dans son village
Vivait un jeune musulman,
Bien fait de corps, beau de visage,
Et son nom était Azolan.
Il avait transcrit l'Alcoran,
Et par cœur il allait l'apprendre.
Il fut, dès l'âge le plus tendre,
Dévot à l'ange Gabriel.

Ce ministre emplumé du ciel
Un jour chez lui daigna descendre :
« J'ai connu, dit-il, mon enfant,
Ta dévotion non commune :
Gabriel est reconnaissant,
Et je viens faire ta fortune ;
Tu deviendras dans peu de temps
Iman de la Mecque et Médine ;
C'est, après la place divine
Du grand commandeur des croyants,
Le plus opulent bénéfice

---

1. Ce conte, qui circulait manuscrit en avril 1764, a fourni le sujet de : *Azolan, ou le Serment indiscret, ballet héroïque en trois actes*, paroles de Lemonnier, musique de Floquet, représenté sur le théâtre de l'Opéra le 15 novembre 1774: imprimé la même année, in-4°. (B.)

Que Mahomet puisse donner.
Les honneurs vont t'environner
Quand tu seras en exercice ;
Mais il faut me faire serment
De ne toucher femme ni fille ;
De n'en voir jamais qu'à la grille,
Et de vivre très-chastement. »

Le beau jeune homme étourdiment,
Pour avoir des biens de l'Église,
Conclut cet accord imprudent,
Sans penser faire une sottise.
Monsieur l'iman fut enchanté
De l'éclat de sa dignité,
Et même encor de la finance
Dont il se vit d'abord payé
Par un receveur d'importance,
Qui la partageait par moitié.

Tant d'honneur et tant d'opulence
N'étaient rien sans un peu d'amour.
Tous les matins, au point du jour,
Le jeune Azolan tout en flamme,
Et par son serment empêché,
Se dit, dans le fond de son âme,
Qu'il a fait un mauvais marché.
Il rencontre la belle Amine,
Aux yeux charmants, au teint fleuri :
Il l'adore, il en est chéri.
« Adieu la Mecque, adieu Médine ;
Adieu l'éclat d'un vain honneur,
Et tout ce pompeux esclavage ;
La seule Amine aura mon cœur :
Soyons heureux dans mon village. »

L'archange aussitôt descendit
Pour lui reprocher sa faiblesse.
Le tendre amant lui répondit :
« Voyez seulement ma maîtresse.
Vous vous êtes moqué de moi :
Notre marché fait mon supplice ;
Je ne veux qu'Amine et sa foi :

Reprenez votre bénéfice.
Du bon prophète Mahomet
J'adore à jamais la prudence :
Aux élus l'amour il permet ;
Il fait bien plus, il leur promet
Des Amines pour récompense.
Allez, mon très-cher Gabriel,
J'aurai toujours pour vous du zèle ;
Vous pouvez retourner au ciel ;
Je n'y veux pas aller sans elle. »

L'ORIGINE DES MÉTIERS[1]

Quand Prométhée eut formé son image
D'un marbre blanc façonné par ses mains,
Il épousa, comme on sait, son ouvrage :
Pandore fut la mère des humains.
Dès qu'elle put se voir et se connaître,
Elle essaya son sourire enchanteur,
Son doux parler, son maintien séducteur,
Parut aimer, et captiva son maître ;
Et Prométhée, à lui plaire occupé,
Premier époux, fut le premier trompé.
Mars visita cette beauté nouvelle :
L'éclat du dieu, son air mâle et guerrier,
Son casque d'or, son large bouclier,
Tout le servit, et Mars triompha d'elle.
Le dieu des mers, en son humide cour,
Ayant appris cette bonne fortune,
Chercha la belle, et lui parla d'amour :
Qui cède à Mars peut se rendre à Neptune.
Le blond Phébus, de son brillant séjour,
Vit leurs plaisirs, eut la même espérance :
Elle ne put faire de résistance
Au dieu des vers, des beaux-arts, et du jour.
Mercure était le dieu de l'éloquence :
Il sut parler, il eut aussi son tour.
Vulcain, sortant de sa forge embrasée,
Déplut d'abord, et fut fort maltraité ;
Mais il obtint par importunité
Cette conquête aux autres dieux aisée.

---

1. Ce conte circulait aussi manuscrit en avril 1764. (B.)

Ainsi Pandore occupa ses beaux ans,
Puis s'ennuya sans en savoir la cause.
Quand une femme aima dans son printemps,
Elle ne peut jamais faire autre chose ;
Mais pour les dieux, ils n'aiment pas longtemps.
Elle avait eu pour eux des complaisances :
Ils la quittaient ; elle vit dans les champs
Un gros satyre, et lui fit les avances.
Nous sommes nés de tous ces passe-temps ;
C'est des humains l'origine première :
Voilà pourquoi nos esprits, nos talents,
Nos passions, nos emplois, tout diffère.
L'un eut Vulcain, l'autre eut Mars pour son père,
L'autre un satyre ; et bien peu d'entre nous
Sont descendus du dieu de la lumière.
De nos parents nous tenons tous nos goûts.
Mais le métier de la belle Pandore,
Quoique peu rare, est encor le plus doux ;
Et c'est celui que tout Paris honore[1].

1. C'est ici que finissaient les *Contes de Guillaume Vadé* : ceux qui suivent
leur sont de beaucoup postérieurs.

LA BÉGUEULE

CONTE MORAL[1]

(1772)

Dans ses écrits un sage Italien
Dit que le mieux est l'ennemi du bien[2] ;
Non qu'on ne puisse augmenter en prudence,
En bonté d'âme, en talents, en science ;
Cherchons le mieux sur ces chapitres-là ;
Partout ailleurs évitons la chimère.
Dans son état heureux qui peut se plaire,
Vivre à sa place, et garder ce qu'il a !

La belle Arsène en est la preuve claire.
Elle était jeune ; elle avait à Paris
Un tendre époux empressé de complaire
A son caprice, et souffrant son mépris.
L'oncle, la sœur, la tante, le beau-père,
Ne brillaient pas parmi les beaux esprits ;
Mais ils étaient d'un fort bon caractère.
Dans le logis des amis fréquentaient ;
Beaucoup d'aisance, une assez bonne chère ;
Les passe-temps que nos gens connaissaient,
Jeu, bal, spectacle, et soupers agréables,

---

1. Les *Mémoires secrets* du 1er mai 1772 disent que ce conte circula sous le nom du R. P. Nonotte. Je n'ai vu aucune édition portant ce nom. C'est de ce conte que Favart a tiré sa *Belle Arsène;* Beaunoir, né en 1746, mort en 1823, fit jouer, en 1775, sur le théâtre de Nicolet ou des grands Danseurs de corde du roi, *l'Amant voleur,* comédie en trois actes, non imprimée, dont le sujet est pris dans *la Bégueule.* MM. Brazier, Merle et Carmouche ont fait représenter, en 1826, sur le théâtre de la Porte-Saint-Martin, *la Bégueule, ou la Princesse et le Charbonnier,* vaudeville-féerie en deux actes, imprimé la même année. (B.)

2. Voltaire cite le vers italien dans son article Art dramatique du *Dictionnaire philosophique.*

Rendaient ses jours à peu près tolérables :
Car vous savez que le bonheur parfait
Est inconnu ; pour l'homme il n'est pas fait.
Madame Arsène était fort peu contente
De ces plaisirs. Son superbe dégoût,
Dans ses dédains, fuyait ou blâmait tout.
On l'appelait la belle impertinente.
    Or admirez la faiblesse des gens :
Plus elle était distraite, indifférente,
Plus ils tâchaient, par des soins complaisants,
D'apprivoiser son humeur méprisante ;
Et plus aussi notre belle abusait
De tous les pas que vers elle on faisait.
Pour ses amants encor plus intraitable,
Aise de plaire, et ne pouvant aimer,
Son cœur glacé se laissait consumer
Dans le chagrin de ne voir rien d'aimable.
D'elle à la fin chacun se retira.
De courtisans elle avait une liste ;
Tout prit parti ; seule elle demeura
Avec l'orgueil, compagnon dur et triste :
Bouffi, mais sec, ennemi des ébats,
Il renfle l'âme, et ne la nourrit pas[1].
La dégoûtée avait eu pour marraine
La fée Aline. On sait que ces esprits
Sont mitoyens entre l'espèce humaine
Et la divine ; et monsieur Gabalis[2]
Mit par écrit leur histoire certaine.
La fée allait quelquefois au logis
De sa filleule, et lui disait : « Arsène,
Es-tu contente à la fleur de tes ans ?
As-tu des goûts et des amusements ?
Tu dois mener une assez douce vie. »
L'autre en deux mots répondait : « Je m'ennuie.
— C'est un grand mal, dit la fée, et je croi
Qu'un beau secret c'est de vivre chez soi. »
    Arsène enfin conjura son Aline

___

1. Montaigne, chapitre xxiv du livre 1er de ses *Essais*, a dit *il enfle l'âme*.
L'emprunt de Voltaire a été signalé par M. Leclerc dans son édition de Montaigne.

2. *Le comte de Gabalis, ou Entretiens sur les sciences secrètes* (par l'abbé Mont-faucon de Villars), 1670, in-12.

De la tirer de son maudit pays.
« Je veux aller à la sphère divine :
Faites-moi voir votre beau paradis ;
Je ne saurais supporter ma famille,
Ni mes amis. J'aime assez ce qui brille,
Le beau, le rare ; et je ne puis jamais
Me trouver bien que dans votre palais ;
C'est un goût vif dont je me sens coiffée.
— Très-volontiers, » dit l'indulgente fée.
    Tout aussitôt dans un char lumineux
Vers l'orient la belle est transportée.
Le char volait ; et notre dégoûtée,
Pour être en l'air, se croyait dans les cieux.
Elle descend au séjour magnifique
De la marraine. Un immense portique,
D'or ciselé dans un goût tout nouveau,
Lui parut riche et passablement beau ;
Mais ce n'est rien quand on voit le château.
Pour les jardins, c'est un miracle unique ;
Marly, Versaille, et leurs petits jets d'eau,
N'ont rien auprès qui surprenne et qui pique.
La dédaigneuse, à cette œuvre angélique,
Sentit un peu de satisfaction.
Aline dit : « Voilà votre maison ;
Je vous y laisse un pouvoir despotique,
Commandez-y. Toute ma nation
Obéira sans aucune réplique.
J'ai quatre mots à dire en Amérique,
Il faut que j'aille y faire quelques tours ;
Je reviendrai vers vous en peu de jours.
J'espère au moins, dans ma douce retraite,
Vous retrouver l'âme un peu satisfaite. »
    Aline part. La belle en liberté
Reste et s'arrange au palais enchanté,
Commande en reine, ou plutôt en déesse,
De cent beautés une foule s'empresse
A prévenir ses moindres volontés.
A-t-elle faim ? cent plats sont apportés ;
De vrai nectar la cave était fournie,
Et tous les mets sont de pure ambroisie ;
Les vases sont du plus fin diamant.
Le repas fait, on la mène à l'instant

Dans les jardins, sur les bords des fontaines,
Sur les gazons, respirer les haleines
Et les parfums des fleurs et des zéphyrs.
Vingt chars brillant de rubis, de saphirs,
Pour la porter se présentent d'eux-mêmes,
Comme autrefois les trépieds de Vulcain
Allaient au ciel, par un ressort divin,
Offrir leur siége aux majestés suprêmes.
De mille oiseaux les doux gazouillements,
L'eau qui s'enfuit sur l'argent des rigoles,
Ont accordé leurs murmures charmants ;
Les perroquets répétaient ses paroles,
Et les échos les disaient après eux.
Telle Psyché, par le plus beau des dieux
A ses parents avec art enlevée,
Au seul Amour dignement réservée,
Dans un palais des mortels ignoré,
Aux éléments commandait à son gré.
Madame Arsène est encor mieux servie :
Plus d'agréments environnaient sa vie ;
Plus de beautés décoraient son séjour ;
Elle avait tout; mais il manquait l'Amour.
Pour égayer notre mélancolique,
On lui donna le soir une musique
Dont les accords et les accents nouveaux
Feraient pâmer soixante cardinaux.
Ces sons vainqueurs allaient au fond des âmes ;
Mais elle vit, non sans émotion,
Que pour chanter on n'avait que des femmes.
« Dans ce palais point de barbe au menton !
A quoi, dit-elle, a pensé ma marraine?
Point d'homme ici ! Suis-je dans un couvent?
Je trouve bon que l'on me serve en reine ;
Mais sans sujets la grandeur est du vent.
J'aime à régner, sur des hommes s'entend ;
Ils sont tous nés pour ramper dans ma chaîne :
C'est leur destin, c'est leur premier devoir ;
Je les méprise, et je veux en avoir. »
Ainsi parlait la recluse intraitable ;
Et cependant les nymphes sur le soir
Avec respect ayant servi sa table,
On l'endormit au son des instruments.

Le lendemain mêmes enchantements,
Mêmes festins, pareille sérénade;
Et le plaisir fut un peu moins piquant.
Le lendemain lui parut un peu fade;
Le lendemain fut triste et fatigant:
Le lendemain lui fut insupportable.
Je me souviens du temps trop peu durable
Où je chantais, dans mon heureux printemps,
Des lendemains plus doux et plus plaisants[1].
La belle enfin chaque jour festoyée
Fut tellement de sa gloire ennuyée,
Que, détestant cet excès de bonheur,
Le paradis lui faisait mal au cœur.
Se trouvant seule, elle avise une brèche
A certain mur; et, semblable à la flèche
Qu'on voit partir de la corde d'un arc,
Madame saute, et vous franchit le parc.
Au même instant palais, jardins, fontaines,
Or, diamants, émeraudes, rubis,
Tout disparaît à ses yeux ébaubis;
Elle ne voit que les stériles plaines
D'un grand désert, et des rochers affreux:
La dame alors, s'arrachant les cheveux,
Demande à Dieu pardon de ses sottises.
La nuit venait, et déjà ses mains grises
Sur la nature étendaient ses rideaux.
Les cris perçants des funèbres oiseaux,
Les hurlements des ours et des panthères,
Font retentir les antres solitaires.
Quelle autre fée, hélas! prendra le soin
De secourir ma folle aventurière!
Dans sa détresse elle aperçut de loin,
A la faveur d'un reste de lumière,
Au coin d'un bois, un vilain charbonnier,
Qui s'en allait par un petit sentier,
Tout en sifflant, retrouver sa chaumière.
« Qui que tu sois, lui dit la beauté fière,
Vois en pitié le malheur qui me suit;
Car je ne sais où coucher cette nuit. »

---

1 Allusion aux lendemains du septième chant de *la Pucelle;* voyez tome IX,
page 128.

Quand on a peur, tout orgueil s'humanise.
  Le noir pataud, la voyant si bien mise,
Lui répondit : « Quel étrange démon
Vous fait aller dans cet état de crise,
Pendant la nuit, à pied, sans compagnon?
Je suis encor très-loin de ma maison.
Çà, donnez-moi votre bras, ma mignonne ;
On recevra ta petite personne
Comme on pourra. J'ai du lard et des œufs.
Toute Française, à ce que j'imagine,
Sait, bien ou mal, faire un peu de cuisine.
Je n'ai qu'un lit ; c'est assez pour nous deux. »
  Disant ces mots, le rustre vigoureux
D'un gros baiser sur sa bouche ébahie
Ferme l'accès à toute repartie ;
Et par avance il veut être payé
Du nouveau gite à la belle octroyé.
« Hélas! hélas! dit la dame affligée,
Il faudra donc qu'ici je sois mangée
D'un charbonnier ou de la dent des loups! »
Le désespoir, la honte, le courroux,
L'ont suffoquée : elle est évanouie.
Notre galant la rendait à la vie.
La fée arrive, et peut-être un peu tard.
Présente à tout, elle était à l'écart.
« Vous voyez bien, dit-elle à sa filleule,
Que vous étiez une franche bégueule.
Ma chère enfant, rien n'est si périlleux
Que de quitter le bien pour être mieux. »

  La leçon faite, on reconduit ma belle
Dans son logis. Tout y changea pour elle
En peu de temps, sitôt qu'elle changea.
Pour son profit elle se corrigea.
Sans avoir lu les beaux moyens de plaire
Du sieur Moncrif[1], et sans livre, elle plut.
Que fallait-il à son cœur?... qu'il voulût.
Elle fut douce, attentive, polie,
Vive et prudente ; et prit même en secret

1. Moncrif a fait un livre intitulé *Essais sur la nécessité et les moyens de plaire,*
1738, in-12.

Pour charbonnier un jeune amant discret,
Et fut alors une femme accomplie.

ENVOI A MADAME DE FLORIAN[1].

Chloé, quand mon impertinente
A la fin connut la façon
De devenir femme charmante,
C'est de vous qu'elle prit leçon ;
Mais elle est loin de son modèle.
Votre sort est plus singulier :
Vous aviez pis qu'un charbonnier,
Et vous avez mieux choisi qu'elle.

1. Jolie Genevoise qui, après avoir fait divorce avec Rilliet, son mari, homme d'esprit, mais un peu bizarre, avait épousé M. de Florian, gentilhomme de Languedoc, alors veuf d'une nièce de Voltaire (K.)

LES FINANCES

(1775)

Quand Terray nous mangeait [1], un honnête bourgeois,
Lassé des contre-temps d'une vie inquiète,
Transplanta sa famille au pays champenois.:
Il avait près de Reims une obscure retraite ;
Son plus clair revenu consistait en bon vin.
Un jour qu'il arrangeait sa cave et son ménage,
Il fut dans sa maison visité d'un voisin,
Qui parut à ses yeux le seigneur du village :
Cet homme était suivi de brillants estafiers,
Sergents de la finance, habillés en guerriers.
Le bourgeois fit à tous une humble révérence,
Du meilleur de son cru prodigua l'abondance ;
Puis il s'enquit tout bas quel était le seigneur
Qui faisait aux bourgeois un tel excès d'honneur.
« Je suis, dit l'inconnu, dans les fermes nouvelles,
Le royal directeur des *aides* et *gabelles*.
— Ah ! pardon, monseigneur ! Quoi ! vous *aidez* le roi ?
— Oui, l'ami. — Je révère un si sublime emploi.
Le mot d'*aide* s'entend ; *gabelles* m'embarrasse.
D'où vient ce mot ? — D'un Juif appelé *Gabelus* [2].
— Ah, d'un Juif ! je le crois. — Selon les nobles *us*
De ce peuple divin, dont je chéris la race,
Je viens prendre chez vous les *droits* qui me sont dus.
J'ai fait quelques progrès, par mon expérience,
Dans l'art de *travailler un royaume en finance*.

1. Le premier hémistiche de cette pièce prouve qu'elle est postérieure à la retraite
de l'abbé Terray, qui eut lieu le 24 auguste 1774. L'abbé, pendant son ministère,
avait pris à Voltaire 200,000 livres (voyez tome VIII, page 534). *Les Finances* sont
au tome XIII de l'édition encadrée, qui est de 1775. (B.)

2. Il y eut en effet le Juif Gabelus qui eut des affaires d'argent avec le bonhomme Tobie : et plusieurs doctes très-sensés tirent de l'hébreu l'étymologie de
gabelle, car on sait que c'est de l'hébreu que vient le français. (*Note de Voltaire.*)

Je fais loyalement deux parts de votre bien :
La première est au roi, qui n'en retire rien ;
La seconde est pour moi. Voici votre mémoire.
Tant pour les brocs de vin qu'ici nous avons bus ;
Tant pour ceux qu'aux marchands vous n'avez point vendus,
Et pour ceux qu'avec vous nous comptons encor boire ;
Tant pour le sel marin duquel nous présumons
Que vous deviez garnir vos savoureux jambons [1].
Vous ne l'avez point pris, et vous deviez le prendre.
Je ne suis point méchant, et j'ai l'âme assez tendre.
Composons, s'il vous plaît. Payez dans ce moment
Deux mille écus tournois par accommodement. »
    Mon badaud écoutait d'une mine attentive
Ce discours éloquent qu'il ne comprenait pas ;
Lorsqu'un autre seigneur en son logis arrive,
Lui fait son compliment, le serre entre ses bras :
« Que vous êtes heureux! votre bonne fortune,
En pénétrant mon cœur, à nous deux est commune.
Du *domaine* royal je suis le *contrôleur :*
J'ai su que depuis peu vous goûtez le bonheur
D'être seul héritier de votre vieille tante.
Vous pensiez n'y gagner que mille écus de rente :
Sachez que la défunte en avait trois fois plus.
Jouissez de vos biens, par mon savoir accrus.
Quand je vous enrichis, souffrez que je demande,
Pour vous être trompé, dix mille francs d'amende [2]. »

    Aussitôt ces messieurs, discrètement unis,
Font des biens au soleil un petit inventaire ;
Saisissent tout l'argent, démeublent le logis.
La femme du bourgeois crie et se désespère ;
Le maître est interdit ; la fille est tout en pleurs ;
Un enfant de quatre ans joue avec les voleurs :
Heureux pour quelque temps d'ignorer sa disgrâce!
    Son aîné, grand garçon, revenant de la chasse,
Veut secourir son père, et défend la maison :

---

1. Un homme qui a tant de cochons doit prendre tant de sel pour les saler ; et s'ils meurent, il doit prendre la même quantité de sel, sans quoi il est mis à l'amende, et on vend ses meubles. *(Note de Voltaire.)*

2. Les contrôleurs du domaine évaluent toujours le bien dont tout collatéral hérite au triple de la valeur, le taxent suivant cette évaluation, imposent une amende excessive, vendent le bien à l'encan, et l'achètent à bon marché. *(Id.)*

On les prend, on les lie, on les mène en prison ;
On les juge, on en fait de nobles Argonautes,
Qui, du port de Toulon devenus nouveaux hôtes[1],
Vont ramer pour le roi vers la mer de Cadix.
La pauvre mère expire en embrassant son fils ;
L'enfant abandonné gémit dans l'indigence ;
La fille sans secours est servante à Paris.

C'est ainsi qu'on *travaille un royaume en finance*.

1. L'aventure est arrivée à la famille d'Antoine Fusigat. (*Note de Voltaire*.)

LE DIMANCHE

OU

LES FILLES DE MINÉE [1]

—————

A MADAME ARNANCHE

(1775)

Vous demandez, madame Arnanche,
Pourquoi nos dévots paysans,
Les cordeliers à la grand'manche,
Et nos curés catéchisants,
Aiment à boire le dimanche?
J'ai consulté bien des savants.
Huet, cet évêque d'Avranche,
Qui pour la Bible toujours penche,
Prétend qu'un usage si beau
Vient de Noé le patriarche,
Qui, justement dégoûté d'eau,
S'enivrait au sortir de l'arche.
Huet se trompe : c'est Bacchus,
C'est le législateur du Gange,
Ce dieu de cent peuples vaincus,
Cet inventeur de la vendange.
C'est lui qui voulut consacrer
Le dernier jour hebdomadaire

---

1. La première édition de ce conte parut sous le nom de M. de **La** Visclède, secrétaire perpétuel de l'Académie de Marseille; il était suivi d'une *Lettre* en prose sous le même nom. (K.) — C'est, je crois, dans sa lettre à Mme du Deffant, du 17 mai 1775, que Voltaire parle des *Filles de Minée*. La *Lettre de M. de la Visclède*, c'est-à-dire écrite sous le nom de cet académicien, ne parut qu'en 1776. (B.)

A boire, à rire, à ne rien faire :
On ne pouvait mieux honorer
La divinité de son père.
Il fut ordonné par les lois
D'employer ce jour salutaire
A ne faire œuvre de ses doigts
Qu'avec sa maîtresse et son verre.

   Un jour, ce digne fils de Dieu
Et de la picuse Sémèle
Descendit du ciel au saint lieu
Où sa mère, très-peu cruelle,
Dans son beau sein l'avait conçu,
Où son père, l'ayant reçu,
L'avait enfermé dans sa cuisse ;
Grands mystères bien expliqués,
Dont autrefois se sont moqués
Des gens d'esprit pleins de malice.

   Bacchus à peine se montrait
Avec Silène et sa monture,
Tout le peuple les adorait ;
La campagne était sans culture ;
Dévotement on folâtrait ;
Et toute la cléricature
Courait en foule au cabaret.

   Parmi ce brillant fanatisme,
Il fut un pauvre citoyen
Nommé Minée, homme de bien,
Et soupçonné de jansénisme.
Ses trois filles filaient du lin,
Aimaient Dieu, servaient le prochain,
Évitaient la fainéantise,
Fuyaient les plaisirs, les amants,
Et, pour ne point perdre de temps,
Ne fréquentaient jamais l'église.

   Alcithoé dit à ses sœurs :
« Travaillons et faisons l'aumône ;
Monsieur le curé dans son prône
Donne-t-il des conseils meilleurs ?
Filons, et laissons la canaille
Chanter des versets ennuyeux :
Quiconque est honnête et travaille

Ne saurait offenser les dieux.
Filons, si vous voulez m'en croire ;
Et, pour égayer nos travaux,
Que chacune conte une histoire
En faisant tourner ses fuseaux. »
Les deux cadettes approuvèrent
Ce propos tout plein de raison,
Et leur sœur, qu'elles écoutèrent,
Commença de cette façon :

« Le travail est mon dieu, lui seul régit le monde ;
Il est l'âme de tout : c'est en vain qu'on nous dit
Que les dieux sont à table ou dorment dans leur lit.
J'interroge les cieux, l'air, et la terre, et l'onde :
Le puissant Jupiter fait son tour en dix ans[1],
Son vieux père Saturne avance à pas plus lents,
Mais il termine enfin son immense carrière ;
Et dès qu'elle est finie, il recommence encor.
« Sur son char de rubis, mêlés d'azur et d'or,
Apollon va lançant des torrents de lumière.
Quand il quitta les cieux, il se fit médecin,
Architecte, berger, ménétrier, devin ;
Il travailla toujours. Sa sœur l'aventurière
Est Hécate aux enfers, Diane dans les bois,
Lune pendant les nuits, et remplit trois emplois.
« Neptune chaque jour est occupé six heures
A soulever des eaux les profondes demeures,
Et les fait dans leur lit retomber par leur poids.
« Vulcain, noir et crasseux, courbé sur son enclume,
Forge à coups de marteau les foudres qu'il allume.
« On m'a conté qu'un jour, croyant le bien payer,
Jupiter à Vénus daigna le marier.
Ce Jupiter, mes sœurs, était grand adultère ;
Vénus l'imita bien : chacun tient de son père.
Mars plut à la friponne ; il était colonel,
Vigoureux, impudent, s'il en fut dans le ciel,
Talons rouges, nez haut, tous les talents de plaire ;

---

1. *Dix ans* est une erreur inconcevable de la part de Voltaire, qui, non-seulement dans ses *Éléments de la philosophie de Newton*, troisième partie, chapitre xii,
avait dit que la révolution de Jupiter est de près de *douze ans ;* mais qui, dans le
quatrième de ses *Discours sur l'Homme*, avait employé le terme de *douze ans*. (B.)

Et tandis que Vulcain travaillait pour la cour,
Mars consolait sa femme en parfait petit-maître,
Par air, par vanité, plutôt que par amour.
     « Le mari méprisé, mais très-digne de l'être,
Aux deux amants heureux voulut jouer d'un tour.
D'un fil d'acier poli, non moins fin que solide,
Il façonne un réseau que rien ne peut briser.
Il le porte la nuit au lit de la perfide.
Lasse de ses plaisirs, il la voit reposer
Entre les bras de Mars; et, d'une main timide,
Il vous tend son lacet sur le couple amoureux;
Puis, marchant à grands pas, encor qu'il fût boiteux,
Il court vite au Soleil conter son aventure :
« Toi qui vois tout, dit-il, viens, et vois ma parjure.
« Cependant que Phosphore au bord de l'orient
« Au-devant de ton char ne paraît point encore,
« Et qu'en versant des pleurs la diligente Aurore
« Quitte son vieil époux pour son nouvel amant,
« Appelle tous les dieux; qu'ils contemplent ma honte.
« Qu'ils viennent me venger. » Apollon est malin ;
Il rend avec plaisir ce service à Vulcain.
En petits vers galants sa disgrâce il raconte;
Il assemble en chantant tout le conseil divin.
Mars se réveille au bruit, aussi bien que sa belle :
Ce dieu très-éhonté ne se dérangea pas;
Il tint, sans s'étonner, Vénus entre ses bras,
Lui donnant cent baisers qui sont rendus par elle.
Tous les dieux à Vulcain firent leur compliment;
Le père de Vénus en rit longtemps lui-même.
On vanta du lacet l'admirable instrument,
Et chacun dit : « Bonhomme, attrapez-nous de même. »

          Lorsque la belle Alcithoé
       Eut fini son conte pour rire,
       Elle dit à sa sœur Thémire :
       « Tout ce peuple chante *Évoé*;
       Il s'enivre, il est en délire;
       Il croit que la joie est du bruit.
       Mais vous, que la raison conduit,
       N'auriez-vous donc rien à nous dire? »
       Thémire à sa sœur répondit :
       « La populace est la plus forte;

Je crains ces dévots, et fais bien :
A double tour fermons la porte,
Et poursuivons notre entretien.
Votre conte est de bonne sorte ;
D'un vrai plaisir il me transporte :
Pourrez-vous écouter le mien ?

    « C'est de Vénus qu'il faut parler encore ;
Sur ce sujet jamais on ne tarit :
Filles, garçons, jeunes, vieux, tout l'adore ;
Mille grimauds font des vers sans esprit
Pour la chanter. Je m'en suis souvent plainte.
Je détestais tout médiocre auteur :
Mais on les passe, on les souffre, et la sainte
Fait qu'on pardonne au sot prédicateur.
    « Cette Vénus, que vous avez dépeinte
Folle d'amour pour le dieu des combats,
D'un autre amour eut bientôt l'âme atteinte :
Le changement ne lui déplaisait pas.
Elle trouva devers la Palestine
Un beau garçon dont la charmante mine,
Les blonds cheveux, les roses, et les lis,
Les yeux brillants, la taille noble et fine,
Tout lui plaisait : car c'était Adonis.
Cet Adonis, ainsi qu'on nous l'atteste,
Au rang des dieux n'était pas tout à fait ;
Mais chacun sait combien il en tenait.
Son origine était toute céleste ;
Il était né des plaisirs d'un inceste.
Son père était son aïeul Cynira,
Qui l'avait eu de sa fille Myrrha ;
Et Cynira (ce qu'on a peine à croire)
Était le fils d'un beau morceau d'ivoire.
Je voudrais bien que quelque grand docteur
Pût m'expliquer sa généalogie :
J'aime à m'instruire ; et c'est un grand bonheur
D'être savante en la théologie.
    « Mars fut jaloux de son charmant rival ;
Il le surprit avec sa Cythérée,
Le nez collé sur sa bouche sacrée,
Faisant des dieux. Mars est un peu brutal ;
Il prit sa lance, et, d'un coup détestable,

Il transperça ce jeune homme adorable,
De qui le sang produit encor des fleurs.
J'admire ici toutes les profondeurs
De cette histoire; et j'ai peine à comprendre
Comment un dieu pouvait ainsi pourfendre
Un autre dieu. Çà, dites-moi, mes sœurs,
Qu'en pensez-vous? parlez-moi sans scrupule:
Tuer un dieu n'est-il pas ridicule?
    — Non, dit Climène; et puisqu'il était né,
C'est à mourir qu'il était destiné.
Je le plains fort; sa mort paraît trop prompte.
Mais poursuivez le fil de votre conte. »
    Notre Thémire, aimant à raisonner,
Lui répondit : « Je vais vous étonner.
Adonis meurt; mais Vénus la féconde[1],
Qui peuple tout, qui fait vivre et sentir,
Cette Vénus qui créa le Plaisir,
Cette Vénus qui répare le monde,
Ressuscita, sept jours après sa mort,
Le dieu charmant dont vous plaignez le sort.
    — Bon, dit Climène, en voici bien d'une autre :
Ma chère sœur, quelle idée est la vôtre!
Ressusciter les gens! je n'en crois rien.
    — Ni moi non plus, dit la belle conteuse;
Et l'on peut être une fille de bien
En soupçonnant que la fable est menteuse.
Mais tout cela se croit très-fermement
Chez les docteurs de ma noble patrie,
Chez les rabbins de l'antique Syrie,
Et vers le Nil, où le peuple en dansant,
De son Isis entonnant la louange,
Tous les matins fait des dieux, et les mange.
Chez tous ces gens Adonis est fêté.
On vous l'enterre avec solennité :
Six jours entiers l'enfer est sa demeure;
Il est damné tant en corps qu'en esprit.
Dans ces six jours chacun gémit et pleure;
Mais le septième il ressuscite, on rit.
Telle est, dit-on, la belle allégorie,
Le vrai portrait de l'homme et de la vie :

____

1. Imitation des premiers vers du poëme de Lucrèce. (B.)

  Six jours de peine, un seul jour de bonheur.
  Du mal au bien toujours le destin change :
  Mais il est peu de plaisirs sans douleur,
  Et nos chagrins sont souvent sans mélange. »

De la sage Climène enfin c'était le tour.
Son talent n'était pas de conter des sornettes,
De faire des romans, ou l'histoire du jour,
De ramasser des faits perdus dans les gazettes.
Elle était un peu sèche, aimait la vérité,
La cherchait, la disait avec simplicité ;
Se souciant fort peu qu'elle fût embellie,
Elle eût fait un bon tome à l'*Encyclopédie*.
Climène à ses deux sœurs adressa ce discours :
« Vous m'avez de nos dieux raconté les amours,
  Les aventures, les mystères :
Si nous n'en croyons rien, que nous sert d'en parler ?
Un mot devrait suffire : on a trompé nos pères,
  Il ne faut pas leur ressembler.
  Les Béotiens, nos confrères,
Chantent au cabaret l'histoire de nos dieux ;
Le vulgaire se fait un grand plaisir de croire
  Tous ces contes fastidieux
Dont on a dans l'enfance enrichi sa mémoire.
Pour moi, dût le curé me gronder après boire,
Je m'en tiens à vous dire, avec mon peu d'esprit,
Que je n'ai jamais cru rien de ce qu'on m'a dit.
D'un bout du monde à l'autre on ment et l'on mentit ;
Nos neveux mentiront comme ont fait nos ancêtres.
  Chroniqueurs, médecins, et prêtres,
Se sont moqués de nous dans leur fatras obscur :
  Moquons-nous d'eux, c'est le plus sûr.
  Je ne crois point à ces prophètes
  Pourvus d'un esprit de Python,
  Qui renoncent à leur raison
  Pour prédire des choses faites.
Je ne crois pas qu'un Dieu nous fasse nos enfants ;
  Je ne crois point la guerre des géants ;
Je ne crois point du tout à la prison profonde
D'un rival de Dieu même en son temps foudroyé ;
Je ne crois point qu'un fat ait embrasé ce monde,
  Que son grand-père avait noyé ;

Je ne crois aucun des miracles
Dont tout le monde parle, et qu'on n'a jamais vus;
Je ne crois aucun des oracles
Que des charlatans ont vendus;
Je ne crois point...» La belle, au milieu de sa phrase,
S'arrêta de frayeur: un bruit affreux s'entend;
La maison tremble: un coup de vent
Fait tomber le trio qui jase.
Avec tout son clergé Bacchus entre en buvant:
« Et moi, je crois, dit-il, mesdames les savantes,
Qu'en faisant trop les beaux esprits,
Vous êtes des impertinentes.
Je crois que de mauvais écrits
Vous ont un peu tourné la tête,
Vous travaillez un jour de fête;
Vous en aurez bientôt le prix,
Et ma vengeance est toute prête:
Je vous change en chauves-souris. »

Aussitôt de nos trois recluses[1]
Chaque membre se raccourcit;
Sous leur aisselle il s'étendit
Deux petites ailes velues.
Leur voix pour jamais se perdit;
Elles volèrent dans les rues,
Et devinrent oiseaux de nuit.
Ce châtiment fut tout le fruit
De leurs sciences prétendues.
Ce fut une grande leçon
Pour tout bon raisonneur qui fronde:
On connut qu'il est dans ce monde
Trop dangereux d'avoir raison.
Ovide a conté cette affaire;
La Fontaine en parle après lui;
Moi je la répète aujourd'hui,
Et j'aurais mieux fait de me taire.

1. Une édition de 1775, que j'ai sous les yeux, porte *recluses*. La rime exige ce mot. Cependant beaucoup d'éditions ont *récluses*. (B.)

SÉSOSTRIS[1]

Vous le savez, chaque homme a son génie
Pour l'éclairer et pour guider ses pas
Dans les sentiers de cette courte vie.
A nos regards il ne se montre pas,
Mais en secret il nous tient compagnie.
On sait aussi qu'ils étaient autrefois
Plus familiers que dans l'âge où nous sommes :
Ils conversaient, vivaient avec les hommes
En bons amis, surtout avec les rois.
    Près de Memphis, sur la rive féconde
Qu'en tous les temps, sous des palmiers fleuris,
Le dieu du Nil embellit de son onde,
Un soir au frais, le jeune Sésostris
Se promenait, loin de ses favoris,
Avec son ange, et lui disait : « Mon maître,
Me voilà roi : j'ai dans le fond du cœur
Un vrai désir de mériter de l'être :
Comment m'y prendre? » Alors son directeur
Dit : « Avançons vers ce grand labyrinthe
Dont Osiris forma[2] la belle enceinte ;
Vous l'apprendrez. » Docile à ses avis,
Le prince y vole[3]. Il voit dans le parvis
Deux déités d'espèce différente :
L'une paraît une beauté touchante,

---

1. Ce conte est une allégorie en l'honneur de Louis XVI, qui régnait depuis environ vingt mois. Composé en février 1776, il fut d'abord envoyé à d'Argental, et bientôt répandu (voyez lettres à d'Argental, du 6 mars 1776, et à Marmontel, du 8 mars). (B.)

2. Variante :

    Dont Osiris fonda.

3. Variante :

    Le prince y court.

Au doux sourire, aux regards enchanteurs,
Languissamment couchée entre des fleurs,
D'Amours badins, de Grâces entourée,
Et de plaisir encor tout enivrée.
Loin derrière elle étaient trois assistants,
Secs, décharnés, pâles, et chancelants.
Le roi demande à son guide fidèle
Quelle est la nymphe et si tendre et si belle,
Et que font là ces trois vilaines gens?
Son compagnon lui répondit : « Mon prince,
Ignorez-vous quelle est cette beauté?
A votre cour, à la ville, en province,
Chacun l'adore, et c'est la Volupté.
Ces trois vilains, qui vous font tant de peine,
Marchent souvent après leur souveraine :
C'est le Dégoût, l'Ennui, le Repentir,
Spectres hideux, vieux enfants du Plaisir. »
    L'Égyptien fut affligé d'entendre
De ce propos la triste vérité.
« Ami, dit-il, veuillez aussi m'apprendre
Quelle est plus loin cette autre déité
Qui me paraît moins facile et moins tendre,
Mais dont l'air noble et la sérénité
Me plaît assez. Je vois à son côté
Un sceptre d'or, une sphère, une épée,
Une balance; elle tient dans sa main
Des manuscrits dont elle est occupée;
Tout l'ornement qui pare son beau sein
Est une égide. Un temple magnifique
S'ouvre à sa voix, tout brillant de clarté;
Sur le fronton de l'auguste portique
Je lis ces mots : *A l'immortalité.*
Y puis-je entrer? — L'entreprise est pénible,
Repartit l'ange ; on a souvent tenté
D'y parvenir, mais on s'est rebuté.
Cette beauté, qui vous semble inflexible,
Peut quelquefois se laisser enflammer.
La Volupté [1], plus douce et plus sensible,

1. Variante :

    Cette beauté qui paraît peu sensible,
    Fille du ciel, mère de tous les arts,

A plus d'attraits ; l'autre sait mieux aimer.
Il faut, pour plaire à la fière immortelle,
Un esprit juste, un cœur pur et fidèle :
C'est la Sagesse ; et ce brillant séjour
Qu'on vient d'ouvrir est celui de la Gloire.
Le bien qu'on fait y vit dans la mémoire ;
Votre beau nom y doit paraître un jour.
Décidez-vous entre ces deux déesses :
Vous ne pouvez les servir à la fois. »
　　Le jeune roi lui dit : « J'ai fait mon choix.
Ce que j'ai vu doit régler mes tendresses.
D'autres voudront les aimer[1] toutes deux :
L'une un moment pourrait me rendre heureux ;
L'autre par moi peut rendre heureux le monde. »
A la première, avec un air galant,
Il appliqua deux baisers en passant ;
Mais il donna son cœur à la seconde.

> Surtout de l'art de gouverner la terre,
> D'être un héros soit en paix, soit en guerre,
> Est la Sagesse ; et ce noble séjour
> Qu'on vient d'ouvrir...

Cette version est prise dans le *Mercure*, tome Ier d'avril 1776 : un vers y est sans rime. (B.)

　1. Variante :

> D'autres voudront les servir.

LE SONGE CREUX[1]

Je veux conter comment la nuit dernière,
D'un vin d'Arbois largement abreuvé,
Par passe-temps dans mon lit j'ai rêvé
Que j'étais mort, et ne me trompais guère.
Je vis d'abord notre portier Cerbère,
De trois gosiers aboyant à la fois ;
Il me fallut traverser trois rivières ;
On me montra les trois sœurs filandières,
Qui font le sort des peuples et des rois.
Je fus conduit vers trois juges sournois,
Qu'accompagnaient trois gaupes effroyables,
Filles d'enfer et geôlières des diables ;
Car, Dieu merci, tout se faisait par trois.
Ces lieux d'horreur effarouchaient ma vue,
Je frémissais à la sombre étendue
Du vaste abîme où des esprits pervers
Semblaient avoir englouti l'univers.
Je réclamais la clémence infinie
Des puissants dieux, auteurs de tous les biens.
Je l'accusais, lorsqu'un heureux génie
Me conduisit aux champs élysiens,
Au doux séjour de la paix éternelle,
Et des plaisirs, qui, dit-on, sont nés d'elle.
On me montra, sous des ombrages frais,
Mille héros connus par les bienfaits
Qu'ils ont versés sur la race mortelle,
Et qui pourtant n'existèrent jamais :

1. Les éditeurs de Kehl ont placé le *Songe creux* à la fin des contes, sans en donner la date. Je pense qu'ils l'ont imprimé sur manuscrit, car je ne l'ai trouvé dans aucune des éditions qui ont précédé celles de Kehl. (B.)

Le grand Bacchus, digne en tout de son père;
Bellérophon, vainqueur de la Chimère;
Cent demi-dieux des Grecs et des Romains.
En tous les temps tout pays eut ses saints.
    Or, mes amis, il faut que je déclare
Que si j'étais rebuté du Tartare,
Cet Élysée et sa froide beauté
M'avaient aussi promptement dégoûté.
Impatient de fuir cette cohue,
Pour m'esquiver je cherchais une issue,
Quand j'aperçus un fantôme effrayant,
Plein de fumée, et tout enflé de vent,
Et qui semblait me fermer le passage.
« Que me veux-tu? dis-je à ce personnage.
— Rien, me dit-il, car je suis le Néant.
Tout ce pays est de mon apanage. »
De ce discours je fus un peu troublé.
« Toi le Néant! jamais il n'a parlé...
— Si fait, je parle; on m'invoque, et j'inspire
Tous les savants qui sur mon vaste empire
Ont publié tant d'énormes fatras...
— Eh bien, mon roi, je me jette en tes bras.
Puisqu'en ton sein tout l'univers se plonge,
Tiens, prends mes vers, ma personne, et mon songe:
Je porte envie au mortel fortuné
Qui t'appartient au moment qu'il est né. »

FIN DES CONTES EN VERS.

SATIRES

SATIRES[1]

LE BOURBIER

(1714[2])

Pour tous rimeurs, habitants du Parnasse,
De par Phébus il est plus d'une place :
Les rangs n'y sont confondus comme ici,

1. M. de Voltaire a fait des *satires* comme Boileau, et comme Boileau il a peut-être parlé trop souvent de ses ennemis personnels. Mais les ennemis de Boileau n'étaient que ceux du bon goût, et les ennemis de Voltaire furent ceux du genre humain. L'un fut injuste à l'égard de Quinault, auquel il ne pardonna jamais ni la mollesse aimable de sa versification, ni cette galanterie qui blessait l'austérité et la justesse de son goût. L'autre fut injuste envers J.-J. Rousseau, mais Rousseau s'était déclaré l'ennemi des lumières et de la philosophie. Il paraissait vouloir attirer la persécution sur les mêmes hommes qui avaient pris sa défense, lorsque lui-même en avait été l'objet. Mais M. de Voltaire fut de bonne foi ainsi que Boileau. Ils n'ont méconnu, l'un dans Quinault, l'autre dans Rousseau, que des talents pour lesquels leur caractère et leur esprit ne leur donnaient aucun attrait naturel. Si M. de Voltaire a pris quelquefois le ton violent et presque cynique de Juvénal, c'est qu'il avait à punir, comme lui, le vice et l'hypocrisie. (K.)

2. Cette pièce, qui n'était pas dans les éditions de Kehl, est quelquefois intitulée *le Parnasse ;* et ce fut à son occasion que Chaulieu adressa à Voltaire l'épître qui commence ainsi :

> Que j'aime ta noble audace,
> Arouet, qui d'un plein saut
> Escalades le Parnasse,
> Et tout à coup, près d'Horace,
> Sur le sommet le plus haut,
> Brigues la première place, etc.

Les éditeurs de Chaulieu ne savaient pas quelle était la pièce de Voltaire à laquelle se rapportait celle de l'abbé. Cependant *le Bourbier* ou *le Parnasse* a souvent été imprimé, savoir : dans les *Nouvelles Littéraires*, 1715, tome Ier, page 151; à la suite d'une édition de *la Ligue* (*Henriade*), Amsterdam, 1724, in-12, page 194; dans le *Voltariana*, page 270; dans *Mon Petit Portefeuille*, 1774, tome II, page 121; dans l'*Histoire littéraire de Voltaire*, par Luchet, tome Ier, page 26; dans l'*Almanach littéraire* ou *Étrennes d'Apollon pour 1793*, page 5 ; Mme Dunoyer l'avait aussi inséré dans ses *Lettres galantes*. Voltaire avait composé cette satire de dépit de voir son *Ode sur le vœu de Louis XIII* (voyez tome VIII, page 407) jugée indigne du prix que Houdard de Lamotte fit adjuger à l'abbé du Jarry. Ce fut peut-être le même sentiment de dépit qui, longtemps après *le Bourbier*, dicta à Voltaire le vers

Et c'est raison. Ferait beau voir aussi[1]
Le fade auteur d'un roman ridicule
Sur même lit couché près de Catulle ;
Ou bien Lamotte ayant l'honneur du pas
Sur le harpeur[2] ami de Mécénas :
Trop bien Phébus sait de sa république
Régler les rangs et l'ordre hiérarchique ;
Et, dispensant honneur et dignité,
Donne à chacun ce qu'il a mérité.
Au haut du mont sont fontaines d'eau pure,
Riants jardins, non tels qu'à Châtillon
En a planté l'ami de Crébillon[3],
Et dont l'art seul a fourni la parure :
Ce sont jardins ornés par la nature.
Là sont lauriers, orangers toujours verts ;
Séjournent là gentils faiseurs de vers.
Anacréon, Virgile, Horace, Homère,
Dieux qu'à genoux le bon Dacier révère,
D'un beau laurier y couronnent leur front.
Un peu plus bas, sur le penchant du mont,
Est le séjour de ces esprits timides,
De la raison partisans insipides,
Qui, compassés dans leurs vers languissants,
A leur lecteur font haïr le bon sens.
Adonc, amis, si, quand ferez voyage,
Vous abordez la poétique plage,
Et que Lamotte ayez désir de voir,

contre Lamotte qu'on lit dans l'exorde de *la Pucelle* (voyez tome IX, page 26).
Voltaire publia aussi des observations sur l'ode de du Jarry. On lui a même attribué
une épigramme à ce propos (voyez dans les *Poésies mêlées*, n° vii). (B.) — Quand
le Bourbier parut, le poëte avait vingt ans (le concours académique avait été clos
en 1714). L'attaque était sanglante, elle s'adressait à un homme estimé, qui avait
des amis, si ses idées et sa poétique lui avaient mérité des adversaires. *Le
Bourbier* fit scandale : il indigna, il amusa, il attira l'attention sur son auteur...
Voltaire, dans sa Lettre aux auteurs du *Nouvelliste du Parnasse*, juin 1731,
convient de ces premiers écarts de sa verve, qu'excusent l'imprudence de l'âge et
le ressentiment d'une injustice, mais qui ne seront pas, dit-il, ceux de son âge
mûr : « Je me suis imposé la loi de ne jamais tomber dans ce détestable genre
d'écrire. » (G. D.)

1. Une note du temps nous apprend qu'il est question de Jean de La Chapelle,
auteur des *Amours de Catulle*, 1770, in-12 ; des *Amours de Tibulle*, 1712-1713, deux
volumes in-12. Il ne faut pas confondre cet écrivain avec l'ami de Bachaumont. (B.)

2. Horace.

3. Le banquier suisse Hoguère, qui habitait le château de Châtillon, près Paris.

Retenez bien qu'illec est son manoir.
Là ses consorts ont leurs têtes ornées
De quelques fleurs presque en naissant fanées,
D'un sol aride incultes nourrissons,
Et digne prix de leurs maigres chansons.
Cettui pays n'est pays de Cocagne.
Il est enfin, au pied de la montagne,
Un bourbier noir, d'infecte profondeur,
Qui fait sentir très-malplaisante odeur
A tout chacun, fors à la troupe impure
Qui va nageant dans ce fleuve d'ordure.
Et qui sont-ils ces rimeurs diffamés?
Pas ne prétends que par moi soient nommés.
Mais quand verrez chansonniers, faiseurs d'odes,
Rogues corneurs de leurs vers incommodes,
Peintres, abbés, brocanteurs, jetonniers,
D'un vil café superbes casaniers,
Où tous les jours, contre Rome et la Grèce,
De maldisants se tient bureau d'adresse,
Direz alors, en voyant tel gibier :
« Ceci paraît citoyen du bourbier. »
De ces grimauds la croupissante race
En cettui lac incessamment coasse
Contre tous ceux qui, d'un vol assuré,
Sont parvenus au haut du mont sacré.
En ce seul point cettui peuple s'accorde,
Et va cherchant la fange la plus orde
Pour en noircir les menins d'Hélicon,
Et polluer le trône d'Apollon.
C'est vainement ; car cet impur nuage
Que contre Homère, en son aveugle rage,
La gent moderne assemblait avec art,
Est retombé sur le poëte Houdart :
Houdart, ami de la troupe aquatique,
Et de leurs vers approbateur unique,
Comme est aussi le tiers état auteur
Dudit Houdart unique admirateur ;
Houdart enfin, qui, dans un coin du Pinde,
Loin du sommet où Pindare se guinde,
Non loin du lac est assis, ce dit-on,
Tout au-dessus de l'abbé Terrasson.

LA CRÉPINADE [1]

———

Le diable un jour, se trouvant de loisir,
Dit : « Je voudrais former à mon plaisir
Quelque animal dont l'âme et la figure
Fût à tel point au rebours de nature,
Qu'en le voyant l'esprit le plus bouché
Y reconnût mon portrait tout craché. »
Il dit, et prend une argile ensoufrée,
Des eaux du Styx imbue et pénétrée ;
Il en modèle un chef-d'œuvre naissant,
Pétrit son homme, et rit en pétrissant.
D'abord il met sur une tête immonde
Certain poil roux que l'on sent à la ronde ;
Ce crin de juif orne un cuir bourgeonné,
Un front d'airain, vrai casque de damné ;
Un sourcil blanc cache un œil sombre et louche ;
Sous un nez large il tord sa laide bouche.
Satan lui donne un ris sardonien
Qui fait frémir les pauvres gens de bien,
Cou de travers, omoplate en arcade,

---

1. J.-B. Rousseau avait fait une satire intitulée *la Baronade*, contre le baron
de Breteuil son bienfaiteur, dont il avait été le secrétaire, et il avait eu l'impudence de prétendre ne s'être brouillé avec M. de Voltaire que par zèle pour la
religion : hypocrisie révoltante dans un homme connu par tant d'épigrammes irré-
ligieuses, et banni pour crime de subornation. Ces circonstances rendent cette
satire excusable : l'ingratitude et l'hypocrisie doivent être traitées sans ménagement.(K.) — Tout le monde n'a pas autant d'indulgence : « Il est triste qu'un homme
comme M. de Voltaire, qui, jusque-là, avait eu la gloire de ne se jamais servir de
son talent pour accabler ses ennemis, ait voulu perdre cette gloire. » Telles sont
les expressions employées par Voltaire lui-même dans sa *Vie de Rousseau*, à propos
de *la Crépinade*. Il témoigne ailleurs d'autres regrets pour quelques expressions
violentes contre Rousseau.

La Crépinade est de 1736, du même temps que l'*Ode sur l'ingratitude* (tome VIII,
page 421). Voltaire l'envoya à La Faye en septembre 1736. L'auteur donna ce titre
à sa satire, parce que le père de J.-B. Rousseau était cordonnier. (B.)

Un dos cintré propre à la bastonnade ;
Puis il lui souffle un esprit imposteur,
Traître et rampant, satirique et flatteur.
Rien n'épargnait : il vous remplit la bête
De fiel au cœur, et de vent dans la tête.
Quand tout fut fait, Satan considéra
Ce beau garçon, le baisa, l'admira ;
Endoctrina, gouverna son ouaille ;
Puis dit à tous : « Il est temps qu'il rimaille. »
Aussitôt fait, l'animal rimailla,
Monta sa vielle, et Rabelais pilla ;
Il griffonna des *Ceintures magiques*[1],
Des *Adonis*, des *Aïeux chimériques*;
Dans les cafés il fit le bel esprit ;
Il nous chanta Sodome et Jésus-Christ ;
Il fut sifflé, battu pour son mérite,
Puis fut errant, puis se fit hypocrite ;
Et, pour finir, à son père il alla.
Qu'il y demeure. Or je veux sur cela
Donner au diable un conseil salutaire :
« Monsieur Satan, lorsque vous voudrez faire
Quelque bon tour au chétif genre humain,
Prenez-vous-y par un autre chemin.
Ce n'est le tout d'envoyer son semblable
Pour nous tenter : Crépin, votre féal,
Vous servant trop, vous a servi fort mal :
Pour nous damner, rendez le vice aimable. »

---

1. Titres d'ouvrages dramatiques de J.-B. Rousseau.

AVERTISSEMENT

LE MONDAIN ET *LA DÉFENSE DU MONDAIN.*

Ces deux ouvrages ont attiré à **M.** de Voltaire les reproches non-seulement des dévots, mais de plusieurs philosophes austères et respectables. Ceux des dévots ne pouvaient mériter que du mépris; et on leur a répondu dans la *Défense du Mondain.* Toute prédication contre le luxe n'est qu'une insolence ridicule dans un pays où les chefs de la religion appellent leur maison un *palais,* et mènent dans l'opulence une vie molle et voluptueuse.

Les reproches des philosophes méritent une réponse plus grave. Toute grande société est fondée sur le droit de propriété; elle ne peut fleurir qu'autant que les individus qui la composent sont intéressés à multiplier les productions de la terre et celles des arts, c'est-à-dire autant qu'ils peuvent compter sur la libre jouissance de ce qu'ils acquièrent par leur industrie; sans cela les hommes, bornés au simple nécessaire, sont exposés à en manquer. D'ailleurs l'espèce humaine tend naturellement à se multiplier, puisqu'un homme et une femme qui ont de quoi se nourrir et nourrir leur famille élèveront en général un plus grand nombre d'enfants que les deux qui sont nécessaires pour les remplacer. Ainsi toute peuplade qui n'augmente point souffre, et l'on sait que dans tout pays où la culture n'augmente point, la population ne peut augmenter.

Il faut donc que les hommes puissent acquérir en propriété plus que le nécessaire, et que cette propriété soit respectée, pour que la société soit florissante. L'inégalité des fortunes, et par conséquent le luxe, y est donc utile.

On voit d'un autre côté que moins cette inégalité est grande, plus la société est heureuse. Il faut donc que les lois, en laissant à chacun la liberté d'acquérir des richesses et de jouir de celles qu'il possède, tendent à diminuer l'inégalité; mais si elles établissent le partage égal des successions; si elles n'étendent point trop la permission de tester; si elles laissent au commerce, aux professions de l'industrie, toute leur liberté naturelle; si une administration simple d'impôts rend impossibles les grandes fortunes de finance; si aucune grande place n'est héréditaire ni lucrative, dès lors il ne peut s'établir une grande inégalité; en sorte que l'intérêt de la prospérité publique est ici d'accord avec la raison, la nature et la justice.

Si l'on suppose une grande inégalité établie, le luxe n'est point un mal; en effet, le luxe diminue en grande partie les effets de cette inégalité, en faisant vivre le pauvre aux dépens des fantaisies du riche. Il vaut mieux qu'un homme qui a cent mille écus de rente nourrisse des doreurs, des brodeuses ou des peintres, que s'il employait son superflu, comme les anciens Romains, à se faire des créatures, ou bien, comme nos anciens seigneurs, à entretenir de la valetaille, des moines, ou des bêtes fauves.

La corruption des mœurs naît de l'inégalité d'état ou de fortune, et non pas du luxe : elle n'existe que parce qu'un individu de l'espèce humaine en peut acheter ou soumettre un autre.

Il est vrai que le luxe le plus innocent, celui qui consiste à jouir des délices de la vie, amollit les âmes, et, en leur rendant une grande fortune nécessaire, les dispose à la corruption; mais en même temps il les adoucit. Une grande inégalité de fortune, dans un pays où les délices sont inconnues, produit des complots, des troubles, et tous les crimes si fréquents dans les siècles de barbarie.

Il n'est donc qu'un moyen sûr d'attaquer le luxe; c'est de détruire l'inégalité des fortunes par les lois sages qui l'auraient empêché de nuire. Alors le luxe diminuera sans que l'industrie y perde rien; les mœurs seront moins corrompues; les âmes pourront être fortes sans être féroces.

Les philosophes qui ont regardé le luxe comme la source des maux de l'humanité ont donc pris l'effet pour la cause; et ceux qui ont fait l'apologie du luxe, en le regardant comme la source de la richesse réelle d'un État, ont pris pour un bon régime de santé un remède qui ne fait que diminuer les ravages d'une maladie funeste.

C'est ici toute l'erreur qu'on peut reprocher à M. de Voltaire; erreur qu'il partageait avec les hommes les plus éclairés sur la politique qu'il y eût en France, quand il composa cette satire.

Quant à ce qu'il dit dans la première pièce, et qui se borne à prétendre que les commodités de la vie sont une bonne chose, cela est vrai, pourvu qu'on soit sûr de les conserver, et qu'on n'en jouisse point aux dépens d'autrui.

Il n'est pas moins vrai que la frugalité, qu'on a prise pour une vertu, n'a été souvent que l'effet du défaut d'industrie, ou de l'indifférence pour les douceurs de la vie, que les brigands des forêts de la Tartarie poussent au moins aussi loin que les stoïciens.

Les conseils que donne Mentor à Idoménée, quoique inspirés par un sentiment vertueux, ne seraient guère praticables, surtout dans une grande société; et il faut avouer que cette division des citoyens en classes distinguées entre elles par les habits n'est d'une politique ni bien profonde ni bien solide.

Les progrès de l'industrie, il faut en convenir, ont contribué, sinon au bonheur, du moins au bien-être des hommes; et l'opinion que le siècle où a vécu M. de Voltaire valait mieux que ceux qu'on regrette tant n'est point particulière à cet illustre philosophe; elle est celle de beaucoup d'hommes très-éclairés.

Ainsi, en ayant égard à l'espèce d'exagération que permet la poésie, surtout dans un ouvrage de plaisanterie, ces pièces ne méritent aucun reproche grave, et moins qu'aucun autre celui de dureté ou de personnalité que leur a fait J.-J. Rousseau; car c'est précisément parce que le commerce, l'industrie, le luxe, lient entre eux les nations et les états de la société, adoucissent les hommes, et font aimer la paix, que M. de Voltaire en a quelquefois exagéré les avantages.

Nous avouerons avec la même franchise que la vie d'un honnête homme, peinte dans *le Mondain,* est celle d'un sybarite, et que tout homme qui mène cette vie ne peut être, même sans avoir aucun vice, qu'un homme aussi méprisable qu'ennuyé; mais il est aisé de voir que c'est une pure plaisanterie. Un homme qui, pendant soixante et dix ans, n'a point peut-être passé un seul jour sans écrire ou sans agir en faveur de l'humanité, aurait-il approuvé une vie consumée dans de vains plaisirs? Il a voulu dire seulement qu'une vie inutile, perdue dans les voluptés, est moins criminelle et moins méprisable qu'une vie austère employée dans l'intrigue, souillée par les ruses de l'hypocrisie, ou les manœuvres de l'avidité.

K.

LE MONDAIN [1]

(1736)

Regrettera qui veut le bon vieux temps [2],
Et l'âge d'or, et le règne d'Astrée,
Et les beaux jours de Saturne et de Rhée,
Et le jardin de nos premiers parents ;
Moi, je rends grâce à la nature sage
Qui, pour mon bien, m'a fait naître en cet âge
Tant décrié par nos tristes frondeurs [3] :
Ce temps profane est tout fait pour mes mœurs.
J'aime le luxe, et même la mollesse,
Tous les plaisirs, les arts de toute espèce,

---

1. Cette pièce est de 1736. C'est un badinage dont le fond est très-philoso-phique et très-utile ; son utilité se trouve expliquée dans la pièce suivante. Voyez aussi, page 89, la lettre de M. de Melon à Mme la comtesse de Verrue. (*Note de Voltaire*, 1748.) — C'est dans la lettre à Cideville, du 5 août 1736, que Voltaire parle pour la première fois du *Mondain*, qui était déjà entre les mains de Formont. Les copies se multiplièrent, et (voyez ci-après page 88) l'auteur fut persécuté. Luchet dit que cette disgrâce fut causée par les plaisanteries sur Adam. Il ajoute que quelques personnes l'ont attribuée aux vers sur Colbert qui sont dans la *Défense du Mondain* :

> Ah ! que Colbert était un esprit sage !

Éloge que le cardinal de Fleury prit pour une ironie contre lui. Il est possible que les vers sur Adam fussent le prétexte, et que les vers sur Colbert fussent la cause. Voltaire sortit de France à la fin de 1736, et se réfugia en Hollande. Il était de retour à Cirey en mars 1737. Son exil ne dura donc guère que deux mois.

Piron a fait contre *le Mondain* une pièce de quatre-vingt-deux vers, qu'il a inti-tulée *l'Anti-Mondain*.

Dans plusieurs éditions des *OEuvres de Voltaire*, on a donné au *Mondain* le titre de *Défense du Mondain* ; et à la *Défense du Mondain*, celui du *Mondain*. Cette singulière faute a été corrigée du vivant de l'auteur. (B.)

2. Ce vers et le huitième sont imités de *l'Art d'aimer* d'Ovide, chant III, vers 121-122.

3. Variante :

> Tant décrié par nos pauvres docteurs.

La propreté, le goût, les ornements :
Tout honnête homme a de tels sentiments.
Il est bien doux pour mon cœur très-immonde
De voir ici l'abondance à la ronde,
Mère des arts et des heureux travaux,
Nous apporter, de sa source féconde,
Et des besoins et des plaisirs nouveaux.
L'or de la terre et les trésors de l'onde,
Leurs habitants et les peuples de l'air,
Tout sert au luxe, aux plaisirs de ce monde.
O le bon temps que ce siècle de fer !
Le superflu, chose très-nécessaire [1],
A réuni l'un et l'autre hémisphère.
Voyez-vous pas ces agiles vaisseaux
Qui, du Texel, de Londres, de Bordeaux,
S'en vont chercher, par un heureux échange,
De nouveaux biens, nés aux sources du Gange,
Tandis qu'au loin, vainqueurs des musulmans,
Nos vins de France enivrent les sultans ?
Quand la nature était dans son enfance,
Nos bons aïeux vivaient dans l'ignorance [2],
Ne connaissant ni le *tien* ni le *mien*.
Qu'auraient-ils pu connaître ? ils n'avaient rien,
Ils étaient nus ; et c'est chose très-claire
Que qui n'a rien n'a nul partage à faire.
Sobres étaient. Ah ! je le crois encor :
Martialo [3] n'est point du siècle d'or.
D'un bon vin frais ou la mousse ou la sève
Ne gratta point le triste gosier d'Ève ;
La soie et l'or ne brillaient point chez eux,
Admirez-vous pour cela nos aïeux ?
Il leur manquait l'industrie et l'aisance :
Est-ce vertu ? c'était pure ignorance.
Quel idiot, s'il avait eu pour lors
Quelque bon lit, aurait couché dehors ?

1. Fréron, dans l'*Année littéraire,* 1764, tome VIII, fait l'éloge de ce vers.
2. Variante :

   Nos bons aïeux vivaient dans l'innocence.

3. Auteur du *Cuisinier français.* (*Note de Voltaire,* 1748.) — A.-A. Barbier, auteur du *Dictionnaire des ouvrages anonymes,* dit que le nom est Massialo ; d'autres écrivent Massialot. (B.)

Mon cher Adam, mon gourmand, mon bon père[1],
Que faisais-tu dans les jardins d'Éden ?
Travaillais-tu pour ce sot genre humain ?
Caressais-tu madame Ève, ma mère ?
Avouez-moi que vous aviez tous deux
Les ongles longs, un peu noirs et crasseux,
La chevelure un peu mal ordonnée,
Le teint bruni, la peau bise et tannée.
Sans propreté l'amour le plus heureux
N'est plus amour, c'est un besoin honteux.
Bientôt lassés de leur belle aventure,
Dessous un chêne ils soupent galamment
Avec de l'eau, du millet, et du gland ;
Le repas fait, ils dorment sur la dure :
Voilà l'état de la pure nature.

   Or maintenant voulez-vous, mes amis,
Savoir un peu, dans nos jours tant maudits,
Soit à Paris, soit dans Londre, ou dans Rome,
   Quel est le train des jours d'un honnête homme?
Entrez chez lui : la foule des beaux-arts,
Enfants du goût, se montre à vos regards.

1. Variante :

     Mon cher Adam, mon gourmand, mon bon père,
     Je crois te voir, dans un recoin d'Éden,
     Grossièrement forger le genre humain,
     En secouant madame Ève, ma mère :
     Deux singes verts, deux chèvres pieds fourchus,
     Sont moins hideux au pied de leur feuillée.
     Par le soleil votre face hâlée,
     Vos bras velus, votre main écaillée,
     Vos ongles longs, crasseux, noirs, et crochus,
     Votre peau bise, endurcie, et brûlée,
     Sont les attraits, sont les charmes flatteurs,
     Dont l'assemblage attire vos ardeurs.
     Bientôt lassés, etc.

Une autre version porte :

     Mon cher Adam, mon vieux et tendre père,
     Je crois te voir, en un recoin d'Éden,
     Grossièrement forger le genre humain,
     En tourmentant madame Ève, ma mère.
     Deux singes verts, deux chèvres pieds fourchus,
     Sont moins hideux au fond de leur feuillée.
     . . . .
     . . . .
     Dont l'assemblage allume vos ardeurs.
     Bientôt lassés, etc.

Les deux versions du quatrième vers de cette variante sont rapportées par Voltaire dans sa lettre au marquis d'Argens, du 2 février 1737. (B.)

De mille mains l'éclatante industrie
De ces dehors orna la symétrie.
L'heureux pinceau, le superbe dessin
Du doux Corrége et du savant Poussin
Sont encadrés dans l'or d'une bordure;
C'est Bouchardon[1] qui fit cette figure,
Et cet argent fut poli par Germain[2].
Des Gobelins l'aiguille et la teinture
Dans ces tapis surpassent la peinture.
Tous ces objets sont vingt fois répétés
Dans des trumeaux tout brillants de clartés.
De ce salon je vois par la fenêtre,
Dans des jardins, des myrtes en berceaux;
Je vois jaillir les bondissantes eaux.
Mais du logis j'entends sortir le maître :
Un char commode, avec grâces orné,
Par deux chevaux rapidement traîné,
Paraît aux yeux une maison roulante,
Moitié dorée, et moitié transparente :
Nonchalamment je l'y vois promené;
De deux ressorts la liante souplesse
Sur le pavé le porte avec mollesse.
Il court au bain : les parfums les plus doux
Rendent sa peau plus fraîche et plus polie[3].
Le plaisir presse; il vole au rendez-vous
Chez Camargo, chez Gaussin[4], chez Julie;
Il est comblé d'amour et de faveurs[5].
Il faut se rendre à ce palais magique[6]

---

1. Fameux sculpteur, né à Chaumont en Champagne. (*Note de Voltaire*, 1748.)

2. Excellent orfévre, dont les dessins et les ouvrages sont du plus grand goût. (*Id.*, 1748.) — Thomas Germain, né à Paris le 19 août 1674, y est mort le 14 août 1748. (B.)

3. Voltaire avait d'abord mis :

> Rendent sa peau douce, fraîche et polie.

Dans sa lettre à Tressan, du 9 décembre 1736, il donne la version actuelle comme meilleure : et cependant il a dit dans le chant Ier de *la Pucelle*, vers 139 (voyez tome IX, page 29) :

> Qui font la peau douce, fraîche et polie.

4. L'une, danseuse à l'Opéra, et l'autre, actrice à la Comédie-Française.

5. Variante :

> Le tendre amour s'enivre de faveurs.

6. L'Opéra. (*Note de Voltaire*, 1739.)

Où les beaux vers, la danse, la musique,
L'art de tromper les yeux par les couleurs,
L'art plus heureux de séduire les cœurs,
De cent plaisirs font un plaisir unique.
Il va siffler quelque opéra nouveau [1],
Ou, malgré lui, court admirer Rameau.
Allons souper. Que ces brillants services,
Que ces ragoûts ont pour moi de délices !
Qu'un cuisinier est un mortel divin !
Chloris, Églé, me versent de leur main
D'un vin d'Aï dont la mousse pressée [2],
De la bouteille avec force élancée,
Comme un éclair fait voler le bouchon ;
Il part, on rit ; il frappe le plafond.
De ce vin frais l'écume petillante
De nos Français est l'image brillante.
Le lendemain donne d'autres désirs,
D'autres soupers, et de nouveaux plaisirs.

Or maintenant, monsieur du Télémaque [3],
Vantez-nous bien votre petite Ithaque,
Votre Salente, et vos murs malheureux,
Où vos Crétois, tristement vertueux,
Pauvres d'effet, et riches d'abstinence,
Manquent de tout pour avoir l'abondance :
J'admire fort votre style flatteur,
Et votre prose, encor qu'un peu traînante ;
Mais, mon ami, je consens de grand cœur
D'être fessé dans vos murs de Salente,
Si je vais là pour chercher mon bonheur.
Et vous, jardin de ce premier bonhomme,
Jardin fameux par le diable et la pomme [4],

---

1. Variante :

> Il va siffler le *Jason* de Rousseau.

2. Dans sa lettre à La Faye, du mois de septembre 1736, Voltaire écrit :

> Certain vin frais dont la mousse pressée,
> De la bouteille avec force élancée,
> Avec éclat fait voler le bouchon.

3. Variante :

> Or maintenant, Mentor et Télémaque.

4. Variante :

> Jardin fameux par Ève et par sa pomme.
> C'est bien en vain que, tristement séduits.

C'est bien en vain que, par l'orgueil séduits,
Huet, Calmet, dans leur savante audace,
Du paradis ont recherché la place :
Le paradis terrestre est où je suis[1].

1. Les curieux d'anecdotes seront bien aises de savoir que ce badinage, non-seulement très-innocent, mais dans le fond très-utile, fut composé dans l'année 1736, immédiatement après le succès de la tragédie d'*Alzire*. Ce succès anima tellement les ennemis littéraires de l'auteur, que l'abbé Desfontaines alla dénoncer la petite plaisanterie du *Mondain* à un prêtre nommé Couturier, qui avait du crédit sur l'esprit du cardinal de Fleury. Desfontaines falsifia l'ouvrage, y mit des vers de sa façon, comme il avait fait à *la Henriade*. L'ouvrage fut traité de scandaleux, et l'auteur de *la Henriade*, de *Mérope*, de *Zaïre*, fut obligé de s'enfuir de sa patrie. Le roi de Prusse lui offrit alors le même asile qu'il lui a donné depuis; mais l'auteur aima mieux aller retrouver ses amis dans sa patrie. Nous tenons cette anecdote de la bouche même de M. de Voltaire. (*Note de Voltaire*, 1752.) — Le texte de cette note, telle que je la reproduis, est de 1756; mais en 1752 il n'y avait que quatre mots de plus. Après le mot *donné*, on lisait: *avec tant de grandeur*. Voltaire était alors en Prusse. En 1756, il était sur les bords du lac de Genève. (B.)

LETTRE DE M. DE MELON[1]

CI-DEVANT SECRÉTAIRE DU RÉGENT DU ROYAUME[2],

A MADAME LA COMTESSE DE VERRUE

SUR *L'APOLOGIE DU LUXE.*

J'ai lu, madame, l'ingénieuse *Apologie du luxe;* je regarde ce petit ouvrage comme une excellente leçon de politique, cachée sous un badinage agréable. Je me flatte d'avoir démontré, dans mon *Essai politique sur le commerce,* combien ce goût des beaux-arts et cet emploi des richesses, cette âme d'un grand État qu'on nomme *luxe,* sont nécessaires pour la circulation de l'espèce et pour le maintien de l'industrie; je vous regarde, madame, comme un des grands exemples de cette vérité. Combien de familles de Paris subsistent uniquement par la protection que vous donnez aux arts[3]? Que l'on cesse d'aimer les tableaux, les estampes, les curiosités en toute sorte de genre, voilà vingt mille hommes, au moins, ruinés tout d'un coup dans Paris, et qui sont forcés d'aller chercher de l'emploi chez l'étranger. Il est bon que dans un canton suisse on fasse des lois somptuaires, par la raison qu'il ne faut pas qu'un pauvre vive comme un riche. Quand les Hollandais ont commencé leur commerce, ils avaient besoin d'une extrême frugalité; mais à présent que c'est la nation de l'Europe qui a le plus d'argent, elle a besoin de luxe[4], etc.

1. Cette lettre fut écrite dans le temps que la pièce du *Mondain* parut, en 1736. (*Note de Voltaire,* 1752.)

2. Melon, secrétaire du Régent, est mort le 24 janvier 1738. *L'Essai politique sur le commerce* parut en 1734, sous la date de 1735. Une nouvelle édition est de 1736.

3. Mme la comtesse de Verrue, mère de Mme la princesse de Carignan, dépensait 100,000 francs par an en curiosités : elle s'était formé un des beaux cabinets de l'Europe en raretés et en tableaux. Elle rassemblait chez elle une société de philosophes, auxquels elle fit des legs par son testament. Elle mourut avec la fermeté et la simplicité de la philosophie la plus intrépide. (*Note de Voltaire,* 1752.)

4. La lettre à M. le comte de Saxe (depuis maréchal), qui depuis 1771 s'imprime ordinairement à la suite de la lettre de M. de Melon, a été reportée dans la *Correspondance,* année 1737.

DÉFENSE DU MONDAIN

ou

L'APOLOGIE DU LUXE [1]

(1737)

A table hier, par un triste hasard,
J'étais assis près d'un maître cafard,
Lequel me dit : « Vous avez bien la mine
D'aller un jour échauffer la cuisine
De Lucifer; et moi, prédestiné,
Je rirai bien quand vous serez damné [2].
— Damné! comment? pourquoi? — Pour vos folies.
Vous avez dit en vos œuvres non pies,
Dans certain conte en rimes barbouillé,
Qu'au paradis Adam était mouillé
Lorsqu'il pleuvait sur notre premier père ;
Qu'Ève avec lui buvait de belle eau claire ;
Qu'ils avaient même, avant d'être déchus,
La peau tannée et les ongles crochus.
Vous avancez, dans votre folle ivresse,
Prêchant le luxe, et vantant la mollesse,
Qu'il vaut bien mieux (ô blasphèmes maudits!)
Vivre à présent qu'avoir vécu jadis.
Par quoi, mon fils, votre muse pollue
Sera rôtie, et c'est chose conclue. »

1. Dans sa lettre à Frédéric, de janvier 1737, Voltaire lui annonce le prochain
envoi de la *Défense du Mondain*. Mais si les vers sur Colbert furent, comme on l'a
dit (voyez page 83) la cause des persécutions que Voltaire eut à essuyer, la
Défense du Mondain devait être composée dès décembre 1736. (B.)

2. Voltaire, dans son Avertissement mis en tête de l'*Éloge et Pensées de Pascal*,
1778, in-8°, raconte ce qui suit : « Je me souviens, dit-il, que le jésuite Buffier,
qui venait quelquefois chez le dernier président de Maisons, mort trop jeune, y
ayant rencontré un des plus rudes jansénistes, lui dit : *Et ego in interitu vestro
ridebo vos et subsannabo.* Le jeune Maisons, qui étudiait alors Térence, lui demanda
si ce passage était des *Adelphes*, ou de *l'Eunuque.* « Non, dit Buffier, c'est la Sagesse
« elle-même qui parle ainsi dans son premier chapitre des PROVERBES. » (B.)

Disant ces mots, son gosier altéré
Humait un vin qui, d'ambre coloré,
Sentait encor la grappe parfumée
Dont fut pour nous la liqueur exprimée.
Un rouge vif enluminait son teint.
Lors je lui dis : « Pour Dieu, monsieur le saint,
Quel est ce vin ? d'où vient-il, je vous prie ?
D'où l'avez-vous ? — Il vient de Canarie ;
C'est un nectar, un breuvage d'élu :
Dieu nous le donne, et Dieu veut qu'il soit bu.
— Et ce café, dont après cinq services
Votre estomac goûte encor les délices ?
— Par le Seigneur il me fut destiné.
— Bon : mais avant que Dieu vous l'ait donné,
Ne faut-il pas que l'humaine industrie
L'aille ravir aux champs de l'Arabie ?
La porcelaine et la frêle beauté
De cet émail à la Chine empâté,
Par mille mains fut pour vous préparée,
Cuite, recuite, et peinte, et diaprée ;
Cet argent fin, ciselé, godronné,
En plat, en vase, en soucoupe tourné,
Fut arraché de la terre profonde,
Dans le Potose, au sein d'un nouveau monde.
Tout l'univers a travaillé pour vous,
Afin qu'en paix, dans votre heureux courroux,
Vous insultiez, pieux atrabilaire,
Au monde entier, épuisé pour vous plaire.
« O faux dévot, véritable mondain,
Connaissez-vous ; et, dans votre prochain,
Ne blâmez plus ce que votre indolence
Souffre chez vous avec tant d'indulgence.
Sachez surtout que le luxe enrichit
Un grand État, s'il en perd un petit.
Cette splendeur, cette pompe mondaine,
D'un règne heureux est la marque certaine.
Le riche est né pour beaucoup dépenser ;
Le pauvre est fait pour beaucoup amasser.
Dans ces jardins regardez ces cascades,
L'étonnement et l'amour des naïades ;
Voyez ces flots, dont les nappes d'argent
Vont inonder ce marbre blanchissant ;

Les humbles prés s'abreuvent de cette onde ;
La terre en est plus belle et plus féconde.
Mais de ces eaux si la source tarit,
L'herbe est séchée, et la fleur se flétrit.
Ainsi l'on voit en Angleterre, en France,
Par cent canaux circuler l'abondance.
Le goût du luxe entre dans tous les rangs :
Le pauvre y vit des vanités des grands ;
Et le travail, gagé par la mollesse,
S'ouvre à pas lents la route à la richesse.
    « J'entends d'ici des pédants à rabats,
Tristes censeurs des plaisirs qu'ils n'ont pas,
Qui, me citant Denys d'Halicarnasse,
Dion, Plutarque, et même un peu d'Horace,
Vont criaillant qu'un certain Curius,
Cincinnatus, et des consuls en *us*,
Béchaient la terre au milieu des alarmes ;
Qu'ils maniaient la charrue et les armes ;
Et que les blés tenaient à grand honneur
D'être semés par la main d'un vainqueur.
C'est fort bien dit, mes maîtres ; je veux croire
Des vieux Romains la chimérique histoire.
Mais, dites-moi, si les dieux, par hasard,
Faisaient combattre Auteuil et Vaugirard,
Faudrait-il pas, au retour de la guerre,
Que le vainqueur vînt labourer sa terre ?
L'auguste Rome, avec tout son orgueil,
Rome jadis était ce qu'est Auteuil.
Quand ces enfants de Mars et de Sylvie,
Pour quelque pré signalant leur furie,
De leur village allaient au champ de Mars,
Ils arboraient du foin[1] pour étendards.
Leur Jupiter, au temps du bon roi Tulle,
Était de bois ; il fut d'or sous Luculle.

---

1. Une poignée de foin au bout d'un bâton, nommée *manipulus*, était le premier
étendard des Romains. (*Note de Voltaire,* 1748.) — Dans l'édition de 1739, cette note
était ainsi conçue : « Ce qu'on appelait *manipulus* était d'abord une poignée de
foin que les Romains mettaient au haut d'une perche, premier étendard des conquérants de l'Europe, de l'Asie mineure et de l'Afrique septentrionale. »

Frédéric ayant écrit que les étendards de foin des Romains lui étaient inconnus,
Voltaire lui adressa quelques explications, et c'est peut-être aussi l'origine de la
note. (B.)

N'allez donc pas, avec simplicité,
Nommer vertu ce qui fut pauvreté.
    « Oh ! que Colbert était un esprit sage !
Certain butor conseillait, par ménage,
Qu'on abolît ces travaux précieux,
Des Lyonnais, ouvrage industrieux.
Du conseiller l'absurde prud'homie
Eût tout perdu par pure économie :
Mais le ministre, utile avec éclat,
Sut par le luxe enrichir notre État.
De tous nos arts il agrandit la source ;
Et du midi, du levant, et de l'Ourse,
Nos fiers voisins, de nos progrès jaloux,
Payaient l'esprit qu'ils admiraient en nous.
Je veux ici vous parler d'un autre homme,
Tel que n'en vit Paris, Pékin, ni Rome :
C'est Salomon, ce sage fortuné,
Roi philosophe, et Platon couronné,
Qui connut tout, du cèdre jusqu'à l'herbe[1] :
Vit-on jamais un luxe plus superbe ?
Il faisait naître au gré de ses désirs
L'argent et l'or, mais surtout les plaisirs.
Mille beautés servaient à son usage.
— Mille ? — On le dit ; c'est beaucoup pour un sage.
Qu'on m'en donne une, et c'est assez pour moi,
Qui n'ai l'honneur d'être sage ni roi. »
    Parlant ainsi, je vis que les convives
Aimaient assez mes peintures naïves ;
Mon doux béat très-peu me répondait,
Riait beaucoup, et beaucoup plus buvait ;
Et tout chacun présent à cette fête
Fit son profit de mon discours honnête.

---

1. C'est ce qui est dit dans la *Bible*, troisième livre des Rois, chapitre iv, verset 33.

SUR L'USAGE DE LA VIE [1]

POUR RÉPONDRE

AUX CRITIQUES QU'ON AVAIT FAITES DU *MONDAIN*.

———

Sachez, mes très-chers amis,
Qu'en parlant de l'abondance,
J'ai chanté la jouissance
Des plaisirs purs et permis,
Et jamais l'intempérance.
Gens de bien voluptueux,
Je ne veux que vous apprendre
L'art peu connu d'être heureux :
Cet art, qui doit tout comprendre,
Est de modérer ses vœux.
Gardez de vous y méprendre.
Les plaisirs, dans l'âge tendre,
S'empressent à vous flatter :
Sachez que, pour les goûter,
Il faut savoir les quitter,
Les quitter pour les reprendre [2].
Passez du fracas des cours
A la douce solitude ;
Quittez les jeux pour l'étude :
Changez tout, hors vos amours.
D'une recherche importune

1. C'est depuis 1775 que cette pièce s'imprime à la suite de la *Défense du Mondain.* Elle avait été imprimée, en 1770, à la page 379 du tome X des *Nouveaux Mélanges.* (B.)

2. Dans son quatrième *Discours sur l'Homme* (voyez t. IX, p. 404), Voltaire a dit :

Quittons les voluptés pour savoir les reprendre.

Que vos cœurs embarrassés
Ne volent point, empressés,
Vers les biens que la fortune
Trop loin de vous a placés :
Laissez la fleur étrangère
Embellir d'autres climats ;
Cueillez d'une main légère
Celle qui naît sous vos pas.
Tout rang, tout sexe, tout âge,
Reconnaît la même loi ;
Chaque mortel en partage
A son bonheur près de soi.
L'inépuisable nature
Prend soin de la nourriture
Des tigres et des lions,
Sans que sa main abandonne
Le moucheron qui bourdonne
Sur les feuilles des buissons ;
Et tandis que l'aigle altière
S'applaudit de sa carrière
Dans le vaste champ des airs,
La tranquille Philomèle
A sa compagne fidèle
Module ses doux concerts.
Jouissez donc de la vie,
Soit que dans l'adversité
Elle paraisse avilie,
Soit que sa prospérité
Irrite l'œil de l'envie.
Tout est égal, croyez-moi :
On voit souvent plus d'un roi
Que la tristesse environne ;
Les brillants de la couronne
Ne sauvent point de l'ennui :
Ses mousquetaires, ses pages [1],
Jeunes, indiscrets, volages,

---

1. Toutes les éditions antérieures à 1833 portent :

Ses valets de pied, ses pages.

C'est dans une copie de la main de Longchamp, secrétaire de Voltaire, que j'ai
trouvé la version que je donne. (B.)

Sont plus fortunés que lui.
La princesse et la bergère
Soupirent également;
Et si leur âme diffère,
C'est en un point seulement:
Philis a plus de tendresse,
Philis aime constamment,
Et bien mieux que Son Altesse...
Ah ! madame la princesse [1],
Comme je sacrifierais
Tous vos augustes attraits
Aux larmes de ma maîtresse !
Un destin trop rigoureux
A mes transports amoureux
Ravit cet objet aimable;
Mais, dans l'ennui qui m'accable,
Si mes amis sont heureux,
Je serai moins misérable [2].

1. Variante:

> O czarine, archiduchesse,
> Comme je sacrifierais, etc.

2. Dans des stances au roi de Prusse (voyez tome VIII, page 524), Voltaire a dit:

> Buvez, soyez toujours heureux,
> Et je serais moins misérable.

LE PAUVRE DIABLE

A MAITRE

ABRAHAM CHAUMEIX

Comme il est parlé de vous dans cet ouvrage de feu mon cousin Vadé [1], je vous le dédie. C'est mon *Vade mecum :* vous direz sans doute : *Vade retro* [2], et vous trouverez dans l'œuvre de mon cousin plusieurs passages contre l'État, contre la religion, les mœurs, etc.; partant vous pouvez le dénoncer, car je préfère mon devoir à mon cousin Vadé.

Faites l'analyse de l'ouvrage ; ne manquez pas d'y répandre un *filet de vinaigre* en souvenance de votre premier métier. J'ai des *préjugés légitimes* [3] que vous êtes un des plus absurdes barbouilleurs de papier qui se soient jamais mêlés de raisonner ; ainsi personne n'est plus en droit que vous d'obtenir, par vos raisonnements et par votre crédit, qu'on brûle ce petit poëme, comme si c'était un mandement d'évêque, ou le *Nouveau Testament* de frère Berruyer. Continuez de faire honneur à votre siècle, ainsi

1. Jean-Joseph Vadé était mort en 1757, à trente-sept ans. Voltaire a mis à quelques autres de ses ouvrages le nom de Vadé, mais avec des prénoms qui n'étaient pas ceux du personnage réel ; voyez les notes de la page 3. (B.)

2. Marc, chapitre viii, verset 33.

3. Abraham Chaumeix avait fait un livre intitulé *Préjugés légitimes contre l'Encyclopédie.* (K.) — L'ouvrage de Chaumeix parut en 1758-59, en quatre volumes in-12. (B.)

que tous les personnages dont il est question dans ce livret que
je vous présente.

CATHERINE VADÉ.

A Paris, rue Thibautodé, chez maître Jean Gauchat, attenant le gîte de l'auteur
des *Nouvelles ecclésiastiques*[1]; 27 mars 1758[2].

1. Voltaire semble vouloir dire ici que Gauchat était le rédacteur anonyme de
ces *Nouvelles*. (G. A.)

2. Voltaire antidate son œuvre à cause du nom dont il la signe. Vadé était mort
à la fin de 1758. Catherine semble avoir hâte de publier les vers posthumes de son
cousin. (G. A.)

LE PAUVRE DIABLE [1]

OUVRAGE EN VERS AISÉS DE FEU M. VADÉ,

MIS EN LUMIÈRE PAR CATHERINE VADÉ, SA COUSINE.

(1758 [2])

> « Quel parti prendre? où suis-je, et qui dois-je être?
> Né dépourvu, dans la foule jeté,
> Germe naissant par le vent emporté,
> Sur quel terrain puis-je espérer de craître?

1. On nous assure que l'auteur s'amusa à composer cet ouvrage en 1758, pour détourner de la carrière dangereuse des lettres un jeune homme sans fortune, qui prenait pour du génie sa fureur de faire de mauvais vers. Le nombre de ceux qui se perdent par cette passion malheureuse est prodigieux. Ils se rendent incapables d'un travail utile; leur petit orgueil les empêche de prendre un emploi subalterne, mais honnête, qui leur donnerait du pain; ils vivent de rimes et d'espérances, et meurent dans la misère. (*Note de Voltaire*, 1771.)

2. C'est Voltaire lui-même qui a mis à cette pièce la date de 1758; mais je crois devoir faire remarquer qu'elle n'est que de 1760. C'est en effet à cette date que les éditeurs de Kehl l'ont comprise dans leur table chronologique. Lefranc de Pompignan venait de prononcer, pour sa réception à l'Académie française, un discours au moins déplacé, que Voltaire a immortalisé par les facéties qu'il publia à cette occasion. Ce qui prouve que *le Pauvre Diable* n'est que de 1760, c'est que: 1° Voltaire en parle pour la première fois dans sa lettre à d'Alembert, du 10 juin 1760, et pour la seconde dans celle à M. d'Argental, du 27 juin 1760; 2° ce fut en 1760 que parut *le Pauvre Diable, chant second*, misérable rapsodie, sans aucun sel, où Voltaire est traité aussi mal qu'on peut l'être par un écrivain sans esprit; il n'est pas à croire qu'on eût attendu deux ans pour faire cette suite et critique du *Pauvre Diable*; 3° on sait aujourd'hui que le héros de cette pièce est Siméon Valette, mort le 29 décembre 1801. (Voyez sur ce personnage une notice intéressante, par M. Tourlet, dans le *Magasin encyclopédique*, année 1811, II, 75.) Or Voltaire ne connut Valette qu'à la fin de 1759, ainsi qu'on le voit par ses lettres à d'Alembert, des 25 auguste et 15 décembre de cette année.

La brochure qui parut en 1760 sous le titre de *Réponse au Pauvre Diable* ne diffère que par le frontispice, et l'addition du feuillet qui le suit, des *Pièces échappées du portefeuille de M. de Voltaire, comte de Tournay*, 1759, in-12. Il n'y a point eu de réimpression.

J'ai vu un exemplaire in-4° du *Pauvre Diable*, sur lequel étaient écrits ces mots, de la main de Voltaire : « Melle Catherine Vadé a lhonneur de vous envoyer cette coyonerie, feu Vadé vous était très attaché. » (B.)

Comment trouver un état, un emploi?
Sur mon destin, de grâce, instruisez-moi.
   — Il faut s'instruire et se sonder soi-même,
S'interroger, ne rien croire que soi,
Que son instinct; bien savoir ce qu'on aime;
Et, sans chercher des conseils superflus,
Prendre l'état qui vous plaira le plus.
   — J'aurais aimé le métier de la guerre.
   — Qui vous retient? allez; déjà l'hiver
A disparu; déjà gronde dans l'air
L'airain bruyant, ce rival du tonnerre:
Du duc Broglie[1] osez suivre les pas:
Sage en projets, et vif dans les combats,
Il a transmis sa valeur aux soldats;
Il va venger les malheurs de la France:
Sous ses drapeaux marchez dès aujourd'hui,
Et méritez d'être aperçu de lui.
   — Il n'est plus temps; j'ai d'une lieutenance
Trop vainement demandé la faveur,
Mille rivaux briguaient la préférence:
C'est une presse! En vain Mars en fureur
De la patrie a moissonné la fleur,
Plus on en tue, et plus il s'en présente;
Ils vont trottant des bords de la Charente,
De ceux du Lot, des coteaux champenois,
Et de Provence, et des monts francs-comtois,
En botte, en guêtre, et surtout en guenille,
Tous assiégeant la porte de Cremille[2],
Pour obtenir des maîtres de leur sort
Un beau brevet qui les mène à la mort.
Parmi les flots de la foule empressée,
J'allai montrer ma mine embarrassée;
Mais un commis, me prenant pour un sot,
Me rit au nez, sans me répondre un mot;
Et je voulus, après cette aventure,
Me retourner vers la magistrature.

---

1. Victor-François, duc de Broglie, né le 19 octobre 1718, créé maréchal de
France le 16 décembre 1759, mort à Munster en 1804. Son père et son aïeul
avaient été aussi maréchaux de France.

2. M. de Cremille, lieutenant-général, était chargé alors du département de la
guerre, sous M. le maréchal de Belle-Isle. (*Note de Voltaire*, 1771.)

— Eh bien, la robe est un métier prudent ;
Et cet air gauche et ce front de pédant
Pourront encor passer dans les enquêtes :
Vous verrez là de merveilleuses têtes !
Vite achetez un emploi de Caton,
Allez juger : êtes-vous riche ? — Non,
Je n'ai plus rien, c'en est fait. — Vil atome !
Quoi ! point d'argent, et de l'ambition !
Pauvre impudent ! apprends qu'en ce royaume
Tous les honneurs sont fondés sur le bien.
L'antiquité tenait pour axiome
Que rien n'est rien, que de rien ne vient rien [1].
Du genre humain connais quelle est la trempe ;
Avec de l'or je te fais président,
Fermier du roi, conseiller, intendant :
Tu n'as point d'aile, et tu veux voler ! rampe.
     — Hélas, monsieur, déjà je rampe assez.
Ce fol espoir qu'un moment a fait naître,
Ces vains désirs pour jamais sont passés :
Avec mon bien j'ai vu périr mon être.
Né malheureux, de la crasse tiré,
Et dans la crasse en un moment rentré,
A tous emplois on me ferme la porte.
Rebut du monde, errant, privé d'espoir,
Je me fais moine, ou gris, ou blanc, ou noir,
Rasé, barbu, chaussé, déchaux, n'importe.
De mes erreurs, déchirant le bandeau,
J'abjure tout ; un cloître est mon tombeau,
J'y vais descendre ; oui, j'y cours. — Imbécile,
Va donc pourrir au tombeau des vivants.
Tu crois trouver le repos ; mais apprends
Que des soucis c'est l'éternel asile,
Que les ennuis en font leur domicile,
Que la discorde y nourrit ses serpents ;
Que ce n'est plus ce ridicule temps
Où le capuce et la toque à trois cornes,
Le scapulaire et l'impudent cordon,
Ont extorqué des hommages sans bornes.
Du vil berceau de son illusion,

---

1. C'est ce qu'ont dit Lucrèce et Perse dans des vers que Voltaire cite ou rappelle souvent.

La France arrive à l'âge de raison ;
Et les enfants de François et d'Ignace,
Bien reconnus, sont remis à leur place.
 « Nous faisons cas d'un cheval vigoureux
Qui, déployant quatre jarrets nerveux,
Frappe la terre, et bondit sous son maître :
J'aime un gros bœuf, dont le pas lent et lourd,
En sillonnant un arpent dans un jour,
Forme un guéret où mes épis vont naître.
L'âne me plaît : son dos porte au marché
Les fruits du champ que le rustre a béché ;
Mais pour le singe, animal inutile,
Malin, gourmand, saltimbanque indocile,
Qui gâte tout et vit à nos dépens,
On l'abandonne aux laquais fainéants.
Le fier guerrier, dans la Saxe, en Thuringe,
C'est le cheval ; un Pequet, un Pleneuf[1],
Un trafiquant, un commis, est le bœuf ;
Le peuple est l'âne, et le moine est le singe.
 — S'il est ainsi, je me décloître. O ciel !
Faut-il rentrer dans mon état cruel !
Faut-il me rendre à ma première vie !
 — Quelle était donc cette vie ? — Un enfer,
Un piége affreux, tendu par Lucifer.
J'étais sans bien, sans métier, sans génie,
Et j'avais lu quelques méchants auteurs ;
Je croyais même avoir des protecteurs.
Mordu du chien de la métromanie,
Le mal me prit, je fus auteur aussi.
 — Ce métier-là ne t'a pas réussi,
Je le vois trop : çà, fais-moi, pauvre diable,
De ton désastre un récit véritable.
Que faisais-tu sur le Parnasse ? — Hélas !
Dans mon grenier, entre deux sales draps,
Je célébrais les faveurs de Glycère,
De qui jamais n'approcha ma misère ;
Ma triste voix chantait d'un gosier sec

---

1. Pequet était un premier commis des affaires étrangères ; Pleneuf était
un entrepreneur des vivres. (*Note de Voltaire*, 1771.) — Berthelot de Pleneuf était
le père de la marquise de Prie, à qui est dédié *l'Indiscret ;* voyez tome Ier
du *Théâtre*, page 245.

Le vin mousseux, le frontignan, le grec[1].
Buvant de l'eau dans un vieux pot à bière ;
Faute de bas, passant le jour au lit,
Sans couverture, ainsi que sans habit,
Je fredonnais des vers sur la paresse ;
D'après Chaulieu, je vantais la mollesse.

« Enfin un jour qu'un surtout emprunté
Vêtit à cru ma triste nudité[2],
Après midi, dans l'antre de Procope[3]
(C'était le jour que l'on donnait *Mérope),*
Seul en un coin, pensif, et consterné,
Rimant une ode, et n'ayant point dîné,
Je m'accostai d'un homme à lourde mine,
Qui sur sa plume a fondé sa cuisine,
Grand écumeur des bourbiers d'Hélicon,
De Loyola chassé pour ses fredaines,
Vermisseau né du cul de Desfontaines,
Digne en tous sens de son extraction,
Lâche Zoïle, autrefois laid giton :
Cet animal se nommait Jean Fréron[4].

« J'étais tout neuf, j'étais jeune, sincère,
Et j'ignorais son naturel félon :
Je m'engageai, sous l'espoir d'un salaire,
A travailler à son hebdomadaire,
Qu'aucuns nommaient alors patibulaire.
Il m'enseigna comment on dépeçait
Un livre entier, comme on le recousait,
Comme on jugeait du tout par la préface[5],
Comme on louait un sot auteur en place,

1. Variante :
. . . . le xérès, le vin grec.

2. Variante :
. . . . ma pauvre nudité.

3. C'est le café qui existe encore dans la rue de l'Ancienne-Comédie.

4. Fréron ne se nomme pas Jean, mais Caterin. Il semble que cet homme soit le cadavre d'un coupable qu'on abandonne au scalpel des chirurgiens. Il a [été méchant, et il en a été puni. Il dit, dans une de ses feuilles de l'année 1756 : « Je ne hais pas la médisance, peut-être même ne haïrais-je pas la calomnie. » Un homme qui écrit ainsi ne doit pas être surpris qu'on lui rende justice. (*Note de Voltaire*, 1771.)

5. L'abbé Mercier de Saint-Léger, qui achetait de Fréron les livres nouveaux dont celui-ci rendait compte, ne trouvait d'ordinaire que la préface dont les feuillets fussent coupés. (*Magasin encycl.*, 1812, tome VI, page 414.)

Comme on fondait avec lourde roideur
Sur l'écrivain pauvre et sans protecteur.
Je m'enrôlai, je servis le corsaire ;
Je critiquai, sans esprit et sans choix[1],
Impunément le théâtre, la chaire,
Et je mentis pour dix écus par mois.
   « Quel fut le prix de ma plate manie?
Je fus connu, mais par mon infamie,
Comme un gredin que la main de Thémis
A diapré[2] de nobles fleurs de lis,
Par un fer chaud gravé sur l'omoplate.
Triste et honteux, je quittai mon pirate,
Qui me vola, pour fruit de mon labeur,
Mon honoraire, en me parlant d'honneur.
   « M'étant ainsi sauvé de sa boutique,
Et n'étant plus compagnon satirique,
Manquant de tout, dans mon chagrin poignant,
J'allai trouver Lefranc de Pompignan[3],

1. Variante :

> Je critiquai sans esprit et sans choix ;
> Et je mentis pour dix écus par mois
> Comme un laquais : je parvins à déplaire
> Même en province, à tel point que parfois
> De nos écrits on fit de vils emplois.

2. Variante :

> Avait gaufré. . . .

3. L'homme dont il s'agit ici était d'ailleurs un magistrat et un homme de lettres et de mérite. Il eut le malheur de prononcer à l'Académie un discours peu mesuré, et même très-offensant. Il est vrai que sa tragédie de *Didon* est faite sur le modèle de celle de Metastasio ; mais aussi il y a de beaux morceaux qui sont à l'auteur français. Il faut avouer qu'en général la pièce est mal écrite. Il n'y a qu'à voir le commencement :

> Tous mes ambassadeurs, irrités et confus,
> Trop souvent de la reine ont subi les refus.
> Voisin de ses États, faibles dans leur naissance,
> Je croyais que Didon, redoutant ma vengeance,
> Se résoudrait sans peine à l'hymen glorieux
> D'un monarque puissant, fils du maître des dieux.
> Je contiens cependant la fureur qui m'anime ;
> Et déguisant encor mon dépit légitime,
> Pour la dernière fois, en proie à ses hauteurs,
> Je viens sous le faux nom de mes ambassadeurs,
> Au milieu de la cour d'une reine étrangère,
> D'un refus obstiné pénétrer le mystère ;
> Que sais-je?... n'écouter qu'un transport amoureux.

Des ambassadeurs ne subissent point des refus ; on essuie, on reçoit des refus. Si tous ses ambassadeurs irrités et confus ont subi des refus, comment ce Jarbe

Ainsi que moi natif de Montauban,
Lequel jadis a brodé quelque phrase
Sur la Didon qui fut de Métastase ;
Je lui contai tous les tours du croquant :
« Mon cher pays, secourez-moi, lui dis-je,
« Fréron me vole, et pauvreté m'afflige.
     « — De ce bourbier vos pas seront tirés,
« Dit Pompignan ; votre dur cas me touche :
« Tenez, prenez mes *Cantiques sacrés;*
« Sacrés ils sont, car personne n'y touche[1] ;
« Avec le temps un jour vous les vendrez :
« Plus, acceptez mon chef-d'œuvre tragique
« De *Zoraïd*[2] *;* la scène est en Afrique :

pouvait-il croire que Didon se soumettrait sans peine à cet hymen glorieux? Jarbe d'ailleurs a-t-il envoyé tous ses ambassadeurs ensemble, ou l'un après l'autre?

Il contient cependant la fureur qui l'anime, et il déguise encore son dépit légitime. S'il déguise ce dépit légitime, et s'il est si furieux, il ne croit donc pas que Didon l'épousera sans peine. Épouser quelqu'un sans peine, et déguiser son dépit légitime, ne sont pas des expressions bien nobles, bien tragiques, bien élégantes.

Il vient, sous le faux nom de ses ambassadeurs, être en proie à des hauteurs? Comment vient-on sous le faux nom de ses ambassadeurs? on peut venir sous le nom d'un autre, mais on ne vient point sous le nom de plusieurs personnes. De plus, si on vient sous le nom de quelqu'un, on vient à la vérité sous un faux nom, puisqu'on prend un nom qui n'est pas le sien ; mais on ne prend pas le faux nom d'un ambassadeur quand on prend le véritable nom de cet ambassadeur même.

Il veut pénétrer le mystère d'un refus obstiné. Qu'est-ce que le mystère d'un refus si net, et déclaré avec tant de hauteur? Il peut y avoir du mystère dans des délais, dans des réponses équivoques, dans des promesses mal tenues; mais quand on a déclaré avec des hauteurs à tous vos ambassadeurs qu'on ne veut point de vous, il n'y a certainement là aucun mystère.

Que sais-je ?... n'écouter qu'un transport amoureux. Que sait-il? il n'écoutera qu'un transport, il sera terrible dans le tête-à-tête.

Le grand malheur de tant d'auteurs est de n'employer presque jamais le mot propre; ils sont contents pourvu qu'ils riment, mais les connaisseurs ne sont pas contents. (*Note de Voltaire,* 1771.)

— Voltaire avait, en 1736, publié le *Fragment d'une lettre sur Didon;* il répéta encore ses observations en 1774. (B.)

1. Dans sa lettre à d'Argental, du 27 avril 1760, Voltaire dit que les *Cantiques* de Lefranc sont *d'autant plus sacrés que personne n'y touche.* On a remarqué que Voltaire a, par inadvertance, fait rimer le mot *touche* avec lui-même. (B.)

2. *Zoraïde* était une tragédie africaine du même auteur. Les comédiens le prièrent de leur faire une seconde lecture pour y corriger quelque chose ; il leur écrivit cette lettre :

« Je suis fort surpris, messieurs, que vous exigiez une seconde lecture d'une tragédie telle que *Zoraïde.* Si vous ne vous connaissez pas en mérite, je me connais en procédés, et je me souviendrai assez longtemps des vôtres pour ne plus m'occuper d'un théâtre où l'on distingue si peu les personnes et les talents. Je suis, messieurs, autant que vous méritez que je le sois, votre, etc. » (*Note de Vol-*

« A la Clairon vous le présenterez ;
« C'est un trésor : allez, et prospérez. »
 « Tout ranimé par son ton didactique,
Je cours en hâte au parlement comique,
Bureau de vers, où maint auteur pelé
Vend mainte scène à maint acteur sifflé.
J'entre, je lis d'une voix fausse et grêle
Le triste drame écrit pour la Denèle[1].
Dieu paternel, quels dédains, quel accueil!
De quelle œillade altière, impérieuse,
La Dumesnil rabattit mon orgueil!
La Dangeville est plaisante et moqueuse :
Elle riait; Grandval me regardait
D'un air de prince, et Sarrazin dormait ;
Et, renvoyé penaud par la cohue,
J'allai gronder et pleurer dans la rue.
 « De vers, de prose, et de honte étouffé,
Je rencontrai Gresset dans un café ;
Gresset doué du double privilége[2]
D'être au collége un bel esprit mondain,
Et dans le monde un homme de collége ;
Gresset dévot : longtemps petit badin,
Sanctifié par ses palinodies,
Il prétendait avec componction
Qu'il avait fait jadis des comédies,

---

taire, 1771.) — Le sujet de *Zoraïde* est, comme *Alzire*, la peinture des mœurs américaines opposée au portrait des mœurs européennes. Voltaire réclama auprès des Comédiens français; voyez tome II du *Théâtre*, page 369.

1. Quinault-Denèle était dans ce temps-là une assez bonne comédienne, pour qui principalement *Zoraïde* avait été faite. Les noms qui suivent sont les noms des comédiens de ce temps-là. (*Note de Voltaire*, 1771.)

2. Gresset, auteur du petit poëme de *Ver-Vert*, d'autres ouvrages dans ce goût, et de quelques comédies. Il y a des vers très-heureux dans tout ce qu'il a fait. Il était jésuite quand il fit imprimer son *Ver-Vert*. Le contraste de son état et des termes de b..... et f..... qu'on voyait dans ce petit poëme fit un très-grand éclat dans le monde, et donna à l'auteur une grande réputation. Ce poëme n'était fondé à la vérité que sur des plaisanteries de couvent, mais il promettait beaucoup ; l'auteur fut obligé de sortir des jésuites. Il donna la comédie du *Méchant*, pièce un peu froide, mais dans laquelle il y a des scènes extrêmement bien écrites. Revenu depuis à la dévotion, il fit imprimer une *Lettre* dans laquelle il avertissait le public qu'il ne donnerait plus de comédies, de peur de se damner. Il pouvait cesser de travailler pour le théâtre sans le dire. Si tous ceux qui ne font point de comédies en avertissaient tout le monde, il y aurait trop d'avertissements imprimés. Cet avis au public fut plus sifflé que ne l'aurait été une pièce nouvelle, tant le public est malin. (*Id.*, 1771.)

Dont à la Vierge il demandait pardon.

    — Gresset se trompe, il n'est pas si coupable :
Un vers heureux et d'un tour agréable
Ne suffit pas ; il faut une action,
De l'intérêt, du comique, une fable,
Des mœurs du temps un portrait véritable,
Pour consommer cette œuvre du démon.
Mais que fit-il dans ton affliction?

    — Il me donna les conseils les plus sages :
« Quittez, dit-il, les profanes ouvrages ;
« Faites des vers moraux contre l'amour ;
« Soyez dévot, montrez-vous à la cour. »

    « Je crois mon homme, et je vais à Versaille :
Maudit voyage! hélas! chacun se raille
En ce pays d'un pauvre auteur moral ;
Dans l'antichambre il est reçu bien mal,
Et les laquais insultent sa figure
Par un mépris pire encor que l'injure.
Plus que jamais confus, humilié,
Devers Paris je m'en revins à pied.

    « L'abbé Trublet alors avait la rage[1]
D'être à Paris un petit personnage ;

1. L'abbé Trublet, auteur de quatre tomes d'*Essais de littérature.* Ce sont de ces livres inutiles, où l'on ramasse de prétendus bons mots qu'on a entendu dire autrefois, des sentences rebattues, des pensées d'autrui délayées dans de longues phrases, de ces livres enfin dont on pourrait faire douze tomes avec le seul secours du Polyanthe. (*Note de Voltaire,* 1771.) — On appelle *Polyanthea* le volume intitulé *Florilegii magni, seu Polyantheæ floribus novissimis sparsæ libri* XXIII, etc. C'est un recueil par ordre alphabétique de matières, de définitions, pensées, maximes, adages d'auteurs célèbres. (B.)

— En entrant dans Paris, *le Pauvre Diable* entra, pour ainsi dire, dans la mémoire de tous les gens de goût... Le lendemain même, M. Suard rencontre l'abbé Trublet sous les guichets du Carrousel. Ce bon diable avait aussi retenu la pièce tout entière, et ce qu'il savait mieux, c'étaient les vers sur lui, si sanglants et si gais. Il ne les récitait pas seulement, il les commentait. « Observez bien, disait-il à M. Suard, qu'un homme de peu de goût et de peu de talent aurait pu faire le vers composé d'un même mot répété trois fois :

    Il compilait, compilait, compilait.

mais qu'il n'y avait qu'un homme de beaucoup de talent et de beaucoup de goût qui pouvait le laisser. » Voltaire, qui ne l'a pas ignoré, aurait pu écrire à Trublet, comme Horace à Tibulle :

    Albi, nostrorum sermonum candide judex.

(Garat, *Mémoires historiques sur le dix-huitième siècle,* Paris, 1829, tome Ier, pages 129-130.

Au peu d'esprit que le bonhomme avait
L'esprit d'autrui par supplément servait.
Il entassait adage sur adage ;
Il compilait, compilait, compilait ;
On le voyait sans cesse écrire, écrire
Ce qu'il avait jadis entendu dire,
Et nous lassait sans jamais se lasser :
Il me choisit pour l'aider à penser.
Trois mois entiers ensemble nous pensâmes,
Lûmes beaucoup, et rien n'imaginâmes.
   « L'abbé Trublet m'avait pétrifié ;
Mais un bâtard du sieur de Lachaussée
Vint ranimer ma cervelle épuisée,
Et tous les deux nous fîmes par moitié
Un drame court et non versifié,
Dans le grand goût du larmoyant comique,
Roman moral, roman métaphysique.
   — Eh bien, mon fils, je ne te blâme pas.
Il est bien vrai que je fais peu de cas
De ce faux genre, et j'aime assez qu'on rie ; ·
Souvent je bâille au tragique bourgeois,
Aux vains efforts d'un auteur amphibie
Qui défigure et qui brave à la fois,
Dans son jargon, Melpomène et Thalie.
Mais après tout, dans une comédie,
On peut parfois se rendre intéressant
En empruntant l'art de la tragédie,
Quand par malheur on n'est point né plaisant.
Fus-tu joué? ton drame hétéroclite
Eut-il l'honneur d'un peu de réussite?
   — Je cabalai ; je fis tant qu'à la fin
Je comparus au tripot d'arlequin [1].
J'y fus hué : ce dernier coup de grâce
M'allait sans vie étendre sur la place ;
On me porta dans un logis voisin,
Prêt d'expirer de douleur et de faim,
Les yeux tournés, et plus froid que ma pièce.
   — Le pauvre enfant! son malheur m'intéresse ;
Il est naïf. Allons, poursuis le fil
De tes récits : ce logis, quel est-il ?

---

1. Voltaire désigne ainsi le comité de la Comédie italienne.

— Cette maison d'une nouvelle espèce,
Où je restai longtemps inanimé,
Était un antre, un repaire enfumé,
Où s'assemblait six fois en deux semaines
Un reste impur de ces énergumènes[1],
De Saint-Médard effrontés charlatans,
Trompeurs, trompés, monstres de notre temps.
Missel en main, la cohorte infernale
Psalmodiait en ce lieu de scandale,
Et s'exerçait à des contorsions
Qui feraient peur aux plus hardis démons.
Leurs hurlements en sursaut m'éveillèrent ;
Dans mon cerveau mes esprits remontèrent ;
Je soulevai mon corps sur mon grabat,
Et m'avisai que j'étais au sabbat.
Un gros rabbin de cette synagogue,
Que j'avais vu ci-devant pédagogue,
Me reconnut : le bouc s'imagina
Qu'avec ses saints je m'étais couché là[2].
Je lui contai ma honte et ma détresse.
Maître Abraham[3], après cinq ou six mots
De compliment, me tint ce beau propos :
   « J'ai comme toi croupi dans la bassesse,
   « Et c'est le lot des trois quarts des humains :
   « Mais notre sort est toujours dans nos mains.
   « Je me suis fait auteur, disant la messe,

1. Il y avait en effet alors, auprès de l'hôtel de la Comédie italienne, une maison où s'assemblaient tous les convulsionnaires, et où ils faisaient des miracles. Ils étaient protégés par un président au parlement, nommé du Bois, après l'avoir ôté par un Carré de Montgeron, conseiller au même parlement. Cette secte de convulsionnaires, celle des moraves, des ménonistes, des piétistes, font voir comment certaines religions peuvent aisément s'établir dans la populace, et gagner ensuite les classes supérieures. Il y avait alors plus de six mille convulsionnaires à Paris. Plusieurs d'entre eux faisaient des choses très-extraordinaires. On rôtissait des filles sans que leur peau fût endommagée; on leur donnait des coups de bûche sur l'estomac sans les blesser; et cela s'appelait donner des secours. Il y eut des boiteux qui marchèrent droit, et des sourds qui entendirent. Tous ces miracles commençaient par un psaume qu'on récitait en langue vulgaire; on était saisi du Saint-Esprit, on prophétisait; et quiconque dans l'assemblée se serait permis de rire aurait couru risque d'être lapidé. Ces farces ont duré vingt ans chez les Welches. (*Note de Voltaire*, 1771.)

2. Variante :
. . . . caché là.

3. C'est Abraham Chaumeix, vinaigrier et théologien, dont on a parlé ailleurs. (*Note de Voltaire*, 1771.) — Voyez ci-après une note du *Russe à Paris*.

« Persécuteur, délateur, espion ;
« Chez les dévots je forme des cabales :
« Je cours, j'écris, j'invente des scandales,
« Pour les combattre et pour me faire un nom,
« Pieusement semant la zizanie,
« Et l'arrosant d'un peu de calomnie[1].
« Imite-moi, mon art est assez bon ;
« Suis, comme moi, les méchants à la piste ;
« Crie à l'impie, à l'athée, au déiste,
« Au géomètre ; et surtout prouve bien
« Qu'un bel esprit ne peut être chrétien :
« Du rigorisme embouche la trompette ;
« Sois hypocrite, et ta fortune est faite. »
    « A ce discours saisi d'émotion,
Le cœur encore aigri de ma disgrâce[2],
Je répondis en lui couvrant la face
De mes cinq doigts ; et la troupe en besace,
Qui fut témoin de ma vive action,
Crut que c'était une convulsion.
A la faveur de cette opinion,
Je m'esquivai de l'antre de Mégère.
    — C'est fort bien fait ; si ta tête est légère,
Je m'aperçois que ton cœur est fort bon.
Où courus-tu présenter ta misère ?
    — Las ! où courir dans mon destin maudit !
N'ayant ni pain, ni gîte, ni crédit,
Je résolus de finir ma carrière,
Ainsi qu'ont fait au fond de la rivière
Des gens de bien, lesquels n'en ont rien dit.
    « O changement ! ô fortune bizarre !
J'apprends soudain qu'un oncle trépassé,
Vieux janséniste et docteur de Navarre,
Des vieux docteurs certes le plus avare,
Ab intestat, malgré lui, m'a laissé
D'argent comptant un immense héritage.
    « Bientôt, changeant de mœurs et de langage,
Je me décrasse ; et m'étant dérobé

1. Variante :
L'assaisonnant d'un peu de calomnie.
Imite-moi, mon sort est assez bon.

2. Variante :
. . . . . navré de ma disgrâce.

A cette fange où j'étais embourbé,
Je prends mon vol, je m'élève, je plane ;
Je veux tâter des plus brillants emplois,
Être officier, signaler mes exploits,
Puis de Thémis endosser la soutane,
Et, moyennant vingt mille écus tournois,
Être appelé le tuteur de nos rois [1].
J'ai des amis, je leur fais grande chère ;
J'ai de l'esprit alors, et tous mes vers
Ont comme moi l'heureux talent de plaire :
Je suis aimé des dames que je sers.
Pour compléter tant d'agréments divers,
On me propose un très-bon mariage ;
Mais les conseils de mes nouveaux amis,
Un grain d'amour ou de libertinage,
La vanité, le bon air, tout m'engage
Dans les filets de certaine Laïs
Que Belzébut fit naître en mon pays,
Et qui depuis a brillé dans Paris.
Elle dansait à ce tripot lubrique [2]
Que de l'Église un ministre impudique
(Dont Marion [3] fut servie assez mal)
Fit élever près du Palais-Royal.
    « Avec éclat j'entretins donc ma belle ;
Croyant l'aimer, croyant être aimé d'elle,
Je prodiguais les vers et les bijoux ;
Billets de change étaient mes billets doux :
Je conduisais ma Laïs triomphante,
Les soirs d'été, dans la lice éclatante
De ce rempart, asile des amours,
Par Outrequin rafraîchi tous les jours [4].

1. C'était la prétention des parlementaires. (G. A.)

2. L'Opéra, situé alors sur un emplacement voisin de la cour des Fontaines actuelle.

3. Marion de Lorme, courtisane du temps du cardinal de Richelieu, et qui fit une assez grande fortune avec ce ministre, qui était fort généreux. (*Note de Voltaire*, 1771.)

4. La mode était alors de se promener en carrosse ou à pied sur les boulevards de Paris, que M. Outrequin avait soin de faire arroser tous les jours pendant l'été. Les jeunes gens se piquaient d'y faire paraître leurs maîtresses dans les voitures les plus brillantes. On y voyait des filles de l'Opéra couvertes de diamants ; elles renouaient leurs cheveux avec des peignes où il y avait autant de diamants que de dents. Les boulevards étaient bordés de cafés, de boutiques de marionnettes, de

Quel beau vernis brillait sur sa voiture!
Un petit peigne orné de diamants
De son chignon surmontait la parure;
L'Inde à grands frais tissut ses vêtements;
L'argent brillait dans la cuvette ovale
Où sa peau blanche et ferme, autant qu'égale,
S'embellissait dans des eaux de jasmin.
A son souper, un surtout de Germain[1]
Et trente plats chargeaient sa table ronde
Des doux tributs des forêts et de l'onde.
Je voulus vivre en fermier général :
Que voulez-vous, hélas! que je vous dise?
Je payai cher ma brillante sottise,
En quatre mois je fus à l'hôpital.
 « Voilà mon sort, il faut que je l'avoue.
Conseillez-moi. — Mon ami, je te loue
D'avoir enfin déduit sans vanité
Ton cas honteux, et dit la vérité;
Prête l'oreille à mes avis fidèles.
Jadis l'Égypte eut moins de sauterelles
Que l'on ne voit aujourd'hui dans Paris
De malotrus, soi-disant beaux esprits,
Qui, dissertant sur les pieces nouvelles,
En font encor de plus sifflables qu'elles :
Tous l'un de l'autre ennemis obstinés,
Mordus, mordants, chansonneurs, chansonnés[2],
Nourris de vent au temple de Mémoire,
Peuple crotté qui dispense la gloire.
J'estime plus ces honnêtes enfants
Qui de Savoie arrivent tous les ans,
Et dont la main légèrement essuie
Ces longs canaux engorgés par la suie :
J'estime plus celle qui, dans un coin,
Tricote en paix les bas dont j'ai besoin;
Le cordonnier qui vient de ma chaussure
Prendre à genoux la forme et la mesure,
Que le métier de tes obscurs Frérons.

joueurs de gobelets, de danseurs de corde, et de tout ce qui peut amuser la jeunesse. (*Note de Voltaire*, 1771.)
 1. Voyez la note 2, page 80.
 2. Variante :
    Sifflés, sifflants . . . .

Maître Abraham, et ses vils compagnons,
Sont une espèce encor plus odieuse.
Quant aux catins, j'en fais assez de cas ;
Leur art est doux, et leur vie est joyeuse :
Si quelquefois leurs dangereux appas
A l'hôpital mènent un pauvre diable,
Un grand benêt, qui fait l'homme agréable,
Je leur pardonne, il l'a bien mérité.
    « Écoute, il faut avoir un poste honnête.
Les beaux projets dont tu fus tourmenté
Ne troublent plus ta ridicule tête ;
Tu ne veux plus devenir conseiller ;
Tu n'as point l'air de te faire officier,
Ni courtisan, ni financier, ni prêtre.
Dans mon logis il me manque un portier :
Prends ton parti, réponds-moi, veux-tu l'être ?
— Oui-da, monsieur. — Quatre fois dix écus
Seront par an ton salaire ; et, de plus,
D'assez bon vin chaque jour une pinte
Rajustera ton cerveau qui te tinte ;
Va dans ta loge ; et surtout garde-toi
Qu'aucun Fréron n'entre jamais chez moi.
    — J'obéirai sans réplique à mon maître,
En bon portier ; mais, en secret, peut-être
J'aurais choisi, dans mon sort malheureux,
D'être plutôt le portier des Chartreux[1]. »

---

1. *Le Portier des Chartreux* est un livre qui n'est pas de la morale la plus austère. On y trouve un portrait de l'abbé Desfontaines, plus hardi que tous ceux
qu'on lit dans Pétrone. Cet ouvrage est de l'auteur de la petite comédie intitulée
le B...... L'auteur était d'ailleurs aussi savant dans l'antiquité que dans l'histoire
des mœurs modernes ; et il a composé des discours sérieux pour des personnages
très-graves, qui ne savaient pas les faire eux-mêmes. (*Note de Voltaire*, 1771 et
1775.) — Le comte de Caylus (voyez tome VIII, page 599) est auteur de la comédie
intitulée *le Bordel, ou le J.-F. puni, comédie en prose, en trois actes*, 1736, in-8° ;
mais c'est par plaisanterie que Voltaire lui attribue *le Portier des Chartreux*,
imprimé, pour la première fois, sous le titre d'*Histoire de Dom B....., portier des
Chartreux*, 1748, deux parties in-8° ; réimprimé plusieurs fois, tantôt sous le titre
d'*Histoire de Gouberdom* (nom anagrammatique), *portier des Chartreux*, 1772,
in-8°, 1790, deux parties ; tantôt sous celui de *Mémoires de Saturnin*, 1787, deux
parties in-18, 1803, deux volumes in-18, etc. L'auteur de ce roman obscène est
Jean-Charles Gervaise de La Touche, avocat au parlement de Paris depuis 1744,
mort en 1782 ; il était né à Amiens. (B.)

LA VANITÉ [1]

(1760)

« Qu'as-tu, petit bourgeois [2] d'une petite ville?
Quel accident étrange, en allumant ta bile,
A sur ton large front répandu la rougeur?

1. *La Vanité* est de la fin de juin. Voltaire nomme cette pièce dans sa lettre à Mme d'Épinay, du 30 juin 1760. Il en parle même dans la lettre à d'Argental, du 27. Il donnait *la Vanité* comme l'ouvrage d'un frère de la Doctrine chrétienne; et c'est sous cette qualité que l'auteur est indiqué dans une édition en sept pages in-8°, et dans la note ci-dessous.

La Vanité et autres pièces, soit en vers, soit en prose, font partie du volume intitulé *Recueil de facéties parisiennes pour les six premiers mois de l'an* 1760. Elles y sont précédées de l'Avertissement que voici:

« Le sieur L.-F., auteur de la *Prière du déiste* que l'on trouvera ici, et du *Voyage de Provence*, ayant été admis à l'Académie française, fit attendre six mois sa harangue de remerciement, et la prononça enfin le 10 mars 1760. Mais au lieu de remercier l'Académie, il fit un long discours contre les belles-lettres et contre l'Académie, dans lequel il dit que « l'abus des talents, le mépris de la religion, la « haine de l'autorité, sont le caractère dominant des productions de ses confrères; « que tout porte l'empreinte d'une littérature dépravée, d'une morale corrompue, « et d'une philosophie altière qui sape également le trône et l'autel; que les gens « de lettres déclament tout haut contre les richesses (parce qu'on ne déclame pas « tout bas), et qu'ils portent envie secrètement aux riches, etc. » Cet étrange discours, si déplacé, si peu mesuré, si injuste, valut alors au sieur L.-F. les pièces qu'on va lire. Le sieur L.-F., au lieu de se rétracter honnêtement comme il le devait, composa un *Mémoire* justificatif, qu'il dit avoir *présenté au roi*, et il s'exprime ainsi dans ce *Mémoire* : « Il faut que l'univers sache que le roi s'est occupé de mon Mémoire, etc. » Il dit ensuite : « Un homme de ma naissance. » Ayant poussé la modestie à cet excès, il voulut encore avoir celle de faire mettre au titre de son ouvrage : *Mémoire de M. L.-F., imprimé par ordre du roi;* mais comme Sa Majesté ne fait point imprimer les ouvrages qu'elle ne peut lire, ce titre fut supprimé. Cette démarche lui attira l'*Épître d'un Frère de la Charité*, qu'on trouvera aussi dans ce recueil. »

Cet Avertissement, qui a quelque air de famille avec la note suivante, est-il de Morellet ou de Voltaire? Je n'ose prononcer: mais il m'a semblé que c'était ici que cet Avertissement pouvait ou devait trouver place. (B.)

2. Un provincial, dans un mémoire, a imprimé ces mots: « Il faut que tout l'univers sache que Leurs Majestés se sont occupées de mon discours. Le roi l'a voulu voir; toute la cour l'a voulu voir. » Il dit, dans un autre endroit, que « sa naissance est encore au-dessus de son discours ». Un frère de la Doctrine chrétienne a trouvé peu d'humilité chrétienne dans les paroles de ce monsieur; et,

D'où vient que tes gros yeux petillent de fureur?
Réponds donc. — L'univers doit venger mes injures[1];
L'univers me contemple, et les races futures
Contre mes ennemis déposeront pour moi.
— L'univers, mon ami, ne pense point à toi,
L'avenir encor moins : conduis bien ton ménage,
Divertis-toi, bois, dors, sois tranquille, sois sage.
De quel nuage épais ton crâne est offusqué!
— Ah! j'ai fait un discours, et l'on s'en est moqué[2]!

pour le corriger, il a mis en lumière ces vers chrétiens, applicables à tous ceux qui ont plus de vanité qu'il ne faut. (*Note de Voltaire*, 1760.) — Voyez la note 1 de la page 124.

1. Un provincial, dans un mémoire concernant une petite querelle académique, avait imprimé ces propres mots : « Il faut que tout l'univers sache que Leurs Majestés se sont occupées de mon discours à l'Académie. »

Et comme, dans ce discours, dont Leurs Majestés ne s'étaient point occupées, l'auteur avait insulté plusieurs académiciens, il n'est pas étonnant qu'il se soit attiré une petite correction dans la pièce de vers intitulée *la Vanité*. Car s'il est mal de commencer la guerre, il est très-pardonnable de se défendre. (*Note de Voltaire*, 1771.)

2. Ce fut le lundi 10 mars 1760 que Lefranc de Pompignan fut reçu à l'Académie française et prononça, en séance publique, une pièce oratoire qui sera redevable à Voltaire de son immortalité. Au moins le récipiendaire ira droit au but, sans circonlocutions ni détours. Ses paroles seront provocantes, agressives; c'est en ennemi ouvert de la philosophie qu'il se pose, et il ne néglige rien pour s'alléner des écrivains qui, de leur côté, auront bonne mémoire et ne lui feront pas grâce. Ce morceau, trop fameux, n'est d'un bout à l'autre qu'un lieu commun, mais relevé par une force d'expression, une chaleur, une conviction indignée, de nature à produire une forte impression sur un auditoire qui n'était pas composé des seuls amis des philosophes, et dans lequel plus d'un, effrayé, épouvanté de la fièvre des esprits, se demandait déjà où l'on allait, et quelle serait la fin de toutes ces audaces. Ces déclamations violentes furent donc accueillies avec une faveur marquée, et, disons-le, leur succès fut complet. Dupré de Saint-Maur, qui répondit au nouvel élu en qualité de directeur, lui fit de son mieux les honneurs de l'Académie. Il n'eut garde d'oublier, dans ses compliments, son frère, l'évêque du Puy. Il les compara, le poëte à Moïse, le prélat à Aaron. « Tout retrace en vous, dit-il, l'image de ces deux frères qui furent consacrés l'un comme juge, l'autre comme pontife, pour opérer des miracles dans Israël. » Fréron cite ce passage sans commentaires. Nous nous trompons; la comparaison lui paraît tout à fait neuve. Nous ne le contredirons point; mais on ne pouvait rendre de pire service au pauvre Saint-Maur que de reproduire cette burlesque et ridicule flatterie. Quoi qu'il en soit, fier comme Artaban, Lefranc fut admis à remettre son discours au roi, qui lui dit : « Je vous promets de le lire. » Ce n'était pas, à ce qu'on assure, une simple politesse. « Sa Majesté l'a lu en effet, rapporte Fréron dans l'*Année littéraire*, et le jour même elle demanda à un seigneur de sa cour comment il trouvait le discours. « Un « peu long, sire, répondit-il. — Il est vrai, reprit le roi, que j'ai employé vingt mi« nutes à le lire, et qu'il a dû être plus long à l'Académie; mais c'est un excellent « ouvrage, selon moi, peu fait, au reste, pour être applaudi par les impies et les « esprits forts. » Que pourrais-je ajouter, monsieur, à un suffrage aussi brillant et aussi flatteur ? » (G. D.)

Des plaisants de Paris j'ai senti la malice ;
Je vais me plaindre au roi, qui me rendra justice ;
Sans doute il punira ces ris audacieux.
— Va, le roi n'a point lu ton discours ennuyeux.
Il a trop peu de temps, et trop de soins à prendre :
Son peuple à soulager, ses amis à défendre,
La guerre à soutenir ; en un mot, les bourgeois
Doivent très-rarement importuner les rois.
La cour te croira fou : reste chez toi, bonhomme [1].
— Non, je n'y puis tenir ; de brocards on m'assomme.
Les *quand,* les *qui,* les *quoi,* pleuvant de tous côtés [2],
Sifflent à mon oreille, en cent lieux répétés.
On méprise à Paris mes chansons judaïques,
Et mon *Pater* anglais [3], et mes rimes tragiques,
Et ma prose aux Quarante! Un tel renversement
D'un État policé détruit le fondement :
L'intérêt du public se joint à ma vengeance ;
Je prétends des plaisants réprimer la licence.
Pour trouver bons mes vers il faut faire une loi ;
Et de ce même pas je vais parler au roi. »
    Ainsi, nouveau venu, sur les rives de Seine,
Tout rempli de lui-même, un pauvre énergumène
De son plaisant délire amusait les passants.
Souvent notre amour-propre éteint notre bon sens ;
Souvent nous ressemblons aux grenouilles d'Homère,
Implorant à grands cris le fier dieu de la guerre,

1. Voltaire avait écrit à Marmontel, à propos de son *Bélisaire* condamné par le Parlement, une lettre dans laquelle il disait que, s'il était à Paris, il irait avec l'Académie demander justice au roi (7 auguste 1767). Cogé, *coge pecus* comme l'appelait Voltaire, lui retourna très-finement ces trois vers.

2. Ce sont de petites feuilles volantes qui coururent dans Paris vers ce temps-là. (*Note de Voltaire,* 1771.)

3. C'est la prière de Pope, connue sous le nom de *Prière du déiste.* Il est vrai qu'elle n'était pas chrétienne, mais elle était universelle. On ne s'en scandalisa point à Londres, non-seulement parce qu'on permet beaucoup de choses aux poëtes, mais parce qu'on était las de persécuter Pope, et surtout parce qu'il se trouve en Angleterre beaucoup plus de philosophes que de persécuteurs.

M. Lefranc de Pompignan la traduisit en vers français ; mais après l'avoir traduite, il ne devait pas insulter tous les gens de lettres de Paris, dans son discours de réception à l'Académie française. Il pouvait faire sa cour sans insulter ses confrères. Ce discours fut la source de quantité d'épigrammes, de chansons, et de petites pièces de vers, dont aucune ne touche à l'honneur, et qui n'empêchent pas, comme on l'a déjà dit ailleurs, que l'homme qui s'était attiré cette querelle ne pût avoir beaucoup de mérite. (*Id.,* 1771.) — Le *ailleurs* dont il s'agit dans cette note est une des notes du *Pauvre Diable ;* voyez note 3 de la page 104. (B.)

Et les dieux des enfers, et Bellone, et Pallas,
Et les foudres des cieux, pour se venger des rats.
    Voyez dans ce réduit ce crasseux janséniste,
Des nouvelles du temps infidèle copiste[1],
Vendant sous le manteau ces mémoires sacrés
De bedeaux de paroisse et de clercs tonsurés.
Il pense fermement, dans sa superbe extase,
Ressusciter les temps des combats d'Athanase.
Ce petit bel esprit, orateur du barreau,
Alignant froidement ses phrases au cordeau,
Citant mal à propos des auteurs qu'il ignore,
Voit voler son beau nom du couchant à l'aurore :
Ses flatteurs, à dîner, l'appellent Cicéron.
Berthier dans son collége est surnommé Varron.
Un vicaire à Chaillot croit que tout homme sage
Doit penser dans Pékin comme dans son village ;
Et la vieille badaude, au fond de son quartier,
Dans ses voisins badauds voit l'univers entier.
    Je suis loin de blâmer le soin très-légitime
De plaire à ses égaux, et d'être en leur estime.
Un conseiller du roi, sur la terre inconnu,
Doit dans son cercle étroit, chez les siens bienvenu,
Être approuvé du moins de ses graves confrères ;
Mais on ne peut souffrir ces bruyants téméraires,
Sur la scène du monde ardents à s'étaler,
Veux-tu te faire acteur ? on voudra te siffler.
Gardons-nous d'imiter ce fou de Diogène,
Qui pouvant chez les siens, en bon bourgeois d'Athène,
A l'étude, au plaisir doucement se livrer,
Vécut dans un tonneau pour se faire admirer.
Malheur à tout mortel, et surtout dans notre âge,
Qui se fait singulier pour être un personnage !

---

1. C'est le gazetier des *Nouvelles ecclésiastiques;* on en a déjà parlé ailleurs.
C'est en effet une chose assez plaisante que l'importance mise par ce gazetier
à ces petites querelles ignorées dans le reste du monde, méprisées dans Paris
par tous les gens de bon sens, et connues seulement par ceux qui les exci-
taient, et par la canaille des convulsionnaires. Le gazetier ecclésiastique assura
dans plusieurs feuilles que les temps d'Arius et d'Athanase avaient été moins
orageux, et qu'on devait s'attendre aux événements les plus funestes, depuis qu'on
avait mis un porte-dieu à Bicêtre, et un colporteur au pilori. (*Note de Voltaire,*
1771.) — Le *ailleurs* dont Voltaire veut parler ici est une de ses notes du *Russe
à Paris* (voyez note 1 de la page 126, qui, dans l'édition de 1771, précédait
la Vanité. (B.)

Piron seul eut raison, quand, dans un goût nouveau [1],
Il fit ce vers heureux, digne de son tombeau :
Ci-gît qui ne fut rien. Quoi que l'orgueil en dise,
Humains, faibles humains, voilà votre devise.
Combien de rois, grands dieux! jadis si révérés,
Dans l'éternel oubli sont en foule enterrés!
La terre a vu passer leur empire et leur trône.
On ne sait en quel lieu florissait Babylone.
Le tombeau d'Alexandre, aujourd'hui renversé,
Avec sa ville altière a péri dispersé.
César n'a point d'asile où son ombre repose ;
Et l'ami Pompignan [2] pense être quelque chose!

1. Piron, auteur de *la Métromanie*, jolie pièce qui a eu beaucoup de succès. Il a fait son épitaphe, qui commence par ce vers:

> Ci-gît, qui? quoi? ma foi, personne, rien.

> (*Note de Voltaire*, 1771.)

2. Voltaire, dans sa lettre à Thieriot, du 8 décembre 1760, raconte que Pompignan étant allé se plaindre au dauphin, ce prince dit tout haut:

> Notre ami Pompignan pense être quelque chose! (B.)

— Le dauphin, quelles que fussent sa dévotion et sa charité, n'avait pu se défendre de rire comme tout le monde aux dépens de Lefranc. Ce vers, d'un comique si heureux, ne lui sortait pas de la tête. Mme du Hausset rapporte une conversation entre Quesnay et Mirabeau sur le dauphin. « Ce qui devrait vous rassurer sur le dauphin, dit Mirabeau, c'est que, malgré la dévotion de Pompignan, il le tourne en ridicule. Il y a quelque temps que, l'ayant rencontré et trouvant qu'il avait l'air bouffi d'orgueil, il dit à quelqu'un qui me l'a redit:

> Et l'ami Pompignan pense être quelque chose. »

Le pire pour le pauvre homme, c'est que l'anecdote s'ébruita, qu'elle courut bientôt Paris, et ne tarda pas même à parvenir jusqu'aux Délices, où elle fut accueillie avec transport: « Voilà, écrivait Voltaire à Helvétius (12 décembre 1760), à quoi les vers sont bons quelquefois ; on les cite, comme vous voyez, dans les grandes occasions. » (G. D.)

LE RUSSE A PARIS [1]

PETIT POËME EN VERS ALEXANDRINS,

COMPOSÉ A PARIS, AU MOIS DE MAI 1760, PAR M. IVAN ALETHOF,

SECRÉTAIRE DE L'AMBASSADE RUSSE.

Tout le monde sait que M. Alethof ayant appris le français à Archangel, dont il était natif, cultiva les belles-lettres avec une ardeur incroyable, et y fit des progrès plus incroyables encore : ses travaux ruinèrent sa santé. Il était aisé à émouvoir, comme Horace, *irasci celer*; il ne pardonnait jamais aux auteurs qui l'ennuyaient. Un livre du sieur Gauchat, et un discours du sieur Lefranc de Pompignan, le mirent dans une telle colère qu'il en eut une fluxion de poitrine ; depuis ce temps il ne fit que languir, et mourut à Paris le 1er juin 1760, avec tous les sentiments d'un vrai catholique grec, persuadé de l'infaillibilité de l'Église grecque. Nous donnons au public son dernier ouvrage, qu'il n'a pas eu le temps de perfectionner; c'est grand dommage : mais nous nous flattons d'imprimer dans peu ses autres poëmes, dans lesquels on trouvera plus d'érudition, et un style beaucoup plus châtié.

1. Nous avons rétabli les notes de cette satire d'après les premières éditions. L'auteur avait cru devoir en supprimer quelques-unes. Ce qui occupait les esprits en 1760 était oublié en 1775. Il faut se rappeler, en les lisant, l'époque où elles ont été faites, et la nécessité où se trouvait M. de Voltaire de dévoiler l'hypocrisie des hommes qui, sous le masque du patriotisme, comme sous le manteau de la religion, cherchaient à perdre auprès de Louis XV des écrivains vertueux et amis du bien public, dont tout le crime était d'avoir excité leur envie, ou blessé leur orgueil. (K.)

DIALOGUE

D'UN PARISIEN ET D'UN RUSSE

(1760[1])

LE PARISIEN.

Vous avez donc franchi les mers hyperborées,
Ces immenses déserts et ces froides contrées
Où le fils d'Alexis, instruisant tous les rois,
A fait naître les arts, et les mœurs, et les lois?
Pourquoi vous dérober aux sept astres de l'Ourse,
Beaux lieux où nos Français, dans leur savante course,
Allèrent, de Borée arpentant l'horizon,
Geler auprès du pôle aplati par Newton[2];

1. C'est encore le 30 juin, mais dans une lettre à Thieriot, que Voltaire parle, pour la première fois, du *Russe à Paris*. La préface et son intitulé sont dans les premières éditions in-4° et in-8°. Dix ans après parut *le Nouveau Russe à Paris, épître à madame Reich, par M. de Tcherebatoff*, 1770, in-8°. C'est une épître en vers et en prose à la louange de madame Reich, actrice de l'Opéra; Grimm parle de cette pièce dans sa *Correspondance* (avril 1770). C'est Leclerc des Vosges qui est auteur de la satire politique intitulée *le Russe à Paris, etc., par M. Peters-Subwathekoff*, an VII (1798), in-8°. L'auteur fut persécuté. De nos jours M. Briffaut a fait imprimer dans *la Gazette de France*, du 22 décembre 1812, un dialogue en vers intitulé *le Temps passé et le Temps présent*, qu'il a reproduit dans ses *Dialogues, Contes*, etc., 1824, deux volumes in-18. (B.)

2. Ce furent Huygens et Newton qui prouvèrent, le premier par la théorie des forces centrifuges, le second par celle de la gravitation, que le globe doit être un peu aplati aux pôles, et un peu élevé à l'équateur; que par conséquent les degrés du méridien sont plus petits à l'équateur, et au pôle un peu plus longs. La différence, selon Newton, est d'un deux-cent-trentième, et, selon Huygens, d'un cinq-cent-soixante-et-dix-huitième.

On trouva au contraire, par les mesures prises·en France, que les degrés du méridien étaient plus grands au sud qu'au nord. De là on conclut que la terre était aplatie au pôle, comme Newton et Huygens l'avaient prouvé par une théorie sûre. C'était tout justement le contraire de ce qu'on devait conclure. Les mesures de France étaient fausses, et la conclusion plus fausse encore.

Cette affaire ne fut portée ni au parlement ni en Sorbonne, comme celle de l'inoculation y a été déférée. L'Académie des sciences se rétracta au bout de vingt

Et de ce grand projet utile à cent couronnes[1],
Avec un quart de cercle enlever deux Laponnes[2]?
Est-ce un pareil dessein qui vous conduit chez nous?

LE RUSSE.

Non, je viens m'éclairer, m'instruire auprès de vous;
Voir un peuple fameux, l'observer, et l'entendre.

LE PARISIEN.

Aux bords de l'occident que pouvez-vous apprendre?
Dans vos vastes États vous touchez à la fois
Au pays de Christine, à l'empire chinois :
Le héros de Narva sentit votre vaillance;
Le brutal janissaire a tremblé dans Byzance;
Les hardis Prussiens ont été terrassés;
Et, vainqueurs en tous lieux, vous en savez assez.

LE RUSSE.

J'ai voulu voir Paris : les fastes de l'histoire
Célèbrent ses plaisirs et consacrent sa gloire.
Tout mon cœur tressaillait à ces récits pompeux
De vos arts triomphants, de vos aimables jeux.
Quels plaisirs, quand vos jours marqués par vos conquêtes
S'embellissaient encore à l'éclat de vos fêtes!
L'étranger admirait dans votre auguste cour
Cent filles de héros conduites par l'Amour;

---

ans, et Fontenelle avoua dans son histoire que, si les degrés étaient plus longs
vers le nord, la terre devait être aplatie au pôle.

Cela faisait voir qu'on s'était non-seulement trompé en France sur la théorie,
mais qu'on s'était aussi trompé dans les mesures. (*Note de Voltaire*, 1771.)

— Les erreurs qu'elles renfermaient ont été reconnues et corrigées depuis. Il
est prouvé que la terre est aplatie, comme les expériences du pendule l'avaient
prouvé, comme les lois de l'équilibre des fluides paraissent l'exiger. La proportion
des axes de la terre s'approche davantage de celle de Newton que de celle de Huygens, ce qui confirme ce qu'avait découvert Newton, que la force de la pesanteur
est le résultat de la force attractive de tous les éléments de la terre, et non une
force dirigée vers le centre, suivant l'hypothèse de Huygens; mais les observations
du pendule ne sont pas d'accord avec les mesures des degrés du méridien, dans
l'hypothèse de la terre homogène, et ces mesures ne s'accordent pas à donner à la
terre une figure régulière. (K.)

1. Moreau de Maupertuis fit accroire au cardinal de Fleury que cette dispute
purement philosophique intéressait tous les navigateurs; qu'il y allait de leur vie.
Il n'y allait certainement que de la curiosité. (*Note de Voltaire*, 1771.)

2. C'était deux filles de Tornéa, qui étaient sœurs. Le père commença un procès
criminel contre Maupertuis; mais on ne put du cercle polaire envoyer à Paris un
huissier. (*Id.*, 1771.)

— Voltaire a parlé ailleurs des deux Laponnes enlevées par Maupertuis; voyez
tome IX, note 5 de la page 402.

Ces belles Montbazons, ces Châtillons brillantes,
Ces piquantes Bouillons, ces Nemours si touchantes,
Dansant avec Louis sous des berceaux de fleurs[1],
Et du Rhin subjugué couronnant les vainqueurs ;
Perrault du Louvre auguste élevant la merveille ;
Le grand Condé pleurant aux vers du grand Corneille[2] ;
Tandis que, plus aimable, et plus maître des cœurs,
Racine, d'Henriette exprimant les douleurs[3],
Et voilant ce beau nom du nom de Bérénice,
Des feux les plus touchants peignait le sacrifice.
    Cependant un Colbert, en vos heureux remparts,
Ranimait l'industrie, et rassemblait les arts :
Tous ces arts en triomphe amenaient l'abondance.
Sur cent châteaux ailés les pavillons de France[4],
Bravant ce peuple altier, complice de Cromwel,
Effrayaient la Tamise et les ports du Texel.
    Sans doute les beaux fruits de ces âges illustres,
Accrus par la culture et mûris par vingt lustres,
Sous vos savantes mains ont un nouvel éclat.
Le temps doit augmenter la splendeur de l'État ;
Mais je la cherche en vain dans cette ville immense.

LE PARISIEN.

Aujourd'hui l'on étale un peu moins d'opulence.
Nous nous sommes défaits d'un luxe dangereux[5] ;
Les esprits sont changés, et les temps sont fâcheux.

LE RUSSE.

Et que vous reste-t-il de vos magnificences ?

---

1. Cela est vrai à la lettre. Il y avait à la fête de Versailles de grands berceaux de verdure, ornés de fleurs qui formaient des dessins pittoresques. Ce fut là que Louis XIV, qui était dans tout l'éclat de la jeunesse et de la beauté, dansa avec Mlle de La Vallière et d'autres dames. (*Note de Voltaire*, 1771.)

2. C'était à la première représentation de *Cinna*. (B.)

3. Rien n'est plus connu que l'histoire de la tragédie de *Bérénice*. La princesse Henriette d'Angleterre, fille de Charles Ier, et femme de Monsieur, frère unique de Louis XIV, donna ce sujet à traiter à Corneille et à Racine. On sait comment Corneille en fit une tragédie aussi froide et aussi ennuyeuse que mal écrite, et comment Racine en fit une pièce très-touchante malgré ses défauts. (*Note de Voltaire*, 1771.)

4. Louis XIV était parvenu jusqu'à garnir ses ports de près de deux cents vaisseaux de guerre. (*Id.*, 1771.)

5. Cela fut écrit en 1760, temps auquel le malheur des temps, les disgrâces dans la guerre, et la mauvaise administration des finances, avaient obligé le roi et la plupart des gens riches à faire porter à la Monnaie une grande partie de leur vaisselle d'argent. On servait alors les potages et les ragoûts dans des plats de faïence qu'on appelait des *cus noirs*. (*Id.*, 1771.)

LE PARISIEN.

Mais... nous avons souvent de belles remontrances [1] ;
Et le nom d'Ysabeau [2], sur un papier timbré,
Est dans tous nos pays un secours assuré.

LE RUSSE.

C'est beaucoup ; mais enfin, quand la riche Angleterre
Épuise ses trésors à vous faire la guerre,
Les papiers d'Ysabeau ne vous suffiront pas :
Il faut des matelots, des vaisseaux, des soldats...

LE PARISIEN.

Nous avons à Paris de plus grandes affaires.

LE RUSSE.

Quoi donc?

LE PARISIEN.

     Jansénius... la bulle... ses mystères [3].
De deux sages partis les cris et les efforts,
Et des billets sacrés payables chez les morts [4],
Et des convulsions [5], et des réquisitoires,

1. On n'a pas ici la témérité de vouloir jeter le plus léger soupçon de partialité sur les remontrances : le zèle les dicte, la bonté les reçoit, l'équité y a souvent égard. On observe seulement que lorsque les Anglais se ruinent pour désoler nos côtes, insulter nos ports, détruire nos colonies et notre commerce, nous devons donner quelque chose pour nous défendre. Certes, en voyant notre roi se défaire de sa vaisselle d'argent, et se priver de ce qui fait le nécessaire d'un monarque, quel est le citoyen qui ne suivra pas un exemple si noble et si touchant? (*Note de Voltaire*, 1760). — La générosité de Louis XV, envoyant son argenterie à la Monnaie pour secourir l'État, est portée à sa juste valeur par ce que raconte Chamfort : « Louis XV, dit-il, demanda au duc d'Ayen (depuis maréchal de Noailles) s'il avait envoyé sa vaisselle à la Monnaie. Le duc répondit que non. « Moi, dit le « roi, j'ai envoyé la mienne. — Ah ! sire, dit M. d'Ayen, quand Jésus-Christ mou- « rut le vendredi saint, il savait bien qu'il ressusciterait le dimanche. » (B.)

2. Greffier au parlement de Paris. (*Note de Voltaire*, 1760.)

3. La querelle de la bulle *Unigenitus* fut un de ces ridicules sérieux qui ont troublé la France assez longtemps. On n'ignore pas que Louis XIV eut le malheur de se mêler des disputes absurdes entre les jansénistes et les molinistes; que cette extravagance jeta de l'amertume sur la fin de ses jours, et que cette guerre théologique, pour n'avoir pas été assez méprisée, renaquit ensuite assez violemment. C'était la honte de l'esprit humain; mais on était accoutumé à cette honte. (*Note de Voltaire*, 1771.)

4. Valère Maxime (lib. II, cap. VI, *de ext. Instit.*) dit que les druides prêtaient de l'argent aux pauvres, à la charge qu'ils le rendraient en l'autre monde. — Je ne trouve cette note dans aucune édition du vivant de l'auteur, mais les éditeurs de Kehl la donnent comme étant de Voltaire. (B.)

5. La folie inconcevable des convulsions fut un des fruits de la bulle *Unigenitus*. Il y en avait encore en 1760, et elles avaient commencé en 1724. Sans les philosophes, qui jetèrent sur cette démence infâme tout le ridicule qu'elle méritait, cette fureur de l'esprit de parti aurait eu des suites très-dangereuses. (*Note de Voltaire*, 1771.)

> Rempliront de nos temps les brillantes histoires.
> Lefranc de Pompignan, par ses divins écrits [1]
> Plus que Palissot même occupe nos esprits [2];

1. M. Lefranc de Pompignan, dans un mémoire qu'il dit avoir présenté au roi en 1760, s'exprime ainsi, page 17 : « Il faut que tout l'univers sache que... le roi s'est occupé de mon discours, non comme d'une nouveauté passagère, mais comme d'une production digne de l'attention particulière des souverains. »

Quel producteur que ce Pompignan! quelle modestie! de quel ton il parle à l'univers! comme l'univers est occupé de lui!

Ce même Lefranc de Pompignan dit, page 10 : « Un homme de ma naissance et de mon état. » La naissance de Lefranc!

Ce même Lefranc de Pompignan dit encore que, pendant qu'il était juge des aides en Quercy, *il écrivait de la prose pour l'utilité de ses compatriotes.* Voici la prose utile de M. Lefranc de Pompignan. Il eut la bonté, en 1756, d'écrire au roi, et de lui reprocher le bien que le roi faisait à la nation, en faisant lui-même, à Trianon, l'essai de la méthode de remédier à la carie des blés. Sa Majesté daigna faire envoyer la recette dans toutes les provinces : c'est une de ses attentions paternelles pour son peuple; nous l'en bénissons, nos enfants l'en béniront. M. Lefranc de Pompignan semble insulter à sa bienfaisance; il lui dit : « Ces expériences ne rendront pas nos champs moins incultes. Le parc de Versailles ne décide pas de l'état de nos campagnes. Vous traitez vos sujets plus impitoyablement que des forçats; on exerce sur eux des vexations horribles : sortez de l'enceinte de votre palais somptueux, vous verrez un royaume qui sera bientôt un désert... »

Telle est la prose coulante et agréable du sieur Lefranc de Pompignan. Le roi n'a jamais donné un plus grand exemple de clémence qu'en daignant pardonner à ce bourgeois de Quercy un peu trop vif. Est-ce à ce titre qu'on l'a reçu à l'Académie?

Le même Lefranc de Pompignan, auteur du *Voyage de Provence*, de *la Prière du déiste*, et de quelques psaumes traduits en vers bien durs, et de plusieurs pièces de théâtre, dont une seule a pu être jouée, nie qu'on lui ait refusé quelque temps les provisions de sa charge en Quercy, pour le punir de *la Prière du déiste*, parce qu'il fut d'ailleurs suspendu de sa charge en Quercy pour une autre affaire qui arriva dans un bal en Quercy. Nous n'entrerons point dans ces détails; nous nous contenterons d'observer que ce n'est pas sans raison qu'un père de la Doctrine chrétienne lui a dit :

> Pour vivre un peu joyeusement,
> Croyez-moi, n'offensez personne :
> C'est un petit avis qu'on donne
> Au sieur Lefranc de Pompignan.

Il peut sur cet article présenter un mémoire à l'univers. (*Note de Voltaire,* 1760.)

— Voici le texte d'un autre passage de Pompignan : «... Donnant tous mes soins, tous les moments de mon loisir à des travaux champêtres, à composer une nombreuse bibliothèque, à écrire des vers pour mon amusement, et de la prose pour l'utilité de mes compatriotes, je ne me suis jamais mêlé *d'aucune querelle littéraire.* » (Page 10 du *Mémoire présenté au roi*.) (B.)

2. Palissot de Montenoi fit jouer par les Comédiens français une comédie intitulée *les Philosophes*, le 2 mai 1760. Il a eu le malheur, dans cette comédie, d'insulter et d'accuser plusieurs personnes d'un mérite supérieur; et il se reprochera sans doute cette faute toute sa vie. On voit, par la lettre qu'il a donnée au public

Nous quittons et la Foire et l'Opéra-Comique,
Pour juger de Lefranc le style académique.
Lefranc de Pompignan dit *à tout l'univers*
Que le roi lit sa prose, et même encor ses vers.
L'univers cependant voit nos apothicaires
Combattre en parlement les jésuites leurs frères[1] ;

en forme de préface, qu'il a été trompé par de faux mémoires qu'on lui avait donnés. Il justifie sa pièce en rapportant plusieurs passages tirés de l'*Encyclopédie*,
et la plupart de ces passages ne se trouvent pas dans l'*Encyclopédie*. Il cite plusieurs traits de quelques mauvais livres intitulés *l'Homme plante* et *la Vie heureuse*, comme si ces livres étaient composés par quelques-uns de ceux qui ont mis
la main à l'*Encyclopédie ;* mais ces livres détestables, contre lesquels il s'élève
avec une juste indignation, sont d'un médecin nommé La Métrie, natif de Saint-
Malo, de l'Académie de Berlin, qui les composa à Berlin il y a plus de douze ans,
dans des accès d'ivresse. Ce La Métrie n'a jamais été en relation avec aucun des
citoyens qui sont maltraités dans la pièce des *Philosophes.*

Ceux qu'on insulte dans cette pièce sont M. Duclos, secrétaire perpétuel de
l'Académie française, auteur de plusieurs ouvrages très-estimables ; M. d'Alembert,
de la même Académie et de celle des sciences, célèbre par sa vaste littérature, par
ses connaissances profondes dans les mathématiques, et par son génie ; M. Diderot,
dont le public fait le même éloge ; M. le chevalier de Jaucourt, homme d'une grande
naissance, auteur de cent excellents articles qui enrichissent le *Dictionnaire encyclopédique ;* M. Helvétius, admirable (ce mot n'est pas trop fort) par une action
unique : il a quitté deux cent mille livres de rente pour cultiver les belles-lettres
en paix, et il fait du bien avec ce qui lui reste. La facilité et la bonté de son caractère lui ont fait hasarder, dans un livre d'ailleurs plein d'esprit, des propositions
fausses et très-répréhensibles, dont il s'est repenti le premier, à l'exemple du
grand Fénelon. L'auteur de la comédie des *Philosophes* se repent aussi d'avoir
porté le poignard dans ses blessures ; il a des remords d'avoir imputé des maximes
et des vues pernicieuses aux plus honnêtes gens qui soient en France, à des
hommes qui n'ont jamais fait le moindre mal à personne, et qui n'en ont jamais
dit. En qualité de citoyen, il souhaite que le *Dictionnaire encyclopédique* se continue, que les libraires qui ont fait cette grande entreprise ne soient pas ruinés, que
les souscripteurs ne perdent point leurs avances.

Ce livre, qui se perfectionnait sous tant de mains, devenait cher et nécessaire
à la nation. J'ai vu l'article Roi en manuscrit ; des étrangers ont pleuré de tendresse au portrait qu'on fait de Louis XV, et ils ont souhaité d'être ses sujets ; la
reine son épouse regretterait l'article Reine, si sa vertu modeste pouvait lui faire
regretter les plus justes louanges. Au mot Guerre, on croirait que celui qui commande aujourd'hui nos armées, et plusieurs lieutenants généraux, ont été désignés
par l'auteur, qui est lui-même un excellent officier. Le mot Siége forme un article
bien important pour nous ; la prise du Port-Mahon immortalise le nom du général
et le nom français : en un mot, cet ouvrage eût fait notre gloire, et il est bien
honteux qu'il ait essuyé à la fois la persécution et le ridicule. (*Note de Voltaire,*
1760.) — L'auteur de l'article Guerre dans l'*Encyclopédie* est le comte de Tressan. L'officier qui commandait les armées, en 1760, est le duc de Broglie. (B.)

1. Le 14 mai 1760, jour de l'anniversaire de la mort de Henri IV, les apothicaires de Paris firent saisir, dans un couvent de jésuites qu'on appelait la maison
professe, des drogues que les jésuites vendaient en fraude, et leur firent un procès
au parlement, qui condamna ces pères. On disait qu'ils débitaient chez eux ces
drogues pour empoisonner les jansénistes. (*Note de Voltaire,* 1771.) — Dans les

Car chacun vend sa drogue, et croit sur son pailler
Fixer, comme Lefranc, les yeux du monde entier.
Que dit-on dans Moscou de ces nobles querelles?

LE RUSSE.

En aucun lieu du monde on ne m'a parlé d'elles.
Le Nord, la Germanie, où j'ai porté mes pas,
Ne savent pas un mot de ces fameux débats.

LE PARISIEN.

Quoi! du clergé français la gazette prudente[1],
Cet ouvrage immortel que le pur zèle enfante,
Le *Journal du Chrétien*, le *Journal de Trévoux*[2],

éditions soit in-4°, soit in-8° de 1760, il y avait : « On saisit des drogues et du
vert-de-gris chez les frères jésuites de la rue Saint-Antoine, le 10 mai 1760, jour de
l'anniversaire de la mort de Henri le Grand. Il y a un grand procès sur cette con-
trebande entre les frères jésuites et les apothicaires, sur quoi un janséniste a
imprimé que les frères jésuites, après avoir empoisonné les âmes, voulaient aussi
empoisonner les corps ; mais ce sont de mauvaises plaisanteries. » Dans sa lettre
à d'Argental, du 6 juillet 1760, Voltaire dit qu'au lieu du 10 (mai) il faut lire 14.
Il parle des expressions de *jésuites empoisonneurs de corps* dans sa lettre à Thieriot, du 30 juin 1760. La note que je viens de rapporter fut supprimée par l'auteur
en 1761. Celle qu'on lit aujourd'hui est de 1771.

Le 2 septembre 1760, le lieutenant général de police rendit une sentence qui
déclare valable la saisie faite chez les jésuites, de trois boîtes de thériaque et de
trois de confection de hyacinthe. Voyez *Journal encyclopédique*, 1760, septembre,
tome II, page 153; voyez aussi lettre à d'Argental, 6 juillet 1760, et celle à Lutzel-
bourg, 2 juillet 1760. (B.)

1. C'est ce qu'on appelle la *Gazette ecclésiastique*. Ce journal clandestin commença en 1724, et dure encore. C'est un ramas de petits faits concernant des
bedeaux de paroisse, des porte-dieu, des thèses de théologie, des refus de sacrements, des billets de confession : c'est surtout dans le temps de ces billets de confession que cette gazette a eu le plus de vogue. L'archevêque de Paris, Christophe
de Beaumont, avait imaginé ces lettres de change tirées à vue sur l'autre monde,
pour faire refuser le viatique à tous les mourants qui se seraient confessés à des prêtres
jansénistes. Ce comble de l'extravagance et de l'horreur causa beaucoup de troubles,
et mit la *Gazette ecclésiastique* alors dans un grand crédit : elle tomba quand cette
sottise fut finie. Elle était, dit-on, comme les crapauds, qui ne peuvent s'enfler que
de venin. (*Note de Voltaire*, 1771.) — La *Gazette ecclésiastique* n'a commencé
qu'en 1727. (B.)

2. Le *Journal chrétien* ou *du chrétien* fut d'abord composé par un récollet
nommé Hayer, l'abbé Trublet, l'abbé Dinouart, un nommé Joannet. Ils dédièrent
leur besogne à la reine, dans l'espérance d'avoir quelque bénéfice; en quoi ils se
trompèrent. Ils mirent d'abord leur *Mercure chrétien* à 30 sous, puis à 20, puis à
15, puis à 12. Voyant qu'ils ne réussissaient pas, ils s'avisèrent d'accuser d'athéisme
tous les écrivains, à tort et à travers. Ils s'adressèrent malheureusement à M. de
Saint-Foix, qui leur fit un procès criminel, et les obligea de se rétracter. Depuis
ce temps-là leur journal fut entièrement décrié, et ces pauvres diables furent obligés de l'abandonner.

Pour le *Journal de Trévoux*, il a subi le sort des jésuites ses auteurs, il est
tombé avec eux. (*Note de Voltaire*, 1771.)

N'ont point passé les mers et volé jusqu'à vous?

LE RUSSE.

Non.

LE PARISIEN.

Quoi! vous ignorez des mérites si rares?

LE RUSSE.

Nous n'en avons jamais rien appris.

LE PARISIEN.

Les barbares!

Hélas! en leur faveur mon esprit abusé
Avait cru que le Nord était civilisé.

LE RUSSE.

Je viens pour me former sur les bords de la Seine;
C'est un Scythe grossier voyageant dans Athène
Qui vous conjure ici, timide et curieux,
De dissiper la nuit qui couvre encor ses yeux.
Les modernes talents que je cherche à connaître
Devant un étranger craignent-ils de paraître?
Le cygne de Cambrai, l'aigle brillant de Meaux,
Dans ce temps éclairé n'ont-ils pas des égaux?
Leurs disciples, nourris de leur vaste science,
N'ont-ils pas hérité de leur noble éloquence?

LE PARISIEN.

Oui, le flambeau divin qu'ils avaient allumé
Brille d'un nouveau feu, loin d'être consumé :
Nous avons parmi nous des pères de l'Église.

LE RUSSE.

Nommez-moi donc ces saints que le ciel favorise.

LE PARISIEN.

Maître Abraham Chaumeix, Hayer le récollet[1],
Et Berthier le jésuite, et le diacre Trublet,

---

1. Cet Abraham Chaumeix était ci-devant vinaigrier, et, s'étant fait convulsionnaire, il devint un homme considérable dans le parti, surtout depuis qu'il se fut fait crucifier avec une couronne d'épines sur la tête, le 2 mars 1749, dans la rue Saint-Denis, vis-à-vis Saint-Leu et Saint-Gilles. Ce fut lui qui dénonça au parlement de Paris le *Dictionnaire encyclopédique.* Il a été couvert d'opprobre, et obligé de se réfugier à Moscou, où il s'est fait maître d'école.

Hayer le récollet n'est connu que par le *Journal chrétien;* le jésuite Berthier, par le *Journal de Trévoux,* et surtout par une facétie plaisante intitulée *Relation de la maladie, de la confession, de la mort, et de l'apparition du jésuite Berthier.* (*Note de Voltaire,* 1771.)

— Jean-Nicolas Hayer, né à Sarlouis, mort le 14 juillet 1780, est auteur de *la Religion vengée,* etc., et de divers autres ouvrages.

Et le doux Caveyrac, et Nonotte, et tant d'autres[1] :
Ils sont tous parmi nous ce qu'étaient les apôtres
Avant qu'un feu divin fût descendu sur eux :
De leur siècle profane instructeurs généreux[2],
Cachant de leur savoir la plus grande partie,
Écrivant sans esprit par pure modestie,
Et par piété même ennuyant les lecteurs.

LE RUSSE.

Je n'ai point encor lu ces solides auteurs :
Il faut que je vous fasse un aveu condamnable.
Je voudrais qu'à l'utile on joignît l'agréable ;
J'aime à voir le bon sens sous le masque des ris ;
Et c'est pour m'égayer que je viens à Paris.
Ce peintre ingénieux de la nature humaine,
Qui fit voir en riant la raison sur la scène,
Par ceux qui l'ont suivi serait-il éclipsé?

LE PARISIEN.

Vous parlez de Molière : oh! son règne est passé ;
Le siècle est bien plus fin ; notre scène épurée
Du vrai beau qu'on cherchait est enfin décorée.
Nous avons les *Remparts*[3], nous avons *Ramponeau*[4] ;

---

1. Le doux Caveyrac est ici par antiphrase ; il n'y a rien de si peu doux que son *Apologie de la révocation de l'édit de Nantes et de la Saint-Barthélemy*. Ce n'est pas qu'on doive en inférer absolument qu'il eût fait la Saint-Barthélemy, s'il eût été à la place du Balafré. On justifie quelquefois les plus abominables actions qu'on ne voudrait pas avoir faites. On fait un livre pour plaire à un évêque, pour attraper un petit bénéfice, une petite pension du clergé, qu'on n'attrape point ; et ensuite on écrirait pour les huguenots avec autant de zèle qu'on a écrit contre eux. Tout cela n'est, au bout du compte, que du papier perdu et de l'honneur perdu ; ce qui est fort peu de chose pour ces gens-là.

Nonotte est un ex-jésuite que notre auteur philosophe a fait connaître par les ignorances dent il l'a convaincu, et par les ridicules dont il l'a accablé avec très-juste raison. (*Note de Voltaire*, 1771.)

— Il y avait Rabot dans les premières éditions. Nous n'avons rien pu découvrir sur ce Rabot. Il en serait de même de la plupart des autres faiseurs de libelles immortalisés par M. de Voltaire, s'il ne s'était donné la peine d'ajouter à leurs noms des notes instructives. (K.)

— L'ouvrage de Caveyrac, dont Voltaire parle ci-dessus, est intitulé *Apologie de Louis XIV et de son conseil sur la révocation de l'edit de Nantes*, 1758, in-8°. (B.)

2. Peu d'auteurs se sont servis du mot *instructeur*, qui semble manquer à notre langue. On voit bien que c'est un Russe qui parle. Ce terme répond à celui de *coukaski*, qui est très-énergique en slavon. (*Note de Voltaire*, 1760.)

3. Les comédies qu'on joue sur les boulevards. (*Id.*, 1760).

4. Ramponeau était un cabaretier de la Courtille, dont la figure comique et le mauvais vin qu'il vendait bon marché lui acquirent pendant quelque temps une

Au lieu du *Misanthrope* on voit Jacques Rousseau,
Qui, marchant sur ses mains, et mangeant sa laitue [1],
Donne un plaisir bien noble au public qui le hue.
Voilà nos grands travaux, nos beaux-arts, nos succès,
Et l'honneur éternel de l'empire français.
A ce brillant tableau connaissez ma patrie.

LE RUSSE.

Je vois dans vos propos un peu de raillerie;
Je vous entends assez : mais parlons sans détour :
Votre nuit est venue après le plus beau jour.
Il en est des talents comme de la finance;
La disette aujourd'hui succède à l'abondance :
Tout se corrompt un peu, si je vous ai compris.
Mais n'est-il rien d'illustre au moins dans vos débris?
Minerve de ces lieux serait-elle bannie?
Parmi cent beaux esprits n'est-il plus de génie?

LE PARISIEN.

Un génie? ah, grand Dieu! puisqu'il faut m'expliquer,
S'il en paraissait un que l'on pût remarquer,
Tant de témérité serait bientôt punie.
Non, je ne le tiens pas assuré de sa vie.
Les Berthiers, les Chaumeïx, et jusques aux Frérons,
Déjà de l'imposture embouchent les clairons.

réputation éclatante. Tout Paris courut à son cabaret; des princes du sang même
allèrent voir M. Ramponeau.

Une troupe de comédiens établis sur les remparts s'engagea à lui payer une
somme considérable pour se montrer seulement sur leur théâtre, et pour y jouer
quelques rôles muets. Les jansénistes firent un scrupule à Ramponeau de se produire sur la scène; ils lui dirent que Tertullien avait écrit contre la comédie; qu'il
ne devait pas ainsi prostituer sa dignité de cabaretier; qu'il y allait de son salut.
La conscience de Ramponeau fut alarmée. Il avait reçu de l'argent d'avance, et il ne
voulut point le rendre, de peur de se damner. Il y eut procès. M. Élie de Beaumont, célèbre avocat, daigna plaider contre Ramponeau; notre poëte philosophe
plaida pour lui, soit par zèle pour la religion, soit pour se réjouir. Ramponeau
rendit l'argent, et sauva son âme. (*Note de Voltaire*, 1771.)

— Voltaire composa dans le temps une facétie qu'il intitula *Plaidoyer de Ramponeau.* (B.)

1. La même année 1760, on joua sur le théâtre de la Comédie-Française la
comédie des *Philosophes*, avec un concours de monde prodigieux. On voyait sur le
théâtre Jean-Jacques Rousseau marchant à quatre pattes et mangeant une laitue.
Cette facétie n'était ni dans le goût du *Misanthrope*, ni dans celui du *Tartuffe;*
mais elle était bien aussi théâtrale que celle de Pourceaugnac, qui est poursuivi
par des lavements et des fils de p......

Le reste de la pièce ne parut pas assez gai; mais on ne pouvait pas dire que ce
fût là de la comédie larmoyante. On reprocha à l'auteur d'avoir attaqué de très-
honnêtes gens dont il n'avait pas à se plaindre. (*Note de Voltaire*, 1771.)

L'hypocrite sourit, l'énergumène aboie ;
Les chiens de Saint-Médard [1] s'élancent sur leur proie ;
Un petit magistrat à peine émancipé,
Un pédant sans honneur, à Bicêtre échappé [2],
S'il a du bel esprit la jalouse manie,
Intrigue, parle, écrit, dénonce, calomnie,
En crimes odieux travestit les vertus :
Tous les traits sont lancés, tous les rets sont tendus.
On cabale à la cour ; on ameute, on excite
Ces petits protecteurs sans place et sans mérite,
Ennemis des talents, des arts, des gens de bien,
Qui se sont faits dévots, de peur de n'être rien.
N'osant parler au roi, qui hait la médisance,
Et craignant de ses yeux la sage vigilance ;
Ces oiseaux de la nuit, rassemblés dans leurs trous,
Exhalent les poisons de leur orgueil jaloux :
« Poursuivons, disent-ils, tout citoyen qui pense.
Un génie ! il aurait cet excès d'insolence !
Il n'a pas demandé notre protection !
Sans doute il est sans mœurs et sans religion ;
Il dit que dans les cœurs Dieu s'est gravé lui-même,
Qu'il n'est point implacable, et qu'il suffit qu'on l'aime.
Dans le fond de son âme il se rit des Fantins [3].
De *Marie Alacoque* [4], et de *la Feur des Saints* [5].

---

1. Saint-Médard est une vilaine paroisse d'un très-vilain faubourg de Paris, où les convulsions commencèrent. On appelle depuis ce temps-là les fanatiques : chiens de Saint-Médard. (*Note de Voltaire*, 1771.)

2. Variante :

> Le fripon le plus vil, le plus déshonoré,
> Dans la basse débauche obscurément vautré.

3. Fantin, curé de Versailles, fameux directeur qui séduisait ses dévotes, et qui fut saisi volant une bourse de cent louis à un mourant qu'il confessait : il n'était pourtant pas philosophe. (*Note de Voltaire*, 1760.)

4. *Marie Alacoque*, ouvrage impertinent de Languet, évêque de Soissons, dans lequel l'absurdité et l'impiété furent poussées jusqu'à mettre dans la bouche de Jésus-Christ quatre vers pour Marie Alacoque. (*Id.*, 1760.)

5. *La Fleur des Saints*, compilation extravagante du jésuite Ribadeneira ; c'est un extrait de *la Légende dorée*, traduit et augmenté par le frère Girard, jésuite.

Nota bene que ce n'était pas ce frère Girard condamné au feu, le 12 octobre 1731, par la moitié du parlement d'Aix, pour avoir abusé de sa pénitente en lui donnant le fouet assez doucement, et pour plusieurs profanations. Il fut absous par l'autre moitié du parlement d'Aix, parce qu'on avait ridiculement mêlé l'accusation de sortilége aux véritables charges du procès. C'est bien dommage que ce frère Girard n'ait pas été philosophe. (*Id.*, 1760.)

Aux erreurs indulgent, et sensible aux misères,
Il a dit, on le sait, que les humains sont frères;
Et, dans un doute affreux lâchement obstiné,
Il n'osa convenir que Newton fût damné.
Le brûler est une œuvre et sage et méritoire. »
    Ainsi parle à loisir ce digne consistoire.
Des vieilles à ces mots, au ciel levant les yeux,
Demandent des fagots pour cet homme odieux;
Et des petits péchés commis dans leur jeune âge
Elles font pénitence en opprimant un sage.

LE RUSSE.

Hélas! ce que j'apprends de votre nation
Me remplit de douleur et de compassion.

LE PARISIEN.

J'ai dit la vérité. Vous la vouliez sans feinte:
Mais n'imaginez pas que, tristement éteinte,
La raison sans retour abandonne Paris:
Il est des cœurs bien faits, il est de bons esprits,
Qui peuvent, des erreurs où je la vois livrée,
Ramener au droit sens ma patrie égarée.
Les aimables Français sont bientôt corrigés.

LE RUSSE.

Adieu, je reviendrai quand ils seront changés.

LES CHEVAUX ET LES ANES

OU

. ÉTRENNES AUX SOTS [1]

(1761)

A ces beaux jeux inventés dans la Grèce,
Combats d'esprit, ou de force, ou d'adresse,
Jeux solennels, écoles des héros,
Un gros Thébain, qui se nommait Bathos,
Assez connu par sa crasse ignorance,
Par sa lésine, et son impertinence,
D'ambition tout comme un autre épris,
Voulut paraître, et prétendit au prix.
C'était la course. Un beau cheval de Thrace,
Aux crins flottants, à l'œil brillant d'audace,
Vif et docile, et léger à la main,
Vint présenter son dos à mon vilain.
Il demandait des housses, des aigrettes,
Un beau harnois, de l'or sur ses bossettes.
Le bon Bathos quelque temps marchanda.
Ln certain âne alors se présenta.
L'âne disait : « Mieux que lui je sais braire,
Et vous verrez que je sais mieux courir ;
Pour des chardons je m'offre à vous servir :
Préférez-moi. » Mon Bathos le préfère.
Sûr du triomphe, il sort de sa maison :

1. De ce qu'il est parlé de ces *Étrennes* dans la lettre à Mme de Fontaine, du
1er février 1761, il ne faut pas conclure qu'elles sont du commencement de cette
année. C'est une preuve seulement que la lettre, telle qu'elle est, n'est qu'un recueil de divers fragments. La date du 1er janvier 1762 est à l'édition originale ; la
lettre de Voltaire à Richelieu, du 27 janvier 1762, celle du même jour de d'Alembert
à Voltaire, prouvent encore que cette satire est de 1762, ou de la fin de 1761 ; car
Bernis en parle dans sa lettre du 23 décembre 1761. (B.)

Voilà Bathos monté sur son grison.
Il veut courir. La Grèce était railleuse :
Plus l'assemblée était belle et nombreuse,
Plus on sifflait. Les Bathos en ce temps
N'imposaient pas silence aux bons plaisants.
    Profitez bien de cette belle histoire,
Vous qui suivez les sentiers de la gloire ;
Vous qui briguez ou donnez des lauriers,
Distinguez bien les ânes des coursiers.
En tout état et dans toute science,
Vous avez vu plus d'un Bathos en France ;
Et plus d'un âne a mangé quelquefois
Au râtelier des coursiers de nos rois.
    L'abbé Dubois, fameux par sa vessie,
Mit sur son front, très-atteint de folie,
La même mitre, hélas! qui décora
Ce Fénelon que l'Europe admira.
Au Cicéron des oraisons funèbres[1],
Sublime auteur de tant d'écrits célèbres,
Qui succéda dans l'emploi glorieux
De cultiver l'esprit des demi-dieux?
Un théatin, un Boyer[2]. Mais qu'importe
Quand l'arbre est beau, quand sa séve est bien forte,
Qu'il soit taillé par Bénigne ou Boyer?
De très-bons fruits viennent sans jardinier.
    C'est dans Paris, dans notre immense ville,
En grands esprits, en sots toujours fertile,
Mes chers amis, qu'il faut bien nous garder
Des charlatans qui viennent l'inonder.
Les vrais talents se taisent, ou s'enfuient,
Découragés des dégoûts qu'ils essuient.
Les faux talents sont hardis, effrontés,
Souples, adroits, et jamais rebutés.
Que de frelons vont pillant les abeilles!
Que de Pradons s'érigent en Corneilles!
Que de Gauchats[3] semblent des Massillons!

1. Bossuet.

2. Boyer, moine imbécile, que le cardinal de Fleury fit précepteur du dauphin, et désigna en mourant pour ministre de la feuille. Des dévotes lui avaient fait obtenir l'évêché de Mirepoix, qu'il quitta en venant à la cour. Il était l'ennemi déclaré de toute espèce de mérite, et persécuta violemment M. de Voltaire. (K.)

3. Gauchat, mauvais auteur de quelques brochures. (*Note de Voltaire*, 1764.)

Que de Le Dains[1] succèdent aux Bignons !
Virgile meurt, Bavius le remplace.
Après Lulli nous avons vu Colasse ;
Après Le Brun, Coypel obtint l'emploi
De premier peintre ou barbouilleur du roi.
Ah ! mon ami, malgré ta suffisance,
Tu n'étais pas premier peintre de France.
Le lourd Crevier[2], pédant crasseux et vain,
Prend hardiment la place de Rollin,
Comme un valet prend l'habit de son maître.
Que voulez-vous ? chacun cherche à paraître.

   C'est un plaisir de voir ces polissons
Qui du bon goût nous donnent des leçons ;
Ces étourdis calculants en finance,
Et ces bourgeois qui gouvernent la France ;
Et ces gredins qui, d'un air magistral,
Pour quinze sous griffonnant un journal,
Journal chrétien, connu par sa sottise,
Vont se carrant en princes de l'Église ;
Et ces faquins, qui, d'un ton familier,
Parlent au roi du haut de leur grenier.

   Nul à Paris ne se tient dans sa sphère,
Dans son métier, ni dans son caractère ;
Et, parmi ceux qui briguent quelque nom,
Ou quelque honneur, ou quelque pension,
Qui des dévots affectent la grimace,
L'abbé La Coste[3] est le seul à sa place.

   Le roi, dit-on, bannira ces abus :
Il le voudrait ; ses soins sont superflus.
Il ne peut dire en un arrêt en forme :

---

1. Nom d'un avocat qui prononça un plaidoyer pour faire rayer du tableau un de ses confrères, convaincu d'avoir prouvé que l'excommunication des comédiens du roi, pensionnaires de Sa Majesté, est abusive, et contraire aux libertés de l'Église gallicane. Le Dain fut hué, mais il réussit à faire rayer son confrère. (K.)

2. Crevier, mauvais auteur d'une histoire romaine et d'une histoire de l'Université, et beaucoup plus fait pour la seconde que pour la première. Il a depuis fait un libelle contre le célèbre Montesquieu, dans lequel il s'efforce de prouver que Montesquieu n'était pas chrétien. Voilà un beau service que cet homme rend à notre religion, de chercher à nous convaincre qu'elle était méprisée par un grand homme. La monture de Bathos paraît assez convenable à ce monsieur. (*Note de Voltaire*, 1764.)

3. L'abbé La Coste, qui a travaillé à l'*Année littéraire*, de présent employé à Toulon sur les galères du roi. (*Id.*, 1771.)

« Impertinents, je veux qu'on se réforme,
Que le *Journal de Trévoux* soit meilleur,
Guyon[1] moins plat, Moreau[2] plus fin railleur.
La cour enjoint à Jacque hétérodoxe[3]
De courir moins après le paradoxe;
Je lui défends de jamais dénigrer
Des arts charmants qui peuvent l'honorer;
Je veux, j'entends, que, sous mon règne auguste,
Tout bon Français ait l'esprit sage et juste :
Que nul robin ne soit présomptueux,
Nul moine fier, nul avocat verbeux;
Ouï le rapport, dans mon conseil j'ordonne
Que la raison s'introduise en Sorbonne,
Que tout auteur sache me réjouir,
Ou m'éclairer : car tel est mon plaisir. ».
     Un tel édit serait plus inutile
Que les sermons prêchés par La Neuville[4].
Donc on aurait grande obligation
A qui pourrait par exhortation,
Par vers heureux, et par douce éloquence,
Porter nos gens à moins d'extravagance,
Admonéter par nom et par surnom
Ces ennemis jurés de la raison.
On pourrait dire aux malins molinistes,
A leurs rivaux les rudes jansénistes,
Aux gens du greffe, aux universités,
Aux faux dévots, d'honnêtes vérités.
Je les dirai, n'en soyez point en peine;

1. Guyon, auteur de l'*Oracle des nouveaux philosophes,* ouvrage distingué par son ridicule dans la foule des libelles sans nombre publiés avec approbation contre le citoyen qui faisait le plus d'honneur à son pays, et un de ceux qui lui ont été le plus utiles. (K.)

2. Moreau, avocat au conseil. Il a beaucoup écrit en faveur des fermiers généraux, et contre la philosophie. Il est l'auteur du *Catéchisme des cacouacs.* Dans ses livres sur l'histoire de France, il s'est permis d'altérer et de déguiser les monuments de nos anciennes annales, comme si l'autorité royale avait besoin d'être soutenue par des mensonges : ses livres ont eu le sort qu'ils méritaient, ils ont été méprisés et payés. On a de lui quelques jolis couplets dans le genre flagorneur. (K.)

3. J.-J. Rousseau.

4. Charles Frey de Neuville, jésuite célèbre alors par des sermons remplis d'antithèses, où l'on rencontre de loin en loin quelques traits heureux; d'ailleurs peu fanatique, et plus homme de lettres que jésuite. (K.)

Chacun de vous obtiendra son étrenne.
Messieurs les sots, je dois, en bon chrétien,
Vous fesser tous, car c'est pour votre bien.

Par M. le ch. DE M....RE[1], cornette de cavalerie, et, en cette qualité, ennemi juré
des ânes. A Paris, le 1er janvier 1762, pour vos étrennes.

1. M....re signifie *Molmire :* c'est dans la lettre de d'Alembert, du 27 janvier 1762,
qu'est cette explication.

ÉLOGE DE L'HYPOCRISIE[1]

(1766[2])

Mes chers amis, il me prend fantaisie
De vous parler ce soir d'hypocrisie.
Grave Vernet, soutiens ma faible voix :
Plus on est lourd, plus on parle avec poids.
Si quelque belle à la démarche fière,
Aux gros tétons, à l'énorme derrière,
Étale aux yeux ses robustes appas,
Les rimailleurs la nommeront Pallas.
Une beauté jeune, fraîche, ingénue,
S'appelle Hébé; Vénus est reconnue
A son sourire, à l'air de volupté
Qui de son charme embellit la beauté.
Mais si j'avise un visage sinistre,
Un front hideux, l'air empesé d'un cuistre,
Un cou jauni sur un moignon penché,
Un œil de porc à la terre attaché
(Miroir d'une âme à ses remords en proie,
Toujours terni, de peur qu'on ne la voie),
Sans hésiter, je vous déclare net
Que ce magot est Tartuffe, ou Vernet.
C'est donc à toi, Vernet, que je dédie
Ma très-honnête et courte rapsodie
Sur le sujet de notre ami Guignard[3],

---

1. Cette pièce fut faite dans le temps où les prêtres genevois s'avisèrent, pour prouver qu'ils n'étaient pas sociniens, d'essayer s'ils ne pourraient pas rappeler dans Genève les beaux jours où Calvin brûlait, proscrivait, exilait, et gouvernait au nom de Dieu. Les esprits étaient changés, et on se moqua d'eux. (K.)

2. Cette pièce est, pour le plus tard, du mois de mai 1766; elle est antérieure à la *Lettre curieuse de Robert Covelle*, où elle est rappelée. C'est aussi contre Vernet que cette satire est dirigée. En la reproduisant l'année suivante dans la vingt-cinquième de ses *Honnêtetés littéraires*, Voltaire l'intitula *Maître Guignard, ou de l'Hypocrisie, diatribe par M. Robert Covelle, dédiée à M. Isaac Bernet, prédicant de Carcassonne.* Dans le tome XXVIII de l'édition in-4°, au lieu de *Bernet* on lit *Larnet*. (B.)

3. Nom de jésuite. (G. A.)

Fesse-mathieu, dévot, et grand paillard.
  Avant-hier advint que de fortune
Je rencontrai ce Guignard sur la brune,
Qui chez Fanchon s'allait glisser sans bruit,
Comme un hibou qui ne sort que de nuit.
Je l'arrêtai, d'un air assez fantasque,
Par sa jaquette, et je lui criai : « Masque,
Je te connais ; l'argent et les catins
Sont à tes yeux les seuls objets divins :
Tu n'eus jamais un autre catéchisme.
Pourquoi veux-tu, de ton plat rigorisme
Nous étalant le dehors imposteur,
Tromper le monde, et mentir à ton cœur ;
Et, tout pétri d'une douce luxure,
Parler en Paul, et vivre en Épicure? »
  Le sycophante alors me répondit
Qu'il faut tromper pour se mettre en crédit ;
Que la franchise est toujours dangereuse,
L'art bien reçu, la vertu malheureuse,
La fourbe utile, et que la vérité
Est un joyau peu connu, très-vanté,
D'un fort grand prix, mais qui n'est point d'usage.
  Je répliquai : « Ton discours paraît sage.
L'hypocrisie a du bon quelquefois ;
Pour son profit on a trompé des rois.
On trompe aussi le stupide vulgaire
Pour le gruger, bien plus que pour lui plaire.
Lorsqu'il s'agit d'un trône épiscopal,
Ou du chapeau qui coiffe un cardinal,
Ou, si l'on veut, de la triple couronne
Que quelquefois l'ami Belzébut donne,
En pareil cas peut-être il serait bon
Qu'on employât quelques tours de fripon.
L'objet est beau, le prix en vaut la peine.
Mais se gêner pour nous mettre à la gêne,
Mais s'imposer le fardeau détesté
D'une inutile et triste fausseté,
Du monde entier méprisée et maudite,
C'est être dupe encor plus qu'hypocrite.
Que Peretti[1] se déguise en chrétien

1. Sixte-Quint. Il est vrai qu'il fit longtemps semblant d'être humble et doux,

Pour être pape, il se conduit fort bien.
Mais toi, pauvre homme, excrément de collége,
Dis-moi quel bien, quel rang, quel privilége
Il te revient de ton maintien cagot.
Tricher au jeu sans gagner est d'un sot.
Le monde est fin. Aisément on devine,
On reconnaît le cafard à la mine,
Chacun le hue : on aime à décrier
Un charlatan qui fait mal son métier.
— Mais convenez que du moins mes confrères
M'applaudiront. — Tu ne les connais guères.
Dans leur tripot on les a vus souvent
Se comporter comme on fait au couvent.
Tout penaillon y vante sa besace,
Son institut, ses miracles, sa crasse ;
Mais, en secret l'un de l'autre jaloux,
Modestement ils se détestent tous.
Tes ennemis sont parmi tes semblables.
Les gens du monde au moins sont plus traitables.
Ils sont railleurs ; les autres sont méchants.
Crains les sifflets, mais crains les malfaisants.
Crois-moi, renonce à la cagoterie ;
Mène uniment une plus noble vie ;
Rougissant moins, sois moins embarrassé.
Que ton cou tors, désormais redressé,
Sur son pivot garde un juste équilibre.
Lève les yeux, parle en citoyen libre :
Sois franc, sois simple ; et, sans affecter rien,
Essaye un peu d'être un homme de bien. »
     Le mécréant alors n'osa répondre.
J'étais sincère, il se sentait confondre.
Il soupira d'un air sanctifié ;
Puis détournant son œil humilié,
Courbant en voûte une part de l'échine,
Et du menton se battant la poitrine,
D'un pied cagneux il alla chez Fanchon
Pour lui parler de la religion.

lui qui était si fier et si dur. Voilà pourquoi M. Robert Covelle dit que Sixte-Quint
se déguise en chrétien : avec sa permission, je trouve ce terme un peu hardi.
(*Note posthume.*) —C'est sous le nom de Robert Covelle que Voltaire a publié la
Lettre curieuse à la louange de Vernet. Il suppose ici que c'est encore de Robert
Covelle qu'est la satire de *l'Hypocrisie.* (B.)

AVERTISSEMENT[1]

POUR *LE MARSEILLOIS ET LE LION*

Feu M. de Saint-Didier, secrétaire perpétuel de l'Académie de Marseille, auteur du poëme de *Clovis,* s'amusa, quelque temps avant sa mort, à composer cette petite fable, dans laquelle on trouve quelques traits de la philosophie anglaise. Ces traits sont en effet imités de la fable des abeilles de Mandeville, mais tout le reste appartient à l'auteur français. Comme il était de Marseille, il n'a pas manqué de prendre un Marseillois[2] pour son héros. Nous avons fait imprimer ce petit ouvrage sur une copie très-exacte.

1. Cet avertissement est de Voltaire, et se trouve dans la première édition, qui est de 1768. Il est question de cette pièce dans les *Mémoires secrets* du 26 octobre.

2. Le vers 32 prouve que, du temps de Voltaire, on prononçait Marseillois. On prononçait encore ainsi en 1792 et même en 1796; car, dans ses *Essais en vers et en prose,* Paris, Didot l'aîné, 1796, in-8º, M. Rouget de Lisle a imprimé, page 57: « Le Chant des Combats, vulgairement l'Hymne des *Marseillois.* »

LE MARSEILLOIS ET LE LION

PAR M. DE SAINT-DIDIER

SECRÉTAIRE PERPÉTUEL DE L'ACADÉMIE DE MARSEILLE.

(1768)

> Dans les sacrés cahiers, méconnus des profanes,
> Nous avons vu parler les serpents et les ânes.
> Un serpent fit l'amour à la femme d'Adam [1],
> Un âne avec esprit gourmanda Balaam [2].
> Le grand parleur Homère, en vérités fertile,

[1]. Il est constant que le serpent parlait. La Genèse dit expressément qu'*il était le plus rusé de tous les animaux*. La Genèse ne dit point que Dieu lui donna alors la parole par un acte extraordinaire de sa toute-puissance pour séduire Ève; elle rapporte la conversation du serpent et de la femme, comme on rapporte un entretien entre deux personnes qui se connaissent, et qui parlent la même langue. Cela même est si évident que le Seigneur punit le serpent d'avoir abusé de son esprit et de son éloquence; il le condamne à se traîner sur le ventre, au lieu qu'auparavant il marchait sur ses pieds. Flavien Josèphe dans ses *Antiquités*, Philon, saint Basile, saint Éphrem, n'en doutent pas. Le révérend père dom Calmet, dont le profond jugement est reconnu de tout le monde, s'exprime ainsi : « Toute l'antiquité a reconnu les ruses du serpent, et on a cru qu'avant la malédiction de Dieu cet animal était encore plus subtil qu'il ne l'est à présent. L'Écriture parle de ses finesses en plusieurs endroits; elle dit qu'il bouche ses oreilles pour ne pas entendre la voix de l'enchanteur. Jésus-Christ, dans l'Évangile, nous conseille d'avoir la prudence du serpent. » (*Note de Voltaire*, 1768.)

[2]. Il n'en était pas ainsi de l'âne ou de l'ânesse qui parla à Balaam. Il est vraisemblable que les ânes n'avaient point le don de la parole, car il est dit expressément que le Seigneur ouvrit la bouche de l'ânesse : et même saint Pierre, dans sa seconde épître, dit que *cet animal muet parla d'une voix humaine*. Mais remarquons que saint Augustin, dans sa quarante-huitième question, dit que Balaam ne fut point étonné d'entendre parler son ânesse. Il en conclut que Balaam était accoutumé à entendre parler les autres animaux. Le révérend père dom Calmet avoue que la chose est très-ordinaire. « L'âne de Bacchus, dit-il, le bélier de Phryxus, le cheval d'Hercule, l'agneau de Bochoris, les bœufs de Sicile, les arbres même de Dodone, et l'ormeau d'Apollonius de Thyane, ont parlé distinctement. » Voilà de grandes autorités qui servent merveilleusement à justifier M. de Saint-Didier. (*Id.*, 1768.)

Fit parler et pleurer les deux chevaux d'Achille [1].

Les habitants des airs, des forêts et des champs,

Aux humains chez Ésope enseignent le bon sens.

Descartes n'en eut point quand il les crut machines [2] :

Il raisonna beaucoup sur les œuvres divines ;

Il en jugea fort mal, et noya sa raison

Dans ses trois éléments, au coin d'un tourbillon.

Le pauvre homme ignora, dans sa physique obscure,

Et l'homme, et l'animal, et toute la nature.

Ce romancier hardi dupa longtemps les sots :

Laissons là sa folie, et suivons nos propos.

    Un jour un Marseillois, trafiquant en Afrique,

Aborda le rivage où fut jadis Utique.

Comme il se promenait dans le fond d'un vallon,

Il trouva nez à nez un énorme lion,

A la longue crinière, à la gueule enflammée,

Terrible, et tout semblable au lion de Némée.

Le plus horrible effroi saisit le voyageur :

Il n'était pas Hercule ; et, tout transi de peur,

Il se mit à genoux, et demanda la vie.

    Le monarque des bois, d'une voix radoucie,

Mais qui faisait encor trembler le Provençal,

Lui dit en bon français : « Ridicule animal,

Tu veux donc qu'aujourd'hui de souper je me passe?

Écoute, j'ai dîné : je veux te faire grâce,

Si tu peux me prouver qu'il est contre les lois

Que le soir un lion soupe d'un Marseillois. »

    Le marchand à ces mots conçut quelque espérance.

----

1. La remarque de Mme Dacier sur cet endroit d'Homère est également importante et judicieuse. Elle appuie beaucoup sur la sage conduite d'Homère ; elle fait
voir que les chevaux d'Achille, Xante et Balie, fils de Podarge, sont d'une race
immortelle, et qu'ayant déjà pleuré la mort de Patrocle, il n'est point du tout
étonnant qu'ils tiennent un long discours à Achille. Enfin elle cite l'exemple de
l'ânesse de Balaam, auquel il n'y a rien à répliquer. (*Note de Voltaire*, 1768.)

2. Descartes était certainement un grand géomètre et un homme de beaucoup
d'esprit ; mais toutes les nations savantes avouent qu'il abandonna la géométrie,
qui devait être son guide, et qu'il abusa de son esprit pour ne faire que des romans.
L'idée que les animaux ont tous les organes du sentiment pour ne point sentir
est une contradiction ridicule. Ses tourbillons, ses trois éléments, son système sur
la lumière, son explication des ressorts du corps humain, ses idées innées, sont
regardés par tous les philosophes comme des chimères absurdes. On convient que
dans toute sa physique il n'y a pas une vérité physique. Ce grand exemple apprend
aux hommes qu'on ne trouve ces vérités que dans les mathématiques et dans l'expérience. (*Id.*, 1768.)

Il avait eu jadis un grand fonds de science ;
Et, pour devenir prêtre, il apprit du latin ;
Il savait Rabelais et son saint Augustin[1].
D'abord il établit, selon l'usage antique,
Quel est le droit divin du pouvoir monarchique ;
Qu'au plus haut des degrés des êtres inégaux
L'homme est mis pour régner sur tous les animaux[2] ;

1. Il est rapporté, dans l'histoire de l'Académie, que La Fontaine demanda à un docteur s'il croyait que saint Augustin eût autant d'esprit que Rabelais, et que le docteur répondit à La Fontaine : « Prenez garde, monsieur, vous avez mis un de vos bas à l'envers ; » ce qui était vrai.

Ce docteur était un sot. Il devait convenir que saint Augustin et Rabelais avaient tous deux beaucoup d'esprit, et que le curé de Meudon avait fait un mauvais usage du sien. Rabelais était profondément savant, et tournait la science en ridicule. Saint Augustin n'était pas si savant ; il ne savait ni le grec ni l'hébreu ; mais il employa ses talents et son éloquence à son respectable ministère. Rabelais prodigua indignement les ordures les plus basses ; saint Augustin s'égara dans des explications mystérieuses que lui-même ne pouvait entendre. On est étonné qu'un orateur tel que lui ait dit, dans son sermon sur le psaume VI :

« Il est clair et indubitable que le nombre de quatre a rapport au corps humain, à cause des quatre éléments et des quatre qualités dont il est composé : savoir, le chaud et le froid, le sec et l'humide ; c'est pourquoi aussi Dieu a voulu qu'il fût soumis à quatre différentes saisons, savoir : l'été, le printemps, l'automne et l'hiver... Comme le nombre de quatre a rapport au corps, le nombre de trois a rapport à l'âme, parce que Dieu nous ordonne de l'aimer d'un triple amour, savoir ; de tout notre cœur, de toute notre âme, et de tout notre esprit.

« Lors donc que les deux nombres de quatre et de trois, dont le premier a rapport au corps, c'est-à-dire au vieil homme et au vieux Testament, et le second a rapport à l'âme, c'est-à-dire au nouvel homme et au nouveau Testament, seront écoulés et passés, comme le nombre de sept jours passe et s'écoule, parce qu'il n'y a rien qui ne se fasse dans le temps et par la distribution du nombre quatre au corps, et du nombre trois à l'âme ; lors, dis-je, que ce nombre de sept sera passé, on verra arriver le huitième, qui sera celui du jugement. »

Plusieurs savants ont trouvé mauvais qu'en voulant concilier les deux généalogies différentes données à saint Joseph, l'une par saint Matthieu, et l'autre par saint Luc, il dise, dans son sermon 51, « qu'un fils peut avoir deux pères, puisqu'un père peut avoir deux enfants ».

On lui a encore reproché d'avoir dit, dans son livre contre les manichéens, que les puissances célestes se déguisaient ainsi que les puissances infernales en beaux garçons et en belles filles pour s'accoupler ensemble, et d'avoir imputé aux manichéens cette théurgie impure, dont ils ne furent jamais coupables.

On a relevé plusieurs de ses contradictions. Ce grand saint était homme ; il a ses faiblesses, ses erreurs, ses défauts, comme les autres saints. Il n'en est pas moins vénérable, et Rabelais n'est pas moins un bouffon grossier, un impertinent dans les trois quarts de son livre, quoiqu'il ait été l'homme le plus savant de son temps, éloquent, plaisant, et doué d'un vrai génie. Il n'y a pas sans doute de comparaison à faire entre un père de l'Église très-vénérable et Rabelais, mais on peut très-bien demander lequel avait plus d'esprit ; et un bas à l'envers n'est pas une réponse. (*Note de Voltaire*, 1768.)

2. Dans le *Spectacle de la nature*, M. le prieur de Jonval, qui d'ailleurs est un

Que la terre est son trône, et que dans l'étendue
Les astres sont formés pour réjouir sa vue.
Il conclut qu'étant prince, un sujet africain
Ne pouvait sans pécher manger son souverain.
Le lion, qui rit peu, se mit pourtant à rire;
Et, voulant par plaisir connaître cet empire,
En deux grands coups de griffe il dépouilla tout nu
De l'univers entier le monarque absolu.

   Il vit que ce grand roi lui cachait sous le linge
Un corps faible monté sur deux fesses de singe,
A deux minces talons deux gros pieds attachés,
Par cinq doigts superflus dans leur marche empêchés,
Deux mamelles sans lait, sans grâce, sans usage,
Un crâne étroit et creux couvrant un plat visage,
Tristement dégarni du tissu de cheveux
Dont la main d'un barbier coiffa son front crasseux.
Tel était en effet ce roi sans diadème,
Privé de sa parure, et réduit à lui-même.
Il sentit en effet qu'il devait sa grandeur
Au fil d'un perruquier, aux ciseaux d'un tailleur.

   « Ah! dit-il au lion, je vois que la nature
Me fait faire en ce monde une triste figure :
Je pensais être roi; j'avais certes grand tort.
Vous êtes le vrai maître, en étant le plus fort.
Mais songez qu'un héros doit dompter sa colère;
Un roi n'est point aimé s'il n'est point débonnaire.
Dieu, comme vous savez, est au-dessus des rois :
Jadis en Arménie il vous donna des lois
Lorsque dans un grand coffre, à la merci des ondes,
Tous les animaux purs, ainsi que les immondes,
Par Noé mon aïeul enfermés si longtemps[1],

homme fort estimable, prétend que toutes les bêtes ont un profond respect pour l'homme. Il est pourtant fort vraisemblable que les premiers ours et les premiers tigres qui rencontrèrent les premiers hommes leur témoignèrent peu de vénération, surtout s'ils avaient faim.

   Plusieurs peuples ont cru sérieusement que les étoiles n'étaient faites que pour éclairer les hommes pendant la nuit. Il a fallu bien du temps pour détromper notre orgueil et notre ignorance; mais aussi plusieurs philosophes, et Platon entre autres, ont enseigné que les astres étaient des dieux. Saint Clément d'Alexandrie et Origène ne doutent pas qu'ils n'aient des âmes capables de bien et de mal; ce sont des choses très-curieuses et très-instructives. (*Note de Voltaire, 1768.*)

   1. Il faut pardonner au lion s'il ne connaissait pas Noé. Les Juifs sont les seuls qui l'aient jamais connu. On ne trouve ce nom chez aucun autre peuple de la terre.

Respirèrent enfin l'air natal de leurs champs :
Dieu fit avec eux tous une étroite alliance,
Un pacte solennel. — Oh! la plate impudence!
As-tu perdu l'esprit par excès de frayeur?
Dieu, dis-tu, fit un pacte avec nous! — Oui, seigneur,
Il vous recommanda d'être clément et sage,
De ne toucher jamais à l'homme, son image[1].
Et si vous me mangez, l'Éternel irrité
Fera payer mon sang à Votre Majesté.
    — Toi, l'image de Dieu! toi, magot de Provence!
Conçois-tu bien l'excès de ton impertinence?
Montre l'original de mon pacte avec Dieu.
Par qui fut-il écrit? en quel temps? dans quel lieu[2]?
Je vais t'en montrer un plus sûr, plus véritable :
De mes quarante dents vois la file effroyable[3] ;

Sanchoniathon n'en a point parlé ; s'il en avait dit un mot, Eusèbe, son abréviateur, en aurait pris un grand avantage. Ce nom ne se trouve point dans le *Zend-Avesta* de Zoroastre. Le *Sadder*, qui en est l'abrégé, ne dit pas un seul mot de Noé. Si quelque auteur égyptien en avait parlé, Flavien Josèphe, qui rechercha si exactement tous les passages des livres égyptiens qui pouvaient déposer en faveur des antiquités de sa nation, se serait prévalu du témoignage de ces auteurs. Noé fut entièrement inconnu aux Grecs, et il le fut également aux Indiens et aux Chinois. Il n'en est parlé ni dans le *Veidam*, ni dans le *Shasta*, ni dans les cinq *Kings* ; et il est très-remarquable que lui et ses ancêtres aient été également ignorés du reste de la terre. (*Note de Voltaire*, 1768.)

1. Au chapitre ix de la *Genèse*, verset 10 et suivants, le Seigneur fait un pacte avec les animaux, tant domestiques que de la campagne. Il défend aux animaux de tuer les hommes ; il dit qu'il en tirera vengeance, parce que l'homme est son image. Il défend de même à la race de Noé de manger du sang des animaux mêlé avec de la chair. Les animaux sont presque toujours traités dans la loi juive à peu près comme les hommes ; les uns et les autres doivent être également en repos le jour du sabbat. (Exod., ch. xxiii.) Un taureau qui a frappé un homme de sa corne est puni de mort. (Exod., ch. xxi.) Une bête qui a servi de succube ou d'incube à une personne est aussi mise à mort. (Lévit., ch. xx.) Il est dit que l'homme n'a rien de plus que la bête. (Ecclés., ch. iii et ix.) Dans les plaies d'Égypte, les premiers nés des hommes et des animaux sont également frappés. (Exod., ch. xii et xiii.) Quand Jonas prêche la pénitence à Ninive, il fait jeûner les hommes et les animaux. Quand Josué prend Jéricho, il extermine également les bêtes et les hommes. Tout cela prouve évidemment que les hommes et les bêtes étaient regardés comme deux espèces du même genre. Les Arabes ont encore le même sentiment : leur tendresse excessive pour leurs chevaux et pour leurs gazelles en est un témoignage assez connu. (*Id.*, 1768.)

2. Le grand Newton, Samuel Clarke, prétendent que le *Pentateuque* fut écrit du temps de Saül. D'autres savants hommes pensent que ce fut sous Osias ; mais il est décidé que Moïse en est l'auteur, malgré toutes les vaines objections fondées sur les vraisemblances et sur la raison, qui trompe si souvent les hommes. (*Id.*, 1768.)

3. Ceux qui ont écrit l'histoire naturelle auraient bien dû compter les dents des lions : mais ils ont oublié cette particularité aussi bien qu'Aristote. Quand on parle

Ces ongles, dont un seul pourrait te déchirer ;
Ce gosier écumant, prêt à te dévorer ;
Cette gueule, ces yeux, dont jaillissent des flammes :
Je tiens ces heureux dons du Dieu que tu réclames.
Il ne fait rien en vain : te manger est ma loi ;
C'est là le seul traité qu'il ait fait avec moi.
Ce Dieu, dont mieux que toi je connais la prudence,
Ne donne pas la faim pour qu'on fasse abstinence.
Toi-même as fait passer sous tes chétives dents
D'imbéciles dindons, des moutons innocents,
Qui n'étaient pas formés pour être ta pâture.
Ton débile estomac, honte de la nature,
Ne pourrait seulement, sans l'art d'un cuisinier,
Digérer un poulet, qu'il faut encor payer.
Si tu n'as point d'argent, tu jeûnes en ermite ;
Et moi, que l'appétit en tout temps sollicite,
Conduit par la nature, attentive à mon bien,
Je puis t'avaler cru, sans qu'il m'en coûte rien.
Je te digérerai sans faute en moins d'une heure.
Le pacte universel est qu'on naisse et qu'on meure.
Apprends qu'il vaut autant, raisonneur de travers,
Être avalé par moi que rongé par les vers.

    — Sire, les Marseillois ont une âme immortelle :
Ayez dans vos repas quelque respect pour elle.

    — La mienne apparemment est immortelle aussi.
Va, de ton esprit gauche elle a peu de souci.
Je ne veux point manger ton âme raisonneuse.
Je cherche une pâture et moins fade et moins creuse.
C'est ton corps qu'il me faut ; je le voudrais plus gras :
Mais ton âme, crois-moi, ne me tentera pas.

    — Vous avez sur ce corps une entière puissance ;
Mais quand on a dîné, n'a-t-on point de clémence ?
Pour gagner quelque argent j'ai quitté mon pays :
Je laisse dans Marseille une femme et deux fils ;
Mes malheureux enfants, réduits à la misère,
Iront à l'hôpital, si vous mangez leur père.

    — Et moi, n'ai-je donc pas une femme à nourrir ?
Mon petit lionceau ne peut encor courir,

d'un guerrier, il ne faut pas omettre ses armes. M. de Saint-Didier, qui avait vu disséquer à Marseille un lion nouvellement venu d'Afrique, s'assura qu'il avait quarante dents. (*Note de Voltaire*, 1768.)

Ni saisir de ses dents ton espèce craintive :
Je lui dois la pâture ; il faut que chacun vive.
Eh ! pourquoi sortais-tu d'un terrain fortuné,
D'olives, de citrons, de pampres couronné?
Pourquoi quitter ta femme et ce pays si rare
Où tu fêtais en paix Madeleine et Lazare[1] ?
Dominé par le gain, tu viens dans mon canton
Vendre, acheter, troquer, être dupe et fripon ;
Et tu veux qu'en jeûnant ma famille pâtisse
De ta sotte imprudence et de ton avarice?
Réponds-moi donc, maraud. — Sire, je suis battu.
Vos griffes et vos dents m'ont assez confondu.
Ma tremblante raison cède en tout à la vôtre.
Oui, la moitié du monde a toujours mangé l'autre :
Ainsi Dieu le voulut ; et c'est pour notre bien.
Mais, sire, on voit souvent un malheureux chrétien,
Pour de l'argent comptant, qu'aux hommes on préfère,
Se racheter d'un Turc, et payer un corsaire.
Je comptais à Tunis passer deux mois au plus ;

1. Ce lion paraît fort instruit, et c'est encore une preuve de l'intelligence des bêtes. La Sainte-Baume, où se retira sainte Marie-Madeleine, est fort connue; mais peu de gens savent à fond cette histoire. *La Fleur des Saints* peut en donner quelques notions ; il faut lire son article, tome II de *la Fleur des Saints*, depuis la page 59. Ce fut Marie-Madeleine à qui deux anges parlèrent sur le Calvaire, et à qui notre Seigneur parut en jardinier. Ribadeneira, le savant auteur de *la Fleur des Saints*, dit expressément que si cela n'est pas dans l'Évangile, la chose n'en est pas moins indubitable. Elle demeura, dit-il, dans Jérusalem auprès de la vierge Marie, avec son frère Lazare, que Jésus avait ressuscité, et Marthe sa sœur, qui avait préparé le repas lorsque Jésus avait soupé dans leur maison.

L'aveugle-né, nommé Celedone, à qui Jésus donna la vue en frottant ses yeux avec un peu de boue, et Joseph d'Arimathie, étaient de la société intime de Madeleine. Mais le plus considérable de ses amis fut le docteur saint Maximin, l'un des soixante et dix disciples.

Dans la première persécution qui fit lapider saint Étienne, les Juifs se saisirent de Marie-Madeleine, de Marthe, de leur servante Marcelle, de Maximin leur directeur, de l'aveugle-né, et de Joseph d'Arimathie. On les embarqua dans un vaisseau sans voiles, sans rames, et sans mariniers ; le vaisseau aborda à Marseille, comme l'atteste Baronius. Dès que Madeleine fut à terre, elle convertit toute la Provence. Le Lazare fut évêque de Marseille, Maximin eut l'évêché d'Aix ; Joseph d'Arimathie alla prêcher l'Évangile en Angleterre ; Marthe fonda un grand couvent ; Madeleine se retira dans la Sainte-Baume, où elle brouta l'herbe toute sa vie. Ce fut là que, n'ayant plus d'habits, elle pria toujours toute nue ; mais ses cheveux crûrent jusqu'à ses talons, et les anges venaient la peigner et l'enlever au ciel sept fois par jour, en lui donnant de la musique. On a gardé longtemps une fiole remplie de son sang, et ses cheveux ; et tous les ans, le jour du vendredi saint, cette fiole a bouilli à vue d'œil. La liste de ses miracles avérés est innombrable. (*Note de Voltaire*, 1768.)

A vous y bien servir mes vœux sont résolus ;
Je vous ferai garnir votre charnier auguste
De deux bons moutons gras, valant vingt francs au juste.
Pendant deux mois entiers ils vous seront portés,
Par vos correspondants chaque jour présentés ;
Et mon valet, chez vous, restera pour otage.
     — Ce pacte, dit le roi, me plaît bien davantage
Que celui dont tantôt tu m'avais étourdi.
Viens signer le traité ; suis-moi chez le cadi ;
Donne des cautions : sois sûr, si tu m'abuses,
Que je n'admettrai point tes mauvaises excuses ;
Et que sans raisonner tu seras étranglé,
Selon le droit divin dont tu m'as tant parlé. »
    Le marché fut signé ; tous les deux l'observèrent,
D'autant qu'en le gardant tous les deux y gagnèrent.
Ainsi dans tous les temps nosseigneurs les lions
Ont conclu leurs traités aux dépens des moutons.

AVERTISSEMENT

En 1767, la faculté de théologie de Paris censura le roman philosophique intitulé *Bélisaire*. Ce vieux général s'était avisé de dire à l'empereur Justinien que l'on n'éclairait point les esprits avec la flamme des bûchers [2], et qu'il était tenté de croire que Dieu n'avait point condamné à la damnation éternelle les héros de la Grèce et de Rome.

Depuis l'invention de l'imprimerie, la faculté de Paris s'est arrogé le droit de dire son avis en mauvais latin sur les livres qui lui déplaisent; et comme depuis cinquante années le public est en possession de se moquer de cet avis, elle a constamment l'humilité de le traduire en français afin de multiplier les lecteurs et les sifflets.

La censure de *Bélisaire* eut un grand succès. On ne peut se dissimuler que l'obligation imposée, sous peine de damnation, aux princes et aux magistrats, de condamner à la mort quiconque n'est pas de la communion romaine ne soit une opinion théologique très-moderne. La damnation des païens n'a jamais été donnée comme un article de foi dans les premiers siècles de l'Église. On n'avance de pareilles opinions que lorsqu'on est le maître. La faculté fut donc obligée d'avouer que si le fond de la croyance doit toujours rester le même, cependant on peut l'enrichir de temps en temps de quelques nouveaux articles de foi, dont les circonstances n'avaient point permis à notre Seigneur Jésus-Christ et aux saints apôtres de s'occuper.

Cette assertion parut aussi ridicule que scandaleuse; et lorsqu'on vit que le mauvais français de la Sorbonne n'avait pas même le mérite de rendre exactement son mauvais latin, et qu'en se traduisant eux-mêmes ces sages maîtres avaient fait des contre-sens, les ris redoublèrent.

On trouvera dans cette édition plusieurs pièces en prose sur cette facétie théologique [3]. M. de Voltaire s'est plu à attaquer souvent l'opinion que tout

---

1. Cette satire est de la fin de 1768. Les *Mémoires secrets* en parlent le 4 novembre. (B.)

2. Chapitre xv du *Bélisaire* de Marmontel.

3. *Anecdote sur Bélisaire, Seconde anecdote sur Bélisaire, Lettre de Gérofle à Cogé, la Prophétie de la Sorbonne, Réponse catégorique au sieur Cogé, Lettre de l'archevêque de Cantorbery à l'archevêque de Paris.* (B.)

infidèle est damné, quelles que soient ses vertus et l'innocence de sa vie.
Ce n'est point là une opinion théologique indifférente. Il importe au repos
de l'humanité de persuader à tous les hommes qu'un Dieu, leur père
commun, récompense la vertu, indépendamment de la croyance, et qu'il ne
punit que les méchants.

Cette opinion de la nécessité de croire certains dogmes pour n'être point
damné, et d'un supplice éternel réservé à ceux qui les ont niés ou même
ignorés, est le premier fondement du fanatisme et de l'intolérance. Tout non-
conformiste devient un ennemi de Dieu et de notre salut. Il est raisonnable,
presque humain, de brûler un hérétique, et d'ajouter quelques heures de
plus à un supplice éternel, plutôt que de s'exposer soi et sa famille à être
précipités par les séductions de cet impie dans les bûchers éternels.

C'est à cette seule opinion qu'on peut attribuer l'abominable usage de
brûler les hommes vivants; usage qui, à la honte de notre siècle, subsiste
encore dans les pays catholiques de l'Europe, excepté dans les États de la
famille impériale. Heureusement cette opinion est aussi ridicule qu'atroce,
et plus injurieuse à la Divinité que tous les contes des païens sur les aventures galantes des dieux immortels. Aussi, parmi ceux qui sont intéressés
au maintien de la théologie, les gens raisonnables voudraient-ils qu'on aban-
donnât ce prétendu dogme, comme celui de la création du monde il y a
juste six mille ans.

On suivrait la même marche à mesure que certains dogmes deviendraient
trop révoltants, ou trop clairement absurdes; et au bout d'un certain temps
on soutiendrait qu'on ne les a jamais regardés comme articles de foi. Cela
est arrivé déjà plus d'une fois, et l'Église s'en est bien trouvée.

Il est juste d'observer ici que Riballier, syndic de Sorbonne, dont on
parle dans cette satire, est un homme de mœurs douces, assez tolérant, qui
céda malgré lui, dans cette circonstance, au délire théologique de ses confrères. Il avait à se faire pardonner sa modération à l'égard des jansénistes;
et, pour l'expier, il se mit à persécuter un peu les gens raisonnables.

K.

LES TROIS EMPEREURS

EN SORBONNE

PAR M. L'ABBÉ CAILLE

(1768)

L'héritier de Brunswick et le roi des Danois[1],
Vous le savez, amis, ne sont pas les seuls princes
Qu'un désir curieux mena dans nos provinces,
Et qui des bons esprits ont réuni les voix :
Nous avons vu Trajan, Titus, et Marc-Aurèle,
Quitter le beau séjour de la gloire immortelle,
Pour venir en secret s'amuser dans Paris.
Quelque bien qu'on puisse être, on veut changer de place :
C'est pourquoi les Anglais sortent de leur pays.
L'esprit est inquiet, et de tout il se lasse :
Souvent un bienheureux s'ennuie en paradis.
  Le trio d'empereurs, arrivé dans la ville,
Loin du monde et du bruit choisit son domicile
Sous un toit écarté, dans le fond d'un faubourg.
Ils évitaient l'éclat : les vrais grands le dédaignent.
Les galants de la cour, et les beautés qui règnent,
Tous les gens du bel air, ignoraient leur séjour :
A de semblables saints il ne faut que des sages ;
Il n'en est pas en foule. On en trouva pourtant,
Gens instruits et profonds qui n'ont rien de pédant,
Qui ne prétendent point être des personnages ;
Qui, des sots préjugés paisiblement vainqueurs,
D'un regard indulgent contemplent nos erreurs ;
Qui, sans craindre la mort, savent goûter la vie ;

1. Ce dernier, Christian VII, se trouvait encore à Paris lorsque cette satire y
fut distribuée. Quant à Brunswick, il avait poussé jusqu'à Ferney en 1766. (G. A.)

Qui ne s'appellent point *la bonne compagnie,*
Qui la sont en effet. Leur esprit et leurs mœurs
Réussirent beaucoup chez les trois empereurs.
A leur petit couvert chaque jour ils soupèrent ;
Moins ils cherchaient l'esprit, et plus ils en montrèrent.
Tous charmés l'un de l'autre, ils étaient bien surpris
D'être sur tous les points toujours du même avis.
Ils ne perdirent point leurs moments en visites ;
Mais on les rencontrait aux arsenaux de Mars,
Chez Clio, chez Minerve, aux ateliers des arts.
Ils les encourageaient en prisant leurs mérites.
   On conduisit bientôt nos nouveaux curieux
Aux chefs-d'œuvre brillants d'*Andromaque* et d'*Armide*
Qu'ils préféraient aux jeux du Cirque et de l'Élide :
Le plaisir de l'esprit passe celui des yeux.
   D'un plaisir différent nos trois césars jouirent,
Lorsqu'à l'Observatoire un verre industrieux
Leur fit envisager la structure des cieux,
Des cieux qu'ils habitaient, et dont ils descendirent.
   De là, près d'un beau pont que bâtit autrefois
Le plus grand des Henris, et peut-être des rois,
Marc-Aurèle aperçut ce bronze qu'on révère,
Ce prince, ce héros célébré tant de fois,
Des Français inconstants le vainqueur et le père :
« Le voilà, disait-il, nous le connaissons tous ;
Il boit au haut des cieux le nectar avec nous. »
Un des sages leur dit : « Vous savez son histoire,
On adore aujourd'hui sa valeur, sa bonté ;
Quand il était au monde, il fut persécuté ;
Bury même à présent lui conteste sa gloire[1] :

---

1. On dit qu'un écrivain, nommé M. de Bury, a fait une *Histoire de Henri IV,*
dans laquelle ce héros est un homme très-médiocre. On ajoute qu'il y a dans
Paris une petite secte qui s'élève sourdement contre la gloire de ce grand homme.
Ces messieurs sont bien cruels envers sa patrie ; qu'ils songent cependant combien il est important qu'on regarde comme un être approchant de la Divinité un
prince qui exposa toujours sa vie pour sa nation, et qui voulut toujours la soulager. Mais il avait des faiblesses. Oui, sans doute ; il était homme : mais béni
soit celui qui a dit que ses défauts étaient ceux d'un homme aimable, et ses
vertus celles d'un grand homme ! Plus il fut la victime du fanatisme, plus il doit
être presque adoré par quiconque n'est pas convulsionnaire.
   Chaque nation, chaque cour, chaque prince a besoin de se choisir un patron
pour l'admirer et pour l'imiter. Eh ! quel autre choisira-t-on que celui qui déga-
geait ses amis aux dépens de son sang dans le combat de Fontaine-Française ; qui

Pour dompter la critique, on dit qu'il faut mourir :
On se trompe ; et sa dent, qui ne peut s'assouvir,
Jusque dans le tombeau ronge notre mémoire. »
    Après ces monuments si grands, si précieux,
A leurs regards divins si dignes de paraître,
Sur de moindres objets ils baissèrent les yeux.
    Ils voulurent enfin tout voir et tout connaître :
Les boulevards, la Foire, et l'Opéra-Bouffon ;
L'école où Loyola corrompit la raison ;
Les quatre facultés, et jusqu'à la Sorbonne.
    Ils entrent dans l'étable où les docteurs fourrés
Ruminaient saint Thomas, et prenaient leurs degrés.
Au séjour de l'*Ergo*, Ribaudier en personne
Estropiait alors un discours en latin.
Quel latin, juste ciel ! les héros de l'Empire
Se mordaient les cinq doigts pour s'empêcher de rire.
Mais ils ne rirent plus quand un gros augustin
Du concile gaulois lut tout haut les censures.
Il disait anathème aux nations impures
Qui n'avaient jamais su, dans leurs impiétés,
Qu'auprès de l'Estrapade il fût des facultés,
    « O morts ! s'écriait-il, vivez dans les supplices [1] ;

criait, dans la victoire d'Ivry : « Épargnez les compatriotes ! » et qui, au faîte de
la puissance et de la gloire, disait à son ministre : « Je veux que le paysan ait une
poule au pot tous les dimanches ? » (*Note de Voltaire*, 1769.)

1. Il est nécessaire de dire au public, qui l'a oublié, qu'un nommé Riballier,
principal du collége Mazarin, et un régent nommé Cogó, s'étant avisés d'être
jaloux de l'excellent livre moral de *Bélisaire*, cabalèrent pendant un an pour le
faire censurer par ceux qu'on appelle *docteurs de Sorbonne*. Au bout d'un an, ils
firent imprimer cette censure en latin et en français ; elle n'est cependant ni française ni latine ; le titre même est un solécisme : *Censure de la faculté de théologie
contre le livre*, etc. On ne dit point *censure contre*, mais *censure de*. Le public
pardonne à la faculté de ne pas savoir le français ; on lui pardonne moins de ne
pas savoir le latin. *Determinatio sacræ facultatis in libellum* est une expression
ridicule. *Determinatio* ne se trouve ni dans Cicéron, ni dans aucun bon auteur ;
determinatio in est un barbarisme insupportable ; et ce qui est encore plus barbare,
c'est d'appeler *Bélisaire* un libelle, en faisant un mauvais libelle contre lui.

Ce qui est encore plus barbare, c'est de déclarer damnés tous les grands
hommes de l'antiquité qui ont enseigné et pratiqué la justice. Cette absurdité est
heureusement démentie par saint Paul, qui dit expressément dans son épître aux
Juifs tolérés à Rome : « Lorsque les gentils, qui n'ont point la loi, font naturellement ce que la loi commande, n'ayant point notre loi, ils sont loi à eux-mêmes. »
Tous les honnêtes gens de l'Europe et du monde entier ont de l'horreur et du
mépris pour cette détestable ineptie qui va damnant toute l'antiquité. Il n'y a que
des cuistres sans raison et sans humanité qui puissent soutenir une opinion si
abominable et si folle, désavouée même dans le fond de leur cœur. Nous ne pré-

Princes, sages, héros, exemples des vieux temps,
Vos sublimes vertus n'ont été que des vices ;
Vos belles actions, des péchés éclatants.
Dieu, juste selon nous, frappe de l'anathème
Épictète, Caton, Scipion l'Africain,
Ce coquin de Titus, l'amour du genre humain,
Marc-Aurèle, Trajan, le grand Henri lui-même[1],
Tous créés pour l'enfer, et morts sans sacrements.
Mais, parmi ses élus, nous plaçons les Cléments[2],
Dont nous avons ici solennisé la fête ;
De beaux rayons dorés nous ceignîmes sa tête :
Ravaillac et Damiens, s'ils sont de vrais croyants[3],

tendons pas dire que les docteurs de Sorbonne sont des cuistres, nous avons pour eux une considération plus distinguée; nous les plaignons seulement d'avoir signé un ouvrage qu'ils sont incapables d'avoir fait, soit en français, soit en latin.

Remarquons, pour leur justification, qu'ils se sont intitulés dans le titre *sacrée faculté* en langue latine, et qu'ils ont eu la discrétion de supprimer en français ce mot *sacrée*. (*Note de Voltaire*, 1769.)

— C'est dans l'*Épître aux Romains*, chapitre XI, verset 14, que saint Paul parle de la loi des gentils. (B.)

1. En effet le sieur Riballier, qu'on nomme ici Ribaudier, venait de faire condamner en Sorbonne M. Marmontel, pour avoir dit que Dieu pourrait bien avoir fait miséricorde à Titus, à Trajan, à Marc-Aurèle. Ce Riballier est un peu dur. (*Note de Voltaire*, 1771.)

2. On ne peut trop répéter que la Sorbonne fit le panégyrique du jacobin Jacques Clément, assassin de Henri III, étudiant en Sorbonne; et que d'une voix unanime elle déclara Henri III déchu de tous ses droits à la royauté, et Henri IV incapable de régner.

Il est clair que, selon les principes cent fois étalés alors par cette faculté, l'assassin parricide Jacques Clément, qu'on invoquait publiquement alors dans les églises, était dans le ciel au nombre des saints; et que Henri III, prince voluptueux, mort sans confession, était damné. On nous dira peut-être que Jacques Clément mourut aussi sans confession; mais il s'était confessé, et même avait communié l'avant-veille, de la main de son prieur Bourgoing son complice, qu'on dit avoir été docteur de Sorbonne, et qui fut écartelé. Ainsi Clément, muni des sacrements, fut non-seulement saint, mais martyr. Il avait imité saint Judas, non pas Judas Iscariote, mais Judas Machabée; sainte Judith, qui coupait si bien les têtes des amants avec lesquels elle couchait; saint Salomon, qui assassina son frère Adonias; saint David, qui assassina Urie, et qui en mourant ordonna qu'on assassinât Joab; sainte Jahel, qui assassina le capitaine Sizara; saint Aod, qui assassina son roi Églon; et tant d'autres saints de cette espèce. Jacques Clément était dans les mêmes principes, il avait la foi : on ne peut lui contester l'espérance d'aller au paradis, au jardin; de la charité, il en était dévoré, puisqu'il s'immolait volontairement pour les rebelles. Il est donc aussi sûr que Jacques Clément est sauvé qu'il est sûr que Marc-Aurèle est damné. (*Id.*, 1769.)

3. Selon les mêmes principes, Ravaillac doit être dans le paradis, dans le jardin, et Henri IV dans l'enfer qui est sous terre; car Henri IV mourut sans confession, et il était amoureux de la princesse de Condé : Ravaillac, au contraire, n'était point amoureux, et il se confessa à deux docteurs de Sorbonne. Voyez

> S'ils sont bien confessés, sont ses heureux enfants.
> Un Fréron bien huilé verra Dieu face à face[1] ;
> Et Turenne amoureux, mourant pour son pays,
> Brûle éternellement chez les anges maudits.
> Tel est notre plaisir, telle est la loi de grâce. »
>   Les divins voyageurs étaient bien étonnés
> De se voir en Sorbonne, et de s'y voir damnés :
> Les vrais amis de Dieu répriment leur colère.
> Marc-Aurèle lui dit d'un ton très-débonnaire[2] :
> « Vous ne connaissez pas les gens dont vous parlez ;
> Les facultés parfois sont assez mal instruites
> Des secrets du Très-Haut, quoiqu'ils soient révélés.

quelles douces consolations nous fournit une théologie qui damne à jamais Henri IV, et qui fait un élu de Ravaillac et de ses semblables ! Avouons les obligations que nous avons à Ribaudier de nous avoir développé cette doctrine. (*Note de Voltaire*, 1769.)

1. M. Caille a sans doute accolé ces deux noms pour produire le contraste le plus ridicule. On appelle communément à Paris un Fréron tout gredin insolent, tout polisson qui se mêle de faire de mauvais libelles pour de l'argent. Et M. Caille oppose un de ces faquins de la lie du peuple, qui reçoit l'extrême-onction sur son grabat, au grand Turenne, qui fut tué d'un coup de canon sans le secours des saintes huiles, dans le temps qu'il était amoureux de Mme de Coetquen. Cette note rentre dans la précédente, et sert à confirmer l'opinion théologique qui accorde la possession du jardin au dernier malotru couvert d'infamie, et qui la refuse aux plus grands hommes et aux plus vertueux de la terre. (*Id.*, 1769.)

— On a prétendu que Turenne avait quitté dès 1670 Mme de Coetquen, qui le sacrifiait au chevalier de Lorraine ; mais il aima toujours les femmes à la fureur. Ce grand homme, qui, avec des talents militaires du premier ordre et une âme héroïque, avait un esprit peu éclairé et un caractère faible, était, à ce qu'on dit, devenu dévot dans ses dernières années ; mais l'aventure de Mme de Coetquen est postérieure à son abjuration de la religion protestante. C'était un singulier spectacle qu'un homme qui avait gagné des batailles, occupé le matin de savoir au juste ce qu'il faut croire pour n'être pas damné, et cherchant le soir à se damner en commettant le péché de fornication ; et que le siècle où l'on admirait tout cela était un pauvre siècle ! Quoi qu'il en soit, il est très-vraisemblable que Dieu a pardonné à Turenne ses maîtresses ; mais lui a-t-il pardonné d'avoir exécuté l'ordre de brûler le Palatinat, et de n'avoir pas renoncé au commandement plutôt que de faire le métier d'incendiaire? (K.)

2. On invite les lecteurs attentifs à relire quelques maximes de l'empereur Antonin, et à jeter les yeux, s'ils le peuvent, sur la *Censure contre Bélisaire*. Ils trouveront dans cette censure des distinctions sur la foi et sur la loi, sur la grâce prévenante, sur la prédestination absolue; et dans Marc-Antonin, ce que la vertu a de plus sublime et de plus tendre. On sera peut-être un peu surpris que de petits Welches, inconnus aux honnêtes gens, aient condamné dans la rue des Maçons ce que l'ancienne Rome adora, et ce qui doit servir d'exemple au monde entier. Dans quel abîme sommes-nous descendus ! la nouvelle Rome vient de canoniser un capucin nommé Cucufin, dont tout le mérite, à ce que rapporte le procès de la canonisation, est d'avoir eu des coups de pied dans le cul, et d'avoir laissé répandre un œuf frais sur sa barbe. L'ordre des capucins a dépensé quatre cent mille écus

Dieu n'est ni si méchant ni si sot que vous dites. »
　Ribaudier, à ces mots roulant un œil hagard,
Dans des convulsions dignes de Saint-Médard,
Nomma le demi-dieu déiste, athée, impie,
Hérétique, ennemi du trône et de l'autel,
Et lui fit intenter un procès criminel.
　Les Romains cependant sortent de l'écurie.
« Mon Dieu, disait Titus, ce monsieur Ribaudier,
Pour un docteur français, me semble bien grossier. »
Nos sages rougissaient pour l'honneur de la France.
« Pardonnez, dit l'un d'eux, à tant d'extravagance :
Nous n'assistons jamais à ces belles leçons.
Nous nous sommes mépris ; Ribaudier nous étonne :
Nous pensions en effet vous mener en Sorbonne,
Et l'on vous a conduits aux Petites-Maisons. »

aux dépens des peuples, pour célébrer dans l'Europe l'apothéose de Cucufin, sous le nom de saint Séraphin ; et Ribaudier damne Marc-Aurèle ! O Ribaudier ! la voix de l'Europe commence à tonner contre tant de sottises.

　Lecteur éclairé et judicieux (car je ne parle pas aux bégueules imbéciles qui n'ont lu que l'*Année sainte* de Le Tourneux, ou *le Pédagogue chrétien*), de grâce apprenez à vos amis quelle est l'énorme distance des *Offices* de Cicéron, du *Manuel* d'Épictète, des *Maximes* de l'empereur Antonin, à tous les plats ouvrages de morale écrits dans nos jargons modernes, bâtards de la langue latine, et dans les effroyables jargons du nord. Avons-nous seulement, dans tous les livres faits depuis six cents ans, rien de comparable à une page de Sénèque ? Non, nous n'avons rien qui en approche, et nous osons nous élever contre nos maîtres ! (*Note de Voltaire*, 1769.)

AVERTISSEMENT

POUR LES DEUX SIÈCLES.

———

Dans un siècle où l'on met de la vanité à être sensible, où l'on veut s'occuper des intérêts de la société sans se donner la peine de les étudier, et pouvoir parler de la nature sans s'asservir au travail pénible de l'observer; où l'on confond la singularité des opinions avec la philosophie, et où l'on se croit au-dessus des préjugés parce qu'on préfère des rêves nouveaux aux rêves de nos pères : dans un tel siècle, les mauvais drames, les livres extravagants en politique, les systèmes vagues d'histoire naturelle, les paradoxes, doivent devenir communs; et il n'est pas étonnant qu'ils aient excité la bile de M. de Voltaire. Mais ces sottises sont une suite nécessaire de ce sentiment d'humanité, fruit précieux de la philosophie, et que M. de Voltaire a contribué plus que personne à répandre en Europe; de l'importance que les hommes savent attacher enfin à leurs véritables intérêts, à la connaissance de leurs droits, et des sources du bonheur public; enfin du goût général pour les sciences naturelles, et pour une philosophie fondée sur la raison seule, et délivrée du joug de l'autorité et des systèmes. Ce mal dont il se plaint n'est que l'abus du bien que lui-même avait fait.

On le voit alternativement, tantôt relever son siècle, tantôt le traiter avec mépris, selon qu'il était le plus frappé ou des progrès de la raison, ou du succès éphémère de quelques extravagances.

Il ne faut point cependant l'accuser de contradiction : c'est un père qui emploie, avec ses enfants, tantôt l'encouragement et tantôt le reproche.

K.

LES DEUX SIÈCLES[1]

Siècle où je vis briller un un suivi d'un quatre,
Siècle où l'on sut écrire aussi bien que combattre,
D'où vient qu'à nos plaisirs a succédé l'ennui?
Ressemblons-nous du moins au Romain d'aujourd'hui,
Qui, fier dans l'indigence et grand dans ses misères,
Vante, en tendant la main, les trésors de ses pères?
Non; d'un plus noble orgueil notre esprit est blessé :
Nous croyons valoir mieux que le bon temps passé.
La sagesse en nos jours a sur nous tant d'empire
Que nous avons perdu la faculté de rire.
C'est dommage; autrefois Molière était plaisant;
Il sut nous égayer, mais en nous instruisant.
Le comique pleureur aujourd'hui veut séduire,
Et sans nous amuser renonce à nous instruire.
Que je plains un Français quand il est sans gaîté!
Loin de son élément le pauvre homme est jeté.
Je n'aime point Thalie alors que sur la scène
Elle prend gauchement l'habit de Melpomène.
Ces deux charmantes sœurs ont bien changé de ton :
Hors de son caractère on ne fait rien de bon.
Molière en rit là-bas, et Racine en soupire.
Il ne peut supporter l'insipide délire
De tous ces plats romans mis en vers boursouflés,
Apostrophes aux dieux, lieux communs ampoulés,
Maximes sans raison, nœuds d'intrigues bizarres,
Et la scène française en proie à des barbares.
« Tant mieux, dit un rêveur soi-disant financier,

---

1. On n'a jusqu'à ce jour assigné aucune date à cette satire; je la crois de 1771; je la trouve du moins à la page 162 du volume intitulé *Epîtres, Satires, Contes, Odes et Pièces fugitives du poëte philosophe, dont plusieurs n'ont point encore paru, enrichies de notes curieuses et intéressantes;* 1771, in-8°. C'est la première édition que je connaisse des *Deux Siècles.* (B.)

Qui gouverne l'État du haut de son grenier ;
La chute des beaux-arts est un bien pour la France :
Des revenus du roi ma main tient la balance.
Je verrai des impôts les Français affranchis ;
Vous ennuyez l'État, et moi je l'enrichis.
J'ai su fertiliser la terre avec ma plume ;
J'ai fait contre Colbert un excellent volume.
Le public n'en sait rien ; mais la postérité
M'attend pour me conduire à l'immortalité :
Et, pour prix des calculs où mon esprit se tue,
Je veux avec Jean-Jacque avoir une statue[1].
— Taisez-vous, lui répond un philosophe altier,
Et ne vous vantez plus de votre obscur métier.
Vous gouvernez l'État ! quelle triste manie
Peut dans ce cercle étroit captiver un génie ?
Prenez un plus haut vol[2] : gouvernez l'univers ;
Prouvez-nous que les monts sont formés par les mers ;
Jetez les Apennins dans l'abîme de l'onde ;
Descendez par un trou dans le centre du monde[3].
Pour bien connaître l'âme et nos sens inégaux,
Allez des Patagons disséquer les cerveaux ;
Et, tandis que Nedham a créé des anguilles,
Courez chez les Lapons, et ramenez des filles.
Voilà comme on s'illustre en ce siècle profond.
De la nature enfin mes yeux ont vu le fond.
Que Dieu parle à son gré, qu'à sa voix tout s'arrange :
Ce trait a ses beautés : moi je parle, et tout change[4].
Va, ne t'amuse plus aux finances du roi[5],

---

1. On a déjà vu que Jean-Jacques Rousseau le Genevois s'avisa d'écrire, dans une lettre à M. l'archevêque de Paris, que l'Europe aurait dû lui élever une statue, à lui Jean-Jacques. (*Note de Voltaire,* 1771.)

— Dans une des notes de son *Épître au roi de la Chine,* Voltaire cite le passage où Rousseau déclare mériter une statue. Or l'*Épître au roi de la Chine* et ses notes sont, dans le volume dont je parle en la note de la page précédente, imprimées avant les *Deux Siècles.* (B.)

2. Variante :

> Prenez un vol plus haut.

3. C'est ce qu'avait proposé Maupertuis.

4. Variante :

> . . . . . Moi, je parle ; tout change.

5. Variante :

> Venez, et laissant là les finances du roi,
> Molécule animé, soyez dieu comme moi.

Viens-t’en créer un monde, et sois dieu comme moi. »
A ces discours brillants, saisi d’un saint scrupule,
L’archidiacre Trublet s’épouvante et recule ;
Et, pour charmer la cour, qui s’y connaît si bien,
Avec un récollet fait le *Journal chrétien*.
Les voilà tous les deux qui, commentant Moïse,
Pour quinze sous par mois sont l’appui de l’Église.
Ils travaillent longtemps : leur libraire conclut
Qu’il va mourir de faim, mais qu’il fait son salut[1].
   Un autre fou[2] paraît, suivi de sa sorcière ;
Il veut réduire au gland l’Académie entière.
« Renoncez aux cités, venez au fond des bois,
Mortels ; vivez contents sans secours et sans lois ;
Ou, si vous persistez dans l’abus effroyable
De goûter les plaisirs d’un être sociable,
A mes soins vigilants osez vous confier :
Je fais d’un gentilhomme un garçon menuisier.
Ma Julie, avec moi perdant son pucelage,
Accouche d’un fœtus, et n’en est que plus sage.
Rien n’est mal, rien n’est bien ; je mets tout de niveau.
Je marie au dauphin la fille du bourreau :
Les Petites-Maisons, où toujours j’étudie,
Valent bien la Sorbonne et sa théologie. »
Ainsi sur le Pont-Neuf, parmi les charlatans,
L’échappé de Genève ameute les passants,
Grimpé sur les tréteaux qui jadis dans Athène
Avaient servi de loge au chien de Diogène.
Si la philosophie a pris ce noble essor,
L’histoire sous nos mains va s’embellir encor.
Des riens, approfondis dans un long répertoire,
Sans éclairer l’esprit surchargent la mémoire.
   Allons, poudreux valets d’insolents imprimeurs,
Petits abbés crottés, faméliques auteurs,
Ressassez-moi Pétau, copiez-moi du Cange ;
De tous nos vieux écrits compilez le mélange.
Servez d’antiques mets, sous des noms empruntés,

---

1. C’était avec l’abbé Joannet que l’abbé Trublet faisait le *Journal chrétien*. Le récollet Hayer faisait un autre journal avec l’avocat Soret ; l’abbé Dinouart et l’abbé Gauchat en faisaient deux autres. Nous avions alors quatre journaux théologiques. (K.)

2. Jean-Jacques Rousseau.

A l'appétit mourant des lecteurs dégoûtés.
Mais surtout écrivez en prose poétique;
Dans un style ampoulé parlez-moi de physique;
Donnez du gigantesque; étourdissez les sots.
Si vous ne pensez pas, créez de nouveaux mots;
Et que votre jargon, digne en tout de notre âge,
Nous fasse de Racine oublier le langage.
  Jadis en sa volière un riche curieux
Rassembla des oiseaux le peuple harmonieux;
Le chantre de la nuit, le serin, la fauvette,
De leurs sons enchanteurs égayaient sa retraite :
Il eut soin d'écarter les lézards et les rats.
Ils n'osaient approcher : ce temps ne dura pas.
Un nouveau maître vint. Ses gens se négligèrent;
La volière tomba; les rats s'en emparèrent.
Ils dirent aux lézards : « Illustres compagnons,
Les oiseaux ne sont plus, et c'est nous qui régnons. »

LE PÈRE NICODÈME

ET JEANNOT [1]

LE PÈRE NICODÈME.

Jeannot, souviens-toi bien que la philosophie
Est un démon d'enfer à qui l'on sacrifie.
Archimède autrefois gâta le genre humain ;
Newton dans notre temps fut un franc libertin ;
Locke a plus corrompu de femmes et de filles
Que Law à l'hôpital n'a conduit de familles.
Tout chrétien qui raisonne a le cerveau blessé :
Bénissons les mortels qui n'ont jamais pensé.
O bienheureux Larcher, Viret, Cogé, Nonotte [2]!
Que de tous vos écrits la pesanteur dévote
Toujours pour mon esprit eut de charmes puissants !
Le péché n'est, dit-on, que l'abus du bon sens ;
Et, de peur de l'abus, vous bannissez l'usage.
Ah ! fuyons saintement le danger d'être sage.
Pour faire ton salut, ne pense point, Jeannot ;
Abrutis bien ton âme, et fais vœu d'être un sot.

JEANNOT.

Je sens de vos discours l'influence bénigne ;
Je bâille, et de vos soins je me crois déjà digne.
J'ai toujours remarqué que l'esprit rend malin.

---

1. Cette satire doit être aussi de 1771. Elle est à la suite de la précédente dans le volume dont j'ai parlé, page 158. L'auteur en cite un vers dans sa lettre à Laharpe, du 25 février 1772. (B.)

2. Il est beaucoup question de Larcher et de Nonotte dans différents ouvrages en prose de Voltaire ; Cogé, régent de rhétorique au collége Mazarin, auteur de quelques mauvaises brochures contre M. de Voltaire et M. Marmontel, à l'occasion de *Bélisaire ;* Viret, cordelier qui a écrit une brochure contre *le Dîner du comte de Boulainvilliers ;* elle était intitulée *le Mauvais Dîner.* (K.)

Vous vous ressouvenez du bon curé Fantin,
Qui, prêchant, confessant les dames de Versailles[1],
Caressait tour à tour et volait ses ouailles ;
Ce cher monsieur Billard et son ami Grisel[2],
Grands porteurs de cilice et chanteurs de missel,
Qui prenaient notre argent pour mettre en œuvres pies :
Tous ces gens-là, mon père, étaient de grands génies !

LE PÈRE NICODÈME.

Mon fils, n'en doute pas, ils ont philosophé ;
Et soudain leur esprit, par le diable échauffé,
Brûla de tous les feux de la concupiscence.
Dans les bosquets d'Éden l'arbre de la science
Portait un fruit de mort et de corruption ;
Notre bon père en eut une indigestion :
Pour lui bien conserver sa fragile innocence,
Il eût fallu planter l'arbre de l'ignorance.

JEANNOT.

C'est bien dit : mais souffrez que Jeannot l'hébété
Propose avec respect une difficulté.
De tous les écrivains dont la pesante plume
Barbouilla sans penser tous les mois un volume,
Le plus ignare en grec, en français, en latin,
C'est notre ami Fréron de Quimper-Corentin.
Sa grosse âme pourtant dans le vice est plongée ;
De cent mortels poisons Belzébut l'a rongée.
Je conclurais de là, si j'osais raisonner,
Que le pauvre d'esprit peut encor se damner.

LE PÈRE NICODÈME.

Oui, mais c'est quand ce pauvre ose se croire riche ;
C'est quand du bel esprit un lourd pédant s'entiche ;
Quand le démon d'orgueil et celui de la faim
Saisissent à la gorge un maudit écrivain :
Le déloya alors est possédé du diable.

---

1. Voyez la note 3 de la page 130.

2. Billard, financier et dévot de profession, avait fait une banqueroute considérable. Le petit peuple du quartier Saint-Eustache, qui le voyait communier souvent et aller tous les jours à plusieurs messes, s'empressait de lui porter son argent, et en fut la dupe.

Le parlement en fit justice, et le condamna au pilori. M. l'abbé Grisel, son directeur, fameux par des aventures de testaments, etc., fut impliqué dans l'affaire ; mais il n'y eut point de preuves juridiques contre lui. (K.) — Voyez aussi, sur Billard et sur Grisel, ou Grizel, t. VIII, p. 536.

Chez tout sot bel esprit le vice est incurable;
Il va trouver enfin, pour prix de ses travers,
Desfontaine et Chausson [1] dans le fond des enfers.
Au pur sein d'Abraham il eût volé peut-être,
Si dans son humble état il eût su se connaître;
Mais il fut réprouvé sitôt qu'il entreprit
D'allier la sottise avec le bel esprit.
    Autrefois un hibou, formé par la nature
Pour fuir l'astre du jour au fond de sa masure,
Lassé de sa retraite, eut le projet hardi
De voir comment est fait le soleil à midi.
Il pria, de son antre, une aigle sa voisine
De daigner le conduire à la sphère divine,
D'où le blond Apollon de ses rayons dorés
Perce les vastes cieux par lui seul éclairés.
L'aigle au milieu des airs le porta sur ses ailes;
Mais bientôt, ébloui des clartés immortelles,
Dont l'éclat n'est pas fait pour ses débiles yeux,
Le mangeur de souris tomba du haut des cieux.
Les oiseaux, accourus à ses plaintes funèbres,
Dévorèrent soudain le courrier des ténèbres.
Profite de sa faute; et, tapi dans ton trou,
Fuis le jour à jamais en fidèle hibou.

JEANNOT.

On a beau se soumettre à fermer la paupière,
On voudrait quelquefois voir un peu de lumière.
J'entends dire en tous lieux que le monde est instruit;
Qu'avec saint Loyola le mensonge s'enfuit;
Qu'Aranda dans l'Espagne, éclairant les fidèles,
A l'Inquisition vient de rogner les ailes [2].
Chez les Italiens les yeux se sont ouverts;
Une auguste cité, souveraine des mers,
Des filets de Barjone a rompu quelques mailles.
Le souverain chéri qui naquit dans Versailles
Annula, m'a-t-on dit, ces billets si fameux
Que les morts aux enfers emportaient avec eux [3].
Avec discrétion la sage Tolérance

1. Voyez tome IX, p. 519.
2. L'arrêt contre l'Inquisition est du 7 février 1770. (B.)
3. L'archevêque de Paris, Beaumont, exigeait que ceux qui demandaient les
sacrements, à la mort, présentassent un billet signé de leur confesseur. Le parle-

D'une éternelle paix nous permet l'espérance.
D'abord, avec effroi, j'entendais ces discours ;
Mais, par cent mille voix répétés tous les jours,
Ils réveillent enfin mon âme appesantie ;
Et j'ai de raisonner la plus terrible envie.

LE PÈRE NICODÈME.

Ah ! te voilà perdu. Jeannot n'est plus à moi.
Tous les cœurs sont gâtés... l'esprit bannit la foi !
L'esprit s'étend partout... O divine bêtise !
Versez tous vos pavots ; soutenez mon église.
A quel saint recourir dans cette extrémité ?
    O mon fils ! cher enfant de la Stupidité,
Quel ennemi t'arrache au doux sein de ta mère ?
On te l'a dit cent fois, malheur à qui s'éclaire !
Ne va point contrister les cœurs des gens de bien.
Courage, allons, rends-toi ; lis le *Journal chrétien.*
De Jean-George[1], crois-moi, lis le discours sublime :
C'est pour ton mal qui presse un excellent régime.
Tu peux guérir encore. Oui, Paris dans ses murs
Voit encor, grâce à Dieu, des esprits lourds, obscurs,
D'arguments rebattus déterminés copistes,
Tout farcis de lambeaux des premiers jansénistes.
Jette-toi dans leurs bras ; dévore leurs leçons :
Apprends d'eux à donner des mots pour des raisons.
Fais des phrases, Jeannot ; ma douleur t'en conjure :
Par ce palliatif adoucis ta blessure.
Ne sois point philosophe.

JEANNOT.

      Ah ! vous percez mon cœur.

---

ment crut devoir sévir contre ce joug nouveau qu'on voulait imposer aux citoyens. Malheureusement il se trompa sur les moyens : il ordonna d'administrer, au lieu d'ordonner simplement d'enterrer ceux que l'archevêque laisserait mourir sans sacrements. Au bout de six mois, le bon Christophe les aurait offerts à tout le monde. (K.)

1. Voyez la *Lettre d'un quaker à Jean-George.* Il y avait dans les premières éditions : *Du fier prélat du Puy ;* mais Jean-George ayant quitté son église du Puy pour en épouser une plus riche, il a fallu changer ce vers.

L'évêque actuel du Puy est un homme de qualité, homme d'esprit, sans être bel esprit, et qui n'a rien de commun avec son prédécesseur. (K.) — Cette note est de 1785 ; alors l'évêque du Puy était Marie-Joseph Galard de Terraube, qui avait été sacré le 14 juillet 1774. Après avoir été plus de trente ans évêque du Puy, Jean-George Lefranc de Pompignan avait, en 1774, quitté ce siége pour l'archevêché de Vienne. (B.)

Allons, ne voyons goutte, et chérissons l'erreur.
C'est vous qui le voulez. Mais quel fruit tirerai-je
De demeurer un sot au sortir du collége?

LE PÈRE NICODÈME.

Jeannot, je te promets un bon canonicat :
Et peut-être à ton tour deviendras-tu prélat.

LES SYSTÈMES[1]

———

Lorsque le seul puissant, le seul grand, le seul sage,
De ce monde en six jours eut achevé l'ouvrage,
Et qu'il eut arrangé tous les célestes corps,
De sa vaste machine il cacha les ressorts,
Et mit sur la nature un voile impénétrable.
   J'ai lu chez un rabbin que cet Être ineffable
Un jour devant son trône[2] assembla nos docteurs,
Fiers enfants du sophisme, éternels disputeurs ;
Le bon Thomas d'Aquin[3], Scot[4], et Bonaventure[5],
Et jusqu'au Provençal élève d'Épicure[6],

1. La première lettre de Voltaire où il soit question des *Systèmes* est celle à d'Alembert, du 1er juillet 1772. Mais on voit par cette lettre que la satire avait été précédemment envoyée à Paris. Une édition séparée contient quatre notes que je rapporterai. Les *Systèmes* furent réimprimés, et les notes ajoutées sous le nom de M. de Morza, dans la douzième partie des *Nouveaux Mélanges*, datée de 1772. Voltaire les fit insérer à la suite de son édition des *Lois de Minos*, en 1773. Voyez, dans le tome VI du *Théâtre*, la note 1 de la page 166. (B.)

2. Variante :

    Un jour pour s'amuser. . . . . . .

3. Nous n'avons de saint Thomas d'Aquin que dix-sept gros volumes bien avérés, mais nous en avons vingt et un d'Albert : aussi celui-ci a été surnommé *le Grand*. (*Note de M. de Morza*, 1772.)

— M. de Morza n'est autre que Voltaire.

4. Scot... Scot est le fameux rival de Thomas. C'est lui qu'on a cru mal à propos l'instituteur du dogme de l'*Immaculée Conception ;* mais il fut le plus intrépide défenseur de l'*Universel de la part de la chose*. (*Note de M. de Morza*, 1772.)

5. Bonaventure... Nous avons de saint Bonaventure *le Miroir de l'âme, l'Itinéraire de l'esprit à Dieu, la Diète du Salut, le Rossignol de la passion, le Bois de vie, l'Aiguillon de l'amour, les Flammes de l'amour, l'Art d'aimer, les Vingt-cinq Mémoires, les Quatre Vertus cardinales, les Six Chemins de l'éternité, les Six Ailes des chérubins, les Six Ailes des séraphins, les Cinq Fêtes de l'enfant Jésus*, etc. (*Id.*, 1772.)

6. Gassendi, qui ressuscita pendant quelque temps le système d'Épicure. En effet, il ne s'éloigne pas de penser que l'homme a trois âmes: la végétative, qui

Et ce maître René [1], qu'on oublie aujourd'hui,
Grand fou persécuté par de plus fous que lui ;
Et tous ces beaux esprits dont le savant caprice
D'un monde imaginaire a bâti l'édifice.
    « Çà, mes amis, dit Dieu, devinez mon secret :
Dites-moi qui je suis, et comment je suis fait ;
Et, dans un supplément, dites-moi qui vous êtes,
Quelle force, en tout sens, fait courir les comètes ;
Et pourquoi, dans ce globe, un destin trop fatal
Pour une once de bien mit cent quintaux de mal ?
Je sais que, grâce aux soins des plus nobles génies,
Des prix sont proposés par les Académies :
J'en donnerai. Quiconque approchera du but
Aura beaucoup d'argent, et fera son salut. »
Il dit. Thomas se lève à l'auguste parole ;
Thomas le jacobin, l'ange de notre école,
Qui de cent arguments se tira toujours bien,
Et répondit à tout sans se douter de rien.
    « Vous êtes, lui dit-il, l'existence et l'essence [2],
Simple avec attributs, acte pur et substance,
Dans les temps, hors des temps, fin, principe, et milieu,
Toujours présent partout, sans être en aucun lieu. »
L'Éternel, à ces mots, qu'un bachelier admire,
Dit : « Courage, Thomas ! » et se mit à sourire.

fait circuler toutes les liqueurs ; la sensitive, qui reçoit toutes les impressions ; et
la raisonnable, qui loge dans la poitrine. Mais aussi il avoue l'ignorance éternelle
de l'homme sur les premiers principes des choses ; et c'est beaucoup pour un philosophe. (*Note de M. de Morza*, 1772.)

1. Descartes était le contraire de Gassendi : celui-ci cherchait, et l'autre croyait
avoir trouvé. On sait assez que toute la philosophie de Descartes n'est qu'un
roman mal tissu qu'on ne se donne plus la peine ni de réfuter ni d'examiner.
Quel homme aujourd'hui perd son temps à rechercher comment des dés, tour-
nant sur eux-mêmes dans le plein, ont produit des soleils, des planètes, des
terres, et des mers ? Les partisans de ces chimères les appelaient les hautes
sciences ; ils se moquaient d'Aristote, et ils disaient : Nous avons de la méthode.
On peut comparer le système de Descartes à celui de Law ; tous deux étaient
fondés sur la synthèse. Descartes vint dans un temps où la raison humaine était
égarée. Law se mit à philosopher en France, lorsque l'argent du royaume était
plus égaré encore. Tous deux élevèrent leur édifice sur des vessies. Les tourbillons de Descartes durèrent une quarantaine d'années ; ceux de Law ne subsis-
tèrent que dix-huit mois. On est plus tôt détrompé en arithmétique qu'en philosophie. (*Id.*, 1772.)

2. Ce sont les propres paroles de saint Thomas d'Aquin. D'ailleurs toute la
partie métaphysique de sa *Somme* est fondée sur la métaphysique d'Aristote. (*Id.*,
1772). — Voyez le vingt-troisième paragraphe du *Philosophe ignorant*.

Descartes prit sa place avec quelque fracas,
Cherchant un tourbillon qu'il ne rencontrait pas,
Et le front tout poudreux de matière subtile,
N'ayant jamais rien lu, pas même l'Évangile :
  « Seigneur, dit-il à Dieu, ce bonhomme Thomas [1],
Du rêveur Aristote a trop suivi les pas.
Voici mon argument, qui me semble invincible :
Pour être, c'est assez que vous soyez possible [2].
Quant à votre univers, il est fort imposant :
Mais, quand il vous plaira, j'en ferai tout autant [3];
Et je puis vous former, d'un morceau de matière,
Éléments, animaux, tourbillons, et lumière,
Lorsque du mouvement je saurai mieux les lois. »
Dieu sourit de pitié pour la seconde fois.
  L'incertain Gassendi, ce bon prêtre de Digne,

1. Variante :

     , ... Votre bon saint Thomas.

2. Voici où est, ce me semble, le défaut de cet argument ingénieux de Descartes. Je conclus l'existence de l'Être nécessaire et éternel, de ce que j'ai aperçu clairement que quelque chose existe nécessairement et de toute éternité; sans quoi il y aurait quelque chose qui aurait été produit du néant et sans cause, ce qui est absurde : donc un être a existé toujours nécessairement, et de lui-même. J'ai donc conclu son existence de l'impossibilité qu'il ne soit pas, et non de la possibilité qu'il soit : cela est délicat, et devient plus délicat encore quand on ose sonder la nature de cet Être éternel et nécessaire. Il faut avouer que tous ces raisonnements abstraits sont assez inutiles, puisque la plupart des têtes ne les comprennent pas. Il serait assurément d'une horrible injustice, et d'un énorme ridicule, de faire dépendre le bonheur et le malheur éternel du genre humain de quelques arguments que les neuf dixièmes des hommes ne sont pas en état de comprendre. C'est à quoi ne prendront pas garde tant de scolastiques orgueilleux et peu sensés qui osent enseigner et menacer. Quand un philosophe serait le maître du monde, encore devrait-il proposer ses opinions modestement; c'est ainsi qu'en usait Marc-Aurèle, et même Julien. Quelle différence de ces grands hommes à Garasse, à Nonotte, à l'abbé Guyon, à l'auteur de la *Gazette ecclésiastique*, à Paulian l'ex-jésuite, et à tant d'autres polissons ! (*Note de M. de Morza*, 1772.)

3. *Donnez-moi de la matière et du mouvement, et je ferai un monde.* Ces paroles de Descartes sont un peu téméraires; elles n'auraient pas été permises à Platon. Passe qu'Archimède ait dit : Donnez-moi un point fixe dans le ciel, et j'enlèverai la terre; il ne s'agissait plus que de trouver le levier. Mais qu'avec de la matière et du mouvement on fasse des organes sentants et des têtes pensantes, sitôt que Dieu y aura mis une âme, cela est bien fort. Je doute même que Descartes et le P. Mersenne ensemble eussent pu donner à la matière la gravitation vers un centre. Après tout, Descartes avait de la matière et du mouvement; nous n'en manquons pas. Que ne travaillait-il ? Que ne faisait-il un petit automate de monde? Avouons que dans toutes ces imaginations on ne voit que des enfants qui se jouent. (*Id.*, 1772.)

Ne pouvait du Breton souffrir l'audace insigne [1],
Et proposait à Dieu ses atomes crochus [2],
Quoique passés de mode, et dès longtemps déchus :
Mais il ne disait rien sur l'essence suprême.
    Alors un petit Juif [3], au long nez, au teint blême,
Pauvre, mais satisfait, pensif et retiré [4],
Esprit subtil et creux, moins lu que célébré,
Caché sous le manteau de Descartes, son maître,
Marchant à pas comptés, s'approcha du grand Être :

1. Variante :

    Du noble Tourangeau blâmait l'audace insigne,

ou

    Du noble Tourangeau trouvait. . . . . . .

2. Démocrite, Épicure, et Lucrèce, avec leurs atomes déclinant dans le vide, étaient pour le moins aussi enfants que Descartes avec ses tourbillons tournoyant dans le plein ; et l'on ne peut que déplorer la perte d'un temps précieux employé à étudier sérieusement ces fadaises par des hommes qui auraient pu être utiles.

Où est l'homme de bon sens qui ait jamais conçu clairement que des atomes se soient assemblés pour aller en ligne droite, et pour se détourner ensuite à gauche ; moyennant quoi ils ont produit des astres, des animaux, des pensées ? Pourquoi de tant de fabricateurs de mondes ne s'en est-il pas trouvé un seul qui soit parti d'un principe vrai, et reçu de tous les hommes raisonnables ? Ils ont adopté des chimères, et ont voulu les expliquer : mais quelle explication ! Ils ressemblaient parfaitement aux commentateurs des anciens historiens. La tour de Babel avait vingt mille pieds de haut ; donc les maçons avaient des grues de plus de vingt mille pieds pour élever leurs pierres. Le lit du roi Og était de quinze pieds. Le serpent, qui eut de longues conversations avec Ève, ne put lui parler qu'en hébreu : car il devait lui parler en sa langue pour être entendu, et non en la langue des serpents ; et Ève devait parler le pur hébreu, puisqu'elle était la mère des Hébreux, et que ce langage n'avait pu encore se corrompre. C'est sur des raisons de cette force que furent appuyés longtemps tous les commentaires et tous les systèmes. Hérodote a dit que le soleil avait changé deux fois de levant et de couchant : et sur cela on a recherché par quel mouvement ce phénomène s'était opéré. Des savants se sont distillé le cerveau pour comprendre comment le cheval d'Achille avait parlé grec ; comment la nuit que Jupiter passa avec Alcmène fut une fois plus longue qu'elle ne devait être, sans que l'ordre de la nature fût dérangé ; comment le soleil avait reculé au souper d'Atrée et de Thyeste ; par quel secret Hercule était resté trois jours et trois nuits enseveli dans le ventre d'une baleine ; par quel art, au son d'un instrument, les murs de... Enfin on a compilé et empilé des écrits sans nombre pour trouver la vérité dans les plus absurdes et les plus insipides fables. (*Note de M. de Morza,* 1772.)

3. Dans l'édition séparée dont j'ai parlé, on lit ici en note :

« Baruch-Benjamin Spinosa, qu'on appelle Benoît Spinosa, parce que quelques lecteurs, voyant B. Spinosa au titre, prirent ce B. pour Benoît ; mais il ne pouvait avoir un prénom chrétien, n'ayant jamais eu l'honneur d'être baptisé. » (B.)

4. Variante :

    . . . . . . Modeste et retiré.

« Pardonnez-moi, dit-il en lui parlant tout bas,
Mais je pense, entre nous, que vous n'existez pas [1].

1. Spinosa, dans son fameux livre, si peu lu, ne parle que de Dieu ; et on lui a reproché de ne point connaître de Dieu. C'est qu'il n'a point séparé la Divinité du grand Tout qui existe par elle. C'est le Dieu de Straton, c'est le dieu des stoïciens :

Jupiter est quodcumque vides, quocumque moveris.

LUCAIN, *Pharsale*, ch. IX, v. 580.

C'est le dieu d'Aratus, dans le sens d'une philosophie audacieuse. « In Deo vivimus, movemur et sumus. » (*Actes des Apôtres*, chap. XVII. v. 28.)

La marche de Spinosa est plus géométrique que celle de tous les philosophes de l'antiquité. C'est le premier athée qui ait procédé par lemmes et par théorèmes.

Bayle, en prenant la doctrine de Spinosa à la lettre, en raisonnant d'après ses paroles, trouve cette doctrine contradictoire et ridicule. En effet, qu'est-ce qu'un Dieu dont tous les êtres seraient des modifications, qui serait jardinier et plante, médecin et malade, homicide et mourant, destructeur et détruit ?

Bayle parait opposer à Spinosa une dialectique très-supérieure. Mais quel est le sort de toutes les disputes ? Jurieu regardait Bayle comme un compilateur d'idées plus dangereuses que celles de Spinosa ; Arnauld et ses partisans tombaient sur Jurieu comme sur un fanatique absurde ; les jésuites accusaient Arnauld d'être au fond un ennemi de la religion ; et tout Paris voyait dans les jésuites les corrupteurs de la raison et de la morale, et des fabricateurs de lettres de cachet. Pour Spinosa, tout le monde en parlait, et personne ne le lisait.

Voici l'analyse de tous ses principes :

Il ne peut exister qu'une substance ; ce qui est par soi doit être un, et ne peut être limité. La substance doit donc être infinie.

Il est impossible qu'une substance en produise une autre, sans qu'il y ait quelque chose de commun entre elles. Or ce quelque chose de commun ne peut exister avant la substance produite : donc la création est impossible.

Une substance ne peut en faire une autre, puisque étant infinie par sa nature, un infini ne peut en créer un autre.

Il n'y a donc qu'un infini ; donc tout est mode.

L'intelligence et la matière existent ; donc l'intelligence et la matière entrent dans la nature de cet infini.

La substance étant infinie doit avoir une infinité d'attributs : donc l'infinité d'attributs est Dieu ; donc Dieu est tout.

Ce système a été assez réfuté par l'humain Fénelon, par le subtil Lami, et surtout de nos jours par M. l'abbé de Condillac, par M. l'abbé Pluquet.

Si d'illustres adversaires peuvent servir en quelque sorte à la gloire d'un auteur, on voit que jamais homme n'a été honoré d'ennemis plus respectables. Il a été attaqué par deux cardinaux des plus savants et des plus ingénieux qu'ait eus la France, tous deux chéris à la cour, tous deux ministres et ambassadeurs à Rome. Le premier lui fait la guerre en beaux vers latins dans son *Anti-Lucrèce ;* le second, en beaux vers français, dans une épître instructive et agréable.

Voici quelques-uns des vers latins :

Dogmata complexus, partim vesana Stratonis
Restituit commenta, suisque erroribus auxit
Omnigeni Spinosa Dei fabricator, et orbem
Appellare Deum, ne quis Deus imperet orbi.
Tamquam esset domus ipsa domum qui condidit, ausus.
Sic rediviva novo sese munimine cinxit

Je crois l'avoir prouvé par mes mathématiques.
J'ai de plats écoliers et de mauvais critiques :
Jugez-nous... » A ces mots, tout le globe trembla,
Et d'horreur et d'effroi saint Thomas recula.
Mais Dieu, clément et bon, plaignant cet infidèle [1],
Ordonna seulement qu'on purgeât sa cervelle.
Ne pouvant désormais composer pour le prix,
Il partit, escorté de quelques beaux esprits.

    Impietas, tumidumque alta caput extulit arce.
    Scilicet ex toto rerum glomeramine numen
    Construxit, cui sint pro corpore corpora cuncta,
    Et cunctæ mentes pro mente, simulque perenni
    Pro vita atque ævo, fuga temporis ipsa caduci
    Et qui sæclorum jugis devolvitur ordo.
    Pana putes.
                   Anti-Lucrèce, liv. III, vers 805 et suiv.

Voici quelques-uns des vers français :

    Cesse de méditer dans ce sauvage lieu :
    Homme, plante, animaux, esprit, corps, tout est Dieu.
    Spinosa le premier connut mon existence :
    Je suis l'être complet et l'unique substance ;
    La matière et l'esprit en sont les attributs :
    Si je n'embrassais tout, je n'existerais plus.
    Principe universel, je comprends tous les êtres,
    Je suis le souverain de tous les autres maîtres ;
    Les membres différents de ce vaste univers
    Ne composent qu'un tout dont les modes divers,
    Dans les airs, dans les cieux, sur la terre, et sur l'onde,
    Embellissent entre eux le théâtre du monde.

             BERNIS, *Discours sur la poésie.*

Le livre du *Système de la Nature*, qu'on nous a donné depuis peu, est d'un genre tout différent ; c'est une philippique contre Dieu. L'auteur prétend que la matière existe seule, et qu'elle produit seule la sensation et la pensée. Pour avancer une idée aussi étrange, il faudrait au moins tâcher de l'appuyer sur quelque principe, et c'est ce que l'auteur ne fait pas. Il a pris cette opinion chez Hobbes ; mais Hobbes se borne à la supposer, il ne l'affirme pas : il dit que des philosophes savants ont prétendu que tous les corps ont du sentiment. « Qui corpora omnia sensu esse prædita sustinuerunt. »

Depuis Brama, Zoroastre, et Thaut, jusqu'à nous, chaque philosophe a fait son système ; et il n'y en a pas deux qui soient de même avis. C'est un chaos d'idées dans lequel personne ne s'est entendu. Le petit nombre des sages est toujours parvenu à détruire les châteaux enchantés, mais jamais à pouvoir en bâtir un logeable. On voit par sa raison ce qui n'est pas ; on ne voit point ce qui est. Dans ce conflit éternel de témérités et d'ignorances, le monde est toujours allé comme il va ; les pauvres ont travaillé, les riches ont joui, les puissants ont gouverné, les philosophes ont argumenté, tandis que des ignorants se partageaient la terre. (*Note de M. de Morza*, 1772.)

    1. Variante :

    . . , ... Notre infidèle,
  Ordonna seulement qu'on guérit sa cervelle,
  Et doucement l'exclut du sénat des savants ;
  Il partit, mais suivi de quelques partisans.
    Nos sages, qui voyaient, etc.

> Nos docteurs, qui voyaient avec quelle indulgence
> Dieu daignait compatir à tant d'extravagance,
> Étalèrent bientôt cent belles visions [1],
> De leur esprit pointu nobles inventions ;
> Ils parlaient, disputaient, et criaient tous ensemble.
> Ainsi, lorsqu'à dîner un amateur rassemble [2]
> Quinze ou vingt raisonneurs, auteurs, commentateurs,
> Rimeurs, compilateurs, chansonneurs, traducteurs,
> La maison retentit des cris de la cohue ;
> Les passants ébahis s'arrêtent dans la rue.
> D'un air persuadé, Malebranche assura
> Qu'il faut parler au Verbe, et qu'il nous répondra [3].
> Arnauld dit que de Dieu la bonté souveraine

1. Variante :

> Éclatèrent bientôt en belles visions.

2. Variante :

> . . . . . . Une vieille rassemble
> Quinze à vingt beaux esprits, faméliques auteurs.

L'édition qui fournit cette variante est celle dont j'ai déjà parlé ; et on y lit en note :

« L'auteur désavoue l'application que la malignité des Parisiens a faite de ce vers à une dame très-respectable et très-connue, et qui reçoit chez elle des savants estimables, et non pas des chansonniers. (*Note de l'éditeur.*) »

C'était à Mme Geoffrin qu'on avait appliqué le vers. (B.)

3. Par quelle fatalité le système de Malebranche paraît-il retomber dans celui de Spinosa, comme deux vagues qui semblent se combattre dans une tempête, et le moment d'après s'unissent l'une dans l'autre ?

« Dieu, dit Malebranche, est le lieu des esprits, de même que l'espace est le lieu des corps. Notre âme ne peut se donner d'idées... Nos idées sont efficaces, puisqu'elles agissent sur notre esprit. Or rien ne peut agir sur notre esprit que Dieu... Donc il est nécessaire que nos idées se trouvent dans la substance efficace de la Divinité. » (Livre III, de l'*Esprit pur*, part. II.)

Voilà les propres paroles de Malebranche. Or si nous ne pouvons avoir des perceptions que dans Dieu, nous ne pouvons donc avoir de sentiment que dans lui, ni faire aucune action que dans lui ; cela me paraît évident. On peut donc en inférer que nous ne sommes que des modifications de lui-même. Il n'y a donc dans l'univers qu'une seule substance. Voilà le spinosisme, le stratonisme tout pur. Et Malebranche pousse les illusions qu'il se fait à lui-même jusqu'à vouloir autoriser son système par des passages de saint Paul et de saint Augustin.

Je ne dis pas que ce savant prêtre de l'Oratoire fût spinosiste, à Dieu ne plaise ! je dis qu'il servait d'un plat dont un spinosiste aurait mangé très-volontiers. On sait que depuis il s'entretint familièrement avec le Verbe. Eh ! pourquoi avec le Verbe plutôt qu'avec le Saint-Esprit ? Mais comme il n'y avait personne en tiers dans la conversation, nous ne rendrons point compte de ce qui s'est dit ; nous nous contentons de plaindre l'esprit humain, de gémir sur nous-mêmes, et d'exhorter nos pauvres confrères les hommes à l'indulgence. (*Note de M. de Morza, 1772.*)

Exprès pour nous damner forma la race humaine [1].
Leibnitz avertissait le Turc et le chrétien
Que sans son harmonie [2] on ne comprendra rien [3],
Que Dieu, le monde, et nous, tout n'est rien sans monades [4].
Le courrier des Lapons [5], dans ses turlupinades [6],
Veut qu'on aille au détroit où vogua Magellan,
Pour se former l'esprit, disséquer un géant.
Notre consul Maillet [7], non pas consul de Rome,

1. Il faut avouer que ce système, qui suppose que l'Être tout-puissant et tout bon a créé exprès des millions de milliards d'êtres raisonnables et sensibles, pour en favoriser quelques douzaines, et pour tourmenter tous les autres à tout jamais, paraîtra toujours un peu brutal à quiconque a des mœurs douces. (*Note de M. de Morza*, 1772.)

2. Variante :

Que dans son harmonie. . . . .

3. Notre âme étant *simple* (car on suppose que son existence et sa *simplicité* sont prouvées), elle peut résider dans l'étoile du nord ou du petit Chien, et notre corps végéter sur ce globe. L'âme a des idées là-haut, et notre corps fait ici les fonctions correspondantes à ces idées, à peu près comme un homme prêche, tandis qu'un autre fait les gestes ; ou plutôt l'âme est l'horloge, et le corps sonne ici les heures. Il y a des gens qui ont étudié cela sérieusement ; et l'inventeur de ce système est celui qui a disputé contre Newton, et qui peut même avoir eu raison sur quelques points. Quant aux *monades*, tout être physique étant composé doit être un résultat d'êtres simples ; car dire qu'il est fait d'êtres composés, c'est ne rien dire. Des *monades* sans parties et sans étendue font donc l'étendue et les parties ; elles n'ont ni lieu, ni figure, ni mouvement, quoiqu'elles constituent des corps qui ont figure et mouvement dans un lieu.

Chaque *monade* doit être différente d'une autre, sans quoi ce serait un double emploi. Chaque *monade* doit avoir du rapport avec toutes les autres, parce qu'il y a entre les corps dont ces *monades* font l'assemblage une union nécessaire. Ces rapports entre ces *monades simples*, *inétendues*, ne peuvent être que des idées, des perceptions. Il n'y a pas de raison pour laquelle une *monade*, ayant des rapports avec une de ses compagnes, n'en ait pas avec toutes. Chaque *monade* voit donc toutes les autres, et par conséquent est un miroir concentrique de l'univers. Il y a un pays où cela s'est enseigné dans des écoles à des gens qui avaient de la barbe au menton. (*Note de M. de Morza*, 1772.)

4. Variante :

. . . . . . Tout n'était que monades.

5. Dans l'édition séparée on lit en note : « Moreau de Maupertuis. De son vivant on le peignit aplatissant, avec un air d'orgueil, la terre, qu'il semblait mépriser : après sa mort, la piété de sa famille lui a érigé dans l'église de Saint-Roch un petit mausolée. » (B.)

6. On a fait assez connaître l'idée d'aller disséquer des cervelles de Patagons, pour voir la nature de l'âme ; d'examiner les songes, pour savoir comment on pense dans la veille ; d'enduire les malades de poix résine, pour empêcher l'air de nuire ; de creuser un trou jusqu'au centre de la terre, pour voir le feu central. Et ce qu'il y a de déplorable, c'est que ces folies ont causé des querelles et des infortunes. (*Note de M. de Morza*, 1772.)

7. On connaît aussi le système vraisemblable par lequel la mer a formé les

Sait comment ici-bas naquit le premier homme :
D'abord il fut poisson. De ce pauvre animal
Le berceau très-changeant [1] fut du plus fin cristal ;
Et les mers des Chinois sont encore étonnées
D'avoir, par leurs courants, formé les Pyrénées.
Chacun fit son système ; et leurs doctes leçons
Semblaient partir tout droit des Petites-Maisons.

    Dieu ne se fâcha point : c'est le meilleur des pères ;
Et, sans nous engourdir par des lois trop austères,
Il veut que ses enfants, ces petits libertins,
S'amusent en jouant de l'œuvre de ses mains.
Il renvoya le prix à la prochaine année ;
Mais il vous fit partir, dès la même journée,
Son ange Gabriel, ambassadeur de paix,
Tout pétri d'indulgence, et porteur de bienfaits [2].

    Le ministre emplumé vola dans vingt provinces ;
Il visita des saints, des papes, et des princes,
De braves cardinaux et des inquisiteurs,
Dans le siècle passé dévots persécuteurs.
« Messeigneurs, leur dit-il, le bon Dieu vous ordonne
De vous bien divertir, sans molester personne.
Il a su qu'en ce monde on voit certains savants
Qui sont, ainsi que vous, de fieffés ignorants ;
Ils n'ont ni volonté ni puissance de nuire :
Pour penser de travers, hélas ! faut-il les cuire ?
Un livre, croyez-moi, n'est pas fort dangereux,
Et votre signature est plus funeste qu'eux.

---

montagnes, et la terre est de verre ; mais celui-là n'a encore rien de funeste. Certes ceux qui ont inventé la charrue, la navette et les poulies, étaient des dieux bienfaisants, en comparaison de tous ces rêveurs ; et il est vrai qu'un opéra-comique vaut mieux que les systèmes de Cudworth, de Wiston, de Burnet, et de Wodward. Car ces systèmes n'ont appris aucune vérité, et n'ont fait aucun plaisir ; mais l'opéra des *Gueux* et le *Déserteur* ont fait passer très-agréablement le temps à plus de cent mille hommes. (*Note de M. de Morza*, 1772.)

    1. Variante :

        Le berceau vacillant fut du plus fin cristal.

    L'édition séparée dont j'ai parlé avait ici une note : « C'est aussi le sentiment du savant, du modeste, du hardi et de l'immortel Buffon. Voici ses paroles ; elles sont remarquables : *La terre, dans le premier état, était un globe ou plutôt un sphéroïde de verre ;* tome Ier, édition in-12, page 379. (*Note de l'éditeur.*) » (B.)

    2. Variante :

        Grand ami des cœurs purs, et porteur de bienfaits.
        Le céleste courrier vola dans vingt provinces.

En Sorbonne, aux charniers [1], tout se mêle d'écrire :
Imitez le bon Dieu, qui n'en a fait que rire. »

1. Charniers des Saints-Innocents, belle place de Paris, près du Palais-Royal,
et non loin du Louvre. C'est là qu'on enterre tous les gueux, au lieu de les porter
hors de la ville, comme on fait partout ailleurs. On y voit plusieurs écrivains qui
font les placets au roi, les lettres des cuisinières à leurs amants, et les critiques
des pièces nouvelles. On y a travaillé longtemps à l'*Année littéraire*. Il y a le style
à cinq sous, et le style à dix sous.

Qu'on écrive les *Imaginations de M. Oufle*, les *Mémoires d'un homme de qualité*,
les *Soliloques d'une âme dévote ;* que l'on condamne les idées innées, et que l'on
condamne ensuite ceux qui les rejettent; qu'on donne au public les lettres de
Thérèse à Sophie, ou qu'on dise en mauvais latin [*] « que la vraie religion a été,
selon la variété des temps, variée et diverse quant à sa forme et quant à la clarté
de la révélation, et que cependant elle a toujours été la même depuis Adam,
quant à ce qui appartient à la substance »; que ces belles choses, dis-je, partent
des charniers Saints-Innocents, ou de l'imprimerie de la veuve Simon, cela est
bien égal : *imitons le bon Dieu, qui n'en a fait que rire.*

Concluons surtout qu'une nation qui s'amuse continuellement de tant de sottises
doit être une nation extrêmement opulente et extrêmement heureuse, puisqu'elle
est si oisive. (*Note de M. de Morza,* 1772.)

[*] *Veram religionem, etsi quantum ad sui formam et revelationis perspicuitatem,* etc.,
page 21 d'un livre latin rempli de solécismes et de barbarismes, imputé faussement à la
Sorbonne; il est intitulé *Determinatio sacræ facultatis Parisiensis in libellum cui titulus*
Bélisaire; *Parisiis,* 1767 : Censure de la faculté de théologie de Paris, contre le livre qui a
pour titre *Bélisaire;* à Paris, 1767, chez la veuve Simon, etc. (Voyez la note des *Trois
Empereurs en Sorbonne,* page 153.)

Voyez aussi *les Trente-sept Vérités opposées aux trente-sept impiétés, par un bachelier
ubiquiste. (Note de M. de Morza,* 1772.)

— L'auteur de cet ouvrage (Turgot) était véritablement bachelier en théologie; mais
ayant renoncé à cette science, il était devenu un des plus grands philosophes et un des
premiers hommes d'État de l'Europe. On appelle *ubiquiste* un docteur ou licencié de la
faculté de Paris, qui n'est ni moine ni associé aux maisons de Sorbonne et de Navarre. (K.)

LES CABALES[1]

(1772)

« Barbouilleurs de papier, d'où viennent tant d'intrigues,
Tant de petits partis, de cabales, de brigues?
S'agit-il d'un emploi de fermier général,
Ou du large chapeau qui coiffe un cardinal?
Êtes-vous au conclave? aspirez-vous au trône [2]
Où l'on dit qu'autrefois monta Simon Barjone?
Çà, que prétendez-vous? — De la gloire. — Ah, gredin!
Sais-tu bien que cent rois la briguèrent en vain?
Sais-tu ce qu'il coûta de périls et de peines
Aux Condés, aux Sullys, aux Colberts, aux Turennes,
Pour avoir une place au haut du mont sacré,
De sultan Moustapha [3] pour jamais ignoré?
Je ne m'attendais pas qu'un crapaud du Parnasse
Eût pu, dans son bourbier, s'enfler de tant d'audace.
    — Monsieur, écoutez-moi : j'arrive de Dijon,
Et je n'ai ni logis, ni crédit, ni renom.
J'ai fait de méchants vers, et vous pouvez bien croire
Que je n'ai pas le front de prétendre à la gloire ;

1. Les *Cabales* suivirent de près les *Systèmes*, si elles ne les précédèrent pas. Voltaire parle des *Cabales* dans une lettre à Richelieu, du 25 mai 1772. Dans celle à Marmontel, du 23 octobre, il dit ce qui le détermina à les composer. La première édition était intitulée *les Cabales, œuvre pacifique*, in-8° de 8 pages, et commençait ainsi :

Camarade crotté, d'où viennent tant d'intrigues, etc. (B.)

2. Ce trône est très-respectable. Il est sans doute l'objet d'une louable émulation. Simon, fils de Jones, nommé Céphas ou Pierre, est un très-grand saint; mais il n'eut point de trône. Celui au nom duquel il parlait avait défendu expressément à tous ses envoyés de prendre même le nom de *docteur*, de *maître*, et avait déclaré que qui voudrait être le premier serait le dernier. Les choses sont changées ; et dans la suite des temps le trône devint la récompense de l'humilité passée. (*Note de M. de Morza*, 1772.)

3. Mustapha III, né en 1716, sultan en 1757, mort le 21 janvier 1774. Le portrait qu'en fait Catherine, dans sa lettre du 23 décembre 1770, n'est pas flatté. (B.)

Je ne veux que l'ôter à quiconque en jouit.
Dans ce noble métier l'ami Fréron m'instruit.
Monsieur l'abbé *Profond* [1] m'introduit chez les dames ;
Avec deux beaux esprits nous ourdissons nos trames.
Nous serons dans un mois l'un de l'autre ennemis ;
Mais le besoin présent nous tient encore unis.
Je me forme sous eux [2] dans le bel art de nuire :
Voilà mon seul talent ; c'est la gloire où j'aspire. »
   Laissons là de Dijon ce pauvre garnement [3],
De bâtards de Zoïle imbécile instrument ;
Qu'il coure à l'hôpital, où son destin le mène.
   Allons nous réjouir aux jeux de Melpomène...
Bon ! j'y vois deux partis l'un à l'autre opposés :
Léon Dix et Luther étaient moins divisés.
L'un claque, l'autre siffle ; et l'antre du parterre [4],
Et les cafés voisins sont le champ de la guerre.
   Je vais chercher la paix au temple des chansons.
J'entends crier : « Lulli, Campra, Rameau, Bouffons [5],

---

   1. Au lieu de *Profond,* la première édition porte *Mably.* Cet abbé était le protecteur de Clément de Dijon.
   2. Variante :

> Je me forme avec eux.

   3. Ce garnement de Dijon est un nommé Clément, maître de quartier dans un collége de Dijon, qui a fait un livre contre MM. de Saint-Lambert, Delille, de Watelet, Dorat, et plusieurs autres personnes. L'auteur des *Cabales* fut maltraité dans ce livre, où règne un air de suffisance, un ton décisif et tranchant qui a été tant blâmé par tous les honnêtes gens dans les hommes les plus accrédités de la littérature, et qui est le comble de l'insolence et du ridicule dans un jeune provincial sans expérience et sans génie. (*Note de M. de Morza,* 1772.) — Il s'est couvert d'opprobre par des libelles aussi affreux qu'absurdes, que la police n'a pas punis parce qu'elle les a ignorés. Les malheureux qui ont composé de tels libelles pour vivre, comme Clément, La Beaumelle, Sabatier natif de Castres, ressemblent précisément au *Pauvre Diable,* qui est si naturellement peint dans la pièce de ce nom. Il n'est point de vie plus déplorable que la leur. (*Id.,* 1775.)
   4. C'est principalement au parterre de la Comédie-Française, à la représentation des pièces nouvelles, que les cabales éclatent avec le plus d'emportement. Le parti qui fronde l'ouvrage et le parti qui le soutient se rangent chacun d'un côté. Les émissaires reçoivent à la porte ceux qui entrent, et leur disent : « Venez-vous pour siffler ? mettez-vous là ; venez-vous pour applaudir ? mettez-vous ici. » On a joué quelquefois aux dés la chute ou le succès d'une tragédie nouvelle au café de Procope. Ces cabales ont dégoûté les hommes de génie, et n'ont pas peu servi à décréditer un spectacle qui avait fait si longtemps la gloire de la nation. (*Id.,* 1772.)
   5. La même manie a passé à l'Opéra, et a été encore plus tumultueuse. Mais les cabales au Théâtre-Français ont un avantage que les cabales de l'Opéra n'ont pas : c'est celui de la satire raisonnée. On ne peut à l'Opéra critiquer que des sons ; quand on a dit : Cette chaconne, cette loure me déplaît, on a tout dit. Mais à la

Êtes-vous pour la France ou bien pour l'Italie?
— Je suis pour mon plaisir, messieurs. Quelle folie
Vous tient ici debout sans vouloir écouter?
Ne suis-je à l'Opéra que pour y disputer?»
    Je sors, je me dérobe aux flots de la cohue;
Les laquais assemblés cabalaient dans la rue.
Je me sauve avec peine aux jardins si vantés
Que la main de Le Nostre avec art a plantés.
    D'autres fous à l'instant [1] une troupe m'arrête.
Tous parlent à la fois, tous me rompent la tête...
« Avez-vous lu sa pièce? il tombe, il est perdu;
Par le dernier journal je le tiens confondu.
    — Qui? de quoi parlez-vous? d'où vient tant de colère?
Quel est votre ennemi? — C'est un vil téméraire,
Un rimeur insolent qui cause nos chagrins :
Il croit nous égaler en vers alexandrins.
    — Fort bien : de vos débats je conçois l'importance. »
    Mais un gros de bourgeois vers ce côté s'avance.
« Choisissez, me dit-on, du vieux ou du nouveau. »
Je croyais qu'on parlait d'un vin qu'on boit sans eau,
Et qu'on examinait si les gourmets de France
D'une vendange heureuse avaient quelque espérance ;
Ou que des érudits balançaient doctement
Entre la loi nouvelle et le vieux Testament.
Un jeune candidat, de qui la chevelure
Passait de Clodion la royale coiffure [2],
Me dit d'un ton de maître, avec peine adouci :

Comédie on examine des idées, des raisonnements, des passions, la conduite, l'exposition, le nœud, le dénoûment, le langage. On peut vous prouver méthodique-
ment, et de conséquence en conséquence, que vous êtes un sot qui avez voulu
avoir de l'esprit, et qui avez assemblé quinze cents personnes pour leur prouver
que vous en savez plus qu'eux. Chacun de ceux qui vous écoutent est, sans le savoir,
un peu jaloux de vous; il est en droit de vous critiquer, et vous êtes en droit de
lui répondre. Le seul malheur est que vous êtes trop souvent un contre mille.
    Il en va autrement en fait de musique; il n'y a que le potier qui soit jaloux
du potier, et le musicien du musicien, disait Hésiode. Il y faut seulement ajouter
encore les partisans du musicien; mais ceux-là sont ennemis, et ne sont point
jaloux. Dans les talents de l'esprit, au contraire, tout le monde est jaloux en secret;
et voilà pourquoi tous les gens de lettres, méprisés quand ils n'ont pas réussi,
ont été persécutés dès qu'ils ont eu de la réputation. (*Note de M. de Morza,* 1772.)
    1. Variante :

    Mais soudain d'autres fous.

    2. Il n'y a pas longtemps que les jeunes conseillers allaient au tribunal les che-
veux étalés et poudrés de blanc, ou blanc poudrés. (*Note de M. de Morza,* 1772.)

« Ce sont nos parlements dont il s'agit ici ;
Lequel préférez-vous? — Aucun d'eux, je vous jure.
Je n'ai point de procès, et, dans ma vie obscure,
Je laisse au roi mon maître, en pauvre citoyen,
Le soin de son royaume, où je ne prétends rien.
Assez de grands esprits, dans leur troisième étage,
N'ayant pu gouverner leur femme et leur ménage[1],
Se sont mis, par plaisir, à régir l'univers.
Sans quitter leur grenier, ils traversent les mers ;
Ils raniment l'État, le peuplent, l'enrichissent :
Leurs marchands de papiers sont les seuls qui gémissent.
Moi, j'attends dans un coin que l'imprimeur du roi
M'apprenne, pour dix sous, mon devoir et ma loi.
Tout confus d'un édit qui rogne mes finances[2],
Sur mes biens écornés je règle mes dépenses ;
Rebuté de Plutus, je m'adresse à Cérès ;
Ses fertiles trésors[3] garnissent mes guérets.
La campagne, en tout temps, par un travail utile,

---

1. L'Europe est pleine de gens qui, ayant perdu leur fortune, veulent faire celle de leur patrie ou de quelque État voisin. Ils présentent aux ministres des mémoires qui rétabliront les affaires publiques en peu de temps; et en attendant ils demandent une aumône qu'on leur refuse. Bois-Guillebert, qui écrivit contre le grand Colbert, et qui ensuite osa attribuer sa *Dixme royale* au maréchal de Vauban, s'était ruiné. Ceux qui sont assez ignorants pour le citer encore aujourd'hui, croyant citer le maréchal de Vauban, ne se doutent pas que, si on suivait ses beaux systèmes, le royaume serait aussi misérable que lui. Celui qui a imprimé le *Moyen d'enrichir l'Etat*, sous le nom du comte de Boulainvilliers, est mort à l'hôpital. Le petit La Jonchère, qui a donné tant d'argent au roi en quatre volumes, demandait l'aumône. Telles sont les gens qui enseignent l'art de s'enrichir par le commerce après avoir fait banqueroute, et ceux qui font le tour du monde sans sortir de leur cabinet, et ceux qui, n'ayant jamais possédé une charrue, remplissent nos greniers de froment. D'ailleurs la littérature ne subsiste presque plus que d'infâmes plagiats ou de libelles. Jamais cette profession si belle n'a été ni si universelle ni si avilie. (*Note de M. de Morza*, 1772.)

— Voltaire a confondu Bois-Guillebert et Vauban. L'ouvrage que Voltaire intitule *Moyen d'enrichir l'État* est probablement celui qui a pour titre *Mémoires présentés au duc d'Orléans, régent de France, contenant les moyens de rendre ce royaume très-puissant, et d'augmenter considérablement les revenus du roi et du peuple*, 1727, deux volumes in-12. Ces *Mémoires* sont réellement de Boulainvilliers. Quant à l'ouvrage de La Jonchère, il est intitulé *Système d'un nouveau gouvernement en France*, Amsterdam, 1720, quatre volumes in-12. (B.)

2. Variante :

> Et, docile à l'édit qui fixe mes finances,
> Je règle sur mes biens mes plaisirs, mes dépenses.

3. Variante :

> Ses fertiles bontés

Répara tous les maux qu'on nous fît à la ville.
On est un peu fâché ; mais qu'y faire ?... Obéir.
A quoi bon cabaler, quand [1] on ne peut agir ?
— Mais, monsieur, des Capets les lois fondamentales,
Et le grenier à sel, et les cours féodales,
Et le gouvernement du chancelier Duprat !
— Monsieur, je n'entends rien aux matières d'État ;
Ma loi fondamentale est de vivre tranquille.
La Fronde était plaisante [2], et la guerre civile
Amusait la grand'chambre et le coadjuteur.
Barricadez-vous bien ; je m'enfuis ; serviteur. »
    A peine ai-je quitté mon jeune énergumène,
Qu'un groupe de savants m'enveloppe et m'entraîne.
D'un air d'autorité l'un d'eux me tire à part...

1. Variante :
       . . . . Lorsqu'on ne peut agir.

2. La Fronde en effet était fort plaisante, si l'on ne regarde que ses ridicules. Le président Le Cogneux, qui chasse de chez lui son fils, le célèbre Bachaumont, conseiller au parlement, pour avoir opiné en faveur de la cour, et qui fait mettre ses chevaux dans la rue ; Bachaumont qui lui dit : « Mon père, mes chevaux n'ont pas opiné, » et qui, de raillerie en raillerie, fait boire son père à la santé du cardinal Mazarin, proscrit par le parlement ; le gentilhomme ami du coadjuteur qui vient pour le servir dans la guerre civile, et qui, trouvant un de ses camarades chez ce prélat, lui dit : « Il n'est pas juste que les deux plus grands fous du royaume servent sous le même drapeau, il faut se partager, je vais chez le cardinal Mazarin ; » et qui en effet va de ce pas battre les troupes auxquelles il était venu se joindre : ce même coadjuteur qui prêche, et qui fait pleurer des femmes ; un de ses convives qui leur dit : « Mesdames, si vous saviez ce qu'il a gagné avec vous, vous pleureriez bien davantage ; » ce même archevêque qui va au parlement avec un poignard, et le peuple qui crie : « C'est son bréviaire ! » et toutes les expéditions de cette guerre méditées au cabaret, et les bons mots, et les chansons qui ne finissaient point ; tout cela serait bon sans doute pour un opéra-comique. Mais les fourberies, les pillages, les rapines, les scélératesses, les assassinats, les crimes de toute espèce dont ces plaisanteries étaient accompagnées, formaient un mélange hideux des horreurs de la Ligue et des farces d'Arlequin. Et c'étaient des gens graves, des *patres conscripti* qui ordonnaient ces abominations et ces ridicules. Le cardinal de Retz dit, dans ses Mémoires, « que le parlement faisait par des arrêts la guerre civile, qu'il aurait condamnée lui-même par les arrêts les plus sanglants ».

L'auteur que je commente avait peint cette guerre de singes dans le *Siècle de Louis XIV ;* un de ces magistrats qui, ayant acheté leurs charges quarante ou cinquante mille francs, se croyaient en droit de parler orgueilleusement aux lettrés, écrivit à l'auteur que messieurs pourraient le faire repentir d'avoir dit ces vérités, quoique reconnues. Il lui répondit : « Un empereur de la Chine dit un jour à l'historiographe de l'empire : « Je suis averti que vous mettez par écrit mes fautes ; trem-« blez. » L'historiographe prit sur-le-champ des tablettes. « Qu'osez-vous écrire là ? « — Ce que Votre Majesté vient de me dire. » L'empereur se recueillit, et dit : « Écrivez tout, mes fautes seront réparées. » (*Note de M. de Morza*, 1772.)

« Je vous goûtai, dit-il, lorsque de Saint-Médard [1]
Vous crayonniez gaîment la cabale grossière,
Gambadant pour la grâce au coin d'un cimetière [2];
Les billets au porteur des chrétiens trépassés [3];
Les fils de Loyola sur la terre éclipsés.
Nous applaudîmes tous à votre noble audace,
Lorsque vous nous prouviez qu'un maroufle à besace,
Dans sa crasse orgueilleuse à charge au genre humain,
S'il eût bêché la terre, eût servi son prochain.
Jouissez d'une gloire avec peine achetée;
Acceptez à la fin votre brevet d'athée.
— Ah! vous êtes trop bon : je sens au fond du cœur
Tout le prix qu'on doit mettre à cet excès d'honneur.
Il est vrai, j'ai raillé Saint-Médard et la bulle ;
Mais j'ai sur la nature encor quelque scrupule.
L'univers m'embarrasse, et je ne puis songer
Que cette horloge existe [4], et n'ait point d'horloger [5].

1. On connaît le fanatisme des convulsions de Saint-Médard, qui durèrent si longtemps dans la populace, et qui furent entretenues par le président Dubois, le conseiller Carré, et d'autres énergumènes. La terre a été mille fois inondée de superstitions plus affreuses, mais jamais il n'y en eut de plus sotte et de plus avilissante. L'histoire des billets de confession et l'expulsion des jésuites succédèrent bientôt à ces facéties. Observez surtout que nous avons une liste de miracles opérés par ces malheureux, signée de plus de cinq cents personnes. Les miracles d'Esculape, ceux de Vespasien, et d'Apollonius de Thyane, etc., n'ont pas été plus authentiques. (*Note de Voltaire*, 1772.)

2. Voyez ci-dessus, page 109, une des notes de l'auteur sur *le Pauvre Diable*.

3. Variante :

Les Pâris, les Cyrans, illustres trépassés.

4. Dès 1734, Voltaire avait fait cette comparaison. Trente ans plus tard, il reprochait à Maupertuis d'avoir dit qu'une horloge ne prouve point un horloger. (B.)

5. Si une horloge prouve un horloger, si un palais annonce un architecte, comment en effet l'univers ne démontre-t-il pas une intelligence suprême? Quelle plante, quel animal, quel élément, quel astre ne porte pas l'empreinte de celui que Platon appelait l'éternel géomètre? Il me semble que le corps du moindre animal démontre une profondeur et une unité de dessein qui doivent à la fois nous ravir en admiration, et atterrer notre esprit. Non-seulement ce chétif insecte est une machine dont tous les ressorts sont faits exactement l'un pour l'autre; non-seulement il est né, mais il vit par un art que nous ne pouvons ni imiter ni comprendre; mais sa vie a un rapport immédiat avec la nature entière, avec tous les éléments, avec tous les astres dont la lumière se fait sentir à lui. Le soleil le réchauffe, et les rayons qui partent de Sirius, à quatre cents millions de lieues au delà du soleil, pénètrent dans ses petits yeux, selon toutes les règles de l'optique. S'il n'y a pas là immensité et unité de dessein qui démontrent un fabricateur intelligent, immense, unique, incompréhensible, qu'on nous démontre donc le contraire; mais c'est ce qu'on n'a jamais fait. Platon, Newton, Locke, ont été frappés également de

Mille abus, je le sais, ont régné dans l'Église[1] ;
Fleury le confesseur en parle avec franchise[2].
J'ai pu de les siffler prendre un peu trop de soin :
Eh! quel auteur, hélas! ne va jamais trop loin?
De saint Ignace encore[3] on me voit souvent rire ;
Je crois pourtant un Dieu, puisqu'il faut vous le dire.
—Ah, traître! ah, malheureux! je m'en étais douté.
Va, j'avais bien prévu ce trait de lâcheté,
Alors que de Maillet[4] insultant la mémoire,
Du monde qu'il forma tu combattis l'histoire...
Ignorant, vois l'effet de mes combinaisons :
Les hommes autrefois ont été des poissons ;
La mer de l'Amérique a marché vers le Phase[5] ;
Les huîtres d'Angleterre ont formé le Caucase :
Nous te l'avions appris, mais tu t'es éloigné
Du vrai sens de Platon, par nous seuls enseigné.
Lâche! oses-tu bien croire une essence suprême?

cette grande vérité. Ils étaient théistes, dans le sens le plus rigoureux et le plus respectable.

Des objections! on nous en fait sans nombre; des ridicules! on croit nous en donner en nous appelant cause-finaliers; mais des preuves contre l'existence d'une intelligence suprême, on n'en a jamais apporté aucune. Spinosa lui-même est forcé de reconnaître cette intelligence; et Virgile avant lui, et après tant d'autres, avait dit : *Mens agitat molem.* C'est ce *mens agitat molem* qui est le fort de la dispute entre les athées et les théistes, comme l'avoue le géomètre Clarke dans son livre de l'existence de Dieu; livre le plus éloigné de notre bavarderie ordinaire, livre le plus profond et le plus serré que nous ayons sur cette matière, livre auprès duquel ceux de Platon ne sont que des mots, et auquel je ne pourrais préférer que le naturel et la candeur de Locke. (*Note de M. de Morza,* 1772.)

1. Variante :

> Mille abus, je le sais, ont fait gémir l'Église;
> Fleury l'historien.....

2. Fleury, célèbre par ses excellents discours, qui sont d'un sage écrivain et d'un citoyen zélé, connu aussi par son *Histoire ecclésiastique*, qui ressemble trop en plusieurs endroits à la *Légende dorée*. (*Note de M. de Morza,* 1772.)

3. Variante :

> Du loyoliste encor.

4. Ce consul Maillet fut un de ces charlatans dont on a dit qu'ils voulaient imiter Dieu, et créer un monde avec la parole. C'est lui qui, abusant de l'histoire de quelques bouleversements avérés, arrivés dans ce globe, prétend que les mers avaient formé les montagnes, et que les poissons avaient été changés en hommes. Aussi quand on a imprimé son livre, on n'a pas manqué de le dédier à Cyrano de Bergerac. (*Note de M. de Morza,* 1772.)

5. Variante :

> Ce globe était de verre, et les mers étonnées
> Ont produit le Caucase, ont fait les Pyrénées.

— Mais, oui. — *De la nature* as-tu lu le *Système?*
Par ses propos diffus n'es-tu pas foudroyé?
Que dis-tu de ce livre? — Il m'a fort ennuyé [1].
— C'en est assez, ingrat : ta perfide insolence
Dans mon premier concile aura sa récompense.
Va, sot adorateur d'un fantôme impuissant [2],
Nous t'avions jusqu'ici préservé du néant;
Nous t'y ferons rentrer, ainsi que ce grand Être
Que tu prends bassement pour ton unique maître.
De mes amis, de moi, tu seras méprisé.
— Soit. — Nous insulterons à ton génie usé.
— J'y consens. — Des fatras de brochures sans nombre
Dans ta bière à grands flots vont tomber sur ton ombre [3].

1. Il y a des morceaux éloquents dans ce livre; mais il faut avouer qu'il est diffus et quelquefois déclamateur; qu'il se contredit; qu'il affirme trop souvent ce qui est en question, et surtout qu'il est fondé sur de prétendues expériences dont la fausseté et le ridicule sont aujourd'hui reconnus, et sifflés de tout le monde. Tenons-nous-en à ce dernier article, qui est le plus palpable de tous. C'est cette fameuse transmutation qu'un pauvre jésuite anglais, nommé Needham, crut avoir faite, de jus de mouton et de blé pourri, en petites anguilles, lesquelles produisaient bientôt une race innombrable d'anguilles. Nous en avons parlé ailleurs.

On disait au jésuite Needham que cela n'était bon que du temps d'Aristote, de Gamaliel, de Flavien Josèphe, et de Philon, où l'on croyait que la génération s'opérait par la corruption, et que le limon d'Égypte formait des rats. Il répondit que notre Sauveur lui-même et ses apôtres avaient dit plusieurs fois qu'il faut que le blé pourrisse et meure pour lever et pour produire, et que par conséquent son blé pourri et son jus de mouton faisaient naître des races d'anguilles infailliblement. On avait beau lui répliquer que Jésus-Christ daignait se conformer aux idées fausses et grossières des paysans galiléens, ainsi qu'il daignait se vêtir à leur mode, parler leur langage, et observer tous leurs rites; mais que la sagesse incarnée devait bien savoir que rien ne peut naître sans germe; que son système était aussi dangereux qu'extravagant; que si on pouvait former des anguilles avec du jus de mouton, on ne manquerait pas de former des hommes avec du jus de perdrix; qu'alors on croirait pouvoir se passer de Dieu, et que les athées s'empareraient de la place. Needham n'en démordait point; et, aussi mauvais raisonneur que mauvais chimiste, il persista longtemps à se croire créateur d'anguilles; de sorte que, par une étrange bizarrerie, un jésuite se servait des propres paroles de Jésus-Christ pour établir son opinion ridicule, et les athées se servaient de l'ignorance et de l'opiniâtreté d'un jésuite pour se confirmer dans l'athéisme. On citait partout la découverte de Needham. Un des plus intrépides athées m'assurait que dans la ménagerie du prince Charles à Bruxelles, il y avait un lapin qui faisait tous les mois des enfants à une poule. Enfin l'expérience du jésuite fut reconnue pour ce qu'elle était; et les athées furent obligés de se pourvoir ailleurs. (*Note de M. de Morza,* 1772.)

2. Variante :

Va, sois adorateur d'un fantôme impuissant.

3. L'édition de laquelle j'ai extrait les variantes contient ce vers, qui ne rime pas avec celui qui le précède :

Vont pleuvoir sur ta tête, enfin pour te confondre.   (B.)

— Je n'en sentirai rien. — Nous t'abandonnerons
Aux puissants Langlevieux[1], aux immortels Frérons[2].
— Ah ! bachelier du diable, un peu plus d'indulgence :
Nous avons, vous et moi, besoin de tolérance.
Que deviendrait le monde et la société,
Si tout, jusqu'à l'athée, était sans charité ?
Permettez qu'ici-bas chacun fasse à sa tête.
J'avouerai qu'Épicure avait une âme honnête,
Mais le grand Marc-Aurèle était plus vertueux.
Lucrèce avait du bon, Cicéron valait mieux.
Spinosa pardonnait à ceux dont la faiblesse[3]

1. C'est ce même Langlevieux La Beaumelle, dont il est parlé dans les notes sur l'épître à M. d'Alembert, et ailleurs.

Ce même homme s'est depuis associé avec Fréron ; et, malgré tant d'horreurs et tant de bassesses, il a surpris la protection d'une personne respectable* qui ignorait ses excès ridicules ; mais *oportet cognosci malos.*

Nous ajouterons à cette note que Boileau attaqua toujours des personnes dont il n'avait pas le moindre sujet de se plaindre, et que notre auteur s'est toujours borné à repousser les injures et les calomnies des Rollets de son temps. Il y avait deux partis à prendre, celui de négliger les impostures atroces que La Beaumelle a vomies pendant vingt ans, et celui de les relever. Nous avons jugé le dernier parti plus juste et plus convenable. C'est rendre un service essentiel à plus de cent familles, de faire connaître le vil scélérat qui a osé les outrager.

Les ministres d'État, et tous ceux qui sont chargés de maintenir l'ordre public, doivent savoir que ces libelles méprisables sont recherchés dans l'Allemagne, dans l'Angleterre, dans tout le nord ; qu'il y en a de toute espèce ; qu'on les lit avidement, comme on y boit pour du vin de Bourgogne les vins faits à Liége ; que la faim et la malice produisent tous les jours de ces ouvrages infâmes, écrits quelquefois avec assez d'artifice ; que la curiosité les dévore ; qu'ils font pendant un temps une impression dangereuse ; que depuis peu l'Europe a été inondée de ces scandales ; et que plus la langue française a de cours dans les pays étrangers, plus on doit l'employer contre les malheureux qui en font un si coupable usage, et qui se rendent si indignes de leur patrie. (*Note de M. de Morza*, 1772.)

La Beaumelle s'appelait Langliviel (et non Langlevieux) ; voyez ci-après, la note 2 de la page 199. (B.)

2. Variante :

A Nonotte, à Jean-Jacque, aux Cléments, aux Frérons.

3. Baruch Spinosa, théologien circonspect, et fort honnête homme ; nous l'appelons ici Baruch, parce que c'est son véritable nom ; on ne lui a donné celui de Benoît que par erreur ; il ne fut jamais baptisé. Nous avons fait une note plus longue sur ce sophiste à la suite du petit poëme sur les *Systèmes.* (*Note de M. de Morza*, 1772.)

— Vers 1771, les querelles sur les deux parlements, les révolutions du ministère, et les disputes sur la cause universelle, augmentèrent le nombre des ennemis de M. de Voltaire ; les philosophes parurent un moment vouloir s'unir aux prêtres

* La personne respectable est Mme du Barry, qui avait fait placer La Beaumelle à la Bibliothèque royale. (G. A.)

D'un moteur éternel admirait la sagesse.
Je crois qu'il est un Dieu ; vous osez le nier :
Examinons le fait sans nous injurier.
  « J'ai désiré cent fois, dans ma verte jeunesse,
De voir notre saint père, au sortir de la messe,
Avec le grand lama dansant en cotillon ;
Bossuet le funèbre embrassant Fénelon ;
Et, le verre à la main, Le Tellier et Noailles
Chantant chez Maintenon des couplets dans Versailles.
Je préférais Chaulieu, coulant en paix ses jours
Entre le dieu des vers et celui des amours,
A tous ces froids savants dont les vieilles querelles
Traînaient si pesamment les dégoûts après elles.
  « Des charmes de la paix mon cœur était frappé ;
J'espérais en jouir : je me suis bien trompé.
On cabale à la cour, à l'armée, au parterre ;
Dans Londres, dans Paris, les esprits sont en guerre ;
Ils y seront toujours. La Discorde autrefois,
Ayant brouillé les dieux, descendit chez les rois ;
Puis dans l'Église sainte établit son empire,
Et l'étendit bientôt sur tout ce qui respire.
Chacun vantait la Paix, que partout on chassa.
On dit que seulement par grâce on lui laissa
Deux asiles fort doux : c'est le lit et la table.
Puisse-t-elle y fixer un règne un peu durable !
L'un d'eux me plaît encore. Allons, amis, buvons ;
Cabalons pour Chloris, et faisons des chansons. »

contre lui ; mais cette division entre des hommes qui devaient rester toujours unis,
pour défendre la cause de la raison et de l'humanité, ne fut point durable. C'est à
cette querelle passagère que M. de Voltaire fait allusion à la fin des *Cabales*. (K.)
  — Voltaire parle encore de Spinosa dans la note 3 de la page 170.

LA TACTIQUE

(1773)

J'étais lundi passé chez mon libraire Caille[2],
Qui, dans son magasin, n'a souvent rien qui vaille.
« J'ai, dit-il, par bonheur[3], un ouvrage nouveau,
Nécessaire aux humains, et sage autant que beau.
C'est à l'étudier qu'il faut que l'on s'applique ;
Il fait seul nos destins : prenez, c'est *la Tactique.*
— *La Tactique !* lui dis-je : hélas ! jusqu'à présent
J'ignorais la valeur de ce mot si savant.
— Ce nom[4], répondit-il, venu de Grèce en France,

---

1. *La Tactique* fut composée au commencement de novembre 1773. En l'envoyant à l'abbé de Voisenon, le 19 novembre, Voltaire lui disait l'avoir faite il y a une quinzaine de jours, après avoir eu chez lui le comte de Guibert, qui avait publié un *Essai général de Tactique* (voyez dans le tome VI du *Théâtre,* la note 5 de la page 244). La pièce de Voltaire blessa vivement le roi de Prusse. A la lettre de Voltaire du 8 décembre 1773, il fit, le 4 janvier 1774, une réponse ironique. Le dépit perce encore dans la lettre du 9 février.

La Tactique circula d'abord en manuscrit ; la première édition, qui doit avoir été donnée par l'abbé de Voisenon, est intitulée *la Tactique, pièce de vers de M. de Voltaire, envoyée de Ferney, par l'auteur, à M. l'abbé de Voisenon, le 30 novembre 1773,* in-8° de huit pages. Les pages 7 et 8 contiennent la *Réponse de M. l'abbé de Voisenon,* en trente vers de huit syllabes. Une autre édition, qui dut suivre de près, a pour titre : *la Tactique, par M. de Voltaire, avec quelques épîtres nouvelles du même auteur, et les réponses qui y ont été faites,* in-8° de 32 pages. Les *vers attribués à M. de Voltaire au sujet d'une ordonnance de Sa Sainteté qui défend un abus très-condamnable,* qui sont page 23, sont de Bordes ; les douze premiers ne sont pas reproduits dans la réimpression qui fait partie du tome XIII de l'*Évangile du jour,* où la pièce est intitulée *Vers sur un bref attribué au pape Clément XIV, contre la castration.*

Dans le premier volume de janvier 1774, le *Mercure* contient *la Tactique,* que Voltaire fit, à la fin de la même année, réimprimer à la suite de *Don Pèdre ;* voyez tome VI du *Théâtre,* page 239. (B.)

2. Le libraire Caille, dont il est ici question, était de Genève, et y habitait ; piqué du second vers où il est accusé de n'avoir *souvent rien qui vaille,* il fit afficher qu'il ne vendait que les ouvrages de M. de Voltaire. (B.)

3. Variante :

  . . . . . . Par malheur.

4. Variante :

  Ce mot. . . . .

Veut dire le grand art, ou l'art par excellence [1] ;
Des plus nobles esprits il remplit tous les vœux. »
 J'achetai sa *Tactique*, et je me crus heureux.
J'espérais trouver l'art de prolonger ma vie,
D'adoucir les chagrins dont elle est poursuivie,
De cultiver mes goûts, d'être sans passion,
D'asservir mes désirs au joug de la raison,
D'être juste envers tous, sans jamais être dupe.
Je m'enferme chez moi, je lis ; je ne m'occupe
Que d'apprendre par cœur un livre si divin.
Mes amis ! c'était l'art d'égorger son prochain.
 J'apprends qu'en Germanie autrefois un bon prêtre [2]

1. *Tactique* vient originairement du verbe *tasso*, j'arrange. Tactique est proprement l'art d'aller par rangs ; c'est l'arrangement des troupes. C'est ce qui fit que Pyrrhus, en voyant le camp des Romains, ne les trouva pas si barbares. (*Note de Voltaire*, 1775.)

2. On ne sait encore qui employa le premier les canons dans les batailles et dans les siéges. Une invention qui a changé entièrement l'art de la guerre, dans toute la terre connue, méritait plus de recherches ; mais presque toutes les origines sont ignorées. Qui le premier inventa un bateau ? qui imagina de plier une branche de frêne, de l'assujettir avec une corde faite d'un intestin d'animal, et d'y ajuster une verge garnie d'un os ou d'un fer pointu à un bout, et de quatre plumes à l'autre bout ? qui inventa la navette, les fours, les moulins ? De cette prodigieuse multitude d'arts qui secourent notre vie ou qui la détruisent, il n'y en a pas un dont l'inventeur soit connu. C'est que personne n'inventa l'art entier. Les architectes ne sont venus que des milliers de siècles après les cavernes et les huttes.

Les Chinois connaissaient la poudre inflammable, et la faisaient servir à leurs divertissements ingénieux, à leurs fêtes, deux mille ans avant que les jésuites Shall et Verbiest fondissent du canon pour les conquérants tartares, vers l'an 1630. Ce furent donc deux religieux allemands qui enseignèrent l'usage de l'artillerie dans cette vaste partie du monde, comme ce fut, dit-on, un autre Allemand, nommé Schwartz, ou moine noir, qui trouva le secret de la poudre inflammable au xive siècle, sans qu'on ait jamais su l'année de cette invention.

On a prétendu que Roger Bacon, moine anglais, antérieur d'environ cent années au moine allemand, était le véritable inventeur de la poudre. Nous avons rapporté ailleurs les paroles de ce Roger, qui se trouvent dans son *Opus majus*, page 454, grande édition d'Oxford... « Nous avons une preuve des explosions subites dans ce jeu d'enfants qu'on fait par tout le monde. On enfonce du salpêtre dans une balle de la grosseur d'un pouce, et on la fait crever avec un bruit si violent qu'elle surpasse le rugissement du tonnerre, et il en sort une plus grande exhalaison de feu, que celle de la foudre. »

Il y a bien loin sans doute de cette petite boule de simple salpêtre à notre artillerie, mais elle a pu mettre sur la voie.

Il paraît qu'il est très-faux que les Anglais eussent employé le canon dans leur victoire de Crécy en 1346, et dans celle de Poitiers dix ans après. Les actes de la Tour de Londres, recueillis par Rymer, en diraient quelque chose.

Plusieurs de nos historiens ont assuré qu'il existe encore, dans la ville d'Amberg,

Pétrit, pour s'amuser, du soufre et du salpêtre;
Qu'un énorme boulet, qu'on lance avec fracas,
Doit mirer un peu haut pour arriver plus bas;
Que d'un tube de bronze aussitôt la mort vole
Dans la direction qui fait la parabole[1],
Et renverse, en deux coups prudemment ménagés,
Cent automates bleus, à la file rangés.
Mousquet, poignard, épée ou tranchante ou pointue,
Tout est bon, tout va bien, tout sert, pourvu qu'on tue.
      L'auteur, bientôt après, peint des voleurs de nuit,
Qui, dans un chemin creux, sans tambour et sans bruit,
Discrètement chargés de sabres[2] et d'échelles,

du haut Palatinat, un canon fondu en 1301, et que cette date est encore gravée sur la culasse.

> Et voilà justement comme on écrit l'histoire.

On écrivait et on imprimait à Paris cette erreur avec tant d'assurance que je fis écrire à M. le comte de Holstein de Bavière, gouverneur du pays d'Amberg. Il donna un certificat authentique qu'un fondeur de canons, nommé Martin, assez fameux pour son temps, était mort en 1501. On mit un petit canon sur son tombeau, avec la date 1501. Il eut la bonté d'envoyer une copie figurée de l'inscription. Il est étonnant qu'on ait pris 1501 pour 1301; mais les historiens aiment l'antique et le merveilleux.

Je n'ai guère plus de foi à la bombarde de Froissart, qui avait plus de « cinquante pieds de long, et qui menoit si grande noise au decliquer, qu'il sembloit que tous les diables d'enfer fussent en chemin ». C'était apparemment une espèce de baliste.

Je doute beaucoup encore du registre de du Drach, trésorier des guerres en 1338 : « A Henri Faumechon, pour avoir poudre et autres choses nécessaires aux canons devant Puisguillaume. » Du Cange rapporte ce trait, mais il se borne à le rapporter. Il n'examine point s'il y avait alors des trésoriers des guerres. Il ne s'informe pas si on assiégea un Puisguillaume ou un Puisguilliem dans le Périgord. Il ne parait pas qu'on ait fait le moindre exploit de guerre en Périgord en l'an 1338. Si l'on entend le petit hameau de Puisguillaume en Bourbonnais, on ne voit pas qu'il eût un château. Il faut donc douter, et c'est presque toujours le seul parti à prendre. Ce qui paraît certain, c'est que trois moines ont contribué à détruire les hommes et les villes par l'artillerie, et en ajoutant à ces trois moines les jésuites Shall et Verbiest, cela fera cinq. (*Note de Voltaire*, 1775.)

— Dans le troisième alinéa de cette note, Voltaire parle d'un passage de R. Bacon. L'historien désigné au commencement du sixième alinéa est Villaret. Quant au vers cité, il est de Voltaire lui-même (*Charlot*, acte Ier, scène VII); voyez tome V du *Théâtre*, p. 360. (B.)

1. Lorsqu'on tire un boulet, ou qu'on lance une flèche horizontalement, elle tend à décrire une ligne droite; mais la gravitation la fait descendre continuellement dans une autre ligne droite vers le centre de la terre, et de ces deux directions se compose la ligne courbe nommée *parabole*, à la lettre : *allant au delà*. Si un canonnier s'occupait de toutes les propriétés de cette ligne courbe, il n'aurait jamais le temps de mettre le feu à son canon. (*Note de Voltaire*, 1775.)

2. Variante :

          . . . . . De fusils et d'échelles.

Assassinent d'abord cinq ou six sentinelles ;
Puis, montant lestement aux murs de la cité,
Où les pauvres bourgeois dormaient en sûreté,
Portent dans leurs logis le fer avec les flammes,
Poignardent les maris, couchent avec les dames,
Écrasent les enfants, et, las de tant d'efforts,
Boivent le vin d'autrui sur des monceaux de morts.
Le lendemain matin, on les mène à l'église
Rendre grâce au bon Dieu de leur noble entreprise,
Lui chanter en latin qu'il est leur digne appui,
Que dans la ville en feu l'on n'eût rien fait sans lui,
Qu'on ne peut ni voler, ni violer son monde,
Ni massacrer les gens, si Dieu ne nous seconde.
    Étrangement surpris de cet art si vanté,
Je cours chez monsieur Caille, encore épouvanté ;
Je lui rends son volume, et lui dis en colère :
« Allez, de Belzébut détestable libraire !
Portez votre *Tactique* au chevalier de Tot ;
Il fait marcher les Turcs au nom de Sabaoth.
C'est lui qui, de canons couvrant les Dardanelles,
A tuer les chrétiens[1] instruit les infidèles.
Allez, adressez-vous à monsieur Romanzof,
Aux vainqueurs tout sanglants de Bender et d'Azof ;
A Frédéric surtout offrez ce bel ouvrage,
Et soyez convaincu qu'il en sait davantage.
Lucifer l'inspira bien mieux que votre auteur[2] ;
Il est maître passé dans cet art plein d'horreur ;
Plus adroit meurtrier que Gustave et qu'Eugène[3].
Allez ; je ne crois pas que la nature humaine
Sortit (je ne sais quand) des mains du Créateur
Pour insulter ainsi l'éternel bienfaiteur,
Pour montrer tant de rage et tant d'extravagance.
L'homme, avec ses dix doigts, sans armes, sans défense,

1. Variante :

        Dans leur propre science.

2. Il s'est élevé sur ces vers une grande dispute. Les uns ont pris ces vers pour
un reproche, les autres pour une louange. Il est clair qu'on ne peut faire un plus
grand éloge d'un guerrier qu'en le mettant au-dessus du prince Eugène et du grand
Gustave. On a dit que vouloir condamner cette comparaison, c'était vouloir faire
une querelle d'Allemand. (*Note de Voltaire*, 1775.)

3. Voyez la *Correspondance* avec Frédéric, fin 1773 et commencement de 1774.
Le roi de Prusse fut vivement blessé de ces vers.

N'a point été formé pour abréger des jours
Que la nécessité rendait déjà si courts.
La goutte avec sa craie, et la glaire endurcie
Qui se forme en cailloux au fond de la vessie,
La fièvre, le catarrhe, et cent maux plus affreux,
Cent charlatans fourrés, encor plus dangereux,
Auraient suffi sans doute au malheur de la terre,
Sans que l'homme inventât ce grand art de la guerre.
    « Je hais tous les héros, depuis le grand Cyrus[1]
Jusqu'à ce roi brillant qui forma Lentulus[2] :
On a beau me vanter leur conduite admirable[3],
Je m'enfuis loin d'eux tous, et je les donne au diable. »
    En m'expliquant ainsi, je vis que dans un coin
Un jeune curieux m'observait avec soin,
Son habit d'ordonnance avait deux épaulettes,
De son grade à la guerre éclatants interprètes ;
Ses regards assurés, mais tranquilles et doux,
Annonçaient ses talents sans marquer de courroux :
De *la Tactique*, enfin, c'était l'auteur lui-même.
    « Je conçois, me dit-il, la répugnance extrême
Qu'un vieillard philosophe, ami du monde entier,
Dans son cœur attendri se sent pour mon métier :
Il n'est pas fort humain, mais il est nécessaire.
L'homme est né bien méchant : Caïn tua son frère ;
Et nos frères les Huns, les Francs, les Visigoths,
Des bords du Tanaïs accourant à grands flots,
N'auraient point désolé les rives de la Seine,
Si nous avions mieux su la tactique romaine.
Guerrier, né d'un guerrier, je professe aujourd'hui
L'art de garder son bien, non de voler autrui.
Eh quoi ! vous vous plaignez qu'on cherche à vous défendre !
Seriez-vous bien content qu'un Goth vint mettre en cendre
Vos arbres, vos moissons, vos granges, vos châteaux ?
Il vous faut de bons chiens pour garder vos troupeaux.
Il est, n'en doutez point, des guerres légitimes,

---

1. Variante :
     . . . . . Et Nembrod et Cyrus.

2. Le roi de Prusse a formé lui-même tous ses généraux. (*Note de Voltaire*, 1775.)

3. Variante :
    Le monde vante en vain leur valeur indomptable.

Et tous les grands exploits ne sont pas de grands crimes.
Vous-même, à ce qu'on dit, vous chantiez autrefois
Les généreux travaux de ce cher Béarnois ;
Il soutenait le droit de sa naissance auguste :
La Ligue était coupable, Henri Quatre était juste.
Mais, sans vous retracer[1] les faits de ce grand roi,
Ne vous souvient-il plus du jour de Fontenoy,
Quand la colonne anglaise, avec ordre animée,
Marchait à pas comptés à travers notre armée ?
Trop fortuné badaud !... dans les murs de Paris
Vous faisiez, en riant, la guerre aux beaux esprits ;
De la douce Gaussin le centième idolâtre,
Vous alliez la lorgner sur les bancs du théâtre,
Et vous jugiez en paix les talents des acteurs.
Hélas ! qu'auriez-vous fait, vous, et tous les auteurs ;
Qu'aurait fait tout Paris, si Louis, en personne,
N'eût passé, le matin, sur le pont de Calonne ;
Et si tous vos césars à quatre sous par jour
N'eussent bravé l'Anglais, qui partit sans retour ?
Vous savez quel mortel, amoureux de la gloire[2],
Avec quatre canons ramena la victoire.
Ce fut au prix du sang du généreux Grammont,
Et du sage Lutteaux[3], et du jeune Craon,
Que de vos beaux esprits les bruyantes cohues
Composaient les chansons qui couraient dans les rues ;
Ou qu'ils venaient gaîment, avec un ris malin,
Siffler *Sémiramis, Mérope,* et *l'Orphelin*[4].
Ainsi que le dieu Mars, Apollon prend les armes.
L'Église, le barreau, la cour, ont leurs alarmes.
Au fond d'un galetas, Clément et Savatier[5]
Font la guerre au bon sens sur des tas de papier.

1. Variante :

        Mais, sans plus retracer.

2. Richelieu : c'est à ce vers et au suivant que Voltaire fait allusion dans sa lettre du 10 décembre 1773. (B.)

3. Voltaire en a parlé dans son *Poëme de Fontenoy* (tome VIII, page 387), et dans le *Précis du Siècle de Louis XV.*

4. Il y a ici, ce me semble, un petit anachronisme. La bataille de Fontenoy, achetée au prix du sang des Lutteaux, des Craon, etc., est de 1745. *Sémiramis* n'est que de 1748 ; *l'Orphelin de la Chine,* de 1755. (B.)

5. Voyez les notes sur le *Dialogue de Pégase et du Vieillard.* (*Note de Voltaire,* 1775.) — Ci-après pages 197 et 201. (B.)

Souffrez donc qu'un soldat prenne au moins la défense[1]
D'un art qui fit longtemps la grandeur de la France,
Et qui des citoyens assure le repos. »
  Monsieur Guibert se tut après ce long propos :
Moi, je me tus aussi, n'ayant rien à redire.
De la droite raison je sentis tout l'empire ;
Je conçus que la guerre est le premier des arts,
Et que le peintre heureux des Bourbons, des Bayards[2],
En dictant leurs leçons, était digne peut-être
De commander déjà dans l'art dont il est maître.
  Mais je vous l'avouerai, je formai des souhaits
Pour que ce beau métier ne s'exerçât jamais,
Et qu'enfin l'équité fît régner sur la terre
L'impraticable paix de l'abbé de Saint-Pierre[3].

1. Variante :

   Souffrez donc, s'il vous plaît, qu'on prenne la défense.

2. M. Guibert a fait une tragédie du *Connétable de Bourbon*, dans laquelle le chevalier Bayard dit des choses admirables. (*Note de Voltaire*, 1775.)

3. L'idée d'une paix perpétuelle entre tous les hommes est plus chimérique sans doute que le projet d'une langue universelle. Il est trop vrai que la guerre est un fléau contradictoire avec la nature humaine et avec presque toutes les religions, et cependant un fléau aussi ancien que cette nature humaine, et antérieur à toute religion. Il est aussi difficile d'empêcher les hommes de se faire la guerre que d'empêcher les loups de manger des moutons.

La guerre est quelque chose de si exécrable, que plus nos nations barbares qui sont venues envahir, ensanglanter, ravager toute notre Europe, se sont un peu policées, plus elles ont adouci les horreurs que la guerre traînait après elle.

Ce n'est point assurément l'ouvrage immense de Grotius, sur le droit prétendu de la guerre et de la paix, qui a rendu les hommes moins féroces ; ce ne sont point ses citations de Carnéade, de Quintilien, de Porphire, d'Aristote, de Juvénal, et du *Pentateuque ;* ce n'est point parce qu'après le déluge il fut défendu de manger les animaux avec leur âme et leur sang, comme le rapporte Barbeirac son commentateur ; ce n'est point, en un mot, par tous les arguments profondément frivoles de Grotius et de Puffendorf ; c'est uniquement parce qu'on ne voit plus parmi nous des hordes sauvages et affamées sortir de leur pays pour en aller détruire un autre. Nos peuples ne font plus la guerre. Des rois, des évêques, des électeurs, des sénateurs, des bourgmestres, ont un certain terrain à défendre. Des hommes qui sont leurs troupeaux paissent dans ce terrain. Les maîtres ont pour eux la laine, le lait, la peau, et les cornes, avec quoi ils entretiennent des chiens armés d'un collier, pour garder le pré, et pour prendre celui du voisin dans l'occasion. Ces chiens se battent ; mais les moutons, les bœufs, les ânes, ne se battent pas : ils attendent patiemment la décision qui leur apprendra à quel maître leur lait, leur laine, leurs cornes, leur peau, appartiendront.

Quand le prince Eugène assiégeait Lille, les dames de la ville allèrent à la comédie pendant tout le siége ; et dès que la capitulation fut faite, le peuple paya tranquillement à l'empereur ce qu'il payait auparavant au roi de France. Point de pillage, point de massacre, point d'esclavage, comme du temps des Huns, des Alains, des Visigoths, des Francs.

Le duc de Marlborough faisait garder très-soigneusement tous les domaines de ce Fénelon, archevêque de Cambrai, citoyen de toute l'Europe par son amour du genre humain ; amour plus dangereux peut-être à sa cour que son amour de Dieu.

Quand les Français eurent remporté la célèbre victoire de Fontenoy, tous les habitants de Tournai et des environs s'empressèrent de loger chez eux les prisonniers blessés ; tous eurent soin d'eux comme de leurs frères, et les femmes prodiguèrent tant de délicatesses sur leurs tables que les médecins et les chirurgiens furent obligés de modérer cet excès de zèle, devenu dangereux.

A Rosbach, on vit le roi de Prusse lui-même acheter tout le linge d'un château voisin pour le service de nos blessés ; et quand il les eut fait guérir, il les renvoya sur leur parole, en disant : « Je ne puis m'accoutumer à verser le sang des Français. »

Quelle humanité, quelle belle âme le prince héréditaire de Brunswick ne déployat-il pas, lorsqu'il reçut prisonnier à Crevelt ce comte de Gisors, ce fils du maréchal de Belle-Isle, cet espoir du royaume, ce jeune homme si valeureux, si instruit, si aimable ! Le prince de Brunswick ne sortit point d'auprès de son lit, et le baigna de larmes, en le voyant expirer entre ses bras. Il pleurait celui des Français auquel il ressemblait davantage.

Portons nos regards chez cette nation nouvelle qui naît tout d'un coup pour être l'émule des plus policées, et l'exemple des autres. Voyons un comte Alexis Orlof prendre un vaisseau turc chargé des femmes, des esclaves, des meubles, de l'or, de l'argent, des bijoux, du plus riche bacha de la Turquie, et lui renvoyer tout à Constantinople. Ce même bacha, quelque temps après, commande un corps d'armée contre les Russes ; il s'avance hors des rangs avec un interprète, et demande à parler : « Avez-vous, dit-il, à votre tête un comte Orlof ? — Non ; que lui voudriez-vous ? — Me jeter à ses pieds, » répliqua le Turc.

Pouvons-nous rien ajouter à ces traits, sinon l'accueil, les attentions nobles et délicates, les fêtes, les présents, les bienfaits, que reçurent les prisonniers turcs dans Pétershourg, d'une impératrice qui leur enseignait la guerre, la politesse, et la générosité ?

Nous ne voyons point de telles leçons dans Grotius. Il vous dit bien, dans son chapitre du *Droit de ravager*, que les Juifs étaient obligés de ravager au nom du Seigneur ; mais il ne trouve chez le peuple saint aucun trait qui ressemble aux exemples profanes que nous venons de rapporter.

Voilà donc le dictame que l'humanité des grands cœurs répand sur les maux que fait la guerre : mais ces consolations divines nous démontrent que la guerre est infernale. (*Note de Voltaire*, 1775.)

DIALOGUE

DE PÉGASE ET DU VIEILLARD [1]

(1774)

PÉGASE.

Que fais-tu dans ces champs, au coin d'une masure?

LE VIEILLARD.

J'exerce un art utile, et je sers la nature;
Je défriche un désert, je sème, et je bâtis [2].

PÉGASE.

Que je vois en pitié tes sens appesantis!
Que tes goûts sont changés, et que l'âge te glace!
Ne reconnais-tu plus ton coursier du Parnasse?
Monte-moi.

LE VIEILLARD.

Je ne puis. Notre maître Apollon,
Comme moi, dans son temps fut berger et maçon.

---

1. Ce dialogue est du mois d'avril 1774. On voit, par la lettre à d'Argental, du 30 avril, qu'il avait déjà été envoyé à Marin. On voit, par les *Mémoires secrets*, à la date du 2 mai 1774, que déjà il circulait dans Paris. L'édition originale de 2 et 22 pages in-8° est suivie d'une *Lettre sur Ninon de Lenclos*.

En imprimant le *Dialogue* dans le *Mercure* de mai 1774, on en supprima quelques vers. Voltaire le reproduisit entier à la suite de *Don Pèdre*; voyez t. VI du *Théâtre*, page 239.

Dès la première édition, les notes qui y étaient jointes portaient le nom de M. de Morza, si souvent pris par l'auteur : car je ne regarde pas comme première édition les 14 pages in-8°, sans aucune note.

On a de Dorat un *Dialogue de Pégase et de Clément*. Pégase, un peu piqué du ton cavalier dont le traite le vieillard agriculteur, arrive dans le cabinet de Clément; mais après une conversation un peu vive, où il défend et venge Voltaire, il retourne à Ferney demander de l'emploi. (B.)

2. En effet, notre auteur a défriché quelques terrains plus rebelles que ceux des plus mauvaises landes de Bordeaux et de la Champagne pouilleuse, et ils ont produit le plus beau froment; mais ces tentatives très-longues et très-dispendieuses ne peuvent être imitées par des colons. Il faudrait que le gouvernement s'en chargeât, qu'il recommandât ce travail immense à un intendant, l'intendant à un subdélégué, et qu'on fît venir de la cavalerie sur les lieux. (*Note de M. de Morza*, 1775.)

PÉGASE.

Oui; mais rendu bientôt à sa grandeur première,
Dans les plaines du ciel il sema la lumière;
Il reprit sa guitare; il fit de nouveaux vers;
Des filles de Mémoire il régla les concerts.
Imite en tout le dieu dont tu cites l'exemple :
Les doctes sœurs encor pourraient t'ouvrir leur temple;
Tu pourrais, dans la foule heureusement guidé,
Et, suivant d'assez loin le sublime Vadé[1],
Retrouver une place au séjour du génie.

LE VIEILLARD.

Hélas! j'eus autrefois cette noble manie.
D'un espoir orgueilleux honteusement déçu,
Tu sais, mon cher ami, comme je fus reçu,
Et comme on bafoua mes grandes entreprises :
A peine j'abordai, les places étaient prises.
Le nombre des élus au Parnasse est complet;
Nous n'avons qu'à jouir : nos pères ont tout fait :
Quand l'œillet, le narcisse, et les roses vermeilles,
Ont prodigué leur suc aux trompes des abeilles,
Les bourdons sur le soir y vont chercher en vain
Ces parfums épuisés qui plaisaient au matin.

Ton Parnasse d'ailleurs, et ta belle écurie,
Ce palais de la Gloire, est l'antre de l'Envie.
Homère, cet esprit si vaste et si puissant,
N'eut qu'un imitateur, et Zoïle en eut cent.

Je gravis avec peine à cette double cime
Où la mesure antique a fait place à la rime,
Où Melpomène en pleurs étale en ses discours
Des rois du temps passé la gloire et les amours.
Pour contempler de près cette grande merveille,
Je me mis dans un coin sous les pieds de Corneille.
Bientôt Martin Fréron[2], prompt à me corriger,

1. Vadé, écrivain de la Foire, sous le nom duquel l'auteur de *l'Écossaise* se cacha par modestie. (*Note de M. de Morza*, 1774.) — *L'Écossaise* a été donnée sous le nom de Jérôme Carré, et non sous celui de Vadé (voyez tome IV du *Théâtre*, page 413), mais l'auteur de *l'Écossaise* a pris aussi le nom de Vadé; voyez ci-dessus, page 3.

2. Martin Fréron; Martin n'est pas son nom de baptême, ce n'est que son nom de guerre. Il s'est déchaîné, dit-on, pendant vingt ans contre l'auteur de ce dialogue, pour faire vendre ses feuilles. « Qua mensura mensi fueritis, eadem remetietur vobis » Il s'est attiré *l'Écossaise*, et nous en sommes bien fâchés. (*Note de M. de Morza*, 1775.)

M'aperçut dans ma niche, et m'en fit déloger.
Par ce juge équitable exilé du Parnasse,
Sans secours, sans amis, humble dans ma disgrâce,
Je voulus adoucir par des égards flatteurs,
Par quelques soins polis, mes frères les auteurs.
Je n'y réussis point; leur bruyante séquelle
A connu rarement l'amitié fraternelle :
Je n'ai pu désarmer Sabotier[1] mon rival.

1. L'abbé Sabotier ou Sabatier, natif de Castres, ne s'est pas exercé dans les mêmes genres que le chantre de Henri IV, et le peintre qui a dessiné *le Siècle de Louis XIV et de Louis XV;* ainsi il ne peut être son rival. S'il s'était adonné aux mêmes études, il aurait été son maître.

Cet abbé avait fait, en 1771, un dictionnaire de littérature, dans lequel il prodiguait des éloges outrés; il ne se vendit point. Mais il en fit un autre, en 1772, intitulé *les Trois Siècles,* dans lequel il prodiguait des calomnies, et il se vendit. Il insulta MM. d'Alembert, de Saint-Lambert, Marmontel, Thomas, Diderot, Beauzée, Laharpe, Delille, et vingt autres gens de lettres vivants, dont il faudrait respecter la mémoire s'ils étaient morts.

Mais celui que MM. Sabotier et Clément ont déchiré avec l'acharnement le plus emporté est un vieillard de quatre-vingts ans qui ne pouvait pas se défendre.

Il est permis, il est utile de dire son sentiment sur des ouvrages, surtout quand on le motive par des raisons solides, ou du moins séduisantes. S'il ne s'agissait que de littérature, nous dirions qu'il est très-injuste d'accuser l'auteur de *la Henriade* et du *Siècle de Louis XIV,* occupé de célébrer la gloire des grands hommes de ce siècle, de ne leur avoir pas rendu justice. Nous dirions que personne n'a parlé avec plus de sensibilité des admirables scènes de Corneille, de *la perfection désespérante* du style de Racine (comme s'exprime M. de Laharpe), de la perfection non moins désespérante de l'*Art poétique,* et de plusieurs belles épîtres de Boileau.

Nous dirions que sa liste des grands écrivains de ce siècle mémorable contient l'*Éloge* raisonné *de* l'inimitable *Molière,* qu'il regarde comme supérieur à tous les comiques de l'antiquité; celui de La Fontaine, qui a surpassé Phèdre par sa naïveté et par ses grâces; celui de Quinault, qui n'eut ni modèles ni rivaux dans ses opéras. Nous dirions qu'il a rendu des hommages aux Bossuet, aux Fénelon, à tous les hommes de génie, à tous les savants.

Nous ajouterions qu'il aurait été indigne d'apprécier leurs extrêmes beautés s'il n'avait pas connu leurs fautes, inséparables de la faiblesse humaine; que c'eût été une grande impertinence de mettre sur le même rang *Cinna* et *Pertharite, Polyeucte* et *Théodore,* et d'admirer également les excellentes fables de La Fontaine, et celles qui sont moins heureuses. Il faut plus encore; il faut savoir discerner dans le même ouvrage une beauté au milieu des défauts, et un vice de langage, un manque de justesse dans les pensées les plus sublimes : c'est en quoi consiste le goût. Et nous pourrions assurer que l'auteur du *Siècle de Louis XIV,* après soixante ans de travaux, était peut-être alors aussi en droit de dire son avis que l'est aujourd'hui M. Sabotier.

Mais il s'agit ici d'accusations plus importantes. C'est peu que cet abbé, dans l'espérance de plaire à ses supérieurs, dont il ignore l'équité et le discernement, impute à cent littérateurs de nos jours des sentiments odieux : il a la cruauté de les appeler *indévots, impies.* Il dit en propres mots que l'auteur de *la Henriade* nie *l'immortalité de l'âme.* C'était bien assez de lui ravir l'immortalité d'*Alzire,* de

Le Parnasse a bien fait de n'avoir qu'un cheval :
Si nous en avions deux, ils se mordraient sans doute.
J'ai vu les beaux esprits, je sais ce qu'il en coûte.

Zaïre, de *Mérope*, dont nous sommes certain qu'il est peu jaloux, et dont il ne prend point le parti. Il est trop dur de dépouiller une âme de quatre-vingts ans de la seule vie qui puisse lui rester dans le temps à venir. Ce procédé est injuste et maladroit, et d'autant plus maladroit qu'il nous met dans la nécessité de révéler quelle est l'âme de l'abbé dans le temps présent.

Nous l'avons vu et lu, et nous le tenons entre nos mains, *le Spinosa commenté*, expliqué, éclairci, embelli, écrit tout entier de la main de M. l'abbé Sabotier, natif de Castres; et nous déposerons ce monument chez un notaire ou chez un greffier, dès qu'il nous en aura donné la permission; car nous ne voulons pas disposer d'un tel écrit sans l'aveu de l'auteur. C'est un égard que nous nous devons les uns aux autres.

Pour les poésies légères de ce grand critique et de ce grand missionnaire, nous en userons un peu plus librement. Voici les preuves de la piété de cet abbé, qui est si peu indulgent pour les péchés de son prochain; voici les preuves du bon goût de celui qui trouve les vers de MM. de Saint-Lambert, Delille, de Laharpe, si mauvais.

.En sortant de la prison où ses mœurs respectables l'avaient fait renfermer à Strasbourg, il s'amusa, pour se dissiper, à faire un conte intitulé *le...* mauvais lieu. Ce conte commence ainsi; et remarquez bien que nous l'avons, écrit de sa main, de la même main que *le Spinosa*.

> Du temps que la dame Pâris
> Tenait école florissante
> De jeux d'amour à juste prix,
> D'une écolière assez savante
> Sur les bords de la Seine un jour le pied glissa :
> La chose assurément n'était pas merveilleuse,
> Mais la chute dans l'eau n'était pas périlleuse,
> Lorsqu'un mousquetaire passa.
> Il crut que ce serait une perte publique
> Que la perte de tant d'appas :
> Aussi, plein d'ardeur héroïque,
> Mit-il, sans hésiter, chemise et pourpoint bas, etc.

Nous épargnons sans hésiter, aux yeux de nos chastes lecteurs, la suite de ce morceau délicat. Ce n'est qu'un échantillon de l'élégante poésie de M. l'abbé *des Trois Siècles*.

Nous lui demandons bien pardon de publier un autre morceau de sa prose, bien plus touchant et bien plus décisif (et toujours de sa main, et signé Sabotier de Castres) :

« On n'aime ici que les processions, les sermons, et les messes. Les gens qui ont eu la force de secouer le joug des préjugés de l'enfance, du fanatisme et de l'erreur, en un mot les hommes qui pensent bien, n'osent se faire connaître, etc., etc. »

Nous donnerons le reste, si cela lui fait plaisir.

Jugez maintenant, lecteur, s'il sied bien à ce galant homme de traiter un secrétaire d'une de nos académies d'impie et de scélérat, et d'en dire autant de nos littérateurs les plus illustres. On croit qu'il aura incessamment un bénéfice : mais quelle récompense aura le censeur royal qui lui a fait obtenir une permission tacite d'outrager la vertu et le bon goût?

On dit qu'il est tonsuré, et qu'étant bientôt élevé aux dignités de l'Église, il croira en Dieu, ne fût-ce que par reconnaissance; car, malgré son spinosisme, il

Il fallut, malgré moi, combattre soixante ans
Les plus grands écrivains, les plus profonds savants,
Toujours en faction, toujours en sentinelle :
Ici c'est l'abbé Guyon[1], plus bas c'est La Beaumelle[2].
Leur nombre est dangereux. J'aime mieux désormais
Les languissants plaisirs d'une insipide paix.
  Il faut que je te fasse une autre confidence :
La peste, comme on sait, console de l'absence;
Les frères, les époux, les amis, les amants,

saura qu'il n'y a point de société policée qui n'admette un Être suprême, rémunérateur de la vertu, et vengeur du crime. Nous le prions de se souvenir de ce vers de M. de Voltaire :

Si Dieu n'existait pas, il faudrait l'inventer.

Ce philosophe écrivait, il n'y a pas longtemps, à un grand prince : « C'est de tous les vers médiocres que j'ai jamais faits, le moins médiocre, et celui dont je suis le moins mécontent. » (*Note de M. de Morza*, 1774.)

Il avait grande raison : un athée est peut-être presque aussi dangereux, si on l'ose dire, qu'un fanatique; car si le fanatique est un loup enragé qui égorge et qui suce le sang publiquement, en croyant bien faire, l'athée pourra commettre tous les crimes secrets, sachant bien qu'il fait mal, et comptant sur l'impunité. Voilà pourquoi les deux grands législateurs Locke et Penn, qui ont admis toutes les religions dans la Caroline et dans la Pensylvanie, en ont formellement exclu les athées. (*Id.*, 1775.)

— Le premier des ouvrages de Sabatier dont il est question dans le premier alinéa de cette note est intitulé *Dictionnaire de littérature*, 1770, trois volumes in-8°. J'ai parlé des *Trois Siècles*, tome VI du *Théâtre*, page 172; voyez aussi tome IX, note 3 de la page 292.

Dans le huitième alinéa, Voltaire dit que Sabatier avait commenté Spinosa. Dans sa lettre à Marmontel, du 24 juillet 1773, Voltaire dit avoir le *manuscrit écrit tout entier de sa main et signé* Bathesabit, *ce qui est à peu près l'anagramme de son nom*. Cet ouvrage de Sabatier n'a été imprimé qu'en 1806.

Quoi que Voltaire en dise dans son dixième alinéa, Sabatier, dans sa *Correspondance littéraire* (lettre 3), assure n'être jamais allé à Strasbourg; mais dans sa lettre 45, l'abbé nie avoir traduit Boccace, qu'il a traduit cependant.

Le conte dont Voltaire rapporte les premiers vers ne se trouve pas dans les *Quarts d'Heure d'un joyeux solitaire, ou Contes de M****, La Haye, 1766, in-12, recueil obscène qu'on sait être de l'abbé Sabatier, mais qui est sans doute antérieur à la composition du conte, qui ne s'y trouve pas.

Le vers *Si Dieu n'existait pas*, etc., est dans l'*Épître à l'auteur du livre des Trois Imposteurs*.

1. L'abbé Guyon, auteur d'un libelle insipide contre notre auteur, intitulé *l'Oracle des philosophes*. (*Note de M. de Morza*, 1774.)

2. Langleviel, dit La Beaumelle, autre écrivain de libelles aussi ridicules qu'affreux contre la cour. Il faut pardonner à notre auteur s'il n'a puni ces gredins qu'en imprimant leurs noms, et en exposant simplement leurs calomnies. (*Id.*, 1774.)

— Le nom de famille de La Beaumelle est Angliviel. (B.)

Surchargent les courriers de leurs beaux sentiments.
J'ouvre souvent mon cœur en prose ainsi qu'en rime ;
J'écris une sottise, aussitôt on l'imprime.
On y joint méchamment le recueil clandestin
De mon cousin Vadé, de mon oncle Bazin.
Candide, emprisonné dans mon vieux secrétaire,
En criant : *Tout est bien*, s'enfuit chez un libraire[1] ;
Jeanne et la tendre Agnès, et le gourmand Bonneau,
Courent en étourdis de Genève à Breslau.
Quatre bénédictins, avec leurs doctes plumes,
Auraient peine à fournir ce nombre de volumes.
On ne va point, mon fils, fût-on sur toi monté,
Avec ce gros bagage à la postérité.
Pour comble de malheur, une troupe importune
De bâtards indiscrets, rebut de la fortune,
Nés le long du *charnier* nommé *des Innocents*,
Se glisse[2] sous la presse avec mes vrais enfants.

1. On a imprimé cinq ou six volumes des prétendues lettres de notre auteur ; cela n'est pas honnête. On en a falsifié plusieurs ; cela est encore moins honnête ; mais les éditeurs ont voulu gagner de l'argent. (*Note de M. de Morza*, 1774.)

2. On a glissé dans le recueil de ses ouvrages bien des morceaux qui ne sont pas de lui, comme une traduction des Apocryphes de Fabricius, qui est de M. Bigex ; un dialogue de *Périclès et d'un Russe*, fort estimé, dont l'auteur est M. Suard ; des vers sur la mort de Mlle Lecouvreur, moins estimés, commençant par ceux-ci :

> Quel contraste frappe mes yeux ?
> Melpomène ici désolée
> Élève, avec l'aveu des dieux,
> Un magnifique mausolée.

Cette pièce est du sieur Bonneval, jadis précepteur chez M. de Montmartel : s'il a eu l'aveu des dieux, il n'a pas eu celui d'Apollon.

On trouve dans la collection des ouvrages de M. de Voltaire de prétendus vers de M. Clairaut, qui n'en fit jamais ; une pièce qui a pour titre *les Avantages de la raison*, dans laquelle il n'y a ni raison ni rime ; une épître à Mlle Sallé, qui est de M. Thieriot ; une épître à l'abbé de Rothelin, qui est de M. de Formont ; des vers sur la mort de Mme du Châtelet, dont nous ignorons l'auteur ;

Des vers au duc d'Orléans, régent, qu'il n'a jamais faits ;

Une ode intitulée *le Vrai Dieu*, qui est d'un jésuite nommé Lefèvre ;

Une épître de l'abbé de Grécourt, platement licencieuse, qui commence par ces mots : *Belle maman, soyez l'arbitre ;* des vers au médecin Silva et à l'oculiste Gendron ; une réponse à un M. de B......, qui commence ainsi :

> Oui, mon cher B......, il est l'âme du monde ;
> Sa chaleur le pénètre et sa clarté l'inonde,
> Effets d'une même action.
> Sa plus belle production
> Est cette lumière éthérée

C'en est trop. Je renonce à tes neuf immortelles :
J'ai beaucoup de respect et d'estime pour elles ;
Mais tout change, tout s'use, et tout amour prend fin.
Va, vole au mont sacré ; je reste en mon jardin.

PÉGASE.

Tes dégoûts vont trop loin, tes chagrins sont injustes.
Des arts qui t'ont nourri les déesses augustes
Ont mis sur ton front chauve un brin de ce laurier
Qui coiffa Chapelain, Desmarets, Saint-Didier[1].

> Dont Newton le premier, d'une main inspirée,
> Sépara les couleurs par la réfraction.

Les beaux vers ! et que les gens qui les attribuent à M. de Voltaire ont le goût fin, et que leur main est *inspirée !*

Des vers à une prétendue marquise de T. sur la philosophie de Newton, dans lesquels on trouve cette élégante tirade :

> Tout est en mouvement ; la terre, suspendue,
> En atome léger nage dans l'étendue ;
> L'espace, ou plutôt Dieu dans son immensité
> Balance sur son poids l'univers agité.
> Les travaux de la nuit, les phases, sont prédites.
> Newton des premiers mois retraça les orbites.

Et les éditeurs suisses, qui ont imprimé ces bêtises venues de Paris, ont l'assurance d'imprimer en notes que c'est la véritable leçon.

On a fait pourtant un recueil immense de ces fadaises barbares sans consulter jamais l'auteur, ce qui est aussi incroyable que vrai. Tant pis pour les libraires qui ont ainsi déshonoré leur art et la littérature.

C'est sur quoi l'auteur disait : « On fait mon inventaire, quoique je ne sois pas encore mort ; et chacun y glisse ses meubles pour les vendre. » (*Note de M. de Morza*, 1774.)

— Quelques-uns des ouvrages que désavoue ici Voltaire sont cependant regardés comme étant de lui.

Voltaire revient sur le désaveu de quelques-unes de ces pièces dans sa *Lettre* écrite sous le nom *de La Visclède* et dans sa lettre à d'Argence de Dirac, du 12 novembre 1764.

C'est dans le tome V des *Nouveaux Mélanges* qu'on avait, en 1768, imprimé le dialogue intitulé *Périclès, un Grec moderne, un Russe.* Ce dialogue, qui est de Suard, fait aussi partie du tome XIII de l'édition in-4° des *OEuvres de Voltaire.* (B.)

1. M. Clément et M. Sabotier ont imprimé que notre auteur avait pillé le poëme de *la Henriade* d'un poëme intitulé *Clovis*, par M. Saint-Didier. Cela est encore peu honnête, car ce *Clovis* ne parut que trois ans après *la Henriade ;* mais une erreur de trois ans est peu de chose.

Il en a échappé une de quinze ans à M. l'abbé Sabotier ; car il a imprimé que notre auteur avait pillé son *Siècle de Louis XIV* dans les *Annales politiques* de l'abbé de Saint-Pierre ; mais le *Siècle de Louis XIV* fut imprimé pour la première fois en 1752, et le livre de l'abbé de Saint-Pierre en 1767 ; sur quoi un mauvais plaisant, se souvenant mal à propos que Sabatier est le fils d'un bon perruquier de Castres, chassé de chez son père, a écrit qu'il aurait dû plutôt faire des perruques pour l'auteur de *la Henriade*, que de le dépouiller cruellement de ses prétendus

N'as-tu pas vu cent fois à la tragique scène,
Sous le nom de Clairon, l'altière Melpomène,
Et l'éloquent Lekain, le premier des acteurs,
De tes drames rampants ranimant les langueurs,
Corriger, par des tons que dictait la nature,
De ton style ampoulé la froide et sèche enflure?
De quoi te plaindrais-tu? Parle de bonne foi :
Cinquante bons esprits, qui valent mieux que toi,
N'ont-ils pas, à leurs frais, érigé la statue
Dont tu n'étais pas digne, et qui leur était due?
Malgré tous tes rivaux, mon écuyer Pigal
Posa ton corps tout nu sur un beau piédestal ;
Sa main creusa les traits de ton visage étique,
Et plus d'un connaisseur le prend pour un antique.
Je vis Martin Fréron, à le mordre attaché,
Consumer de ses dents tout l'ébène ébréché.
Je vis ton buste rire à l'énorme grimace
Que fit, en le rongeant, cet apostat d'Ignace.
Viens donc rire avec nous ; viens fouler à tes pieds
De tes sots ennemis les fronts humiliés.
Aux sons de ton sifflet, vois rouler dans la crotte
Sabatier sur Clément, Patouillet sur Nonotte[1] ;

lauriers et d'exposer sa tête octogénaire à la rigueur des saisons. (*Note de M. de Morza*, 1774.)

— Voltaire à son tour se trompe dans cette note. La première édition des *Annales de l'abbé de Saint-Pierre* a été imprimée en 1757, comme Voltaire le dit dans son *Siècle de Louis XIV.*

1. Cet homme était venu de Dijon à Paris avec sa tragédie de *Charles Ier*, et sa tragédie de *Médée*. Il ne put venir à bout de les faire représenter. La faim le pressait ; il s'engagea avec un libraire à lui fournir des critiques contre les premiers livres qui auraient du succès. Il obtint quelque argent à compte sur ses satires à venir. M. de Saint-Lambert donnait alors ses *Saisons*, M. Delille sa traduction de Virgile, M. Dorat son poëme sur la déclamation, M. Watelet son poëme sur la peinture. Voilà l'écolier Clément qui se met vite à écrire contre ces maîtres de l'art, et qui leur donne des leçons comme à des disciples dont il serait mécontent. S'il n'avait eu que ce ridicule on n'en aurait pas parlé, on ne l'aurait pas connu ; mais pour rendre ses leçons plus piquantes il y mêle des traits personnels ; il outrage une dame respectable. Alors on sait qu'il existe, la police met mon pédant dans je ne sais quelle prison, soit Bicêtre, soit le Fort-l'Évêque. M. de Saint-Lambert a la générosité de solliciter sa grâce, et d'obtenir son élargissement. Que fait le critique alors? Il persuade qu'on ne lui a fait cette correction que pour avoir enseigné l'art d'écrire, pour avoir soutenu la cause du bon goût, qui sans lui allait expirer en France, et qu'il est, comme Fréron, victime de ses grands talents.

Sorti de prison, il fait un nouveau libelle, dans lequel il insulte un conseiller de grand'chambre, fils d'un magistrat de la chambre des comptes ; il dit ingénieusement qu'il est fils d'un pâtissier, et ce magistrat a dédaigné de le faire remettre

Leurs clameurs un moment pourront te divertir.

LE VIEILLARD.

Les cris des malheureux ne me font point plaisir.

à Bicêtre. Il s'associe depuis à Fréron, à Sabotier, et à d'autres gens de cette espèce. Il broche libelle sur libelle contre un vieillard solitaire, retiré depuis trente années, qu'on peut outrager impunément. Il avait écrit auparavant à ce même solitaire plusieurs lettres dont nous avons les originaux entre les mains. En voici un fragment :

« Jugez, monsieur, si votre silence peut ne pas m'affliger. Peut-être, hélas ! vous êtes-vous imaginé que vous me verriez payer votre amitié, vos bienfaits, par la plus noire ingratitude ; que je serais assez lâche, assez criminel, pour n'être pas plus reconnaissant que tant d'autres ! Ah, monsieur ! ne me faites pas l'injure de soupçonner ainsi ma probité. C'est ce bien précieux que je voudrais délivrer de la contagion générale ; vos soupçons le flétriraient. Votre générosité, votre grandeur d'âme, peuvent en conserver et en relever l'éclat. Ma tendresse, mon zèle, mon respect, voilà mes seuls biens, ils sont tous à vous, et ils y seront toujours, etc. A Dijon, ce sixième décembre 1769. Voici mon adresse : A Clément fils, chez son père, procureur à Dijon, derrière les Minimes. »

Il a eu depuis l'intention de désavouer cette lettre, et la probité de dire qu'elle était falsifiée. Nous la conservons pourtant, quoique ce ne soit pas une pièce bien curieuse ; mais c'est toujours un témoignage subsistant de l'honneur que cette petite cabale met dans sa conduite. C'est ce qui faisait dire à M. Duclos, secrétaire de l'Académie, qu'il ne connaissait rien de plus méprisable et de plus méchant que la canaille de la littérature. Il est à croire que M. Clément, s'étant marié, deviendra plus juste et plus sage, qu'il sera plus modeste, qu'il ne calomniera plus des personnes dont il n'eut jamais sujet de se plaindre, qu'il n'a même jamais envisagées, et qu'il se repentira d'avoir débuté dans le monde par une conduite si infâme. (*Note de M. de Morza*, 1774.)

— Le libelle dont il est question dans le second alinéa de cette note est la *Quatrième lettre à M. de Voltaire*, par Clément ; il avait dit, à l'occasion de l'*Épître de Voltaire à Boileau* : « Peut-être M. de V. veut-il se venger de ce que ce fameux satirique avait traité d'*empoisonneur* le traiteur *Mignot*, dont M. de V. est le petit-neveu, à ce qu'on dit. » L'abbé Mignot, conseiller-clerc au parlement, et neveu de Voltaire, n'était pas de la famille du pâtissier Mignot. Voltaire se plaignit au chancelier, et Clément écrivit à l'abbé Mignot une lettre d'excuse insérée au *Mercure* de mars 1774, dans laquelle sont ces mots : « Je suis fâché d'avoir publié, sur la foi d'autrui, une erreur sur monsieur votre oncle et sur votre famille. Je vous en fais mille excuses bien sincères. »

La lettre de Clément, du 6 décembre 1769, dont Voltaire rapporte un passage, est en entier parmi les *Pièces justificatives* de la *Vie de Voltaire*, dans le tome Ier.

Au lieu du mot *infâme* qui termine cette note depuis 1775, on lisait précédemment *condamnable*. (B.)

Patouillet est un ex-jésuite qui débitait, il y a quelques années, des déclamations de collége nommées *mandements*, pour des évêques qui ne pouvaient pas en faire. Il en débita un contre notre auteur et contre d'autres gens de lettres : c'est dommage qu'il ait été brûlé par la main du bourreau. Ce Patouillet était un des plus forts écrivains dans le genre calomnieux que nous ayons eus depuis Garasse. (*Note de M. de Morza*, 1775.) — Le mandement dont il s'agit avait été composé pour l'archevêque d'Auch ; voyez tome IX, page 553. (B.)

Nonotte est un autre ex-jésuite, digne compagnon de Patouillet. Il a fait deux gros volumes sous le titre d'*Erreurs de Voltaire*, et qu'il aurait pu intituler

De quoi viens-tu flatter le déclin de mon âge?
La jeunesse est maligne et la vieillesse est sage.
Le sage en sa retraite, occupé de jouir,
Sans chercher les humains, et pourtant sans les fuir,
Ne s'embarrasse point des bruyantes querelles
Des auteurs ou des rois, des moines ou des belles.
Il regarde de loin sans dire son avis,
Trois États polonais doucement envahis;
Saint Ignace dans Rome écrasé par saint Pierre,
Ou Clément dans Paris acharné sur Le Mierre.
Dans ses champs cultivés, à l'abri des revers,
Le sage vit tranquille, et ne fait point de vers.
Monsieur l'abbé Terray, pour le bien du royaume,
Préfère un laboureur, un prudent économe,
A tous nos vains écrits, qu'il ne lira jamais.
Triptolème est le dieu dont je veux les bienfaits.
Un bon cultivateur est cent fois plus utile
Que ne fut autrefois Hésiode ou Virgile.
Le besoin, la raison, l'instinct doit nous porter
A faire nos moissons plutôt qu'à les chanter;
J'aime mieux t'atteler toi-même à ma charrue,
Que d'aller sur ton dos voltiger dans la nue.

Erreurs de Nonotte. Il commence par reprocher à l'auteur de l'*Essai sur les mœurs et l'esprit des nations,* d'avoir dit *que l'ignorance chrétienne* regarde le règne des empereurs romains comme une Saint-Barthélemy continuelle; et l'auteur n'a point dit cela. Nonotte, pour rendre odieux celui qu'il attaque, ajoute de sa grâce ce mot *chrétienne.* L'auteur ne parle point là des autres empereurs; il parle du seul Dioclétien que Galérius engagea à être persécuteur après dix-neuf ans d'un règne de douceur et de tolérance. Sur quoi l'auteur avait remarqué la faute qu'ont faite tous les chronologistes de placer l'ère des martyrs la première année de ce règne; il la fallait dater de l'an 303, et non de l'an 284.

Il fait dire à l'auteur que Dioclétien *ne punit que quelques chrétiens, qui étaient des hommes brouillons, emportés, et factieux.* L'auteur n'a pas dit un mot de cela, et n'a pu le dire. Il n'a pas assez oublié sa langue pour se servir de cette expression, *hommes brouillons.*

Nonotte accuse l'auteur d'avoir dit que Charlemagne n'était qu'un heureux brigand. L'auteur n'a rien écrit de semblable. Ainsi voilà en deux pages trois calomnies dont cet bon Nonotte est convaincu. M. Damilaville daigna prendre le soin de relever deux ou trois cents erreurs de Nonotte. Elles sont imprimées à la suite de l'*Essai sur les mœurs et l'esprit des nations.* Et Nonotte était tout étonné qu'on lui manquât ainsi de respect, à lui qui avait eu l'honneur de prêcher dans un village de Franche-Comté, et de régenter en sixième. L'orgueil a du bon; et quand il est soutenu par l'ignorance, il est parfait. (*Note de M. de Morza,* 1774.)

— Il était tout naturel que Voltaire parlât souvent de Nonotte; c'est ce qu'il a fait.

PÉGASE.

Ah, doyen des ingrats! ce triste et froid discours
Est d'un vieux impuissant qui médit des amours.
Un pauvre homme épuisé se pique de sagesse.
Eh bien, tu te sens faible, écris avec faiblesse;
Corneille en cheveux blancs sur moi caracola,
Quand en croupe avec lui je portais Attila;
Je suis tout fier encor de sa course dernière.
Tout mortel jusqu'au bout doit fournir sa carrière,
Et je ne puis souffrir un changement grossier.
Quoi! renoncer aux arts, et prendre un vil métier!
Sais-tu qu'un villageois sans esprit, sans science,
N'ayant pour tout talent qu'un peu d'expérience,
Fait jaunir dans son champ de plus riches moissons
Que n'en eut Mirabeau par ses doctes leçons[1]?
Laisse un travail pénible aux mains du mercenaire,
Aux journaliers la bêche, aux maçons leur équerre:
Songe que tu naquis pour mon sacré vallon;
Chante encore avec Pope, et pense avec Platon;
Ou rime en vers badins les leçons d'Épicure,
Et ce *Système* heureux qu'on dit *de la nature*.
Pour la dernière fois veux-tu me monter?

LE VIEILLARD.

Non.

Apprends que tout système offense ma raison.
Plus de vers, et surtout plus de philosophie.
A rechercher le vrai j'ai consumé ma vie;
J'ai marché dans la nuit sans guide et sans flambeau:
Hélas! voit-on plus clair au bord de son tombeau?
A quoi peut nous servir ce don de la pensée,
Cette lumière faible, incertaine, éclipsée?
Je n'ai pensé que trop. Ceux qui par charité
Ont au fond de leur puits noyé la vérité
Font repentir souvent l'imprudent qui l'en tire.
Je me tais. Je ne veux rien savoir, ni rien dire.

PÉGASE.

Eh bien, végète et meurs. Je revole à Paris
Présenter mon service à de profonds esprits;
Les uns, dans leurs greniers fondant des républiques;

---

1. Il a fort encouragé l'agriculture par son livre intitulé *l'Ami des hommes.*
(*Note de M. de Morza,* 1775.)

Les autres ébranchant les verges monarchiques.
J'en connais qui pourraient, loin des profanes yeux,
Sans le secours des vers, élevés dans les cieux,
Émules fortunés de l'essence éternelle,
Tout faire avec des mots, et tout créer comme elle.
Ils ont besoin de moi dans leurs inventions.
J'avais porté René[1] parmi ses tourbillons;
Son disciple plus fou[2], mais non pas moins superbe,
Était monté sur moi quand il parlait au Verbe.
J'ai des amis en prose, et bien mieux inspirés
Que tes héros du Pinde aux rimes consacrés;
Je vais porter leurs noms dans les deux hémisphères.

LE VIEILLARD.

Adieu donc; bon voyage au pays des chimères[3]!

1. René Descartes. On sait qu'il était excellent géomètre, mais que toute sa philosophie n'est fondée que sur des chimères. (*Note de M. de Morza*, 1774.)

2. On sait aussi que Malebranche s'est entretenu familièrement avec le Verbe, quoique la première partie de son livre sur les erreurs des sens et de l'imagination soit un chef-d'œuvre de philosophie. (*Id.*, 1774.)

3. Rien n'est plus chimérique en effet que la plupart des systèmes de physique. Burnet et Woodwart n'ont écrit que des folies raisonnées sur le déluge universel. Malebranche a inventé de petits tourbillons mous pour expliquer la lumière et les couleurs, et cela plus de vingt ans après que Newton avait fait son *Optique*. Maillet a osé dire que la mer avait formé les montagnes, que les hommes avaient été poissons, que notre globe est de verre, qu'il est le débris d'une comète; d'autres ont retrouvé le monde primitif, la langue primitive, la manière dont les métaux se formaient dans ce monde primitif. On sait qu'un philosophe très-doux, très-modeste, très-judicieux, et point jaloux, a eu le secret d'enduire les hommes de poix-rósine, pour les empêcher de tomber malades; qu'il disséquait des géants pour connaître la nature de l'âme, et qu'il prédisait l'avenir : de tels hommes pourtant en ont imposé. (*Id.*, 1775.) — Le philosophe que, dans cette note, Voltaire appelle ironiquement *très-doux, très-modeste, très-judicieux, et point jaloux*, est Maupertuis.

LE TEMPS PRÉSENT[1]

PAR

M. JOSEPH LAFFICHARD

DE PLUSIEURS ACADÉMIES.

(1775)

Dans un coin de mes bois, loin du bruit des cités,
Mes tablettes en main, j'étais tenté d'écrire,
En vers assez communs, d'utiles vérités
Qu'à Paris on condamne, ou dont on aime à rire.
De nos pédants fourrés j'esquissais la satire,
Lorsque je vis de loin des filles, des garçons,
Des vieillards, des enfants, qui dansaient aux chansons.
Aux transports du plaisir ils se livraient en proie :
J'étais presque joyeux de leur bruyante joie.
J'en demandai la cause ; un d'eux me répondit :
« Nous sommes tous heureux, à ce qu'on nous a dit.
— Heureux ! c'est un grand mot. Il est vrai que peut-être
Par vos travaux constants vous méritez de l'être.
Virgile et Saint-Lambert ont quelquefois vanté
A Mécène, à Beauvau, votre félicité ;
Mais ce sont, entre nous, des discours de poëtes,
De douces fictions, d'élégantes sornettes.
Leurs vers étaient heureux, et vous ne l'étiez pas.
Le bonheur nous appelle, et fuit devant nos pas :
Sous le dais, sous le chaume, il trompe notre vie.
C'est en vain qu'on a dit en pleine académie :

---

1. Cette pièce de vers fut envoyée à d'Argental le 12 septembre 1775. Cependant les *Mémoires secrets* n'en parlent qu'à la date du 18 décembre, et l'intitulent *le Temps présent, épître à Turgot*. Il y a eu un auteur du nom de Laffichard ; il s'appelait Thomas, et non Joseph, et était mort en 1753. La première édition des *OEuvres de Voltaire* qui contienne le *Temps présent* est l'édition de Kehl, qui indique deux notes comme étant de Voltaire. (B.)

Choiseul est agricole, et Voltaire est fermier[1] ;
L'art qui nourrit le monde est un méchant métier.
Laissons là ce Choiseul si grand, si magnanime,
Ce Voltaire mourant qui radote et qui rime,
Qu'un fripon persécute, et qui dans son hameau
Rit encor des Frérons au bord de son tombeau.
Songez à vous, amis ; contemplez les misères
Qu'accumulent sur vous des brigands mercenaires,
Subalternes tyrans munis d'un parchemin,
Ravissant les épis qu'a semés votre main,
Vous traînant aux cachots, à la rame, aux corvées ;
Tandis que de leurs pleurs vos femmes abreuvées
Pressent en vain vos fils mourants entre leurs bras.
Travaillez, succombez, invoquez le trépas,
Mourez sur un fumier, le seul bien qui vous reste :
Ou, si vous survivez à cet état funeste,
Sous l'horrible débris de vos toits écrasés,
Sans vêtements, sans pain, dansez, si vous l'osez. »
A peine eus-je parlé, mille voix éclatèrent ;
Jusqu'aux bords étrangers les échos répétèrent :
Ce temps affreux n'est plus ; on a brisé nos fers[2].
  Justement étonné de ces nouveaux concerts :
« Quel Hercule, disais-je, a fait ce grand ouvrage !
Quel Dieu vous a sauvés ? » On répond : « C'est un sage.
— Un sage ! Ah, juste ciel ! à ce nom je frémis.
Un sage ! il est perdu : c'en est fait, mes amis.
Ne les voyez-vous pas ces monstres scolastiques,
Ces partisans grossiers des erreurs tyranniques,
Ces superstitieux qu'on vit dans tous les temps
Du vrai qui les irrite ennemis si constants,
Rassemblant les poisons dont leur troupe est pourvue ?
Socrate est seul contre eux, et je crains la ciguë[3]. »

---

1. Le 16 février 1775, jour de la réception de Malesherbes à l'Académie française, l'abbé Delille avait lu deux chants d'un poëme sur la nature champêtre, qu'il a depuis intitulé *l'Homme des champs*, dont la première édition est de 1800. Mais je n'y ai pas trouvé ce vers que Voltaire cite encore dans sa lettre au chevalier de Lisle, du 25 mars 1775. (B.)

2. Le roi Louis XVI venait d'abolir les corvées, et de défendre qu'on poursuivît arbitrairement les débiteurs du fisc. Ces deux opérations si simples n'ont rien coûté à la couronne, et auraient été le salut du peuple.... (*Note de Voltaire.*)

3. Il faut être juste ; les prêtres n'eurent aucune part aux intrigues, aux calomnies qui privèrent la France du ministre le plus éclairé et le plus vertueux qui ait jamais gouverné un grand empire. (K.) — Le ministre vertueux dont parlent

Dans mon profond chagrin je restai éperdu :
Je plaignais le génie, et surtout la vertu.
Ariston mon ami[1] survint dans mes bocages,
Que j'avais attristés par ces sombres images.
On connaît Ariston, ce philosophe humain,
Dédaignant les grandeurs qui lui tendaient la main,
De la vérité simple ami noble et fidèle ;
Son esprit réunit Euclide et Fontenelle :
Il rendit le courage à mon cœur affligé.
« Ne vois-tu pas, dit-il, que le siècle est changé ?
Va, de vaines terreurs ne doivent point t'abattre :
Quand un Sully renaît, espère un Henri Quatre. »
Ce propos ranima mes esprits languissants ;
La gaîté renoua le fil de mes vieux ans ;
Et, revenant chez moi, je repris mes tablettes
Pour écrire à loisir ces rimes indiscrètes[2].

les éditeurs de Kehl est Turgot, qui avait quitté le pouvoir le 11 mai 1776, quelques mois après la publication du *Temps présent*. (B.)

1. M. le marquis de Condorcet. (*Note de Voltaire.*)

2. Dans un *Recueil des pièces du régiment de la Calotte*, à Paris, chez J. Colombat, 1726, petit in-12, est à la page 261 un *Brevet pour agréger le sieur Camuzat dans le régiment de la Calotte, par Voltaire*. Je ne puis croire que cette pièce, dont au reste personne n'a parlé, soit de Voltaire. Dans le même recueil, page 267, est le *Brevet pour agréger le sieur Arouet de Voltaire dans le régiment de la Calotte, par Camuzat*. Cette dernière pièce est dans l'édition de 1752-54 des *Mémoires pour servir à l'histoire de la Calotte*, en six volumes in-12 ; mais le *Brevet pour Camuzat* n'y est pas. (B).

FIN DES SATIRES.

ÉPITRES

ÉPITRES[1]

ÉPITRE I.

A MONSEIGNEUR[2],

FILS UNIQUE DE LOUIS XIV.

(1706 ou 1707)

> Noble sang du plus grand des rois,
> Son amour et notre espérance,
> Vous qui, sans régner sur la France,
> Régnez sur le cœur des François[3],
> Pourrez-vous souffrir que ma veine[4],
> Par un effort ambitieux,
> Ose vous donner une étrenne,
> Vous qui n'en recevez que de la main des dieux?
> La nature en vous faisant naître[5]

1. Il y a nécessairement un peu d'arbitraire dans la classification de certaines pièces de poésie de Voltaire. La XLIVe des épîtres n'a que seize vers, et l'on en compte dix-sept dans une pièce à Maupeou, qui a été mise parmi les *Poésies mêlées,* année 1771.

La pièce connue et citée sous le nom d'*Épître à Uranie (le Pour et le Contre),* a toujours été considérée comme poëme; et c'est à ce titre qu'elle est placée dans le tome IX.

2. Ces vers furent présentés à ce prince par un soldat des Invalides : l'auteur avait environ douze ans lorsqu'il les fit. (K.)

3. On rimait alors pour les yeux : M. de Voltaire suivait en cela l'exemple des poëtes du siècle de Louis XIV; mais il ne tarda pas à s'apercevoir que la rime était faite pour l'oreille : il entreprit le premier d'accorder l'orthographe avec la prononciation, et fit voir le ridicule d'écrire le peuple *français,* comme *saint François.* Plusieurs écrivains ont senti la justesse de ses observations, et ont adopté son système. (K.)

4. Variante :

> Souffrez-vous que ma vieille veine.

5. Variante :

> On a dit qu'à votre naissance
> Mars vous donna la vaillance,
> Minerve la sagesse, Apollon la beauté
> Mais un dieu plus puissant, etc.

Vous étrenna de ses plus doux attraits,
    Et fit voir dans vos premiers traits
Que le fils de Louis était digne de l'être.
Tous les dieux à l'envi vous firent leurs présents :
    Mars vous donna la force et le courage;
      Minerve, dès vos jeunes ans,
Ajouta la sagesse au feu bouillant de l'âge;
L'immortel Apollon vous donna la beauté :
Mais un dieu plus puissant, que j'implore en mes peines,
    Voulut aussi me donner mes étrennes,
    En vous donnant la libéralité.

ÉPITRE II.

A MADAME LA COMTESSE DE FONTAINES [1],

SUR SON ROMAN DE LA COMTESSE DE SAVOIE [2].

(1713)

La Fayette et Segrais, couple sublime et tendre,
Le modèle, avant vous, de nos galants écrits,
Des champs élysiens, sur les ailes des Ris,
    Vinrent depuis peu dans Paris :
D'où ne viendrait-on pas, Sapho, pour vous entendre?
    A vos genoux tous deux humiliés,
    Tous deux vaincus, et pourtant pleins de joie,
      Ils mirent leur *Zaïde* aux pieds
      De *la Comtesse de Savoie.*
Ils avaient bien raison : quel dieu, charmant auteur,
Quel dieu vous a donné ce langage enchanteur,

1. Marie-Louise-Charlotte de Pelard de Givry, comtesse de Fontaines, est morte le 8 septembre 1730, à soixante-dix ans. Elle était veuve de Nicolas de Fontaines, maréchal de camp. La première édition de l'*Histoire de la comtesse de Savoie*, un volume in-12, n'a paru qu'en 1726. (B.)

2. C'est de ce roman que Voltaire tira plus tard le sujet de sa tragédie de *Tancrède.* Voyez, tome IV du *Théâtre,* page 489, l'avertissement pour cette pièce.

La force et la délicatesse,
La simplicité, la noblesse,
Que Fénelon seul avait joint;
Ce naturel aisé dont l'art n'approche point?
Sapho, qui ne croirait que l'Amour vous inspire?
Mais vous vous contentez de vanter son empire;
De Mendoce amoureux vous peignez le beau feu[1],
Et la vertueuse faiblesse
D'une maîtresse
Qui lui fait, en fuyant, un si charmant aveu.
Ah! pouvez-vous donner ces leçons de tendresse,
Vous qui les pratiquez si peu?
C'est ainsi que Marot, sur sa lyre incrédule,
Du dieu qu'il méconnut prôna la sainteté :
Vous avez pour l'amour aussi peu de scrupule;
Vous ne le servez point, et vous l'avez chanté.

Adieu; malgré mes épilogues,
Puissiez-vous pourtant, tous les ans,
Me lire deux ou trois romans,
Et taxer quatre synagogues[2]!

1. Variante :
Vous nous peignez Mendoce en feu,
Et la vertueuse faiblesse
De sa chancelante maîtresse.

2. Mme la comtesse de Fontaines était fille du marquis de Givry, commandant de Metz, qui avait favorisé l'établissement des juifs dans cette ville; ceux-ci, par reconnaissance, lui avaient fait une pension considérable qui était passée à ses enfants. (K.)

ÉPITRE III.

A MONSIEUR L'ABBÉ SERVIEN [1],
PRISONNIER AU CHATEAU DE VINCENNES.

(1714)

Aimable abbé, dans Paris autrefois
La Volupté de toi reçut des lois;
Les Ris badins, les Grâces enjouées,
A te servir dès longtemps dévouées,
Et dès longtemps fuyant les yeux du roi,
Marchaient souvent entre Philippe [2] et toi,
Te prodiguaient leurs faveurs libérales,
Et de leurs mains marquaient dans leurs annales,
En lettres d'or, mots et contes joyeux,
De ton esprit enfants capricieux.
   O doux plaisirs, amis de l'innocence,
Plaisirs goûtés au sein de l'indolence,
Et cependant des dévots inconnus!
O jours heureux! qu'êtes-vous devenus?
Hélas! j'ai vu les Grâces éplorées,
Le sein meurtri, pâles, désespérées;

1. L'abbé Servien ne fut jamais mêlé dans aucune affaire d'État ou d'église: c'était un homme de plaisir; et vraisemblablement quelque aventure un peu trop bruyante avait été la cause de sa prison. La fin du règne de Louis XIV est une des époques où la licence des mœurs s'est montrée avec le plus de liberté. Le mépris et l'indignation qu'excitait l'hypocrisie de la cour faisaient presque regarder cette licence comme une marque de noblesse d'âme et de courage.

Cette épitre est précieuse: on y voit que, dès l'âge de vingt ans, M. de Voltaire avait déjà une philosophie douce, vraie, et sans exagération, telle qu'on la retrouve dans tous ses ouvrages. On y voit aussi que l'on parlait encore de Fouquet avec éloge: la haine pour son persécuteur Colbert n'était pas éteinte; ce ne fut que sous le gouvernement du cardinal de Fleury qu'on s'avisa de le croire un grand homme.

L'abbé Servien mourut en 1716. (K.)

— L'abbé Servien était fils du surintendant Abel Servien. Ses mœurs étaient affreuses. Un jour, au parterre de l'Opéra, un jeune homme qu'il pressait vivement lui dit : « Que me veut ce b..... de prêtre? — Monsieur, répondit l'abbé, je n'ai pas l'honneur d'être prêtre. » C'est Duclos qui rapporte cette anecdote dans ses *Mémoires secrets sur la Régence*. (B.)

2. Philippe d'Orléans.

J'ai vu les Ris, tristes et consternés,
Jeter les fleurs dont ils étaient ornés ;
Les yeux en pleurs, et soupirant leurs peines,
Ils suivaient tous le chemin de Vincennes,
Et, regardant ce château malheureux,
Aux beaux esprits, hélas ! si dangereux,
Redemandaient au destin en colère
Le tendre abbé qui leur servait de père.
   N'imite point leur sombre désespoir ;
Et, puisque enfin tu ne peux plus revoir
Le prince aimable à qui tu plais, qui t'aime,
Ose aujourd'hui te suffire à toi-même.
On ne vit pas au donjon comme ici :
Le destin change, il faut changer aussi.
Au sel attique, au riant badinage,
Il faut mêler la force et le courage ;
A son état mesurant ses désirs,
Selon les temps se faire des plaisirs,
Et suivre enfin, conduit par la nature,
Tantôt Socrate, et tantôt Épicure.
Tel dans son art un pilote assuré,
Maître des flots dont il est entouré,
Sous un ciel pur où brillent les étoiles,
Au vent propice abandonne ses voiles,
Et, quand la mer a soulevé ses flots,
Dans la tempête il trouve le repos :
D'une ancre sûre il fend la molle arène,
Trompe des vents l'impétueuse haleine ;
Et, du trident bravant les rudes coups,
Tranquille et fier, rit des dieux en courroux.
   Tu peux, abbé, du sort jadis propice
Par ta vertu corriger l'injustice ;
Tu peux changer ce donjon détesté
En un palais par Minerve habité.
Le froid ennui, la sombre inquiétude,
Monstres affreux, nés dans la solitude,
De ta prison vont bientôt s'exiler.
Vois dans tes bras de toutes parts voler
L'oubli des maux, le sommeil désirable ;
L'indifférence, au cœur inaltérable,
Qui, dédaignant les outrages du sort,
Voit d'un même œil et la vie et la mort ;

La paix tranquille, et la constance altière,
Au front d'airain, à la démarche fière,
A qui jamais ni les rois ni les dieux,
La foudre en main, n'ont fait baisser les yeux.
    Divinités des sages adorées,
Que chez les grands vous êtes ignorées !
Le fol amour, l'orgueil présomptueux,
Des vains plaisirs l'essaim tumultueux,
Troupe volage à l'erreur consacrée,
De leurs palais vous défendent l'entrée.
Mais la retraite a pour vous des appas :
Dans nos malheurs vous nous tendez les bras ;
Des passions la troupe confondue
A votre aspect disparaît éperdue.
Par vous, heureux au milieu des revers,
Le philosophe est libre dans les fers.
 Ainsi Fouquet, dont Thémis fut le guide,
Du vrai mérite appui ferme et solide,
Tant regretté, tant pleuré des neuf Sœurs,
Le grand Fouquet, au comble des malheurs,
Frappé des coups d'une main rigoureuse,
Fut plus content dans sa demeure affreuse,
Environné de sa seule vertu,
Que quand jadis, de splendeur revêtu,
D'adulateurs une cour importune
Venait en foule adorer sa fortune.
    Suis donc, abbé, ce héros malheureux ;
Mais ne va pas, tristement vertueux,
Sous le beau nom de la philosophie,
Sacrifier à la mélancolie,
Et par chagrin, plus que par fermeté,
T'accoutumer à la calamité.
    Ne passons point les bornes raisonnables.
Dans tes beaux jours, quand les dieux favorables
Prenaient plaisir à combler tes souhaits,
Nous t'avons vu, méritant leurs bienfaits,
Voluptueux avec délicatesse,
Dans tes plaisirs respecter la sagesse.
Par les destins aujourd'hui maltraité,
Dans ta sagesse aime la volupté.
D'un esprit sain, d'un cœur toujours tranquille,
Attends qu'un jour, de ton noir domicile

On te rappelle au séjour bienheureux.
Que les Plaisirs, les Grâces, et les Jeux,
Quand dans Paris ils te verront paraître,
Puissent sans peine encor te reconnaître.
Sois tel alors que tu fus autrefois ;
Et cependant que Sully quelquefois
Dans ton château vienne, par sa présence,
Contre le sort affermir ta constance.
Rien n'est plus doux, après la liberté,
Qu'un tel ami dans la captivité.
Il est connu chez le dieu du Permesse :
Grand sans fierté, simple et doux sans bassesse,
Peu courtisan, partant homme de foi,
Et digne enfin d'un oncle tel que toi.

ÉPITRE IV.

A MADAME DE MONTBRUN-VILLEFRANCHE.

(1714[1])

Montbrun, par l'Amour adoptee,
Digne du cœur d'un demi-dieu,
Et, pour dire encor plus, digne d'être chantée
Ou par Ferrand, ou par Chaulieu ;
Minerve et l'enfant de Cythère
Vous ornent à l'envi d'un charme séducteur ;
Je vois briller en vous l'esprit de votre mère
Et la beauté de votre sœur :
C'est beaucoup pour une mortelle.
Je n'en dirai pas plus : songez bien seulement
A vivre, s'il se peut, heureuse autant que belle ;
Libre des préjugés que la raison dément,
Aux plaisirs où le monde en foule vous appelle

---

1. Dans le *Choix des Mercures,* tome XVII, page 68, il est dit que l'auteur composa cette pièce à seize ans. Il en avait vingt en 1714. (B.)

Abandonnez-vous prudemment.
Vous aurez des amants, vous aimerez sans doute :
Je vous verrai, soumise à la commune loi,
Des beautés de la cour suivre l'aimable route,
        Donner, reprendre votre foi.
Pour moi, je vous louerai ; ce sera mon emploi.
Je sais que c'est souvent un partage stérile,
        Et que La Fontaine et Virgile
Recueillaient rarement le fruit de leurs chansons.
D'un inutile dieu malheureux nourrissons,
Nous semons pour autrui. J'ose bien vous le dire,
Mon cœur de la Duclos fut quelque temps charmé ;
L'amour en sa faveur avait monté ma lyre :
Je chantais la Duclos ; d'Uzès[1] en fut aimé :
        C'était bien la peine d'écrire!
Je vous louerai pourtant ; il me sera trop doux
    De vous chanter, et même sans vous plaire ;
        Mes chansons seront mon salaire :
        N'est-ce rien de parler de vous?

ÉPITRE V.

A MONSIEUR L'ABBÉ DE ***[2],

QUI PLEURAIT LA MORT DE SA MAITRESSE.

(1715)

Toi qui fus des plaisirs le délicat arbitre,
Tu languis, cher abbé ; je vois, malgré tes soins,
Que ton triple menton, l'honneur de ton chapitre,
        Aura bientôt deux étages de moins.
Esclave malheureux du chagrin qui te dompte,

1. La Duclos, disait Voltaire, prend tous les matins quelques prises de séné et
de casse, et, le soir, plusieurs prises du comte d'Uzès. (B.)
2. Quelques personnes croient que cette épître fut adressée à l'abbé Servien, à
qui est adressée l'épître III; d'autres, qu'il s'agit de l'abbé de Bussy.

Tu fuis un repas qui t'attend !
Tu jeûnes comme un pénitent ;
Pour un chanoine quelle honte !
Quels maux si rigoureux peuvent donc t'accabler ?
Ta maîtresse n'est plus ; et, de ses yeux éprise,
Ton âme avec la sienne est prête à s'envoler !
Que l'amour est constant dans un homme d'église !
Et qu'un mondain saurait bien mieux se consoler !
  Je sais que ta fidèle amie
  Te laissait prendre en liberté
 De ces plaisirs qui font qu'en cette vie
On désire assez peu ceux de l'éternité :
  Mais suivre au tombeau ce qu'on aime,
  Ami, crois-moi, c'est un abus.
  Quoi ! pour quelques plaisirs perdus
  Voudrais-tu te perdre toi-même ?
  Ce qu'on perd en ce monde-ci,
Le retrouvera-t-on dans une nuit profonde ?
  Des mystères de l'autre monde
  On n'est que trop tôt éclairci.
Attends qu'à tes amis la mort te réunisse,
  Et vis par amitié pour toi :
Mais vivre dans l'ennui, ne chanter qu'à l'office,
  Ce n'est pas vivre, selon moi.
  Quelques femmes toujours badines,
  Quelques amis toujours joyeux,
  Peu de vêpres, point de matines,
  Une fille, en attendant mieux :
  Voilà comme l'on doit sans cesse
  Faire tête au sort irrité ;
  Et la véritable sagesse
  Est de savoir fuir la tristesse
  Dans les bras de la volupté.

ÉPITRE VI.

A UNE DAME[1]

UN PEU MONDAINE ET TROP DÉVOTE.

(1715)

Tu sortais des bras du Sommeil,
Et déjà l'œil du jour voyait briller tes charmes,
Lorsque le tendre Amour parut à ton réveil ;
Il te baisait les mains, qu'il baignait[2] de ses larmes.
« Ingrate, te dit-il, ne te souvient-il plus[3]
Des bienfaits que sur toi l'Amour a répandus ?
J'avais une autre espérance[4]
Lorsque je te donnai ces traits, cette beauté,
Qui, malgré ta sévérité,
Sont l'objet de ta complaisance.
Je t'inspirai toujours du goût pour les plaisirs,
Le soin de plaire au monde, et même des désirs ;
Que dis-je ! ces vertus qu'en toi la cour admire,
Ingrate, tu les tiens de moi.
Hélas ! je voulais par toi
Ramener dans mon empire
La candeur, la bonne foi,
L'inébranlable constance,
Et surtout cette bienséance
Qui met l'honneur en sûreté,
Que suivent le mystère et la délicatesse,
Qui rend la moins fière beauté
Respectable dans sa faiblesse.

---

1. Dans une copie manuscrite cette épître est adressée *A madame la duch*
de Béthune. (B.)
2. Variante :

. . . . . . qu'il mouillait...

3. Variante :

. . . . . . tu ne te souviens plus.

4. Variante :

Ce n'était pas mon espérance.

Voudrais-tu mépriser tant de dons précieux?
    N'occuperas-tu tes beaux yeux
Qu'à lire Massillon, Bourdaloue, et La Rue?
Ah! sur d'autres objets daigne arrêter ta vue :
    Qu'une austère dévotion
De tes sens combattus ne soit plus la maîtresse;
    Ton cœur est né pour la tendresse,
    C'est ta seule vocation.
    La nuit s'avance avec vitesse;
    Profite de l'éclat du jour :
Les plaisirs ont leur temps, la sagesse a son tour.
    Dans ta jeunesse fais l'amour,
    Et ton salut dans ta vieillesse. »

Ainsi parlait ce dieu. Déjà même en secret
Peut-être de ton cœur il s'allait rendre maître;
Mais au bord de ton lit il vit soudain paraître
    Le révérend père Quinquet.
    L'Amour, à l'aspect terrible
    De son rival théatin,
    Te croyant incorrigible,
    Las de te prêcher en vain,
Et de verser sur toi des larmes inutiles,
Retourna dans Paris, où tout vit sous sa loi,
    Tenter des beautés plus faciles,
    Mais bien moins aimables que toi.

ÉPITRE VII.

A MONSIEUR LE DUC D'AREMBERG [1].

D'Aremberg, où vas-tu? penses-tu m'échapper?
Quoi! tandis qu'à Paris on t'attend pour souper,

---

1. Léopold, duc d'Aremberg, né le 14 octobre 1690, blessé à la bataille de Malplaquet en 1709. J'avais d'abord cru et daté cette épître de 1745; mais si elle est postérieure au 15 auguste 1715, date de la mort de Philippe, marquis de Rothelin, comte de Moussi, elle est antérieure au 20 septembre 1719, date de la mort de Courcillon. (B.)

Tu pars, et je te vois, loin de ce doux rivage,
Voler en un clin d'œil aux lieux de ton bailliage!
C'est ainsi que les dieux qu'Homère a tant prônés
Fendaient les vastes airs de leur course étonnés,
Et les fougueux chevaux du fier dieu de la guerre
Franchissaient en deux sauts la moitié de la terre.
Ces grands dieux toutefois, à ne déguiser rien,
N'avaient point dans la Grèce un château comme Enghien ;
Et leurs divins coursiers, regorgeant d'ambrosie,
Ma foi, ne valaient pas tes chevaux d'Italie.
Que fais-tu cependant dans ces climats amis
Qu'à tes soins vigilants l'empereur a commis?
Vas-tu, de tes désirs portant partout l'offrande,
Séduire la pudeur d'une jeune Flamande,
Qui, tout en rougissant, acceptera l'honneur
Des amours indiscrets de son cher gouverneur?
La paix offre un champ libre à tes exploits lubriques :
Va remplir de cocus les campagnes belgiques,
Et fais-moi des bâtards où tes vaillantes mains
Dans nos derniers combats firent tant d'orphelins.
Mais quitte aussi bientôt, si la France te tente,
Des tetons du Brabant la chair flasque et tremblante,
Et, conduit par Momus et porté par les Ris,
Accours, vole, et reviens t'enivrer à Paris.
Ton salon est tout prêt, tes amis te demandent ;
Du défunt Rothelin les pénates t'attendent.
Viens voir le doux La Faye aussi fin que courtois,
Le conteur Lasseré, Matignon le sournois,
Courcillon, qui toujours du théâtre dispose,
Courcillon, dont ma plume a fait l'apothéose [1],
Courcillon qui se gâte, et qui, si je m'en croi,
Pourrait bien quelque jour être indigne de toi.
Ah! s'il allait quitter la débauche et la table,
S'il était assez fou pour être raisonnable,
Il se perdrait, grands dieux! Ah! cher duc, aujourd'hui
Si tu ne viens pour toi, viens par pitié pour lui!
Viens le sauver : dis-lui qu'il s'égare et s'oublie,
Qu'il ne peut être bon qu'à force de folie,
Et, pour tout dire enfin, remets-le dans tes fers.

1. Voyez le conte intitulé *l'Anti-Giton*, tome IX, page 561.

Pour toi, près l'Auxerrois, pendant quarante hivers,
Bois, parmi les douceurs d'une agréable vie,
Un peu plus d'hypocras, un peu moins d'eau-de-vie.

ÉPITRE VIII.

A MONSIEUR LE PRINCE EUGÈNE.

(1716)

Grand prince, qui, dans cette cour
Où la justice était éteinte,
Sûtes inspirer de l'amour,
Même en nous donnant de la crainte ;
Vous que Rousseau si dignement
A, dit-on, chanté sur sa lyre[1],
Eugène, je ne sais comment
Je m'y prendrai pour vous écrire.
Oh ! que nos Français sont contents
De votre dernière victoire[2] !
Et qu'ils chérissent votre gloire,
Quand ce n'est pas à leurs dépens !
  Poursuivez ; des musulmans
  Rompez bientôt la barrière ;
  Faites mordre la poussière
  Aux circoncis insolents ;
  Et, plein d'une ardeur guerrière,
  Foulant aux pieds les turbans,
  Achevez cette carrière
  Au sérail des Ottomans :
  Des chrétiens et des amants
  Arborez-y la bannière,
Vénus et le dieu des combats
  Vont vous en ouvrir la porte ;

---

1. Voyez les odes de Rousseau, livre III, ode I.
2. La bataille de Petervaradin, gagnée contre les Turcs, en 1716. (K.)

Les Grâces vous servent d'escorte,
  Et l'Amour vous tend les bras.
  Voyez-vous déjà paraître
  Tout ce peuple de beautés,
  Esclaves des voluptés
  D'un amant qui parle en maître?
  Faites vite du mouchoir
  La faveur impérieuse
A la beauté la plus heureuse,
Qui saura délasser le soir
Votre Altesse victorieuse.
Du séminaire des Amours,
A la France votre patrie,
Daignez envoyer pour secours
Quelques belles de Circassie.
Le saint-père, de son côté,
Attend beaucoup de votre zèle,
Et prétend qu'avec charité
Sous le joug de la vérité
Vous rangiez ce peuple infidèle.
Par vous mis dans le bon chemin,
On verra bientôt ces infâmes,
Ainsi que vous, boire du vin,
Et ne plus renfermer leurs femmes.
Adieu, grand prince, heureux guerrier!
Paré de myrte et de laurier,
Allez asservir le Bosphore :
Déjà le Grand Turc est vaincu ;
Mais vous n'avez rien fait encore
Si vous ne le faites cocu.

ÉPITRE IX.

A MADAME DE GONDRIN [1],

SUR LE PÉRIL QU'ELLE AVAIT COURU EN TRAVERSANT LA LOIRE.

(1716)

Savez-vous, gentille douairière,
Ce que dans Sully l'on faisait
Lorsqu'Éole vous conduisait
D'une si terrible manière ?
Le malin Périgny riait,
Et pour vous déjà préparait
Une épitaphe familière,
Disant qu'on vous repêcherait
Incessamment dans la rivière,
Et qu'alors il observerait
Ce que votre humeur un peu fière
Sans ce hasard lui cacherait.
Cependant L'Espar, La Vallière,
Guiche, Sully, tout soupirait ;
Roussy parlait peu, mais jurait ;
Et l'abbé Courtin, qui pleurait
En voyant votre heure dernière,   •
Adressait à Dieu sa prière,
Et pour vous tout bas murmurait
Quelque oraison de son bréviaire,
Qu'alors, contre son ordinaire,
Dévotement il fredonnait,
Dont à peine il se souvenait,
Et que même il n'entendait guère.
Chacun déjà vous regrettait.
Mais quel spectacle j'envisage !
Les Amours qui, de tous côtés,

1. Marie-Victoire-Sophie de Noailles, née le 6 mai 1688, avait été mariée, le
25 janvier 1707, à Louis de Pardaillan, marquis de Gondrin. Le 2 février 1723, elle
épousa Louis-Alexandre de Bourbon, comte de Toulouse. (B.)

Ministres de vos volontés,
S'opposent à l'affreuse rage
Des vents contre vous irrités.
Je les vois; ils sont à la nage,
Et plongés jusqu'au cou dans l'eau ;
Ils conduisent votre bateau,
Et vous voilà sur le rivage.
Gondrin, songez à faire usage
Des jours qu'Amour a conservés ;
C'est pour lui qu'il les a sauvés :
Il a des droits sur son ouvrage[1].

1. Après le dernier vers de cette pièce, on lit, dans une copie manuscrite, ceux qui suivent :

Daignez pour moi vous employer
Près de ce duc aimable et sage,
Qui fit avec vous ce voyage
Où vous pensâtes vous noyer;
Et que votre bonté l'engage
A conjurer un peu l'orage
Qui sur moi gronde maintenant;
Et qu'enfin au prince régent
Il tienne à peu près ce langage :
« Prince, dont la vertu va changer nos destins,
Toi qui par tes bienfaits signales ta puissance,
Toi qui fais ton plaisir du bonheur des humains,
Philippe, il est pourtant un malheureux en France.
Du dieu des vers un fils infortuné
Depuis un temps fut par toi condamné
A fuir loin de ces bords qu'embellit ta présence :
Songe que d'Apollon souvent les favoris
D'un prince assurent la mémoire :
Philippe, quand tu les bannis,
Souviens-toi que tu te ravis
Autant de témoins de ta gloire.
Jadis le tendre Ovide eut un pareil destin;
Auguste l'exila dans l'affreuse Scythie :
Auguste est un héros; mais çe n'est pas enfin
Le plus bel endroit de sa vie.
Grand prince, puisses-tu devenir aujourd'hui
Et plus clément qu'Auguste, et plus heureux que lui !

EPITRE X.

A MADAME DE *** [1].

(1716)

De cet agréable rivage
Où ces jours passés on vous vit
Faire, hélas! un trop court voyage,
Je vous envoie un manuscrit
Qui d'un écrivain bel esprit
N'est point assurément l'ouvrage,
Mais qui vous plaira davantage
Que le livre le mieux écrit:
C'est la recette d'un potage.
Je sais que le dieu que je sers,
Apollon, souvent vous demande
Votre avis sur ses nouveaux airs;
Vous êtes connaisseuse en vers;
Mais vous n'êtes pas moins gourmande.
Vous ne pouvez donc trop payer
Cette appétissante recette
Que je viens de vous envoyer.
Ma muse timide et discrète
N'ose encor pour vous s'employer.
Je ne suis pas votre poëte;
Mais je suis votre cuisinier.
Mais quoi! le destin, dont la haine
M'accable aujourd'hui de ses coups,
Sera-t-il jamais assez doux
Pour me rassembler avec vous
Entre Comus et Melpomène,
Et que cet hiver me ramène
Versifiant à vos genoux?
O des soupers charmante reine,
Fassent les dieux que les Guerbois

---

1. Cette épitre fut encore envoyée du château de Sully. Quelques jours après,
Voltaire obtenait sa grâce et revenait à Paris. (G. A.)

Vous donnent perdrix à douzaine,
Poules de Caux, chapons du Maine!
Et pensez à moi quelquefois,
Quand vous mangerez sur la Seine
Des potages à la Brunois.

ÉPITRE XI.

A SAMUEL BERNARD [1],

AU NOM DE MADAME DE FONTAINE-MARTEL [2].

C'est mercredi que je soupai chez vous,
Et que, sortant des plaisirs de la table,
Bientôt couchée, un sommeil prompt et doux
Me fit présent d'un songe délectable.
Je rêvai donc qu'au manoir ténébreux
J'étais tombée, et que Pluton lui-même
Me menait voir les héros bienheureux,
Dans un séjour d'une beauté suprême.
Par escadrons ils étaient séparés :
L'un après l'autre il me les fit connaître.
Je vis d'abord modestement parés
Les opulents qui méritaient de l'être.
« Voilà, dit-il, les généreux amis ;
En petit nombre ils viennent me surprendre :
Entre leurs mains les biens ne semblaient mis
Que pour avoir le soin de les répandre.
Ici sont ceux dont les puissants ressorts,
Crédit immense, et sagesse profonde,
Ont soutenu l'État par des efforts
Qui leur livraient tous les trésors du monde.
Un peu plus loin, sur ces riants gazons,
Sont les héros pleins d'un heureux délire,

1. Quoique cette pièce soit insérée dans l'édition de Kehl, les éditeurs disent avoir
de fortes raisons de croire qu'elle n'est pas de Voltaire. (B.)
2. C'est à cette dame qu'est adressée l'épitre xxxvii.

Qu'Amour lui-même en toutes les saisons
Fit triompher dans son aimable empire.
Ce beau réduit, par préférence est fait
Pour les vieillards dont l'humeur gaie et tendre
Paraît encore avoir ses dents de lait,
Dont l'enjouement ne saurait se comprendre.
    « D'un seul regard tu peux voir tout d'un coup
Le sort des bons, les vertus couronnées;
Mais un mortel m'embarrasse beaucoup;
Ainsi je veux redoubler ses années.
Chaque escadron le revendiquerait.
La jalousie au repos est funeste :
Venant ici, quel trouble il causerait!
Il est là-haut très-heureux; qu'il y reste[1]. »

ÉPITRE XII.

A MADAME DE G***.

(1716)

Quel triomphe accablant, quelle indigne victoire
Cherchez-vous tristement à remporter sur vous?
Votre esprit éclairé pourra-t-il jamais croire
D'un double Testament la chimérique histoire,
Et les songes sacrés de ces mystiques fous,
Qui, dévots fainéants et pieux loups-garous,
Quittent de vrais plaisirs pour une fausse gloire?
Le plaisir est l'objet, le devoir et le but
        De tous les êtres raisonnables;

1. Samuel Bernard était d'une vanité ridicule, comme la plupart des gens qui ont fait une fortune inespérée. On obtenait tout de lui en le flattant. Dans la guerre de la Succession, il refusa son crédit à Desmarest. On le fit venir à Marly; Louis XIV ordonna de lui en montrer toutes les beautés; on le mena sur le passage du roi, qui lui dit quelques mots. Après dîner il dit à Desmarest : « Monsieur, quand je devrais tout perdre, dites au roi que toute ma fortune est à lui. » (K.)

> L'amour est fait pour vos semblables ;
> Les bégueules font leur salut.
>
> Que sur la volupté tout votre espoir se fonde ;
> N'écoutez désormais que vos vrais sentiments :
>   Songez qu'il était des amants
>   Avant qu'il fût des chrétiens dans le monde.
>
> Vous m'avez donc quitté pour votre directeur.
> Ah ! plus que moi cent fois Couët[1] est séducteur.
> Je vous abusai moins ; il est le seul coupable :
>   Chloé, s'il vous faut une erreur,
>   Choisissez une erreur aimable.
> Non, n'abandonnez point des cœurs où vous régnez.
> D'un triste préjugé victime déplorable,
> Vous croyez servir Dieu ; mais vous servez le diable,
>   Et c'est lui seul que vous craignez.
> La superstition, fille de la faiblesse,
> Mère des vains remords, mère de la tristesse,
> En vain veut de son souffle infecter vos beaux jours ;
> Allez, s'il est un Dieu, sa tranquille puissance
> Ne s'abaissera point à troubler nos amours :
> Vos baisers pourraient-ils déplaire à sa clémence ?
> La loi de la nature est sa première loi ;
> Elle seule autrefois conduisit nos ancêtres ;
> Elle parle plus haut que la voix de vos prêtres,
> Pour vous, pour vos plaisirs, pour l'amour, et pour moi.

ÉPITRE XIII.

A MONSIEUR LE DUC D'ORLÉANS, RÉGENT.

(1716)

> Prince chéri des dieux, toi qui sers aujourd'hui
> De père à ton monarque, à son peuple d'appui ;

------

1. M. de Voltaire a fait de cet abbé Couët le héros du *Dîner du comte de Boulainvilliers.* (K.) — Voyez aux *Dialogues.*

Toi qui, de tout l'État portant le poids immense,
Immoles ton repos à celui de la France;
Philippe, ne crois point, dans ces jours ténébreux,
Plaire à tous les Français que tu veux rendre heureux :
Aux princes les plus grands, comme aux plus beaux ouvrages,
Dans leur gloire naissante il manque des suffrages [1].
Eh! qui de sa vertu reçut toujours le prix?
　　Il est chez les Français de ces sombres esprits,
Censeurs extravagants d'un sage ministère,
Incapables de tout, à qui rien ne peut plaire.
Dans leurs caprices vains tristement affermis,
Toujours du nouveau maître ils sont les ennemis;
Et, n'ayant d'autre emploi que celui de médire,
L'objet le plus auguste irrite leur satire :
Ils voudraient de cet astre éteindre la clarté,
Et se venger sur lui de leur obscurité.
　　Ne crains point leur poison : quand tes soins politiques
Auront réglé le cours des affaires publiques,
Quand tu verras nos cœurs, justement enchantés,
Au-devant de tes pas volant de tous côtés,
Les cris de ces frondeurs, à leurs chagrins en proie,
Ne seront point ouïs parmi nos cris de joie.
　　Mais dédaigne ainsi qu'eux les serviles flatteurs,
De la gloire d'un prince infâmes corrupteurs;
Que ta mâle vertu méprise et désavoue
Le méchant qui te blâme et le fat qui te loue [2].
Toujours indépendant du reste des humains,
Un prince tient sa gloire ou sa honte en ses mains;
Et, quoiqu'on veuille enfin le servir ou lui nuire,

1. Le commencement de l'épître se trouve ainsi dans plusieurs copies :

> Philippe, ami des dieux, toi qui sers aujourd'hui
> De père à ton monarque, à son peuple d'appui,
> Quoique avec équité ton active prudence
> D'un empire ébranlé porte le poids immense,
> Ne crois pas que d'abord, des critiques vainqueurs,
> Tes soins, tes sages soins entraînent tous les cœurs.
> Aux plus fameux héros, comme aux plus grands ouvrages,
> Dans leur gloire naissante, etc.

2 Variante :

> Le méchant qui te blâme et le fat qui te loue.
> D'olive ou de lauriers tu peux seul te couvrir :
> Rien ne peut les donner, rien ne peut les flétrir.
> Les bons rois, en marchant à la gloire suprême,
> N'ont jamais eu d'appui ni d'obstacle qu'eux-même.
> Contre le grand Henri la France a vu longtemps, etc.

Lui seul peut s'élever, lui seul peut se détruire.
    En vain contre Henri la France a vu longtemps
La calomnie affreuse exciter ses serpents;
En vain de ses rivaux les fureurs catholiques
Armèrent contre lui des mains apostoliques;
Et plus d'un monacal et servile écrivain
Vendit, pour l'outrager, sa haine et son venin[1];
La gloire de Henri par eux n'est point flétrie:
Leurs noms sont détestés, sa mémoire est chérie.
Nous admirons encor sa valeur, sa bonté;
Et longtemps dans la France il sera regretté.
    Cromwell, d'un joug terrible accablant sa patrie,
Vit bientôt à ses pieds ramper la flatterie;
Ce monstre politique, au Parnasse adoré,
Teint du sang de son roi, fut aux dieux comparé:
Mais malgré les succès de sa prudente audace,
L'univers indigné démentait le Parnasse,
Et de Waller enfin[2] les écrits les plus beaux
D'un illustre tyran n'ont pu faire un héros.
    Louis fit sur son trône asseoir la flatterie;
Louis fut encensé jusqu'à l'idolâtrie.
En éloges enfin le Parnasse épuisé
Répète ses vertus sur un ton presque usé;
Et, l'encens à la main, la docte Académie
L'endormit cinquante ans par sa monotonie.
Rien ne nous a séduits: en vain en plus d'un lieu
Cent auteurs indiscrets l'ont traité comme un dieu;
De quelque nom sacré que l'opéra le nomme,
L'équitable Français ne voit en lui qu'un homme.
Pour élever sa gloire on ne nous verra plus
Dégrader les Césars, abaisser les Titus;

1. Variante :

> Vendit pour l'outrager sa haine et son venin.
> Qu'ont produit tous leurs cris? Sa mémoire sacrée
> Parmi les nations n'est pas moins révérée.
> Nous admirons encor sa valeur, sa bonté;
> Et sans toi dans la France il serait regretté.
>   Louis fit sur son trône, etc.

2. Waller, poëte anglais, est auteur d'un éloge funèbre de Cromwell, qui passe pour un chef-d'œuvre. Un jour Charles II, à qui Waller venait, suivant l'usage des rois et des poëtes, de présenter une pièce farcie de louanges, lui reprocha qu'il avait fait mieux pour Cromwell. Waller lui répondit : « Sire, nous autres poëtes, nous réussissons mieux dans les fictions que dans les vérités. » (B.)

Et, si d'un crayon vrai quelque main libre et sûre
Nous traçait de Louis la fidèle peinture,
Nos yeux trop dessillés pourraient dans ce héros
Avec bien des vertus trouver quelques défauts.
   Prince, ne crois donc point que ces hommes vulgaires
Qui prodiguent aux grands des écrits mercenaires,
Imposant par leurs vers à la postérité,
Soient les dispensateurs de l'immortalité[1].
Tu peux, sans qu'un auteur te critique ou t'encense,
Jeter les fondements du bonheur de la France ;
Et nous verrons un jour l'équitable univers
Peser tes actions sans consulter nos vers.
Je dis plus : un grand prince, un héros, sans l'histoire,
Peut même à l'avenir transmettre sa mémoire.
   Taisez-vous, s'il se peut, illustres écrivains,
Inutiles appuis de ces honneurs certains ;
Tombez, marbres vivants, que d'un ciseau fidèle
Anima sur ses traits la main d'un Praxitèle ;
Que tous ces monuments soient partout renversés.
Il est grand, il est juste, on l'aime : c'est assez.
Mieux que dans nos écrits, et mieux que sur le cuivre,
Ce héros dans nos cœurs à jamais doit revivre.
   L'heureux vieillard, en paix dans son lit expirant[2],
De ce prince à son fils fait l'éloge en pleurant ;
Le fils, encor tout plein de son règne adorable,
Le vante à ses neveux ; et ce nom respectable,

---

1. Variante :

> Soient les dispensateurs de l'immortalité.
> Je ris de cet auteur dont la frivole audace,
> Dans les dizains pompeux d'une ode qui nous glace,
> Présente à son héros les séduisants appas
> D'un éternel laurier que tous deux n'auront pas.
> Oui, Philippe, tu peux, sans qu'un rimeur t'encense,
> Jeter les fondements du bonheur de la France ;
> Et, sans tous les écrits de Pellegrin, de Roy,
> Le sévère avenir saura juger de toi.
> Je dis plus : un grand prince, artisan de sa gloire,
> Dans la postérité peut vivre sans l'histoire.
>   Taisez-vous, s'il se peut, etc.

2. Ce vers et les cinq suivants ont été reproduits presque textuellement par Voltaire dans son poëme *Sur les Événements de l'année 1744* (voyez tome IX, page 431). Laharpe a remarqué que les idées en étaient prises dans le *Petit Carême* de Massillon. (Voyez le *Cours de littérature*, IIe partie, livre II, ch. Ier, section 4.)

Le chevalier Croft (dans ses *Commentaires sur les meilleurs ouvrages de la langue française*, tome Ier et unique, 1815, in-8°), a cité ces vers comme étant de *la Henriade*. (B.)

Ce nom dont l'univers aime à s'entretenir,
Passe de bouche en bouche aux siècles à venir.
  C'est ainsi qu'on dira chez la race future :
Philippe eut un cœur noble ; ami de la droiture,
Politique et sincère, habile et généreux,
Constant quand il fallait rendre un mortel heureux ;
Irrésolu, changeant, quand le bien de l'empire
Au malheur d'un sujet le forçait à souscrire ;
Affable avec noblesse, et grand avec bonté,
Il sépara l'orgueil d'avec la majesté ;
Et le dieu des combats, et la docte Minerve,
De leurs présents divins le comblaient sans réserve ;
Capable également d'être avec dignité
Et dans l'éclat du trône et dans l'obscurité :
Voilà ce que de toi mon esprit se présage.
  O toi de qui ma plume a crayonné l'image,
Toi de qui j'attendais ma gloire et mon appui,
Ne chanterai-je donc que le bonheur d'autrui ?
En peignant ta vertu, plaindrai-je ma misère ?
Bienfaisant envers tous, envers moi seul sévère,
D'un exil rigoureux tu m'imposes la loi ;
Mais j'ose de toi-même en appeler à toi.
Devant toi je ne veux d'appui que l'innocence ;
J'implore ta justice, et non point ta clémence.
Lis seulement ces vers, et juge de leur prix ;
Vois ce que l'on m'impute, et vois ce que j'écris.
La libre vérité qui règne en mon ouvrage
D'une âme sans reproche est le noble partage ;
Et de tes grands talents le sage estimateur
N'est point de ces couplets l'infâme et vil auteur [1].
  Philippe, quelquefois sur une toile antique
Si ton œil pénétrant jette un regard critique,
Par l'injure du temps le portrait effacé
Ne cachera jamais la main qui l'a tracé ;
D'un choix judicieux dispensant la louange,
Tu ne confondras point Vignon et Michel-Ange.
Prince, il en est ainsi chez nous autres rimeurs ;
Et si tu connaissais mon esprit et mes mœurs,
D'un peuple de rivaux l'adroite calomnie

---

1. Voyez, aux *Poésies mêlées*, ces couplets dont Voltaire est assurément l'auteur. (G. A.)

Me chargerait en vain de leur ignominie ;
Tu les démentirais, et je ne verrais plus
Dans leurs crayons grossiers mes pinceaux confondus ;
Tu plaindrais par leurs cris ma jeunesse opprimée ;
A verser les bienfaits ta main accoutumée
Peut-être de mes maux voudrait me consoler,
Et me protégerait au lieu de m'accabler [1].

ÉPITRE XIV.

A MONSIEUR L'ABBÉ DE BUSSY [2],

DEPUIS ÉVÊQUE DE LUÇON.

(1716)

Ornement de la bergerie
Et de l'Église, et de l'amour,
Aussitôt que Flore à son tour
Peindra la campagne fleurie,
Revoyez la ville chérie [3]
Où Vénus a fixé sa cour.
Est-il pour vous d'autre patrie ?
Et serait-il dans l'autre vie

1. Il avait été accusé d'être l'auteur de couplets satiriques contre le Régent et
sa fille. On prétend que, présenté à M. le Régent, après en avoir obtenu justice, et
le prince paraissant persuadé qu'il lui avait fait grâce, M. de Voltaire lui adressa
ces vers :

> Non, monseigneur, en vérité,
> Ma muse n'a jamais chanté
> Ammonites ni Moabites ;
> Brancas vous répondra de moi :
> Un rimeur sorti des jésuites,
> Des peuples de l'ancienne loi
> Ne connaît que les Sodomites. (K.)

— Voyez les *Poésies mêlées*, année 1716.

2. Les vers qui forment cette pièce ont été souvent imprimés sous le titre de
Épître sur la Tracasserie. (B.)

3. Variante :

> Revoyez la ville chérie :
> Elle est l'asile de l'amour.
> Avons-nous donc d'autre patrie ?

Un plus beau ciel, un plus beau jour,
Si l'on pouvait de ce séjour
Exiler la *Tracasserie?*
Évitons ce monstre odieux,
Monstre femelle, dont les yeux
Portent un poison gracieux,
Et que le ciel en sa furie,
De notre bonheur envieux,
A fait naître dans ces beaux lieux
Au sein de la galanterie.
Voyez-vous comme un miel flatteur
Distille de sa bouche impure?
Voyez-vous comme l'Imposture
Lui prête un secours séducteur[1]?
Le Courroux étourdi la guide,
L'Embarras, le Soupçon timide[2],
En chancelant suivent ses pas.
Des faux rapports l'Erreur avide
Court au-devant de la perfide,
Et la caresse dans ses bras.
Que l'Amour, secouant ses ailes,
De ces commerces infidèles
Puisse s'envoler à jamais!
Qu'il cesse de forger des traits[3]
Pour tant de beautés criminelles,
Et qu'il vienne, au fond du Marais[4],
De l'innocence et de la paix
Goûter les douceurs éternelles!

Je hais bien tout mauvais rimeur
De qui le bel esprit baptise

1. Variante :

Lui prête un secours séducteur?
La Vengeance au regard livide,
Portant un flambeau qui la guide,
Dans la nuit éclaire ses pas.
De faux rapports, etc.

2. Variante :

La Crainte, le Soupçon timide.

3. Variante :

. . . . . ses traits.

4. Variante :

Chez Devaux, au fond du Marais,
Qu'il vienne de l'aimable paix, etc.

Du nom d'ennui la paix du cœur,
Et la constance de sottise.
Heureux qui voit couler ses jours
Dans la mollesse et l'incurie,
Sans intrigues, sans faux détours,
Près de l'objet de ses amours,
Et loin de la coquetterie!
Que chaque jour rapidement
Pour de pareils amants s'écoule!
Ils ont tous les plaisirs en foule,
Hors ceux du raccommodement.
Quelques amis dans ce commerce
De leur cœur que rien ne traverse
Partagent la chère moitié;
Et, dans une paisible ivresse,
Ce couple avec délicatesse
Aux charmes purs de l'amitié
Joint les transports de la tendresse...

Rendez-nous donc votre présence,
Galant prieur de Trigolet,
Très-aimable et très-frivolet[1] :
Venez voir votre humble valet
Dans le palais de la Constance.
Les Grâces avec complaisance
Vous suivront en petit collet ;
Et moi leur serviteur follet,
J'ébaudirai Votre Excellence
Par des airs de mon flageolet[2],
Dont l'Amour marque la cadence
En faisant des pas de ballet.

1. Variante :

Très-aimable et très-frivolet;
Les Grâces avec complaisance.

2. Variante :

Par quelques airs de flageolet.

ÉPITRE XV.

A MONSIEUR LE PRINCE DE VENDOME [1],

GRAND PRIEUR DE FRANCE.

(1717)

Je voulais par quelque huitain,
Sonnet, ou lettre familière,
Réveiller l'enjouement badin
De Votre Altesse chansonnière;
Mais ce n'est pas petite affaire
A qui n'a plus l'abbé Courtin [2]
Pour directeur et pour confrère.
Tout simplement donc je vous dis
Que dans ces jours, de Dieu bénis,
Où tout moine et tout cagot mange
Harengs saurets et salsifis,
Ma muse, qui toujours se range
Dans les bons et sages partis,
Fait avec faisans et perdrix
Son carême au château Saint-Ange.
Au reste, ce château divin,
Ce n'est pas celui du saint-père,
Mais bien celui de Caumartin,
Homme sage, esprit juste et fin,
Que de tout mon cœur je préfère
Au plus grand pontife romain,
Malgré son pouvoir souverain
Et son indulgence plénière.

1. Philippe de Vendôme, né le 23 auguste 1655, mort le 24 janvier 1727. (B.)
— Le prince de Vendôme, exilé pendant neuf ans, était rentré dans son palais
du Temple après la mort de Louis XIV, et y avait repris son ancien train de vie.
Les coryphées de ses soupers étaient : les abbés Chaulieu, Châteauneuf, Courtin,
Servien, de Bussy, de Caumartin, le chevalier d'Aydie, le bailli de Froullay, le
chevalier de Caux, le duc d'Aremberg, le président Hénault, et enfin le jeune
Arouet. (G. A.)

2. Cet abbé, grand épicurien, fils d'un conseiller d'État, était mort en 1716.
Voltaire en parle dans sa lettre, à Genonville, de 1719.

Caumartin porte en son cerveau
De son temps l'histoire vivante ;
Caumartin est toujours nouveau
A mon oreille qu'il enchante ;
Car dans sa tête sont écrits
Et tous les faits et tous les dits
Des grands hommes, des beaux esprits ;
Mille charmantes bagatelles,
Des chansons vieilles et nouvelles,
Et les annales immortelles
Des ridicules de Paris [1].

    Château Saint-Ange, aimable asile,
Heureux qui dans ton sein tranquille
D'un carême passe le cours !
Château que jadis les Amours
Bâtirent d'une main habile
Pour un prince qui fut toujours
A leur voix un peu trop docile,
Et dont ils filèrent les jours !
Des courtisans fuyant la presse,
C'est chez toi que François Premier
Entendait quelquefois la messe,
Et quelquefois par le grenier
Rendait visite à sa maîtresse.

    De ce pays les citadins
Disent tous que dans les jardins
On voit encor son ombre fière
Deviser sous des marronniers
Avec Diane de Poitiers,
Ou bien la belle Ferronière.
Moi chétif, cette nuit dernière,
Je l'ai vu couvert de lauriers ;
Car les héros les plus insignes
Se laissent voir très-volontiers
A nous, faiseurs de vers indignes.
Il ne traînait point après lui
L'or et l'argent de cent provinces,
Superbe et tyrannique appui
De la vanité des grands princes ;

____

1. C'est ce Caumartin qui donna à Voltaire nombre d'anecdotes sur Henri IV et
sur Louis XIV, pour son poëme et pour son histoire. (G. A.)

Point de ces escadrons nombreux
De tambours et de hallebardes,
Point de capitaine des gardes,
Ni de courtisans ennuyeux ;
Quelques lauriers sur sa personne,
Deux brins de myrte dans ses mains,
Étaient ses atours les plus vains ;
Et de v..... quelques grains
Composaient toute sa couronne.
« Je sais que vous avez l'honneur,
Me dit-il, d'être des orgies
De certain aimable prieur,
Dont les chansons sont si jolies
Que Marot les retient par cœur,
Et que l'on m'en fait des copies.
Je suis bien aise, en vérité,
De cette honorable accointance ;
Car avec lui, sans vanité,
J'ai quelque peu de ressemblance :
Ainsi que moi, Minerve et Mars
L'ont cultivé dès son enfance ;
Il aime comme moi les arts,
Et les beaux vers par préférence [1] ;
Il sait de la dévote engeance,
Comme moi, faire peu de cas ;
Hors en amour, en tous les cas
Il tient, comme moi, sa parole ;
Mais enfin, ce qu'il ne sait pas,
Il a, comme moi, la v..... ;
J'étais encor dans mon été
Quand cette noire déité,
De l'Amour fille dangereuse [2],
Me fit du fleuve de Léthé
Passer la rive malheureuse.

1. Variante :

> Et les beaux vers par préférence ;
> Ainsi que moi loin de la France
> Il essuya quelques hasards.
> Il sait de la dévote engeance, etc.

2. Variante :

> De l'Amour fille malheureuse,
> Me fit de l'onde du Léthé
> Boire à longs traits l'onde oublieuse.

Plaise aux dieux que votre héros
Pousse plus loin ses destinées,
Et qu'après quelque trente années
Il vienne goûter le repos
Parmi nos ombres fortunées !
En attendant, si de Caron
Il ne veut remplir la voiture,
Et s'il veut enfin tout de bon
Terminer la grande aventure,
Dites-lui de troquer Chambon [1]
Contre quelque once de mercure. »

ÉPITRE XVI.

A S. A. S. MONSEIGNEUR LE PRINCE DE CONTI [2].

(1718)

Conti, digne héritier des vertus de ton père,
Toi que l'honneur conduit, que la justice éclaire,
Qui sais être à la fois et prince et citoyen,
Et peux de ta patrie être un jour le soutien,
Reçois de ta vertu la juste récompense,
Entends mêler ton nom dans les vœux de la France.
Vois nos cœurs, aujourd'hui justement enchantés,
Au-devant de tes pas voler de tous côtés ;
Connais bien tout le prix d'un si rare avantage ;
Des princes vertueux c'est le plus beau partage ;
Mais c'est un bien fragile, et qu'il faut conserver :
Le moindre égarement peut souvent en priver.
Le public est sévère, et sa juste tendresse
Est semblable aux bontés d'une fière maîtresse,
Dont il faut par des soins solliciter l'amour ;

1. Propriété du prince.
2. Louis-Armand, né en 1695, mort en 1727. C'est le même qui adressa des vers
au jeune Arouet après la première représentation d'*OEdipe*. (G. A.)

Et quand on la néglige, on la perd sans retour.
Alexandre, vainqueur des climats de l'aurore,
A de nouveaux exploits se préparait encore;
Le bout de l'univers arrêta ses efforts,
Et l'Océan surpris l'admira sur ses bords.
Sais-tu bien quel était le but de tant de peines?
Il voulait seulement être estimé d'Athènes ;
Il soumettait la terre afin qu'un orateur
Fît aux Grecs assemblés admirer sa valeur.
Il est un prix plus noble, une gloire plus belle,
Que la vertu mérite, et qui marche après elle :
Un cœur juste et sincère est plus grand, à nos yeux,
Que tous ces conquérants que l'on prit pour des dieux.
Eh! que sont en effet le rang et la naissance,
La gloire des lauriers, l'éclat de la puissance,
Sans le flatteur plaisir de se voir estimé,
De sentir qu'on est juste et que l'on est aimé ;
De se plaire à soi-même, en forçant nos suffrages;
D'être chéri des bons, d'être approuvé des sages?
Ce sont là les vrais biens, seuls dignes de ton choix,
Indépendants du sort, indépendants des rois.
   Un grand, bouffi d'orgueil, enivré de délices,
Croit que le monde entier doit honorer ses vices.
Parmi les vains plaisirs l'un à l'autre enchaînés,
Et d'un remords secret sans cesse empoisonnés,
Il voit d'adulateurs une foule empressée
Lui porter de leurs soins l'offrande intéressée.
Quelquefois au mérite amené devant lui,
Sa voix, par vanité, daigne offrir un appui ;
De cette cour nombreuse il fait en vain parade :
Il ne voit point chez lui Villars ni La Feuillade,
Pour lui de Liancourt l'accès n'est point permis,
Sully ni Villeroy ne sont point ses amis.
C'est à de tels esprits qu'il importe de plaire,
Ce sont eux dont les yeux éclairent le vulgaire ;
Quiconque a le cœur juste est par eux approuvé,
Et peut aux yeux de tous marcher le front levé ;
Chacun dans leur vertu se propose un modèle;
Le vice la respecte et tremble devant elle.
La cour, toujours fertile en fourbes ténébreux,
Porte aussi dans son sein de ces cœurs généreux.
Tout n'est pas infecté de la rouille des vices :

Rome avait des Burrhus ainsi que des Narcisses;
Du temps des Concinis la France eut des de Thous.
Mais pourquoi vais-je ici, de ton honneur jaloux,
A tes yeux éclairés retracer la peinture
Des vertus qu'à ton cœur inspira la nature?
Elles vont chaque jour chez toi se dévoiler :
Plein de tes sentiments, c'est à toi d'en parler;
Ou plutôt c'est à toi, que tout Paris contemple,
A nous en parler moins qu'à nous donner l'exemple.

ÉPITRE XVII.

A MONSIEUR DE LA FALUÈRE DE GENONVILLE,

CONSEILLER AU PARLEMENT, ET INTIME AMI DE L'AUTEUR.

SUR UNE MALADIE.

(1719)

Ne me soupçonne point de cette vanité
Qu'a notre ami Chaulieu de parler de lui-même,
Et laisse-moi jouir de la douceur extrême
  De t'ouvrir avec liberté
  Un cœur qui te plaît et qui t'aime.
  De ma muse, en mes premiers ans,
Tu vis les tendres fruits imprudemment éclore;
Tu vis la calomnie avec ses noirs serpents
  Des plus beaux jours de mon printemps
  Obscurcir la naissante aurore.
D'une injuste prison je subis la rigueur[1] :
  Mais au moins de mon malheur
  Je sus tirer quelque avantage :
J'appris à m'endurcir contre l'adversité,
  Et je me vis un courage

---

1. Voyez, dans le tome IX, page 353, la pièce intitulée *la Bastille*. (K.)

Que je n'attendais pas de la légèreté
Et des erreurs de mon jeune âge.
Dieux! que n'ai-je eu depuis la même fermeté!
Mais à de moindres alarmes
Mon cœur n'a point résisté.
Tu sais combien l'amour m'a fait verser de larmes;
Fripon, tu le sais trop bien,
Toi dont l'amoureuse adresse
M'ôta mon unique bien;
Toi dont la délicatesse,
Par un sentiment fort humain,
Aima mieux ravir ma maîtresse[1]
Que de la tenir de ma main.
Tu me vis sans scrupule en proie à la tristesse:
Mais je t'aimai toujours tout ingrat et vaurien;
Je te pardonnai tout avec un cœur chrétien,
Et ma facilité fit grâce à ta faiblesse.
Hélas! pourquoi parler encor de mes amours?
Quelquefois ils ont fait le charme de ma vie:
Aujourd'hui la maladie
En éteint le flambeau peut-être pour toujours.
De mes ans passagers la trame est raccourcie;
Mes organes lassés sont morts pour les plaisirs;
Mon cœur est étonné de se voir sans désirs.
Dans cet état il ne me reste
Qu'un assemblage vain de sentiments confus,
Un présent douloureux, un avenir funeste,
Et l'affreux souvenir d'un bonheur qui n'est plus.
Pour comble de malheur, je sens de ma pensée
Se déranger les ressorts;
Mon esprit m'abandonne, et mon âme éclipsée
Perd en moi de son être, et meurt avant mon corps.
Est-ce là ce rayon de l'essence suprême
Qu'on nous dépeint si lumineux?
Est-ce là cet esprit survivant à nous-même?
Il naît avec nos sens, croît, s'affaiblit comme eux:
Hélas! périrait-il de même?
Je ne sais; mais j'ose espérer
Que, de la mort, du temps, et des destins le maître,

1. Genonville avait supplanté Voltaire auprès de M\u1d50\u1d49 de Livry, à qui Voltaire
adressa depuis son épître xxxiii, des *Tu* et des *Vous*.

Dieu conserve pour lui le plus pur de notre être,
Et n'anéantit point ce qu'il daigne éclairer[1].

EPITRE XVIII.

AU ROI D'ANGLETERRE, GEORGE Ier,

EN LUI ENVOYANT LA TRAGÉDIE D'ŒDIPE.

(1719)

Toi que la France admire autant que l'Angleterre,
Qui de l'Europe en feu balances les destins ;
Toi qui chéris la paix dans le sein de la guerre,
    Et qui n'es armé du tonnerre
    Que pour le bonheur des humains ;
    Grand roi, des rives de la Seine
J'ose te présenter ces tragiques essais :
Rien ne t'est étranger ; les fils de Melpomène
    Partout deviennent tes sujets.

Un véritable roi sait porter sa puissance
Plus loin que ses États renfermés par les mers :
Tu règnes sur l'Anglais par le droit de naissance ;
    Par tes vertus, sur l'univers.

Daigne donc de ma muse accepter cet hommage
Parmi tant de tributs plus pompeux et plus grands ;
    Ce n'est point au roi, c'est au sage,
    C'est au héros que je le rends.

---

1. Ces quatre derniers vers ne se trouvent pas dans les deux premières éditions
de 1739 et 1740. (K.)

ÉPITRE XIX.

A MADAME LA MARÉCHALE DE VILLARS[1].

(1719)

Divinité que le ciel fit pour plaire,
Vous qu'il orna des charmes les plus doux,
Vous que l'Amour prend toujours pour sa mère,
Quoiqu'il sait bien que Mars est votre époux;
Qu'avec regret je me vois loin de vous!
Et quand Sully[2] quittera ce rivage,
Où je devrais, solitaire et sauvage,
Loin de vos yeux vivre jusqu'au cercueil,
Qu'avec plaisir, peut-être trop peu sage,
J'irai chez vous, sur les bords de l'Arcueil,
Vous adresser mes vœux et mon hommage!
C'est là que je dirai tout ce que vos beautés
Inspirent de tendresse à ma muse éperdue :
Les arbres de Villars en seront enchantés,
        Mais vous n'en serez point émue.
N'importe : c'est assez pour moi de votre vue,
Et je suis trop heureux si jamais l'univers
        Peut apprendre un jour dans mes vers
Combien pour vos amis vous êtes adorable,
Combien vous haïssez les manéges des cours,
Vos bontés, vos vertus, ce charme inexprimable
Qui, comme dans vos yeux, règne en tous vos discours.
L'avenir quelque jour, en lisant cet ouvrage,
Puisqu'il est fait pour vous, en chérira les traits :
Cet auteur, dira-t-on, qui peignit tant d'attraits,
        N'eut jamais d'eux pour son partage
Que de petits soupers où l'on buvait très-frais;
        Mais il mérita davantage.

---

1. On sait que Voltaire, complimenté sur son *OEdipe* par la maréchale, tomba
amoureux d'elle, mais qu'il n'en obtint que des égards. (G. A.)
2. Le duc de Sully, à qui est adressée l'épitre suivante.

ÉPITRE XX.

A MONSIEUR LE DUC DE SULLY.

(1720)

J'irai chez vous, duc adorable,
Vous dont le goût, la vérité,
L'esprit, la candeur, la bonté,
Et la douceur inaltérable,
Font respecter la volupté,
Et rendent la sagesse aimable.
Que dans ce champêtre séjour
Je me fais un plaisir extrême
De parler, sur la fin du jour,
De vers, de musique, et d'amour,
Et pas un seul mot du système[1],
De ce système tant vanté,
Par qui nos héros de finance
Emboursent l'argent de la France,
Et le tout par pure bonté !
Pareils à la vieille sibylle
Dont il est parlé dans Virgile,
Qui, possédant pour tout trésor
Des recettes d'énergumène,
Prend du Troyen le rameau d'or,
Et lui rend des feuilles de chêne.
    Peut-être, les larmes aux yeux,
Je vous apprendrai pour nouvelle
Le trépas de ce vieux goutteux
Qu'anima l'esprit de Chapelle :
L'éternel abbé de Chaulieu
Paraîtra bientôt devant Dieu ;
Et si d'une muse féconde
Les vers aimables et polis
Sauvent une âme en l'autre monde,
Il ira droit en paradis.

---

1. Le système de Law, qui bouleversa la France. (*Note de Voltaire,* 1730.)

L'autre jour, à son agonie,
Son curé vint de grand matin
Lui donner en cérémonie,
Avec son huile et son latin,
Un passe-port pour l'autre vie.
Il vit tous ses péchés lavés
D'un petit mot de pénitence,
Et reçut ce que vous savez
Avec beaucoup de bienséance.
    Il fit même un très-beau sermon,
Qui satisfit tout l'auditoire.
Tout haut il demanda pardon
D'avoir eu trop de vaine gloire.
C'était là, dit-il, le péché
Dont il fut le plus entiché ;
Car on sait qu'il était poëte,
Et que sur ce point tout auteur,
Ainsi que tout prédicateur,
N'a jamais eu l'âme bien nette.
Il sera pourtant regretté
Comme s'il eût été modeste.
Sa perte au Parnasse est funeste :
Presque seul il était resté
D'un siècle plein de politesse.
On dit qu'aujourd'hui la jeunesse
A fait à la délicatesse
Succéder la grossièreté,
La débauche à la volupté,
Et la vaine et lâche paresse
A cette sage oisiveté
Que l'étude occupait sans cesse,
Loin de l'envieux irrité.
Pour notre petit Genonville,
Si digne du siècle passé,
Et des faiseurs de vaudeville,
Il me paraît très-empressé
D'abandonner pour vous la ville.
Le système n'a point gâté
Son esprit aimable et facile ;
Il a toujours le même style,
Et toujours la même gaîté.
Je sais que, par déloyauté,

Le fripon naguère a tâté
De la maîtresse tant jolie
Dont j'étais si fort entêté [1].
Il rit de cette perfidie,
Et j'aurais pu m'en courroucer :
Mais je sais qu'il faut se passer
Des bagatelles dans la vie.

ÉPITRE XXI.

A MONSIEUR LE MARÉCHAL DE VILLARS [2].

(1721)

Je me flattais de l'espérance
D'aller goûter quelque repos
Dans votre maison de plaisance ;
Mais Vinache [3] a ma confiance,
Et j'ai donné la préférence
Sur le plus grand de nos héros
Au plus grand charlatan de France.
Ce discours vous déplaira fort ;
Et je confesse que j'ai tort
De parler du soin de ma vie
A celui qui n'eut d'autre envie
Que de chercher partout la mort.
Mais souffrez que je vous réponde,
Sans m'attirer votre courroux,
Que j'ai plus de raisons que vous
De vouloir rester dans ce monde ;
Car si quelque coup de canon,

1. Voyez, plus haut, l'*Épître à la Faluère de Genonville*.
2. M. Sainte-Beuve a reproduit, dans ses *Causeries du lundi*, tome XIII, page 127, la charmante réponse du maréchal à cette épître.
3. Médecin empirique. (*Note de Voltaire*, 1742.)

Dans vos beaux jours brillants de gloire,
Vous eût envoyé chez Pluton,
Voyez la consolation
Que vous auriez dans la nuit noire,
Lorsque vous sauriez la façon
Dont vous aurait traité l'histoire!
  Paris vous eût premièrement
Fait un service fort célèbre,
En présence du parlement;
Et quelque prélat ignorant
Aurait prononcé hardiment
Une longue oraison funèbre,
Qu'il n'eût pas faite assurément.
Puis, en vertueux capitaine,
On vous aurait proprement mis
Dans l'église de Saint-Denis,
Entre du Guesclin et Turenne.
  Mais si quelque jour, moi chétif,
J'allais passer le noir esquif,
Je n'aurais qu'une vile bière;
Deux prêtres s'en iraient gaîment[1]
Porter ma figure légère,
Et la loger mesquinement
Dans un recoin du cimetière.
Mes nièces, au lieu de prière,
Et mon janséniste de frère[2],
Riraient à mon enterrement;
Et j'aurais l'honneur seulement
Que quelque muse médisante
M'affublerait, pour monument,
D'une épitaphe impertinente.
Vous voyez donc très-clairement
Qu'il est bon que je me conserve,
Pour être encor témoin longtemps

1. La Fontaine a dit, fable II du livre VII :

Un curé s'en allait gaîment
Enterrer ce mort au plus vite. (B.)

2. L'auteur avait un frère, trésorier de la chambre des comptes, qui était en effet un janséniste outré, et qui se brouillait toujours avec son frère toutes les fois que celui-ci disait du bien des jésuites. (*Note de Voltaire*, 1748.) — Armand Arouet, frère aîné de Voltaire, était mort en 1745.

De tous les exploits éclatants
Que le Seigneur Dieu vous réserve [1].

ÉPITRE XXII.

AU CARDINAL DUBOIS.

(1721)

Quand du sommet des Pyrénées,
S'élançant au milieu des airs,
La Renommée à l'univers
Annonça ces deux hyménées [2]
Par qui la Discorde est aux fers,
Et qui changent les destinées,
L'âme de Richelieu descendit à sa voix
Du haut de l'empyrée au sein de sa patrie.
Ce redoutable génie
Qui faisait trembler les rois,
Celui qui donnait des lois
A l'Europe assujettie,
A vu le sage Dubois [3],

---

1. Dans une édition de cette épître, à la suite de *la Ligue* (*Henriade*), 1724, in-12, on lit :

Que votre destin vous réserve ;
Et sans doute qu'un jour Minerve,
Votre compagne et mon appui,
Après que ma bouillante verve
Aura chanté le grand Henri,
Me fera vous chanter aussi.

2. La double alliance entre les maisons de France et d'Espagne.

3. M. de Voltaire était jeune lorsqu'il fit cette épître ; Fontenelle, Lamotte, alors les deux premiers hommes de la littérature, ont loué Dubois avec autant d'exagération. Il avait à leurs yeux le mérite réel d'aimer la paix, la tolérance, et la liberté de penser, et de n'être jaloux ni de la réputation, ni des talents. Avant de condamner ces éloges, il faut se transporter à cette époque, où le souvenir du P. Le Tellier inspirait encore la terreur. (K.)

— Il faut ajouter que Voltaire désirait alors être employé dans la diplomatie comme l'était un autre poëte, Destouches. Voyez sa lettre au cardinal, 28 mai 1722. (G. A.)

Et pour la première fois
A connu la jalousie.
Poursuis : de Richelieu mérite encor l'envie.
Par des chemins écartés,
Ta sublime intelligence,
A pas toujours concertés,
Conduit le sort de la France ;
La fortune et la prudence
Sont sans cesse à tes côtés.
Alberon pour un temps nous éblouit la vue [1] ;
De ses vastes projets l'orgueilleuse étendue
Occupait l'univers saisi d'étonnement :
Ton génie et le sien disputaient la victoire.
Mais tu parus, et sa gloire
S'éclipsa dans un moment.
Telle, aux bords du firmament,
Dans sa course irrégulière,
Une comète affreuse éclate de lumière ;
Ses feux portent la crainte au terrestre séjour :
Dans la nuit ils éblouissent,
Et soudain s'évanouissent
Aux premiers rayons du jour.

ÉPITRE XXIII.

A MONSIEUR LE DUC DE LA FEUILLADE [2].

(1722)

Conservez précieusement
L'imagination fleurie
Et la bonne plaisanterie
Dont vous possédez l'agrément,

1. Voyez, sur Albéroni et ses projets, le *Précis du Siècle de Louis XV*.
2. Louis d'Aubusson, dernier maréchal de La Feuillade, mort le 29 janvier 1725.
J'ai vu un recueil où cette épitre est datée de 1722, de la main même de Voltaire. (CL.)

Au défaut du tempérament
Dont vous vous vantez hardiment,
Et que tout le monde vous nie.
La dame qui depuis longtemps
Connaît à fond votre personne
A dit : « Hélas! je lui pardonne
D'en vouloir imposer aux gens ;
Son esprit est dans son printemps,
Mais son corps est dans son automne. »
Adieu, monsieur le gouverneur,
Non plus de province frontière,
Mais d'une beauté singulière
Qui, par son esprit, par son cœur,
Et par son humeur libertine,
De jour en jour fait grand honneur
Au gouverneur qui l'endoctrine.
Priez le Seigneur seulement
Qu'il empêche que Cythérée
Ne substitue incessamment
Quelque jeune et frais lieutenant,
Qui ferait sans vous son entrée
Dans un si beau gouvernement.

ÉPITRE XXIV.

A MADAME DE *** [1].

Il est au monde une aveugle déesse [2]
Dont la police a brisé les autels ;
C'est du Hocca la fille enchanteresse,
Qui, sous l'appât d'une feinte caresse,
Va séduisant tous les cœurs des mortels.

1. Cette épître a été imprimée à la suite de *la Ligue* (*Henriade*), Amsterdam,
J.-F. Bernard, 1724, in-12 ; édition faite à Évreux, et donnée par l'abbé Desfontaines. (B.)
2. Celle qui présidait au jeu du biribi, fort à la mode alors. (K.)

De cent couleurs bizarrement ornée,
L'argent en main, elle marche la nuit;
Au fond d'un sac elle a la destinée
De ses suivants, que l'intérêt séduit.
Guiche, en riant, par la main la conduit;
La froide Crainte et l'Espérance avide
A ses côtés marchent d'un pas timide;
Le Repentir à chaque instant la suit,
Mordant ses doigts et grondant la perfide.
Belle Philis, que votre aimable cour
A nos regards offre de différence!
Les vrais plaisirs brillent dans ce séjour;
Et, pour jamais bannissant l'espérance,
Toujours vos yeux y font régner l'amour.
Du biribi la déesse infidèle
Sur mon esprit n'aura plus de pouvoir;
J'aime encor mieux vous aimer sans espoir,
Que d'espérer jour et nuit avec elle.

ÉPITRE XXV.

A MONSIEUR DE GERVASI, MÉDECIN [1].

(1723)

Tu revenais couvert d'une gloire éternelle;
Le Gévaudan [2] surpris t'avait vu triompher
Des traits contagieux d'une peste cruelle,
    Et ta main venait d'étouffer
De cent poisons cachés la semence mortelle.
Dans Maisons cependant je voyais mes beaux jours
Vers leurs derniers moments précipiter leur cours.

1. Cette épître fut imprimée à Paris, en 1726, avec une version latine. (K.)
2. M. de Gervasi, célèbre médecin de Paris, avait été envoyé dans le Gévaudan pour la peste, et à son retour il est venu guérir l'auteur, de la petite vérole, dans le château de Maisons, à six lieues de Paris, en 1723. (*Note de Voltaire*, 1756.)

Déjà près de mon lit la Mort inexorable
Avait levé sur moi sa faux épouvantable ;
Le vieux nocher des morts à sa voix accourut.
C'en était fait ; sa main tranchait ma destinée :
Mais tu lui dis : « Arrête!... » Et la Mort, étonnée,
Reconnut son vainqueur, frémit, et disparut [1].
Hélas! si, comme moi, l'aimable Genonville
Avait de ta présence eu le secours utile,
Il vivrait [2], et sa vie eût rempli nos souhaits ;
De son cher entretien je goûterais les charmes ;
Mes jours, que je te dois, renaîtraient sans alarmes,
Et mes yeux, qui sans toi se fermaient pour jamais,
Ne se rouvriraient point pour répandre des larmes.
C'est toi du moins, c'est toi par qui, dans ma douleur,
  Je peux jouir de la douceur
  De plaire et d'être cher encore
Aux illustres amis dont mon destin m'honore.
Je reverrai Maisons [3], dont les soins bienfaisants
  Viennent d'adoucir ma souffrance ;
Maisons, en qui l'esprit tient lieu d'expérience,
  Et dont j'admire la prudence
  Dans l'âge des égarements [4].
Je me flatte en secret que je pourrai peut-être
Charmer encor Sully, qui m'a trop oublié.
Mariamne [5] à ses yeux ira bientôt paraître ;

---

1. Variante :
   Aussitôt ta main vigilante,
 Ranimant la chaleur éteinte dans mon corps,
 De ma frêle machine arrangea les ressorts.
   La nature obéissante
   Fut soumise à tes efforts,
   Et la Parque impatiente
 File aujourd'hui pour moi dans l'empire des morts.
 Hélas ! si, comme moi, etc.

2. Genonville était mort en septembre 1723, c'est-à-dire trois mois auparavant, de la petite vérole, dont Voltaire venait de guérir.

3. Le jeune président de Maisons était emporté par la même maladie, huit ans plus tard. (G. A.)

4. Variante :
 Je me flatte en secret qu'à mon dernier ouvrage
 Le vertueux Sully donnera son suffrage ;
 Que son cœur généreux avec quelque plaisir
 Au sortir du tombeau me verra reparaître,
   Et que Mariamne peut-être
 Pourra par ses malheurs enchanter son loisir...
 Beaux jardins, etc.

5. La tragédie de *Mariamne.*

Il la verra pour elle implorer sa pitié,
Et ranimer en lui ce goût, cette amitié,
Que pour moi, dans son cœur, ma muse avait fait naître.
Beaux jardins de Villars, ombrages toujours frais,
    C'est sous vos feuillages épais
Que je retrouverai ce héros plein de gloire
    Que nous a ramené la Paix
    Sur les ailes de la Victoire.
C'est là que Richelieu, par son air enchanteur,
Par ses vivacités, son esprit, et ses grâces,
Dès qu'il reparaîtra, saura joindre mon cœur
A tant de cœurs soumis qui volent sur ses traces.
Et toi, cher Bolingbrok[1], héros qui d'Apollon
    As reçu plus d'une couronne,
    Qui réunis en ta personne
    L'éloquence de Cicéron,
    L'intrépidité de Caton,
L'esprit de Mécénas, l'agrément de Pétrone[2],
Enfin donc je respire, et respire pour toi ;
Je pourrai désormais te parler et t'entendre.
Mais, ciel! quel souvenir vient ici me surprendre!
Cette aimable beauté qui m'a donné sa foi,
Qui m'a juré toujours une amitié si tendre,
Daignera-t-elle encor jeter les yeux sur moi[3]?
Hélas! en descendant sur le sombre rivage,
Dans mon cœur expirant je portais son'image ;
Son amour, ses vertus, ses grâces, ses appas,
Les plaisirs que cent fois j'ai goûtés dans ses bras,
A ces derniers moments flattaient encor mon âme ;
Je brûlais, en mourant, d'une immortelle flamme.

1. Voltaire allait souvent chez lui, dans son château de la Source. (G. A.)
2. Après ce vers,

    L'esprit de Mécénas, etc.,

on lisait ceux-ci :

    Et la science de Varron.
   Bolingbroke, à ma gloire il faut que je publie
    Que tes soins, pendant le cours
    De ma triste maladie,
    Ont daigné marquer mes jours
  Par le tendre intérêt que tu prends à ma vie.
  Enfin donc, etc.

3. Est-ce Mlle Lecouvreur que Voltaire désigne ici?

Grands dieux! me faudra-t-il regretter le trépas?
M'aurait-elle oublié? serait-elle volage?
Que dis-je? malheureux! où vais-je m'engager?
Quand on porte sur le visage
D'un mal si redouté le fatal témoignage,
Est-ce à l'amour qu'il faut songer?

ÉPITRE XXVI.

A LA REINE[1],

EN LUI ENVOYANT LA TRAGÉDIE DE MARIAMNE.

(1725)

Fille de ce guerrier qu'une sage province
Éleva justement au comble des honneurs,
Qui sut vivre en héros, en philosophe, en prince,
Au-dessus des revers, au-dessus des grandeurs;
Du ciel qui vous chérit la sagesse profonde
Vous amène aujourd'hui dans l'empire françois,
Pour y servir d'exemple et pour donner des lois.
La fortune souvent fait les maîtres du monde;
Mais, dans votre maison, la vertu fait les rois.
Du trône redouté que vous rendez aimable,
Jetez sur cet écrit un coup d'œil favorable;
Daignez m'encourager d'un seul de vos regards;
Et songez que Pallas, cette auguste déesse
Dont vous avez le port, la bonté, la sagesse,
Est la divinité qui préside aux beaux-arts[2].

1. Marie Leczinska, fille de Stanislas, roi de Pologne, mariée à Louis XV en 1725. (K.)

2. L'épitre à la marquise de Prie, que Beuchot et d'autres éditeurs ont placée ici, est dans le tome Ier du *Théâtre*, page 245.

ÉPITRE XXVII.

A MONSIEUR PALLU,

CONSEILLER D'ÉTAT.

Quoi ! le dieu de la poésie
Vous illumine de ses traits !
Malgré la robe, les procès,
Et le conseil, et ses arrêts,
Vous tâtez de notre ambrosie !
Ah ! bien fort je vous remercie
De vous livrer à ses attraits,
Et d'être de la confrérie.
Dans les beaux jours de votre vie,
Adoré de maintes beautés,
Vous aimiez Lubert et Sylvie ;
Mais à présent vous les chantez,
Et votre gloire est accomplie.
La Fare, joufflu comme vous,
Comme vous rival de Tibulle,
Rima des vers polis et doux,
Aima longtemps sans ridicule,
Et fut sage au milieu des fous.
En vous c'est le même art qui brille ;
Pallu comme La Fare écrit :
Vous recueillîtes son esprit
Dessus les lèvres de sa fille.
Aimez donc, rimez tour à tour :
Vous, La Fare, Apollon, l'Amour,
Vous êtes de même famille.

ÉPITRE XXVIII.

A MADEMOISELLE LECOUVREUR.

L'heureux talent dont vous charmez la France
Avait en vous brillé dès votre enfance ;
Il fut dès lors dangereux de vous voir,
Et vous plaisiez, même sans le savoir.
Sur le théâtre heureusement conduite
Parmi les vœux de cent cœurs empressés,
Vous récitiez, par la nature instruite :
C'était beaucoup ; ce n'était point assez ;
Il vous fallait encore un plus grand maître.
Permettez-moi de faire ici connaître
Quel est ce dieu de qui l'art enchanteur
Vous a donné votre gloire suprême ;
Le tendre Amour me l'a conté lui-même.
On me dira que l'Amour est menteur.
Hélas ! je sais qu'il faut qu'on s'en défie :
Qui mieux que moi connaît sa perfidie ?
Qui souffre plus de sa déloyauté ?
Je ne croirai cet enfant de ma vie ;
Mais cette fois il a dit vérité.
    Ce même Amour, Vénus, et Melpomène,
Loin de Paris faisaient voyage un jour ;
Ces dieux charmants vinrent dans ce séjour
Où vos appas éclataient sur la scène :
Chacun des trois, avec étonnement,
Vit cette grâce et simple et naturelle,
Qui faisait lors votre unique ornement.
« Ah ! dirent-ils, cette jeune mortelle
Mérite bien que, sans retardement,
Nous répandions tous nos trésors sur elle. »
Ce qu'un dieu veut se fait dans le moment.
Tout aussitôt la tragique déesse
Vous inspira le goût, le sentiment,
Le pathétique, et la délicatesse.
« Moi, dit Vénus, je lui fais un présent
Plus précieux, et c'est le don de plaire :

Elle accroîtra l'empire de Cythère ;
A son aspect tout cœur sera troublé ;
Tous les esprits viendront lui rendre hommage.
— Moi, dit l'Amour, je ferai davantage :
Je veux qu'elle aime. » A peine eut-il parlé
Que dans l'instant vous devîntes parfaite ;
Sans aucuns soins, sans étude, sans fard,
Des passions vous fûtes l'interprète.
  O de l'Amour adorable sujette,
N'oubliez point le secret de votre art.

ÉPITRE XXIX.

A MONSIEUR PALLU.

A Plombières, auguste 1729.

  Du fond de cet antre pierreux,
Entre deux montagnes cornues,
Sous un ciel noir et pluvieux,
Où les tonnerres orageux
Sont portés sur d'épaisses nues,
Près d'un bain chaud toujours crotté,
Plein d'une eau qui fume et bouillonne,
Où tout malade empaqueté,
Et tout hypocondre entêté,
Qui sur son mal toujours raisonne,
Se baigne, s'enfume, et se donne
La question pour la santé ;
Où l'espoir ne quitte personne :
  De cet antre où je vois venir
D'impotentes sempiternelles
Qui toutes pensent rajeunir,
Un petit nombre de pucelles,
Mais un beaucoup plus grand de celles
Qui voudraient le redevenir ;
Où par le coche on nous amène

De vieux citadins de Nancy,
Et des moines de Commercy,
Avec l'attribut de Lorraine[1],
Que nous rapporterons d'ici :
　De ces lieux, où l'ennui foisonne,
J'ose encore écrire à Paris.
Malgré Phébus qui m'abandonne,
J'invoque l'Amour et les Ris ;
Ils connaissent peu ma personne ;
Mais c'est à Pallu que j'écris :
Alcibiade me l'ordonne[2],
Alcibiade, qu'à la cour
Nous vîmes briller tour à tour
Par ses grâces, par son courage,
Gai, généreux, tendre, volage,
Et séducteur comme l'Amour,
Dont il fut la brillante image.
　L'Amour, ou le Temps, l'a défait
Du beau vice d'être infidèle :
Il prétend d'un amant parfait
Être devenu le modèle.
　J'ignore quel objet charmant
A produit ce grand changement,
Et fait sa conquête nouvelle ;
Mais qui que vous soyez, la belle,

---

1. Voyez *Pantagruel,* liv. II, chap. 1er, et liv. III, chap. viii.
2. M. le maréchal de Richelieu.

> Alcibiade me l'ordonne :
> C'est l'Alcibiade français,
> Dont vous admiriez le succès
> Chez nos prudes, chez nos coquettes,
> Plein d'esprit, d'audace, et d'attraits,
> De vertus, de gloire, et de dettes.
> Toutes les femmes l'adoraient ;
> Toutes avaient la préférence ;
> Toutes à leur tour se plaignaient
> Des excès de son inconstance,
> Qu'à grand'peine elles égalaient.
> 　L'Amour, etc.

Autre variante :

> Alcibiade me l'ordonne.
> Cet Alcibiade inconstant
> En tout lieu porta si gaîment
> Ses attraits et son cœur volage,
> Plus trompeur que le dieu charmant
> Dont il fut le prêtre et l'image.
> 　Toutes les femmes, etc.

Je vous en fais mon compliment[1].
  On pourrait bien à l'aventure
Choisir un autre greluchon[2],
Plus Alcide pour la figure,
Et pour le cœur plus Céladon ;
Mais quelqu'un plus aimable, non ;
Il n'en est point dans la nature :
Car, madame, où trouvera-t-on
D'un ami la discrétion,
D'un vieux seigneur la politesse,
Avec l'imagination
Et les grâces de la jeunesse ;
Un tour de conversation
Sans empressement, sans paresse,
Et l'esprit monté sur le ton
Qui plaît à gens de toute espèce ?
Et n'est-ce rien d'avoir tâté
Trois ans de la formalité
Dont on assomme une ambassade[3],
Sans nous avoir rien rapporté
De la pesante gravité
Dont cent ministres font parade ?
A ce portrait si peu flatté[4],
Qui ne voit mon Alcibiade ?

1. Variante :

> Je vous en fais mon compliment.
> On peut en prendre sans façon
> Un plus vigoureux, je vous jure ;
> Mais quelqu'un plus aimable, non.

2. Terme familier qui signifie un amant de passage. (*Note de Voltaire*, 1742.)
— Il signifie aujourd'hui le galant qui est reçu gratis par la femme que payent
d'autres personnes. (B.)

3. Richelieu avait été nommé à l'ambassade de Vienne, en 1725.

4. Ce vers et le suivant sont, dans l'original, remplacés par deux autres vers et
deux lignes de prose que voici :

> C'est bien dommage, en vérité,
> Qu'un pareil amant soit malade.

« Voilà bien des vers, mon cher monsieur, qui ne valent pas assurément ni la
personne dont je parle, ni celle à qui je les envoie. » (B.)

ÉPITRE XXX.

AUX MANES DE M. DE GENONVILLE.

(1729)

Toi que le ciel jaloux ravit dans son printemps ;
Toi de qui je conserve un souvenir fidèle,
  Vainqueur de la mort et du temps ;
   Toi dont la perte, après dix ans[1],
   M'est encore affreuse et nouvelle ;
Si tout n'est pas détruit ; si, sur les sombres bords,
Ce souffle si caché, cette faible étincelle,
Cet esprit, le moteur et l'esclave du corps,
Ce je ne sais quel sens qu'on nomme âme immortelle,
Reste inconnu de nous, est vivant chez les morts ;
S'il est vrai que tu sois, et si tu peux m'entendre,
O mon cher Genonville ! avec plaisir reçoi
Ces vers et ces soupirs que je donne à ta cendre,
Monument d'un amour immortel comme toi.
Il te souvient du temps où l'aimable Égérie[2],
  Dans les beaux jours de notre vie,
Écoutait nos chansons, partageait nos ardeurs.
Nous nous aimions tous trois. La raison, la folie,
L'amour, l'enchantement des plus tendres erreurs,
  Tout réunissait nos trois cœurs.
Que nous étions heureux ! même cette indigence,
  Triste compagne des beaux jours,
Ne put de notre joie empoisonner le cours.
Jeunes, gais, satisfaits, sans soins, sans prévoyance,
Aux douceurs du présent bornant tous nos désirs,
Quel besoin avions-nous d'une vaine abondance ?
Nous possédions bien mieux, nous avions les plaisirs !
Ces plaisirs, ces beaux jours coulés dans la mollesse,
  Ces ris, enfants de l'allégresse,

---

1. Il faudrait peut-être mettre « six ans », puisque Genonville était mort en
1723. Voyez, page 256, l'épître à Gervasi.
2. Mlle de Livry Voyez la note 1 de l'épître xxxiii.

Sont passés avec toi dans la nuit du trépas.
Le ciel, en récompense, accorde à ta maîtresse
　　　　Des grandeurs et de la richesse,
Appuis de l'âge mûr, éclatant embarras,
Faible soulagement quand on perd sa jeunesse.
La fortune est chez elle, où fut jadis l'amour.
Les plaisirs ont leur temps, la sagesse a son tour.
L'amour s'est envolé sur l'aile du bel âge;
Mais jamais l'amitié ne fuit du cœur du sage [1].
Nous chantons quelquefois et tes vers et les miens;
De ton aimable esprit nous célébrons les charmes;
Ton nom se mêle encore à tous nos entretiens;
Nous lisons tes écrits, nous les baignons de larmes.
Loin de nous à jamais ces mortels endurcis,
Indignes du beau nom, du nom sacré d'amis,
Ou toujours remplis d'eux, ou toujours hors d'eux-même,
Au monde, à l'inconstance ardents à se livrer,
Malheureux, dont le cœur ne sait pas comme on aime,
Et qui n'ont point connu la douceur de pleurer !

ÉPITRE XXXI.

A MONSIEUR DE FORMONT,

EN LUI ENVOYANT LES ŒUVRES DE DESCARTES ET DE MALEBRANCHE.

Rimeur charmant, plein de raison [2],
Philosophe entouré des Grâces,

1. Variante :

> Ce dernier à mon cœur aurait plu davantage :
> Mais qui peut tout avoir ? Les soirs, le vieux Saurin
> Qu'on ne peut définir, ce critique, ce sage,
> Qui des vains préjugés foule aux pieds l'esclavage,
> Qui m'apprend à penser, qui rit du genre humain,
> Réchauffe entre nous deux les glaces de son âge.
> De son esprit perçant la sublime vigueur
> Se joint à nos chansons, aux grâces du Permesse;
> Des nymphes d'Apollon le commerce enchanteur
> Déride sur son front les traits de la sagesse.
> Nous chantons quelquefois, etc.

2. Les vingt-quatre premiers vers de cette épitre ont fait aussi partie d'une lettre à Formont, de mai 1731. (B.)

Épicure, avec Apollon,
S'empresse à marcher sur vos traces.
Je renonce au fatras obscur
Du grand rêveur de l'Oratoire [1],
Qui croit parler de l'esprit pur,
Ou qui veut nous le faire accroire,
Nous disant qu'on peut, à coup sûr,
Entretenir Dieu dans sa gloire.
Ma raison n'a pas plus de foi
Pour René le visionnaire [2].
Songeur de la nouvelle loi,
Il éblouit plus qu'il n'éclaire ;
Dans une épaisse obscurité
Il fait briller des étincelles.
Il a gravement débité
Un tas brillant d'erreurs nouvelles,
Pour mettre à la place de celles
De la bavarde antiquité.
Dans sa cervelle trop féconde
Il prend, d'un air fort important,
Des dés pour arranger le monde :
Bridoye [3] en aurait fait autant.

    Adieu ; je vais chez ma Sylvie :
Un esprit fait comme le mien
Goûte bien mieux son entretien
Qu'un roman de philosophie.
De ses attraits toujours frappé,
Je ne la crois pas trop fidèle :
Mais puisqu'il faut être trompé,
Je ne veux l'être que par elle.

1. Malebranche. (*Note de Voltaire*, 1748.)
2. Descartes. (*Id.*, 1757.)
3. Bridoye est un juge qui, dans Rabelais (*Pantagruel*, liv. III, chap. xxxvii
et suiv.), *sentencioyt les procès au sort des dés.*

ÉPITRE XXXII.

A MONSIEUR DE CIDEVILLE[1].

(1731)

Ceci te doit être remis
Par un abbé de mes amis,
Homme de bien, quoique d'Église.
Plein d'honneur, de foi, de franchise[2],
En lui les dieux n'ont rien omis
Pour en faire un abbé de mise :
Même Phébus le favorise[3].
Mais dans son cœur Vénus a mis
Un petit grain de gaillardise.
Or c'est un point qui scandalise
Son curé, plus gaillard que lui,
Qui dès longtemps le tyrannise,
Et nouvellement aujourd'hui[4]
Dans un placard le tympanise.
Sur cela mon abbé prend feu[5],
Lui fait un bon procès de Dieu,
Le gagne : appel ; or c'est dans peu
Qu'on doit chez vous juger l'affaire.
Or, puissant est notre adversaire :

1. Cette pièce a été imprimée avec la date du 20 mai 1735 dans les *Nouveaux Amusements du cœur et de l'esprit*, t. III, p. 194-195, et dans les *Observations sur les écrits modernes*, par Desfontaines, 28 mai 1735, t. I, p. 263. Elle a été admise dans les *OEuvres de Voltaire*, Amsterdam (Rouen), 1764, tome V, page 349. Je la croyais inédite quand je la publiai en 1823. La copie qui m'avait été communiquée contenait cinq vers de moins que le texte actuel. J'ai aussi recueilli quatre petites variantes. (B.)

— M. de Cideville était conseiller au parlement de Rouen. Il avait été un des camarades de collége de Voltaire.

2. Variante :

Plein d'esprit, d'honneur, de franchise.

3. Variante :

Phébus même le favorise.

4. Variante :

Et publiquement aujourd'hui.

5. Variante :

Là-dessus mon ami prend feu.

Le terrasser n'est pas un jeu.
Tu dois m'entendre, et moi me taire;
Car c'est trop longtemps tutoyer
Du parlement un conseiller :
Ma muse un peu trop familière
Pourrait à la fin l'ennuyer,
Peut-être même lui déplaire.
Qu'il sache pourtant qu'à Cythère
L'Amitié, l'Amour, et leur mère,
Parlent toujours sans compliment;
Qu'avec Hortense ma tendresse
N'en use jamais autrement,
Et j'estime autant ma maîtresse
Qu'un conseiller au parlement.

ÉPITRE XXXIII,

CONNUE SOUS LE NOM DES *VOUS* ET DES *TU*[1].

Philis[2], qu'est devenu ce temps
Où dans un fiacre promenée,

1. Cette épître a été adressée à Mlle de Livry, alors Mme la marquise de Gouvernet. C'est d'elle que parle M. de Voltaire dans son épître à M. de Genonville, dans l'épitre adressée à ses mânes, et dans celles à M. le duc de Sully, à M. de Gervasi. Le suisse de Mme la marquise de Gouvernet ayant refusé la porte à M. de Voltaire, que Mlle de Livry n'avait point accoutumé à un tel accueil, il lui envoya cette épître. Lorsqu'il revint à Paris, en 1778, il vit chez elle Mme de Gouvernet, âgée comme lui de plus de quatre-vingts ans, veuve alors, et qui pouvait le recevoir sans conséquence. C'est en revenant de cette visite qu'il disait : « Ah ! mes amis, je viens de passer d'un bord du Cocyte à l'autre. » Mme de Gouvernet envoya le lendemain à Mme Denis un portrait de M. de Voltaire peint par Largillière, qu'il lui avait donné dans le temps de leur première liaison, et qu'elle avait conservé malgré leur rupture, son changement d'état, et sa dévotion. (K.)

2. Mlle de Livry, jeune et jolie personne, intéressa Voltaire, qui lui donna des leçons de déclamation: elle devint sa maîtresse, et se passionna pour Genonville, ami de Voltaire. Elle passa en Angleterre avec une troupe de comédiens français, qui firent mal leurs affaires. Elle trouva un asile dans la maison d'un Français qui tenait un café. Le maître de la maison, touché de sa position et de la conduite réservée qu'elle menait, en parlait à tout le monde. Un M. de Gouvernet, surnommé *le Fleuriste*, habitué du café, voulut la voir; il y parvint, mais non sans peine. Elle lui inspira des sentiments si vifs qu'il lui offrit sa main. Mlle de Livry se refu-

Sans laquais, sans ajustements,
De tes grâces seules ornée,
Contente d'un mauvais soupé
Que tu changeais en ambrosie,
Tu te livrais, dans ta folie,
A l'amant heureux et trompé
Qui t'avait consacré sa vie ?
Le ciel ne te donnait alors,
Pour tout rang et pour tous trésors,
Que les agréments de ton âge [1],
Un cœur tendre, un esprit volage,
Un sein d'albâtre, et de beaux yeux.
Avec tant d'attraits précieux,
Hélas ! qui n'eût été friponne ?
Tu le fus, objet gracieux ;
Et (que l'Amour me le pardonne !)
Tu sais que je t'en aimais mieux.
   Ah, madame ! que votre vie,
D'honneurs aujourd'hui si remplie,
Diffère de ces doux instants !
Ce large suisse à cheveux blancs,
Qui ment sans cesse à votre porte,
Philis, est l'image du Temps :

sait à un mariage qui eût été mal assorti. Il la décida cependant à accepter un billet d'une loterie sur l'État, puis il fit imprimer une fausse liste où le numéro de ce billet gagnait une grosse somme. Gouvernet réitéra alors ses instances pour le mariage ; il reprocha à Mlle de Livry de refuser de faire sa fortune ; il fallut bien enfin qu'elle cédât. Cette aventure a, comme on voit, fourni à Voltaire les rôles de Lindane, de Freeport, et de Fabrice, dans *l'Écossaise*. (Voyez tome IV du *Théâtre*, page 420.)

Dans le temps de sa liaison avec Mlle de Livry, Voltaire lui avait donné son portrait, peint par Largillière. Lors de son entrevue avec elle, en 1778, il témoigna le désir de pouvoir offrir ce portrait à Mme de Villette. Mme de Gouvernet y consentit, et sur-le-champ Voltaire l'apporta lui-même à Mme de Villette, qui l'a toujours possédé depuis.

Voltaire donne à Mlle de Livry le nom de *Julie* dans la lettre à Mme de Bernières, du mois de novembre 1724, et dans celle à Duvernet, du 13 janvier 1772. Ses véritables prénoms étaient Suzanne-Catherine ; voyez la note de M. Ravenel, tome IX, page 126. (B.)

1. Variante :

> Que la douce erreur de ton âge,
> Deux tetons que le tendre Amour
> De ses mains arrondit un jour ;
> Un cœur simple, un esprit volage ;
> Un cul (j'y pense encor, Philis)
> Sur qui j'ai vu briller des lis
> Jaloux de ceux de ton visage.
> Avec tant, etc.

On dirait qu'il chasse l'escorte
Des tendres Amours et des Ris;
Sous vos magnifiques lambris
Ces enfants tremblent de paraître.
Hélas! je les ai vus jadis
Entrer chez toi par la fenêtre,
Et se jouer dans ton taudis.
    Non, madame, tous ces tapis
Qu'a tissus la Savonnerie [1],
Ceux que les Persans ont ourdis,
Et toute votre orfévrerie,
Et ces plats si chers que Germain [2]
A gravés de sa main divine,
Et ces cabinets où Martin [3]
A surpassé l'art de la Chine;
Vos vases japonais et blancs,
Toutes ces fragiles merveilles;
Ces deux lustres de diamants
Qui pendent à vos deux oreilles;
Ces riches carcans, ces colliers,
Et cette pompe enchanteresse,
Ne valent pas un des baisers
Que tu donnais dans ta jeunesse.

ÉPITRE XXXIV.

A MONSIEUR LE COMTE DE TRESSAN.

Tressan, l'un des grands favoris
Du dieu qui fait qu'on est aimable,
Du fond des jardins de Cypris,
Sans peine, et par la main des Ris,

---

1. La Savonnerie est une belle manufacture de tapis, établie par le grand Colbert. (*Note de Voltaire*, 1757.)

2. Germain, excellent orfévre dont il est parlé dans *le Mondain* et *le Pauvre Diable*. (*Id.*, partie dans l'édit. de 1757.)

3. Martin, excellent vernisseur. (*Id,*. 1757.)

Vous cueillez ce laurier durable
Qu'à peine un auteur misérable,
A son dur travail attaché,
Sur le haut du Pinde perché,
Arrache en se donnant au diable.
   Vous rendez les amants jaloux ;
Les auteurs vont être en alarmes ;
Car vos vers se sentent des charmes
Que l'Amour a versés sur vous.
   Tressan, comment pouvez-vous faire
Pour mettre si facilement
Les neuf pucelles dans Cythère,
Et leur donner votre enjouement ?
Ah ! prêtez-moi votre art charmant,
Prêtez-moi votre main légère.
Mais ce n'est pas petite affaire
De prétendre vous imiter :
Je peux tout au plus vous chanter ;
Mais les dieux vous ont fait pour plaire.
   Je vous reconnais à ce ton
Si doux, si tendre, et si facile :
En vain vous cachez votre nom ;
Enfant d'Amour et d'Apollon,
On vous devine à votre style.

ÉPITRE XXXV.

A MADEMOISELLE DE LUBERT[1],

QU'ON APPELAIT MUSE ET GRACE.

(1732)

Le curé qui vous baptisa
Du beau surnom de *Muse* et *Grâce,*

---

1. Fille d'un conseiller au parlement. Elle était jeune, belle, aimait les plaisirs
et faisait des livres. — C'est à elle qu'est encore adressée l'épître L.

Sur vous un peu prophétisa ;
Il prévit que sur votre trace
Croîtrait le laurier du Parnasse
Dont La Suze[1] se couronna,
Et le myrte qu'elle porta,
Quand, d'amour suivant la déesse,
Ses tendres feux elle mêla
Aux froides ondes du Permesse.
Mais en un point il se trompa :
Car jamais il ne devina
Qu'étant si belle, elle sera
Ce que les sots appellent sage,
Et qu'à vingt ans, et par delà,
Muse et Grâce conservera
La tendre fleur du pucelage,
Fleur délicate qui tomba
Toujours au printemps du bel âge,
Et que le ciel fit pour cela.
Quoi ! vous en êtes encor là !
Muse et Grâce, que c'est dommage !
Vous me répondez doucement
Que les neuf bégueules savantes,
Toujours chantant, toujours rimant,
Toujours les yeux au firmament,
Avec leurs têtes de pédantes,
Avaient peu de tempérament,
Et que leurs bouches éloquentes
S'ouvraient pour brailler seulement,
Et non pour mettre tendrement
Deux lèvres fraîches et charmantes
Sur les lèvres appétissantes
De quelque vigoureux amant.
Je veux croire chrétiennement
Ces histoires impertinentes.
Mais, ma chère Lubert, en cas
Que ces filles sempiternelles
Conservent pour ces doux ébats
Des aversions si fidèles,
Si ces déesses sont cruelles,

1. Célèbre par sa beauté, ses aventures et ses poésies. Née en 1618, morte
en 1673.

Si jamais amant dans ses bras
N'a froissé leurs gauches appas,
Si les neuf muses sont pucelles,
Les trois Grâces ne le sont pas.
    Quittez donc votre faible excuse ;
Vos jours languissent consumés
Dans l'abstinence qui les use :
Un faux préjugé vous abuse.
Chantez, et, s'il le faut, rimez ;
Ayez tout l'esprit d'une muse :
Mais, si vous êtes Grâce, aimez.

ÉPITRE XXXVI.

A UNE DAME,

OU SOI-DISANT TELLE [1].

(1732)

Tu commences par me louer,
Tu veux finir par me connaître :
Tu me loueras bien moins. Mais il faut t'avouer
Ce que je suis, ce que je voudrais être [2].

1. Cette pièce fut imprimée dans le *Mercure de France*, en 1732. Un Breton, nommé Desforges-Maillard, qui faisait assez facilement des vers médiocres, s'était amusé à insérer dans les journaux des pièces de vers sous le nom de Mlle Malcrais de La Vigne. Plusieurs poëtes célèbres lui répondirent par des galanteries. Cette facétie dura quelque temps. Piron employa cette aventure d'une manière très-heureuse dans sa *Métromanie*. M. de Voltaire, en conservant sa pièce, en retrancha toutes les choses galantes qu'il adressait à Mlle Malcrais, et qu'elle méritait si peu. De tous les vers qu'elle a faits ou inspirés, ce sont les seuls qui soient restés. (K.)
2. Commencement de l'épître :

> Toi dont la voix brillante a volé sur nos rives,
> Toi qui tiens dans Paris nos muses attentives,
>   Qui sais si bien associer
>   Et la science et l'art de plaire,
>   Et les talents de Deshoulière,
>   Et les études de Dacier,
> J'ose envoyer aux pieds de ta muse divine
> Quelques faibles écrits, nfants de mon repos :

J'aurai vu dans trois ans passer quarante hivers.
Apollon présidait au jour qui m'a vu naître.
Au sortir du berceau j'ai bégayé des vers.
Bientôt ce dieu puissant m'ouvrit son sanctuaire :
Mon cœur, vaincu par lui, se rangea sous sa loi.
D'autres ont fait des vers par le désir d'en faire ;
       Je fus poëte malgré moi.
Tous les goûts à la fois sont entrés dans mon âme ;
Tout art a mon hommage, et tout plaisir m'enflamme ;
La peinture me charme : on me voit quelquefois
Au palais de Philippe, ou dans celui des rois,
Sous les efforts de l'art admirer la nature,
Du brillant[1] Cagliari saisir l'esprit divin,
Et dévorer des yeux la touche noble et sûre
      De Raphaël et du Poussin.
De ces appartements qu'anime la peinture,
Sur les pas du plaisir je vole à l'Opéra ;
      J'applaudis tout ce qui me touche,
      La fertilité de Campra,
La gaîté de Mouret, les grâces de Destouches[2] ;
Pélissier par son art, Le Maure par sa voix[3],
Tour à tour ont mes vœux et suspendent mon choix.
Quelquefois, embrassant la science hardie
      Que la curiosité
      Honora par vanité
      Du nom de philosophie,
Je cours après Newton dans l'abîme des cieux ;
Je veux voir si des nuits la courrière inégale,

    Charles fut seulement l'objet de mes travaux,
      Henri Quatre fut mon héros,
      Et tu seras mon héroïne.
    En te donnant mes vers je te veux avouer
      Ce que je suis, ce que je voudrais être ;
    Te peindre ici mon âme, et te faire connaître
      Celui que tu daignes louer.
    J'aurai vu, dans trois ans, etc.

1. Paul Véronèse. (*Note de Voltaire*, 1739.)
2. Musiciens agréables. (*Id.*, 1748.)
3. Actrices de ce temps-là. (*Id.*, 1748.) — On lisait dans la première édition :

    Pélissier par son art, Le Maure par sa voix,
    L'agile Camargo, Sallé l'enchanteresse,
    Cette austère Sallé faite pour la tendresse,
    Tour à tour ont mes vœux et suspendent mon choix.

Camargo et Sallé étaient alors des danseuses célèbres.

Par le pouvoir changeant d'une force centrale,
En gravitant vers nous s'approche de nos yeux,
Et pèse d'autant plus qu'elle est près de ces lieux,
    Dans les limites d'un ovale.
J'en entends raisonner les plus profonds esprits,
Maupertuis et Clairaut, calculante cabale ;
Je les vois qui des cieux franchissent l'intervalle,
Et je vois trop souvent que j'ai très-peu compris.
De ces obscurités je passe à la morale ;
Je lis au cœur de l'homme, et souvent j'en rougis.
J'examine avec soin les informes écrits,
Les monuments épars, et le style énergique
De ce fameux Pascal, ce dévot satirique.
Je vois ce rare esprit trop prompt à s'enflammer ;
    Je combats ses rigueurs extrêmes [1].
Il enseigne aux humains à se haïr eux-mêmes :
Je voudrais, malgré lui, leur apprendre à s'aimer.
Ainsi mes jours égaux, que les muses remplissent,
Sans soins, sans passions, sans préjugés fâcheux,
Commencent avec joie, et vivement finissent
    Par des soupers délicieux.
L'amour dans mes plaisirs ne mêle plus ses peines ;
La tardive raison vient de briser mes chaînes ;
J'ai quitté prudemment ce dieu qui m'a quitté ;
J'ai passé l'heureux temps fait pour la volupté.
Est-il donc vrai, grands dieux ! il ne faut plus que j'aime.
La foule des beaux-arts, dont je veux tour à tour
    Remplir le vide de moi-même,
N'est pas encore assez pour remplacer l'amour [2].

1. Voyez les *Remarques sur Pascal.*
2. Fin de l'épître :

    Je fais ce que je puis, hélas ! pour être sage,
        Pour amuser ma liberté ;
        Mais si quelque jeune beauté,
        Empruntant ta vivacité,
        Me parlait ton charmant langage,
    Je rentrerais bientôt dans ma captivité.

ÉPITRE XXXVII.

A MADAME DE FONTAINE-MARTEL[1].

(1732)

O très-singulière Martel[2],
J'ai pour vous estime profonde :
C'est dans votre petit hôtel,
C'est sur vos soupers que je fonde
Mon plaisir, le seul bien réel
Qu'un honnête homme ait en ce monde.
Il est vrai qu'un peu je vous gronde ;
Mais, malgré cette liberté,
Mon cœur vous trouve, en vérité,
Femme à peu de femmes seconde ;
Car sous vos cornettes de nuit,
Sans préjugés et sans faiblesse,
Vous logez esprit qui séduit,
Et qui tient fort à la sagesse.
Or, votre sagesse n'est pas
Cette pointilleuse harpie
Qui raisonne sur tous les cas,
Et qui, triste sœur de l'Envie,
Ouvrant un gosier édenté,

1. La comtesse de Fontaine-Martel, fille du président Desbordeaux : elle était telle qu'elle est peinte ici. Sa maison était très-libre et très-aimable. (*Note de Voltaire*, 1757.)

— Mme de Fontaine-Martel, que Voltaire, dans sa lettre du 18 auguste 1763, appelle la belle Martel, disait que quand on avait le malheur de ne pouvoir plus être catin, il fallait être m.........Ayant demandé en mourant quelle heure il était : « Dieu soit béni ! ajouta-t-elle ; quelque heure qu'il soit, il y a un rendez-vous. » Voyez la lettre à Richelieu, du 19 juillet 1769. (B.)

2. Dans la première édition on trouve en tête de l'épître ces quatre vers, supprimés dans les éditions suivantes :

> D'un recoin de votre grenier,
> Je vous adresse cette lettre,
> Que Beaugency doit vous remettre
> Ce soir au bas de l'escalier.
> O vous, singulière Martel...

M. de Voltaire logeait alors chez Mme de Fontaine. (K.)

Contre la tendre Volupté
Toujours prêche, argumente et crie;
Mais celle qui si doucement,
Sans efforts et sans industrie,
Se bornant toute au sentiment,
Sait jusques au dernier moment
Répandre un charme sur la vie.
Voyez-vous pas de tous côtés
De très-décrépites beautés,
Pleurant de n'être plus aimables,
Dans leur besoin de passion
Ne pouvant rester raisonnables,
S'affoler de dévotion,
Et rechercher l'ambition
D'être bégueules respectables?
Bien loin de cette triste erreur[1],
Vous avez, au lieu de vigiles,
Des soupers longs, gais et tranquilles;
Des vers aimables et faciles,
Au lieu des fatras inutiles
De Quesnel et de Letourneur;
Voltaire, au lieu d'un directeur;
Et, pour mieux chasser toute angoisse,
Au curé préférant Campra[2],
Vous avez loge à l'Opéra
Au lieu de banc à la paroisse;
Et ce qui rend mon sort plus doux,
C'est que ma maîtresse chez vous,
La Liberté, se voit logée;
Cette Liberté mitigée,
A l'œil ouvert, au front serein,
A la démarche dégagée,
N'étant ni prude, ni catin,
Décente, et jamais arrangée,
Souriant d'un souris badin
A ces paroles chatouilleuses
Qui font baisser un œil malin
A mesdames les précieuses.

1. Variante :

Bien loin de cette sotte erreur.

2. Variante :

Qui jamais ne retournera.

C'est là qu'on trouve la Gaîté,
Cette sœur de la Liberté,
Jamais aigre dans la satire,
Toujours vive dans les bons mots,
Se moquant quelquefois des sots,
Et très-souvent, mais à propos[1],
Permettant au sage de rire.
Que le ciel bénisse le cours
D'un sort aussi doux que le vôtre!
Martel, l'automne de vos jours
Vaut mieux que le printemps d'une autre.

ÉPITRE XXXVIII.

A MADEMOISELLE GAUSSIN[2],

QUI A REPRÉSENTÉ LE ROLE DE ZAÏRE AVEC BEAUCOUP DE SUCCÈS.

(1732[3])

Jeune Gaussin, reçois mon tendre hommage,
Reçois mes vers au théâtre applaudis;
Protége-les : *Zaïre* est ton ouvrage;
Il est à toi, puisque tu l'embellis.
Ce sont tes yeux, ces yeux si pleins de charmes,
Ta voix touchante, et tes sons enchanteurs,
Qui du critique ont fait tomber les armes;
Ta seule vue adoucit les censeurs.
L'Illusion, cette reine des cœurs,
Marche à ta suite, inspire les alarmes,
Le sentiment, les regrets, les douleurs,
Et le plaisir de répandre des larmes.

1. Variante :
> Si rarement, mais à propos,
> Se tenant les côtés de rire.

2. Voyez tome Ier du *Théâtre*, page 534.

3. Voltaire parle de ses versiculets dans la lettre à Cideville, du 15 novembre 1732. (B.)

Le dieu des vers, qu'on allait dédaigner[1],
Est, par ta voix, aujourd'hui sûr de plaire ;
Le dieu d'amour, à qui tu fus plus chère,
Est, par tes yeux, bien plus sûr de régner :
Entre ces dieux désormais tu vas vivre[2].
Hélas ! longtemps je les servis tous deux :
Il en est un que je n'ose plus suivre.
Heureux cent fois le mortel amoureux
Qui, tous les jours, peut te voir et t'entendre ;
Que tu reçois avec un souris tendre,
Qui voit son sort écrit dans tes beaux yeux ;
Qui, pénétré de leur feu qu'il adore[3],
A tes genoux oubliant l'univers,
Parle d'amour, et t'en reparle encore !
Et malheureux qui n'en parle qu'en vers !

ÉPITRE XXXIX.

A MADAME LA MARQUISE DU CHATELET,

SUR SA LIAISON AVEC MAUPERTUIS.

Ainsi donc cent beautés nouvelles
Vont fixer vos bouillants esprits ;
Vous renoncez aux étincelles,
Aux feux follets de mes écrits,
Pour des lumières immortelles ;
Et le sublime Maupertuis
Vient éclipser mes bagatelles.
Je n'en suis fâché, ni surpris ;

1. Après avoir, en 1726, donné une tragédie d'*OEdipe*, en vers, Lamotte s'était avisé de mettre sa pièce en prose. (B.)
2. Variante :

Entre ces dieux désormais tu peux vivre.

3. Variante :

Qui meurt d'amour, qui te plaît, qui t'adore,
Qui, pénétré de cent plaisirs divers,
A tes genoux, etc.

Un esprit vrai doit être épris
Pour des vérités éternelles.
Mais ces vérités, que sont-elles?
Quel est leur usage et leur prix?
Du vrai savant que je chéris
La raison ferme et lumineuse
Vous montrera les cieux décrits,
Et d'une main audacieuse
Vous dévoilera les replis
De la nature ténébreuse :
Mais, sans le secret d'être heureuse,
Que vous aura-t-il donc appris?

ÉPITRE XL.

A MONSIEUR CLÉMENT DE DREUX.

25 décembre 1732.

Que toujours de ses douces lois
Le dieu des vers vous endoctrine;
Qu'à vos chants il joigne sa voix,
Tandis que de sa main divine
Il accordera sous vos doigts
La lyre agréable et badine
Dont vous vous servez quelquefois!
Que l'Amour, encor plus facile,
Préside à vos galants exploits,
Comme Phébus à votre style!
Et que Plutus, ce dieu sournois,
Mais aux autres dieux très-utile,
Rende, par maint écu tournois,
Les jours que la Parque vous file
Des jours plus heureux mille fois
Que ceux d'Horace et de Virgile?

ÉPITRE XLI.

A MADAME LA MARQUISE DU CHATELET,

SUR LA CALOMNIE.

(1733[1])

Écoutez-moi, respectable Émilie :
Vous êtes belle ; ainsi donc la moitié
Du genre humain sera votre ennemie :
Vous possédez un sublime génie ;
On vous craindra : votre tendre amitié
Est confiante, et vous serez trahie.
Votre vertu, dans sa démarche unie,
Simple et sans fard, n'a point sacrifié
A nos dévots ; craignez la calomnie.
Attendez-vous, s'il vous plaît, dans la vie,
Aux traits malins que tout fat à la cour,
Par passe-temps, souffre et rend tour à tour.
La Médisance est la fille immortelle
De l'Amour-propre et de l'Oisiveté.
Ce monstre ailé paraît mâle et femelle,
Toujours parlant, et toujours écouté.
Amusement et fléau de ce monde,
Elle y préside, et sa vertu féconde
Du plus stupide échauffe les propos ;
Rebut du sage, elle est l'esprit des sots.
En ricanant, cette maigre furie
Va de sa langue épandre les venins
Sur tous états ; mais trois sortes d'humains,
Plus que le reste, aliments de l'envie,
Sont exposés à sa dent de harpie :
Les beaux esprits, les belles, et les grands,

---

1 Cette épitre est de 1733, mais elle a été imprimée, pour la première fois,
en 1736 ; elle est à la suite de *la Mort de César*, dans une édition de Hollande de
cette année. Dans sa lettre à l'abbé du Resnel, du 21 juillet 1734, Voltaire se plaint
d'une malheureuse copie qui lui avait été envoyée de Paris. C'est au tome IV de
l'édition des *OEuvres*, 1738-39, que cette épitre se trouve. (B.)

Sont de ses traits les objets différents.
Quiconque en France avec éclat attire
L'œil du public, est sûr de la satire ;
Un bon couplet, chez ce peuple falot,
De tout mérite est l'infaillible lot.

La jeune Églé, de pompons couronnée,
Devant un prêtre à minuit amenée,
Va dire un *oui*, d'un air tout ingénu,
A son mari, qu'elle n'a jamais vu.
Le lendemain, en triomphe on la mène
Au cours, au bal, chez Bourbon, chez la reine ;
Le lendemain, sans trop savoir comment,
Dans tout Paris on lui donne un amant ;
Roy[1] la chansonne, et son nom par la ville
Court ajusté sur l'air d'un vaudeville.
Églé s'en meurt : ses cris sont superflus.
Consolez-vous, Églé, d'un tel outrage :
Vous pleurerez, hélas ! bien davantage,
Lorsque de vous on ne parlera plus.

Et nommez-moi la beauté, je vous prie,
De qui l'honneur fut toujours à couvert ?
Lisez-moi Bayle, à l'article *Schomberg*,
Vous y verrez que la Vierge Marie[2]
Des chansonniers, comme une autre, a souffert[3].
Jérusalem a connu la satire.
Persans, Chinois, baptisés, circoncis,

1. Poëte connu en son temps par quelques opéras, et par quelques petites satires nommées *calottes*, qui sont tombées dans un profond oubli. (*Note de Voltaire*, 1756.) — Dans une édition de 1736, la note ne contenait que ces deux mots : « Mauvais poëte. » Roy n'est mort qu'en 1764. (B.)

2. Cette calomnie, citée dans Bayle et dans l'abbé Houteville, est tirée d'un ancien livre hébreu, intitulé *Toldos Jescut*, dans lequel on donne pour époux à cette personne sacrée Jonathan ; et celui que Jonathan soupçonne s'appelle Joseph Panther. (*Note de Voltaire*, 1748.) Ce livre, cité par les premiers pères, est incontestablement du premier siècle. (*Id.*, 1752.)

3. Variante :

> Des chansonniers comme une autre a souffert.
> Certain lampon courut longtemps sur elle.
> Dans un refrain cette mère pucelle
> Se vit nichée, et le Juif infidèle
> Vous parle encore, avec un rire amer,
> D'un rendez-vous avec monsieur Panther.
> C'est de tout temps ainsi que la satire
> A de son souffle infecté les esprits ;
> La terre entière est, dit-on, son empire ;
> Mais, croyez-moi, etc.

Prennent ses lois : la terre est son empire ;
Mais, croyez-moi, son trône est à Paris.
Là, tous les soirs, la troupe vagabonde
D'un peuple oisif, appelé le beau monde,
Va promener de réduit en réduit
L'inquiétude et l'ennui qui la suit ;
Là, sont en foule antiques mijaurées,
Jeunes oisons, et bégueules titrées,
Disant des riens d'un ton de perroquet,
Lorgnant des sots, et trichant au piquet ;
Blondins y sont, beaucoup plus femmes qu'elles,
Profondément remplis de bagatelles,
D'un air hautain, d'une bruyante voix,
Chantant, dansant, minaudant à la fois.
Si, par hasard, quelque personne honnête,
D'un sens plus droit et d'un goût plus heureux,
Des bons écrits ayant meublé sa tête,
Leur fait l'affront de penser à leurs yeux,
Tout aussitôt leur brillante cohue,
D'étonnement et de colère émue,
Bruyant essaim de frelons envieux,
Pique et poursuit cette abeille charmante,
Qui leur apporte, hélas! trop imprudente,
Ce miel si pur et si peu fait pour eux.
 Quant aux héros, aux princes, aux ministres,
Sujets usés de nos discours sinistres,
Qu'on m'en nomme un dans Rome et dans Paris,
Depuis César jusqu'au jeune Louis,
De Richelieu jusqu'à l'ami d'Auguste,
Dont un Pasquin n'ait barbouillé le buste.
Ce grand Colbert, dont les soins vigilants
Nous avaient plus enrichis en dix ans
Que les mignons, les catins et les prêtres,
N'ont, en mille ans, appauvri nos ancêtres ;
Cet homme unique, et l'auteur, et l'appui
D'une grandeur où nous n'osions prétendre,
Vit tout l'État murmurer contre lui ;
Et le Français osa troubler la cendre [1]
Du bienfaiteur qu'il révère aujourd'hui.

---

1. Le peuple voulut déterrer M. Colbert à Saint-Eustache. (*Note de Voltaire,*
1748.)

Lorsque Louis, qui, d'un esprit si ferme,
Brava la mort comme ses ennemis,
De ses grandeurs ayant subi le terme,
Vers sa chapelle allait à Saint-Denis,
J'ai vu son peuple, aux nouveautés en proie,
Ivre de vin, de folie, et de joie,
De cent couplets égayant le convoi,
Jusqu'au tombeau maudire encor son roi.
Vous avez tous connu, comme je pense,
Ce bon Régent qui gâta tout en France :
Il était né pour la société,
Pour les beaux-arts, et pour la volupté;
Grand, mais facile, ingénieux, affable,
Peu scrupuleux, mais de crime incapable.
Et cependant, ô mensonge! ô noirceur!
Nous avons vu la ville et les provinces,
Au plus aimable, au plus clément des princes,
Donner les noms... Quelle absurde fureur!
Chacun les lit ces archives d'horreur,
Ces vers impurs, appelés *Philippiques*[1],
De l'imposture effroyables chroniques;
Et nul Français n'est assez généreux
Pour s'élever, pour déposer contre eux.
Que le mensonge un instant vous outrage,
Tout est en feu soudain pour l'appuyer :
La vérité perce enfin le nuage,
Tout est de glace à vous justifier.
Mais voulez-vous, après ce grand exemple,
Baisser les yeux sur de moindres objets?
Des souverains descendons aux sujets;
Des beaux esprits ouvrons ici le temple,
Temple autrefois l'objet de mes souhaits,
Que de si loin Desfontaines contemple[2],
Et que Gacon ne visita jamais.
Entrons : d'abord on voit la Jalousie
Du dieu des vers la fille et l'ennemie,

---

1. Libelle diffamatoire en vers contre M. le duc d'Orléans, régent du royaume, composé par Lagrange-Chancel. On lui a pardonné. Bayle et Arnauld sont morts hors de leur patrie. (*Note de Voltaire,* 1752.)

2. Variante :

> Que de si loin monsieur Bardus contemple,
> Et que Damis ne visita jamais.

Qui, sous les traits de l'Émulation,
Souffle l'orgueil, et porte sa furie
Chez tous ces fous courtisans d'Apollon.
Voyez leur troupe inquiète, affamée,
Se déchirant pour un peu de fumée,
Et l'un sur l'autre épanchant plus de fiel
Que l'implacable et mordant janséniste
N'en a lancé sur le fin moliniste,
Ou que Doucin[1], cet adroit casuiste,
N'en a versé dessus Pasquier-Quesnel.

Ce vieux rimeur, couvert d'ignominies,
Organe impur de tant de calomnies,
Cet ennemi du public outragé,
Puni sans cesse, et jamais corrigé,
Ce vil Rufus[2], que jadis votre père
A, par pitié, tiré de la misère,
Et qui bientôt, serpent envenimé,
Piqua le sein qui l'avait ranimé ;
Lui qui, mêlant la rage à l'impudence,
Devant Thémis accusa[3] l'innocence ;
L'affreux Rufus[4], loin de cacher en paix
Des jours tissus de honte et de forfaits,
Vient rallumer, aux marais de Bruxelles,
D'un feu mourant les pâles étincelles,
Et contre moi croit rejeter l'affront
De l'infamie écrite sur son front.

1. L'un des fabricateurs de la bulle *Unigenitus*.

2. Rousseau avait été secrétaire du baron de Breteuil, et avait fait contre lui
une satire intitulée *la Baronade*. Il la lut à quelques personnes qui vivent encore,
entre autres à Mme la duchesse de Saint-Pierre. Mme la marquise du Châtelet, fille
de M. de Breteuil, était parfaitement instruite de ce fait (*note de Voltaire*, 1752) ;
et il y a encore des papiers originaux de Mme du Châtelet qui l'attestent. (*Id.*, 1756.)
Le baron de Breteuil lui pardonna généreusement. (*Id.*, 1771.)

3. Il accusa M. Saurin, fameux géomètre, d'avoir fait des couplets infâmes, dont
lui, Rousseau, était l'auteur, et fut condamné pour cette calomnie au bannissement
perpétuel. (*Id.*, 1736.)

4. Dans une *Préface des éditeurs*, en tête de *la Mort de César*, Amsterdam,
1736, ces vers sont cités ainsi :

> L'affreux Rousseau, loin de cacher en paix
> Des jours tissus d'opprobre et de forfaits.

Voltaire a depuis, dans son *Mémoire sur la satire*, publié en 1739, reconnu
que lorsqu'il employa ces expressions peu mesurées contre Rousseau, il avait *perdu
patience ;* et il s'excusa de l'avoir fait. (B.)

Mais que feront tous les traits satiriques [1]
Que d'un bras faible il décoche aujourd'hui.
Et ces ramas de larcins marotiques,
Moitié français et moitié germaniques,
Pétris d'erreur, et de haine, et d'ennui [2] ?
Quel est le but, l'effet, la récompense,
De ces recueils d'impure médisance ?
Le malheureux, délaissé des humains,
Meurt des poisons qu'ont préparés ses mains.
    Ne craignons rien de qui cherche à médire.
En vain Boileau, dans ses sévérités,
A de Quinault dénigré les beautés ;
L'heureux Quinault, vainqueur de la satire,
Rit de sa haine, et marche à ses côtés.
    Moi-même, enfin, qu'une cabale inique
Voulut noircir de son souffle caustique,
Je sais jouir, en dépit des cagots,
De quelque gloire, et même du repos.
    Voici le point sur lequel je me fonde.
On entre en guerre en entrant dans le monde.
Homme privé, vous avez vos jaloux,
Rampant dans l'ombre, inconnus comme vous,
Obscurément tourmentant votre vie :
Homme public, c'est la publique envie
Qui contre vous lève son front altier.
Le coq jaloux se bat sur son fumier,

---

1. Dans l'édition de Hollande de 1736 dont il vient d'être question, on lit :

    Eh! que pourront tous les traits satiriques.

2. Après ce vers on lisait :

    Et vous, Launay, vous, Zoïle moderne,
    D'écrits rimés barbouilleur subalterne,
    Insecte vil, qui rampez pour piquer,
    Et que nos yeux ne peuvent remarquer ;
    Je n'entends pas le bruit de vos murmures,
    Je ne sens pas vos frivoles morsures ;
    Car Émilie en ces mêmes moments
    Remplit mon cœur et tous mes sentiments.
    De son esprit mon âme pénétrée,
    D'autres objets à peine est effleurée ;
    J'entends sa voix, je suis devant ses yeux :
    Que tous les sots me déclarent la guerre,
    Hors de leur monde, et porté dans les cieux,
    Je ne vois plus la fange de la terre.

Personne ne sait plus ce que c'était que ce Launay. — C'est l'auteur de la comédie intitulée *la Vérité fabuliste*. (B.)

L'aigle dans l'air, le taureau dans la plaine :
Tel est l'état de la nature humaine.
La Jalousie et tous ses noirs enfants
Sont au théâtre, au conclave, aux couvents.
Montez au ciel : trois déesses rivales[1]
Troublent le ciel, qui rit de leurs scandales.
Que faire donc ? à quel saint recourir ?
Je n'en sais point : il faut savoir souffrir.

1. Après 1760, Voltaire rallongea cette épitre comme il suit :

> Montez au ciel : trois déesses rivales
> Y vont porter leur haine et leurs scandales,
> Et le beau ciel de nous autres chrétiens
> Tout comme l'autre eut aussi ses vauriens.
> Ne voit-on pas, chez cet atrabilaire *
> Qui d'Olivier fut un temps secrétaire,
> Ange contre ange, Uriel et Nisroc
> Contre Ariac, Asmodée, et Moloc,
> Couvrant de sang les célestes campagnes,
> Lançant des rocs, ébranlant des montagnes ;
> De purs esprits qu'un fendant coupe en deux,
> Et du canon tiré de près sur eux :
> Et le Messie allant, dans une armoire,
> Prendre sa lance, instrument de sa gloire ?
> Vous voyez bien que la guerre est partout.
> Point de repos, cela me pousse à bout.
> Et quoi, toujours alerte, en sentinelle !
> Que devient donc la paix universelle
> Qu'un grand ministre en rêvant proposa,
> Et qu'Irénée ** aux sifflets exposa,
> Et que Jean-Jacque orna de sa faconde,
> Quand il faisait la guerre à tout le monde *** ?
> O Patouillet ! ô Nonotte, et consorts !
> O mes amis, la paix est chez les morts !
> Chrétiennement mon cœur vous la souhaite.
> Chez les vivants où trouver sa retraite ?
> Où fuir ? que faire ? à quel saint recourir ? etc.

* Milton, secrétaire d'Olivier Cromwell, et qui justifia le meurtre de Charles Iᵉʳ dans le plus abominable et le plus plat libelle qu'on ait jamais écrit.

** Irénée Castel de Saint-Pierre. On prétend que Sully avait eu le même projet.

*** J.-J. Rousseau a fait aussi un livre sur la paix universelle. Cette tirade avait été ajoutée à l'épitre, dans le temps des querelles de Rousseau avec les gens de lettres.

ÉPITRE XLII.

A MADEMOISELLE DE GUISE[1],

SUR SON MARIAGE AVEC LE DUC DE RICHELIEU.

Avril 1734.

Un prêtre, un *oui*, trois mots latins,
A jamais fixent vos destins ;
Et le célébrant d'un village,
Dans la chapelle de Montjeu,
Très-chrétiennement vous engage
A coucher avec Richelieu,
Avec Richelieu, ce volage,
Qui va jurer par ce saint nœud
D'être toujours fidèle et sage.
Nous nous en défions un peu ;
Et vos grands yeux noirs, pleins de feu,
Nous rassurent bien davantage
Que les serments qu'il fait à Dieu.
  Mais vous, madame la duchesse,
Quand vous reviendrez à Paris,
Songez-vous combien de maris
Viendront se plaindre à Votre Altesse?
Ces nombreux cocus qu'il a faits
Ont mis en vous leur espérance ;
Ils diront, voyant vos attraits :
« Dieux! quel plaisir que la vengeance! »
Vous sentez bien qu'ils ont raison,
Et qu'il faut punir le coupable :
L'heureuse loi du talion
Est des lois la plus équitable.
Quoi! votre cœur n'est point rendu?
Votre sévérité me gronde!
Ah! quelle espèce de vertu
Qui fait enrager tout le monde!

1. Voltaire s'était employé pour ce mariage, qui eut lieu dans la nuit du 6 au
7 avril 1734. Voyez la *Correspondance* à cette époque.

Faut-il donc que de vos appas
Richelieu soit l'unique maître?
Est-il dit qu'il ne sera pas
Ce qu'il a tant mérité d'être?
Soyez donc sage, s'il le faut ;
Que ce soit là votre chimère :
Avec tous les talents de plaire,
Il faut bien avoir un défaut.
Dans cet emploi noble et pénible
De garder ce qu'on nomme honneur,
Je vous souhaite un vrai bonheur :
Mais voilà la chose impossible.

ÉPITRE XLIII.

A MONSIEUR ***.

Du camp de Philisbourg, le 3 Juillet 1734 [1].

C'est ici que l'on dort sans lit,
Et qu'on prend ses repas par terre ;
Je vois et j'entends l'atmosphère
Qui s'embrase et qui retentit
De cent décharges de tonnerre ;
Et dans ces horreurs de la guerre
Le Français chante, boit, et rit.
Bellone va réduire en cendres
Les courtines de Philisbourg,
Par cinquante mille Alexandres
Payés à quatre sous par jour :
Je les vois, prodiguant leur vie,
Chercher ces combats meurtriers,
Couverts de fange et de lauriers,

---

1. Apprenant que son ami le duc de Richelieu venait d'avoir un duel avec le prince de Lixin, qui était mécontent du mariage de sa cousine, Mlle de Guise, Voltaire partit pour l'armée du Rhin, où Richelieu se trouvait. Voyez la *Correspondance* à cette époque. (G. A.)

Et pleins d'honneur et de folie.
Je vois briller au milieu d'eux
Ce fantôme nommé la Gloire,
A l'œil superbe, au front poudreux,
Portant au cou cravate noire,
Ayant sa trompette en sa main,
Sonnant la charge et la victoire,
Et chantant quelques airs à boire,
Dont ils répètent le refrain [1].
　　O nation brillante et vaine !
Illustres fous, peuple charmant,
Que la Gloire à son char enchaîne,
Il est beau d'affronter gaîment
Le trépas et le prince Eugène.
Mais, hélas ! quel'sera le prix
De vos héroïques prouesses !
Vous serez cocus dans Paris
Par vos femmes et vos maîtresses [2].

ÉPITRE XLIV.

A MONSIEUR LE COMTE DE TRESSAN.

(1734)

Hélas ! que je me sens confondre
Par tes vers et par tes talents !
Pourrais-je encore à quarante ans
Les mériter, et leur répondre ?

1. Après ce vers, on lisait ceux-ci, qui étaient à la fin de la pièce :

　　Déjà le maréchal de Noaille,
　　Qui suit ce fantôme au grand trot,
　　Croyant qu'on va donner bataille,
　　En paraît un peu moins dévot;
　　Tous les saints au diable il envoie,
　　Et vient de donner pour le mot :
　　Vive l'honneur ! vive la joie !

2. Dans une ancienne édition on ne trouve pas les quatre derniers vers. (B)

Le temps, la triste adversité
Détend les cordes de ma lyre.
Les Jeux, les Amours, m'ont quitté ;
C'est à toi qu'ils viennent sourire,
C'est toi qu'ils veulent inspirer,
Toi qui sais, dans ta double ivresse,
Chanter, adorer ta maîtresse,
En jouir, et la célébrer.
Adieu ; quand mon bonheur s'envole,
Quand je n'ai plus que des désirs,
Ta félicité me console
De la perte de mes plaisirs.

ÉPITRE XLV.

A URANIE[1].

(1734)

Je vous adore, ô ma chère Uranie !
Pourquoi si tard m'avez-vous enflammé ?
Qu'ai-je donc fait des beaux jours de ma vie
Ils sont perdus ; je n'avais point aimé.
J'avais cherché dans l'erreur du bel âge
Ce dieu d'amour, ce dieu de mes désirs ;
Je n'en trouvai qu'une trompeuse image,
Je n'embrassai que l'ombre des plaisirs.
    Non, les baisers des plus tendres maîtresses ;
Non, ces moments comptés par cent caresses,
Moments si doux et si voluptueux,
Ne valent pas un regard de tes yeux.
Je n'ai vécu que du jour où ton âme
M'a pénétré de sa divine flamme ;
Que de ce jour où, livré tout à toi,
Le monde entier a disparu pour moi.

1. L'Uranie de Voltaire, en 1734, était Mme du Châtelet. (B.)

Ah! quel bonheur de te voir, de t'entendre!
Que ton esprit a de force et d'appas!
Dieux! que ton cœur est adorable et tendre!
Et quels plaisirs je goûte dans tes bras!
Trop fortuné, j'aime ce que j'admire.
Du haut du ciel, du haut de ton empire,
Vers ton amant tu descends chaque jour,
Pour l'enivrer de bonheur et d'amour.
Belle Uranie, autrefois la Sagesse
En son chemin rencontra le Plaisir;
Elle lui plut; il en osa jouir;
De leurs amours naquit une déesse,
Qui de sa mère a le discernement,
Et de son père a le tendre enjouement.
Cette déesse, ô ciel! qui peut-elle être?
Vous, Uranie, idole de mon cœur,
Vous que les dieux pour la gloire ont fait naître,
Vous qui vivez pour faire mon bonheur.

EPITRE XLVI.

A URANIE.

(1734)

Qu'un autre vous enseigne, ô ma chère Uranie,
A mesurer la terre, à lire dans les cieux,
    Et soumettre à votre génie
Ce que l'amour soumet au pouvoir de vos yeux.
Pour moi, sans disputer ni du plein ni du vide,
    Ce que j'aime est mon univers;
    Mon système est celui d'Ovide,
Et l'amour le sujet et l'âme de mes vers.
Écoutez ses leçons; du pays des chimères
Souffrez qu'il vous conduise au pays des désirs:
    Je vous apprendrai ses mystères;
Heureux, si vous pouvez m'apprendre ses plaisirs.

Des Grâces vous avez la figure légère,
D'une muse l'esprit, le cœur d'une bergère,
Un visage charmant, où sans être empruntés
        On voit briller les dons de Flore,
Que le doigt de l'Amour marque de tous côtés,
Quand par un doux souris il s'embellit encore.
        Mais que vous servent tant d'appas?
Quoi! de si belles mains pour toucher un compas,
        Ou pour pointer une lunette!
Quoi! des yeux si charmants pour observer le cours
        Ou les taches d'une planète?
        Non, la main de Vénus est faite
        Pour toucher le luth des amours;
        Et deux beaux yeux doivent eux-mêmes
        Être nos astres ici-bas.
        Laissez donc là tous les systèmes,
        Sources d'erreurs et de débats;
        Et, choisissant l'Amour pour maître,
        Jouissez au lieu de connaître.

ÉPITRE XLVII.

A MADAME DU CHATELET [1].

(1734)

Je voulais, de mon cœur éternisant l'hommage,
        Emprunter la langue des dieux,
        Et vous parler votre langage :
Je voulais dans mes vers peindre la vive image
De ce feu, de cette âme, et de ces dons des cieux,
Qu'on sent dans vos discours et qu'on voit dans vos yeux.

---

1. Cette épître sur les poëtes latins est dans le recueil publié par M. Jacobsen, en 1820; mais elle est aussi dans un recueil manuscrit terminé au commencement de 1735 par Céran, à Cirey; ce qui en fixe à peu près la date. (CL.)

Le projet était grand, mais faible est mon génie :
Aussitôt j'invoquai les dieux de l'harmonie,
Les maîtres qui d'Auguste ont embelli la cour ;
Tous me devaient aider, et chanter à leur tour.
Le cœur les fit parler, leur muse est naturelle ;
Vous les connaissez tous, ils sont vos favoris ;
Des auteurs à jamais ils sont l'heureux modèle,
        Excepté de vos beaux esprits,
        Et de Bernard de Fontenelle.
J'eus l'art de les toucher, car je parlais de vous ;
A votre nom divin je les vis tous paraître.
Virgile le premier, mon idole et mon maître,
Virgile s'avança d'un air égal et doux ;
Les échos répondaient à sa muse champêtre,
L'air, la terre et les cieux en étaient embellis ;
Tandis que ce pasteur, assis au pied d'un hêtre,
Embrassait Corydon et caressait Philis,
On voyait près de lui, mais non pas sur sa trace,
Cet adroit courtisan et délicat Horace,
Mêlant au dieu du vin l'une et l'autre Vénus,
D'un ton plus libertin caresser avec grâce
        Et Glycère et Ligurinus.
Celui qui fut puni de sa coquetterie,
Le maître en l'art d'aimer[1], qui rien ne nous apprit,
Prodiguait à Corinne avec galanterie
        Beaucoup d'amour et trop d'esprit.
Tibulle, caressé dans les bras de Délie,
Par des vers enchanteurs exhalait ses plaisirs ;
Et Catulle vantait, plus tendre en ses désirs,
Dans son style emporté, les baisers de Lesbie.
Vous parûtes alors, adorable Émilie :
Je vis soudain sur vous tous les yeux se tourner ;
        Votre aspect enlaidit les belles,
        Et de leurs amants enchantés
        Vous fîtes autant d'infidèles.
Je pensais qu'à l'instant ils allaient m'inspirer ;
Mais, jaloux de vous plaire et de vous célébrer,
Ils ont bien rabaissé ma téméraire audace.
Je vois qu'il n'appartient qu'aux maîtres du Parnasse
De vous offrir des vers, et de chanter pour vous ;

1. Ovide, auteur de l'*Art d'aimer*.

C'est un honneur dont je serais jaloux,
Si jamais j'étais à leur place.

ÉPITRE XLVIII.

A MONSIEUR LE COMTE ALGAROTTI[1].

(1735)

Lorsque ce grand courrier de la philosophie,
    Condamine l'observateur[2],
De l'Afrique au Pérou conduit par Uranie,
    Par la gloire, et par la manie,
    S'en va griller sous l'équateur,
Maupertuis et Clairaut, dans leur docte fureur,
    Vont geler au pôle du monde.
Je les vois d'un degré mesurer la longueur,
    Pour ôter au peuple rimeur
    Ce beau nom de machine ronde,
Que nos flasques auteurs, en chevillant leurs vers,
Donnaient à l'aventure à ce plat univers.

Les astres étonnés, dans leur oblique course,
Le grand, le petit Chien, et le Cheval, et l'Ourse,
Se disent l'un à l'autre, en langage des cieux :
« Certes, ces gens sont fous, ou ces gens sont des dieux. »

Et vous, Algarotti[3], vous, cygne de Padoue,

---

1. Cette épitre, imprimée dans les *Nouveaux Amusements du cœur et de l'esprit,* tome III, page 254, y est datée : *A Cirey, près Vassi, le 15 octobre 1735.* Elle avait été imprimée, par Desfontaines, dans le tome III de ses *Observations sur les écrits modernes,* malgré Voltaire. (B.)

2. MM. Godin, Bouguer, et de La Condamine, étaient partis alors pour faire leurs observations en Amérique, dans des contrées voisines de l'équateur. MM. de Maupertuis, Clairaut, et Le Monnier, devaient, dans la même vue, partir pour le nord, et M. Algarotti était du voyage. Il s'agissait de décider si la terre est un sphéroïde aplati ou allongé. (*Note de Voltaire,* 1739.)

3. M. Algarotti faisait très-bien des vers en sa langue, et avait quelques connaissances en mathématiques. (*Id.,* 1739.)

Élève harmonieux du cygne de Mantoue,
Vous allez donc aussi, sous le ciel des frimas,
Porter, en grelottant, la lyre et le compas,
Et, sur des monts glacés traçant des parallèles,
Faire entendre aux Lapons vos chansons immortelles?

Allez donc, et du pôle observé, mesuré,
Revenez aux Français apporter des nouvelles.
          Cependant je vous attendrai,
Tranquille admirateur de votre astronomie,
Sous mon méridien, dans les champs de Cirey,
N'observant désormais que l'astre d'Émilie.
Échauffé par le feu de son puissant génie,
          Et par sa lumière éclairé,
          Sur ma lyre je chanterai
Son âme universelle autant qu'elle est unique ;
Et j'atteste les cieux, mesurés par vos mains,
Que j'abandonnerais pour ses charmes divins
          L'équateur et le pôle arctique[1].

ÉPITRE XLIX.

A MONSIEUR DE SAINT-LAMBERT.

(1736)

Mon esprit avec embarras
Poursuit des vérités arides ;
J'ai quitté les brillants appas
Des muses, mes dieux et mes guides,
Pour l'astrolabe et le compas
Des Maupertuis et des Euclides.
Du vrai le pénible fatras

----

1. L'épitre à M. Berger, en vers de quatre syllabes, qui est ici dans quelques éditions, fait partie de la lettre au même, de janvier 1736. On peut la voir dans la *Correspondance.*

Détend les cordes de ma lyre ;
Vénus ne veut plus me sourire,
Les Grâces détournent leurs pas.
Ma muse, les yeux pleins de larmes,
Saint-Lambert, vole auprès de vous ;
Elle vous prodigue ses charmes :
Je lis vos vers, j'en suis jaloux.
Je voudrais en vain vous répondre ;
Son refus vient de me confondre :
Vous avez fixé ses amours,
Et vous les fixerez toujours.
Pour former un lien durable
Vous avez sans doute un secret ;
Je l'envisage avec regret,
Et ce secret, c'est d'être aimable.

ÉPITRE L.

A MADEMOISELLE DE LUBERT.

Charmante Iris, qui, sans chercher à plaire,
Savez si bien le secret de charmer ;
Vous dont le cœur, généreux et sincère,
Pour son repos sut trop bien l'art d'aimer ;
Vous dont l'esprit, formé par la lecture,
Ne parle pas toujours mode et coiffure ;
Souffrez, Iris, que ma muse aujourd'hui
Cherche à tromper un moment votre ennui.
Auprès de vous on voit toujours les Grâces :
Pourquoi bannir les Plaisirs et les Jeux?
L'Amour les veut rassembler sur vos traces :
Pourquoi chercher à vous éloigner d'eux?
Du noir chagrin volontaire victime,
Vous seule, Iris, faites votre tourment,
Et votre cœur croirait commettre un crime
S'il se prêtait à la joie un moment.
De vos malheurs je sais toute l'histoire ;

L'Amour, l'Hymen, ont trahi vos désirs[1] :
Oubliez-les ; ce n'est que des plaisirs
Dont nous devons conserver la mémoire.
Les maux passés ne sont plus de vrais maux ;
Le présent seul est de notre apanage,
Et l'avenir peut consoler le sage,
Mais ne saurait altérer son repos.
Du cher objet que votre cœur adore
Ne craignez rien ; comptez sur vos attraits :
Il vous aima ; son cœur vous aime encore,
Et son amour ne finira jamais.
Pour son bonheur bien moins que pour le vôtre,
De la Fortune il brigue les faveurs ;
Elle vous doit, après tant de rigueurs,
Pour son honneur rendre heureux l'un et l'autre.
D'un tendre ami, qui jamais ne rendit
A la Fortune un criminel hommage,
Ce sont les vœux. Goûtez, sur son présage,
Dès ce moment le sort qu'il vous prédit.

ÉPITRE LI.

A MADAME LA MARQUISE DU CHATELET,

SUR LA PHILOSOPHIE DE NEWTON.

(1736[2])

Tu m'appelles à toi, vaste et puissant génie,
Minerve de la France, immortelle Émilie ;

---

1. La mère de M. le président Rougeot s'était opposée au mariage de son fils avec Mlle de Lubert, parce qu'elle ne voulait point avoir, disait-elle, une bru bel esprit. Voyez aussi l'épître xxxv, page 272.

2. Cette épître est de 1736 ; car il en est fait mention dans la lettre du prince royal de Prusse, du 3 décembre 1736 ; mais elle ne fut imprimée qu'en 1738, à la tête des *Éléments de la Philosophie de Newton*. (B.)

Je m'éveille à ta voix, je marche à ta clarté[1],
Sur les pas des Vertus et de la Vérité.
Je quitte Melpomène et les jeux du théâtre,
Ces combats, ces lauriers, dont je fus idolâtre;
De ces triomphes vains mon cœur n'est plus touché.
Que le jaloux Rufus[2], à la terre attaché,
Traîne au bord du tombeau la fureur insensée
D'enfermer dans un vers une fausse pensée;
Qu'il arme contre moi ses languissantes mains
Des traits qu'il destinait au reste des humains;
Que quatre fois par mois un ignorant Zoïle
Élève, en frémissant, une voix imbécile:
Je n'entends point leurs cris, que la haine a formés;
Je ne vois point leurs pas, dans la fange imprimés.
Le charme tout-puissant de la philosophie
Élève un esprit sage au-dessus de l'envie.
Tranquille au haut des cieux que Newton s'est soumis,
Il ignore en effet s'il a des ennemis:
Je ne les connais plus. Déjà de la carrière
L'auguste Vérité vient m'ouvrir la barrière;
Déjà ces tourbillons, l'un par l'autre pressés,
Se mouvant sans espace, et sans règle entassés,
Ces fantômes savants à mes yeux disparaissent.
Un jour plus pur me luit; les mouvements renaissent.
L'espace, qui de Dieu contient l'immensité,
Voit rouler dans son sein l'univers limité,
Cet univers si vaste à notre faible vue,
Et qui n'est qu'un atome, un point dans l'étendue.
Dieu parle, et le chaos se dissipe à sa voix:
Vers un centre commun tout gravite à la fois.
Ce ressort si puissant, l'âme de la nature,
Était enseveli dans une nuit obscure;
Le compas de Newton, mesurant l'univers,
Lève enfin ce grand voile, et les cieux sont ouverts.
Il déploie à mes yeux, par une main savante,

1. Variante:

> Disciple de Newton et de la vérité,
> Tu pénètres mes sens des feux de ta clarté;
> Je renonce aux lauriers que longtemps au théâtre
> Chercha d'un vain plaisir mon esprit idolâtre;
> De ces triomphes vains, etc.

2. J.-B. Rousseau; voyez l'épître XLI et ses notes.

De l'astre des saisons la robe étincelante :
L'émeraude, l'azur, le pourpre, le rubis,
Sont l'immortel tissu dont brillent ses habits.
Chacun de ses rayons, dans sa substance pure,
Porte en soi les couleurs dont se peint la nature ;
Et, confondus ensemble, ils éclairent nos yeux ;
Ils animent le monde, ils emplissent les cieux.
  Confidents du Très-Haut, substances éternelles,
Qui brûlez de ses feux, qui couvrez de vos ailes
Le trône où votre maître est assis parmi vous,
Parlez : du grand Newton n'étiez-vous point jaloux?
  La mer entend sa voix. Je vois l'humide empire
S'élever, s'avancer vers le ciel qui l'attire :
Mais un pouvoir central arrête ses efforts ;
La mer tombe, s'affaisse, et roule vers ses bords.
  Comètes, que l'on craint à l'égal du tonnerre,
Cessez d'épouvanter les peuples de la terre :
Dans une ellipse immense achevez votre cours ;
Remontez, descendez près de l'astre des jours ;
Lancez vos feux, volez, et, revenant sans cesse,
Des mondes épuisés ranimez la vieillesse.
  Et toi, sœur du soleil, astre qui, dans les cieux,
Des sages éblouis trompais les faibles yeux,
Newton de ta carrière a marqué les limites ;
Marche, éclaire les nuits, tes bornes sont prescrites.
  Terre, change de forme ; et que la pesanteur,
En abaissant le pôle, élève l'équateur [1] ;
Pôle immobile aux yeux, si lent dans votre course,
Fuyez le char glacé des sept astres de l'Ourse :
Embrassez, dans le cours de vos longs mouvements [2],
Deux cents siècles entiers par delà six mille ans.
  Que ces objets sont beaux ! que notre âme épurée
Vole à ces vérités dont elle est éclairée !
Oui, dans le sein de Dieu, loin de ce corps mortel,

1. Variante :
  Change de forme, ô terre ! et que ta pesanteur,
  Augmentant sous le pôle, élève l'équateur.

Autre variante :
  Terre, change de forme, et que la pesanteur,
  Abaissant tes côtés, soulève l'équateur.

2. C'est la période de la précession des équinoxes, laquelle s'accomplit en vingt-six mille neuf cents ans, ou environ. (*Note de Voltaire*, 1748.)

L'esprit semble écouter la voix de l'Éternel.
    Vous à qui cette voix se fait si bien entendre,
Comment avez-vous pu, dans un âge encor tendre,
Malgré les vains plaisirs, ces écueils des beaux jours[1],
Prendre un vol si hardi, suivre un si vaste cours?
Marcher, après Newton, dans cette route obscure
Du labyrinthe immense où se perd la nature?
Puissé-je auprès de vous, dans ce temple écarté,
Aux regards des Français montrer la Vérité!
Tandis qu'Algarotti[2], sûr d'instruire et de plaire,
Vers le Tibre étonné conduit cette étrangère,
Que de nouvelles fleurs il orne ses attraits,
Le compas à la main j'en tracerai les traits;
De mes crayons grossiers je peindrai l'immortelle.
Cherchant à l'embellir, je la rendrais moins belle:
Elle est, ainsi que vous, noble, simple, et sans fard,
Au-dessus de l'éloge, au-dessus de mon art.

ÉPITRE LII.

AU PRINCE ROYAL,

DEPUIS ROI DE PRUSSE.

DE L'USAGE DE LA SCIENCE DANS LES PRINCES.

Octobre 1736.

    Prince, il est peu de rois que les muses instruisent;
Peu savent éclairer les peuples qu'ils conduisent.
Le sang des Antonins sur la terre est tari;
Car, depuis ce héros de Rome si chéri,

1. Variante:
    Malgré les vains plaisirs, cet écueil des beaux jours.

2. M. Algarotti, jeune Vénitien, faisait imprimer alors à Venise un traité sur la lumière, *Newtonianismo per le Dame*, dans lequel il expliquait l'attraction. (*Note de Voltaire*, 1742.) M. de Voltaire fut le premier en France qui expliqua les découvertes de Newton. (*Id.*, 1756.)

Ce philosophe roi, ce divin Marc-Aurèle,
Des princes, des guerriers, des savants le modèle,
Quel roi, sous un tel joug osant se captiver,
Dans les sources du vrai sut jamais s'abreuver?
Deux ou trois, tout au plus, prodiges dans l'histoire,
Du nom de philosophe ont mérité la gloire ;
Le reste est à vos yeux le vulgaire des rois,
Esclaves des plaisirs, fiers oppresseurs des lois,
Fardeaux de la nature, ou fléaux de la terre,
Endormis sur le trône, ou lançant le tonnerre.
Le monde, aux pieds des rois, les voit sous un faux]jour ;
Qui sait régner sait tout, si l'on en croit la cour.
Mais quel est en effet ce grand art politique,
Ce talent si vanté dans un roi despotique?
Tranquille sur le trône, il parle, on obéit ;
S'il sourit, tout est gai ; s'il est triste, on frémit.
Quoi ! régir d'un coup d'œil une foule servile,
Est-ce un poids si pesant, un art si difficile?
Non ; mais fouler aux pieds la coupe de l'erreur,
Dont veut vous enivrer un ennemi flatteur,
Des prélats courtisans confondre l'artifice,
Aux organes des lois enseigner la justice ;
Du séjour doctoral chassant l'absurdité,
Dans son sein ténébreux placer la vérité,
Éclairer le savant, et soutenir le sage,
Voilà ce que j'admire, et c'est là votre ouvrage.
L'ignorance, en un mot, flétrit toute grandeur.
      Du dernier roi d'Espagne[1] un grave ambassadeur
De deux savants anglais reçut une prière ;
Ils voulaient, dans l'école apportant la lumière,
De l'air qu'un long cristal enferme en sa hauteur,
Aller au haut d'un mont marquer la pesanteur[2].

1. Cette aventure se passa à Londres, la première année du règne de Charles II, roi d'Espagne. (*Note de Voltaire,* 1756.)

2. Il s'agissait de reconnaître la différence du poids de l'atmosphère au pied et au sommet de la montagne. Pour s'épargner l'embarras d'y transporter un baromètre, on se proposait d'employer un siphon, dont une des branches serait bouchée à l'extrémité supérieure; le bas étant rempli de mercure, qui doit être de niveau dans les deux branches au pied de la montagne. Au sommet, le mercure se trouve plus haut dans la branche ouverte, et plus bas dans la branche fermée. La différence de niveau sert à connaître celle du poids de l'atmosphère. Plus la branche fermée (c'est-à-dire le tube qui renferme l'air de la montagne) est longue, plus l'expérience peut être exacte. Voilà pourquoi M. de Voltaire dit : *un long cristal.* Depuis

Il pouvait les aider dans ce savant voyage ;
Il les prit pour des fous : lui seul était peu sage.
Que dirai-je d'un pape et de sept cardinaux [1],
D'un zèle apostolique unissant les travaux,
Pour apprendre aux humains, dans leurs augustes codes,
Que c'était un péché de croire aux antipodes ?
Combien de souverains, chrétiens, et musulmans,
Ont tremblé d'une éclipse, ont craint des talismans !
Tout monarque indolent, dédaigneux de s'instruire,
Est le jouet honteux de qui veut le séduire.
Un astrologue, un moine, un chimiste effronté,
Se font un revenu de sa crédulité.
Il prodigue au dernier son or par avarice ;
Il demande au premier si Saturne propice,
D'un aspect fortuné regardant le soleil,
L'appelle à table, au lit, à la chasse, au conseil ;
Il est aux pieds de l'autre ; et, d'une âme soumise,
Par la crainte du diable il enrichit l'Église.
Un pareil souverain ressemble à ces faux dieux,
Vils marbres adorés, ayant en vain des yeux ;
Et le prince éclairé, que la raison domine,
Est un vivant portrait de l'essence divine.
    Je sais que dans un roi l'étude, le savoir,
N'est pas le seul mérite et l'unique devoir ;
Mais qu'on me nomme enfin, dans l'histoire sacrée,
Le roi dont la mémoire est le plus révérée :
C'est ce bon Salomon, que Dieu même éclaira,
Qu'on chérit dans Sion, que la terre admira,
Qui mérita des rois le volontaire hommage.
Son peuple était heureux, il vivait sous un sage :
L'Abondance, à sa voix, passant le sein des mers,
Volait pour l'enrichir des bouts de l'univers ;
Comme à Londre, à Bordeaux, de cent voiles suivie,
Elle apporte, au printemps, les trésors de l'Asie.
Ce roi, que tant d'éclat ne pouvait éblouir,
Sut joindre à ses talents l'art heureux de jouir.
Ce sont là les leçons qu'un roi prudent doit suivre ;
Le savoir, en effet, n'est rien sans l'art de vivre.

qu'on sait construire des baromètres portatifs, on a cessé d'employer toute autre
espèce d'instrument pour ces expériences. (K.)
    1. Le pape Zacharie, qui régna de 741 à 752.

Qu'un roi n'aille donc point, épris d'un faux éclat,
Pâlissant sur un livre, oublier son état;
Que plus il est instruit, plus il aime la gloire.
    De ce monarque anglais vous connaissez l'histoire :
Dans un fatal exil Jacques[1] laissa périr
Son gendre infortuné, qu'il eût pu secourir.
Ah! qu'il eût mieux valu, rassemblant ses armées,
Délivrer des Germains les villes opprimées,
Venger de tant d'États les désolations,
Et tenir la balance entre les nations,
Que d'aller, des docteurs briguant les vains suffrages,
Au doux enfant Jésus dédier ses ouvrages!
Un monarque éclairé n'est pas un roi pédant :
Il combat en héros, il pense en vrai savant.
Tel fut ce Julien méconnu du vulgaire,
Philosophe et guerrier, terrible et populaire.
Ainsi ce grand César, soldat, prêtre, orateur,
Fut du peuple romain l'oracle et le vainqueur.
On sait qu'il fit encor bien pis dans sa jeunesse[2];
Mais tout sied au héros, excepté la faiblesse.

EPITRE LIII.

A MADEMOISELLE DE T*****, DE ROUEN[3],

QUI AVAIT ÉCRIT A L'AUTEUR
CONJOINTEMENT AVEC M. DE CIDEVILLE.

(1738)

Quoi! celle qui n'a dû connaître
Que les Grâces, ses tendres sœurs,

1. Le roi Jacques fit un petit traité de théologie, qu'il dédia à l'enfant Jésus.
(*Note de Voltaire*, 1756.)
    2. Variante :
        Il serait aujourd'hui votre modèle auguste,
        Et votre exemple en tout, s'il avait été juste.

    3. Cette épitre est celle dont il est fait mention dans la lettre à Cideville, du
14 juillet 1738.

De qui les mains cueillent des fleurs,
Et de qui les pas les font naître,
En philosophe ose paraître
Dans les profondeurs des détours
Où l'on voit les épines croître;
Et la maîtresse des Amours
A choisi Newton pour son maître!
   Je vois cette jeune beauté,
Du palais de la Volupté,
Se promener d'un pas agile
Au temple de la Vérité.
La route en était difficile;
Mais elle est avec Cideville,
Dans ces deux temples si fêté.
Jusqu'où n'a-t-elle point été
Avec ce conducteur habile?
   Je vois que la nature a fait,
Parmi ses œuvres infinies,
Deux fois un ouvrage parfait:
Elle a formé deux Émilies.

ÉPITRE LIV.

AU PRINCE ROYAL DE PRUSSE.

(1738)

Vous ordonnez que je vous dise
Tout ce qu'à Cirey nous faisons:
Ne le voyez-vous pas sans qu'on vous en instruise?
Vous êtes notre maître, et nous vous imitons:
Nous retenons de vous les plus belles leçons
De la sagesse d'Épicure;
Comme vous, nous sacrifions
A tous les arts, à la nature;
Mais de fort loin nous vous suivons.
Ainsi, tandis qu'à l'aventure

Le dieu du jour lance un rayon .
Au fond de quelque chambre obscure [1],
De ses traits la lumière pure
Y peint du plus vaste horizon
La perspective en miniature.
Une telle comparaison
Se sent un peu de la lecture
Et de Kircher [2] et de Newton.
Par ce ton si philosophique
Qu'ose prendre ma faible voix,
Peut-être je gâte à la fois
La poésie et la physique.
Mais cette nouveauté me pique ;
Et du vieux code poétique
Je commence à braver les lois.
Qu'un autre, dans ses vers lyriques,
Depuis deux mille ans répétés,
Brode encor des fables antiques ;
Je veux de neuves vérités.
Divinités des bergeries,
Naïades des rives fleuries,
Satyres, qui dansez toujours,
Vieux enfants que l'on nomme Amours,
Qui faites naître en nos prairies
De mauvais vers et de beaux jours,
Allez remplir les hémistiches
De ces vers pillés et postiches
Des rimailleurs suivant les cours.
D'une mesure cadencée
Je connais le charme enchanteur :
L'oreille est le chemin du cœur ;
L'harmonie et son bruit flatteur
Sont l'ornement de la pensée :
Mais je préfère, avec raison,
Les belles fautes du génie
A l'exacte et froide oraison
D'un puriste d'académie.
Jardins plantés en symétrie,

1. Voltaire avait fait construire à Cirey une chambre obscure pour ses expériences d'optique.
2. Célèbre savant, né en 1602, mort en 1680.

Arbres nains tirés au cordeau,
Celui qui vous mit au niveau
En vain s'applaudit, se récrie,
En voyant ce petit morceau :
Jardins, il faut que je vous fuie ;
Trop d'art me révolte et m'ennuie.
J'aime mieux ces vastes forêts :
La nature, libre et hardie,
Irrégulière dans ses traits,
S'accorde avec ma fantaisie.
Mais dans ce discours familier
En vain je crois étudier
Cette nature simple et belle ;
Je me sens plus irrégulier
Et beaucoup moins aimable qu'elle.
Accordez-moi votre pardon
Pour cette longue rapsodie ;
Je l'écrivis avec saillie,
Mais peu maître de ma raison,
Car j'étais auprès d'Émilie.

ÉPITRE LV.

AU PRINCE ROYAL DE PRUSSE[1].

AU NOM DE MADAME LA MARQUISE DU CHATELET,
A QUI IL AVAIT DEMANDÉ CE QU'ELLE FAISAIT A CIREY.

(1738)

Un peu philosophe et bergère,
Dans le sein d'un riant séjour,
Loin des riens brillants de la cour,
Des intrigues du ministère,
Des inconstances de l'amour,

1. L'épître ou lettre à laquelle répondent ces vers n'est pas dans les *OEuvres du roi de Prusse*. (B.)

Des absurdités du vulgaire
Toujours sot et toujours trompé,
Et de la troupe mercenaire
Par qui ce vulgaire est dupé,
Je vis heureuse et solitaire ;
Non pas que mon esprit sévère
Haïsse par son caractère
Tous les humains également :
Il faut les fuir, c'est chose claire ;
Mais non pas tous, assurément.
Vivre seule dans sa tanière
Est un assez méchant parti ;
Et ce n'est qu'avec un ami
Que la solitude doit plaire.
Pour ami j'ai choisi Voltaire ;
Peut-être en feriez-vous ainsi.
Mes jours s'écoulent sans tristesse ;
Et, dans mon loisir studieux,
Je ne demandais rien aux dieux
Que quelque dose de sagesse,
Quand le plus aimable d'entre eux,
A qui nous érigeons un temple,
A, par ses vers doux et nombreux,
De la sagesse que je veux
Donné les leçons et l'exemple.
Frédéric est le nom sacré
De ce dieu charmant qui m'éclaire :
Que ne puis-je aller à mon gré'
Dans l'Olympe où l'on le révère !
Mais le chemin m'en est bouché.
Frédéric est un dieu caché,
Et c'est ce qui nous désespère.
Pour moi, nymphe de ces coteaux,
Et des prés si verts et si beaux,
Enrichis de l'eau qui les baise,
Soumise au fleuve de La Blaise,
Je reste parmi ses roseaux.
Mais vous, du séjour du tonnerre
Ne pourriez-vous descendre un peu ?
C'est bien la peine d'être dieu
Quand on ne vient pas sur la terre !

ÉPITRE LVI.

A MONSIEUR HELVÉTIUS.

(1738)

Apprenti fermier général [1],
Très-savant maître en l'art de plaire,
Chez Plutus, ce gros dieu brutal,
Vous portâtes mine étrangère ;
Mais chez les Amours et leur mère,
Chez Minerve, chez Apollon,
Lorsque vous vîntes à paraître,
On vous prit d'abord pour le maître
Ou pour l'enfant de la maison.
Vainement sur votre menton
La main de l'aimable Jeunesse
N'a mis encor que son coton,
Toute la raisonneuse espèce
Croit voir en vous un vrai barbon ;
Et cependant votre maîtresse
Jamais ne s'y méprit, dit-on :
Car au langage de Platon,
Au savoir qui dans vous réside,
A ce minois de Céladon,
Vous joignez la force d'Alcide.

1. Helvétius, âgé de vingt-trois ans, venait d'obtenir le titre et une demi-place de fermier général. (G. A.)

ÉPITRE LVII.

AU ROI DE PRUSSE FRÉDÉRIC LE GRAND,

EN RÉPONSE A UNE LETTRE DONT IL HONORA L'AUTEUR,
A SON AVÉNEMENT A LA COURONNE [1].

(1740 [1])

Quoi ! vous êtes monarque, et vous m'aimez encore !
Quoi ! le premier moment de cette heureuse aurore
Qui promet à la terre un jour si lumineux,
Marqué par vos bontés, met le comble à mes vœux !
O cœur toujours sensible ! âme toujours égale !
Vos mains du trône à moi remplissent l'intervalle [2].

1. Dans le *Mercure de France*, de septembre 1748, on trouve une traduction
latine de cette épître. (B.)
— Voyez, dans la *Correspondance* avec le roi de Prusse, les lettres de Frédéric
des 6 et 12 juin 1740.
2. Variante :

Vos mains du trône à moi franchissent l'intervalle ;
Et, philosophe roi, méprisant la grandeur,
Vous m'écrivez en homme, et parlez à mon cœur.
Vous savez qu'Apollon, le dieu de la lumière,
N'a pas toujours du ciel éclairé la carrière :
Dans un champêtre asile il passa d'heureux jours ;
Les arts qu'il y fit naître y furent ses amours :
Il chanta la vertu. Sa divine harmonie
Polit des Phrygiens le sauvage génie ;
Solide en ses discours, sublime en ses chansons,
Du grand art de penser il donna des leçons.
Ce fut le siècle d'or ; car, malgré l'ignorance,
L'âge d'or en effet est le siècle où l'on pense.
Un pasteur étranger, attiré vers ces bords,
Du dieu de l'harmonie entendit les accords ;
A ses sons enchanteurs il accorda sa lyre ;
Le dieu, qui l'approuva, prit le soin de l'instruire
Mais le dieu se cachait, et le simple étranger
Ne connut, n'admira, n'aima que le berger.
Phébus quitta bientôt ces agréables plaines,
Du char de la lumière il prit en main les rênes ;
Mais le jour que sa course éclaira l'univers,
Au lieu de se coucher dans le palais des mers,
Déposant ses rayons et sa grandeur suprême,
Il apparut encore à l'étranger qui l'aime,
Lui parla de son art, art peu connu des dieux,
Et ne l'oublia point en remontant aux cieux.
    Je suis cet étranger, ce pasteur solitaire ;
Mais quel est l'Apollon qui m'échauffe et m'éclaire ?
C'est à vous de le dire, ô vous qui l'admirez,

Citoyen couronné, des préjugés vainqueur,
Vous m'écrivez en homme, et parlez à mon cœur.
Cet écrit vertueux, ces divins caractères,
Du bonheur des humains sont les gages sincères.
Ah, prince! ah, digne espoir de nos cœurs captivés!
Ah! régnez à jamais comme vous écrivez.
Poursuivez, remplissez des vœux si magnanimes :
Tout roi jure aux autels de réprimer les crimes ;
Et vous, plus digne roi, vous jurez dans mes mains
De protéger les arts, et d'aimer les humains.
    Et toi [1] dont la vertu brilla persécutée,
Toi qui prouvas un Dieu, mais qu'on nommait athée,
Martyr de la raison, que l'Envie en fureur
Chassa de son pays par les mains de l'erreur,
Reviens, il n'est plus rien qu'un philosophe craigne ;
Socrate est sur le trône, et la Vérité règne.
    Cet or qu'on entassait, ce pur sang des États,
Qui leur donne la mort en ne circulant pas,
Répandu par ses mains, au gré de sa prudence,
Va ranimer la vie, et porter l'abondance.
La sanglante injustice expire sous ses pieds :
Déjà les rois voisins sont tous ses alliés ;
Ses sujets sont ses fils, l'honnête homme est son frère ;
Ses mains portent l'olive, et s'arment pour la guerre.
Il ne recherche point ces énormes soldats,
Ce superbe appareil, inutile aux combats,
Fardeaux embarrassants, colosses de la guerre,
Enlevés [2], à prix d'or, aux deux bouts de la terre ;
Il veut dans ses guerriers le zèle et la valeur,

> Peuples qu'il rend heureux, sujets qui l'adorez.
> A l'Europe étonnée annoncez votre maître.
> Les vertus, les talents, les plaisirs, vont renaître ;
> Les sages de la terre, appelés à sa voix,
> Accourent pour l'entendre, et reçoivent ses lois.
>   Et toi, dont la vertu, etc.

— Frédéric, n'étant que prince royal, avait passé quelques années dans une campagne qu'il avait ornée, et où il s'était perfectionné dans la connaissance des beaux-arts. C'est à quoi Voltaire fait allusion dans le sixième vers de cette variante. (B.)

1. Le professeur Volf, persécuté comme athée par les théologiens de l'université de Hall, chassé par Frédéric II sous peine d'être pendu, et fait chancelier de la même université à l'avénement de Frédéric III. (*Note de Voltaire*, 1748.)

2. Un de ces soldats, qu'on nommait Petit-Jean, avait été acheté vingt-quatre mille livres. (*Id.*, 1748).

Et, sans les mesurer, juge d'eux par le cœur[1].
Ainsi pense le juste, ainsi règne le sage.
Mais il faut au grand homme un plus heureux partage :
Consulter la prudence, et suivre l'équité,
Ce n'est encor qu'un pas vers l'immortalité.
Qui n'est que juste est dur ; qui n'est que sage est triste :
Dans d'autres sentiments l'héroïsme consiste.
Le conquérant est craint, le sage est estimé ;
Mais le bienfaisant charme, et lui seul est aimé ;
Lui seul est vraiment roi ; sa gloire est toujours pure ;
Son nom parvient sans tache à la race future.
A qui se fait chérir faut-il d'autres exploits ?
Trajan, non loin du Gange, enchaîna trente rois :
A peine a-t-il un nom fameux par la victoire :
Connu par ses bienfaits, sa bonté fait sa gloire.
Jérusalem conquise, et ses murs abattus,
N'ont point éternisé le grand nom de Titus ;
Il fut aimé : voilà sa grandeur véritable.
   O vous qui l'imitez, vous, son rival aimable,
Effacez le héros dont vous suivez les pas :
Titus perdit un jour, et vous n'en perdrez pas.

1. Variante :

> Et, sans les mesurer, juge d'eux par le cœur.
> Il est héros en tout, puisqu'en tout il est juste ;
> Il sait qu'aux yeux du sage on a ce titre auguste
> Par des soins bienfaisants plus que par des exploits.
> Trajan, etc.

ÉPITRE LVIII.

A UN MINISTRE D'ÉTAT[1].

SUR L'ENCOURAGEMENT DES ARTS.

(1740)

Toi qui, mêlant toujours l'agréable à l'utile[2],
Des plaisirs aux travaux passes d'un vol agile,
Que j'aime à voir ton goût, par des soins bienfaisants,
Encourager les arts à ta voix renaissants!
Sans accorder jamais d'injuste préférence,
Entre tous ces rivaux tiens toujours la balance.
De Melpomène en pleurs anime les accents ;
De sa riante sœur chéris les agréments ;
Anime le pinceau, le ciseau, l'harmonie,
Et mets un compas d'or dans les mains d'Uranie.
Le véritable esprit sait se plier à tout :
On ne vit qu'à demi quand on n'a qu'un seul goût.

Je plains tout être faible, aveugle en sa manie,
Qui dans un seul objet confina son génie,
Et qui, de son idole adorateur charmé,
Veut immoler le reste au dieu qu'il s'est formé.

1. Cette épître fut d'abord adressée à M. le comte de Maurepas, ensuite elle reparut sous le titre : *A un ministre d'État.* M. de Voltaire n'avait pu pardonner à M. de Maurepas de s'être réuni au théatin Boyer pour l'empêcher de succéder, à l'Académie française, au cardinal de Fleury : il crut devoir effacer son nom, conserver l'épître qui renfermait des leçons utiles, et laisser ses lecteurs l'adresser aux ministres qu'ils croiraient la mériter. Suivant M. d'Argental, la principale raison de ce changement était que M. de Maurepas n'a jamais protégé les lettres, ni les arts, et que les efforts de M. de Voltaire pour le piquer d'honneur sur ce point restèrent inutiles. (K.)
2. D'après la première édition, on lisait :

> Esprit sage et brillant que le ciel a fait naître
> Et pour plaire aux sujets et pour servir leur maître,
> Que j'aime à voir ton goût, par des soins bienfaisants,
> Encourager les arts à ta voix renaissants !
> Sans accorder jamais d'injuste préférence,
> Entre tous ces rivaux ta main tient la balance ;
> Tel qu'un père éclairé, qui sait de ses enfants
> Discerner, applaudir, employer les talents.
>   Je plains, etc.

Entends-tu murmurer ce sauvage algébriste,
A la démarche lente, au teint blême, à l'œil triste,
Qui, d'un calcul aride à peine encore instruit,
Sait que quatre est à deux comme seize est à huit?
Il méprise Racine, il insulte à Corneille;
Lulli n'a point de son pour sa pesante oreille;
Et Rubens vainement, sous ses pinceaux flatteurs,
De la belle nature assortit les couleurs.
Des xx redoublés admirant la puissance,
Il croit que Varignon[1] fut seul utile en France;
Et s'étonne surtout qu'inspiré par l'amour,
Sans algèbre autrefois Quinault charmât la cour.

Avec non moins d'orgueil et non moins de folie,
Un élève d'Euterpe, un enfant de Thalie,
Qui, dans ses vers pillés, nous répète aujourd'hui
Ce qu'on a dit cent fois, et toujours mieux que lui,
De sa frivole muse admirateur unique,
Conçoit pour tout le reste un dégoût léthargique,
Prend pour des arpenteurs Archimède et Newton,
Et voudrait mettre en vers Aristote et Platon[2].

Ce bœuf qui pesamment rumine ses problèmes,
Ce papillon folâtre, ennemi des systèmes,
Sont regardés tous deux avec un ris moqueur
Par un bavard en robe, apprenti chicaneur,
Qui, de papiers timbrés barbouilleur mercenaire,
Vous vend pour un écu sa plume et sa colère.
« Pauvres fous, vains esprits, s'écrie avec hauteur
Un ignorant fourré, fier du nom de docteur,
Venez à moi; laissez Massillon, Bourdaloue[3];
Je veux vous convertir; mais je veux qu'on me loue.
Je divise en trois points le plus simple des cas;

---

1. Géomètre médiocre, et qui n'était que cela. Il écrivait très-mal, et disait à Fontenelle : « Rendez mes idées. » (K.)

2. Variante :

> Et voudrait mettre en vers Cujas et Cicéron.
> Pourtant ce géomètre et ce rimeur futile,
> Bouffis également d'un orgueil imbécile,
> Sont regardés tous deux, etc.

3. Variante :

> Venez à moi, je suis l'oracle de l'Église,
> J'argumente, j'écris, je bénis, j'exorcise :
> J'ai des péchés en chaire épluché tous les cas;
> J'ai vingt ans, etc.

J'ai vingt ans, sans l'entendre, expliqué saint Thomas. »
Ainsi ces charlatans, de leur art idolâtres,
Attroupent un vain peuple au pied de leurs théâtres.
L'honnête homme est plus juste, il approuve en autrui
Les arts et les talents qu'il ne sent point en lui.
    Jadis avant que Dieu, consommant son ouvrage,
Eût d'un souffle de vie animé son image,
Il se plut à créer des animaux divers :
L'aigle, au regard perçant, pour régner dans les airs ;
Le paon, pour étaler l'iris de son plumage ;
Le coursier, pour servir ; le loup, pour le carnage ;
Le chien, fidèle et prompt ; l'âne, docile et lent,
Et le taureau farouche, et l'animal bêlant ;
Le chantre des forêts ; la douce tourterelle,
Qu'on a cru faussement des amants le modèle :
L'homme les nomma tous, et, par un heureux choix,
Discernant leurs instincts, assigna leurs emplois[1].
On compte que l'époux de la célèbre Hortense[2]
Signala plaisamment sa sainte extravagance :
Craignant de faire un choix par sa faible raison,
Il tirait aux trois dés les rangs de sa maison.
Le sort, d'un postillon, faisait un secrétaire ;
Son cocher étonné devint homme d'affaire ;
Un docteur hibernois, son très-digne aumônier,

1. Variante :

    Discernant leurs instincts, assigna leurs emplois.
      Ainsi, par un goût sûr, par un choix toujours sage,
    Des talents différents tu fais un juste usage ;
    Tu sais de Melpomène animer les accents,
    De sa riante sœur chérir les agréments,
    Protéger de Rameau la profonde harmonie,
    Et mettre un compas d'or dans les mains d'Uranie.
    Le véritable esprit peut se plier à tout :
    On ne vit qu'à demi quand on n'a qu'un seul goût.
    Heureux qui sait mêler l'agréable à l'utile,
    Des travaux aux plaisirs passer d'un vol agile,
    S'occuper en ministre, et vivre en citoyen,
    Et se prêter à tout, sans s'asservir à rien !
    Un semblable génie, au-dessus du vulgaire,
    A l'art de gouverner joint le grand art de plaire ;
    On voit d'autres mortels auprès du trône admis ;
    Ils ont tous des flatteurs, il a seul des amis.

— Le 10ᵉ vers de cette variante est imité du 343ᵉ vers de l'*Art poétique* d'Horace. (B.)

2. Le duc de Mazarin, mari d'Hortense Mancini, faisait tous les ans une loterie de plusieurs emplois de sa maison ; et ce qu'on rapporte ici a un fondement véritable. (*Note de Voltaire*, 1752.)

Rendit grâce au destin qui le fit cuisinier.
On a vu quelquefois des choix assez bizarres.
  Il est beaucoup d'emplois, mais les talents sont rares.
Si dans Rome avilie un empereur brutal
Des faisceaux d'un consul honora son cheval,
Il fut cent fois moins fou que ceux dont l'imprudence
Dans d'indignes mortels a mis sa confiance.
L'ignorant a porté la robe de Cujas ;
La mitre a décoré des têtes de Midas ;
Et tel au gouvernail a présidé sans peine,
Qui, la rame à la main, dut servir à la chaîne.
Le mérite est caché. Qui sait si de nos temps
Il n'est point, quoi qu'on dise, encor quelques talents ?
Peut-être qu'un Virgile, un Cicéron sauvage,
Est chantre de paroisse, ou juge de village.
Le sort, aveugle roi des aveugles humains,
Contredit la nature, et détruit ses desseins ;
Il affaiblit ses traits, les change ou les efface ;
Tout s'arrange au hasard, et rien n'est à sa place.

ÉPITRE LIX.

AU ROI DE PRUSSE.

A Bruxelles, le 9 avril 1741.

  Non, il n'est point ingrat ; c'est moi qui suis injuste ;
Il fait des vers, il m'aime ; et ce héros auguste,
En inspirant l'amour, en répandant l'effroi,
Caresse encor sa muse, et badine avec moi.
Du bouclier de Mars il s'est fait un pupitre [1] ;
De sa main triomphante il me trace une épître,
. Une épître où son cœur a paru tout entier.
J'y vois le bel esprit, et l'homme, et le guerrier.
C'est le vrai coloris de son âme intrépide.
Son style, ainsi que lui, brillant, mâle, et rapide,

1. Le roi de Prusse était entré en Silésie depuis le mois de décembre 1740.

Sans languir un moment, ressemble à ses exploits.
Il dit tout en deux mots, et fait tout en deux mois.
    O ciel! veillez sur lui, si vous aimez la terre :
Écartez loin de lui les foudres de la guerre ;
Mais écartez surtout les poignards des dévots.
Que le fou Loyola défende à ses suppôts
D'imiter saintement, dans les champs germaniques,
Des Châtels, des Cléments, les forfaits catholiques.
Je connais trop l'Église et ses saintes fureurs.
Je ne crains point les rois, je crains les directeurs ;
Je crains le front tondu d'un cuistre à robe noire,
Qui, du vieux Testament lisant du nez l'histoire,
D'Aod et de Judith admirant les desseins, ·
Prêche le parricide, et fait des assassins.
Il sait d'un fanatique enhardir la faiblesse.
Un sot à deux genoux, qui marmotte à confesse
La liste des péchés dont il veut le pardon,
Instrument dangereux dans les mains d'un fripon,
Croit tout, est prêt à tout ; et sa main frénétique
Respecte rarement un héros hérétique.

EPITRE LX.

AU MÊME [1].

Ce 20 avril 1741.

    Eh bien! mauvais plaisants, critiques obstinés,
Prétendus beaux esprits, à médire acharnés,
Qui, parlant sans penser, fiers avec ignorance,
Mettez légèrement les rois dans la balance ;
Qui d'un ton décisif, aussi hardi que faux,
Assurez qu'un savant ne peut être un héros ;
Ennemis de la gloire et de la poésie,
Grands critiques des rois, allez en Silésie ;
Voyez cent bataillons près de Neiss écrasés :

1. Cette épitre fut écrite à la nouvelle de la victoire de Molwith.

C'est là qu'est mon héros. Venez, si vous l'osez.
Le voilà ce savant que la gloire environne,
Qui préside aux combats, qui commande à Bellone,
Qui du fier Charles Douze égalant le grand cœur,
Le surpasse en prudence, en esprit, en douceur.
C'est lui-même, c'est lui, dont l'âme universelle
Courut de tous les arts la carrière immortelle ;
Lui qui de la nature a vu les profondeurs,
Des charlatans dévots confondit les erreurs ;
Lui qui dans un repas, sans soins et sans affaire,
Passait les ignorants dans l'art heureux de plaire ;
Qui sait tout, qui fait tout, qui s'élance à grands pas
Du Parnasse à l'Olympe, et des jeux aux combats.
Je sais que Charles Douze, et Gustave, et Turenne,
N'ont point bu dans les eaux qu'épanche l'Hippocrène :
Mais enfin ces guerriers, illustres ignorants,
En étant moins polis, n'en étaient pas plus grands.
Mon prince est au-dessus de leur gloire vulgaire :
Quand il n'est point Achille, il sait être un Homère ;
Tour à tour la terreur de l'Autriche et des sots ;
Fertile en grands projets, aussi bien qu'en bons mots ;
En riant à la fois de Genève et de Rome,
Il parle, agit, combat, écrit, règne, en grand homme.
O vous qui prodiguez l'esprit et les vertus,
Reposez-vous, mon prince, et ne m'effrayez plus ;
Et, quoique vous sachiez tout penser et tout faire,
Songez que les boulets ne vous respectent guère,
Et qu'un plomb dans un tube entassé par des sots [1]
Peut casser d'un seul coup la tête d'un héros
Lorsque, multipliant son poids par sa vitesse [2],

1. Voiture avait dit :

> Que d'une force sans seconde
> La mort sait ses traits élancer ;
> Et qu'un peu de plomb peut casser
> La plus belle tête du monde.

M. de Voltaire a cité lui-même cette pièce dans ses *Questions sur l'Encyclopédie*, ou *Dictionnaire philosophique* (au mot GOUT). Ainsi l'on a eu grand tort de l'accuser d'avoir été le plagiaire de Voiture. (K.)

2. Voltaire, dans sa lettre au président Hénault, du 15 mai 1741, rapporte que Mme du Châtelet voulait absolument qu'il mît :

> Lorsque multipliant son carré par sa vitesse,

s'inquiétant peu de la mesure des vers. Elle disait qu'il fallait toujours être de l'avis de Leibnitz, en vers et en prose. (B.)

Il fend l'air qui résiste, et pousse autant qu'il presse.
Alors privé de vie, et chargé d'un grand nom,
Sur un lit de parade étendu tout du long,
Vous iriez tristement revoir votre patrie.
O ciel! que ferait-on dans votre académie?
Un dur anatomiste, élève d'Atropos,
Viendrait, scalpel en main, disséquer mon héros.
« La voilà, dirait-il, cette cervelle unique,
Si belle, si féconde, et si philosophique. »
Il montrerait aux yeux les fibres de ce cœur
Généreux, bienfaisant, juste, plein de grandeur.
Il couperait... mais non, ces horribles images
Ne doivent point souiller les lignes de nos pages.
Conservez, ô mes dieux! l'aimable Frédéric,
Pour son bonheur, pour moi, pour le bien du public.
Vivez, prince, et passez dans la paix, dans la guerre,
Surtout dans les plaisirs, tous les *ic* de la terre,
Théodoric, Ulric, Genseric, Alaric,
Dont aucun ne vous vaut, selon mon pronostic.
Mais lorsque vous aurez, de victoire en victoire,
Augmenté vos États, ainsi que votre gloire,
Daignez vous souvenir que ma tremblante voix,
En chantant vos vertus, présagea vos exploits.
Songez bien qu'en dépit de la grandeur suprême,
Votre main mille fois m'écrivait : *Je vous aime.*
Adieu, grand politique, et rapide vainqueur!
Trente États subjugués ne valent point un cœur.

ÉPITRE LXI.

AU MÊME.

De Bruxelles, 1742.

Les vers et les galants écrits
Ne sont pas de cette province,
Et dans les lieux où tout est prince
Il est très-peu de beaux esprits.

Jean Rousseau [1], banni de Paris,
Vit émousser dans ce pays
Le tranchant aigu de sa pince;
Et sa muse, qui toujours grince,
Et qui fuit les Jeux et les Ris,
Devint ici grossière et mince.
Comment vouliez-vous que je tinsse
Contre ces frimas épaissis?
Vouliez-vous que je redevinsse
Ce que j'étais quand je suivis
Les traces du pasteur du Mince [2],
Et que je chantai les Henris?
Apollon la tête me rince;
Il s'aperçoit que je vieillis.
Il voulut qu'en lisant Leibnitz
De plus rimailler je m'abstinsse;
Il le voulut, et j'obéis :
Auriez-vous cru que j'y parvinsse?

ÉPITRE LXII.

RÉPONSE

AUX PREMIERS VERS DU MARQUIS DE XIMENÈS,

DU 31 DÉCEMBRE 1742.

1er Janvier 1743.

Vous flattez trop ma vanité :
Cet art si séduisant vous était inutile;
L'art des vers suffisait; et votre aimable style
M'a lui seul assez enchanté.

Votre âge quelquefois hasarde ses prémices [3].

1. C'est de J.-B. Rousseau qu'il est question; voyez les notes de la page 286.
2. Virgile, pasteur du Mincio.
3. Le marquis de Ximenès est né en 1726; il est mort en 1817. C'est le 31 décembre 1742 qu'il avait adressé des vers à Voltaire. Il en donne la date dans un recueil qu'il publia en 1772. (B.)

En esprit, ainsi qu'en amour,
Le temps ouvre les yeux, et l'on condamne un jour
De ses goûts passagers les premiers sacrifices.

A la moins aimable beauté,
Dans son besoin d'aimer on prodigue son âme,
On prête des appas à l'objet de sa flamme ;
Et c'est ainsi que vous m'avez traité.

Ah ! ne me quittez point, séducteur que vous êtes !
Ma muse a reçu vos serments...
Je sens qu'elle est au rang de ces vieilles coquettes
Qui pensent fixer leurs amants.

ÉPITRE LXIII.

AU ROI DE PRUSSE.

—

FRAGMENT.

. . . .
Lorsque, pour tenir la balance,
L'Anglais vide son coffre-fort ;
Lorsque l'Espagnol sans puissance
Croit partout être le plus fort ;
Quand le Français vif et volage
Fait au plus vite un empereur [1] ;
Quand Belle-Isle n'est pas sans peur
Pour l'ouvrier et pour l'ouvrage ;
Quand le Batave un peu tardif,
Rempli d'égards et de scrupule,
Avance un pas et deux recule
Pour se joindre à l'Anglais actif ;
Quand le bonhomme de saint-père
Du haut de sa sainte Sion

1. Charles de Bavière, élu sous le nom de Charles VII.

Donne sa bénédiction
A plus d'une armée étrangère,
Que fait mon héros à Berlin ?
Il réfléchit sur la folie
Des conducteurs du genre humain ;
Il donne des lois au destin,
Et carrière à son grand génie ;
Il fait des vers gais et plaisants ;
Il rit en donnant des batailles ;
On commence à craindre à Versailles
De le voir rire à nos dépens [1].

. . . .

ÉPITRE LXIV.

AU MÊME.

(1744)

Ceux qui sont nés sous un monarque [2]
Font tous semblant de l'adorer ;

---

1. Frédéric s'était détaché de la France.
2. Le commencement de l'épitre est différent dans quelques copies.

> Grand roi, la longue maladie
> Qui va rongeant l'étui malsain
> De mon âme assez engourdie,
> Et de plus une comédie
> Que je fais pour notre dauphin,
> Et que j'ai peur qui ne l'ennuie,
> Tout cela retenait ma main ;
> Et souvent je donnais en vain
> Des secousses à mon génie,
> Pour qu'il envoyât dans Berlin
> Quelque nouvelle rapsodie,
> Quelque rondeau, quelque huitain,
> Au vainqueur de la Silésie,
> A ce bel esprit souverain,
> A ce grand homme un peu malin,
> Chez qui j'aurais passé ma vie,
> Si j'avais à ma fantaisie
> Pu disposer de mon destin.
> En vain vous m'appelez volage,
> Toujours dans un noble esclavage

Sa Majesté, qui le remarque,
Fait semblant de les honorer ;
Et de cette fausse monnoie
Que le courtisan donne au roi,
Et que le prince lui renvoie,
Chacun vit, ne songeant qu'à soi.
Mais lorsque la philosophie,
La séduisante poésie,
Le goût, l'esprit, l'amour des arts,
Rejoignent sous leurs étendards,
A trois cents milles de distance,
Votre très-royale éloquence,
Et mon goût pour tous vos talents ;
Quand, sans crainte et sans espérance,
Je sens en moi tous vos penchants ;
Et lorsqu'un peu de confidence
Resserre encor ces nœuds charmants ;
Enfin lorsque Berlin attire
Tous mes sens à Cirey séduits,
Alors ne pouvez-vous pas dire :
On m'aime, tout roi que je suis?
    Enfin l'océan germanique,
Qui toujours des bons Hambourgeois
Servit si bien la république,
Vers Embden sera sous vos lois,
Avec garnison batavique.
Un tel mélange me confond ;
Je m'attendais peu, je vous jure,
De voir de l'or avec du plomb ;
Mais votre creuset me rassure :
A votre feu, qui tout épure,
Bientôt le vil métal se fond,
Et l'or vous demeure en nature.

> Votre muse retient mes pas:
> Et je suis serviteur du sage,
> Quoique mon cœur ne le soit pas.
> Votre esprit sublime et facile,
> Vos entretiens et votre style,
> Ont pour moi des charmes plus doux
> Que votre suprême puissance,
> Vos grenadiers, votre opulence,
> Et cent villes à vos genoux.
> Dussé-je leur faire une offense,
> Je ne puis rien aimer que vous.
> Ceux qui sont nés, etc.

Partout que de prospérités !
Vous conquérez, vous héritez [1]
Des ports de mer et des provinces ;
Vous mariez à de grands princes [2]
De très-adorables beautés ;
Vous faites noce, et vous chantez
Sur votre lyre enchanteresse
Tantôt de Mars les cruautés,
Et tantôt la douce mollesse.
Vos sujets, au sein du loisir,
Goûtent les fruits de la victoire ;
Vous avez et fortune et gloire ;
Vous avez surtout du plaisir ;
Et cependant le roi mon maître,
Si digne avec vous de paraître
Dans la liste des meilleurs rois,
S'amuse à faire dans la Flandre [3]
Ce que vous faisiez autrefois
Quand trente canons à la fois
Mettaient des bastions en cendre.
C'est lui qui, secouru du ciel,
Et surtout d'une armée entière,
A brisé la forte barrière
Qu'à notre nation guerrière
Mettait le bon greffier Fagel.
De Flandre il court en Allemagne
Défendre les rives du Rhin ;
Sans quoi le pandoure inhumain
Viendrait s'enivrer de ce vin
Qu'on a cuvé dans la Champagne.
Grand roi, je vous l'avais bien dit
Que mon souverain magnanime
Dans l'Europe aurait du crédit,
Et de grands droits à votre estime.

1. Le dernier duc d'Ost-Frise venait de mourir, et avait laissé à la couronne de Prusse une principauté riche et considérable.

2. Pendant son séjour à Pirmont, dans les premiers mois de l'année 1744, Frédéric avait fait demander en mariage la fille unique du landgrave de Cassel, Marie-Amélie, pour le margrave Charles de Brandebourg. Elle fut accordée; mais sa mort arriva le 19 novembre 1744, avant la célébration. (B.)

3. Voyez, dans le tome précédent, le poëme *sur les Événements de 1744*, et ci-après l'épître LXVII.

Son beau feu, dont un vieux prélat[1]
Avait caché les étincelles,
A de ses flammes immortelles
Tout d'un coup répandu l'éclat.
Ainsi la brillante fusée
Est tranquille jusqu'au moment
Où, par son amorce embrasée,
Elle éclaire le firmament,
Et, perçant dans les sombres voiles,
Semble se mêler aux étoiles,
Qu'elle efface par son brillant.
C'est ainsi que vous enflammâtes
Tout l'horizon d'un nouveau ciel,
Lorsqu'à Berlin vous commençâtes
A prendre ce vol immortel
Devers la gloire, où vous volâtes.
Tout du plus loin que je vous vis,
Je m'écriai, je vous prédis
A l'Europe tout incertaine.
Vous parûtes : vingt potentats
Se troublèrent dans leurs États,
En voyant ce grand phénomène.
Il brille, il donne de beaux jours :
J'admire, je bénis son cours ;
Mais c'est de loin : voilà ma peine.

ÉPITRE LXV.

A MONSIEUR LE PRÉSIDENT HÉNAULT.

A Cirey, 1er septembre 1744.

O déesse de la santé,
Fille de la sobriété,
Et mère des plaisirs du sage,
Qui sur le matin de notre âge

1. Le cardinal Fleury.

Fais briller ta vive clarté,
Et répands la sérénité
Sur le soir d'un jour plein d'orage,
O déesse, exauce mes vœux!
Que ton étoile favorable
Conduise ce mortel aimable;
Il est si digne d'être heureux!
Sur Hénault tous les autres dieux
Versent la source inépuisable
De leurs dons les plus précieux.
Toi qui seule tiendrais lieu d'eux,
Serais-tu seule inexorable?
Ramène à ses amis charmants,
Ramène à ses belles demeures
Ce bel esprit de tous les temps,
Cet homme de toutes les heures.
Orne pour lui, pour lui suspends
La course rapide du temps;
Il en fait un si bel usage!
Les devoirs et les agréments
En font chez lui l'heureux partage.
Les femmes l'ont pris fort souvent
Pour un ignorant agréable,
Les gens en *us* pour un savant,
Et le dieu joufflu de la table
Pour un connaisseur très-gourmand.
Qu'il vive autant que son ouvrage[1],
Qu'il vive autant que tous les rois
Dont il nous décrit les exploits,
Et la faiblesse et le courage,
Les mœurs, les passions, les lois,
Sans erreurs et sans verbiage.
Qu'un bon estomac soit le prix
De son cœur, de son caractère,
De ses chansons, de ses écrits.
Il a tout: il a l'art de plaire,
L'art de nous donner du plaisir,
L'art si peu connu de jouir;
Mais il n'a rien s'il ne digère.
Grand Dieu! je ne m'étonne pas

1. *Nouvel Abrégé chronologique de l'Histoire de France.*

Qu'un ennuyeux, un Desfontaine,
Entouré dans son galetas
De ses livres rongés des rats,
Nous endormant, dorme sans peine;
Et que le bouc soit gros et gras.
Jamais Églé, jamais Sylvie,
Jamais Lise à souper ne prie
Un pédant à citations,
Sans goût, sans grâce, et sans génie;
Sa personne, en tous lieux honnie,
Est réduite à ses noirs gitons.
Hélas! les indigestions
Sont pour la bonne compagnie.

———————

ÉPITRE LXVI.

AU ROI DE PRUSSE.

A Paris, ce 1er novembre 1744.

Du héros de la Germanie
Et du plus bel esprit des rois
Je n'ai reçu, depuis trois mois,
Ni beaux vers, ni prose polie;
Ma muse en est en léthargie.
Je me réveille aux fiers accents
De l'Allemagne ranimée,
Aux fanfares de votre armée,
A vos tonnerres menaçants,
Qui se mêlent aux cris perçants
Des cent voix de la Renommée.
Je vois de Berlin à Paris
Cette déesse vagabonde,
De Frédéric et de Louis
Porter les noms au bout du monde;
Ces noms, que la gloire a tracés
Dans un cartouche de lumière;
Ces noms, qui répondent assez

Du bonheur de l'Europe entière,
S'ils sont toujours entrelacés[1].
  Quels seront les heureux poëtes,
Les chantres boursouflés des rois,
Qui pourront élever leurs voix,
Et parler de ce que vous faites?
C'est à vous seul de vous chanter,
Vous qu'en vos mains j'ai vu porter
La lyre, et la lance d'Achille;
Vous qui, rapide en votre style
Comme dans vos exploits divers,
Faites de la prose et des vers
Comme vous prenez une ville.
D'Horace heureux imitateur,
Sa gaîté, son esprit, sa grâce,
Ornent votre style enchanteur;
Mais votre muse le surpasse
Dans un point cher à notre cœur :
L'empereur protégeait Horace,
Et vous protégez l'empereur[2].
  Fils de Mars et de Calliope,
Et digne de ces deux grands noms,
Faites le destin de l'Europe,
Et daignez faire des chansons ;
Et quand Thémis avec Bellone
Par votre main raffermira
Des césars le funeste trône ;
Quand le Hongrois cultivera,
A l'abri d'une paix profonde,
Du Tokai la vigne féconde ;
Quand partout son vin se boira,
Qu'en le buvant on chantera
Les pacificateurs du monde,
Mon prince à Berlin reviendra ;
Mon prince à son peuple qui l'aime
Libéralement donnera
Un nouvel et bel opéra,
Qu'il aura composé lui-même.

---

1. Frédéric avait refait alliance avec les Français, et Voltaire avait concouru
à cette œuvre diplomatique.
2. L'empereur Charles VII.

Chaque auteur vous applaudira ;
Car, tout envieux que nous sommes
Et du mérite et du grand nom,
Un poëte est toujours fort bon
A la tête de cent mille hommes.
Mais, croyez-moi, d'un tel secours
Vous n'avez pas besoin pour plaire ;
Fussiez-vous pauvre comme Homère,
Comme lui vous vivrez toujours.
Pardon, si ma plume légère,
Que souvent la vôtre enhardit,
Écrit toujours au bel esprit
Beaucoup plus qu'au roi qu'on révère.
Le Nord, à vos sanglants progrès,
Vit des rois le plus formidable :
Moi, qui vous approchai de près,
Je n'y vis que le plus aimable.

ÉPITRE LXVII.

AU ROI.

PRÉSENTÉE A SA MAJESTÉ, AU CAMP DEVANT FRIBOURG [1].

Novembre 1744.

Vous dont l'Europe entière aime ou craint la justice,
Brave et doux à la fois, prudent sans artifice,
Roi nécessaire au monde, où portez-vous vos pas ?
De la fièvre échappé[2], vous courez aux combats !
Vous volez à Fribourg ! En vain La Peyronie[3]
Vous disait : « Arrêtez, ménagez votre vie !
Il vous faut du régime, et non des soins guerriers :
Un héros peut dormir, couronné de lauriers. »

1. Voyez les chapitres xii et xiii du *Précis du Siècle de Louis XV*.
2. A Metz.
3. Premier chirurgien du roi. (*Note de Voltaire*, 1751.)

Le zèle a beau parler, vous n'avez pu le croire.
Rebelle aux médecins, et fidèle à la gloire,
Vous bravez l'ennemi, les assauts, les saisons,
Le poids de la fatigue, et le feu des canons.
Tout l'État en frémit, et craint votre courage.
Vos ennemis, grand roi, le craignent davantage.
Ah ! n'effrayez que Vienne, et rassurez Paris !
Rendez, rendez la joie à vos peuples chéris ;
Rendez-nous ce héros qu'on admire et qu'on aime.
    Un sage nous a dit que le seul bien suprême,
Le seul bien qui du moins ressemble au vrai bonheur,
Le seul digne de l'homme, est de toucher un cœur.
Si ce sage eut raison, si la philosophie
Plaça dans l'amitié le charme de la vie,
Quel est donc, justes dieux ! le destin d'un bon roi,
Qui dit, sans se flatter : « Tous les cœurs sont à moi? »
A cet empire heureux qu'il est beau de prétendre !
Vous qui le possédez, venez, daignez entendre
Des bornes de l'Alsace aux remparts de Paris
Ce cri que l'amour seul forme de tant de cris.
Accourez, contemplez ce peuple dans la joie,
Bénissant le héros que le ciel lui renvoie.
Ne le voyez-vous pas tout ce peuple à genoux,
Tous ces avides yeux qui ne cherchent que vous,
Tous nos cœurs enflammés volant sur notre bouche ?
C'est là le vrai triomphe, et le seul qui vous touche.
    Cent rois au Capitole en esclaves traînés,
Leurs villes, leurs trésors, et leurs dieux enchaînés,
Ces chars étincelants, ces prêtres, cette armée,
Ce sénat insultant à la terre opprimée,
Ces vaincus envoyés du spectacle au cercueil,
Ces triomphes de Rome étaient ceux de l'orgueil :
Le vôtre est de l'amour, et la gloire en est pure ;
Un jour les effaçait, le vôtre à jamais dure ;
Ils effrayaient le monde, et vous le rassurez.
Vous, l'image des dieux sur la terre adorés,
Vous que dans l'âge d'or elle eût choisi pour maître,
Goûtez les jours heureux que vos soins font renaître !
Que la paix florissante embellisse leur cours !
Mars fait des jours brillants, la paix fait les beaux jours.
Qu'elle vole à la voix du vainqueur qui l'appelle,
Et qui n'a combattu que pour nous et pour elle !

ÉPITRE LXVIII.

AU ROI DE PRUSSE.

—

FRAGMENT.

. . . .
. . . .
Ah ! mon prince, c'est grand dommage
Que vous n'ayez point votre image,
Un fils par la gloire animé,
Un fils par vous accoutumé
A rogner ce grand héritage
Que l'Autriche s'était formé.
  Il est doux de se reconnaître
Dans sa noble postérité ;
Un grand homme en doit faire naître :
Voyez comme le roi mon maître
De ce devoir s'est acquitté.
Son dauphin, comme vous, appelle
Auprès de lui les plus beaux arts
De Le Brun, de Lulli, d'Handelle [1],
Tout aussi bien que ceux de Mars.
Il apprit la langue espagnole ;
Il entend celle des Césars,
Mais des Césars du Capitole.
Vous me demanderez comment,
Dans le beau printemps de sa vie,
Un dauphin peut en savoir tant ;
Qui fut son maître ? le génie :
Ce fut là votre précepteur.
Je sais bien qu'un peu de culture
Rend encor le terrain meilleur ;
Mais l'art fait moins que la nature.

1. Le célèbre musicien compositeur Hændel, né en 1684, mort en 1759.

ÉPITRE LXIX.

AU MÊME.

J'ai donc vu ce Potsdam, et je ne vous vois pas ;
On dit qu'ainsi que moi vous prenez médecine.
Que de conformités m'attachent sur vos pas!
    Le dieu de la double colline,
L'amour de tous les arts, la haine des dévots ;
Raisonner quelquefois sur l'essence divine ;
    Peu hanter nosseigneurs les sots ;
Au corps comme à l'esprit donner peu de repos ;
    Mettre l'ennui toujours en fuite ;
Manger trop quelquefois, et me purger ensuite ;
Savourer les plaisirs, et me moquer des maux ;
Sentir et réprimer ma vive impatience :
Voilà quel est mon lot, voilà ma ressemblance
    Avec mon aimable héros.
O vous, maîtres du monde! ô vous, rois que j'atteste,
Indolents dans la paix, ou de sang abreuvés...
    Ressemblez-lui dans tout le reste...

ÉPITRE LXX.

AU MÊME,

QUI AVAIT ADRESSÉ DES VERS A L'AUTEUR SUR CES RIMES REDOUBLÉES.

Juin 1745.

    Lorsque deux rois s'entendent bien,
    Que chacun d'eux défend son bien,
    Et du bien d'autrui fait ripaille ;
    Quand un des deux, roi très-chrétien,
    L'autre, qui l'est vaille que vaille,
    Prennent des murs, gagnent bataille,

Et font sur le bord stygien
Voler des pandours la canaille;
Quand Berlin rit avec Versaille
Aux dépens de l'Hanovrien,
Que dit monsieur l'Autrichien?
Tout honteux, il faut qu'il s'en aille
Loin du monarque prussien,
Qui le bat, le suit, et s'en raille.
Cela pourra gâter la taille
De ce gros monsieur Bartenstein,
Et rabaisser ce ton hautain
Qui toujours contre vous criaille.
C'est en vain que l'Anglais travaille
A combattre votre destin,
Vous aurez l'huître, et lui l'écaille;
Vous aurez le fruit et le grain,
Et lui l'écorce avec la paille.
Le Saxon voit que c'est en vain
Qu'un petit moment il ferraille;
Contre un aussi mauvais voisin
Que peut-il faire? rien qui vaille.
Vous seriez empereur romain,
Et du pape première ouaille,
Si vous en aviez le dessein;
Mais votre pouvoir souverain
Subsistera, pour le certain,
Sans cette belle pretintaille.
Soyez l'arbitre du Germain,
Soyez toujours vainqueur humain,
Et laissez là la rime en *aille*.

ÉPITRE LXXI.

AU DUC DE RICHELIEU [1].

(1745)

Généreux courtisan d'un roi brillant de gloire,
Vous, ministre et témoin de ses vaillants exploits,
    L'emploi d'écrire son histoire
    Devient le plus beau des emplois.
Plus il est glorieux, et plus il est facile ;
Le sujet seul fait tout, et l'art est inutile.
    Je n'ai pas besoin d'ornement,
Je n'ai rien à flatter, et je n'ai rien à taire :
    Je dois raconter simplement
Les grandes actions, ainsi qu'il les sait faire.
    Je dirai qu'il porte ses pas
Des jeux à la tranchée, et d'un siége aux combats ;
Que si Louis le Grand renversa des murailles,
    Le ciel réservait à son fils
    L'honneur de gagner des batailles,
Et de mettre le comble à la gloire des lis.
Je peindrai ce courage et tranquille et terrible,
Vainqueur du fier Anglais, qui se croit invincible ;
Le champ de Fontenoy dé meurtre ensanglanté,
D'autant plus glorieux qu'il fut plus disputé.
Dans ce combat affreux, acharné, sanguinaire,
Le roi craint pour son fils, le fils craint pour son père ;
Nos soldats tout sanglants frémissent pour tous deux,
Seul mouvement d'effroi dans ces cœurs généreux.
    Grand roi, Londres gémit, Vienne pleure et t'admire :
Ton bras va décider des destins de l'Empire.
La Sardaigne balance, et Munich se repent ;
Le Batave indécis au remords est en proie ;
Et la France s'écrie au milieu de sa joie :
« Le plus aimé des rois est aussi le plus grand. »

---

1. Cette épître, imprimée pour la première fois en 1817, est évidemment le premier jet du *Poème de Fontenoy;* voyez tome VIII, page 383. (B.)

ÉPITRE LXXII.

A MONSIEUR LE COMTE ALGAROTTI,

QUI ÉTAIT ALORS A LA COUR DE SAXE,
ET QUE LE ROI DE POLOGNE AVAIT FAIT SON CONSEILLER DE GUERRE.

A Paris, 21 février 1747.

Enfant du Pinde et de Cythère,
Brillant et sage Algarotti,
A qui le ciel a départi
L'art d'aimer, d'écrire, et de plaire,
Et que, pour comble de bienfaits,
Un des meilleurs rois de la terre
A fait son conseiller de guerre
Dès qu'il a voulu vivre en paix[1];
Dans vos palais de porcelaine,
Recevez ces frivoles sons,
Enfilés sans art et sans peine
Au charmant pays des pompons.
O Saxe! que nous vous aimons!
O Saxe! que nous vous devons
D'amour et de reconnaissance!
C'est de votre sein que sortit
Le héros qui venge la France[2],
Et la nymphe qui l'embellit[3].
Apprenez que cette dauphine,
Par ses grâces, par son esprit,
Ici chaque jour accomplit
Ce que votre muse divine

1. Dans la plupart des éditions, au lieu de ces quatre vers, on lisait :

L'art d'aimer, d'écrire, et de plaire,
Et dont le charmant caractère
A tous les goûts est assorti ;
Dans vos palais, etc.

2. Le maréchal de Saxe, qui venait d'être nommé maréchal général des camps
et armées du roi, titre qu'avait eu Turenne.

3. Marie-Josèphe, fille du roi de Pologne, électeur de Saxe, mariée au dauphin
le 9 février 1747.

Dans ses lettres m'avait prédit.
Vous penserez que je l'ai vue,
Quand je vous en dis tant de bien,
Et que je l'ai même entendue :
Je vous jure qu'il n'en est rien,
Et que ma muse peu connue,
En vous répétant dans ces vers
Cette vérité toute nue,
N'est que l'écho de l'univers.

Une dauphine est entourée,
Et l'étiquette est son tourment.
J'ai laissé passer prudemment
Des paniers la foule titrée,
Qui remplit tout l'appartement
De sa bigarrure dorée[1].
Virgile était-il le premier
A la toilette de Livie?
Il laissait passer Cornélie,
Les ducs et pairs, le chancelier,
Et les cordons bleus d'Italie,
Et s'amusait sur l'escalier
Avec Tibulle et Polymnie.
Mais à la fin j'aurai mon tour :
Les dieux ne me refusent guère ;
Je fais aux Grâces chaque jour
Une très-dévote prière.
Je leur dis : « Filles de l'Amour,
Daignez, à ma muse discrète
Accordant un peu de faveur,
Me présenter à votre sœur
Quand vous irez à sa toilette. »
Que vous dirai-je maintenant
Du dauphin, et de cette affaire
De l'amour et du sacrement ?

1. Variante :

> J'ai laissé passer prudemment
> Des paniers la foule dorée,
> Qui remplit tout l'appartement ;
> Et cinq cents dames qui peut-être,
> S'approchant pour la censurer,
> Se sont mises à l'adorer
> Dès qu'elles ont pu la connaître.
> Virgile, etc.

Les dames d'honneur de Cythère
En pourraient parler dignement ;
Mais un profane doit se taire.
Sa cour dit qu'il s'occupe à faire
Une famille de héros,
Ainsi qu'ont fait très à propos
Son aïeul et son digne père.
  Daignez pour moi remercier
Votre ministre magnifique ;
D'un fade éloge poétique
Je pourrais fort bien l'ennuyer ;
Mais je n'aime pas à louer ;
Et ces offrandes si chéries
Des belles et des potentats,
Gens tout nourris de flatteries,
Sont un bijou qui n'entre pas
Dans son baguier de pierreries.
  Adieu : faites bien au Saxon
Goûter les vers de l'Italie
Et les vérités de Newton ;
Et que votre muse polie
Parle encor sur un nouveau ton
De notre immortelle Émilie[1].

ÉPITRE LXXIII.

A S. A. S. MADAME LA DUCHESSE DU MAINE,

SUR LA VICTOIRE REMPORTÉE PAR LE ROI, A LAWFELT.

(1747)

Auguste fille et mère de héros,
Vous ranimez ma voix faible et cassée,
Et vous voulez que ma muse lassée
Comme Louis ignore le repos.

1. Beuchot a reproduit ici une épître au roi de Prusse, qui fait partie de la lettre du 9 mars 1747. — Il suffit, croyons-nous, qu'on la trouve dans cette lettre.

D'un crayon vrai vous m'ordonnez de peindre
Son cœur modeste et ses brillants exploits,
Et Cumberland, que l'on a vu deux fois
Chercher ce roi, l'admirer, et le craindre.
Mais des bons vers l'heureux temps est passé ;
L'art des combats est l'art où l'on excelle.
Notre Alexandre en vain cherche un Apelle :
Louis s'élève, et le siècle est baissé.
De Fontenoy le nom plein d'harmonie
Pouvait au moins seconder le génie.
Boileau pâlit au seul nom de Voërden[1].
Que dirait-il si, non loin d'Helderen,
Il eût fallu suivre entre les deux Nèthes
Bathiani, si savant en retraites ;
Avec d'Estrée à Rosmal s'avancer ?
La Gloire parle, et Louis me réveille ;
Le nom du roi charme toujours l'oreille ;
Mais que Lawfelt est rude à prononcer[2] !
Et quel besoin de nos panégyriques,
Discours en vers, épîtres héroïques,
Enregistrés, visés par Crébillon[3],
Signés Marville[4], et jamais Apollon ?
   De votre fils je connais l'indulgence ;
Il recevra sans courroux mon encens[5] ;
Car la Bonté, la sœur de la Vaillance,
De vos aïeux passa dans vos enfants.
Mais tout lecteur n'est pas si débonnaire ;
Et si j'avais, peut-être téméraire,
Représenté vos fiers carabiniers
Donnant l'exemple aux plus braves guerriers

1. Boileau, épître IV, vers 11.
2. Variante :

> Mais que Lawfelt est rude à prononcer
> Puis, quand ma voix, par ses faits enhardie,
> L'aurait chanté sur le plus noble ton,
> Qu'aurais-je fait ? blesser sa modestie,
> Sans ajouter à l'éclat de son nom.
>   De votre fils, etc.

3. M. Crébillon, de l'Académie française, examinateur des écrits en une feuille présentés à la police. (*Note de Voltaire*, 1756.)
4. M. Feydeau de Marville, alors lieutenant de police. (*Id.*, 1756.)
5. Variante :

> Il agréera mon inutile encens,

ou

> Il recevra mon inutile encens.

Si je peignais ce soutien de nos armes,
Ce petit-fils, ce rival de Condé ;
Du dieu des vers si j'étais secondé,
Comme il le fut par le dieu des alarmes,
Plus d'un censeur, encore avec dépit,
M'accuserait d'en avoir trop peu dit.
Très-peu de gré, mille traits de satire,
Sont le loyer de quiconque ose écrire :
Mais pour le prince il faut savoir souffrir ;
Il est partout des risques à courir ;
Et la censure, avec plus d'injustice,
Va tous les jours acharner sa malice
Sur des héros dont la fidélité
L'a mieux servi que je ne l'ai chanté[1].

    Allons, parlez, ma noble Académie :
Sur vos lauriers êtes-vous endormie ?
Représentez ce conquérant humain
Offrant la paix, le tonnerre à la main.
Ne louez point, auteurs, rendez justice ;
Et, comparant aux siècles reculés
Le siècle heureux, les jours dont vous parlez,
Lisez César, vous connaîtrez Maurice[2].

    Si de l'État vous aimez les vengeurs,
Si la patrie est vivante en vos cœurs,
Voyez ce chef dont l'active prudence
Venge à la fois Gênes, Parme, et la France.
Chantez Belle-Isle ; élevez dans vos vers
Un monument au généreux Boufflers[3] ;
Il est du sang qui fut l'appui du trône :
Il eût pu l'être ; et la faux du trépas

1. Variante :

       L'a mieux servi que je ne l'ai chanté.
       Auteurs du temps, rompez donc le silence,
       Osez sortir d'une morue indolence ;
       Quand Louis vole à des périls nouveaux,
       Si les Latours ainsi que les Vanloos
       Peignent ses traits qu'un peuple heureux adore,
       Peignez son âme, elle est plus belle encore.
       Représentez, etc.

2. Maurice, comte de Saxe. (*Note de Voltaire*, 1756.)

3. Le duc de Boufflers, arrivé le 1er mai à Gênes pour y commander les troupes destinées à secourir cette république contre les Impériaux, après s'être signalé en diverses occasions, et avoir remporté de grands avantages sur les Autrichiens, tomba malade de la petite vérole, et mourut le 2 juillet 1747, à quarante-deux ans. (B.)

Tranche ses jours, échappés à Bellone,
Au sein des murs délivrés par son bras.
Mais quelle voix assez forte, assez tendre,
Saura gémir sur l'honorable cendre
De ces héros que Mars priva du jour,
Aux yeux d'un roi, leur père et leur amour?
O vous surtout, infortuné Bavière,
Jeune Froulay, si digne de nos pleurs,
Qui chantera votre vertu guerrière?
Sur vos tombeaux qui répandra des fleurs?

   Anges des cieux, puissances immortelles,
Qui présidez à nos jours passagers,
Sauvez Lautrec au milieu des dangers:
Mettez Ségur à l'ombre de vos ailes;
Déjà Rocoux vit déchirer son flanc.
Ayez pitié de cet âge si tendre;
Ne versez pas le reste de ce sang
Que pour Louis il brûle de répandre[1].
De cent guerriers couronnez les beaux jours:
Ne frappez pas Bonac et d'Aubeterre,
Plus accablés sous de cruels secours
Que sous les coups des foudres de la guerre.

   Mais, me dit-on, faut-il à tout propos
Donner en vers des listes de héros?
Sachez qu'en vain l'amour de la patrie
Dicte vos vers au vrai seul consacrés:
On flatte peu ceux qu'on a célébrés;
On déplaît fort à tous ceux qu'on oublie.
Ainsi toujours le danger suit mes pas;
Il faut livrer presque autant de combats
Qu'en a causé sur l'onde et sur la terre
Cette balance utile à l'Angleterre.

   Cessez, cessez, digne sang de Bourbon,
De ranimer mon timide Apollon,
Et laissez-moi tout entier à l'histoire;
C'est là qu'on peut, sans génie et sans art,
Suivre Louis de l'Escaut jusqu'au Jart.
Je dirai tout, car tout est à sa gloire.
Il fait la mienne, et je me garde bien

---

1. M. le marquis de Ségur, ministre de la guerre en 1780 : il avait été dange-
reusement blessé à Rocoux et perdit un bras à la bataille de Lawfelt. (K.)

De ressembler à ce grand satirique[1],
De son héros discret historien,
Qui, pour écrire un beau panégyrique[2],
Fut bien payé, mais qui n'écrivit rien.

ÉPITRE LXXIV.

A MONSIEUR LE DUC DE RICHELIEU.

Dans vos projets étudiés
Joignant la force et l'artifice,
Vous devenez donc un Ulysse,
D'un Achille que vous étiez.
Les intérêts de deux couronnes
Sont soutenus par vos exploits,
Et des fiers tyrans du Génois
On vous a vu prendre à la fois
Et les postes et les personnes[3].
L'ennemi, par vous déposté,
Admire votre habileté.
En pareil cas, quelque Voiture
Vous dirait qu'on vous vit toujours
Auprès de Mars et des Amours
Dans la plus brillante posture.
Ainsi jadis on s'exprimait
Dans la naissante Académie
Que votre grand-oncle formait;
Mais la vieille dame, endormie
Dans le sein d'un triste repos,
Semble renoncer aux bons mots,
Et peut-être même au génie.
Mais quand vous viendrez à Paris,

1. Boileau. (*Note de Voltaire*, 1756.)
2. Variante :
   Qui pour écrire en style véridique.

3. Voyez la fin du chapitre xxi du *Précis du Siècle de Louis XV*.

Après plus d'un beau poste pris,
Il faudra bien qu'on vous harangue
Au nom du corps des beaux esprits,
Et des maîtres de notre langue.
Revenez bientôt essuyer
Ces fadeurs qu'on nomme éloquence,
Et donnez-moi la préférence
Quand il faudra vous ennuyer.

ÉPITRE LXXV.

A MONSIEUR LE MARÉCHAL DE SAXE [1],

EN LUI ENVOYANT LES ŒUVRES DE M. LE MARQUIS DE ROCHEMORE,
SON ANCIEN AMI, MORT DEPUIS PEU.

(Ce dernier est supposé lui faire un envoi de l'autre monde.)

Je goûtais dans ma nuit profonde
Les froides douceurs du repos,
Et m'occupais peu des héros
Qui troublent le repos du monde;
Mais dans nos champs élysiens
Je vois une troupe en colère
De fiers Bretons, d'Autrichiens,
Qui vous maudit et vous révère;
Je vois des Français éventés,
Qui tous se flattent de vous plaire,
Et qui sont encore entêtés
De leurs plaisirs et de leur gloire,
Car ils sont morts à vos côtés
Entre les bras de la Victoire.

1. Je crois cette épître de 1748. C'est d'elle qu'il doit être question dans la lettre
à Mme d'Argental, du 25 février 1748. Rochemore mourut en 1740 ou 1743. Ses
poésies n'ont jamais été recueillies. Une lettre en prose et en vers, qu'il avait
adressée au comte d'Argental, est imprimée dans le tome II de la *Correspondance
littéraire* de Grimm. (B.)

Enfin dans ces lieux tout m'apprend
Que celui que je vis à table
Gai, doux, facile, complaisant,
Et des humains le plus aimable,
Devient aujourd'hui le plus grand.
J'allais vous faire un compliment;
Mais, parmi les choses étranges
Qu'on dit à la cour de Pluton,
On prétend que ce fier Saxon
S'enfuit au seul bruit des louanges,
Comme l'Anglais fuit à son nom.
    Lisez seulement mes folies,
Mes vers, qui n'ont loué jamais
Que les trop dangereux attraits
Du dieu du vin et des Sylvies :
Ces sujets ont toujours tenté
Les héros de l'antiquité
Comme ceux du siècle où nous sommes :
Pour qui sera la volupté,
S'il en faut priver les grands hommes ?

ÉPITRE LXXVI.

A MADAME DENIS,

NIÈCE DE L'AUTEUR.

LA VIE DE PARIS ET DE VERSAILLES.

(1748)

Vivons pour nous, ma chère Rosalie;
Que l'amitié, que le sang qui nous lie,
Nous tiennent lieu du reste des humains :
Ils sont si sots, si dangereux, si vains!
Ce tourbillon qu'on appelle le monde
Est si frivole, en tant d'erreurs abonde,
Qu'il n'est permis d'en aimer le fracas

Qu'à l'étourdi qui ne le connaît pas.
　　Après dîner, l'indolente Glycère
Sort pour sortir, sans avoir rien à faire :
On a conduit son insipidité
Au fond d'un char, où, montant de côté,
Son corps pressé gémit sous les barrières
D'un lourd panier qui flotte aux deux portières.
Chez son amie au grand trot elle va,
Monte avec joie, et s'en repent déjà,
L'embrasse, et bâille ; et puis lui dit : « Madame,
J'apporte ici tout l'ennui de mon âme :
Joignez un peu votre inutilité
A ce fardeau de mon oisiveté. »
Si ce ne sont ses paroles expresses,
C'en est le sens. Quelques feintes caresses,
Quelques propos sur le jeu, sur le temps,
Sur un sermon, sur le prix des rubans,
Ont épuisé leurs âmes excédées :
Elles chantaient déjà, faute d'idées ;
Dans le néant leur cœur est absorbé,
Quand dans la chambre entre monsieur l'abbé,
Fade plaisant, galant escroc, et prêtre,
Et du logis pour quelques mois le maître.
　　Vient à la piste un fat en manteau noir,
Qui se rengorge et se lorgne au miroir.
Nos deux pédants sont tous deux sûrs de plaire ;
Un officier arrive, et les fait taire,
Prend la parole, et conte longuement
Ce qu'à Plaisance[1] eût fait son régiment
Si par malheur on n'eût pas fait retraite.
Il vous le mène au col de la Bouquette[2] ;
A Nice, au Var, à Digne il le conduit ;
Nul ne l'écoute, et le cruel poursuit.
Arrive Isis, dévote au maintien triste,
A l'air sournois : un petit janséniste,
Tout plein d'orgueil et de saint Augustin,

---

1. Il paraît que cette petite pièce fut faite immédiatement après la guerre
de 1741 ; guerre funeste, entreprise pour dépouiller l'héritière de la maison d'Autriche de la succession paternelle. (K.)

2. La *Bocheta* ou *Bocchetta*, passage en Italie, dans les montagnes, du côté de
Gênes. (B.)

Entre avec elle, en lui serrant la main.

D'autres oiseaux de différent plumage,
Divers de goût, d'instinct, et de ramage,
En sautillant font entendre à la fois
Le gazouillis de leurs confuses voix;
Et dans les cris de la folle cohue
La médisance est à peine entendue.
Ce chamaillis de cent propos croisés
Ressemble aux vents l'un à l'autre opposés.
Un profond calme, un stupide silence
Succède au bruit de leur impertinence;
Chacun redoute un honnête entretien :
On veut penser, et l'on ne pense rien.
O roi David ! ô ressource assurée !
Viens ranimer leur langueur désœuvrée;
Grand roi David, c'est toi dont les sizains [1]
Fixent l'esprit et le goût des humains.
Sur un tapis dès qu'on te voit paraître,
Noble, bourgeois, clerc, prélat, petit-maître,
Femme surtout, chacun met son espoir
Dans tes cartons peints de rouge et de noir [2] :
Leur âme vide est du moins amusée
Par l'avarice en plaisir déguisée.

De ces exploits le beau monde occupé
Quitte à la fin le jeu pour le soupé;
Chaque convive en liberté déploie
A son voisin son insipide joie.
L'homme machine, esprit qui tient du corps,

1. Tous les jeux de cartes sont à l'enseigne du roi David. (*Note de Voltaire*, 1756.)

2. Variante :

> Dans tes cartons peints de rouge et de noir.
> Tu fais leur joie, et l'âme est abusée
> Par l'avarice en plaisir déguisée.
> C'est là qu'on voit l'intérêt attentif,
> Qui d'un œil sombre et d'un esprit actif,
> En combinant que deux et deux font quatre,
> S'obstine à vaincre, et se plaît à combattre.
> Saint-Severin, et vous, grave du Theil,
> Travaillez-vous avec un soin pareil,
> Quand dans les murs bâtis par Charlemagne
> Vous rajustez la France et l'Allemagne !
>> De ces exploits, etc.

— Le marquis de Saint-Severin, l'un des plénipotentiaires au congrès d'Aix-la-Chapelle.

En bien mangeant remonte ses ressorts :
Avec le sang l'âme se renouvelle,
Et l'estomac gouverne la cervelle.
Ciel! quels propos! ce pédant du palais
Blâme la guerre, et se plaint de la paix.
Ce vieux Crésus, en sablant du champagne,
Gémit des maux que souffre la campagne ;
Et, cousu d'or, dans le luxe plongé,
Plaint le pays de tailles surchargé.
Monsieur l'abbé vous entame une histoire
Qu'il ne croit point, et qu'il veut faire croire ;
On l'interrompt par un propos du jour,
Qu'un autre conte interrompt à son tour.
De froids bons mots, des équivoques fades,
Des quolibets, et des turlupinades,
Un rire faux que l'on prend pour gaîté,
Font le brillant de la société.
    C'est donc ainsi, troupe absurde et frivole,
Que nous usons de ce temps qui s'envole ;
C'est donc ainsi que nous perdons des jours
Longs pour les sots, pour qui pense si courts.
    Mais que ferai-je? où fuir loin de moi-même?
Il faut du monde; on le condamne, on l'aime :
On ne peut vivre avec lui ni sans lui[1].
Notre ennemi le plus grand, c'est l'ennui.
Tel qui chez soi se plaint d'un sort tranquille,
Vole à la cour, dégoûté de la ville.
Si dans Paris chacun parle au hasard,
Dans cette cour on se tait avec art,
Et de la joie, ou fausse ou passagère,
On n'a pas même une image légère.
Heureux qui peut de son maître approcher !
Il n'a plus rien désormais à chercher.
Mais Jupiter, au fond de l'empyrée,
Cache aux humains sa présence adorée :
Il n'est permis qu'à quelques demi-dieux
D'entrer le soir aux cabinets des cieux.
Faut-il aller, confondu dans la presse,

1. Imitation de ce vers de Martial, XII, 47 :

   Nec tecum possum vivere, nec sine te.

Prier les dieux de la seconde espèce[1],
Qui des mortels font le mal ou le bien?
Comment aimer des gens qui n'aiment rien,
Et qui, portés sur ces rapides sphères
Que la fortune agite en sens contraires,
L'esprit troublé de ce grand mouvement,
N'ont pas le temps d'avoir un sentiment?
A leur lever pressez-vous pour attendre,
Pour leur parler sans vous en faire entendre,
Pour obtenir, après trois ans d'oubli,
Dans l'antichambre un refus très-poli.
« Non, dites-vous, la cour ni le beau monde
Ne sont point faits pour celui qui les fronde.
Fuis pour jamais ces puissants dangereux ;
Fuis les plaisirs, qui sont trompeurs comme eux.
Bon citoyen, travaille pour la France,
Et du public attends ta récompense. »
Qui? le public! ce fantôme inconstant,
Monstre à cent voix, Cerbère dévorant,
Qui flatte et mord, qui dresse par sottise
Une statue, et par dégoût la brise?
Tyran jaloux de quiconque le sert,
Il profana la cendre de Colbert ;
Et, prodiguant l'insolence et l'injure,
Il a flétri la candeur la plus pure :
Il juge, il loue, il condamne au hasard
Toute vertu, tout mérite, et tout art.
C'est lui qu'on vit, de critiques avide,
Déshonorer le chef-d'œuvre d'*Armide*,
Et, pour *Judith*, *Pirame*, et *Régulus*[2],
Abandonner *Phèdre*, et *Britannicus* ;

1. Variante :

> Prier les dieux de la seconde espèce ;
> A leurs autels porter son encensoir,
> Et de leurs mains attendre un billet noir,
> Qui peut sortir de cette roue immense
> Où sont les lots que leur faveur dispense ?
> A leurs humeurs faut-il s'assujettir,
> Importuner, souffrir, flatter, mentir,
> Remercier d'un dégoût, d'un caprice,
> Et, pour loyer d'un si noble service,
> Obtenir d'eux, après un an d'oubli,
> Dans l'antichambre, etc.

2. *Judith* est une tragédie de Boyer ; *Pirame* et *Régulus* sont de Pradon.

Lui qui dix ans proscrivit *Athalie,*
Qui, protecteur d'une scène avilie,
Frappant des mains, bat à tort, à travers,
Au mauvais sens qui hurle en mauvais vers.
    Mais il revient, il répare sa honte;
Le temps l'éclaire : oui, mais la mort plus prompte
Ferme mes yeux dans ce siècle pervers,
En attendant que les siens soient ouverts.
Chez nos neveux on me rendra justice;
Mais, moi vivant, il faut que je jouisse.
Quand dans la tombe un pauvre homme est inclus,
Qu'importe un bruit, un nom qu'on n'entend plus[1]?
L'ombre de Pope avec les rois repose;
Un peuple entier fait son apothéose,
Et son nom vole à l'immortalité :
Quand il vivait, il fut persécuté.
    Ah! cachons-nous; passons avec les sages
Le soir serein d'un jour mêlé d'orages;
Et dérobons à l'œil de l'envieux
Le peu de temps que me laissent les dieux.
Tendre amitié, don du ciel, beauté pure,
Porte un jour doux dans ma retraite obscure!
Puissé-je vivre et mourir dans tes bras,
Loin du méchant qui ne te connaît pas,
Loin du bigot, dont la peur dangereuse
Corrompt la vie, et rend la mort affreuse!

1. Autre imitation de Martial, V, 10 :

Si post fata venit gloria, non propero.

ÉPITRE LXXVII.

A MONSIEUR LE PRÉSIDENT HÉNAULT.

Lunéville, novembre 1748.

Vous qui de la chronologie[1]
Avez réformé les erreurs ;
Vous dont la main cueillit les fleurs
De la plus belle poésie ;
Vous qui de la philosophie
Avez sondé les profondeurs,
Malgré les plaisirs séducteurs
Qui partagèrent votre vie ;
Hénault, dites-moi, je vous prie,
Par quel art, par quelle magie,
Parmi tant de succès flatteurs,
Vous avez désarmé l'Envie :
Tandis que moi, placé plus bas,
Qui devrais être inconnu d'elle,
Je vois chaque jour la cruelle
Verser ses poisons sur mes pas ?
Il ne faut point s'en faire accroire ;
J'eus l'air de me faire afficher

1. Cette épître commençait ainsi :

> Hénault, fameux par vos soupés,
> Et par votre chronologie,
> Par des vers au bon coin frappés,
> Pleins de douceur et d'harmonie ;
> Vous qui dans l'étude occupez
> L'heureux loisir de votre vie,
> Daignez m'apprendre, je vous prie,
> Par quel secret vous échappez
> Aux malignités de l'Envie ;
> Tandis que moi, placé plus bas,
> Qui devrais être inconnu d'elle,
> Je vois que sa rage éternelle
> Répand son poison sur mes pas.
> Il ne faut point, etc.

Le président Hénault fut blessé de ce qu'on paraissait faire entrer ses soupers pour quelque chose dans sa réputation, et se fâcha sérieusement. M. de Voltaire changea sur-le-champ les premiers vers de sa pièce. (K.)
— Voyez la lettre du 3 janvier 1749.

Aux murs du temple de Mémoire ;
Aux sots vous sûtes vous cacher.
Je parus trop chercher la gloire,
Et la gloire vint vous chercher.
  Qu'un chêne, l'honneur d'un bocage,
Domine sur mille arbrisseaux,
On respecte ses verts rameaux,
Et l'on danse sous son ombrage ;
Mais que du tapis d'un gazon
Quelque brin d'herbe ou de fougère
S'élève un peu sur l'horizon,
On l'en arrache avec colère.
Je plains le sort de tout auteur,
Que les autres ne plaignent guères ;
Si dans ses travaux littéraires
Il veut goûter quelque douceur,
Que, des beaux esprits serviteur,
Il évite ses chers confrères.
Montaigne, cet auteur charmant,
Tour à tour profond et frivole,
Dans son château paisiblement,
Loin de tout frondeur malévole,
Doutait de tout impunément,
Et se moquait très-librement
Des bavards fourrés de l'école ;
Mais quand son élève Charron,
Plus retenu, plus méthodique,
De sagesse donna leçon,
Il fut près de périr, dit-on,
Par la haine théologique.
Les lieux, le temps, l'occasion,
Font votre gloire ou votre chute :
Hier on aimait votre nom,
Aujourd'hui l'on vous persécute.
La Grèce à l'insensé Pyrrhon
Fait élever une statue :
Socrate prêche la raison,
Et Socrate boit la ciguë.
  Heureux qui dans d'obscurs travaux
A soi-même se rend utile !
Il faudrait, pour vivre tranquille,
Des amis, et point de rivaux.

La gloire est toujours inquiète ;
Le bel esprit est un tourment.
On est dupe de son talent :
C'est comme une épouse coquette,
Il lui faut toujours quelque amant.
Sa vanité, qui vous obsède,
S'expose à tout imprudemment ;
Elle est des autres l'agrément,
Et le mal de qui la possède.
  Mais finissons ce triste ton :
Est-il si malheureux de plaire ?
L'envie est un mal nécessaire ;
C'est un petit coup d'aiguillon
  Qui vous force encore à mieux faire.
Dans la carrière des vertus
L'âme noble en est excitée.
Virgile avait son Mævius,
Hercule avait son Eurysthée.
Que m'importent de vains discours
Qui s'envolent et qu'on oublie ?
Je coule ici mes heureux jours
Dans la plus tranquille des cours,
Sans intrigue, sans jalousie,
Auprès d'un roi sans courtisans [1],
Près de Boufflers et d'Émilie ;
Je les vois et je les entends,
  Il faut bien que je fasse envie.

1. Le roi Stanislas. (*Note de Voltaire*, 1756.)

ÉPITRE LXXVIII.

A MONSIEUR LE DUC DE RICHELIEU[1],

A QUI LE SÉNAT DE GÊNES AVAIT ÉRIGÉ UNE STATUE.

A Lunéville, 18 novembre 1748.

Je la verrai cette statue
Que Gêne élève justement
Au héros qui l'a défendue.
Votre grand-oncle, moins brillant,
Vit sa gloire moins étendue ;
Il serait jaloux à la vue
De cet unique monument.
　　Dans l'âge frivole et charmant
Où le plaisir seul est d'usage,
Où vous reçûtes en partage
L'art de tromper si tendrement,
Pour modeler ce beau visage,
Qui de Vénus ornait la cour,
On eût pris celui de l'Amour,
Et surtout de l'Amour volage ;
Et quelques traits moins enfantins
Auraient été la vive image
Du dieu qui préside aux jardins.
Ce double et charmant avantage
Peut diminuer à la fin ;
Mais la gloire augmente avec l'âge.
Du sculpteur la modeste main
Vous fera l'air moins libertin ;
C'est de quoi mon héros enrage.
On ne peut filer tous ses jours
Sur le trône heureux des Amours ;
Tous les plaisirs sont de passage :
Mais vous saurez régner toujours

---

1. Dans le *Nouveau Magasin français*, par Mme L. P. de Beaumont, tome Ier, page 151, de la seconde édition anglaise, il y a une *Réponse* (au nom) *de M. le duc de Richelieu à M. de Voltaire*. Cette réponse est aussi en vers de huit syllabes. (B.)

Par l'esprit et par le courage.
Les traits du Richelieu coquet,
De cette aimable créature,
Se trouveront en miniature
Dans mille boîtes à portrait
Où Macé mit votre figure[1].
Mais ceux du Richelieu vainqueur,
Du héros soutien de nos armes,
Ceux du père, du défenseur
D'une république en alarmes,
Ceux de Richelieu son vengeur,
Ont pour moi cent fois plus de charmes.

Pardon, je sens tous les travers
De la morale où je m'engage;
Pardon, vous n'êtes pas si sage
Que je le prétends dans ces vers :
Je ne veux pas que l'univers
Vous croie un grave personnage.
Après ce jour de Fontenoy,
Où, couvert de sang et de poudre,
On vous vit ramener la foudre
Et la victoire à votre roi[2];
Lorsque, prodiguant votre vie,
Vous eûtes fait pâlir d'effroi
Les Anglais, l'Autriche, et l'Envie,
Vous revîntes vite à Paris
Mêler les myrtes de Cypris
A tant de palmes immortelles.
Pour vous seul, à ce que je vois,
Le Temps et l'Amour n'ont point d'ailes,
Et vous servez encor les belles,
Comme la France et les Génois.

1. J.-B. Macé, peintre, mort en 1767, que Voltaire a déjà nommé dans la scène VI de *l'Indiscret;* voyez tome Ier du *Théâtre,* page 256. (B.)

2. Voltaire, dans son *Précis du siècle de Louis XV* (chap. XV), fait honneur au duc de Richelieu du conseil de faire avancer quatre pièces de canon contre la colonne anglaise; ce qui décida la victoire. C'était, dit-on, un simple grenadier français qui en avait donné l'idée au duc de Richelieu. (B.)

ÉPITRE LXXIX.

A MONSIEUR DE SAINT-LAMBERT.

(1749)

Tandis qu'au-dessus de la terre,
Des aquilons et du tonnerre,
La belle amante de Newton
Dans les routes de la lumière
Conduit le char de Phaéton,
Sans verser dans cette carrière,
Nous attendons paisiblement,
Près de l'onde castalienne [1],
Que notre héroïne revienne
De son voyage au firmament ;
Et nous assemblons pour lui plaire,
Dans ces vallons et dans ces bois,
Les fleurs dont Horace autrefois
Faisait des bouquets pour Glycère.
Saint-Lambert, ce n'est que pour toi
Que ces belles fleurs sont écloses ;
C'est ta main qui cueille les roses,
Et les épines sont pour moi.
Ce vieillard chenu qui s'avance,
Le Temps, dont je subis les lois,
Sur ma lyre a glacé mes doigts,
Et des organes de ma voix
Fait trembler la sourde cadence.
Les Grâces dans ces beaux vallons,
Les dieux de l'amoureux délire,
Ceux de la flûte et de la lyre,
T'inspirent tes aimables sons,
Avec toi dansent aux chansons,
Et ne daignent plus me sourire.
Dans l'heureux printemps de tes jours

---

1. Cette épître est curieuse, car on y voit Voltaire fraterniser philosophiquement avec son heureux rival auprès de Mme du Châtelet.

Des dieux du Pinde et des amours
Saisis la faveur passagère;
C'est le temps de l'illusion.
Je n'ai plus que de la raison :
Encore, hélas! n'en ai-je guère.
    Mais je vois venir sur le soir,
Du plus haut de son aphélie,
Notre astronomique Émilie [1]
Avec un vieux tablier noir,
Et la main d'encre encor salie.
Elle a laissé là son compas,
Et ses calculs, et sa lunette;
Elle reprend tous ses appas :
Porte-lui vite à sa toilette
Ces fleurs qui naissent sous tes pas,
Et chante-lui sur ta musette
Ces beaux airs que l'Amour répète,
Et que Newton ne connut pas [2].

ÉPITRE LXXX.

A MONSIEUR DESMAHIS.

(1750)

    Vos jeunes mains cueillent des fleurs
Dont je n'ai plus que les épines;
Vous dormez dessous les courtines
Et des Grâces et des neuf Sœurs :
Je leur fais encor quelques mines,
Mais vous possédez leurs faveurs.
    Tout s'éteint, tout s'use, tout passe :
Je m'affaiblis, et vous croissez;

1. Mme du Châtelet.
2. L'épitre à Darget qui vient ordinairement après cette pièce se trouve dans
la *Correspondance*, lettre du 9 août 1750.

Mais je descendrai du Parnasse
Content, si vous m'y remplacez.
Je jouis peu, mais j'aime encore ;
Je verrai du moins vos amours :
Le crépuscule de mes jours
S'embellira de votre aurore.
Je dirai : Je fus comme vous ;
C'est beaucoup me vanter peut-être ;
Mais je ne serai point jaloux :
Le plaisir permet-il de l'être ?

ÉPITRE LXXXI.

A MONSIEUR LE CARDINAL QUIRINI[1].

Berlin, 1751.

Quoi ! vous voulez donc que je chante
Ce temple orné par vos bienfaits,
Dont aujourd'hui Berlin se vante !
Je vous admire, et je me tais.
Comment sur les bords de la Sprée,
Dans cette infidèle contrée
Où de Rome on brave les lois,
Pourrai-je élever une voix
A des cardinaux consacrée ?
Éloigné des murs de Sion,
Je gémis en bon catholique.
Hélas ! mon prince est hérétique,
Et n'a point de dévotion.
Je vois avec componction
Que dans l'infernale séquelle
Il sera près de Cicéron,
Et d'Aristide et de Platon,
Ou vis-à-vis de Marc-Aurèle.

1. C'est le cardinal bibliothécaire du Vatican, à qui Voltaire avait dédié *Sémiramis*. Voyez tome III du *Théâtre*, p. 487.

On sait que ces esprits fameux
Sont punis dans la nuit profonde ;
Il faut qu'il soit damné comme eux,
Puisqu'il vit comme eux dans ce monde.
Mais surtout que je suis fâché
De le voir toujours entiché
De l'énorme et cruel péché
Que l'on nomme la tolérance !
Pour moi, je frémis quand je pense
Que le musulman, le païen,
Le quakre, et le luthérien,
L'enfant de Genève et de Rome,
Chez lui tout est reçu si bien,
Pourvu que l'on soit honnête homme.
Pour comble de méchanceté,
Il a su rendre ridicule
Cette sainte inhumanité,
Cette haine dont sans scrupule
S'arme le dévot entêté,
Et dont se raille l'incrédule.
Que ferai-je, grand cardinal,
Moi chambellan très-inutile
D'un prince endurci dans le mal,
Et proscrit dans notre Évangile ?
    Vous dont le front prédestiné
A nos yeux doublement éclate ;
Vous dont le chapeau d'écarlate
Des lauriers du Pinde est orné ;
Qui, marchant sur les pas d'Horace
Et sur ceux de saint Augustin,
Suivez le raboteux chemin
Du paradis et du Parnasse,
Convertissez ce rare esprit :
C'est à vous d'instruire et de plaire ;
Et la grâce de Jésus-Christ
Chez vous brille en plus d'un écrit,
Avec les trois Grâces d'Homère[1].

1. L'épître à Darget qui vient ordinairement après cette pièce se trouve dans la *Correspondance*, lettre du 9 mars 1751.

ÉPITRE LXXXII.

AU ROI DE PRUSSE.

9 avril 1751.

Dans ce jour du saint vendredi,
Jour où l'on veut nous faire accroire
Qu'un Dieu pour le monde a pâti,
J'ose adresser ma voix à mon vrai roi de gloire.

De mon salut vrai créateur,
De d'Argens et de moi l'unique rédempteur,
Du salut éternel je ne suis pas en peine ;
Mais de ce vrai salut qu'on nomme la santé,
Mon esprit est inquiété.
Pardonnez, cher sauveur, à mon audace vaine.

O vous qui faites des heureux,
L'êtes-vous ? souffrez-vous ? êtes-vous à la gêne ?
Et les points de côté, la colique inhumaine,
Troubleraient-ils encor des jours si précieux ?

O philosophe roi, grand homme, heureux génie
Vous dont le charmant entretien,
L'indulgente raison, l'aimable poésie,
Étonnent mon âme ravie,
Puissiez-vous goûter tout le bien
Que vous versez sur notre vie !

ÉPITRE LXXXIII.

AU MÊME.

(1751)

Est-il vrai que Voltaire aura
A Sans-Souci l'honneur de boire

Les eaux d'Hippocrène ou d'Égra,
Au lieu de l'onde sale et noire
Qu'en enfer il avalera?
    En ce cas il apportera
Son paquet et son écritoire,
Et près de vous il apprendra
Que sagesse vaut mieux que gloire.
    Sur les arbres il écrira :
« Beaux lieux consacrés à la lyre,
Aux arts, aux douceurs du repos,
J'admirais ici mon héros,
Et me gardais de le lui dire. »

ÉPITRE LXXXIV.

AU ROI DE PRUSSE[1].

Blaise Pascal a tort, il en faut convenir;
Ce pieux misanthrope, Héraclite sublime,
Qui pense qu'ici-bas tout est misère et crime,
Dans ses tristes accès ose nous maintenir
Qu'un roi que l'on amuse, et même un roi qu'on aime,
        Dès qu'il n'est plus environné,
        Dès qu'il est réduit à lui-même,
Est de tous les mortels le plus infortuné[2].
Il est le plus heureux s'il s'occupe et s'il pense.
Vous le prouvez très-bien; car, loin de votre cour,
En hibou fort souvent renfermé tout le jour,
Vous percez d'un œil d'aigle en cet abîme immense
Que la philosophie offre à nos faibles yeux ;
        Et votre esprit laborieux,
Qui sait tout observer, tout orner, tout connaître,
Qui se connaît lui-même, et qui n'en vaut que mieux,

---

1. Cette pièce est de 1751. On l'a imprimée souvent avec le titre des *Deux Tonneaux.* (K.) — C'est sous ce titre, *les Deux Tonneaux,* qu'elle est imprimée dans *la Bigarrure*, tome XX, page 46, qui est du commencement de 1753. (B.)
2. Voyez les *Pensées de Pascal,* Ire part., art. VII, n° 1.

Par ce mâle exercice augmente encor son être.
Travailler est le lot et l'honneur d'un mortel.
Le repos est, dit-on, le partage du ciel.
Je n'en crois rien du tout : quel bien imaginaire
D'être les bras croisés pendant l'éternité ?
Est-ce dans le néant qu'est la félicité ?
Dieu serait malheureux s'il n'avait rien à faire ;
Il est d'autant plus Dieu qu'il est plus agissant.
Toujours, ainsi que vous, il produit quelque ouvrage :
On prétend qu'il fait plus, on dit qu'il se repent.
Il préside au scrutin qui, dans le Vatican,
Met sur un front ridé la coiffe à triple étage.
Du prisonnier Mahmoud il vous fait un sultan.
Il mûrit à Moka, dans le sable arabique[1],
Ce café nécessaire aux pays des frimas :
      Il met la fièvre en nos climats,
      Et le remède en Amérique.
      Il a rendu l'humain séjour
De la variété le mobile théâtre ;
Il se plut à pétrir d'incarnat et d'albâtre
Les charmes arrondis du sein de Pompadour,
Tandis qu'il vous étend un noir luisant d'ébène
Sur le nez aplati d'une dame africaine,
Qui ressemble à la nuit comme l'autre au beau jour.
Dieu se joue à son gré de la race mortelle ;
Il fait vivre cent ans le Normand Fontenelle,
Et trousse à trente-neuf mon dévot de Pascal.
Il a deux gros tonneaux d'où le bien et le mal
      Descendent en pluie éternelle
Sur cent mondes divers et sur chaque animal.
Les sots, les gens d'esprit, et les fous, et les sages,
Chacun reçoit sa dose, et le tout est égal.
On prétend que de Dieu les rois sont les images.
      Les Anglais pensent autrement ;
      Ils disent en plein parlement
Qu'un roi n'est pas plus dieu que le pape infaillible.
      Mais il est pourtant très-plausible
Que ces puissants du siècle un peu trop adorés,
A la faiblesse humaine ainsi que nous livrés,

---

1. Ce vers et les trois suivants sont cités dans l'article FIÈVRE du *Dictionnaire philosophique.*

Ressemblent en un point à notre commun maître :
C'est qu'ils font comme lui le mal et le bien-être ;
Ils ont les deux tonneaux. Bouchez-moi pour jamais
Le tonneau des dégoûts, des chagrins, des caprices,
Dont on voit tant de cours s'abreuver à longs traits ;
    Répandez de pures délices
Sur votre peu d'élus à vos banquets admis ;
Que leurs fronts soient sereins, que leurs cœurs soient unis ;
Au feu de votre esprit que notre esprit s'éclaire ;
Que sans empressement nous cherchions à vous plaire ;
    Qu'en dépit de la majesté,
    Notre agréable Liberté,
Compagne du Plaisir, mère de la Saillie,
    Assaisonne avec volupté
    Les ragoûts de votre ambrosie.
Les honneurs rendent vain, le plaisir rend heureux.
    Versez les douceurs de la vie
    Sur votre Olympe sablonneux,
Et que le bon tonneau soit à jamais sans lie [1].

ÉPITRE LXXXV.

L'AUTEUR [2]

ARRIVANT DANS SA TERRE, PRÈS DU LAC DE GENÈVE.

Mars 1755.

O maison d'Aristippe ! ô jardins d'Épicure !
Vous qui me présentez, dans vos enclos divers,

1. Le bon tonneau fut loin de rester sans lie ; et Voltaire abandonnait bientôt après l'Olympe sablonneux du Brandebourg. (G. A.)

2. Cette pièce, le plus beau chant de liberté que Voltaire ait jamais écrit, a été imprimée séparément en 1755, dans les formats in-4° et in-8°. On imprima une *Réponse à M. de Voltaire*, en soixante-dix vers de huit syllabes, et une *Réponse à l'épître de M. de V*** en arrivant dans sa terre près du lac de Genève, en mars* 1755. Cette dernière n'a que vingt-trois vers de mesure inégale, et commence ainsi :

O maison de V***, et non pas d'Épicure,
Vous renfermez une tête à l'envers.

Elle a quelquefois été imprimée à la suite de l'épître de Voltaire. Grimm, qui l'a comprise dans sa *Correspondance littéraire* (juillet 1755), l'attribue à Voisenon. (B.)

Ce qui souvent manque à mes vers,
Le mérite de l'art soumis à la nature,
Empire de Pomone et de Flore sa sœur,
Recevez votre possesseur !
Qu'il soit, ainsi que vous, solitaire et tranquille !
Je ne me vante point d'avoir en cet asile
Rencontré le parfait bonheur :
Il n'est point retiré dans le fond d'un bocage ;
Il est encor moins chez les rois ;
Il n'est pas même chez le sage :
De cette courte vie il n'est point le partage.
Il y faut renoncer ; mais on peut quelquefois
Embrasser au moins son image.

Que tout plaît en ces lieux à mes sens étonnés !
D'un tranquille océan [1] l'eau pure et transparente
Baigne les bords fleuris de ces champs fortunés ;
D'innombrables coteaux ces champs sont couronnés.
Bacchus les embellit ; leur insensible pente
Vous conduit par degrés à ces monts sourcilleux [2]
Qui pressent les enfers et qui fendent les cieux.
Le voilà ce théâtre et de neige et de gloire,
Éternel boulevard qui n'a point garanti
Des Lombards le beau territoire.
Voilà ces monts affreux célébrés dans l'histoire,
Ces monts qu'ont traversés, par un vol si hardi,
Les Charles, les Othon, Catinat, et Conti [3],
Sur les ailes de la Victoire.
Au bord de cette mer où s'égarent mes yeux,
Ripaille [4], je te vois. O bizarre Amédée [5],

1. Le lac de Genève. (*Note de Voltaire*, 1756.)

2. Les Alpes. (*Id.* 1756.)

3. Voyez, sur la campagne de Conti en Italie, le chapitre xiii du *Précis du Siècle de Louis XV*.

4. Ripaille était un couvent d'augustins sur la rive gauche du lac de Genève. Le duc de Savoie, après avoir abdiqué, y vécut voluptueusement, et quelques personnes pensaient que c'était ce qui avait donné lieu au proverbe *faire ripaille*. Mais La Mésangère, dans son *Dictionnaire des Proverbes*, pense que *Ripaille* vient de *Ripuaille*, dérivé de *repue, bonne chère*. (B.)

— C'est de Prangins, où Voltaire habita un moment, et non des *Délices*, qu'on voit le couvent de Ripaille. (G. A.)

5. Le premier duc de Savoie, Amédée, pape ou antipape, sous le nom de Félix. (*Note de Voltaire*, 1756.)

Est-il vrai que dans ces beaux lieux,
Des soins et des grandeurs écartant toute idée,
Tu vécus en vrai sage, en vrai voluptueux,
Et que, lassé bientôt de ton doux ermitage,
Tu voulus être pape, et cessas d'être sage[1]?
Lieux sacrés du repos, je n'en ferais pas tant;
Et, malgré les deux clefs dont la vertu nous frappe,
Si j'étais ainsi pénitent,
Je ne voudrais point être pape.

Que le chantre flatteur du tyran des Romains,
L'auteur harmonieux des douces *Géorgiques,*
Ne vante plus ces lacs et leurs bords magnifiques,
Ces lacs que la nature a creusés de ses mains
Dans les campagnes italiques!
Mon lac est le premier : c'est sur ces bords heureux
Qu'habite des humains la déesse éternelle,
L'âme des grands travaux, l'objet des nobles vœux,
Que tout mortel embrasse, ou désire, ou rappelle,
Qui vit dans tous les cœurs, et dont le nom sacré
Dans les cours des tyrans est tout bas adoré,
La Liberté. J'ai vu cette déesse altière,
Avec égalité répandant tous les biens,
Descendre de Morat en habit de guerrière,
Les mains teintes du sang des fiers Autrichiens

1. Variante :

. . . . . O bizarre Amédée !
De quel caprice ambitieux
Ton âme est-elle possédée ?
Duc, ermite, et voluptueux,
Ah ! pourquoi t'échapper de ta douce carrière ?
Comment as-tu quitté ces bords délicieux,
Ta cellule et ton vin, ta maîtresse et tes jeux,
Pour aller disputer la barque de saint Pierre ?
Lieux sacrés du repos, etc.

— Gibbon raconte qu'introduit chez Voltaire, probablement par le ministre genevois Pavillard, il lut cette épître et la retint par cœur. « Et comme ma discrétion, dit-il, n'était pas égale à ma mémoire, l'auteur eut bientôt à se plaindre de la circulation d'une copie de son ouvrage. »

L'allusion au duc de Savoie Amédée, qui s'en prenait à des temps déjà bien anciens (1439-1449), ne méritait pas qu'on y fît grande attention à Turin. Cependant la cour de Savoie s'en émut; elle agit à Genève, et insista assez pour obtenir la suppression de la pièce.

Le poëte se borna à nier, comme d'habitude, qu'il fût pour quelque chose dans la pièce incriminée, et il le niait encore trois ans après dans le billet à l'adresse de Léger, 12 février 1758. (Voyez la *Correspondance.*)

Et de Charles le Téméraire.
Devant elle on portait ces piques et ces dards,
On traînait ces canons, ces échelles fatales
Qu'elle-même brisa quand ses mains triomphales
De Genève en danger défendaient les remparts.
Un peuple entier la suit, sa naïve allégresse
Fait à tout l'Apennin répéter ses clameurs;
Leurs fronts sont couronnés de ces fleurs que la Grèce
Aux champs de Marathon prodiguait aux vainqueurs.
C'est là leur diadème; ils en font plus de compte
Que d'un cercle à fleurons de marquis et de comte,
Et des larges mortiers à grands bords abattus,
Et de ces mitres d'or aux deux sommets pointus.
On ne voit point ici la grandeur insultante
        Portant de l'épaule au côté
        Un ruban que la Vanité
        A tissu de sa main brillante,
            Ni la fortune insolente
            Repoussant avec fierté
            La prière humble et tremblante
            De la triste pauvreté.
On n'y méprise point les travaux nécessaires :
Les états sont égaux, et les hommes sont frères.

Liberté! liberté! ton trône est en ces lieux :
La Grèce où tu naquis t'a pour jamais perdue,
        Avec ses sages et ses dieux.
Rome, depuis Brutus, ne t'a jamais revue.
Chez vingt peuples polis à peine es-tu connue.
Le Sarmate à cheval t'embrasse avec fureur;
Mais le bourgeois à pied, rampant dans l'esclavage,
Te regarde, soupire, et meurt dans la douleur.
L'Anglais pour te garder signala son courage :
Mais on prétend qu'à Londre on te vend quelquefois.
Non, je ne le crois point : ce peuple fier et sage
Te paya de son sang, et soutiendra tes droits.
Aux marais du Batave on dit que tu chancelles,
Tu peux te rassurer : la race des Nassaux,
Qui dressa sept autels à tes lois immortelles[1],
        Maintiendra de ses mains fidèles

1. L'union des sept provinces. (*Note de Voltaire*, 1756.)

Et tes honneurs et tes faisceaux.
Venise te conserve, et Gênes t'a reprise.
Tout à côté du trône à Stockholm on t'a mise ;
Un si beau voisinage est souvent dangereux.
Préside à tout état où la loi t'autorise,
          Et reste-s-y, si tu le peux.
Ne va plus, sous les noms et de Ligue et de Fronde,
Protectrice funeste en nouveautés féconde,
Troubler les jours brillants d'un peuple de vainqueurs,
Gouverné par les lois, plus encor par les mœurs ;
          Il chérit la grandeur suprême :
          Qu'a-t-il besoin de tes faveurs
Quand son joug est si doux qu'on le prend pour toi-même ?
Dans le vaste Orient ton sort n'est pas si beau.
Aux murs de Constantin, tremblante et consternée,
Sous les pieds d'un vizir tu languis enchaînée
          Entre le sabre et le cordeau.
Chez tous les Levantins tu perdis ton chapeau.
Que celui du grand Tell[1] orne en ces lieux ta tête!
Descends dans mes foyers en tes beaux jours de fête.
          Viens m'y faire un destin nouveau.
Embellis ma retraite, où l'Amitié t'appelle ;
Sur de simples gazons viens t'asseoir avec elle.
Elle fuit comme toi les vanités des cours,
Les cabales du monde et son règne frivole[2].
O deux divinités! vous êtes mon recours.
L'une élève mon âme, et l'autre la console :
          Présidez à mes derniers jours[3]!

1. L'auteur de la liberté helvétique. (*Note de Voltaire*, 1756.)
2. Voltaire rendait ici hommage à sa nièce, Mme Denis, qui avait consenti non sans peine, à le suivre dans sa retraite. Voyez la lettre à d'Argental, du 23 juin 1755.
3. L'épître à Desmahis, qui vient ordinairement après celle-ci, se trouve dans la *Correspondance*, lettre du 24 juillet 1756.

ÉPITRE LXXXVI.

A L'EMPEREUR FRANÇOIS Iᵉʳ, ET L'IMPÉRATRICE,

REINE DE HONGRIE,

SUR L'INAUGURATION DE L'UNIVERSITÉ DE VIENNE.

(1756[1])

Quand un roi bienfaisant que ses peuples bénissent
    Les a comblés de ses bienfaits,
Les autres nations à sa gloire applaudissent ;
Les étrangers charmés deviennent ses sujets ;
Tous les rois à l'envi vont suivre ses exemples :
Il est le bienfaiteur du reste des mortels ;
Et, tandis qu'aux beaux-arts il élève des temples,
    Dans nos cœurs il a des autels.
Dans Vienne à l'indigence on donne des asiles,
Aux guerriers des leçons, des honneurs aux beaux-arts,
    Et des secours aux arts utiles.
Connaissez à ces traits la fille des césars.
Du Danube embelli les rives fortunées
Font retentir la voix des premiers des Germains ;
Leurs chants sont parvenus aux Alpes étonnées,
Et l'écho les redit aux rivages romains.
Le Rhône impétueux et la Tamise altière
    Répètent les mêmes accents.
Thérèse et son époux ont dans l'Europe entière
    Un concert d'applaudissements.
Couple auguste et chéri, recevez cet hommage
    Que cent nations ont dicté ;
Pardonnez cet éloge, et souffrez ce langage
    En faveur de la vérité.

---

1. Tirée d'un volume in-folio, où se trouve le discours latin du P. Maister, jésuite, prononcé à la même occasion devant Leurs Majestés, au mois d'avril 1756. (K.)

ÉPITRE LXXXVII.

A MONSIEUR LE DUC DE RICHELIEU.

SUR LA CONQUÊTE DE MAHON [1].

Mai 1756.

Depuis plus de quarante années
Vous avez été mon héros ;
J'ai présagé vos destinées.
Ainsi quand Achille à Scyros
Paraissait se livrer en proie
Aux jeux, aux amours, au repos,
Il devait un jour sur les flots
Porter la flamme devant Troie :
Ainsi quand Phryné dans ses bras
Tenait le jeune Alcibiade,
Phryné ne le possédait pas,
Et son nom fut dans les combats
Égal au nom de Miltiade.
Jadis les amants, les époux,
Tremblaient en vous voyant paraître.
Près des belles et près du maître
Vous avez fait plus d'un jaloux ;
Enfin c'est aux héros à l'être.
C'est rarement que dans Paris,
Parmi les festins et les ris,
On démêle un grand caractère ;
Le préjugé ne conçoit pas
Que celui qui sait l'art de plaire
Sache aussi sauver les États :
Le grand homme échappe au vulgaire ;
Mais lorsqu'aux champs de Fontenoy
Il sert sa patrie et son roi ;
Quand sa main des peuples de Gênes
Défend les jours et rompt les chaînes ;
Lorsque, aussi prompt que les éclairs,
Il chasse les tyrans des mers

1. Voyez la lettre à Richelieu du 3 mai 1756.

A MONSIEUR LE DUC DE RICHELIEU.

Des murs de Minorque opprimée,
Alors ceux qui l'ont méconnu
En parlent comme son armée.
Chacun dit : « Je l'avais prévu. »
Le succès fait la renommée.
Homme aimable, illustre guerrier,
En tout temps l'honneur de la France,
Triomphez de l'Anglais altier,
De l'envie, et de l'ignorance.
Je ne sais si dans Port-Mahon
Vous trouverez un statuaire ;
Mais vous n'en avez plus affaire :
Vous allez graver votre nom
Sur les débris de l'Angleterre ;
Il sera béni chez l'Ibère,
Et chéri dans ma nation.
Des deux Richelieu sur la terre
Les exploits seront admirés ;
Déjà tous deux sont comparés,
Et l'on ne sait qui l'on préfère.
  Le cardinal affermissait
Et partageait le rang suprême
D'un maître qui le haïssait :
Vous vengez un roi qui vous aime.
Le cardinal fut plus puissant,
Et même un peu trop redoutable :
Vous me paraissez bien plus grand,
Puisque vous êtes plus aimable.

ÉPITRE LXXXVIII.

A MONSIEUR L'ABBÉ DE LA PORTE.

(1759[1])

Tu pousses trop loin l'amitié,
Abbé, quand tu prends ma défense ;
Le vil objet de ta vengeance
Sous ta verge me fait pitié.
Il ne faut point tant de courage
Pour se battre contre un poltron,
Ni pour écraser un Fréron,
Dont le nom seul est un outrage.
Un passant donne au polisson
Un coup de fouet sur le visage :
Ce n'est que de cette façon
Qü'on corrige un tel personnage,
S'il pouvait être corrigé.
Mais on le hue, on le bafoue,
On l'a mille fois fustigé :
Il se carre encor dans la boue ;
Dans le mépris il est plongé ;
Sur chaque théâtre on le joue :
Ne suis-je pas assez vengé ?

ÉPITRE LXXXIX.

A UNE JEUNE VEUVE.

Jeune et charmant objet à qui pour son partage
Le ciel a prodigué les trésors les plus doux,

1. Dans son *Observateur littéraire*, 1759, t. II, p. 177, en rendant compte de
la nouvelle édition des *OEuvres de Voltaire*, l'abbé de La Porte avait dit : « J'ai
saisi plus d'une fois l'occasion de rendre à cet illustre auteur l'hommage que la

Les grâces, la beauté, l'esprit et le veuvage,
        Jouissez du rare avantage
D'être sans préjugés ainsi que sans époux !
        Libre de ce double esclavage,
Joignez à tous ces dons celui d'en faire usage ;
Faites de votre lit le trône de l'Amour ;
Qu'il ramène les Ris, bannis de votre cour
        Par la puissance maritale.
Ah ! ce n'est pas au lit qu'un mari se signale :
Il dort toute la nuit et gronde tout le jour ;
        Ou s'il arrive par merveille
Que chez lui la nature éveille le désir,
Attend-il qu'à son tour chez sa femme il s'éveille ?
Non : sans aucun prélude il brusque le plaisir ;
Il ne connaît point l'art d'animer ce qu'on aime,
D'amener par degrés la volupté suprême ;
Le traître jouit seul..., si pourtant c'est jouir.
Loin de vous tous liens, fût-ce avec Plutus même !
L'Amour se chargera du soin de vous pourvoir.
Vous n'avez jusqu'ici connu que le devoir,
        Le plaisir vous reste à connaître.
Quel fortuné mortel y sera votre maître !
        Ah ! lorsque, d'amour enivré,
Dans le sein du plaisir il vous fera renaître,
Lui-même trouvera qu'il l'avait ignoré.

ÉPITRE XC.

A MONSIEUR LE PRÉSIDENT HÉNAULT,

SUR SON BALLET DU TEMPLE DES CHIMÈRES,

Mis en musique par M. le duc de Nivernais, et représenté chez M. le maréchal de Belle-Isle
en 1760.

Votre amusement lyrique
M'a paru du meilleur ton,

malignité, et surtout la jalousie impuissante et ridicule de certains petits esprits,
s'efforcent de lui ravir. » (B.)

Si Linus[1] fit la musique,
Les vers sont d'Anacréon.
L'Anacréon de la Grèce
Vaut-il celui de Paris?
Il chanta la double ivresse[2]
De Silène et de Cypris;
Mais fit-il avec sagesse
L'histoire de son pays?
Après des travaux austères,
Dans vos doux délassements
Vous célébrez les chimères.
Elles sont de tous les temps;
Elles nous sont nécessaires.
Nous sommes de vieux enfants;
Nos erreurs sont nos lisières,
Et les vanités légères
Nous bercent en cheveux blancs.

ÉPITRE XCI.

A DAPHNÉ,

CÉLÈBRE ACTRICE[3].

(Traduite de l'anglais.)

1er janvier 1761.

Belle Daphné, peintre de la nature,
Vous l'imitez, et vous l'embellissez.

1. Poëte chanteur de l'époque orphique.
2. Beaucoup d'éditions portent :

Il chanta la *douce* ivresse.

Je n'ai pas hésité à préférer *double.* Voltaire a, plus tard (voyez épitre xcvii, page 390), parlé du

. . . . . triple délire
Des vers, de l'amour et du vin. (B.)

3. Cette pièce est souvent citée par Voltaire sous le titre de *Pantaodai.* La première édition est en effet intitulée *Pantaodai, étrennes à* Mlle *Clairon, par*

La voix, l'esprit, la grâce, la figure,
Le sentiment, n'est point encore assez ;
Vous nous rendez ces prodiges d'Athène
Que le génie étalait sur la scène.

  Quand dans les arts de l'esprit et du goût
On est sublime, on est égal à tout[1].
Que dis-je ? on règne, et d'un peuple fidèle
On est chéri, surtout si l'on est belle.
O ma Daphné ! qu'un destin si flatteur
Est différent du destin d'un auteur !

  Je crois vous voir sur ce brillant théâtre
Où tout Paris[2], de votre art idolâtre,
Porte en tribut son esprit et son cœur.
Vous récitez des vers plats et sans grâce,
Vous leur donnez la force et la douceur ;
D'un froid récit vous réchauffez la glace ;
Les contre-sens deviennent des raisons.
Vous exprimez par vos sublimes sons,
Par vos beaux yeux, ce que l'auteur veut dire ;
Vous lui donnez tout ce qu'il croit avoir ;
Vous exercez un magique pouvoir
Qui fait aimer ce qu'on ne saurait lire.
On bat des mains, et l'auteur ébaudi
Se remercie, et pense être applaudi.

  La toile tombe, alors le charme cesse.
Le spectateur apportait des présents
Assez communs de sifflets et d'encens ;
Il fait deux lots quand il sort de l'ivresse,
L'un pour l'auteur, l'autre pour son appui :
L'encens pour vous, et les sifflets pour lui.

A˟˟ *C*˟˟ ; les initiales *A. C.* désignaient Abraham Chaumeix ; cependant *maître
Abraham* est immolé dans les vers 101-102. Ce fut d'Alembert (voyez ses lettres
des 22 septembre et du 18 octobre 1760) qui engagea Voltaire à donner à Mlle Clairon un monument marqué de reconnaissance pour le succès de *Tancrède*. Malgré
la date du 1er janvier qu'elle porte dans la première édition, elle n'était pas encore
achevée le 11 de ce mois. Voltaire recommandait à d'Argental, le 16 février 1761,
que le *Pantaodai* restât un ouvrage de société. Dans une édition faite à Paris on
supprima les vers contre Omer Joly de Fleury ; cette suppression contrariait beaucoup Voltaire (voyez sa lettre à Damilaville, du 8 mai 1761). (B.)

1. Dans l'épître xcv, qu'il adressa, en 1765, à Mlle Clairon, Voltaire dit :

   Le sublime en tout genre est le don le plus rare.

2. Le traducteur a mis *Paris* au lieu de *Londres*. (*Note de Voltaire*, 1764.)

Vous cependant, au doux bruit des éloges
Qui vont pleuvant de l'orchestre et des loges,
Marchant en reine, et traînant après vous
Vingt courtisans l'un de l'autre jaloux,
Vous admettez près de votre toilette
Du noble essaim la cohue indiscrète.
L'un dans la main vous glisse un billet doux;
L'autre à Passy[1] vous propose une fête:
Josse avec vous veut souper tête à tête;
Candale y soupe, et rit tout haut d'eux tous.
On vous entoure, on vous presse, on vous lasse.
Le pauvre auteur est tapi dans un coin,
Se fait petit, tient à peine une place.
Certain marquis, l'apercevant de loin,
Dit: « Ah! c'est vous; bonjour, monsieur Pancrace[2],
Bonjour: vraiment, votre pièce a du bon. »
Pancrace fait révérence profonde,
Bégaye un mot, à quoi nul ne répond,
Puis se retire, et se croit du beau monde.
Un intendant des plaisirs dits menus,
Chez qui les arts sont toujours bienvenus,
Grand connaisseur, et pour vous plein de zèle,
Vous avertit que la pièce nouvelle
Aura l'honneur de paraître à la cour.
Vous arrivez, conduite par l'Amour:
On vous présente à la reine, aux princesses,
Aux vieux seigneurs, qui, dans leurs vieux propos,
Vont regrettant le chant de la Duclos.
Vous recevez compliments et caresses;
Chacun accourt, chacun dit: « La voilà! »
De tous les yeux vous êtes remarquée;
De mille mains on vous verrait claquée
Dans le salon, si le roi n'était là.
Pancrace suit: un gros huissier lui ferme
La porte au nez; il reste comme un terme,
La bouche ouverte et le front interdit:
Tel que Lefranc, qui, tout brillant de gloire,

---

1. Le traducteur a mis *Passy*, au lieu de *Kinsington*. (*Note de Voltaire*, 1764.)
2. Il paraît, par la lettre à d'Alembert, du 19 mars 1761, que Pancrace désigne
Colardeau, dont la tragédie de *Caliste* avait été jouée le 12 novembre 1760.
Mlle Clairon y jouait le rôle de Caliste. (B.)

Ayant en cour présenté son mémoire,
Crève à la fois d'orgueil et de dépit.
    Il gratte, il gratte ; il se présente, il dit :
« Je suis l'auteur... » Hélas ! mon pauvre hère,
C'est pour cela que vous n'entrerez pas.
Le malheureux, honteux de sa misère,
S'esquive en hâte, et, murmurant tout bas
De voir en lui les neuf muses bannies,
Du temps passé regrettant les beaux jours,
Il rime encore, et s'étonne toujours
Du peu de cas qu'on fait des grands génies.
    Pour l'achever, quelque compilateur,
Froid gazetier, jaloux d'un froid auteur,
Quelque Fréron, dans l'*Ane littéraire*[1],
Vient l'entamer de sa dent mercenaire ;
A l'aboyeur il reste abandonné,
Comme un esclave aux bêtes condamné.
Voilà son sort ; et puis cherchez à plaire.
    Mais c'est bien pis, hélas ! s'il réussit.
L'Envie alors, Euménide implacable,
Chez les vivants harpie insatiable,
Que la mort seule à grand'peine adoucit[2],
L'affreuse Envie, active, impatiente,
Versant le fiel de sa bouche écumante,
Court à Paris, par de longs sifflements,
Dans leurs greniers réveiller ses enfants.
A cette voix, les voilà qui descendent,
Qui dans le monde à grands flots se répandent,
En manteau court, en soutane, en rabat,
En petit-maître, en petit magistrat.
Écoutez-les : « Cette œuvre dramatique
Est dangereuse, et l'auteur hérétique[3]. »

---

1. Ici Voltaire désigne l'*Année littéraire* de Fréron, sous le titre d'un écrit
de Lebrun contre Fréron. (B.)
2. Voltaire a dit, dans sa *Henriade,* chant VII, vers 148 :

> Triste amante des morts, elle hait les vivants.

3. Après ce vers,

> Est dangereuse, et l'auteur hérétique,

on lisait ceux-ci, qui terminaient l'épître :

> Mais s'il compose un ouvrage nouveau
> Qui puisse plaire à Boufflers, à Beauvau,

Maître Abraham va sur lui distillant
L'acide impur qu'il vendait sur la Loire[1] ;
Maître Crevier, dans sa pesante histoire[2]
Qu'on ne lit point, condamne son talent.
  Un petit singe[3], à face de Thersite[4],

> A ce vainqueur des Anglais et des belles,
> Qui ne trouva ni rivaux, ni cruelles ;
> Si le bon goût du généreux Choiseuil
> A ses travaux fait un honnête accueil,
> S'il trouve grâce aux yeux de la marquise,
> Du seul mérite en plus d'un genre éprise ;
> S'il satisfait La Vallière et d'Ayen,
> Malheur à lui : la cohorte empestée
> Damne mon homme, et le *Journal chrétien*
> Secrètement vous le déclare athée.
> S'il répond peu, c'est qu'il est accablé ;
> Si, méprisant l'Envie et ses trompettes,
> Il vit en paix dans ses belles retraites,
> S'il y sert Dieu, c'est qu'il est exilé.

— La marquise est Mme de Pompadour. (B.)

1. Le traducteur a substitué la *Loire* à la *Tamise*. (*Note de Voltaire*, 1764.)

2. *Histoire des empereurs, jusqu'à Constantin.*

3. Ce *petit singe*, etc., était Omer Joly de Fleury, qui, dans le chant XVI de *la Pucelle*, est appelé :

> Ce pédant sec, à face de Thersite.

Voyez tome IX, page 262.

4. Variante :

> Un petit singe, à phrases compassées,
> Au sourcil noir, au long et noir habit,
> Plus noir encore et de cœur et d'esprit,
> Vomit sur lui ses fureurs empestées ;
> Mais, grâce au ciel, il est un roi puissant
> Qui d'un coup d'œil protége l'innocent,
> Et d'un coup d'œil démasque l'hypocrite ;
> Il hait la fraude, il hait les imposteurs ;
> Des factions il connaît les auteurs.
> Tremblez, méchants, qui trompez sa justice ;
> Craignez l'Histoire, elle est votre supplice ;
> Craignez sa main : cette main, qui des rois
> A sur l'airain consacré les exploits,
> Y gravera vos infâmes cabales,
> Vos sourds complots, vos ténébreux scandales ;
> L'Hypocrisie au perfide souris,
> Le Fanatisme étincelant de rage,
> Le fade Orgueil peignant son plat visage
> Du fard brillant de l'amour du pays,
> Tout paraîtra dans son jour véritable.
> On vous verra l'horreur et le mépris
> D'un peuple entier par vos fourbes surpris.
> Le dieu des vers, ce dieu de la lumière,
> Dont votre oreille ignore les accents,
> Et dont votre œil fuit les rayons perçants ;
> Ce même dieu, finissant sa carrière,
> Daigne écraser et plonger dans la nuit
> L'affreux Python que la fange a produit.
>   Mais aujourd'hui, dans leurs grottes obscures,
> Laissons siffler ces couleuvres impures ;

Au sourcil noir, à l'œil noir, au teint gris,
Bel esprit faux[1] qui hait les bons esprits,
Fou sérieux que le bon sens irrite,
Écho des sots, trompette des pervers,
En prose dure insulte les beaux vers,
Poursuit le sage, et noircit le mérite.

   Mais écoutez ces pieux loups-garous,
Persécuteurs de l'art des Euripides,
Qui vont hurlant en phrases insipides
Contre la scène, et même contre vous.

   Quand vos talents entraînent au théâtre
Un peuple entier, de votre art idolâtre,
Et font valoir quelque ouvrage nouveau,
Un possédé, dans le fond d'un tonneau[2]
Qu'on coupe en deux, et qu'un vieux dais surmonte,
Crie au scandale, à l'horreur, à la honte,
Et vous dépeint au public abusé
Comme un démon en fille déguisé.
Ainsi toujours, unissant les contraires,
Nos chers Français, dans leurs têtes légères[3],
Que tous les vents font tourner à leur gré,
Vont diffamer ce qu'ils ont admiré.
O mes amis! raisonnez, je vous prie;
Un mot suffit. Si cet art est impie,
Sans répugnance il le faut abjurer;
S'il ne l'est pas, il le faut honorer.

Ne souillons pas de leurs hideux portraits
Les doux crayons qui dessinent vos traits
Belle Clairon, toutes ces barbaries
Sont des objets à vos yeux inconnus;
Et quand on parle à Minerve, à Vénus,
Faut-il nommer Cerbère et les Furies?

Autre variante :

Un petit singe, ignorant, indocile,
Au sourcil noir, au long et noir habit,
Plus noir encore et de cœur et d'esprit,
Répand sur moi ses phrases et sa bile ;
En grimaçant, le monstre s'applaudit
D'être à la fois et Thersite et Zoïle :
Mais, grâce au ciel, etc.

1. L'abbé Guyon et ses semblables. (*Note de Voltaire.*) — Voltaire, dans sa lettre du 2 février 1761, dit que cette note est de son correspondant à Paris, mais que d'autres prétendent qu'il fallait un autre nom. (B.)

2. L'auteur anglais a sans doute eu vue les chaires des presbytériens. (*Note de Voltaire, 1764.*)

3. Le traducteur transporte toujours la scène à Paris. (*Id.*, 1764.)

ÉPITRE XCII.

A MADAME DENIS,

SUR L'AGRICULTURE.

14 mars 1761.

Qu'il est doux d'employer le déclin de son âge
Comme le grand Virgile occupa son printemps!
Du beau lac de Mantoue il aimait le rivage;
Il cultivait la terre, et chantait ses présents.
Mais bientôt, ennuyé des plaisirs du village,
D'Alexis et d'Aminte il quitta le séjour,
Et, malgré Mævius, il parut à la cour.
C'est la cour qu'on doit fuir, c'est aux champs qu'il faut vivre.
Dieu du jour, dieu des vers, j'ai ton exemple à suivre.
Tu gardas les troupeaux, mais c'étaient ceux d'un roi;
Je n'aime les moutons que quand ils sont à moi.
L'arbre qu'on a planté rit plus à notre vue
Que le parc de Versaille et sa vaste étendue.
Le Normand Fontenelle, au milieu de Paris[1],
Prêta des agréments au chalumeau champêtre;
Mais il vantait des soins qu'il craignait de connaître,
Et de ses faux bergers il fit de beaux esprits.
Je veux que le cœur parle, ou que l'auteur se taise;
Ne célébrons jamais que ce que nous aimons.
En fait de sentiment l'art n'a rien qui nous plaise:
Ou chantez vos plaisirs, ou quittez vos chansons;

1. Théocrite et Virgile étaient à la campagne, ou en venaient, quand ils firent
des églogues. Ils chantèrent les moissons qu'ils avaient fait naître, et les troupeaux
qu'ils avaient conduits. Cela donnait à leurs bergers un air de vérité qu'ils ne peuvent guère avoir dans les rues de Paris. Aussi les églogues de Fontenelle furent
des madrigaux galants. (*Note de Voltaire*, 1771.)

— M. de Voltaire a donné à Fontenelle l'épithète de Normand dans cette pièce,
comme dans l'épître au roi de Prusse : *Blaise Pascal a tort.* Il a substitué aussi,
dans *le Temple du Goût*, le *discret* Fontenelle au *sage* Fontenelle des premières
éditions; c'est que le sage Fontenelle n'avait pas contre les préjugés la haine
active de M. de Voltaire; qu'il le laissa combattre seul, cachant avec soin aux
ennemis de la raison le mépris qu'il avait pour eux, et ne s'intéressant point assez
à la vérité ou à ses apôtres pour risquer de se brouiller avec les persécuteurs. (K.)

Ce sont des faussetés, et non des fictions.
  « Mais quoi! loin de Paris se peut-il qu'on respire?
Me dit un petit-maître, amoureux du fracas.
Les Plaisirs dans Paris voltigent sur nos pas :
On oublie, on espère, on jouit, on désire ;
Il nous faut du tumulte, et je sens que mon cœur,
S'il n'est pas enivré, va tomber en langueur.
  — Attends, bel étourdi, que les rides de l'âge
Mûrissent ta raison, sillonnent ton visage ;
Que Gaussin t'ait quitté, qu'un ingrat t'ait trahi,
Qu'un Bernard t'ait volé[1], qu'un jaloux hypocrite
T'ait noirci des poisons de sa langue maudite ;
Qu'un opulent fripon, de ses pareils haï,
Ait ravi des honneurs qu'on enlève au mérite :
Tu verras qu'il est bon de vivre enfin pour soi,
Et de savoir quitter le monde qui nous quitte.
  — Mais vivre sans plaisir, sans faste, sans emploi !
Succomber sous le poids d'un ennui volontaire !
  — De l'ennui ! Penses-tu que, retiré chez toi,
Pour les tiens, pour l'État, tu n'as plus rien à faire?
La Nature t'appelle, apprends à l'observer ;
La France a des déserts, ose les cultiver ;
Elle a des malheureux : un travail nécessaire,
Ce partage de l'homme, et son consolateur,
En chassant l'indigence amène le bonheur :
Change en épis dorés, change en gras pâturages
Ces ronces, ces roseaux, ces affreux marécages.
Tes vassaux languissants, qui pleuraient d'être nés,
Qui redoutaient surtout de former leurs semblables,
Et de donner le jour à des infortunés,
Vont se lier gaîment par des nœuds désirables ;
D'un canton désolé l'habitant s'enrichit ;
Turbilli[2], dans l'Anjou, t'imite et t'applaudit ;

1 On avait proposé à Voltaire de changer cet hémistiche, et de dire :

Qu'un riche t'ait volé.

Voltaire approuva la correction. Cependant la correction n'a été faite dans aucune
édition. (B.)
    2. Le marquis de Turbilli, auteur d'un ouvrage sur les défrichements, qui avait
alors quelque célébrité. M. Bertin, contrôleur général, depuis ministre, avait insti-
tué des sociétés d'agriculture dans chaque généralité. MM. Trudaine, intendants
des finances, ont été du petit nombre des magistrats qui ont véritablement aimé

Bertin, qui dans son roi voit toujours sa patrie,
Prête un bras secourable à ta noble industrie;
Trudaine sait assez que le cultivateur
Des ressorts de l'État est le premier moteur,
Et qu'on ne doit pas moins, pour le soutien du trône,
A la faux de Cérès qu'au sabre de Bellone. »
    J'aime assez saint Benoît : il prétendit du moins[1]
Que ses enfants tondus, chargés d'utiles soins,
Méritassent de vivre en guidant la charrue,
En creusant des canaux, en défrichant des bois.
Mais je suis peu content du bonhomme François[2];
Il crut qu'un vrai chrétien doit gueuser dans la rue,
Et voulut que ses fils, robustes fainéants,
Fissent serment à Dieu de vivre à nos dépens.
Dieu veut que l'on travaille et que l'on s'évertue;
Et le sot mari d'Ève, au paradis d'Éden,
Reçut un ordre exprès d'arranger son jardin[3].
C'est la première loi donnée au premier homme[4],
Avant qu'il eût mangé la moitié de sa pomme.
Mais ne détournons point nos mains et nos regards
Ni des autres emplois, ni surtout des beaux-arts.

les sciences et les arts. Ils ont beaucoup contribué au progrès que les manufactures et le commerce ont fait en France sous le règne de Louis XV. Le fils était un des hommes de l'Europe les plus instruits des vrais principes et des détails de l'administration des États. (K.)

1. Benedict ou Benoît voulut que les mains de ses moines cultivassent la terre. Elles ont été employées à d'autres travaux, à donner des éditions des Pères, à les commenter, à copier d'anciens titres, et à en faire. Plusieurs de leurs abbés réguliers sont devenus évêques; plusieurs ont eu des richesses immenses. (*Note de Voltaire*, 1771.)

2. François d'Assise, en instituant les mendiants, fit un mal beaucoup plus grand. Ce fut un impôt exorbitant mis sur le pauvre peuple, qui n'osa refuser son tribut d'aumône à des moines qui disaient la messe et qui confessaient : de sorte qu'encore aujourd'hui, dans les pays catholiques romains, le paysan, après avoir payé le roi, son seigneur, et son curé, est encore forcé de donner le pain de ses enfants à des cordeliers et à des capucins. (*Id.*, 1771.)

3. Cet ordre exprès, que la Genèse dit avoir été donné de Dieu à l'homme, de cultiver son jardin, fait bien voir quel est le ridicule de dire que l'homme fut condamné au travail. L'Arabe Job est bien plus raisonnable : il dit que l'homme est né pour travailler, comme l'oiseau pour voler. (*Id.*, 1771.)

4. Cette épître ayant fait beaucoup de bruit, la reine désira la lire; mais pour ménager la susceptibilité de cette princesse, d'Alembert corrigea ainsi deux vers

> Et le *bon* mari d'Ève, au paradis d'Éden...
> Avant qu'il eût *goûté de la fatale pomme*.

« Ce qui est bien plat, dit-il; mais cela est encore trop bon pour Versailles. » (B.

Il est des temps pour tout; et lorsqu'en mes vallées,
Qu'entoure un long amas de montagnes pelées,
De quelques malheureux ma main sèche les pleurs,
Sur la scène, à Paris, j'en fais verser peut-être;
Dans Versaille étonné j'attendris de grands cœurs;
Et, sans croire approcher de Racine, mon maître,
Quelquefois je peux plaire, à l'aide de Clairon.
Au fond de son bourbier je fais rentrer Fréron.
L'archidiacre Trublet prétend que je l'ennuie;
La représaille est juste; et je sais à propos
Confondre les pervers, et me moquer des sots.
En vain sur son crédit un délateur s'appuie;
Sous son bonnet carré, que ma main jette à bas,
Je découvre, en riant, la tête de Midas[1].
J'honore Diderot, malgré la calomnie;
Ma voix parle plus haut que les cris de l'envie:
Les échos des rochers qui ceignent mon désert
Répètent après moi le nom de d'Alembert.
Un philosophe est ferme, et n'a point d'artifice;
Sans espoir et sans crainte il sait rendre justice:
Jamais adulateur, et toujours citoyen,
A son prince attaché sans lui demander rien,
Fuyant des factions les brigues ennemies
Qui se glissent parfois dans nos académies,
Sans aimer Loyola, condamnant saint Médard[2],
Des billets qu'on exige il se rit à l'écart,
Et laisse aux parlements à réprimer l'Église;
Il s'élève à son Dieu, quand il foule à ses pieds
Un fatras dégoûtant d'arguments décriés;
Et son âme inflexible au vrai seul est soumise.
C'est ainsi qu'on peut vivre à l'ombre de ses bois,
En guerre avec les sots, en paix avec soi-même,
Gouvernant d'une main le soc de Triptolème,
Et de l'autre essayant d'accorder sous ses doigts
La lyre de Racine et le luth de Chapelle.
  O vous, à l'amitié dans tous les temps fidèle,

1. Ce trait porte contre l'avocat général Omer Joly de Fleury; voyez la lettre à
d'Alembert, du 19 juin 1761. (B.)

2. Voyez les notes sur les convulsions et sur les billets de confession, deux ridicules et opprobres de la France, à la fin de la pièce intitulée *le Pauvre Diable*,
dans le présent volume. (*Note de Voltaire*, 1771.)

Vous qui, sans préjugés, sans vices, sans travers,
Embellissez mes jours ainsi que mes déserts,
Soutenez mes travaux et ma philosophie;
Vous cultivez les arts, les arts vous ont suivie.
Le sang du grand Corneille[1], élevé sous vos yeux,
Apprend, par vos leçons, à mériter d'en être.
Le père de Cinna vient m'instruire en ces lieux :
Son ombre entre nous trois aime encore à paraître;
Son ombre nous console, et nous dit qu'à Paris
Il faut abandonner la place aux Scudéris.

ÉPITRE XCIII.

A MADAME ÉLIE DE BEAUMONT[2],

EN RÉPONSE A UNE ÉPITRE EN VERS

AU SUJET DE MADEMOISELLE CORNEILLE.

20 mai 1761.

S'il est au monde une beauté
Qui de Corneille ait hérité,
Vous possédez cet apanage.
L'enfant dont je me suis chargé[3]
N'a point l'art des vers en partage ;
Vous l'avez : c'est un avantage
Qui m'a quelquefois affligé,
Et que doit fuir tout homme sage.
Ce dangereux et beau talent
Est pour vous un simple ornement,
Un pompon de plus à votre âge ;
Mais quand un homme a le malheur
D'avoir fait en forme un ouvrage,

1. Mlle Corneille, mariée à M. Dupuits, officier de l'état-major. (*Note de Voltaire*, 1771.)
2. Femme de l'avocat qui prit en main la défense des Calas.
3. Mlle Corneille.

Et quand il est monsieur l'auteur,
C'est un métier dont il enrage.
  Les vers, la musique, l'amour,
Sont les charmes de notre vie ;
Le sage en a la fantaisie,
Et sait les goûter tour à tour :
S'y livrer toujours, c'est folie.

ÉPITRE XCIV.

AU DUC DE LA VALLIÈRE,

GRAND FAUCONNIER DE FRANCE.

(1761)

Illustre protecteur des perdrix de Mont-Rouge [1],
Des faucons, des auteurs, et surtout des catins ;
Vous dont l'auguste sceptre au cuir blanc, au bout rouge,
Est l'effroi des cocus et l'amour des p......,
Vous daignez vous servir de votre aimable plume
        Pour dire à la postérité
Que vous avez aimé certain Suisse effronté,
Très-indiscret auteur de plus d'un gros volume,
Mais dont l'esprit encor conserve sa gaîté.
        Il pense comme monsieur Hume,
        Il rit de la sotte âpreté
        De tout dévot plein d'amertume ;
        Tranquillement il s'accoutume
        A l'humaine méchanceté ;
        Le flambeau de la Vérité
        Quelquefois dans ses mains s'allume ;
        Il doit être bientôt compté
        Dans le rang d'un auteur posthume :
        Mais quand le temps qui tout consume

1. Son château était à Mont-Rouge. Voyez encore, dans la *Correspondance*, la
lettre de Voltaire au duc, de cette même année.

Au néant l'aura rapporté,
Son nom, comme je le présume,
Ira, par votre grâce, à l'immortalité.

ÉPITRE XCV.

A MADEMOISELLE CLAIRON[1].

(1765)

Le sublime en tout genre est le don le plus rare [2] ;
C'est là le vrai phénix ; et, sagement avare,
La nature a prévu qu'en nos faibles esprits
Le beau, s'il est commun, doit perdre de son prix.
La médiocrité couvre la terre entière ;
Les mortels ont à peine une faible lumière,
Quelques vertus sans force, et des talents bornés.
S'il est quelques esprits par le ciel destinés
A s'ouvrir des chemins inconnus au vulgaire,
A franchir des beaux-arts la limite ordinaire,
La nature est alors prodigue en ses présents ;
Elle égale dans eux les vertus aux talents.
Le souffle du génie et ses fécondes flammes
N'ont jamais descendu que dans de nobles âmes ;
Il faut qu'on en soit digne, et le cœur épuré
Est le seul aliment de ce flambeau sacré.
Un esprit corrompu ne fut jamais sublime.
Toi que forma Vénus, et que Minerve anime,
Toi qui ressuscitas sous mes rustiques toits
L'*Électre* de Sophocle aux accents de ta voix

---

1. Cette épître fut adressée à Mlle Clairon en juillet 1765 ; voyez la lettre du 23 juillet.
2. Voltaire avait déjà dit, dans une première épître à Mlle Clairon :

> Quand dans les arts de l'esprit et du goût
> On est sublime, on est égal à tout.

Voyez ci-dessus, page 373.

(Non l'*Électre* française [1], à la mode soumise,
Pour le galant Itys si galamment éprise);
Toi qui peins la nature en osant l'embellir,
Souveraine d'un art que tu sus ennoblir,
Toi dont un geste, un mot, m'attendrit et m'enflamme,
Si j'aime tes talents, je respecte ton âme.
L'amitié, la grandeur, la fermeté, la foi [2],
Les vertus que tu peins, je les retrouve en toi;
Elles sont dans ton cœur. La vertu que j'encense
N'est pas des voluptés la sévère abstinence.
L'amour, ce don du ciel, digne de son auteur,
Des malheureux humains est le consolateur.
Lui-même il fut un dieu dans les siècles antiques;
On en fait un démon chez nos vils fanatiques :
Très-désintéressé sur ce péché charmant,
J'en parle en philosophe, et non pas en amant.
Une femme sensible, et que l'amour engage,
Quand elle est honnête homme, à mes yeux est un sage.
    Que ce conteur heureux qui plaisamment chanta [3]
Le démon Belphégor et madame Honesta,
L'Ésope des Français, le maître de la fable,
Ait de la Champmêlé vanté la voix aimable,
Ses accents amoureux et ses sons affétés,
Écho des fades airs que Lambert [4] a notés;
Tu n'étais pas alors; on ne pouvait connaître
Cet art qui n'est qu'à toi, cet art que tu fais naître.
    Corneille, des Romains peintre majestueux,
T'aurait vue aussi noble, aussi Romaine qu'eux.
Le ciel, pour échauffer les glaces de mon âge,
Le ciel me réservait ce flatteur avantage :

---

1. L'*Électre* de Crébillon, dans laquelle on condamnait surtout la partie carrée d'Électre avec Itys et d'Iphianasse avec Tydée. (B.)

2. La foi, en poésie, signifie la bonne foi. (*Note de Voltaire*, 1765.)

3. La Fontaine, dans son prologue de *Belphégor*, dédié à Mlle Champmêlé, fameuse actrice pour son temps. La déclamation était alors une espèce de chant. Lamotte a fait des stances pour Mlle Duclos, dans lesquelles il la loue d'imiter la Champmêlé : et ni l'une ni l'autre ne devaient être imitées. On est tombé depuis dans un autre défaut beaucoup plus grand : c'est un familier excessif et ridicule, qui donne à un héros le ton d'un bourgeois. Le naturel dans la tragédie doit toujours se ressentir de la grandeur du sujet, et ne s'avilir jamais par la familiarité. Baron, qui avait un jeu si naturel et si vrai, ne tomba jamais dans cette bassesse. (*Id.*, 1765.)

4. Lambert, auteur de quelques airs insipides, très-célèbre avant Lulli. (*Id.*, 1765.)

Je ne suis point surpris qu'un sort capricieux
Ait pu mêler quelque ombre à tes jours glorieux.
L'âme qui sait penser n'en est point étonnée ;
Elle s'en affermit, loin d'être consternée :
C'est le creuset du sage ; et son or altéré
En renaît plus brillant, en sort plus épuré.
En tout temps, en tout lieu, le public est injuste ;
Horace s'en plaignait sous l'empire d'Auguste.
La malice, l'orgueil, un indigne désir
D'abaisser des talents qui font notre plaisir,
De flétrir les beaux-arts qui consolent la vie,
Voilà le cœur de l'homme ; il est né pour l'envie.
A l'église, au barreau, dans les camps, dans les cours,
Il est, il fut ingrat, et le sera toujours.
   Du siècle que j'ai vu[1] tu sais quelle est la gloire ;
Ce siècle des talents vivra dans la mémoire.
Mais vois à quels dégoûts le sort abandonna
L'auteur d'*Iphigénie* et celui de *Cinna*,
Ce qu'essuya Quinault ; ce que souffrit Molière,
Fénelon dans l'exil terminant sa carrière ;
Arnauld, qui dut jouir du destin le plus beau,
Arnauld manquant d'asile, et même de tombeau.
De l'âge où nous vivons que pouvons-nous attendre?
La lumière, il est vrai, commence à se répandre ;
Avec moins de talents on est plus éclairé ;
Mais le goût s'est perdu, l'esprit s'est égaré.
Ce siècle ridicule est celui des brochures,
Des chansons, des extraits, et surtout des injures.
La barbarie approche : Apollon indigné
Quitte les bords heureux où ses lois ont régné ;
Et, fuyant à regret son parterre et ses loges,
Melpomène avec toi fuit chez les Allobroges [2].

1. Le siècle de Louis XIV. Voltaire avait vingt et un ans à la mort de ce prince.

2. Mlle Clairon venait de quitter le théâtre, et avait été passer quelque temps à Ferney. (K.)

ÉPITRE XCVI.

A HENRI IV,

(1766)

Intrépide soldat, vrai chevalier, grand homme,
Bon roi, fidèle ami, tendre et loyal amant,
Toi que l'Europe a plaint d'avoir fléchi sous Rome,
Sans qu'on osât blâmer ce triste abaissement,
Henri, tous les Français [2] adorent ta mémoire :
Ton nom devient plus cher et plus grand chaque jour ;
Et peut-être autrefois quand j'ai chanté ta gloire
Je n'ai point dans les cœurs affaibli tant d'amour.
Un des beaux rejetons de ta race chérie,
Des marches de ton trône au tombeau descendu,
Te porte, en expirant, les vœux de ta patrie,
Et les gémissements de ton peuple éperdu.
Lorsque la Mort sur lui levait sa faux tranchante,
On vit de citoyens une foule tremblante
Entourer ta statue et la baigner de pleurs ;
C'était là leur autel, et, dans tous nos malheurs,
On t'implore aujourd'hui [3] comme un dieu tutélaire.
La fille qui naquit aux chaumes de Nanterre,
Pieusement célèbre en des temps ténébreux [4],

---

1. Le dauphin, père de Louis XVI, Louis XVIII, et Charles X, est mort le
20 décembre 1765. L'*Épître à Henri IV* est de janvier 1766 ; elle est imprimée
dans le *Journal encyclopédique* du 1er février, sauf quelques vers que supprimèrent
les éditeurs. Les vers supprimés sont les 3e, 4e, 18e, 19e, 20e, 21e, la fin du 25e, et
le 26e. (B.)

2. Variante :

Henri, tous nos Français.

3. Variante :

Nous t'implorons encor.

4. Variante :

Pieusement célèbre en des temps ténébreux,
A vu sans s'alarmer qu'on t'adressât des vœux.
Elle-même avec nous t'eût rendu cet hommage ;

N'entend point nos regrets, n'exauce point nos vœux,
De l'empire français n'est point la protectrice.
C'est toi, c'est ta valeur, ta bonté, ta justice,
Qui préside à l'État raffermi par tes mains.
Ce n'est qu'en t'imitant qu'on a des jours prospères;
C'est l'encens qu'on te doit : les Grecs et les Romains
Invoquaient des héros, et non pas des bergères.

    Oh! si de mes déserts, où j'achève mes jours,
Je m'étais fait entendre[1] au fond du sombre empire!
Si, comme au temps d'Orphée, un enfant de la lyre
De l'ordre des destins[2] interrompait le cours!
Si ma voix...! Mais tout cède à leur arrêt suprême :
Ni nos chants, ni nos cris, ni l'art et ses secours,
Les offrandes, les vœux, les autels[3], ni toi-même,
Rien ne suspend la mort. Ce monde illimité
Est l'esclave éternel de la fatalité.
A d'immuables lois Dieu soumit la nature.

    Sur ces monts entassés, séjour de la froidure,
Au creux de ces rochers, dans ces gouffres affreux,
Je vois des animaux maigres, pâles, hideux,
Demi-nus, affamés, courbés sous l'infortune;
Ils sont hommes pourtant : notre mère commune[4]
A daigné prodiguer des soins aussi puissants
A pétrir de ses mains leur substance mortelle,
Et le grossier instinct qui dirige leurs sens,
Qu'à former les vainqueurs de Pharsale et d'Arbelle.
Au livre des destins tous leurs jours sont comptés;
Les tiens l'étaient aussi. Ces dures vérités

> Tu l'as trop mérité : c'est toi, c'est ton courage
> Qui préside à l'État raffermi par tes mains, etc.

— Voltaire n'avait fait les vers 2, 3, et 4 de cette variante que pour ne se brouiller ni avec sainte Geneviève, ni avec ses moines; voyez la lettre à Damilaville, du 6 janvier 1766. (B.)

1. Variante :

> Ma voix pourrait percer.

2. Variante :

> Des ordres du destin.

3. Variante :

> Nos offrandes, nos vœux, nos autels.

4. Variante :

>   . Et la mère commune.

Épouvantent le lâche et consolent le sage.
Tout est égal au monde : un mourant n'a point d'âge.
Le dauphin le disait au sein de la grandeur,
Au printemps de sa vie, au comble du bonheur;
Il l'a dit en mourant, de sa voix affaiblie,
A son fils, à son père, à la cour attendrie.
O toi! triste témoin de son dernier moment,
Qui lis de sa vertu ce faible monument,
Ne me demande point ce qui fonda sa gloire,
Quels funestes exploits assurent sa mémoire [1],
Quels peuples malheureux on le vit conquérir,
Ce qu'il fit sur la terre.... il t'apprit à mourir!

ÉPITRE XCVII.

A MONSIEUR LE CHEVALIER DE BOUFFLERS [2].

(1766)

Croyez qu'un vieillard cacochyme,
Chargé de soixante et douze ans,
Doit mettre, s'il a quelque sens,
Son âme et son corps au régime.
Dieu fit la douce Illusion
Pour les heureux fous du bel âge;
Pour les vieux fous l'ambition,
Et la retraite pour le sage.
Vous me direz qu'Anacréon,
Que Chaulieu même, et Saint-Aulaire,
Tiraient encor quelque chanson
De leur cervelle octogénaire.
Mais ces exemples sont trompeurs;
Et quand les derniers jours d'automne

1. Variante :

   Quel funeste succès assure sa mémoire.

2. C'était le fils de la marquise de Boufflers, maîtresse de Stanislas. Il avait
alors vingt-neuf ans.

Laissent éclore quelques fleurs,
On ne leur voit point les couleurs
Et l'éclat que le printemps donne :
Les bergères et les pasteurs
N'en forment point une couronne.
La Parque, de ses vilains doigts,
Marquait d'un sept avec un trois
La tête froide et peu pensante
De Fleury, qui donna les lois
A notre France languissante.
Il porta le sceptre des rois,
Et le garda jusqu'à nonante.
   Régner est un amusement
Pour un vieillard triste et pesant,
De toute autre chose incapable ;
Mais vieux bel esprit, vieux amant,
Vieux chanteur, est insupportable..
   C'est à vous, ô jeune Boufflers,
A vous, dont notre Suisse admire
Le crayon, la prose, et les vers,
Et les petits contes pour rire [1] ;
C'est à vous de chanter Thémire,
Et de briller dans un festin,
Animé du triple délire
Des vers, de l'amour, et du vin.

ÉPITRE XCVIII.

A MONSIEUR FRANÇOIS DE NEUFCHATEAU[2].

(1766)

Si vous brillez à votre aurore,
Quand je m'éteins à mon couchant ;

1. Boufflers a écrit des lettres sur la Suisse et des petits contes, tels que *Aline, reine de Golconde.*
2. Agé de quinze ou seize ans. Il venait de publier un *Recueil de poésies,* qu'il avait envoyé à Voltaire.

Si dans votre fertile champ
Tant de fleurs s'empressent d'éclore,
Lorsque mon terrain languissant
Est dégarni des dons de Flore ;
Si votre voix jeune et sonore
Prélude d'un ton si touchant,
Quand je fredonne à peine encore
Les restes d'un lugubre chant ;
Si des Graces, qu'en vain j'implore,
Vous devenez l'heureux amant ;
Et si ma vieillesse déplore
La perte de cet art charmant
Dont le dieu des vers vous honore ;
Tout cela peut m'humilier :
Mais je n'y vois point de remède ;
Il faut bien que l'on me succède,
Et j'aime en vous mon héritier.

ÉPITRE XCIX.

A MONSIEUR DE CHABANON,

QUI, DANS UNE PIÈCE DE VERS, EXHORTAIT L'AUTEUR A QUITTER L'ÉTUDE
DE LA MÉTAPHYSIQUE POUR LA POÉSIE.

27 auguste 1766.

Aimable amant de Polymnie,
Jouissez de cet âge heureux
Des voluptés et du génie [1] ;
Abandonnez-vous à leurs feux :
Ceux de mon âme appesantie
Ne sont qu'une cendre amortie,
Et je renonce à tous vos jeux.
La fleur de la saison passée
Par d'autres fleurs est remplacée.
Une sultane avec dépit,

---

1. Chabanon avait alors trente-six ans.

Dans le vieux sérail délaissée,
Voit la jeune entrer dans le lit
Dont le grand-seigneur l'a chassée.
   Lorsque Élie était décrépit,
Il s'enfuit, laissant son esprit
A son jeune élève Élisée.
Ma muse est de moi trop lassée ;
Elle me quitte, et vous chérit ;
Elle sera mieux caressée.

ÉPITRE C.

A MADAME DE SAINT-JULIEN [1],

NÉE COMTESSE DE LA TOUR-DU-PIN.

Fille de ces dauphins de qui l'extravagance
S'ennuya de régner pour obéir en France ;
Femme aimable, honnête homme, esprit libre et hardi,
Qui, n'aimant que le vrai, ne suis que la nature ;
Qui méprisas toujours le vulgaire engourdi
      Sous l'empire de l'imposture ;
Qui ne conçus jamais la moindre vanité
      Ni de l'éclat de la naissance,
      Ni de celui de la beauté,
      Ni du faste de l'opulence ;
Tu quittes le fracas des villes et des cours,
Les spectacles, les jeux, tous les riens du grand monde.
      Pour consoler mes derniers jours
      Dans ma solitude profonde.
En habit d'amazone, au fond de mes déserts,
Je te vois arriver plus belle et plus brillante
Que la divinité qui naquit sur les mers.

1. Mme de Saint-Julien, née de La Tour-du-Pin de Charce, est morte le
9 mai 1820.
   Cette épître a toujours été imprimée sans date, et placée parmi celles de 1772.
Je la crois de 1766, et antérieure à la lettre du 14 septembre 1766, où Voltaire
parle d'un voyage que cette dame avait fait à Ferney. (B.)

D'un flambeau dans tes mains la flamme étincelante
Apporte un jour nouveau dans mon obscurité ;
Ce n'est point de l'Amour le flambeau redoutable,
        C'est celui de la Vérité ;
C'est elle qui t'instruit, et tu la rends aimable.
        C'est ainsi qu'auprès de Platon,
        Auprès du vieux Anacréon,
        Les belles nymphes de la Grèce
        Accouraient pour donner leçon
        Et de plaisir et de sagesse.

        La légende nous a conté
Que l'on vit sainte Thècle, au public exposée,
Suivant partout saint Paul, en homme déguisée,
Braver tous les brocards de la malignité.
        Cet exemple de piété
        En tout pays fut imité
        Chez la révérende prêtrise :
        Chacun des pères de l'Église
        Eut une femme à son côté.
        Il n'est point de François de Sale
        Sans une dame de Chantal :
        Un dévot peut penser à mal,
        Mais ne donne point de scandale.

        Bravez donc les discours malins,
        Demeurez dans mon ermitage,
        Et craignez plus les jeunes saints
        Que les fleurettes d'un vieux sage.

ÉPITRE CI.

A MADAME DE SAINT-JULIEN.

(1768)

        Des contraires bel assemblage,
        Vous qui, sous l'air d'un papillon,

Cachez les sentiments d'un sage,
Revolez de mon ermitage
A votre brillant tourbillon ;
Allez chercher l'Illusion,
Compagne heureuse du bel âge ;
Que votre imagination,
Toujours forte, toujours légère,
Entre Boufflers et Voisenon
Répande cent traits de lumière ;
Que Diane [1], que les Amours,
Partagent vos nuits et vos jours.
S'il vous reste en ce train de vie,
Dans un temps si bien employé,
Quelques moments pour l'amitié,
Ne m'oubliez pas, je vous prie ;
J'aurais encor la fantaisie
D'être au nombre de vos amants :
Je cède ces honneurs charmants
Aux doyens de l'Académie [2].
Mais quand j'aurai quatre-vingts ans,
Je prétends de ces jeunes gens
Surpasser la galanterie,
S'ils me passent en beaux talents.
    Ces petits vers froids et coulants
Sentent un peu la décadence :
On m'assure qu'en plus d'un sens
Il en est tout de même en France.
Le bon temps reviendra, je pense ;
Et j'ai la plus ferme espérance
Dans un de messieurs vos parents [3].

1. Mme de Saint-Julien aimait beaucoup la chasse.
2. Les doyens de l'Académie française, en 1768, étaient le maréchal de Riche
lieu, reçu en 1720, et MM. d'Olivet et Hénault, reçus en 1723.
3. M. le duc de Choiseul.

ÉPITRE CII.

A MON VAISSEAU[1].

(1768)

O vaisseau qui porte mon nom,
Puisses-tu comme moi résister aux orages!
L'empire de Neptune a vu moins de naufrages
　　Que le Permesse d'Apollon.
Tu vogueras peut-être à ces climats sauvages
Que Jean-Jacque a vantés dans son nouveau jargon.
　　　Va débarquer sur ces rivages
　　　Patouillet, Nonotte, et Fréron;
　　　A moins qu'aux chantiers de Toulon
Ils ne servent le roi noblement et sans gages.
Mais non, ton sort t'appelle aux dunes d'Albion.
Tu verras, dans les champs qu'arrose la Tamise,
La Liberté superbe auprès du trône assise :
Le chapeau qui la couvre est orné de lauriers;
Et, malgré ses partis, sa fougue, et sa licence,
Elle tient dans ses mains la corne d'abondance
　　　Et les étendards des guerriers.

Sois certain que Paris ne s'informera guère
Si tu vogues vers Smyrne où l'on vit naître Homère,
　　　Ou si ton breton nautonier
Te conduit près de Naple, en ce séjour fertile

---

1. Une compagnie de Nantes venait de mettre en mer un beau vaisseau qu'elle
ı nommé *le Voltaire*. (*Note de Voltaire*, 1768.)

— Cette épitre doit être de juin 1768; les *Mémoires secrets* en parlent dès le
2 juillet. On en imprima des fragments dans le *Mercure* de 1768, tome second de
uillet, pages 5-8. Fréron (*Année littéraire*, 1769, t. IV, p. 259) dit qu'un négociant
le Nantes ayant donné à l'un de ses bâtiments le nom de *Jean-Jacques*, un autre
ıégociant (M. de Montaudoin) appela *Voltaire* un de ses vaisseaux; mais il ajoute
t. VI, p. 213) que *le Voltaire* n'était qu'un petit bâtiment. Piron dit gaiement :

　　　Si j'avais un vaisseau qui se nommât Voltaire,
　　　Sous cet auspice heureux j'en ferais un corsaire.

Dans le *Mercure* de septembre 1768, pages 57-59, on trouve des *Vers d
U. de Voltaire sur le vaisseau qui porte son nom*. (B.)

Qui fait bien plus de cas du sang de saint Janvier
　　Que de la cendre de Virgile.
Ne va point sur le Tibre : il n'est plus de talents,
　　Plus de héros, plus de grand homme ;
　　Chez ce peuple de conquérants
　　Il est un pape, et plus de Rome.

Va plutôt vers ces monts qu'autrefois sépara
　　Le redoutable fils d'Alcmène,
Qui dompta les lions, sous qui l'hydre expira,
Et qui des dieux jaloux brava toujours la haine.
Tu verras en Espagne un Alcide nouveau[1],
　　Vainqueur d'une hydre plus fatale,
Des superstitions déchirant le bandeau,
　　Plongeant dans la nuit du tombeau
De l'Inquisition la puissance infernale.
Dis-lui qu'il est en France un mortel qui l'égale ;
Car tu parles, sans doute, ainsi que le vaisseau
　　Qui transporta dans la Colchide
Les deux jumeaux divins, Jason, Orphée, Alcide.
Baptisé sous mon nom, tu parles hardiment :
Que ne diras-tu point des énormes sottises
　　Que mes chers Français ont commises
　　Sur l'un et sur l'autre élément !

Tu brûles de partir : attends, demeure, arrête ;
Je prétends m'embarquer, attends-moi, je te joins.
Libre de passions, et d'erreurs, et de soins,
J'ai su de mon asile écarter la tempête :
Mais dans mes prés fleuris, dans mes sombres forêts,
　　Dans l'abondance, et dans la paix,
　　Mon âme est encore inquiète ;
Des méchants et des sots je suis encor trop près :
Les cris des malheureux percent dans ma retraite.
Enfin le mauvais goût qui domine aujourd'hui
　　Déshonore trop ma patrie.
Hier on m'apporta, pour combler mon ennui,
　　Le *Tacite* de La Blétrie[2].
Je n'y tiens point, je pars, et j'ai trop différé.

1. M. le comte d'Aranda. (*Note de Voltaire*, 1768.)
2. 1768, trois volumes in-12.

Ainsi je m'occupais, sans suite et sans méthode,
De ces pensers divers où j'étais égaré,
Comme tout solitaire à lui-même livré,
  Ou comme un fou qui fait une ode,
Quand Minerve, tirant les rideaux de mon lit,
Avec l'aube du jour m'apparut, et me dit :
« Tu trouveras partout la même impertinence ;
  Les ennuyeux et les pervers
  Composent ce vaste univers :
  Le monde est fait comme la France. »
  Je me rendis à la raison ;
Et, sans plus m'affliger des sottises du monde,
Je laissai mon vaisseau fendre le sein de l'onde,
  Et je restai dans ma maison.

ÉPITRE CIII.

A BOILEAU,

OU MON TESTAMENT [1].

(1769)

 Boileau, correct auteur de quelques bons écrits,
Zoïle de Quinault, et flatteur de Louis,
Mais oracle du goût dans cet art difficile
Où s'égayait Horace, où travaillait Virgile,
Dans la cour du Palais je naquis ton voisin :
De ton siècle brillant mes yeux virent la fin ;

---

1. Voltaire parle de cette épître dans sa lettre à d'Argental, du 12 mars 1769. Clément de Dijon y répondit par une pièce intitulée *Boileau à Voltaire.* C'est à cette réponse que Voltaire fait allusion dans le quatrième vers de son *Épître à Horace* (épître cxiv.)

L'*Épître à Boileau,* l'*Épître à l'auteur du livre des Trois Imposteurs,* qui suit, et *Épître à Saint-Lambert,* cv, furent réunies, et intitulées *les Trois Épîtres :* il paraît qu'une édition fautive en fut donnée à Paris. C'est sous le même titre qu'elles sont à la fin du tome VI de l'*Évangile du jour.* Dans cette réimpression une note fut ajoutée à l'*Épître à Saint-Lambert ;* voyez page 407. (B.)

Siècle de grands talents bien plus que de lumière,
Dont Corneille, en bronchant, sut ouvrir la carrière.
Je vis le jardinier de ta maison d'Auteuil,
Qui chez toi, pour rimer, planta le chèvre-feuil[1].
Chez ton neveu Dongois[2] je passai mon enfance;
Bon bourgeois qui se crut un homme d'importance.
Je veux t'écrire un mot sur tes sots ennemis,
A l'hôtel Rambouillet[3] contre toi réunis,
Qui voulaient, pour loyer de tes rimes sincères,
Couronné de lauriers t'envoyer aux galères.
Ces petits beaux esprits craignaient la vérité,
Et du sel de tes vers la piquante âcreté.
Louis avait du goût, Louis aimait la gloire :
Il voulut que ta muse assurât sa mémoire;
Et, satirique heureux, par ton prince avoué,
Tu pus censurer tout, pourvu qu'il fût loué.

Bientôt les courtisans, ces singes de leur maître,
Surent tes vers par cœur, et crurent s'y connaître.
On admira dans toi jusqu'au style un peu dur
Dont tu défiguras le vainqueur de Namur[4],
Et sur l'amour de Dieu ta triste psalmodie[5],
Du haineux janséniste en son temps applaudie;
Et l'Équivoque même, enfant plus ténébreux,
D'un père sans vigueur avorton malheureux.

1.
> Antoine, gouverneur de mon jardin d'Auteuil,
> Qui diriges chez moi l'if et le chèvre-feuil.

La maison était fort vilaine, et le jardin aussi. (*Note de Voltaire*, 1769.)

— Les deux vers que Voltaire cite dans cette note sont les premiers de l'épître XI de Boileau à son jardinier; et, en les citant, Voltaire a sans doute voulu faire voir que ce n'était pas lui qui avait pris la licence d'écrire *chèvre-feuil*. (B.)

2. Boileau a dit quelque part: *M. Dongois, mon illustre neveu.* C'était un greffier du parlement, qui demeurait dans la cour du Palais avec toute la famille de Boileau. (*Note de Voltaire*, 1771.)

3. L'hôtel Rambouillet se déchaîna longtemps contre Boileau, qui avait accablé dans ses satires Chapelain, très-estimé et très-recherché dans cette maison, mauvais poëte, à la vérité, mais homme fort savant, et, ce qui est étonnant, bon critique ; Cotin, non moins plat poëte, et de plus plat prédicateur, mais homme de lettres et aimable dans la société; d'autres encore, dont aucun ne lui avait donné le moindre sujet de plainte. Il n'en est pas de même de notre auteur: il n'a jamais rendu ridicules que ceux qui l'ont attaqué ; et en cela il a très-bien fait, et nous l'exhortons à continuer. (*Id.*, 1773.)

4. Ce vers est déjà dans *le Temple du Goût;* voyez tome VIII, page 578.

5. Variante :

> Et sur l'amour de Dieu l'ennuyeuse homélie
> Qu'enfanta tristement l'hiver de ton génie.

Des muses dans ce temps, au pied du trône assises,
On aimait les talents, on passait les sottises.
Un maudit Écossais, chassé de son pays,
Vint changer tout en France, et gâta nos esprits.
L'Espoir trompeur et vain, l'Avarice au teint blême,
Sous l'abbé Terrasson[1] calculant son système,
Répandaient à grands flots leurs papiers imposteurs,
Vidaient nos coffres-forts, et corrompaient nos mœurs ;
Plus de goût, plus d'esprit : la sombre arithmétique[2]
Succéda dans Paris à ton art poétique.
Le duc et le prélat, le guerrier, le docteur,
Lisaient pour tous écrits des billets au porteur.
On passa du Permesse au rivage du Gange,
Et le sacré vallon fut la place du change.
   Le ciel nous envoya, dans ces temps corrompus,
Le sage et doux pasteur des brebis de Fréjus,
Économe sensé, renfermé dans lui-même,
Et qui n'affecta rien que le pouvoir suprême.
La France était blessée : il laissa ce grand corps
Reprendre un nouveau sang, raffermir ses ressorts,
Se rétablir lui-même en vivant de régime.
Mais si Fleury fut sage, il n'eut rien de sublime ;
Il fut loin d'imiter la grandeur des Colberts :
Il négligeait les arts, il aimait peu les vers.
Pardon si contre moi son ombre s'en irrite,
Mais il fut en secret jaloux de tout mérite.
Je l'ai vu refuser, poliment inhumain,
Une place à Racine[3], à Crébillon du pain.
Tout empira depuis. Deux partis fanatiques,
De la droite raison rivaux évangéliques,
Et des dons de l'esprit dévots persécuteurs,

1. L'abbé Terrasson, traducteur de Diodore de Sicile, philosophe et savant, mais
·ntêté du système de Law. Il fit imprimer, le 21 juin 1720, une brochure dans
aquelle il démontrait que les billets de banque étaient forts préférables à l'argent,
·arce que le billet avait un prix invariable. Les colporteurs qui débitaient sa
·rochure criaient en même temps un arrêt qui réduisait les billets à moitié. Il fut
·uiné par ce système même qu'il avait tant prêché. Ce fut lui qui, dans le temps
·ù l'on remboursait en papier toutes les rentes, proposa à Law de rembourser la
·eligion catholique. Law lui répondit que l'Église n'était pas si sotte, et qu'il lui
·allait de l'argent comptant. (*Note de Voltaire*, 1773.)
   2. Variante :
                    . . . La triste arithmétique.
3. Louis Racine, fils du grand Racine. (*Id.*, 1773.)

S'acharnaient à l'envi sur les pauvres auteurs.
Du faubourg Saint-Médard les dogues aboyèrent,
Et les renards d'Ignace avec eux se glissèrent.
J'ai vu ces factions, semblables aux brigands
Rassemblés dans un bois pour voler les passants ;
Et, combattant entre eux pour diviser leur proie,
De leur guerre intestine ils m'ont donné la joie.
J'ai vu l'un des partis de mon pays chassé,
Maudit comme les Juifs, et comme eux dispersé ;
L'autre, plus méprisé, tombant dans la poussière
Avec Guyon[1], Fréron, Nonotte, et Sorinière.
Mais parmi ces faquins l'un sur l'autre expirants,
Au milieu des billets exigés des mourants,
Dans cet amas confus d'opprobre et de misère,
Qui distingue mon siècle et fait son caractère,
Quels chants pouvaient former les enfants des neuf Sœurs ?
Sous un ciel orageux, dans ces temps destructeurs,
Des chantres de nos bois les voix sont étouffées :
Au siècle des Midas on ne voit point d'Orphées.
Tel qui dans l'art d'écrire eût pu te défier,
Va compter dix pour cent chez Rabot le banquier :
De dépit et de honte il a brisé sa lyre.
Ce temps est, réponds-tu, très-bon pour la satire.
Mais quoi ! puis-je en mes vers, aiguisant un bon mot,
Affliger sans raison l'amour-propre d'un sot ;
Des Cotins de mon temps poursuivre la racaille,
Et railler un Coger dont tout Paris se raille ?
Non, ma muse m'appelle à de plus hauts emplois.
A chanter la vertu j'ai consacré ma voix.
Vainqueur des préjugés que l'imbécile encense,
J'ose aux persécuteurs prêcher la tolérance ;
Je dis au riche avare : « Assiste l'indigent ; »
Au ministre des lois : « Protége l'innocent ; »
Au docteur tonsuré : « Sois humble et charitable,
Et garde-toi surtout de damner ton semblable. »
Malgré soixante hivers, escortés de seize ans[2],

1. Guyon, auteur de plusieurs livres, comme de l'*Oracle des philosophes*
Fréron est connu; Nonotte est, ainsi que Fréron, un ex-jésuite et un folliculaire
Sorinière, nous ne savons quel est cet auteur. (*Note de Voltaire*, 1773.)
2. L'auteur aurait dû dire dix-sept, mais apparemment dix-sept aurait gâté l
vers. (*Id.*, 1773.)

Je fais au monde encore entendre mes accents.
Du fond de mes déserts, aux malheureux propice,
Pour Sirven [1] opprimé je demande justice :
Je l'obtiendrai sans doute ; et cette même main,
Qui ranima la veuve et vengea l'orphelin,
Soutiendra jusqu'au bout la famille éplorée
Qu'un vil juge a proscrite, et non déshonorée.
Ainsi je fais trembler, dans mes derniers moments,
Et les pédants jaloux, et les petits tyrans.
J'ose agir sans rien craindre, ainsi que j'ose écrire.
Je fais le bien que j'aime, et voilà ma satire.
Je vous ai confondus, vils calomniateurs,
Détestables cagots, infâmes délateurs ;
Je vais mourir content. Le siècle qui doit naître
De vos traits empestés me vengera peut-être.
Oui, déjà Saint-Lambert [2], en bravant vos clameurs,
Sur ma tombe qui s'ouvre a répandu des fleurs ;
Aux sons harmonieux de son luth noble et tendre,
Mes mânes consolés chez les morts vont descendre.
Nous nous verrons, Boileau : tu me présenteras
Chapelain, Scudéri, Perrin, Pradon, Coras.
Je pourrais t'amener, enchaînés sur mes traces [3],
Nos Zoïles honteux, successeurs des Garasses [4].
Minos entre eux et moi va bientôt prononcer :
Des serpents d'Alecton nous les verrons fesser :
Mais je veux avec toi baiser dans l'Élysée
La main qui nous peignit l'épouse de Thésée.
J'embrasserai Quinault, en dusses-tu crever ;

1. Sirven est cet homme si innocent et si connu dont M. de Voltaire prit la
défense. Les juges l'avaient condamné, lui et sa femme, au dernier supplice. Le
procureur fiscal de cette juridiction, nommé Trinquet, donna les conclusions suivantes : « Je requiers que l'accusé, duement atteint et convaincu de parricide, soit
banni pour dix ans. » Ce Trinquet était ivre sans doute quand il conclut ainsi ;
mais les juges ! Et c'est de pareils imbéciles barbares que dépend la vie des
hommes ! A la fin M. de Voltaire est venu à bout de faire rendre justice à cette
famille. (*Note de Voltaire*, 1773.)

2. M. de Saint-Lambert, dans son excellent poëme des quatre *Saisons*. (*Id.*, 1769.)

3. Variante :

> Nonotte et Jean Fréron, successeurs des Garasses,
> De chardons couronnés, paraîtront sur mes traces.

4. Garasse, jésuite fameux par l'excès de ses bêtises et de ses fureurs. Il fut le
délateur et le calomniateur de Théophile, auquel il pensa en coûter la vie, dans un
temps où il y avait beaucoup de juges aussi absurdes que Garasse. (*Note de Voltaire*, 1773.)

10. — ÉPÎTRES.   26

Et si ton goût sévère a pu désapprouver .
Du brillant Torquato le séduisant ouvrage[1],
Entre Homère et Virgile il aura mon hommage.
Tandis que j'ai vécu, l'on m'a vu hautement
Aux badauds effarés dire mon sentiment;
Je veux le dire encor dans ces royaumes sombres :
S'ils ont des préjugés, j'en guérirai les ombres.
A table avec Vendôme, et Chapelle, et Chaulieu,
M'enivrant du nectar qu'on boit en ce beau lieu,
Secondé de Ninon, dont je fus légataire,
J'adoucirai les traits de ton humeur austère.
Partons : dépêche-toi, curé de mon hameau,
Viens de ton eau bénite asperger mon caveau[2].

ÉPITRE CIV[3].

A L'AUTEUR

DU LIVRE DES TROIS IMPOSTEURS[4].

(1769)

Insipide écrivain, qui crois à tes lecteurs
Crayonner les portraits de tes Trois Imposteurs,

1. La *Jérusalem délivrée* du Tasse.
2. Variante :
   . . . . Asperger mon tombeau.

3. Cette épître, classée jusqu'à ce jour en 1771, est de 1769. Non-seulement Voltaire en parle dans sa lettre à Mme du Deffant, du 15 mars 1769; mais la pièce est imprimée dans le tome VI de l'*Évangile du jour*, et dans la VIIIe partie des *Nouveaux Mélanges*, volumes qui portent la date de 1769. (B.)

4. Ce livre des *Trois Imposteurs* est un très-mauvais ouvrage, plein d'un athéisme grossier, sans esprit, et sans philosophie. (*Note de Voltaire*, 1771.)

— En mars 1768 avait paru, en français, un ouvrage intitulé *Traité des Trois Imposteurs*, 1768, in-8°, dont il existe d'autres éditions. On attribuait à l'empereur Frédéric II et à son chancelier des Vignes un ouvrage latin intitulé *de Tribus Impostoribus*, traité à l'existence duquel Voltaire ne croyait pas. C'est aussi l'opinion de La Monnoye (voyez sa Dissertation à la fin du quatrième volume du *Ménagiana*). Il existe un traité *de Tribus Impostoribus*, M. D. IIC. (1598), petit

D'où vient que, sans esprit, tu fais le quatrième ?
Pourquoi, pauvre ennemi de l'essence suprême,
Confonds-tu Mahomet avec le Créateur,
Et les œuvres de l'homme avec Dieu, son auteur ?...
Corrige le valet, mais respecte le maître.
Dieu ne doit point pâtir des sottises du prêtre :
Reconnaissons ce Dieu, quoique très-mal servi.
    De lézards et de rats mon logis est rempli ;
Mais l'architecte existe, et quiconque le nie
Sous le manteau du sage est atteint de manie.
Consulte Zoroastre, et Minos, et Solon,
Et le martyr Socrate, et le grand Cicéron :
Ils ont adoré tous un maître, un juge, un père.
Ce système sublime à l'homme est nécessaire.
C'est le sacré lien de la société,
Le premier fondement de la sainte équité,
Le frein du scélérat, l'espérance du juste.
    Si les cieux, dépouillés de son empreinte auguste,
Pouvaient cesser jamais de le manifester,
Si Dieu n'existait pas, il faudrait l'inventer.
Que le sage l'annonce, et que les rois le craignent.
Rois, si vous m'opprimez, si vos grandeurs dédaignent
Les pleurs de l'innocent que vous faites couler,
Mon vengeur est au ciel : apprenez à trembler.
Tel est au moins le fruit d'une utile croyance.
    Mais toi, raisonneur faux, dont la triste imprudence
Dans le chemin du crime ose les rassurer,
De tes beaux arguments quel fruit peux-tu tirer ?
Tes enfants à ta voix seront-ils plus dociles ?
Tes amis, au besoin, plus sûrs et plus utiles ?
Ta femme plus honnête ? et ton nouveau fermier,
Pour ne pas croire en Dieu, va-t-il mieux te payer ?...
Ah ! laissons aux humains la crainte et l'espérance.
    Tu m'objectes en vain l'hypocrite insolence

in-8°, dont on n'a vu que deux ou trois exemplaires ; on croit que cet ouvrage
a été fabriqué au xviii° siècle par Mercier, abbé de Saint-Léger, et le duc de
La Vallière (voyez le *Dictionnaire des ouvrages anonymes* de Barbier, seconde
édition, n° 21612). Une copie de l'ouvrage daté de 1598 s'est trouvée dans les
manuscrits de Saint-Léger (mais non de sa main), et faisait partie de la bibliothèque de A.-M.-H. Boulard, tome IV, page 177. Sur le *Traité des Trois Imposteurs*
en français, on peut aussi consulter la seconde édition du *Dictionnaire des anonymes*, n° 18250. (B.)

De ces fiers charlatans aux honneurs élevés[1],
Nourris de nos travaux, de nos pleurs abreuvés ;
Des Césars avilis la grandeur usurpée ;
Un prêtre au Capitole où triompha Pompée ;
Des faquins en sandale, excrément des humains,
Trempant dans notre sang leurs détestables mains ;
Cent villes à leur voix couvertes de ruines,
Et de Paris sanglant les horribles matines :
Je connais mieux que toi ces affreux monuments ;
Je les ai sous ma plume exposés cinquante ans.
Mais, de ce fanatisme ennemi formidable[2],
J'ai fait adorer Dieu quand j'ai vaincu le diable.
Je distinguai toujours de la religion
Les malheurs qu'apporta la superstition.
L'Europe m'en sut gré ; vingt têtes couronnées
Daignèrent applaudir mes veilles fortunées,
Tandis que Patouillet m'injuriait en vain.
J'ai fait plus en mon temps que Luther et Calvin.
On les vit opposer, par une erreur fatale,
Les abus aux abus, le scandale au scandale.
Parmi les factions ardents à se jeter,
Ils condamnaient le pape, et voulaient l'imiter.
L'Europe par eux tous fut longtemps désolée ;
Ils ont troublé la terre, et je l'ai consolée.
J'ai dit aux disputants l'un sur l'autre acharnés :
« Cessez, impertinents ; cessez, infortunés ;
Très-sots enfants de Dieu, chérissez-vous en frères,
Et ne vous mordez plus pour d'absurdes chimères. »
Les gens de bien m'ont cru : les fripons écrasés
En ont poussé des cris du sage méprisés ;
Et dans l'Europe enfin l'heureux tolérantisme
De tout esprit bien fait devient le catéchisme.
    Je vois venir de loin ces temps, ces jours sereins,
Où la philosophie, éclairant les humains,
Doit les conduire en paix aux pieds du commun maître ;
Le fanatisme affreux tremblera d'y paraître :
On aura moins de dogme avec plus de vertu.

1. Variante :
         . . . . . à la pourpre élevés.

2. Variante :
         Mais défenseur heureux d'un dogme respectable.

Si quelqu'un d'un emploi veut être revêtu,
Il n'amènera plus deux témoins à sa suite[1]
Jurer quelle est sa foi, mais quelle est sa conduite.
A l'attrayante sœur d'un gros bénéficier
Un amant huguenot pourra se marier;
Des trésors de Lorette, amassés pour Marie,
On verra l'indigence habillée et nourrie;
Les enfants de Sara, que nous traitons de chiens,
Mangeront du jambon fumé par des chrétiens.
Le Turc, sans s'informer si l'iman lui pardonne,
Chez l'abbé Tamponet ira boire en Sorbonne[2].
Mes neveux souperont sans rancune et gaîment
Avec les héritiers des frères Pompignan;
Ils pourront pardonner à ce dur[3] La Blétrie[4]
D'avoir coupé trop tôt la trame de ma vie.
Entre les beaux esprits on verra l'union :
Mais qui pourra jamais souper avec Fréron?

ÉPITRE CV.

A MONSIEUR DE SAINT-LAMBERT[5].

(1769)

Chantre des vrais plaisirs, harmonieux émule
Du pasteur de Mantoue et du tendre Tibulle,

1. En France, pour être reçu procureur, notaire, greffier, il faut deux témoins qui déposent de la catholicité du récipiendaire. (*Note de Voltaire*, 1769.)

2. Tamponet était en effet docteur de Sorbonne. (*Id.*, 1771.)

3. Je prends cette version dans la lettre de Voltaire, du 27 mars 1769. Jusqu'à ce jour on avait imprimé :

     Ils pourront pardonner au pincé La Blétrie.   (B.)

4. La Bletterie, à ce qu'on m'a rapporté, a imprimé que j'avais oublié de me faire enterrer. (*Note de Voltaire*, 1769.)

5. Cette épître à Saint-Lambert est imprimée dans le *Journal encyclopédique* de 1769, tome VIII, page 436; et dans l'*Évangile du jour*, tome VI.
Voltaire, en 1771, dans la cinquième partie des *Questions sur l'Encyclopédie*, reproduisit cette pièce sous le titre de : « ÉGLOGUE A M. DE SAINT-LAMBERT, auteur du poëme des quatre *Saisons*. » (B.)

Qui peignez la nature, et qui l'embellissez,
Que vos *Saisons* m'ont plu ! que mes sens émoussés
A votre aimable voix se sentirent renaître !
Que j'aime, en vous lisant, ma retraite champêtre !
Je fais, depuis quinze ans, tout ce que vous chantez.

Dans ces champs malheureux, si longtemps désertés,
Sur les pas du Travail j'ai conduit l'Abondance ;
J'ai fait fleurir la Paix et régner l'Innocence.
Ces vignobles, ces bois, ma main les a plantés ;
Ces granges, ces hameaux désormais habités,
Ces landes, ces marais changés en pâturages,
Ces colons rassemblés, ce sont là mes ouvrages :
Ouvrages fortunés, dont le succès constant[1]
De la mode et du goût n'est jamais dépendant ;
Ouvrages plus chéris que *Mérope* et *Zaïre*,
Et que n'atteindront point les traits de la satire !

Heureux qui peut chanter les jardins et les bois,
Les charmes de l'amour, l'honneur des grands exploits,
Et, parcourant des arts la flatteuse carrière,
Aux mortels aveuglés rendre un peu de lumière !
Mais encor plus heureux qui peut, loin de la cour,
Embellir sagement son champêtre séjour,
Entendre autour de lui cent voix qui le bénissent !
De ses heureux succès quelques fripons gémissent ;
Un vil cagot mitré[2], tyran des gens de bien,
Va l'accuser en cour de n'être pas chrétien :
Le sage ministère écoute avec surprise ;
Il reconnaît Tartuffe, et rit de sa sottise.

Cependant le vieillard achève ses moissons ;

1. Variante :

Ouvrages fortunés, dont l'illustre Fréron,
Le divin Patouillet, monsieur l'abbé Guyon,
Ne pourront dans ma ferme abolir la mémoire :
Qu'ils m'en laissent jouir, ils ont assez de gloire.

2. On ne sait quel est le misérable brouillon dont l'auteur parle ici (*note de Voltaire*, 1769) ; dès que nous en serons informés, nous lui rendrons toute la justice qu'il mérite. (*Id.*, 1771.)

— Il s'agit ici du nommé Biord, évêque d'Annecy, lequel proposa à M. le duc de Choiseul de faire enlever M. de Voltaire de son château, attendu que sa présence empêchait Biord de faire croire la présence réelle aux Genevois. Le ministre lui répondit avec le mépris que méritaient sa sottise, son insolence et sa méchanceté. Biord croire que son nom l'emportera sur celui de l'auteur d'*Alzire* et de *Mahomet !* un prêtre ordonner, au nom de Dieu, d'arracher un vieillard de son asile ; proposer à un ministre de violer les lois de l'humanité et celles de la nation ! (K.)

Le pauvre en est nourri : ses chanvres, ses toisons,
Habillent décemment le berger, la bergère.
Il unit par l'hymen Mœris avec Glycère ;
Il donne une chasuble au bon curé du lieu,
Qui, buvant avec lui, voit bien qu'il croit en Dieu.
Ainsi dans l'allégresse il achève sa vie.

Ce n'est qu'au successeur du chantre d'Ausonie
De peindre ces tableaux ignorés dans Paris,
D'en ranimer les traits par son beau coloris,
D'inspirer aux humains le goût de la retraite.
Mais de nos chers Français la noblesse inquiète,
Pouvant régner chez soi, va ramper dans les cours ;
Les folles vanités consument ses beaux jours :
Le vrai séjour de l'homme est un exil pour elle.

Plutus est dans Paris, et c'est là qu'il appelle
Les voisins de l'Adour, et du Rhône, et du Var :
Tous viennent à genoux environner son char ;
Les uns montent dessus, les autres dans la boue
Baisent, en soupirant, les rayons de sa roue.
Le fils de mon manœuvre, en ma ferme élevé,
A d'utiles travaux à quinze ans enlevé,
Des laquais de Paris s'en va grossir l'armée.
Il sert d'un vieux traitant la maîtresse affamée ;
De sergent des impôts il obtient un emploi :
Il vient dans son hameau, tout fier ; *De par le roi,*
Fait des procès-verbaux, tyrannise, emprisonne,
Ravit aux citoyens le pain que je leur donne,
Et traîne en des cachots le père et les enfants.

Vous le savez, grand Dieu ! j'ai vu des innocents,
Sur le faux exposé de ces loups mercenaires,
Pour cinq sous [1] de tabac envoyés aux galères.

---

1. **Avis aux imprimeurs.** — On avait imprimé *cinq sols*, au lieu de *cinq sous*.
Ce n'est que dans l'ancien jargon du barreau qu'on prononce *sol;* et encore ce n'est
que dans un seul cas, *au sol la livre.* En toute autre occasion on dit et on écrit *sou.*

> . . . . Mais aussi, quand il n'a pas un *sou*,
> Tu m'avoueras qu'il est amoureux comme un *fou.*
> (*Comédie du* Joueur.)

L'auteur ne dit pas

> Quand il n'a pas un *sol*,
> Tu m'avoueras qu'il est amoureux comme un *fol.*

Le cardinal de Retz, dans ses *Mémoires*, parle souvent du conseiller *Quatre-Sous*, et jamais du conseiller *Quatre-Sols*.

La plupart des libraires font aussi la faute d'imprimer Westphalie, Wirtem-

> Chers enfants de Cérès, ô chers agriculteurs !
> Vertueux nourriciers de vos persécuteurs,
> Jusqu'à quand serez-vous, vers ces tristes frontières,
> Écrasés sans pitié sous ces mains meurtrières ?
> Ne vous ai-je assemblés que pour vous voir périr
> En maudissant les champs que vos mains font fleurir !
> Un temps viendra sans doute où des lois plus humaines
> De vos bras opprimés relâcheront les chaînes :
> Dans un monde nouveau vous aurez un soutien ;
> Car pour ce monde-ci je n'en espère rien.
>
> *Extremum... quod te alloquor, hoc est* [1].

Le 31 mars 1769.

ÉPITRE CVI.

A MONSIEUR DE LAHARPE.

(1769)

> Des dames de Paris Boileau fit la satire.
> De la moitié du monde, hélas! faut-il médire?

berg, Wirtzbourg, etc. Ils ne savent pas que c'est comme s'ils imprimaient Wienne au lieu de Vienne, et Wétéravie pour Vétéravie. Ils ne savent pas que ce double W des Allemands est leur V consonne. Nous prononçons comme eux Vestphalie, Virtemberg. Nous ne nous servons jamais du double W pour écrire Ouest, Ouate, Oui, Ouais ! Nous n'avons adopté le double W que pour écrire quelques noms propres anglais ; le tyran Cromwell, l'insolent Warburton, le savant Wiston, le téméraire Wolston, etc.

On fait aussi la faute d'imprimer *je crois d'aller, je crois de faire*. Il faut mettre *je crois aller, je crois faire*.

On imprime encore *qu'il aie fait, qu'il aie voyagé*, etc. Il faut *qu'il ait fait, qu'il ait voyagé*.

On ne manque jamais de dire et d'imprimer *intimément, unanimément ;* il faut ôter l'accent, et dire *unanimement, intimement*, parce que ces adverbes viennent d'*unanime, intime*, et non d'*unanimé, intimé*.

Presque tous les livres imprimés en ce pays sont remplis de pareilles fautes. Les éditeurs doivent avoir une grande attention, afin qu'on ne dise pas

In qua scribebat barbara terra fuit.

— Cette note fut ajoutée dans l'édition de l'*Épître à Saint-Lambert*, qui fait partie du tome VI de l'*Evangile du jour*. Elle n'avait pas encore été reproduite. Le vers latin qui la termine est d'Ovide, livre III des *Tristes*, I, 18. (B.)

1. Virgile, *Æn.*, VI. 466.

Jean-Jacque, assez connu par ses témérités,
En nouveau Diogène aboie à nos beautés.
Il leur a préféré l'innocente faiblesse,
Les faciles appas de sa grosse Suissesse,
Qui, contre son amant ayant peu combattu,
Se défait d'un faux germe, et garde sa vertu.
« Mais nos dames, dit-il, sont fausses et galantes,
Sans esprit, sans pudeur, et fort impertinentes ;
Elles ont l'air hautain, mais l'accueil familier,
Le ton d'un petit-maître, et l'œil d'un grenadier. »
O le méchant esprit ! gardez-vous bien de lire
De ce grave insensé l'insipide délire.

Auteurs mieux élevés, fêtez dans vos écrits
Les dames de Versaille et celles de Paris.
Étudiez leur goût : vous trouverez chez elles
De l'esprit sans effort, des grâces naturelles,
De l'art de converser les naïves douceurs,
L'honnête liberté qui réforma nos mœurs,
Et tous ces agréments que souvent Polymnie
Dédaigna d'accorder aux hommes de génie.

Ne connaissez-vous point une femme de bien,
Aimable en ses propos, décente en son maintien,
Belle sans être vaine, instruite, et pourtant sage ?
Elle n'est pas pour vous ; mais briguez son suffrage.

Après un tel portrait cherchez-vous encor plus ?
Avec tous les attraits vous faut-il des vertus ?
Faites-vous présenter par certain secrétaire
Chez certaine beauté dont le nom doit se taire ;
C'est Vénus-Uranie, épouse du dieu Mars[1].
C'est elle dont l'esprit anime les beaux-arts ;
Non celle qu'on voyait, sous le fils de Cynire,
De son fripon d'enfant suivant l'injuste empire,
Entre Adonis et Mars partager ses faveurs.

Il est vrai qu'en sa cour il est très-peu d'auteurs ;
Dans les palais des dieux elle vit retirée.
Vénus est philosophe au sein de l'empyrée :
Mais sa philosophie est de faire du bien ;
Elle exige surtout que je n'en dise rien.
Sur mille infortunés que sa bonté console

---

1. Cette Vénus-Uranie doit être Mme de Choiseul, dont le mari était alors ministre de la guerre.

J'ai promis le secret, et je lui tiens parole.
　Toi qui peignis si bien, dans un style épuré,
Une tendre novice, un honnête curé[1] ;
Toi, dont le goût formé voudrait encor s'instruire,
Entre Mars et Vénus tâche de t'introduire.
Déjà de leurs bienfaits tu connais le pouvoir :
Il est un plus grand bien, c'est celui de les voir.
Mais ce bonheur est rare ; et le dieu de la guerre
Garde son cabinet, dont on n'approche guère.
Je sais plus d'un brave homme, à sa porte assidu,
Qui lui doit sa fortune, et ne l'a jamais vu.
Il faut entrer pourtant ; il faut que les Apelles
Puissent à leur plaisir contempler leurs modèles,
Et, pleins de leurs vertus ainsi que de leurs traits,
En transmettre à nos yeux de fidèles portraits.
　Tes vers seront plus beaux, et ta muse plus fière
D'un pas plus assuré va fournir sa carrière.
Courtin jadis en vers à Sonning dit : « Adieu,
Faites mes compliments à l'abbé de Chaulieu. »
Moi, je te dis en prose : « Enfant de l'Harmonie,
Présente mon hommage à Vénus-Uranie. »

ÉPITRE CVII.

A MONSIEUR PIGALLE [2].

(1770)

Cher Phidias, votre statue
Me fait mille fois trop d'honneur ;
Mais quand votre main s'évertue [3]

---

1. Dans le drame de *Mélanie*.
2. Voyez ci-après l'épître cxix, à M⁰ᵉ Necker, et dans le tome VIII, page 537, les stances adressées à la même dame.
3. Variante :

  Monsieur Pigal, votre statue
  Me fait mille fois trop d'honneur ;
  Jean-Jacque a dit avec candeur

A sculpter votre serviteur,
Vous agacez l'esprit railleur
De certain peuple rimailleur,
Qui depuis si longtemps me hue.
L'ami Fréron, ce barbouilleur
D'écrits qu'on jette dans la rue,
Sourdement de sa main crochue
Mutilera votre labeur.

Attendez que le destructeur
Qui nous consume et qui nous tue,
Le Temps, aidé de mon pasteur,
Ait d'un bras exterminateur
Enterré ma tête chenue.
Que ferez-vous d'un pauvre auteur
Dont la taille et le cou de grue,
Et la mine très-peu joufflue,
Feront rire le connaisseur?

Sculptez-nous quelque beauté nue,
De qui la chair blanche et dodue
Séduise l'œil du spectateur,
Et qui dans son âme insinue [1]
Ces doux désirs et cette ardeur
Dont Pygmalion le sculpteur,
Votre digne prédécesseur,
Brûla, si la fable en est crue.

Au marbre il sut donner un cœur [2],
Cinq sens, instruments du bonheur,
Une âme en ces sens répandue;
Et, soudain fille devenue, ·
Cette fille resta pourvue
De doux appas que sa pudeur
Ne dérobait point à la vue :
Même elle fut plus dissolue
Que son père et son créateur.

Que c'est à lui qu'elle était due.
Quand votre ciseau s'évertue, etc.

1. Variante :

Et qui dans nos sens insinue...

2. Variante :

Son marbre eut un esprit, un cœur;
Il eut mieux, dit un grave auteur;
Car soudain fille devenue, etc.

Que cet exemple si flatteur [1]
Par vos beaux soins se perpétue!

ÉPITRE CVIII.

AU ROI DE LA CHINE [2],

SUR SON RECUEIL DE VERS QU'IL A FAIT IMPRIMER.

(1771)

Reçois mes compliments, charmant roi de la Chine [3].
Ton trône est donc placé sur la double colline!

1. Variante :

C'est un exemple très-flatteur :
Il faut bien qu'on le perpétue!

2. J'ai laissé à cette épître la date de 1771, mais elle est de la fin de 1770. Voltaire l'envoya à Mme de Choiseul le 13 novembre 1770 ; il en parle dans plusieurs des lettres qui suivent celle à Mme de Choiseul.

La *Correspondance* de Grimm, t. VII, p. 346, contient une réponse à l'épître de Voltaire. Le titre de la pièce en est le premier vers :

Le grand roi de la Chine au grand *Sien* du Parnasse.

Cette réponse est attribuée à Laharpe ; dans sa lettre à d'Alembert, du 21 décembre 1770, Voltaire dit : « Le roi de Prusse m'a écrit des vers à faire mourir de rire, de la part du roi de la Chine. » Je n'ai pas trouvé dans les *OEuvres de Frédéric* ces vers, qui m'ont tout l'air d'être une réponse à l'*Épître au roi de la Chine*. Une brochure intitulée *les Quatre Dernières Épîtres du poëte-philosophe*, 1771, in-8°, contient dans l'ordre suivant les épîtres cxi, cxii, cix, cx. On les mettait avant, mais je les ai mises après l'*Épître au roi de la Chine*, qui leur est antérieure. (B.)

3. Kien-Long, roi ou empereur de la Chine, actuellement régnant, a composé, vers l'an 1743 de notre ère vulgaire, un poëme en vers chinois et en vers tartares Ce n'est pas à beaucoup près son seul ouvrage. On vient de publier la traduction française de son poëme.

Les Chinois et les Tartares ont le malheur de n'avoir pas, comme presque tous les autres peuples, un alphabet qui, à l'aide d'environ vingt-quatre caractères, puisse suffire à tout exprimer. Au lieu de lettres, les Chinois ont trois mille trois cent quatre-vingt-dix caractères primitifs, dont chacun exprime une idée. Ce caractère forme un mot ; et ce mot, avec une petite marque additionnelle, en forme un autre. J'aime, *gnao*, se peint par une figure. J'ai aimé, j'aurais aimé, j'aimerai, demandent des figures un peu différentes, dont le caractère qui peint *gnao* est la racine.

Cette méthode a produit plus de quatre-vingt mille figures qui composent la

On sait dans l'Occident que, malgré mes travers,
J'ai toujours fort aimé les rois qui font des vers.
David même me plut, quoique, à parler sans feinte,
Il prône trop souvent sa triste cité sainte,

langue; et à mesure qu'on fait de nouvelles découvertes dans la nature et dans les arts, elles exigent de nouveaux caractères pour les exprimer. Toute la vie d'un Chinois lettré se consume donc dans le soin pénible d'apprendre à lire et à écrire.

Rien ne marque mieux la prodigieuse antiquité de cette nation, qui, ayant d'abord exprimé, comme toutes les autres, le petit nombre d'idées absolument nécessaire par des lignes et par des figures symboliques pour chaque mot, a persévéré dans cette méthode antique, lors même qu'elle est devenue insupportable.

Ce n'est pas tout: les caractères ont un peu changé avec le temps, et il y en a trente-deux espèces différentes. Les Tartares Mantchoux se sont trouvés accablés du même embarras; mais ils n'étaient point encore parvenus à la gloire d'être surchargés de trente-deux façons d'écrire. L'empereur Kien-Long, qui est, comme on sait, de race tartare, a voulu que ses compatriotes jouissent du même honneur que les Chinois. Il a inventé lui-même des caractères nouveaux, aidé dans l'art de multiplier les difficultés par les princes de son sang, par un de ses frères, un de ses oncles, et les principaux colao de l'empire.

On s'est donné une peine incroyable, et il a fallu des années pour faire imprimer de soixante-quatre manières différentes son poëme de *Moukden*, qui aurait été facilement imprimé en deux jours si les Chinois avaient voulu se réduire à l'alphabet des autres nations.

Le respect pour l'antique et pour le difficile se montre ici dans tout son faste et dans toute sa misère. On voit pourquoi les Chinois, qui sont peut-être le premier des peuples policés pour la morale, sont le dernier dans les sciences, et que leur ignorance est égale à leur fierté.

Le poëme de l'empereur Kien-Long a plus d'un mérite, soit dans le sujet, qui est l'éloge de ses ancêtres, et où la piété filiale semble naturelle; soit dans les descriptions, instructives pour nous, de la ville de Moukden, et des animaux, des plantes de cette vaste province; soit dans la clarté du style, perfection si rare parmi nous. Il est encore à croire que l'auteur parle purement: c'est un avantage qui manque à plus d'un de nos poëtes.

Ce qui est surtout très-remarquable; c'est le respect dont cet empereur paraît être pénétré pour l'Être suprême. On doit peser ces paroles à la page 103 de la traduction : « Un tel pays, de tels hommes, ne pouvaient manquer d'attirer sur eux des regards de prédilection de la part du souverain maître qui règne dans le plus haut des cieux. » Voilà bien de quoi confondre à jamais tous ceux qui ont imprimé dans tant de livres que le gouvernement chinois est athée. Comment nos théologiens détracteurs ont-ils pu accorder les sacrifices solennels avec l'athéisme? N'était-ce pas assez de se contredire continuellement dans leurs opinions? fallait-il se contredire encore pour calomnier d'autres hommes au bout de l'hémisphère?

Il est triste que l'empereur Kien-Long, auteur d'ailleurs fort modeste, dise qu'il descend d'une vierge qui devint grosse par la faveur du ciel, après avoir mangé d'un fruit rouge. Cela fait un peu de tort à la sagesse de l'empereur et à celle de son ouvrage. Il est vrai que c'est une ancienne tradition de sa famille; il est encore vrai qu'on en avait dit autant de la mère de Gengis.

Une chose qui fait plus d'honneur à Kien-Long, c'est l'extrême considération qu'il montre pour l'agriculture, et son amour pour la frugalité.

N'oublions pas que, tout originaire qu'il est de la Tartarie, il rend hommage à l'antiquité incontestable de la nation chinoise. Il est bien loin de rêver que les

Et que d'un même ton sa muse à tout propos
Fasse danser les monts et reculer les flots.
Frédéric a plus d'art, et connaît mieux son monde ;
Il est plus varié, sa veine est plus féconde ;
Il a lu son Horace, il l'imite ; et vraiment
Ta majesté chinoise en devrait faire autant.

Je vois avec plaisir que sur notre hémisphère [1]
L'art de la poésie à l'homme est nécessaire.
Qui n'aime point les vers a l'esprit sec et lourd ;
Je ne veux point chanter aux oreilles d'un sourd :
Les vers sont en effet la musique de l'âme.

O toi que sur le trône un feu céleste enflamme,
Dis-moi si ce grand art dont nous sommes épris
Est aussi difficile à Pékin qu'à Paris.
Ton peuple est-il soumis à cette loi si dure
Qui veut qu'avec six pieds d'une égale mesure,
De deux alexandrins côte à côte marchants,
L'un serve pour la rime et l'autre pour le sens?
Si bien que sans rien perdre, en bravant cet usage,
On pourrait retrancher la moitié d'un ouvrage.

Je me flatte, grand roi, que tes sujets heureux
Ne sont point opprimés sous ce joug onéreux,
Plus importun cent fois que les aides, gabelles,
Contrôle, édits nouveaux, remontrances nouvelles,
Bulle *Unigenitus*, billets aux confessés [2],
Et le refus d'un gîte aux chrétiens trépassés.
Parmi nous le sentier qui mène aux deux collines
Ainsi que tout le reste est parsemé d'épines.
A la Chine sans doute il n'en est pas ainsi.

Chinois sont une colonie d'Égypte : les Égyptiens, dans le temps même de leurs
hiéroglyphes, eurent un alphabet, et les Chinois n'en ont jamais eu ; les Égyptiens
eurent douze signes du zodiaque empruntés mal à propos des Chaldéens, et les
Chinois en eurent toujours vingt-huit : tout est différent entre ces deux peuples.
Le P. Parennin réfuta pleinement cette imagination, il y a quelques années, dans
ses Lettres à M. de Mairan. (*Note de Voltaire*, 1771.)

1. Variante :

> Je vois avec plaisir que, de Pékin à Rome,
> L'art de la poésie est nécessaire à l'homme.

2. Ce passage n'a guère besoin de commentaire. On sait assez quelle peine la
sagesse du roi très-chrétien et du ministère a eue à calmer toutes ces querelles,
aussi odieuses que ridicules. Elles ont été poussées jusqu'à refuser la sépulture aux
morts. Ces horribles extravagances sont certainement inconnues à la Chine, où
nous avons pourtant eu la hardiesse d'envoyer des missionnaires. (*Id.*, 1771.)

Les biens sont loin de nous, et les maux sont ici :
C'est de l'esprit français la devise éternelle.

  Je veux m'y conformer, et, d'un crayon fidèle,
Peindre notre Parnasse à tes regards chinois.
Écoute : mon partage est d'ennuyer les rois.
Tu sais (car l'univers est plein de nos querelles)
Quels débats inhumains, quelles guerres cruelles,
Occupent tous les mois l'infatigable main
Des sales héritiers d'Estienne et de Plantin[1].
Cent rames de journaux, des rats fatale proie,
Sont le champ de bataille où le sort se déploie.
C'est là qu'on vit briller ce grave magistrat[2]
Qui vint de Montauban pour gouverner l'État ;
Il donna des leçons à notre Académie,
Et fut très-mal payé de tant de prud'homie.
Du jansénisme obscur le fougueux gazetier[3]
Aux beaux esprits du temps ne fait aucun quartier ;
Hayer[4] poursuit de loin les encyclopédistes ;

  1. Probablement l'auteur donne l'épithète de *sales* aux imprimeurs, parce que leurs mains sont toujours noircies d'encre. Les Estienne et les Plantin étaient des imprimeurs très-savants et très-corrects, tels qu'il s'en trouve aujourd'hui rarement. (*Note de Voltaire*, 1771.)

  2. L'auteur fait allusion, sans doute, à un principal magistrat de la ville de Montauban, qui, dans son discours de réception à l'Académie française, sembla insulter plusieurs gens de lettres, qui lui répondirent par un déluge de plaisanteries. Mais ces facéties ne portent point sur l'essentiel, et laissent subsister le mérite de l'homme de lettres et celui du galant homme. (*Id.*, 1771.)

  3. On ne peut méconnaître à ce portrait l'auteur du libelle hebdomadaire qu'on débite clandestinement et régulièrement sous le nom de *Nouvelles ecclésiastiques*, depuis plusieurs années. Rien ne ressemble moins à l'Ecclésiastique ou à l'Ecclésiaste que ce libelle dans lequel on déchire tous les écrivains qui ne sont pas du parti, et où l'on accable des plus fades louanges ceux qui en sont encore. Je ne suis pas étonné que l'auteur de l'Épître au roi de la Chine donne le nom d'obscur au jansénisme. Il ne l'était pas du temps de Pascal, d'Arnaud, et de la duchesse de Longueville ; mais depuis qu'il est devenu une caverne de convulsionnaires, il est tombé dans un assez grand mépris. Au reste, il ne faut pas confondre avec les jansénistes convulsionnaires les gens de bien éclairés qui soutiennent les droits de l'Église gallicane et de toute Église contre les usurpations de la cour de Rome. Ce sont de bons citoyens, et non des jansénistes : ils méritent les remerciements de l'Europe. (*Id.*, 1771.)

  4. On croit que cet Hayer était un moine récollet qui avait part à un journal dans lequel on disait des injures au *Dictionnaire encyclopédique*. On appelait ce journal *chrétien ;* comme si les autres journaux de l'Europe avaient été païens. Les injures n'étaient pas chrétiennes. Bien des gens doutent que ce journal ait existé ; cependant il est certain qu'il a été imprimé plusieurs années de suite. (*Id.*, 1771.)

  — Le journal du P. Hayer était intitulé *Lettres sur quelques écrits de ce temps.* Il le faisait en commun avec un avocat nommé Soret.

  Le *Journal chrétien* est un autre ouvrage auquel Hayer a pu travailler aussi

> Linguet fond en courroux sur les économistes [1] ;
> A brûler les païens Ribalier se morfond [2] ;
> Beaumont pousse à Jean-Jacque, et Jean-Jacque à Beaumont [3] :

quelque temps. C'est ce même Hayer qui s'avisa un jour de faire imprimer dans une brochure trente-sept démonstrations de la spiritualité de l'âme. (K.)

— L'ouvrage de Hayer est intitulé *la Religion vengée*, etc., et a 21 volumes in-12. Les *Lettres sur quelques écrits d° ce temps*, 1752-54, 13 volumes in-12, sont de Fréron et de l'abbé de Laporte. Le *Journal chrétien* avait pour rédacteurs Dinouart, Jouannet, et Trublet. (B.)

1. Les économistes sont une société qui a donné d'excellents morceaux sur l'agriculture, sur l'économie champêtre, et sur plusieurs objets qui intéressent le genre humain. M. Linguet est un avocat de beaucoup d'esprit, auteur de plusieurs ouvrages dans lesquels on a trouvé des vues philosophiques et des paradoxes. Il a eu des querelles assez vives avec les économistes auteurs des *Éphémérides du citoyen*, et s'est tiré avec un succès plus brillant de celles que l'abbé La Bletterie lui a suscitées. (*Note de Voltaire*, 1771.)

2. Ceci est une allusion visible à la grande querelle de M. Ribalier, principal du collége Mazarin, avec M. Marmontel, de l'Académie française, auteur du célèbre ouvrage moral intitulé *Bélisaire*. Il s'agissait de savoir si tous les grands hommes de l'antiquité qui avaient pratiqué la justice et les bonnes œuvres, sans pouvoir connaître notre sainte religion, étaient plongés dans un gouffre de flammes éternelles. L'académicien soupçonnait que le père de tous les hommes, en mettant la vertu dans leurs cœurs, leur avait fait miséricorde. Le principal du collége, membre de la Sorbonne, affirmait qu'ils étaient en enfer, comme ayant invinciblement ignoré la science du salut.

L'Europe fut pour M. Marmontel, et la Sorbonne pour M. Ribalier. M. de Beaumont, archevêque de Paris, prit aussi le parti de la faculté. Ce procédé déplut beaucoup à l'empereur Kien-Long, qui en fut informé par le P. Amyot, l'un des jésuites conservés à la Chine pour leur savoir et pour leurs services ; mais ce n'est pas le seul roi qui a eu de petits démêlés avec M. de Beaumont. L'empereur Kien-Long n'en gouverna pas moins bien ses États, et continua à faire des vers. (*Id.*, 1771.)

3. Jean-Jacques Rousseau, natif de la ville de Genève, était un original qui avait voulu à toute force qu'on parlât de lui. Pour y parvenir, il composa des romans, et écrivit contre les romans ; il fit des comédies, et publia que la comédie est une œuvre du malin. Jean-Jacques, dans ses livres, disait : *O mon ami!* avec effusion de cœur, et se brouillait avec tous ses amis. Jean-Jacques s'écriait dans les préfaces de ses brochures : *O ma patrie! ma chère patrie!* et il renonçait à sa patrie. Il écrivait de gros livres en faveur de la liberté, et il présentait requête au conseil de Berne pour le prier de le faire enfermer, afin d'avoir ses coudées franches. Il écrivait que les prédicants de Genève étaient orthodoxes, et puis il écrivait que ces prédicants étaient des fripons et des hérétiques. *O mon cher pasteur de Boveresse! a bovibus,* s'écriait-il encore dans ses brochures, que je vous aime, et que vous êtes un pasteur selon le cœur de Dieu et selon le mien! et que vous m'avez fait verser de larmes de joie! Mais le lendemain il imprimait que le pasteur de Boveresse était un coquin qui avait voulu le faire lapider par tous les petits garçons du village.

De là Jean-Jacques, vêtu en Arménien, s'en allait en Angleterre avec un ami intime qu'il n'avait jamais vu ; et comme la nation anglaise faisait usage de sa liberté en se moquant outrageusement de lui, il imprima que son ami intime, qui lui rendait des services inouïs, était le cœur le plus noir et le plus perfide qu'il y eût dans les trois royaumes.

M. de Beaumont, archevêque de Paris, qui était d'un caractère tout différent, et

> Palissot contre eux tous puissamment s'évertue[1] :
> Que de fiel s'évapore, et que d'encre est perdue !

qui écrivait dans un goût tout opposé, prit Jean-Jacques sérieusement, et donna un gros mandement, non pas un mandement sur ses fermiers, pour fournir à Jean-Jacques quelques rétributions par la main des diacres, selon les règles de la primitive Église, mais un mandement pour lui dire qu'il était un hérétique, coupable d'expressions malsonnantes, téméraires, offensives des oreilles pieuses, tendantes à insinuer qu'on ne peut être en même temps à Rome et à Pékin, et qu'il y a du vrai dans les premières règles de l'arithmétique.

Jean-Jacques, de son côté, répondit sérieusement à M. l'archevêque de Paris. Il intitula sa lettre *Jean-Jacques à Christophe de Beaumont*, comme César écrivait à Cicéron, *Cæsar imperator Ciceroni imperatori*. Il faut avouer encore que c'était aussi le style des premiers siècles de l'Eglise. Saint Jérôme, qui n'était qu'un pauvre savant prêtre, retiré à Bethléem pour apprendre l'idiome hébraïque, écrivait ainsi à Jean, évêque de Jérusalem, son ennemi capital.

Jean-Jacques, dans sa lettre à Christophe, dit, page 2 : « Je devins homme de lettres par mon mépris même pour cet état. » Cela parut fier et grand. On remarqua dans un journal que Jean-Jacques, fils d'un mauvais ouvrier de Genève, nourri de l'hôpital, méprisait le titre d'hommes de lettres, dont l'empereur de la Chine et le roi de Prusse s'honorent. Il ne doute pas dans cette lettre que *l'univers entier n'ait sur lui les yeux*. Il prie, page 12, l'archevêque de lire son roman d'*Héloïse*, dans lequel le héros gagne un mal vénérien au b......, et l'héroïne fait un enfant avec le héros avant de se marier à un ivrogne. Après quoi Jean-Jacques parle de Jésus-Christ, de la grâce prévenante, du péché originel, et de la Trinité. Et il conclut par déclarer positivement, page 127, que tous les gouvernements de l'Europe *lui devaient élever des statues à frais communs*.

Enfin, après avoir traité à fond avec Christophe tous les points abstrus de la théologie, il finit par faire un petit opéra en prose.

De son côté, Christophe commence par avertir les fidèles, page 4, que « Jean-Jacques est amateur de lui-même, fier, et même superbe, même enflé d'orgueil, impie, blasphémateur et calomniateur, et, *qui pis est*, amateur des voluptés plutôt que de Dieu ; enfin, d'un esprit corrompu et perverti dans la foi. »

On demandera peut-être à la Chine ce que le public de Paris a pensé de ces traits d'éloquence. Il a ri. (*Note de Voltaire*, 1771.)

1. M. Palissot est l'auteur de la comédie des *Philosophes*, dans laquelle on représenta Jean-Jacques marchant à quatre pattes, et des savants volant dans la poche. Il est aussi l'auteur d'un poëme intitulé *la Dunciade*, d'après la *Dunciade* de Pope. Ce poëme est rempli de traits contre MM. Marmontel, abbé Coyer, abbé Raynal, abbé Le Blanc, Mailhol, Baculard d'Arnaud, Le Mierre, du Belloy, Sedaine, Dorat, La Morlière, Rochon, Boistel, Taconnet, Poinsinet, du Rosoy, Blin, Colardeau, Bastide, Mouhi, Portelance, Sauvigny, Robbé, Lattaignant, Jonval, Açarq, Bergier ; Mmes Graffigny, Riccoboni, Unci, Curé, etc.

Ce poëme est en trois chants[*]. Fréron y est installé chancelier de la Sottise. Sa souveraine le change en âne. Fréron, qui ne peut courir, la prie de vouloir bien lui faire présent d'une paire d'ailes ; elle lui en donne, mais elle les lui ajuste à contre-sens : de sorte que Fréron, quand il veut voler en haut, tombe toujours en bas avec la Sottise, qu'il porte sur son dos. Cette imagination a été regardée comme la meilleure de tout l'ouvrage. On apprend, dans les notes ajoutées à ce poëme par l'auteur, « que Fréron était ci-devant un jésuite chassé du collége pour ses mœurs,

* Il y en a dix aujourd'hui ; de troisième qu'il était, celui où l'on parle des ailes à l'envers et des aventures de Freron est devenu le neuvieme. (B.)

Parmi les combattants vient un rimeur gascon[1],
Prédicant petit-maître, ami d'Aliboron[2],
Qui, pour se signaler, refait *la Henriade;*
Et tandis qu'en secret chacun se persuade
De voler en vainqueur au haut du mont sacré,
On vit dans l'amertume, et l'on meurt ignoré.
La Discorde est partout, et le public s'en raille.
On se hait au Parnasse encor plus qu'à Versaille.
Grand roi, de qui les vers et l'esprit sont si doux,
Crois-moi, reste à Pékin, ne viens jamais chez nous.
    Aux bords du fleuve Jaune un peuple entier t'admire :
Tes vers seront toujours très-bons dans ton empire :
Mais gare que Paris ne flétrît tes lauriers !
Les Français sont malins et sont grands chansonniers.
Les trois rois d'Orient, que l'on voit chaque année[3],
Sur les pas d'une étoile à marcher obstinée,
Combler l'enfant Jésus des plus rares présents,
N'emportent de Paris, pour tous remercîments,
Que des couplets fort gais qu'on chante sans scrupule.
Collé dans ses refrains les tourne en ridicule.
Les voilà bien payés d'apporter un trésor !
Tout mon étonnement est de les voir encor.
    Le roi, me diras-tu, de la zone cimbrique[4],
Accompagné partout de l'estime publique,
Vit Paris sans rien craindre, et régna sur les cœurs ;
On respecta son nom comme on chérit ses mœurs.
Oui ; mais cet heureux roi, qu'on aime et qu'on révère,
Se connaît en bons vers, et se garde d'en faire.

qu'il fut ensuite abbé, puis sous-lieutenant, et se déguisa en comtesse ». (Page 62,
chant III.) Le grand nombre de gens de mérite attaqués dans ce poëme nuisit à son
succès ; mais la métamorphose de Fréron en âne réunit tous les suffrages. (*Note de
Voltaire,* 1771.)

    1. Voyez la note sur l'épître cx à d'Alembert, page 432. (*Id.,* 1771.)

    2. Variante :

                Prédicant huguenot, favori de Fréron.

    3. Voyez l'article Épiphanie, dans les *Questions sur l'Encyclopédie.* On a été
dans l'habitude à Paris de faire presque tous les ans des couplets sur le voyage
des trois mages ou des trois rois qui vinrent, conduits par une étoile, à Bethléem,
et qui reconnurent l'enfant Jésus pour leur suzerain dans son étable, en lui offrant
de l'encens, de la myrrhe, et de l'or. On appelle ces chansons des noëls, parce que
c'est aux fêtes de Noël qu'on les chante. On en a fait des recueils dans lesquels on
trouve des couplets extrêmement plaisants. (*Id,* 1771.)

    4. Le roi de Danemark, glorieusement régnant. (*Id.,* 1771.)

Nous ne les aimons plus; notre goût s'est usé :
Boileau, craint de son siècle, au nôtre est méprisé.
Le tragique étonné de sa métamorphose,
Fatigué de rimer, va ne pleurer qu'en prose.
De Molière oublié le sel s'est affadi.
En vain, pour ranimer le Parnasse engourdi,
Du peintre des *Saisons* [1] la main féconde et pure
Des plus brillantes fleurs a paré la nature;
Vainement, de Virgile élégant traducteur,
Delille a quelquefois égalé son auteur [2] :
D'un siècle dégoûté la démence imbécile
Préfère les remparts et Waux-hall à Virgile.
On verrait Cicéron sifflé dans le Palais.
Le léger vaudeville et les petits couplets
Maintiennent notre gloire à l'Opéra-Comique;
Tout le reste est passé, le sublime est gothique.
N'expose point ta muse à ce peuple inconstant,
Les Frérons te loueraient pour quelque argent comptant;
Mais tu serais peu lu, malgré tout ton génie,
Des gens qu'on nomme ici la bonne compagnie.
Pour réussir en France il faut prendre son temps.
Tu seras bien reçu de quelques grands savants,
Qui pensent qu'à Pékin tout monarque est athée [3],
Et que la compagnie autrefois tant vantée,
En disant à la Chine un éternel adieu,
Vous a permis à tous de renoncer à Dieu.
Mais, sans approfondir ce qu'un Chinois doit croire,
Séguier [4] t'affublerait d'un beau réquisitoire;
La cour pourrait te faire un fort mauvais parti,
Et blâmer, par arrêt, tes vers et ton *Changti.*

1. M. de Saint-Lambert, mestre de camp, auteur du charmant poëme des *Saisons.* (*Note de Voltaire*, 1771.)

2. M. Delille, auteur d'une traduction des *Géorgiques*, très-estimée des gens de lettres. (*Id.*, 1771.)

3. Une faction dans Paris a soutenu pendant trente ans que le gouvernement de la Chine est athée. L'empereur de la Chine, qui ne sait rien des sottises de Paris, a bien confondu cette horrible impertinence dans son poëme, où il parle de la Divinité avec autant de sentiment que de respect. (*Id.* 1771.)

4. Avocat général qui a fait trop d'honneur au livre du *Système de la Nature*, livre d'un déclamateur qui se répète sans cesse, et d'un très-grand ignorant en physique, qui a la sottise de croire aux anguilles de Needham. Il vaut mieux croire en Dieu avec Épictète et Marc-Aurèle. C'est une grande consolation pour la France que ce réquisitoire n'attaque que des livres anglais. (*Id.*, 1771.)

La Sorbonne, en latin, mais non sans solécismes,
Soutiendra que ta muse a besoin d'exorcismes ;
Qu'il n'est de gens de bien que nous et nos amis ;
Que l'enfer, grâce à Dieu, t'est pour jamais promis.
Dispensateurs fourrés de la vie éternelle,
Ils ont rôti Trajan et bouilli Marc-Aurèle.
Ils t'en feront autant, et, partout condamné,
Tu ne seras venu que pour être damné.
Le monde en factions dès longtemps se partage ;
Tout peuple a sa folie ainsi que son usage :
Ici les Ottomans, bien sûrs que l'Éternel
Jadis à Mahomet députa Gabriel,
Vont se laver le coude aux bassins des mosquées [1] ;
Plus loin du grand lama les reliques musquées [2]
Passent de son derrière au cou des plus grands rois.
Quand la troupe écarlate à Rome a fait un choix,
L'élu, fût-il un sot, est dès lors infaillible.
Dans l'Inde le Veidam, et dans Londres la Bible [3],
A l'hôpital des fous ont logé plus d'esprits
Que Grisel [4] n'a trouvé de dupes à Paris.
Monarque, au nez camus, des fertiles rivages
Peuplés, à ce qu'on dit, de fripons et de sages,
Règne en paix, fais des vers, et goûte de beaux jours ;
Tandis que, sans argent, sans amis, sans secours,
Le Mogol est errant dans l'Inde ensanglantée,
Que d'orages nouveaux la Perse est agitée,
Qu'une pipe à la main, sur un large sofa
Mollement étendu, le pesant Moustapha
Voit le Russe entasser des victoires nouvelles
Des rives de l'Araxe au bord des Dardanelles,
Et qu'un bacha du Caire à sa place est assis
Sur le trône où les chats régnaient avec Isis [5].

1. Il est ordonné aux musulmans de commencer l'ablution par le coude. Les prêtres catholiques ne se lavent que les trois doigts. (*Note de Voltaire*, 1771.)

2. Il est très-vrai que le grand lama distribue quelquefois sa chaise percée à ses adorateurs. (*Id.*, 1771.)

3. Il n'y a point de pays où il y ait eu plus de disputes sur la *Bible* qu'à Londres, et où les théologiens aient débité plus de rêveries, depuis Prinn jusqu'à Warburton. (*Id.*, 1771.)

4. Grisel, fameux dans le métier de directeur. (*Id.*, 1771.) — Voyez t. VIII, p. 536.

5. Variante :

Au trône où les Hébreux ont vu régner Isis.

Nous autres cependant, au bout de l'hémisphère,
Nous, des Welches grossiers postérité légère,
Livrons-nous en riant, dans le sein des loisirs,
A nos frivolités que nous nommons plaisirs;
Et puisse, en corrigeant trente ans d'extravagances[1],
Monsieur l'abbé Terray rajuster nos finances[2]!

ÉPITRE CIX.

AU ROI DE DANEMARK, CHRISTIAN VII[3].

SUR LA LIBERTÉ DE LA PRESSE

ACCORDÉE DANS TOUS SES ÉTATS.

Janvier 1771.

Monarque vertueux, quoique né despotique,
Crois-tu régner sur moi de ton golfe Baltique?
Suis-je un de tes sujets pour me traiter comme eux,
Pour consoler ma vie, et pour me rendre heureux?
Peu de rois, comme toi, transgressent les limites
Qu'à leur pouvoir sacré la nature a prescrites :
L'empereur de la Chine, à qui j'écris souvent[4],
Ne m'a pas jusqu'ici fait un seul compliment.
Je suis plus satisfait de l'auguste amazone[5]
Qui du gros Moustapha vient d'ébranler le trône;
Et Stanislas le Sage[6], et Frédéric le Grand[7]
(Avec qui j'eus jadis un petit différend),

1. L'auteur devait dire *depuis cinquante-deux ans:* car le système de Law est de cette date. Mais on prétend en France que *cinquante-deux* ne peut pas entrer dans un vers. (*Note de Voltaire,* 1771.)

2. C'est ce que nous attendons avec concupiscence. S'il en vient à bout, il sera couvert de gloire, et nous le chanterons. (*Id.,* 1771.)

3. Cette épitre est aussi de 1770; voyez la lettre à d'Alembert, du 28 décembre 1770.

4. L'épitre précédente est la seule que Voltaire ait adressée au roi de la Chine.

5. Catherine II, impératrice de Russie.

6. Le roi de Pologne, Stanislas Poniatowski.

7. Le roi de Prusse.

Font passer quelquefois dans mes humbles retraites
Des bontés dont la Suisse embellit ses gazettes.
    Avec Ganganelli je ne suis pas si bien :
Sur mon voyage en Prusse, il m'a cru peu chrétien.
Ce pape s'est trompé, bien qu'il soit infaillible.
    Mais, sans examiner ce qu'on doit à la *Bible,*
S'il vaut mieux dans ce monde être pape que roi,
S'il est encor plus doux d'être obscur comme moi,
Des déserts du Jura ma tranquille vieillesse
Ose se faire entendre à ta sage jeunesse ;
Et libre avec respect, hardi sans être vain,
Je me jette à tes pieds, au nom du genre humain.
Il parle par ma voix, il bénit ta clémence ;
Tu rends ses droits à l'homme, et tu permets qu'on pense.
Sermons, romans, physique, ode, histoire, opéra,
Chacun peut tout écrire ; et siffle qui voudra !
    Ailleurs on a coupé les ailes à Pégase.
Dans Paris quelquefois un commis à la phrase
Me dit : « A mon bureau venez vous adresser ;
Sans l'agrément du roi vous ne pouvez penser [1].
Pour avoir de l'esprit, allez à la police ;
Les filles y vont bien, sans qu'aucune en rougisse :
Leur métier vaut le vôtre, il est cent fois plus doux ;
Et le public sensé leur doit bien plus qu'à vous. »
    C'est donc ainsi, grand roi, qu'on traite le Parnasse,
Et les suivants honnis de Plutarque et d'Horace !
Bélisaire à Paris ne peut rien publier [2]

1. Variante :
    Il vous faut un brevet si vous voulez penser.

2. Le chapitre quinzième du roman moral de *Bélisaire* passe en général pour un
des meilleurs morceaux de littérature, de philosophie, et de vraie piété, qui aient
jamais été écrits dans la langue française. Son succès universel irrita un principal
de collége, docteur de Sorbonne, nommé Ribalier, qui, avec un autre régent de
collége, nommé Coger, souleva une grande partie de la Sorbonne contre M. Marmontel, auteur de cet ouvrage. Les docteurs cherchèrent pendant six mois entiers
des propositions malsonnantes, téméraires, sentant l'hérésie. Il fallut bien qu'ils
en trouvassent. On en trouverait dans le *Pater noster*, en transposant un mot, et
en abusant d'un autre.
    La faculté fit enfin imprimer sa censure en latin comme en français, et elle
commençait par un solécisme. Le public en rit, et bientôt on n'en parla plus.
(*Note de Voltaire,* 1771.)
    — C'était le docteur de Sorbonne Tampon et qui se faisait fort de trouver une
foule d'hérésies dans le *Pater noster*.
    La censure du *Bélisaire* de Marmontel, par la faculté de théologie, commence

S'il n'est pas de l'avis de monsieur Ribalier.
 Hélas! dans un État l'art de l'imprimerie
Ne fut en aucun temps fatal à la patrie.
Les pointes de Voiture[1], et l'orgueil des grands mots
Que prodigua Balzac assez mal à propos,
Les romans de Scarron, n'ont point troublé le monde;
Chapelain ne fit point la guerre de la Fronde.
Chez le Sarmate altier la Discorde en fureur[2],
Sous un roi sage et doux, semant partout l'horreur;
De l'empire ottoman la splendeur éclipsée,
Sous l'aigle de Moscou sa force terrassée,
Tous ces grands mouvements seraient-ils donc l'effet
D'un obscur commentaire[3] ou d'un méchant sonnet?
Non, lorsqu'aux factions un peuple entier se livre,
Quand nous nous égorgeons, ce n'est pas pour un livre.
 Hé! quel mal après tout peut faire un pauvre auteur?
Ruiner son libraire, excéder son lecteur,
Faire siffler partout sa charlatanerie,
Ses creuses visions[4], sa folle théorie.
Un livre est-il mauvais, rien ne peut l'excuser;
Est-il bon, tous les rois ne peuvent l'écraser.
On le supprime à Rome, et dans Londre on l'admire;
Le pape le proscrit, l'Europe le veut lire.
 Un certain charlatan, qui s'est mis en crédit,
Prétend qu'à son exemple on n'ait jamais d'esprit.
Tu n'y parviendras pas, apostat d'Hippocrate;

---

ainsi : « Hæ propositiones in quarum una Belisarius asserit... et in quarum altera cum Justinianus Belisario stupens dixisset... idem Belisarius respondet, etc. » (B.)

1. Voiture, qui fut frivole, et qui ne chercha que le bel esprit; Balzac, qui fut toujours ampoulé, et qui ne dit presque jamais rien d'utile, eurent une très-grande réputation dans leur temps ; Chapelain en eut encore davantage : ils étaient les rois de la littérature. Les querelles dont ils furent l'objet ne servirent qu'à faire naître enfin le bon goût, et ne causèrent d'ailleurs aucun mal. (*Note de Voltaire*, 1771.)

2. Ce sera aux yeux de la postérité un événement unique, même en Pologne, qu'une guerre civile si acharnée et si cruelle, sous un roi auquel la faction opposée n'a jamais pu reprocher la moindre contravention aux lois, le plus léger abus de l'autorité, ni même la moindre action qui pût déplaire dans un particulier. C'est pour la première fois qu'on a vu un roi se borner à plaindre ceux qui se rendaient malheureux eux-mêmes en ravageant leur patrie. Il ne leur a donné que l'exemple de la modération. (*Id.*, 1771.)

3. Variante :

   Ou d'un lourd commentaire.

4. Variante :

   Ses faux raisonnements.

Tu guérirais plutôt les vapeurs de ma rate.
Va, cesse de vexer les vivants et les morts ;
Tyran de ma pensée, assassin de mon corps,
Tu peux bien empêcher tes malades de vivre,
Tu peux les tuer tous, mais non pas un bon livre.
Tu les brûles. Jérôme ; et de ces condamnés
La flamme, en m'éclairant, noircit ton vilain nez [1].

 Mais voilà, me dis-tu, des phrases malsonnantes,
Sentant son philosophe, au vrai même tendantes.
Eh bien, réfute-les ; n'est-ce pas ton métier ?
Ne peux-tu comme moi barbouiller du papier ?
Le public à profit met toutes nos querelles ;
De nos cailloux frottés il sort des étincelles :
La lumière en peut naître ; et nos grands érudits
Ne nous ont éclairés qu'en étant contredits.
Sifflez-moi librement, je vous le rends, mes frères.
Sans le droit d'examen, et sans les adversaires,
Tout languit comme à Rome, où depuis huit cents ans [2]
Le tranquille esclavage écrasa les talents.

 Tu ne veux pas, grand roi, dans ta juste indulgence,
Que cette liberté dégénère en licence ;
Et c'est aussi le vœu de tous les gens sensés :
A conserver les mœurs ils sont intéressés ;
D'un écrivain pervers ils font toujours justice.

 Tous ces libelles vains dictés par l'Avarice,
Enfants de l'Impudence, élevés chez Marteau [3],
Y trouvent en naissant un éternel tombeau [4].

---

1. Il s'agit ici de Van-Swieten, premier médecin de l'impératrice reine. Il s'était fait inquisiteur des livres, et passait pour entendre aussi parfaitement la médecine préservatrice des âmes qu'il entendait mal la médecine curative des corps. Il s'occupait surtout d'empêcher les œuvres de M. de Voltaire de pénétrer dans la ville impériale. C'était d'ailleurs un homme assez savant, et dont les compilations peuvent être utiles, quoiqu'il n'eût aucune philosophie ni aucune connaissance des découvertes physiques faites de nos jours. (K.)

2. On ne voit pas en effet depuis ce temps un seul livre, écrit à Rome, qui soit un ouvrage de génie, et qui entre dans la bibliothèque des nations. Les Dante, les Pétrarque, les Boccace, les Machiavel, les Guichardin, les Boiardo, les Tasse, les Arioste, ne furent point Romains. (*Note de Voltaire*, 1771.)

3. Célèbre imprimeur de sottises. Tous les libelles contre Louis XIV étaient imprimés à Cologne chez Pierre Marteau. (*Id.*, 1771.)

4. S'il faut en croire la *Correspondance de Grimm* (t. VII, page 437), quelque temps après la publication de sa pièce, Voltaire ajouta les huit vers que voici :

> La voix des gens de bien nous suffit pour confondre
> Du fantasque Maillet le système hypocondre ;

Que dans l'Europe entière on me montre un libelle
Qui ne soit pas couvert d'une honte éternelle,
Ou qu'un oubli profond ne retienne englouti
Dans le fond du bourbier dont il était sorti.

On punit quelquefois et la plume et la langue,
D'un ligueur turbulent la dévote harangue,
D'un Guignard, d'un Bourgoin [1], les horribles sermons,
Au nom de Jésus-Christ prêchés par des démons.

Mais quoi! si quelque main dans le sang s'est trempée,
Vous est-il défendu de porter une épée?
En coupables propos si l'on peut s'exhaler,
Doit-on faire une loi de ne jamais parler?
Un cuistre en son taudis compose une satire,
En ai-je moins le droit de penser et d'écrire?
Qu'on punisse l'abus; mais l'usage est permis.

De l'auguste raison les sombres ennemis
Se plaignent quelquefois de l'inventeur utile
Qui fondit en métal un alphabet mobile,
L'arrangea sous la presse, et sut multiplier
Tout ce que notre esprit peut transmettre au papier.
« Cet art, disait Boyer [2], a troublé des familles ;
Il a trop raffiné les garçons et les filles. »
Je le veux; mais aussi quels biens n'a-t-il pas faits?
Tout peuple, excepté Rome, a senti ses bienfaits.
Avant qu'un Allemand trouvât l'imprimerie,
Dans quel cloaque affreux barbotait ma patrie!
Quel opprobre, grand Dieu! quand un peuple indigent
Courait à Rome, à pied, porter son peu d'argent,
Et revenait, content de la sainte Madone,
Chantant sa litanie, et demandant l'aumône!

Celui de la nature à peine s'est montré
Qu'au sein de la poussière il est soudain rentré.
Non, grand Dieu! dans ce monde, où la sagesse brille,
Jamais du blé pourri ne fit naître une anguille;
Thémis dut mépriser ce système nouveau :
C'est au savant d'instruire, et non pas au bourreau. (B.)

1. C'étaient des écrivains, des prédicateurs de la Ligue. Guignard était un
jésuite qui fut pendu, et Bourgoin un jacobin qui fut roué. Il est vrai qu'ils étaient
des fanatiques imbéciles; mais avec leur imbécillité ils mettaient le couteau dans
les mains des parricides. (*Note de Voltaire*, 1771.)

2. Boyer, théatin, évêque de Mirepoix, disait toujours que l'imprimerie avait
fait un mal effroyable, et que, depuis qu'il y avait des livres, les filles savaient
plus de sottises à dix ans qu'elles n'en avaient su auparavant à vingt. (*Id.*, 1773.)

Du temple au lit d'hymen un jeune époux conduit[1]
Payait au sacristain pour sa première nuit.
Un testateur[2], mourant sans léguer à saint Pierre,
Ne pouvait obtenir l'honneur du cimetière.
Enfin tout un royaume, interdit et damné[3],
Au premier occupant restait abandonné
Quand, du pape et de Dieu s'attirant la colère,
Le roi, sans payer Rome, épousait sa commère[4].

    Rois! qui brisa les fers dont vous étiez chargés?
Qui put vous affranchir de vos vieux préjugés?
Quelle main, favorable à vos grandeurs suprêmes,
A du triple bandeau vengé cent diadèmes?
Qui, du fond de son puits tirant la Vérité,
A su donner une âme au public hébété[5]?

1. Jusqu'au xvie siècle, il n'était pas permis, chez les catholiques, à un nouveau marié de coucher avec sa femme sans avoir fait bénir le lit nuptial, et cette bénédiction était taxée. (*Note de Voltaire*, 1773.)

2. Quiconque ne faisait pas un legs à l'Église par son testament était déclaré déconfez, on lui refusait la sépulture ; et, par accommodement, l'official, ou le curé, ou le prieur le plus voisin, faisait un testament au nom du mort, et léguait pour lui à l'Église en conscience ce que le testateur aurait dû raisonnablement donner. (*Id.*, 1773.)

3. Le commun des lecteurs ignore la manière dont on interdisait un royaume. On croit que celui qui se disait le père commun des chrétiens se bornait à priver une nation de toutes les fonctions du christianisme, afin qu'elle méritât sa grâce en se révoltant contre le souverain ; mais on observait dans cette sentence des cérémonies qui doivent passer à la postérité. D'abord on défendait à tout laïque d'entendre la messe, et on n'en célébrait plus au maître-autel. On déclarait l'air impur ; on ôtait tous les corps saints de leurs châsses, et on les étendait par terre dans l'église, couverts d'un voile : on dépendait les cloches, et on les enterrait dans des caveaux. Quiconque mourait dans le temps de l'interdit était jeté à la voirie. Il était défendu de manger de la chair, de se raser, de se saluer ; enfin le royaume appartenait de droit au premier occupant ; mais le pape prenait le soin d'annoncer ce droit par une bulle particulière, dans laquelle il désignait le prince qu'il gratifiait de la couronne vacante. (*Id.*, 1771.) — Cette note avait déjà été mise par Voltaire à son *Cri des nations*, en 1769. (B.)

4. Robert, roi de France, épousa sa cousine, veuve d'Eudes, comte de Chartres et de Blois ; il avait tenu sur les fonts de baptème un des enfants de cette princesse. (B)

5. Au lieu de ce vers et des trois qui suivent, on lisait d'abord :

> Qui vous rendit chez vous puissants sans être impies?
> Qui sut, de votre table écartant les harpies,
> Sauver le peuple et vous de leur voracité?
> Qui sut donner une âme au public hébété?

Voltaire n'eut d'autre motif pour faire ce changement que d'éviter une répétition : il est question des harpies dans les quatre derniers vers de l'épitre à d'Alembert, qui suit. (B.)

Les livres ont tout fait; et, quoi qu'on puisse dire,
Rois, vous n'avez régné que lorsqu'on a su lire.
Soyez reconnaissants, aimez les bons auteurs :
Il ne faut pas du moins vexer vos bienfaiteurs.
Et comptez-vous pour rien les plaisirs qu'ils vous donnent,
Plaisirs purs que jamais les remords n'empoisonnent?
Les pleurs de Melpomène et les ris de sa sœur
N'ont-ils jamais guéri votre mauvaise humeur?
Souvent un roi s'ennuie : il se fait lire à table
De Charle ou de Louis l'histoire véritable.
Si l'auteur fut gêné par un censeur bigot,
Ne décidez-vous pas que l'auteur est un sot?
Il faut qu'il soit à l'aise; il faut que l'aigle altière
Des airs à son plaisir franchisse la carrière.
Je ne plains point un bœuf au joug accoutumé;
C'est pour baisser son cou que le ciel l'a formé.
Au cheval qui vous porte un mors est nécessaire.
Un moine est de ses fers esclave volontaire.
Mais au mortel qui pense on doit la liberté.
Des neuf savantes Sœurs le Parnasse habité
Serait-il un couvent sous une mère abbesse,
Qu'un évêque bénit, et qu'un Grisel confesse?
    On ne leur dit jamais : « Gardez-vous bien, ma sœur,
De vous mettre à penser sans votre directeur;
Et quand vous écrirez sur l'*Almanach de Liège*,
Ne parlez des saisons qu'avec un privilége. »
Que dirait Uranie à ces plaisants propos?
Le Parnasse ne veut ni tyrans ni bigots :
C'est une république éternelle et suprême,
Qui n'admet d'autre loi que la loi de Thélême[1];
Elle est plus libre encor que le vaillant Bernois,
Le noble de Venise, et l'esprit genevois;
Du bout du monde à l'autre elle étend son empire;
Parmi ses citoyens chacun voudrait s'inscrire.
Chez nos Sœurs, ô grand roi! le droit d'égalité,
Ridicule à la cour, est toujours respecté.
Mais leur gouvernement, à tant d'autres contraire,
Ressemble encore au tien, puisqu'à tous il sait plaire.

1. Abbaye de la fondation de Rabelais (*Gargantua*, liv. I, c. LVII). On avait gravé
sur la porte : *Fay ce que vouldras.* (*Note de Voltaire*, 1771.)

ÉPITRE CX.

A MONSIEUR D'ALEMBERT.

(1771)

Esprit juste et profond, parfait ami, vrai sage,
D'Alembert, que dis-tu de mon dernier ouvrage[1] ?
Le roi danois et toi, mes juges souverains,
Vous donnez carte blanche à tous les écrivains.
Le privilége est beau ; mais que faut-il écrire ?
Me permettriez-vous quelques grains de satire ?
Virgile a-t-il bien fait de pincer Mævius ?
Horace a-t-il raison contre Nomentanus ?
Oui, si ces deux Latins, montés sur le Parnasse,
S'égayaient aux dépens de Virgile et d'Horace,
La défense est de droit ; et d'un coup d'aiguillon
L'abeille en tous les temps repoussa le frelon.
La guerre est au Parnasse, au conseil, en Sorbonne :
Allons, défendons-nous, mais n'attaquons personne.
   « Vous m'avez endormi », disait ce bon Trublet[2] ;
Je réveillai mon homme à grands coups de sifflet[3].
Je fis bien : chacun rit, et j'en ris même encore.
La critique a du bon ; je l'aime et je l'honore.
Le parterre éclairé juge les combattants,
Et la saine raison triomphe avec le temps.

1. Il s'agit de l'épître CIX au roi de Danemark. Ce fut le 2 mars 1771 que fut
envoyée à d'Alembert l'épître qui est à son adresse. (B.)
   2. Voyez, page 99, la pièce intitulée *le Pauvre Diable*. (*Note de Voltaire*, 1771.)
   3. L'abbé Trublet, dans ses *Essais sur divers sujets de littérature et de morale*,
disait : « On a osé dire de *la Henriade*,` et l'on a dit sans malignité : *Je ne sais
pourquoi je bâille en la lisant*`. On a encore appliqué à ce poëme le mot de La
Bruyère sur l'opéra : « Je ne sais pas comment l'opéra, avec une musique si par-
« faite et une dépense toute royale, a pu réussir à m'ennuyer. » Et l'on a dit : « Je
« ne sais pas comment *la Henriade*, avec une poésie et une versification si parfaite,
« a pu réussir à m'ennuyer. » Ce n'est pas le poëte qui ennuie et fait bâiller dans
la Henriade, c'est la poésie ou plutôt les vers. »
   Cette opinion de l'abbé lui valut la volée de bois vert que lui infligea l'auteur
du *Pauvre Diable*.

`Citation de Boileau, sur *la Pucelle* de Chapelain, satire III ; mais le vers est faux.

Lorsque dans son grenier certain Larcher réclame[1]
La loi qui prostitue et sa fille et sa femme,
Qu'il veut dans Notre-Dame établir son sérail,
On lui dit qu'à Paris plus d'un gentil bercail
Est ouvert aux travaux d'un savant antiquaire,
Mais que jamais la loi n'ordonna l'adultère.
Alors on examine; et le public instruit
Se moque de Larcher, qui jure en son réduit.
L'abbé François[2] écrit; le Léthé sur ses rives
Reçoit avec plaisir ses feuilles fugitives.
Tancrède en vers croisés fait-il bâiller Paris?
On m'ennuie à mon tour des plus pesants écrits;
A Danchet, à Brunet[3], le Pont-Neuf me compare;
On préfère à mes vers Crébillon le barbare[4].

1. Larcher, répétiteur au collége Mazarin. Il soutint opiniâtrément que dans la grande ville de Babylone toutes les femmes et les filles de la cour étaient obligées par la loi de se prostituer une fois dans leur vie au premier venu, pour de l'argent; et cela dans le temple de Vénus, quoique Vénus fût inconnue à Babylone. Il trouvait fort mauvais qu'on ne crût pas à cette impertinence, puisque Hérodote l'avait dite expressément. Le même Larcher disputa fortement sur le grand serpent Ophionée, sur le bouc de Mendès qui couchait avec les dames hébraïques : il traita notre auteur de vilain athée pour avoir dit que la *Providence envoie la peste et la famine sur la terre.* Il y a encore dans la poussière des colléges de ces cuistres qui semblent être du xve siècle. Notre auteur ne fit que se moquer de ce Larcher, et il fut secondé de tout Paris, à qui il le fit connaître. (*Note de Voltaire*, 1771.)

2. Il y a en effet un abbé nommé François, des ouvrages duquel le fleuve Léthé s'est chargé entièrement. C'est un pauvre imbécile qui a fait un livre en deux volumes contre les philosophes, livre que personne ne connaît ni ne connaîtra. (*Id.*, 1771.)

3. Danchet est un de ces poëtes médiocres qu'on ne connaît plus; il a fait quelques tragédies et quelques opéras. Pour Brunet, nous ne savons qui c'est, à moins que ce ne soit un nommé M. Le Brun, qui avait fait autrefois une ode pour engager notre auteur à prendre chez lui Mlle Corneille. Quelqu'un lui dit méchamment qu'on avait voulu recevoir Mlle Corneille, mais point son ode, qui ne valait rien. Alors M. Le Brun écrivit contre le même homme auquel il venait de donner tant de louanges. Cela est dans l'ordre; mais il paraît dans l'ordre aussi qu'on se moque de lui. (*Id.*, 1771.) — Voyez la note, tome IX, page 544.

4. Nous ne savons si par *barbare* on entend ici la barbarie d'Atrée, ou la barbarie du style, qu'on a reprochée à Crébillon; c'est peut-être l'un et l'autre. Mais ce n'est pas parce qu'Atrée est trop cruel qu'on ne joue point cette pièce, et qu'elle passe pour mauvaise chez tous les gens de goût; car dans *Rodogune*, Cléopâtre est plus cruelle encore, et cette atrocité même semblerait devoir être plus révoltante dans une femme que dans un homme; cependant cette fin de la tragédie de *Rodogune* est un chef-d'œuvre du théâtre, et réussira toujours.

Nous trouvons dans *le Mercure* de novembre 1770, p. 83, les réflexions les plus judicieuses qu'on ait encore faites sur *Atrée;* les voici :

« En général, les vengeances, pour être intéressantes au théâtre, doivent être promptes, subites, violentes; il faut toujours frapper de grands coups sur la scène:

> Cette longue dispute échauffe les esprits.
> Alors du plus beau feu vingt poëtes épris,
> De chefs-d'œuvre sans nombre enrichissant la scène,
> Sur de sublimes tons font ronfler Melpomène.

les horreurs longues et détaillées ne sont que rebutantes. **M. de Crébillon,** malgré ce précepte, a risqué la coupe d'Atrée; mais elle n'a pu réussir, à beaucoup près. Quelques esprits faux, quelques jeunes têtes qui n'ont pas réfléchi, croient que les atrocités sont le plus grand effort de l'esprit humain, et que l'horreur est ce qu'il y a de plus tragique. Elles se trompent beaucoup; c'est tout ce qu'il y a de plus facile à trouver. Nous avons des romans inconnus, et fort au-dessous du médiocre, où l'on a rassemblé assez d'horreurs pour faire cinquante tragédies détestables. »

Il y a bien d'autres raisons qui font voir qu'*Atrée* est une fort mauvaise pièce.

1° C'est qu'elle est extrêmement mal écrite. D'abord « Atrée voit enfin renaître l'espoir et la douceur de se venger d'un traître. Les vents, qu'un dieu contraire enchaînait loin de lui, semblent exciter son courroux avec les flots; le calme, si longtemps fatal à sa vengeance, n'est plus d'intelligence avec ses ennemis; le soldat ne craint plus qu'un indigne repos avilisse l'honneur de ses derniers travaux.»

Aussitôt après Atrée commande *que la flotte d'Atrée se prépare à voguer loin de l'île d'Eubée:* il ordonne qu'on porte à tous ses chefs ses ordres absolus; et il dit *que ce jour tant souhaité ranime dans son cœur l'espoir et la fierté.*

Cet énorme galimatias, cet assemblage de paroles vagues, oiseuses, incohérentes, qui ne disent rien, qui n'apprennent ni où l'on est, ni l'acteur qui parle, ni de qui on parle, sont insupportables à quiconque a la plus légère connaissance du théâtre et de la langue.

Les maximes qu'Atrée débite, dès cette première scène, sont d'une extravagance qui va jusqu'au ridicule. Atrée dit :

> Je voudrais me venger, fût-ce même des dieux;
> Du plus puissant de tous j'ai reçu la naissance;
> Je le sens au plaisir que me fait la vengeance.

Cette plaisanterie monstrueuse n'est-elle pas bien placée! La Fontaine a dit en riant :

> . . . . . . Je sais que la vengeance
> Est un morceau de roi, car vous vivez en dieux.

Mais mettre une telle raillerie sérieusement dans une tragédie, cela est bien déplacé; et exprimer de tels sentiments sans avoir dit encore de quoi il veut se venger, cela est contre les principes du théâtre et du sens commun.

2° Il y a bien plus : c'est que cette fureur de vengeance, au bout de vingt ans, est nécessairement de la plus grande froideur, et ne peut intéresser personne.

3° Un homme qui jure à la première scène qu'il se vengera, et qui exécute son projet à la dernière sans aucun obstacle, ne peut jamais faire aucun effet. Il n'y a ni intrigue ni péripétie, rien qui vous tienne en suspens, rien qui vous surprenne, rien qui vous émeuve; ce n'est qu'une atrocité longue et plate.

4° La pièce pèche encore par un défaut plus grand, s'il est possible; c'est un amour insipide et inutile entre un fils d'Atrée, nommé Plisthène, et Théodamie, fille de Thieste; amour postiche qui ne sert qu'à remplir le vide de la pièce.

5° Le style est digne de cette conduite : ce sont des répétitions continuelles du plaisir de la vengeance :

> *Un ennemi ne peut pardonner une offense;*
> Il faut un terme au crime, et non à la vengeance.
> Rien ne peut *arrêter mes transports* furieux,
> . . . .

Qu'importe que mon nom s'efface dans l'oubli?
L'esprit, le goût s'épure, et l'art est embelli.
  Mais ne pardonnons pas à ces folliculaires,
De libelles affreux écrivains téméraires,
Aux stances de La Grange, aux couplets de Rousseau[1],

> Tout est prêt, *et déjà dans mon cœur* furieux
> Je goûte le plaisir *le plus parfait* des dieux;
> Je vais être vengé, *Thieste; quelle joie!*

La plupart des vers sont obscurs, et ne sont pas français.

> Ah ! si je vous suis cher, que mon respect extrême
> M'acquitte bien, seigneur, de mon bonheur suprême!
> Mon amitié pour vous, par vos maux consacrée,
> A semblé redoubler par les rigueurs d'Atrée.
> Et bravant, sans respect, et les dieux et son père,
> Son cœur pour eux et lui n'a qu'une foi légère :
> Mais dût tomber sur moi le plus affreux courroux,
> Je ne saurais trahir ce que je sens pour vous.
> Que pour mieux m'obliger à lui percer le flanc,
> De sa fille, au refus, il doit verser le sang
> Et je vais, s'il le faut, aux dépens de ma foi,
> Prouver à vos beaux yeux ce qu'ils peuvent sur moi.
> D'une indigne frayeur je vois ton âme atteinte,
> Thieste; chasse-s-en les soupçons et la crainte.

Une pièce écrite ainsi d'un bout à l'autre pourrait-elle réussir? Pour comble d'impertinence, la pièce finit par ce vers abominable :

> Et je jouis enfin du fruit de mes forfaits.

Un tel vers est d'un scélérat ivre. Et remarquez qu'Atrée a ci-devant regardé la vengeance comme une vertu, dans un autre vers non moins extravagant :

> Il faut un terme au crime, et non à la vengeance.

Nous avouons que la *Sémiramis* du même auteur, son *Xerxès*, son *Catilina*, son *Triumvirat*, sont des pièces encore plus mauvaises, et que tout cela pouvait bien lui mériter le nom de barbare ; mais nous ne convenons pas que son *Électre*, et surtout son *Rhadamiste*, méritent le mépris profond que Boileau avait pour ces deux tragédies. Le public a décidé qu'il y a de très-belles choses, particulièrement dans *Rhadamiste*; et quand le public a décidé constamment pendant soixante ans, il ne faut pas en appeler. Si les défauts subsistent, les beautés l'emportent. Boileau fut trop rebuté des défauts. *Rhadamiste* sera toujours jouée avec un grand succès; et même on verra *Électre* avec plaisir, malgré l'amour qui défigure cette pièce. Il y a dans ces deux ouvrages un fond de tragique qui attache le spectateur. L'abbé de Chaulieu disait que la pièce de *Rhadamiste* aurait été très-claire, n'eût été l'exposition; mais quoique le premier acte soit un peu obscur, il me semble qu'il y a dans les autres de très-grandes beautés. (*Note de Voltaire*, 1771.)
1. Les Philippiques de La Grange et les Couplets de Rousseau passèrent assez longtemps pour être écrits avec force et enthousiasme : mais les esprits bien faits et les gens de bon goût ne s'y sont jamais laissé tromper. En effet, ôtez les injures, il ne reste rien. Le succès ne fut dû qu'à la malignité humaine. Mais quel succès qui conduisit La Grange en prison, et le portrait de Rousseau à la Grève! La Grange était le plus coupable des deux, sans contredit; mais le duc d'Orléans régent eut encore plus de clémence que La Grange n'avait eu de folie. (*Id.*, 1771.)

> Que Mégère en courroux tira de son cerveau.
> Pour gagner vingt écus, ce fou de La Beaumelle[1]

1. On ne peut mieux connaitre cet homme que par la lettre que nous allons copier. N'ayant ni le génie de La Grange ni celui de Rousseau, il s'est rendu aussi criminel qu'eux, mais infiniment plus méprisable. Il est né dans un village des Cévennes, auprès de Castres. Il a passé quelques années à Genève, et a été répétiteur des enfants de M. de Budé de Boisy. Il y fut proposant pour être ministre, en 1745.

Voici la lettre qui le fera connaitre :

LETTRE A M. DE LA CONDAMINE,

DE L'ACADÉMIE FRANÇAISE ET DE L'ACADÉMIE DES SCIENCES, etc.

A Ferney, 8 mars 1771.

MONSIEUR,

Monsieur l'envoyé de Parme m'a fait parvenir votre lettre. J'ai l'honneur d'être votre confrère dans plus d'une académie : je suis votre ami depuis plus de quarante ans. Vous me parlez avec candeur, je vais vous répondre de même.

Le sieur de La Beaumelle, en 1752, vendit, à Francfort, au libraire Eslinger, pour dix-sept louis, *le Siècle de Louis XIV*, que j'avais composé (autant qu'il avait été en moi) à l'honneur de la France et de ce monarque.

Il plut à cet écrivain de tourner cet éloge véridique en libelle diffamatoire. Il le chargea de notes, dans lesquelles il dit qu'il soupçonne Louis XIV d'avoir fait empoisonner le marquis de Louvois, son ministre, dont il était excédé ; et qu'en effet ce ministre craignait que le roi ne l'empoisonnât. (Tome III, pages 269 et 271.)

Que Louis XIV ayant promis à Mme de Maintenon de la déclarer reine, Mme la duchesse de Bourgogne, irritée, engagea le prince son époux, père de Louis XV, à ne point secourir Lille, assiégée alors par le prince Eugène, et à trahir son roi, son aïeul, et sa patrie.

Il ajoute que l'armée des assiégeants jetait dans Lille des billets dans lesquels il était écrit : « Rassurez-vous, Français ! la Maintenon ne sera pas reine, nous ne lèverons pas le siége. »

La Beaumelle rapporte la même anecdote dans les mémoires qu'il a fait imprimer sous le nom de Mme de Maintenon. (T. IV, p. 109.)

Qu'on trouva l'acte de célébration du mariage de Louis XIV avec Mme de Maintenon dans de vieilles culottes de l'archevêque de Paris, mais « qu'un tel mariage n'est pas extraordinaire, attendu que Cléopâtre déjà vieille enchaîna Auguste ». (Tome III, page 75.)

Que le duc de Bourbon, étant premier ministre, fit assassiner Vergier, ancien commissaire de marine, par un officier, auquel il donna la croix de Saint-Louis pour récompense. (Tome III du *Siècle*, page 323.)

Que le grand-père de l'empereur, aujourd'hui régnant, avait, ainsi que sa maison, des empoisonneurs à gages. (Tome II, page 345.)

Les calomnies absurdes contre le duc d'Orléans, régent du royaume, sont encore plus exécrables ; on ne veut pas en souiller le papier. Les enfants de la Voisin, de Cartouche, et de Damiens, n'auraient jamais osé écrire ainsi, s'ils avaient su écrire. L'ignorance de ce malheureux égalait sa détestable impudence.

Cette ignorance est poussée jusqu'à dire que la loi qui veut que le premier prince du sang hérite de la couronne, au défaut d'un fils du roi, *n'exista jamais*.

Il assure hardiment que le jour que le duc d'Orléans se fit reconnaitre à la cour

Insulte de Louis la mémoire immortelle.
Il croit déshonorer, dans ses obscurs écrits,
Princes, ducs, maréchaux, qui n'en ont rien appris.
Contre le vil croquant tout honnête homme éclate,
Avant que sur sa joue ou sur son omoplate
Des rois et des héros les grands noms soient vengés
Par l'empreinte des lis qu'il a tant outragés.

des pairs régent du royaume, le parlement suivit constamment l'instabilité de ses pensées; que le premier président de Maisons était prêt à former un parti pour le duc du Maine, quoiqu'il n'y ait jamais eu de premier président de ce nom.

Toutes ces inepties, écrites du style d'un laquais qui veut faire le bel esprit et l'homme important, furent reçues comme elles le méritaient : on n'y prit pas garde; mais on chercha le malheureux qui pour un peu d'argent avait tant vomi de calomnies atroces contre toute la famille royale, contre les ministres, les généraux, et les plus honnêtes gens du royaume. Le gouvernement fut assez indulgent pour se contenter de le faire enfermer dans un cachot, le 24 avril 1753. Vous m'apprenez dans votre lettre qu'il fut enfermé deux fois ; c'est ce que j'ignorais.

Après avoir publié ces horreurs, il se signala par un autre libelle intitulé *Mes Pensées,* dans lequel il insulta nommément MM. d'Erlach, de Watteville, de Diesbach, de Sinner, et d'autres membres du conseil souverain de Berne, qu'il n'avait jamais vus. Il voulut ensuite en faire une nouvelle édition; M. le comte d'Erlach en écrivit en France, où La Beaumelle était pour lors; on l'exila dans le pays des Cévennes, dont il est natif. Je ne vous parle, monsieur, que papiers sur table et preuves en main.

Il avait outragé la maison de Saxe dans le même libelle (p. 108), et s'était enfui de Gotha avec une femme de chambre qui venait de voler sa maitresse.

Lorsqu'il fut en France, il demanda un certificat de Mme la duchesse de Gotha. Cette princesse lui fit expédier celui-ci :

« On se rappelle très-bien que vous partîtes d'ici avec la gouvernante des enfants d'une dame de Gotha, qui s'éclipsa furtivement avec vous après avoir volé sa maitresse; ce dont tout le public est pleinement instruit ici. Mais nous ne disons pas que vous ayez part à ce vol. A Gotha, 24 juillet 1767. *Signé :* Rousseau, conseiller aulique de Son Altesse Sérénissime. »

Son Altesse eut la bonté de m'envoyer la copie de cette attestation, et m'écrivit ensuite ces propres mots, le 15 auguste 1767 : « Que vous êtes aimable d'entrer si bien dans mes vues au sujet de ce misérable La Beaumelle ! Croyez-moi, nous ne pouvons rien faire de plus sage que de l'abandonner, lui et son aventurière, etc. » Je garde les originaux de ces lettres, écrites de la main de Mme la duchesse de Gotha. Je pourrais alléguer des choses beaucoup plus graves; mais comme elles pourraient être trop funestes à cet homme, je m'arrête par pitié.

Voilà une petite partie du procès bien constatée. Je vous en fais juge, monsieur, et je m'en rapporte à votre équité.

Dans ce cloaque d'infamies, sur lequel j'ai été forcé de jeter les yeux un moment, j'ai été bien consolé par votre souvenir. Je vous souhaite du fond de mon cœur une vieillesse plus heureuse que la mienne, sous laquelle je succombe dans des souffrances continuelles.

J'ai l'honneur d'être, etc.

Nous n'ajouterons rien à une lettre aussi authentique et aussi décisive. Nous nous contenterons de féliciter notre auteur philosophe d'avoir pour ennemis de tels misérables. (*Note de Voltaire,* 1771.)

10. — ÉPITRES. 28

Ces serpents odieux de la littérature,
Abreuvés de poisons et rampant dans l'ordure,
Sont toujours écrasés sous les pieds des passants.
Vive le cygne heureux qui, par ses doux accents,
Célébra les saisons, leurs dons, et leurs usages,
Les travaux, les vertus, et les plaisirs des sages!
Vainement de Dijon l'impudent écolier[1]
Coassa contre lui du fond de son bourbier.
Nous laissons le champ libre à ces petits critiques,
De l'ivrogne Fréron disciples faméliques,
Qui, ne pouvant apprendre un honnête métier,
Devers Saint-Innocent vont salir du papier,
Et sur les dons des dieux porter leurs mains impies;
Animaux malfaisants, semblables aux harpies,
De leurs ongles crochus et de leur souffle affreux
Gâtant un bon dîner qui n'était pas pour eux.

1. Un nommé Clément, jeune homme, fils d'un procureur de Dijon, et ci-devant maître de quartier dans une pension, a fait un livre entier contre M. de Saint-Lambert, M. Delille, M. Dorat, M. Watelet, et M. Lemierre. Ce jeune homme s'est avisé de dicter des arrêts du haut d'un tribunal qu'il s'est érigé. Il commence par prononcer qu'il ne faut point traduire Virgile en vers; et ensuite il décide que M. Delille a fort mal traduit les *Géorgiques*. Sa traduction est pourtant, de l'aveu de tous les connaisseurs, la meilleure qui ait été faite dans aucune langue, et il y en a eu quatre éditions en deux ans. Ce Clément, sans respect pour le public, décide d'un ton de maître que tel vers est ridicule, tel autre plat, tel autre grossier, sans alléguer la plus faible raison. Il ressemble à ces juges qui ne motivent jamais leurs arrêts.

Nous ne connaissons point ce critique, nous ne connaissons point M. Delille; mais nous remercions M. Delille du plaisir qu'il nous a fait. Nous avouons qu'il a égalé Virgile en plusieurs endroits, et qu'il a vaincu les plus grandes difficultés. Nous osons dire qu'il a rendu un signalé service à la langue française, et Clément n'en a rendu qu'à l'envie.

Il attaque avec plus d'orgueil encore l'estimable poëme des *Saisons*, de M. de Saint-Lambert. Mais quel chef-d'œuvre avait fait ce Clément pour être en droit de condamner si fièrement? à quels bons ouvrages avait-il donné la vie, pour être en droit de porter ainsi des arrêts de mort? Il avait lu une tragédie de sa façon aux comédiens de Paris, qui ne purent en écouter que deux actes. Le *pauvre diable*, mourant de honte et de faim, se fit satirique pour avoir du pain. Vous trouverez dans l'histoire du *Pauvre Diable* la véritable histoire de tous ces petits écoliers qui, ne pouvant rien faire, se mettent à juger ce que les autres font. (*Note de Voltaire*, 1771.)

ÉPITRE CXI.

A L'IMPÉRATRICE DE RUSSIE, CATHERINE II.

(1771)

Élève d'Apollon, de Thémis, et de Mars,
Qui sur ton trône auguste as placé les beaux-arts,
Qui penses en grand homme, et qui permets qu'on pense ;
Toi qu'on voit triompher du tyran de Byzance,
Et des sots préjugés, tyrans plus odieux,
Prête à ma faible voix des sons mélodieux ;
A mon feu qui s'éteint rends sa clarté première :
C'est du Nord aujourd'hui que nous vient la lumière [1].
On m'a trop accusé d'aimer peu Moustapha,
Ses vizirs, ses divans, son mufti, ses fetfa.
Fetfa ! ce mot arabe est bien dur à l'oreille ;
On ne le trouve point chez Racine et Corneille :
Du dieu de l'harmonie il fait frémir l'archet.
On l'exprime en français par *lettres de cachet.*
Oui, je les hais, madame, il faut que je l'avoue.
Je ne veux point qu'un Turc à son plaisir se joue
Des droits de la nature et des jours des humains ;
Qu'un bacha dans mon sang trempe à son gré ses mains ;
Que, prenant pour sa loi sa pure fantaisie,
Le vizir au bacha puisse arracher la vie,
Et qu'un heureux sultan, dans le sein du loisir,
Ait le droit de serrer le cou de son vizir.
Ce code en mon esprit fait naître des scrupules.
Je ne saurais souffrir les affronts ridicules
Que d'un faquin châtré [2] les grossières hauteurs

1. Voltaire écrivait à l'impératrice le 27 février 1767 : *Un temps viendra... où toute la lumière nous viendra du Nord.*

2. Le chiaoux-bacha, qui est d'ordinaire un eunuque blanc, veut toujours prendre la main sur l'ambassadeur, quand il vient le complimenter. Quand le grand-eunuque noir marche, il faut, si un ambassadeur se trouve sur son passage, qu'il s'arrête jusqu'à ce que tout le cortége de l'eunuque soit passé. Il en est à plus forte raison de même avec le grand-vizir, les deux cadileskers, et le mufti ; mais l'excès de l'insolence barbare est de faire enfermer au château des Sept-Tours les ambassa-

Font subir gravement à nos ambassadeurs.
Tu venges l'univers en vengeant la Russie.
Je suis homme, je pense; et je te remercie.

Puissent les dieux surtout, si ces dieux éternels
Entrent dans les débats des malheureux mortels,
Puissent ces purs esprits émanés du grand Être,
Ces moteurs des destins, ces confidents du maître,
Que jadis dans la Grèce imagina Platon,
Conduire tes guerriers aux champs de Marathon [1],
Aux remparts de Platée, aux murs de Salamine!
Que, sortant des débris qui couvrent sa ruine,
Athènes ressuscite à ta puissante voix.

Rends-lui son nom, ses dieux, ses talents, et ses lois.
Les descendants d'Hercule et la race d'Homère,
Sans cœur et sans esprit couchés dans la poussière,
A leurs divins aïeux craignant de ressembler,

deurs des puissances auxquelles ils veulent faire la guerre. Le sultan Moustapha, avant de déclarer la guerre à la Russie, a commencé par mettre en prison le président Obreskow, au mépris du droit des gens. (*Note de Voltaire*, 1771.)

1. On connaît assez les batailles de Marathon, de Platée, et de Salamine. La victoire de Marathon fut remportée par Miltiade et neuf autres chefs ses collègues, qui n'avaient que dix mille Athéniens contre cent mille hommes de pied et dix mille cavaliers, commandés par les généraux du roi de Perse, Darius. Cet événement ressemble à la bataille de Poitiers; mais ce qui rend la victoire des Grecs plus étonnante, c'est qu'ils n'étaient point retranchés comme les Anglais l'étaient auprès de Poitiers, et qu'ils attaquèrent les ennemis. Au reste, il n'est pas bien sûr que les Perses fussent au nombre de cent dix mille; il faut toujours rabattre de ces exagérations.

La bataille de Salamine est un combat naval dans lequel Thémistocle défit la flotte de Xerxès, après que ce monarque eut réduit en cendres la ville d'Athènes. Cette journée est encore plus surprenante; les Athéniens, avant cette guerre, n'avaient jamais combattu en mer.

C'est à peu près ainsi que la petite flotte de l'impératrice Catherine II, sous le commandement du comte Alexis Orlof, a détruit entièrement la flotte ottomane, le 6 juin 1770. Le nom d'Orlof n'est pas si harmonieux que celui de Miltiade, mais doit aller de même à la postérité.

La journée de Platée est semblable à celle de Marathon. Aristide et Pausanias, avec environ soixante mille Grecs, défirent entièrement une armée de cinq cent mille Perses, selon Diodore de Sicile; supposé qu'une armée de cinq cent mille hommes ait pu se mettre en ordre de bataille dans les défilés dont la Grèce est coupée. Mardonius, chef de l'armée persane, y fut tué; supposé qu'un Perse se soit jamais appelé Mardonius, ce qui est aussi ridicule que si on l'avait appelé Villars ou Turenne.

Xerxès possédait les mêmes pays que Moustapha. Le comte de Romanzow a battu le grand-vizir turc, comme Pausanias et Aristide battirent celui de Xerxès; mais il n'a pas eu affaire à cinq cent mille Turcs; nous sommes plus modestes aujourd'hui. (*Id.*, 1771.)

Sont des fripons rampants[1] qu'un aga fait trembler.
Ainsi, dans la cité d'Horace et de Scévole,
On voit des récollets aux murs du Capitole;
Ainsi, cette Circé, qui savait dans son temps
Disposer de la lune et des quatre éléments,
Gourmandant la nature au gré de son caprice,
Changeait en chiens barbets les compagnons d'Ulysse.
Tu changeras les Grecs en guerriers généreux;
Ton esprit à la fin se répandra sur eux.
Ce n'est point le climat qui fait ce que nous sommes.
    Pierre était créateur, il a formé des hommes.
Tu formes des héros... Ce sont les souverains
Qui font le caractère et les mœurs des humains.
Un grand homme du temps a dit dans un beau livre :
« Quand Auguste buvait, la Pologne était ivre[2]. »
Ce grand homme a raison : les exemples d'un roi
Feraient oublier Dieu, la nature, et la loi.
Si le prince est un sot, le peuple est sans génie.
    Qu'un vieux sultan s'endorme avec ignominie
Dans les bras de l'orgueil et d'un repos fatal,
Ses bachas assoupis le serviront fort mal.
Mais Catherine veille au milieu des conquêtes;
Tous ses jours sont marqués de combats et de fêtes :
Elle donne le bal, elle dicte des lois,
De ses braves soldats dirige les exploits,
Par les mains des beaux-arts enrichit son empire,
Travaille jour et nuit, et daigne encor m'écrire;
Tandis que Moustapha, caché dans son palais,
Bâille, n'a rien à faire, et ne m'écrit jamais.
    Si quelque chiaoux lui dit que Sa Hautesse
A perdu cent vaisseaux dans les mers de la Grèce,
Que son vizir battu s'enfuit très à propos,
Qu'on lui prend la Dacie, et Nimphée, et Colchos,

1. Ceci ne doit pas s'entendre de tous les Grecs, mais de ceux qui n'ont pas
secondé les Russes comme ils devaient. (*Note de Voltaire*, 1771.)

2. Ce vers cité est du roi de Prusse : il est dans une épitre à son frère.

> Lorsque Auguste buvait, la Pologne était ivre;
> Lorsque le grand Louis brûlait d'un tendre amour,
> Paris devint Cythère, et tout suivit la cour :
> Quand il se fit dévot, ardent à la prière,
> Le lâche courtisan marmotta son bréviaire.

(Id., 1771.)

Colchos, où Mithridate expira sous Pompée[1] ;
De tous ces vains propos mon âme est peu frappée :
Jamais de Mithridate il n'entendit parler.
Il prend sa pipe, il fume ; et, pour se consoler,
Il va dans son harem, où languit sa maîtresse,
Fatiguer ses appas de sa molle faiblesse.
Son vieil eunuque noir, témoin de son transport,
Lui dit qu'il est Hercule ; il le croit, et s'endort.
O sagesse des dieux ! je te crois très-profonde :
Mais à quels plats tyrans as-tu livré le monde[2] !
Achève, Catherine, et rends tes ennemis,
Le Grand Turc, et les sots, éclairés et soumis.

ÉPITRE CXII.

AU ROI DE SUÈDE, GUSTAVE III.

(1771)

Gustave, jeune roi, digne de ton grand nom,
Je n'ai donc pu goûter le plaisir et la gloire
De voir dans mes déserts, en mon humble maison,
Le fils de ce héros que célébra l'histoire[3] !
J'aurais cru ressembler à ce vieux Philémon,
Qui recevait les dieux dans son pauvre ermitage.
Je les aurais connus à leur noble langage,
A leurs mœurs, à leurs traits, surtout à leur bonté[4] ;
Ils n'auraient point rougi de ma simplicité ;

1. Pompée défit Mithridate sur la route de l'Ibérie à la Colchide ; mais Mithridate se donna la mort à Panticapée. (*Note de Voltaire*, 1771.)

2. Encore un vers qu'on répète bien souvent. Voltaire avait déjà dit dans le *Triumvirat*, tome V du *Théâtre*, page 185 :

> A quels maîtres, grands dieux, livrez-vous l'univers !

3. Le prince royal de Suède était venu à Paris en 1771, et se proposait d'aller à Ferney, lorsque la nouvelle de la mort du roi son père le rappela tout à coup à Stockholm.

4. Le prince son frère était avec lui. (*Note de Voltaire*, 1771.)

Et Gustave surtout, pour le prix de mon zèle,
N'aurait jamais changé mon logis en chapelle.
Je serais peu content que le pouvoir divin
En un dortoir béni transformât mon jardin,
De ma salle à manger fît une sacristie :
La grand'messe pour moi n'a que peu d'harmonie ;
En vain mes chers vassaux me croiraient honoré
Si le seigneur du lieu devenait leur curé.
J'ai le cœur très-profane, et je sais me connaître ;
Je ne me flatte pas de me voir jamais prêtre ;
Si Philémon le fut pour un mauvais souper,
L'éclat de ce haut rang ne saurait me frapper.
   Le grand roi des Bretons, qu'à Saint-Pierre on condamne,
Est le premier prélat de l'église anglicane.
Sur les bords du Volga Catherine tient lieu
D'un grave patriarche, ou, si l'on veut, de Dieu.
De cette ambition je n'ai point l'âme éprise,
Et je suis tout au plus serviteur de l'Église.
J'aurais mis mon bonheur à te faire ma cour,
A contempler de près tout l'esprit de ta mère,
Qui forma tes beaux ans dans le grand art de plaire ;
A revoir Sans-Souci, ce fortuné séjour
Où règnent la Victoire et la Philosophie,
Où l'on voit le Pouvoir avec la Modestie.
Jeune héros du Nord, entouré de héros,
A ces nobles plaisirs je ne puis plus prétendre ;
Il ne m'est pas permis de te voir, de t'entendre.
Je reste en ma chaumière, attendant qu'Atropos
Tranche le fil usé de ma vie inutile ;
Et je crie aux Destins, du fond de mon asile :
« Destins, qui faites tout, et qui trompez nos vœux,
Ne trompez pas les miens, rendez Gustave heureux. »

ÉPITRE CXIII.

BENALDAKI A CARAMOUFTÉE[1],

FEMME DE GIAFAR LE BARMÉCIDE.

(1771)

De Barmécide épouse généreuse,
Toujours aimable, et toujours vertueuse,
Quand vous sortez des rêves de Bagdat,
Quand vous quittez leur faux et triste éclat,
Et que, tranquille aux champs de la Syrie,
Vous retrouvez votre belle patrie ;
Quand tous les cœurs en ces climats heureux
Sont sur la route et vous suivent tous deux,
Votre départ est un triomphe auguste ;
Chacun bénit Barmécide le juste,
Et la retraite est pour vous une cour [2].
Nul intérêt ; vous régnez par l'amour :
Un tel empire est le seul qui vous flatte.
   Je vis hier, sur les bords de l'Euphrate,
Gens de tout âge et de tous les pays ;
Je leur disais : « Qui vous a réunis ?
— C'est Barmécide. — Et toi, quel dieu propice
T'a relevé du fond du précipice ?
— C'est Barmécide. — Et qui t'a décoré
De ce cordon dont je te vois paré ?
Toi, mon ami, de qui tiens-tu ta place,
Ta pension ? Qui t'a fait cette grâce ?
— C'est Barmécide. Il répandait le bien
De son calife, et prodiguait le sien. »
Et les enfants répétaient : « Barmécide ! »
Ce nom sacré sur nos lèvres réside

---

1. Cette épitre a été écrite à Mme la duchesse de Choiseul, à l'occasion de la disgrâce de son mari. (K.) — Voltaire envoya cette épitre à Mme du Deffant le 19 janvier 1771 ; mais elle ne fut pas imprimée sur-le-champ. (B.)

2. On sait que ce fut comme une procession à Chanteloup, où s'était retiré Choiseul.

Comme en nos cœurs. Le calife à ce bruit,
Qui redoublait encor pendant la nuit,
Nous défendit de crier davantage.
Chacun se tut, ainsi qu'il est d'usage ;
Mais les échos répétaient mille fois :
« C'est Barmécide! » et leur bruyante voix
Du doux sommeil priva, pour son dommage,
Le commandeur des croyants de notre âge.
Au point du jour, alors qu'il s'endormit,
Tout en rêvant, le calife redit :
« C'est Barmécide! » et bientôt sa sagesse
A rappelé sa première tendresse[1].

ÉPITRE CXIV.

A HORACE[2].

(1772)

Toujours ami des vers, et du diable poussé,
Au rigoureux Boileau j'écrivis l'an passé.
Je ne sais si ma lettre aurait pu lui déplaire ;
Mais il me répondit par un plat secrétaire[3],
Dont l'écrit froid et long, déjà mis en oubli,
Ne fut jamais connu que de l'abbé Mably[4].

1. En dépit de cette épître, Choiseul n'en rompit pas moins avec Voltaire, qui soutenait la politique de Maupeou.

2. On a donné à cette épître la date de 1771. Voltaire était occupé à la composer en auguste 1772 ; voyez la lettre à Chabanon, du 30 auguste 1772. Il dut la finir en septembre.

Laharpe a fait une réponse à cette épître : elle est intitulée *Horace à Voltaire ;* imprimée d'abord séparément, puis réimprimée avec l'*Épître à Horace,* et comprise dans le tome XIV des *Nouveaux Melanges* (par Voltaire), elle fait partie des Œuvres de Laharpe. (B.)

3. Ces mots *plat secrétaire* désignent Clément de Dijon, et font allusion à son épitre de *Boileau à Voltaire.* Voyez la note 1 de la page 397.

4. M. l'abbé de Mably, frère de l'abbé de Condillac. Il avait donné d'excellentes *Observations sur l'Histoire de France,* et un grand nombre d'autres ouvrages qui respirent l'amour de la vertu. On peut lui reprocher d'avoir quelquefois montré de

Je t'écris aujourd'hui, voluptueux Horace,
A toi qui respiras la mollesse et la grâce,
Qui, facile en tes vers, et gai dans tes discours,
Chantas les doux loisirs, les vins, et les amours,
Et qui connus si bien cette sagesse aimable
Que n'eut point de Quinault le rival intraitable.
    Je suis un peu fâché pour Virgile et pour toi
Que, tous deux nés Romains, vous flattiez tant un roi.
Mon Frédéric du moins, né roi très-légitime,
Ne doit point ses grandeurs aux bassesses du crime.
Ton maître était un fourbe, un tranquille assassin ;
Pour voler son tuteur, il lui perça le sein ;
Il trahit Cicéron, père de la patrie ;
Amant incestueux de sa fille Julie,
De son rival Ovide il proscrivit les vers,
Et fit transir sa muse au milieu des déserts.
Je sais que prudemment ce politique Octave
Payait l'heureux encens d'un plus adroit esclave.
Frédéric exigeait des soins moins complaisants :
Nous soupions avec lui sans lui donner d'encens ;
De son goût délicat la finesse agréable
Faisait, sans nous gêner, les honneurs de sa table :
Nul roi ne fut jamais plus fertile en bons mots
Contre les préjugés, les fripons, et les sots.
Maupertuis gâta tout : l'orgueil philosophique
Aigrit de nos beaux jours la douceur pacifique.
Le Plaisir s'envola ; je partis avec lui.
    Je cherchai la retraite. On disait que l'Ennui
De ce repos trompeur est l'insipide frère.
Oui, la retraite pèse à qui ne sait rien faire ;
Mais l'esprit qui s'occupe y goûte un vrai bonheur.
Tibur était pour toi la cour de l'empereur ;
Tibur, dont tu nous fais l'agréable peinture,
Surpassa les jardins vantés par Épicure.
Je crois Ferney plus beau. Les regards étonnés,
Sur cent vallons fleuris doucement promenés,
De la mer de Genève admirent l'étendue ;

l'humeur contre **M. de Voltaire** et d'autres hommes de lettres qui devaient lui être
chers, puisqu'ils avaient le même but que lui, et défendaient la même cause. Sa
conduite a toujours été digne de ses ouvrages; et la protection passagère qu'il eut
la faiblesse d'accorder à l'écolier de Dijon n'a été qu'une erreur d'un moment. (K.)

Et les Alpes de loin, s'élevant dans la nue,
D'un long amphithéâtre enferment ces coteaux
Où le pampre en festons rit parmi les ormeaux.
Là quatre États divers arrêtent ma pensée :
Je vois de ma terrasse, à l'équerre tracée,
L'indigent Savoyard, utile en ses travaux,
Qui vient couper mes blés pour payer ses impôts ;
Des riches Genevois les campagnes brillantes ;
Des Bernois valeureux les cités florissantes ;
Enfin cette Comté, franche aujourd'hui de nom,
Qu'avec l'or de Louis conquit le grand Bourbon :
Et du bord de mon lac à tes rives du Tibre,
Je te dis, mais tout bas : Heureux un peuple libre !
    Je le suis en secret dans mon obscurité ;
Ma retraite et mon âge ont fait ma sûreté.
D'un pédant d'Annecy j'ai confondu la rage[1] ;
J'ai ri de sa sottise : et quand mon ermitage
Voyait dans son enceinte arriver à grands flots
De cent divers pays les belles, les héros,
Des rimeurs, des savants, des têtes couronnées,
Je laissais du vilain les fureurs acharnées
Hurler d'une voix rauque au bruit de mes plaisirs.
Mes sages voluptés n'ont point de repentirs.
J'ai fait un peu de bien ; c'est mon meilleur ouvrage.
Mon séjour est charmant, mais il était sauvage ;
Depuis le grand édit[2], inculte, inhabité,
Ignoré des humains, dans sa triste beauté ;
La nature y mourait : je lui portai la vie ;
J'osai ranimer tout. Ma pénible industrie
Rassembla des colons par la misère épars ;
J'appelai les métiers, qui précèdent les arts ;
Et, pour mieux cimenter mon utile entreprise,
J'unis le protestant avec ma sainte Église.
    Toi qui vois d'un même œil frère Ignace et Calvin,

1. Voyez la note 2 de la page 406.
2. A la révocation de l'édit de Nantes, tous les principaux habitants du petit
pays de Gex passèrent à Genève et dans les terres helvétiques. Cette langue de
terre, qui est dans la plus belle situation de l'Europe, fut déserte ; elle se couvrit
de marais ; il y eut quatre-vingts charrues de moins ; plus d'un village fut réduit à
une ou deux maisons ; tandis que Genève, par sa seule industrie et presque sans
territoire, a su acquérir plus de quatre millions de rentes en contrats sur la
France, sans compter ses manufactures et son commerce. (*Note de Voltaire*, 1773.)

Dieu tolérant, Dieu bon, tu bénis mon dessein !
André Ganganelli, ton sage et doux vicaire,
Sait m'approuver en roi, s'il me blâme en saint-père.
L'ignorance en frémit, et Nonotte hébété
S'indigne en son taudis de ma félicité.
 Ne me demande pas ce que c'est qu'un Nonotte,
Un Ignace, un Calvin, leur cabale bigote,
Un prêtre, roi de Rome, un pape, un vice-dieu,
Qui, deux clefs à la main, commande au même lieu
Où tu vis le sénat aux genoux de Pompée,
Et la terre en tremblant par César usurpée.
Aux champs élysiens tu dois en être instruit.
Vingt siècles descendus dans l'éternelle nuit
T'ont dit comme tout change, et par quel sort bizarre
Le laurier des Trajans fit place à la tiare :
Comment ce fou d'Ignace, étrillé dans Paris,
Fut mis au rang des saints, même des beaux esprits ;
Comment il en déchût, et par quelle aventure
Nous vint l'abbé Nonotte après l'abbé de Pure.
Ce monde, tu le sais, est un mouvant tableau
Tantôt gai, tantôt triste, éternel, et nouveau.
L'empire des Romains finit par Augustule ;
Aux horreurs de la Fronde a succédé la bulle :
Tout passe, tout périt, hors ta gloire et ton nom.
C'est là le sort heureux des vrais fils d'Apollon :
Tes vers en tout pays sont cités d'âge en âge.
 Hélas ! je n'aurai point un pareil avantage.
Notre langue un peu sèche, et sans inversions,
Peut-elle subjuguer les autres nations?
Nous avons la clarté, l'agrément, la justesse ;
Mais égalerons-nous l'Italie et la Grèce?
Est-ce assez en effet d'une heureuse clarté,
Et ne péchons-nous pas par l'uniformité?
Sur vingt tons différents tu sus monter ta lyre :
J'entends ta Lalagé, je vois son doux sourire ;
Je n'ose te parler de ton Ligurinus,
Mais j'aime ton Mécène, et ris de Catius.
 Je vois de tes rivaux l'importune phalange :
Sous tes traits redoublés enterrés dans la fange,
Que pouvaient contre toi ces serpents ténébreux ?
Mécène et Pollion te défendaient contre eux.
Il n'en est pas ainsi chez nos Welches modernes.

Un vil tas de grimauds, de rimeurs subalternes,
A la cour quelquefois a trouvé des prôneurs ;
Ils font dans l'antichambre entendre leurs clameurs.
Souvent, en balayant dans une sacristie,
Ils traitent un grand roi d'hérétique et d'impie[1].
L'un dit que mes écrits, à Cramer bien vendus,
Ont fait dans mon épargne entrer cent mille écus ;
L'autre, que j'ai traité la *Genèse* de fable,
Que je n'aime point Dieu, mais que je crains le diable.
Soudain Fréron l'imprime ; et l'avocat Marchand[2]
Prétend que je suis mort, et fait mon testament.
Un autre moins plaisant, mais plus hardi faussaire,
Avec deux faux témoins s'en va chez un notaire,
Au mépris de la langue, au mépris de la hart,
Rédiger mon symbole en patois savoyard[3].

Ainsi lorsqu'un pauvre homme, au fond de sa chaumière,
En dépit de Tissot[4] finissait sa carrière,
On vit avec surprise une troupe de rats
Pour lui ronger les pieds se glisser dans ses draps.

Chassons loin de chez moi tous ces rats du Parnasse ;
Jouissons, écrivons, vivons, mon cher Horace.
J'ai déjà passé l'âge où ton grand protecteur,
Ayant joué son rôle en excellent acteur,
Et sentant que la mort assiégeait sa vieillesse,
Voulut qu'on l'applaudît lorsqu'il finit sa pièce.
J'ai vécu plus que toi ; mes vers dureront moins.
Mais au bord du tombeau je mettrai tous mes soins
A suivre les leçons de ta philosophie,
A mépriser la mort en savourant la vie,

1. Parmi les calomnies dont on a régalé l'auteur, selon l'usage établi, on a imprimé dans vingt libelles qu'il avait gagné quatre ou cinq cent mille francs à vendre ses ouvrages. C'est beaucoup ; mais aussi d'autres écrivains ont assuré qu'après sa mort ses écrits n'auraient plus de débit, et cela les console. (*Note de Voltaire*, 1773.)

2. Marchand, avocat de Paris, s'est amusé à faire le prétendu testament de l'auteur, et plusieurs personnes y ont été trompées. (*Id.*, 1773.)

3. Il y eut en effet, le 15 avril 1768, une déclaration faite par-devant notaire, d'une prétendue profession de foi que des polissons inconnus disaient avoir entendu prononcer. Les faussaires qui rédigèrent cette pièce, écrite d'un style ridicule, ne poussèrent pas leur insolence jusqu'à prétendre qu'elle fût signée par l'auteur. (*Id.*, 1773.) — Voyez la vie de M. de Voltaire. —Voyez aussi la lettre à d'Alembert, du 24 mai 1769.

4. Célèbre médecin de Lausanne, capitale du pays roman. (*Id.*, 1773.)

A lire tes écrits pleins de grâce et de sens,
Comme on boit d'un vin vieux qui rajeunit les sens.
    Avec toi l'on apprend à souffrir l'indigence,
A jouir sagement d'une honnête opulence,
A vivre avec soi-même, à servir ses amis,
A se moquer un peu de ses sots ennemis,
A sortir d'une vie ou triste ou fortunée,
En rendant grâce aux dieux de nous l'avoir donnée.
Aussi lorsque mon pouls, inégal et pressé,
Faisait peur à Tronchin, près de mon lit placé;
Quand la vieille Atropos, aux humains si sévère,
Approchait ses ciseaux de ma trame légère,
Il a vu de quel air je prenais mon congé;
Il sait si mon esprit, mon cœur était changé.
Huber[1] me faisait rire avec ses pasquinades,
Et j'entrais dans la tombe au son de ses aubades.
    Tu dus finir ainsi. Tes maximes, tes vers,
Ton esprit juste et vrai, ton mépris des enfers[2],
Tout m'assure qu'Horace est mort en honnête homme.
Le moindre citoyen mourait ainsi dans Rome.
Là, jamais on ne vit monsieur l'abbé Grisel
Ennuyer un malade au nom de l'Éternel;
Et, fatiguant en vain ses oreilles lassées,
Troubler d'un sot effroi ses dernières pensées.
    Voulant réformer tout, nous avons tout perdu.
Quoi donc! un vil mortel, un ignorant tondu,
Au chevet de mon lit viendra, sans me connaître,
Gourmander ma faiblesse, et me parler en maître!

1. Neveu de la célèbre Mlle Huber, auteur de *la Religion essentielle à l'homme*, livre très-profond. M. Huber avait le talent de faire des portraits en caricature, et même de les faire en papier avec des ciseaux. (*Note de Voltaire*, 1771.)
— « Dans l'*Épître à Horace*, dit Grimm, M. de Voltaire parle de M. Huber, et le cite avec M. Tronchin, pour garant de la bonne grâce avec laquelle il avait pris son parti, lorsqu'il se croyait près de sa fin. J'ai fait comparaître ces deux témoins à mon audience pour avoir communication des faits. Les deux témoins sont d'accord que le mourant faisait tant de plaisanteries, il disait tant de folies, qu'il y avait de quoi étouffer de rire. »
Et Grimm dit encore à propos d'Huber : « Il a consacré son pinceau presque entièrement à M. de Voltaire, avec qui il vit depuis dix-huit ou vingt ans; mais celui-ci, qui est très-enfant sur ce point, ne lui en a jamais su bon gré, et il a toujours cherché à décrier les tableaux d'Huber comme des caricatures. »
2. On devait sans doute mépriser les enfers des païens, qui n'étaient que des fables ridicules; mais l'auteur ne méprise pas les enfers des chrétiens, qui sont la vérité même constatée par l'Église. (*Id.*, 1771.)

Ne suis-je pas en droit de rabaisser son ton,
En lui faisant moi-même un plus sage sermon?
A qui se porte bien qu'on prêche la morale :
Mais il est ridicule en notre heure fatale
D'ordonner l'abstinence à qui ne peut manger.
Un mort dans son tombeau ne peut se corriger.
Profitons bien du temps : ce sont là tes maximes.
  Cher Horace, plains-moi de les tracer en rimes;
La rime est nécessaire à nos jargons nouveaux,
Enfants demi-polis des Normands et des Goths.
Elle flatte l'oreille; et souvent la césure
Plaît, je ne sais comment, en rompant la mesure.
Des beaux vers pleins de sens le lecteur est charmé.
Corneille, Despréaux, et Racine, ont rimé.
Mais j'apprends qu'aujourd'hui Melpomène propose
D'abaisser son cothurne, et de parler en prose[1].

ÉPITRE CXV.

AU ROI DE SUÈDE, GUSTAVE III[2].

(1772)

  Jeune et digne héritier du grand nom de Gustave,
Sauveur d'un peuple libre, et roi d'un peuple brave,
Tu viens d'exécuter tout ce qu'on a prévu :
Gustave a triomphé sitôt qu'il a paru.
On t'admire aujourd'hui, cher prince, autant qu'on t'aime.
Tu viens de ressaisir les droits du diadème[3].

1. Allusion au drame de Sedaine.
2. Sur le coup d'État que fit ce prince contre son sénat.
— La révolution de Suède est du 19 auguste 1772. L'épître au roi de Suède ne
peut donc être au plus tôt que de septembre.
3. La question ne se réduit pas à savoir si le peuple suédois était réellement
opprimé par le sénat : dans ce cas on peut, sans doute, excuser la révolution ;
mais elle n'en devient pas plus juste. L'abus qu'un autre fait d'un pouvoir même
usurpé ne me donne pas le droit de m'en emparer. (K.)

Et quels sont en effet ses véritables droits ?
De faire des heureux en protégeant les lois ;
De rendre à son pays cette gloire passée
Que la Discorde obscure a longtemps éclipsée ;
De ne plus distinguer ni bonnets ni chapeaux[1],
Dans un trouble éternel infortunés rivaux ;
De couvrir de lauriers ces têtes égarées
Qu'à leurs dissensions la haine avait livrées,
Et de les réunir sous un roi généreux :
Un État divisé fut toujours malheureux.
De sa liberté vaine il vante le prestige ;
Dans son illusion sa misère l'afflige :
Sans force, sans projets pour la gloire entrepris,
De l'Europe étonnée il devient le mépris.
Qu'un roi ferme et prudent prenne en ses mains les rênes,
Le peuple avec plaisir reçoit ses douces chaînes ;
Tout change, tout renaît, tout s'anime à sa voix :
On marche alors sans crainte aux pénibles exploits.
On soutient les travaux, on prend un nouvel être,
Et les sujets enfin sont dignes de leur maître.

ÉPITRE CXVI.

A MONSIEUR MARMONTEL.

(1773)

Mon très-aimable successeur,
De la France historiographe,
Votre indigne prédécesseur
Attend de vous son épitaphe.
   Au bout de quatre-vingts hivers,
Dans mon obscurité profonde,
Enseveli dans mes déserts,
Je me tiens déjà mort au monde.

1. Il y avait en Suède le parti des bonnets et celui des chapeaux.

Mais sur le point d'être jeté
Au fond de la nuit éternelle,
Comme tant d'autres l'ont été,
Tout ce que je vois me rappelle
A ce monde que j'ai quitté.

Si vers le soir un triste orage
Vient ternir l'éclat d'un beau jour,
Je me souviens qu'à votre cour
Le temps change encor davantage.

Si mes paons de leur beau plumage
Me font admirer les couleurs,
Je crois voir nos jeunes seigneurs
Avec leur brillant étalage;
Et mes coqs d'Inde sont l'image
De leurs pesants imitateurs.

De vos courtisans hypocrites
Mes chats me rappellent les tours;
Les renards, autres chattemittes,
Se glissant dans mes basses-cours,
Me font penser à des jésuites.
Puis-je voir mes troupeaux bêlants
Qu'un loup impunément dévore,
Sans songer à des conquérants
Qui sont beaucoup plus loups encore?

Lorsque les chantres du printemps
Réjouissent de leurs accents
Mes jardins et mon toit rustique,
Lorsque mes sens en sont ravis,
On me soutient que leur musique
Cède aux bémols des Monsignys[1],
Qu'on chante à l'Opéra-Comique.

Quel bruit chez le peuple helvétique!
Brionne[2] arrive; on est surpris,
On croit voir Pallas ou Cypris,
Ou la reine des immortelles:
Mais chacun m'apprend qu'à Paris
Il en est cent presque aussi belles.

---

1. Pierre-Alexandre Monsigny, né en 1729, mort le 14 janvier 1817, a composé la musique d'un grand nombre d'opéras-comiques, du *Déserteur* entre autres.

2. Mère de la princesse de Craon. Il y avait alors (août 1773) affluence de princes et de princesses à Lausanne et à Genève, « soit pour voir Tissot, soit pour se promener », disait Voltaire.

Je lis cet éloge éloquent
Que Thomas a fait savamment
Des dames de Rome et d'Athène[1].
On me dit : « Partez promptement ;
Venez sur les bords de la Seine,
Et vous en direz tout autant,
Avec moins d'esprit et de peine. »
    Ainsi, du monde détrompé,
Tout m'en parle, tout m'y ramène ;
Serais-je un esclave échappé
Que tient encore un bout de chaîne ?
Non, je ne suis point faible assez
Pour regretter des jours stériles,
Perdus bien plutôt que passés
Parmi tant d'erreurs inutiles.
    Adieu, faites de jolis riens,
Vous encor dans l'âge de plaire,
Vous que les Amours et leur mère
Tiennent toujours dans leurs liens.
Nos solides historiens
Sont des auteurs bien respectables ;
Mais à vos chers concitoyens
Que faut-il, mon ami ? des fables.

ÉPITRE CXVII.

A MONSIEUR GUYS[2].

(1776)

Le bon vieillard très-inutile
Que vous nommez Anacréon,

---

1. Thomas venait de publier son *Essai sur le caractère, les mœurs et l'esprit des femmes dans les différents siècles*, 1772, in-8°. — Voyez la critique de cet ouvrage par Diderot, *OEuvres complètes*, édition Garnier frères, t. II, p. 251.

2. Pierre-Augustin Guys, né à Marseille en 1721, mort à Zante en 1799, avait envoyé à Voltaire la seconde édition de son *Voyage littéraire de la Grèce*, 1776, deux volumes in-8°.

Mais qui n'eut jamais de Bathyle,
Et qui ne fit point de chanson,
Loin de Marseille et d'Hélicon
Achève sa pénible vie
Auprès d'un poêle et d'un glaçon,
Sur les montagnes d'Helvétie.
Il ne connaissait que le nom
De cette Grèce si polie.
La bigote Inquisition
S'opposait à sa passion
De faire un tour en Italie.
Il disait aux Treize-Cantons :
« Hélas ! il faut donc que je meure
Sans avoir connu la demeure
Des Virgiles et des Platons ! »
Enfin il se croit au rivage
Consacré par ces demi-dieux :
Il les reconnaît beaucoup mieux
Que s'il avait fait le voyage,
Car il les a vus par vos yeux.

ÉPITRE CXVIII.

A UN HOMME [1].

(1776)

Philosophe indulgent, ministre citoyen,
Qui ne cherchas le vrai que pour faire le bien ;
Qui d'un peuple léger, et trop ingrat peut-être,
Préparais le bonheur et celui de son maître,
Ce qu'on nomme disgrâce a payé tes bienfaits.
Le vrai prix du travail n'est que de vivre en paix.
Ainsi que Lamoignon [2], délivré des orages,

1. M. Turgot. — Il avait été renvoyé du ministère en mai 1776.
2. M. de Malesherbes.

A toi-même rendu, tu n'instruis que les sages ;
Tu n'as plus à répondre aux discours de Paris.
    Je crois voir à la fois Athène et Sybaris
Transportés dans les murs embellis par la Seine :
Un peuple aimable et vain, que son plaisir entraîne,
Impétueux, léger, et surtout inconstant,
Qui vole au moindre bruit, et qui tourne à tout vent,
Y juge les guerriers, les ministres, les princes,
Rit des calamités dont pleurent les provinces,
Clabaude le matin contre un édit du roi,
Le soir s'en va siffler quelque moderne, ou moi,
Et regrette à souper, dans ses turlupinades,
Les divertissements du jour des barricades.
    Voilà donc ce Paris! voilà ces connaisseurs
Dont on veut captiver les suffrages trompeurs!
Hélas! au bord de l'Inde autrefois Alexandre
Disait, sur les débris de cent villes en cendre :
« Ah! qu'il m'en a coûté quand j'étais si jaloux,
Railleurs Athéniens, d'être loué par vous! »
    Ton esprit, je le sais, ta profonde sagesse,
Ta mâle probité n'a point cette faiblesse.
A d'éternels travaux tu t'étais dévoué
Pour servir ton pays, non pour être loué.
Caton, dans tous les temps gardant son caractère,
Mourut pour les Romains sans prétendre à leur plaire.
La sublime vertu n'a point de vanité.
    C'est dans l'art dangereux par Phébus inventé,
Dans le grand art des vers et dans celui d'Orphée,
Que du désir de plaire une muse échauffée
Du vent de la louange excite son ardeur.
Le plus plat écrivain croit plaire à son lecteur.
L'amour-propre a dicté sermons et comédies.
L'éloquent Montazet[1], gourmandant les impies,
N'a point été fâché d'être applaudi par eux :
Nul mortel, en un mot, ne veut être ennuyeux.

---

1. L'archevêque de Lyon venait de publier une instruction pastorale contre l'incrédulité : les incrédules en dirent beaucoup de bien, parce qu'il n'y avait aucune de ces injures qu'un évêque qui a du goût ne doit jamais se permettre, et que d'ailleurs il n'y assurait pas que tout magistrat qui ne brûle pas les philosophes de leur vivant est éternellement brûlé après sa mort : ce que la Sorbonne et les évêques de séminaire ne manquent jamais de dire dans leurs libelles sacrés. (K.) — Voltaire n'a pas toujours parlé respectueusement de Montazet.

Mais où sont les héros dignes de la mémoire,
Qui sachent mériter et mépriser la gloire?

ÉPITRE CXIX.

A MADAME NECKER.

(1776)

J'étais nonchalamment tapi
Dans le creux de cette statue[1]
Contre laquelle a tant glapi
Des méchants l'énorme cohue;
Je voulais d'un écrit galant
Cajoler la belle héroïne
Qui me fit un si beau présent
Du haut de la double colline.
Mais on m'apprend que votre époux,
Qui sur la croupe du Parnasse
S'était mis à côté de vous,
A changé tout à coup de place;
Qu'il va de la cour de Phébus,
Petite cour assez brillante,
A la grosse cour de Plutus,
Plus solide et plus importante.
Je l'aimai lorsque dans Paris
De Colbert il prit la défense,
Et qu'au Louvre il obtint le prix
Que le goût donne à l'éloquence.
A monsieur Turgot j'applaudis,
Quoiqu'il parût d'un autre avis
Sur le commerce et la finance.
Il faut qu'entre les beaux esprits
Il soit un peu de différence;
Qu'à son gré chaque mortel pense;
Qu'on soit honnêtement en France

---

1. Voyez, dans le tome VIII, page 537, les stances à Mme Necker.

Libre et sans fard dans ses écrits.
On peut tout dire, on peut tout croire :
Plus d'un chemin mène à la gloire,
Et quelquefois au paradis.

ÉPITRE CXX.

A MONSIEUR LE MARQUIS DE VILLETTE[1].

(1777)

Mon Dieu! que vos rimes en *ine*
M'ont fait passer de doux moments!
Je reconnais les agréments
Et la légèrcté badine
De tous ces contes amusants
Qui faisaient les doux passe-temps
De ma nièce et de ma voisine.
Je suis sorcier, car je devine
Ce que seront les jeunes gens ;
Et je prévis bien dès ce temps[2]
Que votre muse libertine
Serait philosophe à trente ans :
Alcibiade en son printemps
Était Socrate à la sourdine.
    Plus je relis et j'examine
Vos vers sensés et très-plaisants,
Plus j'y trouve un fond de doctrine[3]
Tout propre à messieurs les savants,
Non pas à messieurs les pédants

1. Voltaire ayant envoyé au marquis de Villette une montre à répétition, à quantième, à secondes, et garnie de son portrait, Villette l'en avait remercié par une épitre dont la première moitié est sur les rimes *ine* et *ents*. (B.)
2. Variante :

Je m'aperçus bien dès ce temps.

3. Variante :

Plus j'y vois un fond de doctrine.

De qui la science chagrine
Est l'éteignoir des sentiments.
  Adieu, réunissez longtemps
La gaîté, la grâce si fine
De vos folâtres enjouements,
Avec ces grands traits de bon sens
Dont la clarté nous illumine.
Je ne crains point qu'une coquine
Vous fasse oublier les absents :
C'est pourquoi je me détermine
A vous ennuyer de mes *ents*,
Entrelacés avec des *ine*.

ÉPITRE CXXI.

A MONSIEUR LE MARQUIS DE VILLETTE[1],

SUR SON MARIAGE.

TRADUCTION D'UNE ÉPITRE DE PROPERCE A TIBULLE, QUI SE MARIAIT AVEC DÉLIE.

Décembre 1777.

Fleuve heureux du Léthé, j'allais passer ton onde,
  Dont j'ai vu si souvent les bords :
Lassé de ma souffrance, et du jour, et du monde,
Je descendais en paix dans l'empire des morts,
      Lorsque Tibulle et Délie
      Avec l'Hymen et l'Amour
      Ont embelli mon séjour,
      Et m'ont fait aimer la vie.
Les glaces de mon cœur ont ressenti leurs feux ;
  La Parque a renoué ma trame désunie ;
      Leur bonheur me rend heureux.

------

1. Cette épitre est imprimée dans le *Journal de politique et de littérature* du
5 décembre 1771. C'est une supposition, de la donner comme une traduction de
Properce. (B.)

Enfin vous renoncez, mon aimable Tibulle,
A ce fracas de Rome, au luxe, aux vanités,
A tous ces faux plaisirs célébrés par Catulle ;
    Et vous osez dans ma cellule
    Goûter de pures voluptés !
    Des petits-maîtres emportés,
    Gens sans pudeur et sans scrupule,
    Dans leurs indécentes gaîtés
    Voudront tourner en ridicule
    La réforme où vous vous jetez.

Sans doute ils vous diront que Vénus la friponne,
La Vénus des soupers, la Vénus d'un moment,
    La Vénus qui n'aime personne,
Qui séduit tant de monde, et qui n'a point d'amant,
Vaut mieux que la Vénus et tendre et raisonnable,
Que tout homme de bien doit servir constamment.
    Ne croyez pas imprudemment
    Cette doctrine abominable.
Aimez toujours Délie : heureux entre ses bras,
    Osez chanter sur votre lyre
    Ses vertus comme ses appas.
Du véritable amour établissez l'empire ;
Les beaux esprits romains ne le connaissent pas.

ÉPITRE CXXII.

A MONSIEUR LE PRINCE DE LIGNE,

SUR LE FAUX BRUIT DE LA MORT DE L'AUTEUR,

ANNONCÉE DANS LA GAZETTE DE BRUXELLES, AU MOIS DE FÉVRIER 1778 [1].

    Prince, dont le charmant esprit
    Avec tant de grâce m'attire,
    Si j'étais mort, comme on l'a dit,
    N'auriez-vous pas eu le crédit

1. Voltaire venait d'arriver à Paris.

De m'arracher du sombre empire?
Car je sais très-bien qu'il suffit
De quelques sons de votre lyre.
C'est ainsi qu'Orphée en usait
Dans l'antiquité révérée;
Et c'est une chose avérée
Que plus d'un mort ressuscitait.
Croyez que dans votre gazette,
Lorsqu'on parlait de mon trépas,
Ce n'était pas chose indiscrète;
Ces messieurs ne se trompaient pas.
En effet, qu'est-ce que la vie?
C'est un jour : tel est son destin.
Qu'importe qu'elle soit finie
Vers le soir ou vers le matin?

ÉPITRE CXXIII.

A MONSIEUR LE MARQUIS DE VILLETTE.

LES ADIEUX DU VIEILLARD [1].

A Paris, 1778.

Adieu, mon cher Tibulle, autrefois si volage,
 Mais toujours chéri d'Apollon,
Au Parnasse fêté comme aux bords du Lignon,
 Et dont l'amour a fait un sage.

Des champs élysiens, adieu, pompeux rivage,
De palais, de jardins, de prodiges bordé,
Qu'ont encore embelli, pour l'honneur de notre âge,
Les enfants d'Henri Quatre, et ceux du grand Condé.
Combien vous m'enchantiez, Muses, Grâces nouvelles,
 Dont les talents et les écrits

---

1. Quelques jours avant de mourir, Voltaire songeait à retourner à Ferney.

Seraient de tous nos beaux esprits
Ou la censure ou les modèles !
Que Paris est changé ! les Welches n'y sont plus ;
Je n'entends plus siffler ces ténébreux reptiles,
Les Tartuffes affreux, les insolents Zoïles.
J'ai passé ; de la terre ils étaient disparus [1].
Mes yeux, après trente ans, n'ont vu qu'un peuple aimable,
Instruit, mais indulgent, doux, vif, et sociable.
Il est né pour aimer : l'élite des Français
Est l'exemple du monde, et vaut tous les Anglais.
De la société les douceurs désirées
Dans vingt États puissants sont encore ignorées :
On les goûte à Paris ; c'est le premier des arts :
Peuple heureux, il naquit, il règne en vos remparts.
Je m'arrache en pleurant à son charmant empire ;
Je retourne à ces monts qui menacent les cieux,
A ces antres glacés où la nature expire :
Je vous regretterais à la table des dieux [2].

1. Voltaire avait d'abord mis ce vers dans son *Ode sur les malheurs du temps,* en 1713 ; voyez tome VIII, page 411.

2. En 1823, j'avais rejeté une *Épître à Richelieu* et une autre intitulée *les Héros du Rhin,* qui n'étaient admises que depuis 1817 dans les *OEuvres de Voltaire.* Aucun éditeur ne les ayant rétablies, je n'ai pas de raison d'abandonner une opinion qui paraît généralement adoptée, et je ne donne pas ces deux épîtres.

Denina, dans son *Essai sur la vie et le règne de Frédéric* (page 120), parle d'une *Épître que Voltaire composa sous le nom d'un ami qui, en le plaignant de sa disgrâce* (et de la scène de Francfort, en 1753), *le blâmait en même temps de s'être exposé à de tels revers.* Denina, peu flatté de la manière dont Voltaire avait parlé de lui dans *l'Homme aux quarante écus,* répétait avec complaisance ce qu'avait dit l'auteur d'un ouvrage intitulé *Frédéric le Grand,* in-8° (sans date), et 1785, in-18. Dans cet ouvrage anonyme, on rapporte cent vers de la pièce attribuée à Voltaire. Après avoir pris lecture de ces vers, j'ai douté plus que jamais que Voltaire en fût l'auteur, et je me suis bien gardé de l'introduire dans ses *OEuvres.*

Le volume de *Lettres inédites de Voltaire, de madame Denis,* etc., Paris, Mongie aîné, 1821, in-8° (et in-12), contient, page 212, une *Épître inédite adressée au roi de Prusse par Voltaire,* en 1758. En voici les deux derniers vers :

> Nous verrons si Frédéric
> A étudié le droit public.

Le dernier vers suffit, ce me semble, pour motiver le rejet de la pièce. (B.)

FIN DES ÉPITRES.

POÉSIES

MÊLÉES

AVERTISSEMENT

Dans le recueil des *Poésies mêlées*, on a évité d'en multiplier trop le
nombre, et d'en insérer qui fussent d'une autre main. Souvent ce choix a
été assez difficile. Dans le cours d'un long ouvrage en vers, il eût été presque impossible d'imiter la grâce piquante, le coloris brillant, la philosophie douce et libre qui caractérisent toutes les poésies de Voltaire :
son cachet ne pouvait être aussi reconnaissable dans quinze ou vingt vers
presque toujours impromptus. Il était plus aisé, en s'appropriant quelques-
unes de ses idées et de ses tournures, d'atteindre à une imitation presque
parfaite. D'ailleurs il n'a jamais voulu ni recueillir ces pièces, ni en avouer
aucune collection. Celles qu'on en a publiées de son vivant, sous ses yeux,
contenaient des pièces qu'il n'avait pu faire, et dont il connaissait les auteurs.
C'était un moyen qu'il se réservait pour se défendre contre la persécution
que chaque édition nouvelle de ses ouvrages réveillait. Il attachait très-peu
de prix à ces bagatelles, qui nous paraissent si ingénieuses et si piquantes.
L'à-propos du moment les faisait naître, et l'instant d'après il les avait
oubliées. L'habitude de donner à tout une tournure galante, ou spirituelle,
ou plaisante, était devenue si forte, qu'il lui eût été presque impossible de
s'exprimer d'une manière commune. Le travail de parler en rimes avait
cessé d'en être un pour lui dans tous les genres où la familiarité n'est point
un défaut. Il ne faut donc pas s'étonner qu'il estimât peu ce qui ne lui
coûtait rien, et que cette modestie ait été sincère.

K.

J'ai dû porter mon attention à faire disparaître des *Poésies mêlées* les
pièces qui ne sont point de Voltaire. Voici à ce sujet quelques explications.

I. Le quatrain sur les sonneurs :

Persécuteurs du genre humain, etc.,

est imprimé dans la première édition du *Ménagiana*, qui est de 1693.
Voltaire naquit l'année suivante.

II. Le madrigal :

Projets flatteurs d'engager une belle, etc.,

est formellement attribué au marquis de La Faye par un homme qui n'est
pas disposé à dépouiller Voltaire, d'Alembert. Cette pièce est imprimée dans

le Mercure galant de 1710, page 215, avec les initiales M. D. L. F. (monsieur de La Faye).

III. J'ai le premier, en 1823, admis dans les poésies de Voltaire un autre madrigal :

> Il n'en est plus, Thémire, de ces cœurs, etc.,

parce que je l'avais trouvé dans les *Amusements littéraires*, à la suite du madrigal *Projets flatteurs*, etc., qui est de La Faye, ainsi qu'on l'a vu. Il n'y a donc plus de motif, même léger, de croire que le second madrigal soit de Voltaire.

IV. Treize vers au maréchal de Richelieu :

> Rival du conquérant de l'Inde, etc.,

ont pour auteur le poëte Lebrun, surnommé *Pindare*, et sont imprimés dans ses *Œuvres*.

V. Les bouts-rimés :

> Un simple soliveau me tient lieu d'architrave, etc.,

qu'on avait admis sur l'autorité de Grimm, avaient, il est vrai, été imprimés sous le nom de Voltaire dans l'*Année littéraire,* 1759, tome VIII, page 339 ; mais ils sont de Dalmas, commissaire des guerres provincial, et ordonnateur de la Lorraine, résidant à Nancy ; voyez l'*Année littéraire*, 1760, tome Ier, page 263. Réimprimés sous le nom de Voltaire dans le *Journal encyclopédique* du 1er mars 1763, ces bouts-rimés ont été désavoués par Voltaire dans une lettre dont nous donnons dans la *Correspondance* le fragment qui en a été publié par le *Journal encyclopédique* du 1er avril. Potier, gendre de Dalmas, fit insérer dans le même journal du 15 mai une lettre où il réclame la pièce pour son beau-père.

VI. L'inscription pour un cadran solaire :

> Vous qui vivez dans ces demeures, etc.,

est rapportée par Villette pour avoir été récitée par Voltaire comme une vieillerie. En effet, dans le *Mercure* de 1722, second volume de novembre, page 100, on lit ces vers :

> Amants contents,
> Soyez constants ;
> Ne changez jamais de demeures.
> Êtes-vous bien ? tenez-vous-y,
> Et n'allez pas chercher midi
> A quatorze heures.

Ils font partie de la *Suite du journal du voyage du roi à Reims* (et Relation des fêtes de Villers-Cotterets). L'auteur est l'abbé de Vayrac.

VII. L'énigme sur la tête à perruque :

> A la ville, ainsi qu'en province, etc.,

est du chevalier de La Touraille, à qui Voltaire écrivit quelques lettres, et qui la réclame en la reproduisant page 161 de la première partie du *Nouveau Recueil de gaieté et de philosophie,* 1785, deux parties in-12.

VIII. Le prétendu *Impromptu fait à Cirey sur la beauté du ciel dans une nuit d'été :*

Tous ces vastes pays d'azur et de lumière, etc.,

est du P. Lemoine, auteur du poëme de *Saint Louis ;* voyez les *Œuvres poétiques du P. Lemoine,* 1671, in-folio, épître xi du livre Ier.

IX. Un autre impromptu, supposé fait à Auteuil dans la maison de Gendron, qui avait appartenu à Boileau :

C'est ici le vrai Parnasse, etc.,

a été imprimé dans la *Notice* sur cet oculiste, en tête du catalogue de sa bibliothèque. Des éloges donnés par Voltaire ne sont pas sans importance ; et les héritiers Gendron, pour la gloire de leur parent, ne pouvaient mieux faire que d'attribuer à Voltaire le quatrain dont il s'agit. Fréron, en le réimprimant dans l'*Année littéraire,* 1770, tome IV, page 347, souligna les mots *vrai* et *vrais,* dont la répétition n'est pas une élégance. Voltaire désavoue ces vers dans une note de son *Dialogue de Pégase et du Vieillard ;* voyez note 2 de la page 200.

X. Les vers sur l'envoi d'une branche de laurier cueillie au tombeau de Virgile par la margrave de Bareith, pour le roi de Prusse son frère :

Sur l'urne de Virgile un immortel laurier, etc.,

imprimés sans nom d'auteur, en 1756, dans *le Mercure,* tome II de janvier, page 20, réimprimés dans le même journal en septembre 1768, page 5, comme attribués à Voltaire, ont été réclamés par La Condamine par une lettre insérée dans le tome II d'octobre 1768, page 60-62.

XI. Dans le *Journal de Paris* du 12 janvier 1779, parut, sous le nom de Voltaire, une pièce de dix-huit vers, adressés à Mme la comtesse de Boufflers. Ils furent, dans le *Journal* du 7 février, réclamés par M. Pons de Verdun, qui les a compris pages 48-49 de son *Recueil de contes et poésies en vers,* 1783, in-12 ; mais non dans les *Loisirs, ou Contes et Poésies diverses,* 1807, in-8°.

XII. Le madrigal :

Aimable Églé, vous lirez les écrits, etc.,

est de M. Leroy, qui le composa pour une dame de Brest.

XIII. Le quatrain à Mme de Prie :

Io, sans avoir l'art de feindre, etc.,

est de Desalleurs ; voyez la *Vie de Voltaire,* par du Vernet, chapitre vi des premières éditions, ou chapitre vii de la dernière,

Il est d'autres pièces que j'ai cru pouvoir et même devoir exclure des *poésies mêlées,* où quelques éditeurs les ont conservées; mais je dois compte des raisons qui m'ont déterminé.

Le quatrain commençant par :

> Si Pygmalion la forma, etc.,

fait partie de la lettre à d'Argental, du 12 février 1764.

Le quatrain à l'abbé de Sade :

> On brûlait autrefois les gens, etc.,

n'est qu'une variante de six vers de la lettre du 29 août 1733.

Les vers adressés au comte de Sade :

> Vous suivez donc les étendards, etc.,

sont rapportés dans la lettre à l'abbé de Sade, du 3 novembre 1733.

Les huit vers à Mme d'Aiguillon :

> Deux héros différents, l'un superbe et sauvage, etc.,

sont un fragment d'une lettre à cette dame, à la date de 1734.

Cinq vers au marquis de Valory :

> Modeste et généreux, Louis nous fait chérir, etc.,

n'étaient qu'un passage de la lettre du 1er mai 1745.

C'est dans la même lettre que se trouve le quatrain :

> Apollon chez Admète autrefois fut berger, etc.

Cinq vers sur le jésuite qu'on disait roi du Paraguay :

> Du bon Nicolas Premier, etc.,

sont dans la lettre à Bertrand, du 10 novembre 1759.

Un huitain sur Ovide, Catulle et Tibulle :

> Celui qui fut puni de sa coquetterie, etc.,

fait partie d'une épître qui est page 294.

Le quatrain à Mme du Barry :

> Votre portrait, etc..

est un des trois qui sont dans la lettre du 20 juin 1773.

Le huitain :

> Autrefois, pour payer le zèle, etc.,

est dans une lettre à Mme de Champbonin, de 1734.

Les deux quatrains :

> Dans ce saint temps nous savons comme, etc.,

et

> Je ne suis plus jaloux, mon crime est expié, etc.,

font partie de la *Lettre sur un écrit anonyme,* qui est dans les *Mélanges.*

Les quinze vers :

Dans le fond de mon ermitage, etc.,

dont les éditeurs de Kehl ne donnaient pas l'adresse, sont dans la lettre à
Bertrand, du 28 auguste 1764.

Les *vers sur le baiser donné* par Marguerite d'Écosse *à Alain Chartier*
font partie de la *Fête de Bélébat;* voyez tome Ier du *Théâtre,* page 294.

La Prophétie de la Sorbonne :

Au *prima mensis* tu boiras, etc.,

est dans les *Mélanges ;* je n'ai pu me décider à mettre ce morceau au
nombre des poésies.

C'est dans le *Dictionnaire philosophique* que sont: au mot CALEBASSE,
le quatrain sur la vanité de l'homme :

Homme chétif, la vanité te point, etc.;

au mot ADULTÈRE, celui sur Bayle :

Le matin rigoriste et le soir libertin, etc ;

au mot BOUC, celui sur les filles de Mendès :

Charmantes filles de Mendès, etc.

Je n'énumérerai point les autres pièces de vers disséminées dans le *Dictionnaire philosophique,* et qui feraient ici double emploi. Ces petites pièces
de vers font, pour ainsi parler, partie intégrante des articles où elles se
trouvent.

B.

Voulant éviter les répétitions, qui grossissent inutilement une édition
des *Œuvres complètes,* nous nous sommes abstenu, comme nous venons
de le faire pour les *Épitres,* de reproduire ici les morceaux qui feraient double emploi, pourvu qu'il n'y ait aucune variante, ni aucune autre raison qui
justifie ce double emploi. Nous éliminons, par conséquent, un certain nombre de pièces qui ont leur place marquée, soit dans le *Commentaire historique,* soit dans la *Correspondance,* soit ailleurs. Nous avons soin, toutefois,
de mentionner chacune de ces pièces supprimées à l'endroit où quelques
précédents éditeurs les ont mises, et d'indiquer où on les trouvera dans
notre édition.

L. M.

POÉSIES MÊLÉES

---

1. — A MONSIEUR DUCHÉ[1].

Dans tes vers, Duché, je te prie,
Ne compare point au Messie
Un pauvre diable comme moi :
Je n'ai de lui que sa misère,
Et suis bien éloigné, ma foi,
D'avoir une vierge pour mère.

2. — SUR UNE TABATIÈRE CONFISQUÉE[2].

Adieu, ma pauvre tabatière ;
Adieu, je ne te verrai plus ;
Ni soins, ni larmes, ni prière,
Ne te rendront à moi ; mes efforts sont perdus[3].
Adieu, ma pauvre tabatière ;
Adieu, doux fruit de mes écus !
S'il faut à prix d'argent te racheter encore,
J'irai plutôt vider les trésors de Plutus.

1. On croit que Voltaire n'avait que douze ans quand il composa ce sixain, qui est alors de 1706. Il ne peut par conséquent avoir été adressé à l'auteur dramatique Duché, qui était mort en 1704, mais à un homonyme, ou peut-être à M. d'Ussé. (B.)

2. Le P. Porée, régent de rhétorique de Voltaire, ayant confisqué la tabatière de son écolier, lui donna, dit-on, en *pensum*, pour en obtenir la restitution, l'obligation de composer une pièce de vers. (B.)

3. Variante :

    . . . . . tous mes pas sont perdus
J'irai plutôt vider les coffres de Plutus :
Mais ce n'est point en lui que l'on veut que j'ospère :
Pour te revoir, hélas ! il faut prier Phébus ;
Et de Phébus à moi si forte est la barrière
Que je m'épuiserais en efforts superflus.
C'en est donc fait : adieu, ma pauvre tabatière ;
    Adieu, je ne te verrai plus.

Mais ce n'est pas ce dieu que l'on veut que j'implore :
Pour te revoir, hélas! il faut prier Phébus...
Qu'on oppose entre nous une forte barrière!
Me demander des vers, hélas! je n'en puis plus.
      Adieu, ma pauvre tabatière;
      Adieu, je ne te verrai plus.

3. — SUR NÉRON[1].

De la mort d'une mère exécrable complice.
Si je meurs de ma main, je l'ai bien mérité :
Car, n'ayant jamais fait qu'actes de cruauté,
J'ai voulu, me tuant, en faire un de justice.

4. — LE LOUP MORALISTE[2].

     Un loup, à ce que dit l'histoire,
Voulut donner un jour des leçons à son fils,
     Et lui graver dans la mémoire,
Pour être honnête loup, de beaux et bons avis.
« Mon fils, lui disait-il, dans ce désert sauvage,
A l'ombre des forêts vous passerez vos jours ;
Vous pourrez cependant avec de petits ours
Goûter les doux plaisirs qu'on permet à votre âge.
Contentez-vous du peu que j'amasse pour vous,
Point de larcin ; menez une innocente vie ;
     Point de mauvaise compagnie ;
Choisissez pour amis les plus honnêtes loups ;
Ne vous démentez point, soyez toujours le même ;
Ne satisfaites point vos appétits gloutons :
Mon fils, jeûnez plutôt l'avent et le carême,

1. Luchet, qui rapporte ces vers dans son *Histoire littéraire de Voltaire*, dit qu'un jour le P. Porée, alors professeur de rhétorique, n'ayant pas le temps de donner aux écoliers une matière pour le devoir du lendemain, leur dit de faire des vers sur le suicide de Néron, et que le jeune Arouet apporta ce quatrain.

2. Cette fable a été imprimée dans le *Portefeuille trouvé,* 1757, deux volumes in-12 (voyez tome V du *Théâtre*, page 337), dont l'éditeur est d'Aquin de Châteaulyon. Voltaire désavoue *le Loup moraliste* dans son *Commentaire historique;* mais ce désaveu n'a pas empêché feu Decroix, l'un des éditeurs de Kehl, de reproduire la fable dans les *Pièces inédites de Voltaire,* 1820, in-8 et in-12. (B)

Que de sucer le sang des malheureux moutons ;
    Car enfin quelle barbarie !
Quels crimes ont commis ces innocents agneaux ?
Au reste, vous savez qu'il y va de la vie :
    D'énormes chiens défendent les troupeaux.
Hélas ! je m'en souviens, un jour votre grand-père
Pour apaiser sa faim entra dans un hameau.
Dès qu'on s'en aperçut : « O bête carnassière !
« Au loup ! » s'écria-t-on ; l'un s'arme d'un hoyau,
L'autre prend une fourche ; et mon père eut beau faire,
    Hélas ! il y laissa sa peau :
De sa témérité ce fut là le salaire.
Sois sage à ses dépens, ne suis que la vertu,
Et ne sois point battant, de peur d'être battu.
Si tu m'aimes, déteste un crime que j'abhorre. »
Le petit vit alors dans la gueule du loup
De la laine, et du sang qui dégouttait encore :
    Il se mit à rire à ce coup.
« Comment, petit fripon, dit le loup en colère,
    Comment, vous riez des avis
    Que vous donne ici votre père !
Tu seras un vaurien, va, je te le prédis :
Quoi ! se moquer déjà d'un conseil salutaire ! »
    L'autre répondit en riant :
    « Votre exemple est un bon garant ;
Mon père, je ferai ce que je vous vois faire. »

Tel un prédicateur sortant d'un bon repas
    Monte dévotement en chaire,
    Et vient, bien fourré, gros, et gras,
    Prêcher contre la bonne chère.

5. — ÉPITAPHE [1].

Ci-gît qui toujours babilla,
Sans avoir jamais rien à dire ;
Dans tous les livres farfouilla,
Sans avoir jamais pu s'instruire,

---

1. Laplace, dans son recueil d'épitaphes, II, 48, dit que cette épitaphe est at'ribée à Voltaire, et qu'elle a été faite pour un M. de Sardières.

Et beaucoup d'écrits barbouilla,
Sans qu'on ait jamais pu les lire.

6. — ÉPIGRAMME [1].

(1712)

Danchet, si méprisé jadis,
Fait voir aux pauvres de génie
Qu'on peut gagner l'Académie
Comme on gagne le paradis.

7. — SUR LAMOTTE [2].

(1714)

Lamotte, présidant aux prix [3]
Qu'on distribue aux beaux esprits,
Ceignit de couronnes civiques [4]
Les vainqueurs des jeux olympiques :
Il fit un vrai pas d'écolier,
Et prit, aveugle agonothète [5],
Un chêne pour un olivier,
Et du Jarry pour un poëte.

---

1. Ces vers faisaient partie d'une lettre à l'abbé de Chaulieu, qu'on n'a point trouvée. (K.) — Danchet (Antoine), né en 1671, mort en 1748, fut reçu à l'Académie française en 1712. Ce qui donne la date de cette épigramme.

2. Les éditeurs de Kehl, en réimprimant, dans le tome XLIX de leur édition in-8°, la lettre de Voltaire aux auteurs de la *Bibliothèque française*, du 20 septembre 1736, y ajoutèrent en note ces huit vers, avec les mots : *Cette note est ajoutée.* Je les introduisis en 1823 dans une édition des *Poésies de Voltaire.* Mais je doute aujourd'hui qu'il en soit l'auteur, et crois qu'ils appartiennent à Gacon.

3. C'était Lamotte qui avait fait obtenir à l'abbé du Jarry le prix de poésie. (B.)

4. La couronne civique était de chêne; la couronne des jeux olympiques était d'olivier. Lamotte avait probablement fait quelque confusion dans le *Discours* qu'il prononça, le 25 août 1714, *sur les prix que l'Académie française distribue.* Que la faute ait ou n'ait pas été commise, elle n'est pas dans l'impression qui est au tome IV du *Recueil des harangues de l'Académie française.* (B.)

5. Juge des combats.

8. — COUPLET A MADEMOISELLE DUCLOS[1].

(1714)

Belle Duclos,
Vous charmez toute la nature !
Belle Duclos,
Vous avez les dieux pour rivaux ;
Et Mars tenterait l'aventure,
S'il ne craignait le dieu Mercure,
Belle Duclos.

9. — ÉPIGRAMME[2].

(1715)

Terrasson[3], par lignes obliques,
Et par règles géométriques,
Prétend démontrer avec art
Qu'Homère prend toujours l'écart ;
Que ses images poétiques,
Que tant de richesses antiques,
Ne nous charment que par hasard.
Il s'en avise sur le tard :
Mais quoi que ce docteur décide,
D'un ton à gagner son procès,
Gacon[4], avec même succès,
Peut faire un rondeau contre Euclide.

1. Je crois ce quatrain du même temps que l'épitre à Mme de Montbrun, où il est question de la Duclos; voyez page 220. (B.)

2. Cette épigramme, datée jusqu'à présent de 1716, est dans une lettre de Brossette à J.-B. Rousseau, du 26 juin 1715. (B.)

3. L'abbé Terrasson (1670-1750) avait pris parti pour les modernes dans la querelle des anciens et des modernes.

4. Versificateur satirique, qui se surnommait le *poëte sans fard*. Il venait de publier l'*Homère vengé*.

10. — NUIT BLANCHE DE SULLY[1].

(1716)

A MADAME DE LA VRILLIÈRE

Quelle beauté, dans cette nuit profonde,
Vient éclairer nos rivages heureux?
Serait-ce point la nymphe de cette onde,
Qu'amène ici le satyre amoureux?
Je vois s'enfuir la jalouse dryade,
Je vois venir le faune dangereux;
Non, ce n'est point une simple naïade;
A tant d'attraits dont nos cœurs sont frappés,
A tant de grâce, à cet art de nous plaire,
A ces Amours autour d'elle attroupés,
Je reconnais Vénus, ou La Vrillière.
O déité! qui que ce soit des deux,
Vous qui venez prendre un rhume en ces lieux,
Heureux cent fois, heureux l'aimable asile
Qui vers minuit possède vos appas!
Et plus heureux les rimeurs qu'on exile
Dans ces jardins honorés par vos pas!

A MADAME DE LISTENAY.

Aimable Listenay, notre fête grotesque
     Ne doit point déplaire à vos yeux :
Les Amours, en chiants-lit déguisés dans ces lieux,
Sont toujours les Amours, et l'habit romanesque
Dont ils sont revêtus ne les a pas changés :
Vous les voyez encore autour de vous rangés ;
Ces guenillons brillants, ces masques, ce mystère,
Ces méchants violons dont on vous étourdit,
     Ce bal, et ce sabbat maudit,
Tout cela dit pourtant que l'on voudrait vous plaire.

1. Château où Voltaire passa le temps de son exil.

A MADAME DE LA VRILLIÈRE.

Venez, charmant moineau [1], venez dans ce bocage :
  Tous nos oiseaux, surpris et confondus,
    Admireront votre plumage ;
    Les pigeons du char de Vénus
    Viendront même vous rendre hommage.
  Joli moineau, que vous dire de plus ?
Heureux qui peut vous voir, et qui peut vous entendre !
Vous plaisez par la voix, vous charmez par les yeux ;
Mais le nom de moineau vous siérait un peu mieux,
    Si vous étiez un peu plus tendre.

11. — SUR M. LE DUC D'ORLÉANS

ET Mme DE BERRY, SA FILLE [2]

(1716)

  Ce n'est point le fils, c'est le père ;
  C'est la fille, et non point la mère ;
  A cela près tout va des mieux.
  Ils ont déjà fait Étéocle ;
  S'il vient à perdre les deux yeux,
  C'est le vrai sujet de Sophocle [3].

12. — A MADAME LA DUCHESSE DE BERRY,

FILLE DU RÉGENT [4].

(1716)

    Enfin votre esprit est guéri
      Des craintes du vulgaire ;

---

1. Dans la société du château de Sully, où se trouvait Voltaire, Mme de La Vril-lière était appelée *le Moineau.* (B.)

2. Ces six vers, attribués par Cideville à Voltaire, feraient présumer que ce dernier est aussi l'auteur du couplet suivant, malgré son poétique désaveu : dans ce cas, le Régent aurait fait grâce au jeune Arouet. (CL.)

3. En ce moment Voltaire travaillait à sa tragédie d'*OEdipe*, et, quant au Régent, il était menacé de devenir aveugle. (G. A.)

4. Ce couplet est désavoué dans la pièce qui suit.

Belle duchesse de Berry,
 Achevez le mystère.
Un nouveau Lot vous sert d'époux,
 Mère des Moabites :
Puisse bientôt naître de vous
 Un peuple d'Ammonites !

13. — AU RÉGENT [1].

(1716)

Non, monseigneur, en vérité,
Ma muse n'a jamais chanté
Ammonites ni Moabites.
Brancas [2] vous répondra de moi.
Un rimeur sorti des jésuites
Des peuples de l'ancienne loi
Ne connaît que les Sodomites.

14. — A MONSIEUR L'ABBÉ DE CHAULIEU.

(1716)

Cher ami, je vous remercie
Des vers que vous m'avez prêtés :
A leurs ennuyeuses beautés,
J'ai reconnu l'Académie.
Lamotte n'écrit pas fort bien.
Vos vers m'ont servi d'antidote
Contre ce froid rhétoricien ;
Danchet écrit comme Lamotte :
 Mais surtout n'en dites rien.

---

1. Ce couplet, qui désavoue l'épigramme 12, fut envoyé au Régent après que le poëte eut obtenu sa grâce.

— Les éditeurs de Kehl avaient mis ces vers dans une note de l'épître xiv (voyez page 237). Je n'ai pas supprimé leur note; mais c'est ici la véritable place de la pièce. (B.)

2. Voyez la lettre à ce duc, Sully, 1716.

45. — SUR M. DE FONTENELLE.

D'un nouvel univers il ouvrit la barrière ;
Des mondes infinis autour de lui naissants,
Mesurés par ses mains, à son ordre croissants,
A nos yeux étonnés il traça la carrière[1] ;
L'ignorant l'entendit, le savant l'admira :
Que voulez-vous de plus ? il fit un opéra.

46. — AU DUC DE LORRAINE LÉOPOLD,

ET A MADAME LA DUCHESSE, SON ÉPOUSE [2],

EN LEUR PRÉSENTANT LA TRAGÉDIE D'OEDIPE.

(1719[3])

O vous, de vos sujets l'exemple et les délices !
Vous qui régnez sur eux en les comblant de biens,
De mes faibles talents acceptez les prémices :
C'est aux dieux qu'on les doit, et vous êtes les miens.

47. — ÉPIGRAMME[4].

(1719)

De Beausse et moi, criailleurs effrontés,
Dans un souper clabaudions à merveille,
Et tour à tour épluchions les beautés
Et les défauts de Racine et Corneille.
A piailler serions encor, je croi,

---

1. Dans ses *Entretiens sur la pluralité des mondes.*
2. Sœur du Régent.
3. Ce quatrain, adressé au duc de Lorraine, mort en 1729, plus de quinze ans avant sa femme, Élisabeth-Charlotte d'Orléans, sœur du Régent, est des premiers mois de 1719, époque où Voltaire leur présenta un exemplaire de la première édition d'*OEdipe.* (B.)
4. Cette épigramme a été imprimée à la page 399 d'un volume intitulé *Troisième Suite des Mélanges*, 1761, in-8°, dont nous avons déjà parlé tome V du *Théâtre*, page 338.

Si n'eussions vu sur la double colline
Le grand Corneille et le tendre Racine,
Qui se moquaient et de Beausse et de moi.

18. — A MADEMOISELLE LECOUVREUR [1].

(1719)

Adieu, divinité du parterre adorée,
Vous, Iris, que le ciel envoya parmi nous
Pour unir à jamais Minerve et Cythérée,
Et la vertu sincère aux plaisirs les plus doux !
Faites le bien d'un seul et le désir de tous ;
Et puissent vos amours égaler la durée
De la pure amitié que mon cœur a pour vous !

19. — SUR LA MÉTAPHYSIQUE DE L'AMOUR [2].

(1720)

De l'amour la métaphysique
Est, je vous jure, un froid roman.
Fanchon, reprenons la physique :
Mais, las ! que j'y suis peu savant !

20. — CHANSON [3].

(1720)

Connaissez-vous Saint-Disant,
          Soi-disant
        Gentilhomme ?
C'est le plus insuffisant
          Suffisant
Qui soit de Paris à Rome.

1. Adrienne Lecouvreur, pour laquelle Voltaire eut plus que de l'amitié. Ces vers sont attribués, par Cideville, à son illustre ami, dans un manuscrit que j'ai vu. (Cl.)
2. Quatrain de Voltaire, selon Cideville.
3. Elle est de Voltaire, selon Cideville.

21. — IMPROMPTU

A MADEMOISELLE DE CHAROLOIS[1]

PEINTE EN HABIT DE CORDELIER.

Frère Ange de Charolois,
Dis-nous par quelle aventure
Le cordon de saint François
Sert à Vénus de ceinture[2]?

22. — A MADAME DE***,

EN LUI ENVOYANT LES OEUVRES MYSTIQUES DE FÉNELON.

Quand de la Guion le charmant directeur
Disait au monde : « Aimez Dieu pour lui-même,
Oubliez-vous dans votre heureuse ardeur ; »
On ne crut point à cet amour extrême,
On le traita de chimère et d'erreur :
On se trompait ; je connais bien mon cœur,
Et c'est ainsi, belle Églé, qu'il vous aime.

23. — A LA MÊME.

De votre esprit la force est si puissante
Que vous pourriez vous passer de beauté ;
De vos attraits la grâce est si piquante,
Que sans esprit vous auriez enchanté.
Si votre cœur ne sait pas comme on aime,
Ces dons charmants sont des dons superflus :

---

1. Mlle de Charolois était sœur de Mlle de Clermont.
2. M. de Voltaire, sachant qu'on chantait ces vers sur l'air de *Robin Turelure*, y ajouta, dit-on, d'autres couplets fort plaisants. Ce portrait donna lieu à d'autres plaisanteries ; c'était le ton de cette cour. En voici un échantillon :

> Beau saint François, ne souffrez pas
> Qu'on perce vos mains délicates.
> Dites à l'ange : « C'est plus bas
> Qu'il faut appliquer les stygmates. » (K.)

Un sentiment est cent fois au-dessus
Et de l'esprit et de la beauté même.

24. — A MONSIEUR LE DUC DE RICHELIEU [1],

SUR SA RÉCEPTION A L'ACADÉMIE.

(Décembre 1720.)

Vous que l'on envie et qu'on aime,
Entrez dans la savante cour ;
L'on vous prend pour Appollon même
Sous la figure de l'Amour.
Déjà vers vous l'Académie
A député l'abbé Gédoyn,
Directeur de la compagnie,
Pour avoir en son nom le soin
De ..... votre seigneurie.
Heureux ceux qu'en pareil besoin
On traite avec cérémonie !

25. — A LA MARQUISE DE RUPELMONDE [2].

Quand Apollon, avec le dieu de l'onde,
Vint autrefois habiter ces bás lieux,
L'un sut si bien cacher sa tresse blonde,
L'autre ses traits, qu'on méconnut les dieux ;
Mais c'est en vain qu'abandonnant les cieux,
Vénus comme eux veut se cacher au monde :
On la connaît au pouvoir de ses yeux,
Dès que l'on voit paraître Rupelmonde.

1. Le duc (depuis maréchal) de Richelieu fut reçu le 12 décembre 1720 à
l'Académie française, où il prononça un petit discours assez bon pour faire croire
que Voltaire, qui daigna quelquefois être son faiseur dans des circonstances à peu
près pareilles, en est l'auteur. Ces onze vers sont attribués à Voltaire, par Cideville, bien instruit de tout ce que composait son ami. (CL.)

2. Cette pièce est aussi imprimée parmi les poésies de Ferrand. (B.) — Sur la
marquise de Rupelmonde, voyez tome IX, page 357, note 1.

26. — A MADAME DE *** [1].

(Vers 1722)

Si ton amour n'est qu'une fantaisie,
Qu'un faible goût qui doit passer un jour;
Si tu m'as pris pour me quitter, Sylvie,
Cruelle, hélas! que je hais ton amour!
Ton changement me coûtera la vie.
Viens dans mes bras te livrer sans retour;
Que tes baisers dissipent mes alarmes;
Que la fureur de tes embrassements
Ajoute encore à mes emportements;
Que ton amour soit égal à tes charmes.

27. — A MONSIEUR LOUIS RACINE [2].

(1722)

Cher Racine, j'ai lu dans tes vers didactiques
De ton Jansénius les leçons fanatiques.
Quelquefois je t'admire, et ne te crois en rien.
Si ton style me plaît, ton Dieu n'est pas le mien :
Tu m'en fais un tyran; je veux qu'il soit un père;
Ton hommage est forcé, mon culte est volontaire;
Mieux que toi de son sang je reconnais le prix :
Tu le sers en esclave, et je l'adore en fils.
Crois-moi, n'affecte plus une inutile audace :
Il faut comprendre Dieu pour comprendre sa grâce.
Soumettons nos esprits, présentons-lui nos cœurs,
Et soyons des chrétiens, et non pas des docteurs.

1. Ce dizain, que j'ai extrait d'un manuscrit fait sous les yeux de Voltaire, est aussi dans les *Pièces inédites* du même auteur, publiées en 1820. (Cl.)
2. Ces vers furent sans doute composés vers la fin de 1722, année où parut la première édition du poëme de *la Grâce*. Ils furent imprimés en 1724, à la fin d'une édition clandestine de *la Henriade*, publiée par l'abbé Desfontaines, sous le titre de *la Ligue*.

28. — IMPROMPTU

A MONSIEUR LE COMTE DE VINDISGRATZ [1].

(1722)

Seigneur, le congrès vous supplie
D'ordonner tout présentement
Qu'on nous donne une tragédie
Demain pour divertissement ;
Nous vous le demandons au nom de Rupelmonde :
Rien ne résiste à ses désirs ;
Et votre prudence profonde
Doit commencer par nos plaisirs
A travailler pour le bonheur du monde.

29. — SUR LES FÊTES GRECQUES ET ROMAINES [1].

(1723)

Chantez, petit Colin,
Chantez une musette ;

1. M. de Voltaire, passant à Cambrai avec Mme la marquise de Rupelmonde pendant le congrès de 1722, et soupant chez Mme de Saint-Contest, toute la compagnie marqua le désir qu'elle avait de voir jouer la tragédie d'*OEdipe* en présence de son auteur. Mais la comédie des *Plaideurs* ayant été précédemment annoncée pour le lendemain, à la demande de M. de Vindisgratz, premier plénipotentiaire de l'Empire, les convives chargèrent M. de Voltaire de lui demander la représentation d'*OEdipe*. Le poëte, sans sortir de table, fit cette espèce de placet impromptu, qu'il se chargea de porter lui-même à M. de Vindisgratz. Il obtint facilement ce qu'on demandait, et rapporta le placet à Mme de Rupelmonde, avec cette apostille au bas :

> L'Amour vous fit, aimable Rupelmonde,
>   Pour décider de nos plaisirs ;
> Je n'en sais pas de plus parfait au monde
>   Que de répondre à vos désirs.
> Sitôt que vous parlez, on n'a point de réplique :
> Vous aurez donc *OEdipe*, et même sa critique *.
>   L'ordre est donné pour qu'en votre faveur
>   Demain l'on joue et la pièce et l'auteur.   (K.)

2. Opéra dont la musique est de Colin de Blamont, cité dans une lettre d'août 1745, de Voltaire à Hénault. Ce couplet épigrammatique est de Voltaire, selon Cideville.

* La parodie d'*OEdipe*, que M. de Voltaire avait demandée lui-même.

Pauvre petit Colin,
Chantez un air badin.
Quelque Mélophilète,
Quelque nymphe à lunette
 Vous applaudira ;
 Mais à l'Opéra
 L'on vous sifflera.

30. — IMPROMPTU

A MADAME LA DUCHESSE DE LUXEMBOURG,

QUI DEVAIT SOUPER AVEC M. LE DUC DE RICHELIEU.

Un dindon tout à l'ail, un seigneur tout à l'ambre,
 A souper vous sont destinés :
On doit, quand Richelieu paraît dans une chambre,
Bien défendre son cœur, et bien boucher son nez.

31. — LES DEUX AMOURS.

A MADAME LA MARQUISE DE RUPELMONDE[1]

Certain enfant[2] qu'avec crainte on caresse,
Et qu'on connaît à son malin souris,
Court en tous lieux, précédé par les Ris,
Mais trop souvent suivi de la Tristesse ;
Dans les cœurs des humains il entre avec souplesse,
Habite avec fierté, s'envole avec mépris.
Il est un autre Amour, fils craintif de l'Estime,
Soumis dans ses chagrins, constant dans ses désirs,
Que la vertu soutient, que la candeur anime,
Qui résiste aux rigueurs, et croît par les plaisirs.

1. Cette pièce a souvent été imprimée avec l'adresse *A madame la marquise
du Châtelet*. Un manuscrit, corrigé de la main de Voltaire, et qu'a vu M. Clogenson, porte le nom de Mme de Rupelmonde. Imprimée dans le *Mercure* de juin
1725, page 1288, et répétée dans le volume de janvier 1733, cette pièce ne peut
avoir été faite pour Mme du Châtelet, que Voltaire ne connut que dans le courant
de cette dernière année, ainsi que le remarque M. Clogenson, qui pense que cette
pièce peut être de 1722 à 1724. (B.)
 2. Variante :
             Certain amour.

De cet Amour le flambeau peut paraître
Moins éclatant, mais ses feux sont plus doux :
Voilà le dieu que mon cœur veut pour maître,
Et je ne veux[1] le servir que pour vous.

32. — A MADAME DE LUXEMBOURG[2]

EN LUI ENVOYANT LA HENRIADE.

(1724)

Mes vers auront donc l'avantage
D'attirer vos regards sur eux :
Ne pourrai-je jamais attirer vos beaux yeux
Sur l'auteur comme sur l'ouvrage?

33. — SUR UN CHRIST HABILLÉ EN JÉSUITE[3].

(1724)

Admirez l'artifice extrême
De ces moines industrieux ;
Ils vous ont habillé comme eux,
Mon Dieu, de peur qu'on ne vous aime.

34. — TRIOLET[4]

A MONSIEUR TITON DU TILLET.

Dépêchez-vous, monsieur Titon,
Enrichissez votre Hélicon ;

1. Variante :
Mais il ne veut.

2. Née Colbert-Seignelay.

3. Ces vers, composés vers 1724, sont attribués par Cideville à Voltaire, qui les
cite, avec une très-légère variante, et sans se nommer, dans le *Dictionnaire philosophique*, au mot CONVULSIONS. (CL.)

4. Ce huitain, que les éditeurs de Kehl ont intitulé *triolet*, attira l'attention de
Fréron, qui, en disant qu'il est d'une tournure plaisante (*Année littéraire*, 1770,
VI, 138), ajoute que l'idée n'en appartient pas à Voltaire, et rappelle deux pièces
du même genre, l'une sur Calvin, Bèze et Luther, l'autre sur Maugiron, Caylus, et

Placez-y sur un piédestal
Saint-Didier, Danchet, et Nadal ;
Qu'on voie armés du même archet
Nadal, Saint-Didier, et Danchet ;
Et couverts du même laurier
Danchet, Nadal, et Saint-Didier.

35. — A MADAME DE ***.

Oui, Philis, la coquetterie
Est faite pour vos agréments :
Croyez-moi, la galanterie,
Malgré tous les grands sentiments,
Est sœur de la friponnerie.

Vénus versa sur vous tous ses dons précieux :
Ce serait être injuste et les mal reconnaître
Que de vous obstiner à faire un seul heureux,
    Lorsque avec vous le monde entier veut l'être.

Qu'est-ce que la constance? un vieux mot rebattu,
Des amants ennuyeux languissant apanage ;
Mais l'infidélité devient une vertu
Quand on a vos attraits, votre esprit, et votre âge.

Saint-Mesgrin. Qu'aurait dit Fréron s'il avait su que, dans une pièce manuscrite qui
est de 1725, et intitulée *Vers de Tiriot contre l'abbé Nadal et autres*, on lit :

> Allons vite, monsieur Titon ;
> Dépêchez-vous sur l'Hélicon
> De graver sur un piédestal
> Saint-Didier, Danchet et Nadal ;
> Qu'on voie armés du même archet
> Saint-Didier, Nadal et Danchet ;
> Et couverts du même laurier
> Danchet, Nadal et Saint-Didier ?

Toute la pièce est-elle de Voltaire, ou n'a-t-il fait que retoucher ce huitain? Je
serais pour cette dernière conjecture. Il est à propos de rappeler que Voltaire est
auteur d'une *Lettre de M. Thieriot à M. l'abbé Nadal*. Nadal et Danchet sont
mis à côté de Pradon dans la lettre de Voltaire à d'Argental, du 1er mai 1764. (B.)

36. — IMPROMPTU

ÉCRIT SUR UN CAHIER DE LETTRES DE MADAME LA DUCHESSE DU MAINE
ET DE M. DE LAMOTTE-HOUDARD, QUI AVAIT PERDU LA VUE.

Dans ses filets elle savait vous prendre
Sitôt qu'elle se laissait voir :
Un pauvre aveugle aussi ressentit son pouvoir :
Je le crois bien, car il pouvait l'entendre.

37. — A MADEMOISELLE***,

QUI AVAIT PROMIS UN BAISER A CELUI QUI FERAIT LES MEILLEURS VERS
POUR SA FÊTE[1].

Quoi! pour le prix des vers accorder au vainqueur
D'un baiser la douce caresse !
Céphise, quelle est votre erreur[2]!
Vous donnez à l'esprit ce qui n'est dû qu'au cœur.
Un baiser fut toujours le prix de la tendresse,
Et c'est à l'amour seul qu'en appartient le don :
Les habitants du Pinde en leur plus grande ivresse
N'ont jamais espéré qu'un laurier d'Apollon.
Des vers à mes rivaux je cède l'avantage ;
Ils riment mieux que moi, mais je sais mieux aimer :
Que le laurier soit leur partage,
Et le mien sera le baiser.

38. — ÉPIGRAMME.

N'a pas longtemps, de l'abbé de Saint-Pierre[3]
On me montrait le buste tant parfait

1. Collé, dans son *Journal*, tome Ier, page 208, rapporte ces vers comme étant de Saurin ; mais les éditeurs de Kehl ayant placé cette pièce au commencement des *Poésies mêlées* (sous le n° XXI), je n'ai point adopté l'opinion de Collé. (B.)

2. Variante :
Quoi! d'un baiser faire la récompense
De celui dont les vers auront la préférence !
Pauline, quelle est votre erreur !

3. C'est le fameux auteur du *Projet de paix perpétuelle* et de tant d'autres projets, *rêves d'un homme de bien*, disait Dubois. Il mourut en 1743.

Qu'onc ne sus voir si c'était chair ou pierre,
Tant le sculpteur l'avait pris trait pour trait.
Adonc restai[1] perplexe et stupéfait,
Craignant en moi de tomber en méprise ;
Puis dis soudain : « Ce n'est là qu'un portrait ;
L'original dirait quelque sottise. »

39. — A MADAME LA MARÉCHALE DE VILLARS[2],

EN LUI ENVOYANT LA HENRIADE.

Quand vous m'aimiez, mes vers étaient aimables ;
Je chantais dignement vos grâces, vos vertus[3] ;
Cet ouvrage naquit dans ces temps favorables :
Il eût été parfait, mais vous ne m'aimez plus.

40. — IMPROMPTU

A LA MARQUISE DE CRILLON,

A SOUPER DANS UNE PETITE-MAISON DE M. LE DUC DE RICHELIEU[4].

Dans le plus scandaleux séjour
La vertu même est amenée ;
Et la débauche est étonnée
De respecter ici l'amour.

1. Variante :

Si que restai.

2. Voltaire était tombé amoureux d'elle après la première représentation d'*OEdipe*.

3. Variante :

Alors que vous m'aimiez, mes vers furent aimables ;
Je peignais dignement, etc.

4. Au lieu de cet intitulé, un manuscrit porte : *Sur M. le duc de Richelieu, qui avait voulu séduire une femme de bien.* (B.)

41. — A MONSIEUR L'ABBÉ COUET,

GRAND-VICAIRE DU CARDINAL DE NOAILLES,

EN LUI ENVOYANT LA TRAGÉDIE DE MARIAMNE.

(20 août 1725)

Vous m'envoyez un mandement[1],
Recevez une tragédie,
Afin que mutuellement
Nous nous donnions la comédie.

42. — A MONSIEUR DE LA FAYE[2].

(1729)

Pardon, beaux vers, La Faye, et Polymnie ;
Las! je deviens prosateur ennuyeux.
Non, ce n'était qu'en langage des dieux
Qu'il eût fallu parler de l'harmonie [3].
Donnez-le-moi cet aimable génie,
Cet art charmant de savoir enfermer
Un sens précis dans des rimes heureuses ;
Joindre aux raisons des grâces lumineuses ;
En instruisant savoir se faire aimer ;
A la dispute, autrefois si caustique,
Oter son air pédantesque et jaloux ;
Être à la fois juste, sincère, et doux,
Ami, rival, et poëte, et critique :
A ce grand art vainement je m'applique ;
Heureux La Faye, il n'est donné qu'à vous.

1. Le mandement sur le miracle de Mme Lafosse. Voyez, dans la *Correspondance*, les lettres à Mme de Bernières, 27 juin et 20 août 1725.

2. Jean-François Leriget de La Faye, né à Vienne en Dauphiné, en 1674, est mort le 11 juillet 1731.

3. Je présume que Voltaire parle ici de la nouvelle préface qu'il mit à son *OEdipe* en 1729, et dans laquelle il combattait les sentiments de Lamotte contre la poésie. La Faye avait composé, contre les sentiments de Lamotte, une ode dont tout le monde sait par cœur la strophe qui commence ainsi :

De la contrainte rigoureuse, etc.   (B.)

43. — INSCRIPTION[1]

POUR UNE STATUE DE L'AMOUR, DANS LES JARDINS DE MAISONS.

Qui que tu sois, voici ton maître ;
Il l'est, le fut, ou le doit être [2].

44. — A MONSIEUR DE CIDEVILLE,

ÉCRIT SUR UN EXEMPLAIRE DE LA HENRIADE [3].

(1730)

Mon cher confrère en Apollon,
Censeur exact, ami facile,

---

1. On a quelquefois daté cette inscription de 1730. Mais tout ce qu'il y a de certain, c'est qu'elle est antérieure à 1731, année de la mort du président de Maisons. On la mit depuis sur le socle d'une statue de l'Amour, à Cirey, et aussi dans les jardins de Sceaux. M. Breghot du Lut, dans les *Archives historiques et statistiques du département du Rhône*, tome XI, page 196, observe que « longtemps avant Voltaire, Amyot avait dit, en traduisant deux vers de Ménandre cités par Plutarque, *Comment il faut entendre les poètes :*

> Tout ce qui est en ce monde vivant,
> Et la chaleur du soleil recevant,
> Commune à tous, il est, il a esté
> Et sera serf tousjours à volupté.

C'est, comme on voit, la même pensée et la même tournure. On connaît le passage du Roman de la Rose : *Toutes estes, serez, ou futes*, etc. Rabelais fait dire à Rondibilis, livre III, chap. XXXII, que d'un homme marié on peut assurer, sans craindre de se méprendre, qu'*il est donc, ou a esté, ou sera, ou peut estre c....* Il y a encore ici rapport, au moins dans les mots. Enfin on se rappelle l'inscription du temple égyptien : *Je suis celui qui est, qui fut, et qui sera.* »

Dans les *Pièces inédites de Voltaire*, 1820, in-8° et in-12, on trouve ces autres vers *Sur une statue de l'Amour :*

> En repos, en tranquillité,
> Philosophe autant qu'on peut l'être,
> Amoureux de ma liberté,
> Je regrette pourtant ce maître.   (B.)

2. Variantes :

> Il l'est, il le fut, ou doit l'être.
> Il le fut, il l'est, ou doit l'être,
> Il l'est, ou le fut, ou doit l'être.

3. Cet exemplaire est conservé dans la bibliothèque publique du département de la Seine-Inférieure, à Rouen.

Solide et tendre Cideville,
Accepte ce frivole don :
Je ne serai pas ton Virgile,
Mais tu seras mon Pollion.

45. — A MADAME DE NOINTEL.

A ses écarts Nointel allie
L'amour du vrai, le goût du bon :
En vérite, c'est la Raison
Sous le masque de la Folie.

46. — VERS[1]

ENVOYÉS A M. SILVA, PREMIER MÉDECIN DE LA REINE,
AVEC LE PORTRAIT DE L'AUTEUR.

Au temple d'Épidaure on offrait les images
Des humains conservés et guéris par les dieux :
Silva, qui de la mort est le maître comme eux,
    Mérite les mêmes hommages.
Esculape nouveau, mes jours sont tes bienfaits,
Et tu vois ton ouvrage en revoyant mes traits.

47. — A MADAME LA MARQUISE D'USSÉ[2].

(1730)

L'Art dit un jour à la Nature :
« Vous n'égalez jamais les œuvres de ma main ;
Vous agissez sans choix, vous créez sans dessein :

---

1. Ces vers, désavoués par Voltaire dans une note du *Dialogue de Pégase et du Vieillard* (voyez page 200), ont cependant été conservés dans toutes les éditions de Voltaire, sans doute à cause des éloges donnés à ce médecin dans le deuxième *Discours sur l'Homme* (voyez tome IX, page 391), et dans une première version d'un passage du quatrième (voyez tome IX, page 406).

2. Anne-Théodore de Carvoisin, mariée en 1718 à M. d'Ussé, fils de celui à qui fut écrite, en 1716, la lettre du 20 juillet. Sa belle-mère, Jeanne-Françoise Le Prestre de Vauban, était morte dès 1713. Ces vers furent composés avant la mort de Houdard de Lamotte. (CL.)

Que feriez-vous sans ma parure?
Un teint flétri par vous s'embellit par mon fard ;
C'est moi qui d'une prude arrange la sagesse ;
Des coquettes beautés je conduis la finesse,
  Et mène sous mon étendard
  Et les beaux esprits et les belles ;
J'ai seul dicté sans vous les vers de Fontenelles,
  Et les fables du sieur Houdard. »
Ainsi, belle d'Ussé, l'art se croyait le maître,
Et le monde à son char paraissait s'attacher ;
  Mais la Nature vous fit naître,
  Et l'Art confus s'alla cacher.

48. — CHANSON [1]

POUR MADEMOISELLE GAUSSIN, LE JOUR DE SA FÊTE,

25 AOUT 1731.

Le plus puissant de tous les dieux,
Le plus aimable, le plus sage,
Louison, c'est l'Amour dans vos yeux.
De tous les dieux le moins volage,
Le plus tendre et le moins trompeur,
Louison, c'est l'Amour dans mon cœur.

49. — PORTRAIT DE M. DE LA FAYE [2].

Il a réuni le mérite
Et d'Horace et de Pollion,
Tantôt protégeant Apollon,
Et tantôt chantant à sa suite.
Il reçut deux présents des dieux,
Les plus charmants qu'ils puissent faire :
L'un était le talent de plaire ;
L'autre, le secret d'être heureux.

---

1. C'est Grimm qui rapporte cette chanson dans sa *Correspondance* (1er juin 1756). La première édition des *OEuvres de Voltaire* où elle ait été admise est celle en quatre-vingt-quinze volumes.
2. Il était mort le 11 juillet 1731.

50. — ÉPIGRAMME

SUR L'ABBÉ TERRASSON.

(1731)

On dit que l'abbé Terrasson,
De Law et de Lamotte apôtre,
Va du b..... à l'Hélicon,
N'étant fait pour l'un ni pour l'autre.
Pour avoir un léger prurit,
Il se fait chatouiller la fesse.
Manon le fouette, il la caresse;
Mais il b.... comme il écrit.
Un jour, dans la cérémonie,
On l'étrillait, il frétillait;
Notre p..... se travaillait
Dessus sa fesse racornie.
Entre monsieur l'abbé Dubos,
Qui, voyant fesser son confrère,
Dit tout haut, approuvant l'affaire :
« Frappez fort, il a fait *Séthos*[1]. »

51. — RÉPONSE A M. DE FORMONT.

On m'a conté (l'on m'a menti peut-être)
Qu'Apelle un jour vint entre cinq et six
Confabuler chez son ami Zeuxis[2];
Mais, ne trouvant personne en son taudis,
Fit, sans billet, sa visite connaître :
Sur un tableau par Zeuxis commencé
Un simple trait fut hardiment tracé.
Zeuxis revint; puis, en voyant paraître
Ce trait léger, et pourtant achevé,
Il reconnut son maître et son modèle.

---

1. Voltaire n'avait pas encore lu le *Séthos* de l'abbé Terrasson le 8 septembre 1731. Plus tard, il reconnut qu'il y a de beaux morceaux dans cet ouvrage. Voyez dans le catalogue des écrivains du *Siècle de Louis XIV*. (B.)

2. C'était Protogènes; il demeurait alors dans un *taudis* de Rhodes. (CL.)

Ne suis Zeuxis, mais chez moi j'ai trouvé
Des traits formés de la main d'un Apelle [1].

52. — A MONSIEUR LE MARÉCHAL DE RICHELIEU,

EN LUI ENVOYANT PLUSIEURS PIÈCES DÉTACHÉES.

(1731 [2])

Que de ces vains écrits, enfants de mes beaux jours,
La lecture au moins vous amuse :
Mais, charmant Richelieu, ne traitez point ma muse
Ainsi que vos autres amours ;
Ne l'abandonnez point, elle sera plus belle :
Votre aimable suffrage animera sa voix.
Richelieu, soyez-lui fidèle,
Vous le serez pour la première fois.

53. — SUR L'ESTAMPE DU R. P. GIRARD [3]

ET DE LA CADIÈRE.

Cette belle voit Dieu ; Girard voit cette belle !
Ah ! Girard est plus heureux qu'elle !

1. M. de Formont de Rouen étant allé chez M. de Voltaire, qui faisait alors son séjour en cette ville, et ne le trouvant pas, avait laissé sur son bureau cet impromptu :

Assis devant votre pupitre,
Avec votre plume j'écris.
Cela semble d'abord un titre
Pour façonner des vers polis ;
Aussi je voulais vous en faire ;
Mais Apollon m'a reconnu ;
J'eus beau vouloir vous contrefaire,
De lui je n'ai rien obtenu.
Je vois trop que c'est temps perdu,
Et qu'il ne répond qu'à Voltaire.

2. Cette date est celle que Cideville donna à ces vers il y a plus de quatre-vingts ans. (Cl.)
3. Le fameux procès du père Girard et de Catherine Cadière prit fin en 1731.

54. — MADRIGAL.

(Janvier 1732.)

Ah! Camargo [1], que vous êtes brillante!
Mais que Sallé [2], grands dieux, est ravissante!
Que vos pas sont légers, et que les siens sont doux!
Elle est inimitable, et vous êtes nouvelle :
    Les Nymphes sautent comme vous,
    Mais les Grâces dansent comme elle.

55. — ÉPIGRAMME.

    Néricault [3] dans sa comédie
    Croit qu'il a peint le glorieux ;
    Pour moi, je crois, quoi qu'il nous die,
    Que sa préface le peint mieux.

56. — POUR LE PORTRAIT DE Mlle SALLÉ [4]

    De tous les cœurs et du sien la maîtresse,
    Elle allume des feux qui lui sont inconnus :
        De Diane c'est la prêtresse,
        Dansant sous les traits de Vénus [5].

1. Marie-Anne de Cupis de Camargo, de la même famille que le cardinal de ce nom, était née à Bruxelles en 1710 ; elle entra comme danseuse à l'Opéra en 1730, et se retira après 1750 ; voyez tome VIII, page 590.

2. Mlle Sallé était aussi danseuse à l'Opéra, et se retira en 1741. Thieriot, qui en était amoureux, mit à contribution pour elle la verve de ses amis ; voyez ci-après, n° 56.

3. Néricault Destouches, auteur du *Glorieux*. Cette épigramme est dans la lettre à M. de Formont, du 29 avril 1732. Voyez-en la contre-partie dans la lettre à Destouches, Paris, 1750.

4. Ces vers se trouvent dans une lettre de Voltaire à Thieriot, du 9 juillet 1732, qui fait partie des *Pièces inédites* publiées en 1820.

5. Variante :
    Qui vient danser sous les traits de Vénus.

57. — A MADEMOISELLE AÏSSÉ[1],

EN LUI ENVOYANT DU RATAFIA POUR L'ESTOMAC.

(1732)

Va, porte dans son sang la plus subtile flamme ;
Change en désirs ardents la glace de son cœur ;
Et qu'elle sente la chaleur
Du feu qui brûle dans mon âme.

58. — IMPROMPTU

ÉCRIT CHEZ MADAME DU DEFFANT.

(1732)

Qui vous voit et qui vous entend
Perd bientôt sa philosophie ;
Et tout sage avec du Deffand
Voudrait en fou passer sa vie.

59. — A MADAME DE FONTAINE-MARTEL,

EN LUI ENVOYANT LE TEMPLE DE L'AMITIÉ[2].

(1733)

Pour vous, vive et douce Martel,
Pour vous, solide et tendre amie,
J'ai bâti ce temple immortel.
Mon cœur est digne de l'autel
Où rarement on sacrifie.
C'est vous que j'y veux encenser,

1. Ces vers sont de Voltaire, selon Cideville. Mlle Aïssé, née en Circassie, fut élevée avec Pont-de-Veyle et d'Argental ; elle mourut âgée de trente-huit ans, en 1733. L'auteur de cette note possède son portrait, de grandeur naturelle ; il a appartenu longtemps au comte d'Argental. (Cl.)
2. Ce *Temple* fut adressé plus tard à Frédéric avec un autre *envoi*. Voyez tome IX, page 372.

Et c'est là que je veux passer
Les jours les plus beaux de ma vie.

60. — A MONSIEUR BERNARD[1].

Ma muse épique, historique, et tragique,
Sur un vieux luth, qu'il faut monter toujours,
S'en va raclant quelque air mélancolique;
Ton flageolet enchante les Amours.
Lorsque Apollon régla notre apanage,
Il nous dota de présents inégaux :
J'eus les sifflets, les tourments, les travaux;
Toi, les plaisirs. Garde bien ton partage.

[2] 61. — A MADEMOISELLE DE GUISE,

DEPUIS DUCHESSE DE RICHELIEU, SŒUR DE MADAME DE BOUILLON

Vous possédez fort inutilement
Esprit, beauté, grâce, vertu, franchise;
Qu'y manque-t-il? quelqu'un qui vous le dise,
Et quelque ami dont on en dise autant.

62. — A MADEMOISELLE DE LAUNAY[3].

(1732)

Qui vous voit un moment voudrait vous voir toujours;
Et si d'un doux regard le sort me favorise,
De mes jours près de vous je bornerai le cours.
Mon cœur vous parle avec franchise,
Et des vains compliments que la mode autorise
Ne connaît point les faux détours.

1. C'est Gentil-Bernard, alors âgé de vingt-trois ans.
2. L'épitaphe qui précède cette pièce, dans d'autres éditions, est rapportée par
Voltaire dans une lettre à Lefebvre, 1732. (Voyez la *Correspondance*.)
3. Ces vers font partie d'une lettre à Mlle de Launay, depuis Mme de Staal (voyez
tome II du *Théâtre*, page 253, une note du prologue de *l'Échange*), qui n'est point
encore dans les *OEuvres de Voltaire*. (B.)

Avec vous le plaisir arrive :
A table, à vos côtés, cet aimable convive
Ne manque guère de s'asseoir.
Il verse avec le vin cette gaîté naïve
Qui brille en mots plaisants, sans jamais les prévoir,
Donne aux traits du bon sens une pointe plus vive,
Et rend, en unissant les grâces au savoir,
La science agréable et la joie instructive.
Sous la lyre d'Anacréon
Ainsi s'exprimait la Sagesse,
Ou tantôt, sur un plus haut ton,
Faisait admirer à la Grèce
Ses augustes traits dans Platon.
De l'une et de l'autre leçon
Faisant usage avec adresse,
A la plus austère raison
Vous ôtez son air de rudesse :
Votre art, sans affectation,
Unit la vigueur de Lucrèce
Au tour, à la délicatesse
De la maîtresse de Phaon.

63. — A LA MÊME [1].

J'ai deux ressources dans ma vie,
Le sommeil et l'oisiveté.
J'aime mieux la tranquillité
De cette douce léthargie
Qu'une inutile activité.
L'ennuyeuse Uniformité,
Que de Paris on a bannie,
Dans ces climats est établie ;
Et sa rivale si jolie,
La piquante Diversité,
Jamais dans notre Normandie
N'apporta sa légèreté.
Sous les lois de son ennemie,
On y prend pour solidité
Ce qu'ailleurs, avec vérité,

1. Ces vers font partie de la même lettre que les précédents. (B.)

On nomme froideur de génie;
Et le jugement escorté
De quelque brillante saillie
Y passerait pour la folie.
De ces sottises dégoûté,
Je cours, de la Philosophie,
Contre les efforts de l'ennui
Implorer le solide appui.
Descarte, en sa nouvelle école,
Surprit, éclaira les esprits;
Sur Aristote et ses débris
Nous élevâmes son idole.
L'Anglais, en tout notre rival,
Veut abattre aujourd'hui ce culte,
Le Français, toujours inégal,
Lui-même approuve cette insulte.
Moi, dans mon petit tribunal,
Du préjugé national
Et des passions en tumulte
Évitant le ton magistral,
Philosophe, jurisconsulte,
Soit que je juge bien ou mal,
Je suis au moins impartial.
Par la clarté la plus brillante
Dissipant une affreuse nuit,
Locke, en sa démarche un peu lente,
Vers la vérité nous conduit;
Mais, dans sa route fatigante,
Avec peine un lecteur le suit.
D'un air trop sombre il nous instruit,
Et des fleurs la couleur riante
Chez lui n'annonce pas le fruit.
Par ces fleurs Malbranche sait plaire :
Tout chez lui n'est pas vérité;
Mais, de ses grâces enchanté,
L'esprit ne peut être sévère
Quand le cœur est si bien traité.
S'il dort, c'est du sommeil d'Homère;
Son sommeil même est respecté.
Et! qu'importe qu'il nous éclaire,
Puisqu'ici-bas tout est chimère?
N'écoutons point un vain désir

Pour un secret impénétrable ;
Et, satisfaits du vraisemblable,
Cherchons seulement le plaisir.

64. — A LA MÊME.

Cette tête ne s'emplit pas [1]
De chiffons ni de babioles,
Et comme celles de nos folles
N'est grenier à nicher des rats ;
Mais logis meublé haut et bas,
Plus orné que palais d'idoles,
Où sont rangés sans embarras
L'astrolabe et les falbalas,
Et l'éventail et le compas ;
Où, sous bons et sûrs cadenas,
Sont trésors plus chers que pistoles ;
Ces précieux et longs amas
De vérités de tous états,
Cette richesse de paroles,
Sans le clinquant des hyperboles ;
Ces tours heureux et délicats
Qui font des riens les plus frivoles
Des choses dont on fait grand cas.

65. — A LA MÊME.

Un des Quarante peut arranger un volume ;
Quelquefois le bon sens fait un livre précis.
C'est là le fort de nos esprits.
Mais chez vous, comme en vos écrits,
Sexe aimable, l'Amour tient-il toujours la plume ?

---

1. Ces dix-huit vers sont de décembre 1732, et font, ainsi que les deux pièces suivantes, partie d'une lettre à Mlle de Launay, qui n'est pas encore dans les *OEuvres de Voltaire.* (B.)

66. — A LA MÊME.

Vous prêchez pour la liberté
Bien mieux que Locke en son grimoire :
Mais, prouvant à votre auditoire
Le droit de choix si contesté,
Vous l'en privez en vérité,
Car qui peut ne pas vous en croire ?

67. — ÉPITAPHE [1].

(1733)

Ci-gît dont la suprême loi
Fut de ne vivre que pour soi.
Passant, garde-toi de le suivre ;
Car on pourrait dire de toi :
« Ci-gît qui ne dût jamais vivre. »

68. — A MONSIEUR LINANT [2].

(1733)

Connaissez mieux l'oisiveté :
Elle est ou folie ou sagesse ;
Elle est vertu dans la richesse,
Et vice dans la pauvreté.
On peut jouir en paix dans l'hiver de sa vie
De ces fruits qu'au printemps sema notre industrie :

---

1. La Place, en la rapportant tome Ier, page 433, de son *Recueil d'épita*
1782, trois volumes in-12, ajoute en note : « Cette épitaphe se trouve écrite
main de Voltaire ; on ignore s'il en est l'auteur. » L'édition en quatre-vingt-q
volumes est la première des *OEuvres de Voltaire* où cette pièce ait été admise

2. Ces vers sont cités dans une lettre de Bernard à Chenevières, de l'année
ils sont du mois d'avril. Michel Linant, né à Louviers, mort le 11 décembre
est auteur de quelques pièces de théâtre et autres opuscules. C'est à un autre Li
précepteur du fils de Mme d'Épinay, que Voltaire a adressé quelques lettre
font partie de sa *Correspondance*. (B.)

Courtisans de la gloire, écrivains ou guerriers,
Le sommeil est permis, mais c'est sur des lauriers.

69. — VERS PRÉSENTÉS A LA REINE[1],

SUR LA SECONDE ÉLECTION DU ROI STANISLAS AU TRONE DE POLOGNE.

(1733)

Il fallait un monarque aux fiers enfants du Nord :
Un peuple de héros s'assemblait pour l'élire ;
Mais l'aigle de Russie et l'aigle de l'Empire
Menaçaient la Pologne, et maîtrisaient le sort.
De la France aussitôt, son trône et sa patrie,
La Vertu descendit aux champs de Varsovie.
Mars conduisait ses pas ; Vienne en frémit d'effroi :
La Pologne respire en la voyant paraître[2].
« Peuples nés, lui dit-elle, et pour Mars et pour moi,
De nos mains à jamais recevez votre maître :
Stanislas à l'instant vint, parut, et fut roi[3]. »

70. — A MONSIEUR DE FORCALQUIER[4],

QUI AVAIT EU SES CHEVEUX COUPÉS PAR UN BOULET DE CANON
AU SIÉGE DE KEHL.

(Octobre 1733.)

Des boulets allemands la pesante tempête
A, dit-on, coupé vos cheveux :

1. Marie Leckzinska. — On lit ce titre dans un manuscrit des poésies de Voltaire, qui dut composer ces vers à la fin de 1733. (CL.)
2. Variante :

> La Pologne à genoux courut la reconnaître.

3. Dans la *Bibliothèque germanique*, tome XXX, pages 173-74, on trouve de cette pièce la continuation anonyme que voici :

> Mais ayant remarqué du haut d'une fenêtre
> L'invincible Thémis, campée à l'autre bord,
> « Partons, s'écria-t-il ; cette dame peut-être
> Ne voudra pas de nous : retournons à Chambord. »
> On le vit à l'instant partir et disparaître ;
> L'espoir le fit venir, le remords le chassa ;
> Stanislas, en un mot, vint, parut, s'éclipsa.

4. Louis-Buflle de Brancas, duc de Forcalquier, mort le 3 février 1753.

Les gens d'esprit sont fort heureux
Qu'elle ait respecté votre tête.
On prétend que César, le phénix des guerriers,
N'ayant plus de cheveux, se coiffa de lauriers :
Cet ornement est beau, mais n'est plus de ce monde.
Si César nous était rendu,
Et qu'en servant Louis il eût été tondu,
Il n'y gagnerait rien qu'une perruque blonde.

71. — A MONSIEUR LEFEBVRE[1],

EN RÉPONSE A DES VERS QU'IL AVAIT ENVOYÉS
A L'AUTEUR.

N'attends de moi ton immortalité.
Tu l'obtiendras un jour par ton génie :
N'attends de moi ta première santé ;
Ton protecteur, le dieu de l'harmonie,
Te la rendra par son art enchanté :
De tes beaux jours la fleur n'est point flétrie.
Mais je voudrais, de tes destins pervers
En corrigeant l'influence ennemie,
Contribuer au bonheur d'une vie
Que tu rendras célèbre par tes vers.

1. Voici les vers qu'il avait envoyés à Voltaire :

Je n'étais plus, et, ma foi, dans sa barque
Nocher d'enfer me jachait tout de bon ;
Quand, ne sais comme, avant que gente parque
A de mes jours renoué le cordon.
Divin harpeur, est-ce par la donzelle
Ou bien par toi que suis ravigoté ?
Le veux savoir : présent d'une chandelle
Destine à qui plus mieux l'a mérité.
Dame Atropos, aux humains si farouche,
Onc ne trahit ce qu'elle a projeté ;
Mais on m'a dit qu'un seul mot de ta bouche
Peut donner mort ou l'immortalité.

72. — A MADEMOISELLE DE GUISE[1],

DANS LE TEMPS QU'ELLE DEVAIT ÉPOUSER M. LE DUC DE RICHELIEU.

(1734)

Guise, des plus beaux dons avantage céleste,
Vous dont la vertu simple, et la gaîté modeste
Rend notre sexe amant, et le vôtre jaloux ;
    Vous qui ferez le bonheur d'un époux
        Et les désirs de tout le reste,
        Quoi ! dans un recoin de Monjeu,
        Vos doux appas auront la gloire
        De finir l'amoureuse histoire
        De ce volage Richelieu !
Ne vous aimez pas trop, c'est moi qui vous en prie ;
C'est le plus sûr moyen de vous aimer toujours :
Il vaut mieux être amis tout le temps de sa vie
        Que d'être amants pour quelques jours.

73. — A MONSIEUR DE CORLON,

QUI ÉTAIT AVEC L'AUTEUR A MONJEU, CHEZ M. LE DUC DE GUISE,
ALORS MALADE.

(1734)

Je sais ce que je dois, et n'en fais jamais rien :
Au lieu d'aller tâter le pouls de Son Altesse,
J'abandonne son lit sans dormir dans le mien ;
Je renonce aux dîners, au piquet, à la messe,
Très-mauvais courtisan, bien plus mauvais chrétien,
Libertin dans l'esprit, et rempli de paresse.
Ah, monsieur de Corlon ! que vous êtes heureux !
Plus libertin que moi sans être paresseux,
On vous trouve à toute heure, et vous savez tout faire.
De grâce, enseignez-moi ce secret précieux
De vous lever matin, de dîner, et de plaire.

1. Ces vers furent composés au mois d'avril 1734, quelques jours avant le
mariage d'Élisabeth-Sophie de Lorraine avec le duc de Richelieu.

74. — A MONSIEUR LE DUC DE GUISE,

QUI PRÊCHAIT L'AUTEUR A L'OCCASION DES VERS PRÉCÉDENTS.

(1734)

Lorsque je vous entends et que je vous contemple,
Je profite avec vous de toutes les façons :
    Vous m'instruisez par vos leçons,
    Et me gâtez par votre exemple[1].

75. — A MADAME LA DUCHESSE DE RICHELIEU.

(1734)

Plus mon œil étonné vous suit et vous observe,
Et plus vous ravissez mes esprits éperdus ;
    Avec les yeux noirs de Vénus
    Vous avez l'esprit de Minerve.
Mais Minerve et Vénus ont reçu des avis ;
    Il faut bien que je vous en donne :
Ne parlez désormais de vous qu'à vos amis,
    Et de votre père à personne[2].

[3]76. — A MADAME LA DUCHESSE DE BOUILLON.

QUI VANTAIT SON PORTRAIT FAIT PAR CLINCHETET.

Cesse, Bouillon, de vanter davantage
Ce Clinchetet qui peignit tes attraits :
Un meilleur peintre, avec de plus beaux traits,
Dans tous nos cœurs a tracé ton image,
Et cependant tu n'en parles jamais.

1. Voyez la note suivante.
2. Mme de Richelieu ne parlait que d'elle-même ; et son père, le duc de Guise,
trichait au jeu. (B.)
3. Le quatrain à Mme du Châtelet, qui vient avant cette pièce dans d'autres
éditions, se trouve en tête du *Traité de métaphysique*.

77. — A LA MÊME.

Deux Bouillon tour à tour ont brillé dans le monde
    Par la beauté, le caprice, et l'esprit :
    Mais la première eût crevé de dépit
    Si, par malheur, elle eût vu la seconde [1].

78. — CONTRE LES PHILOSOPHES [2].

SUR LE SOUVERAIN BIEN.

(1734)

L'esprit sublime et la délicatesse,
L'oubli charmant de sa propre beauté,
L'amitié tendre et l'amour emporté,
Sont les attraits de ma belle maîtresse.
Vieux rêvasseurs, vous qui ne sentez rien,
Vous qui cherchez dans la philosophie
L'être suprême et le souverain bien,
Ne cherchez plus, il est dans Uranie.

79. — A MADAME LA MARQUISE DU CHATELET,

FAISANT UNE COLLATION SUR UNE MONTAGNE APPELÉE SAINT-BLAISE,
PRÈS DE MONJEU.

(1734)

    Saint-Blaise a plus d'attraits encor
    Que la montagne du Thabor.

1. La première est Marie-Anne Mancini, nièce du cardinal Mazarin, mariée, le 20 avril 1662, à Godefroi-Maurice de La Tour, deuxième du nom, duc de Bouillon, morte le 20 juin 1714, à soixante-quatre ans.

La seconde est Louise-Henriette-Françoise de Lorraine, mariée, le 21 mars 1725, avec Emmanuel-Théodose de La Tour, duc de Bouillon, morte à Paris le 31 mars 1737, âgée de trente ans. Elle était sœur de Mme de Richelieu.

2. Ce huitain, qu'on lit avec de légères différences dans les *Pièces inédites de Voltaire*, publiées en 1820, fait partie d'un recueil écrit par Céran, valet de chambre copiste de l'ami d'Émilie, désignée sous le nom d'Uranie. (CL.)

Vous valez le fils de Marie;
Mais lorsqu'il s'y transfigura,
Souvenez-vous qu'il y gagna,
Et vous y perdriez, Sylvie.

80. — A LA MÊME.

Nymphe aimable, nymphe brillante,
Vous en qui j'ai vu tour à tour
L'esprit de Pallas la savante
Et les grâces du tendre Amour,
De mon siècle les vains suffrages
N'enchanteront pas mes esprits;
Je vous consacre mes ouvrages:
C'est de vous que j'attends leur prix.

81. — A LA MÊME.

Vous m'ordonnez de vous écrire,
Et l'Amour, qui conduit ma main,
A mis tous ses feux dans mon sein,
Et m'ordonne de vous le dire.

82. — A LA MÊME.

Allez, ma muse, allez vers Émilie;
Elle le veut: qu'elle soit obéie.
De son esprit admirez les clartés,
Ses sentiments, sa grâce naturelle,
Et désormais que toutes ses beautés
Soient de vos chants l'objet et le modèle.

83. — A LA MÊME,

QUI SOUPAIT AVEC BEAUCOUP DE PRÊTRES.

Un certain dieu, dit-on, dans son enfance,
Ainsi que vous, confondait les docteurs;

Un autre point qui fait que je l'encense,
C'est que l'on dit qu'il est maître des cœurs.
Bien mieux que lui vous y régnez, Thémire ;
Son règne au moins n'est pas de ce séjour ;
Le vôtre en est, c'est celui de l'amour :
Souvenez-vous de moi dans votre empire.

84. — A LA MÊME,

LORSQU'ELLE APPRENAIT L'ALGÈBRE.

Sans doute vous serez célèbre
Par les grands calculs de l'algèbre
Où votre esprit est absorbé :
J'oserais m'y livrer moi-même ;
Mais, hélas ! A + D — B
N'est pas = à je vous aime.

85. — IMPROMPTU[1].

(1735)

Sais-tu que celui dont tu parles
D'Apollon est le favori,
Qu'il est le Quint-Curce de Charles
Et l'Homère du grand Henri ?

86. — VERS

ÉCRITS AU BAS D'UNE LETTRE DE MADAME DU CHATELET
A MADAME DE CHAMPBONIN.

(1735)

C'est l'architecte[2] d'Émilie
Qui ce petit mot vous écrit ;

1. Verrières, qui rapporte cet impromptu à la page 9 de son *Épître à M. de Voltaire*, 1736, in-8°, dit qu'il fut fait pour réponse au portrait en prose que l'on avait fait de Voltaire l'année précédente. Les éditeurs de Kehl avaient fait de cet impromptu une note de la seconde version du n° 105 ; voyez page 513.

2. On bâtissait alors le château de Cirey ; et Voltaire dirigeait l'ouvrage.

Je me sers de sa plume, et non de son génie ;
Mais je vous aime, aimable amie :
Ce seul mot vaut beaucoup d'esprit.

87. — RÉPONSE A M. DE FORMONT [1],

AU NOM DE MADAME DU CHATELET.

(1735)

Chacun cherche le paradis [2] :
Je l'ai trouvé, j'en suis certaine.
Les vrais plaisirs, la raison saine,
La liberté, tous gens maudits
Par la sainte Église romaine,
Habitent dans ce beau pays ;
Les préjugés en sont bannis ;
Le bonheur est notre domaine.
Vous, heureux proscrit du jardin
Qu'a chanté la Bible chrétienne,
Venez au véritable Éden,
Si vous m'en croyez souveraine ;
Venez ; de cet aimable lieu
Les plaisirs purs ouvrent l'entrée :
Vous savez qu'il est plus d'un dieu
Et plus d'un rang dans l'empyrée.

88. — A MADAME DE FLAMARENS,

QUI AVAIT BRULÉ SON MANCHON, PARCE QU'IL N'ÉTAIT PLUS A LA MODE.

Il est une déesse inconstante, incommode,
Bizarre dans ses goûts, folle en ses ornements,

1. Formont avait adressé à Mme du Châtelet vingt-trois vers sur *le Mondain* de Voltaire ; on les trouve dans les *Pièces inédites de Voltaire*, 1820, in-8° et in-12. C'est à ces vers que répondent ceux de Voltaire composés au nom de Mme du Châtelet, et qui doivent être de 1735.

2. Ces vers ont été imprimés à la page 22 d'un petit volume in-24 de quarante-huit pages, intitulé *Opuscules poétiques*, et publié par le libraire Desnos, qui le reproduisit, sans le réimprimer, sous le titre de *le Voltaire galant*. On a compris cette pièce dans le volume des *Pièces inédites de Voltaire*, 1820, in-8° et in-12. (B.)

Qui paraît, fuit, revient, et naît en tous les temps :
Protée était son père, et son nom est *la Mode.*
Il est un dieu charmant, son modeste rival,
Toujours nouveau comme elle, et jamais inégal,
Vif sans emportement, sage sans artifice :
Ce dieu, c'est *le Mérite.* On l'adore dans vous.
Mais le Mérite enfin peut avoir un caprice ;
Et ce dieu si prudent, que nous admirions tous,
A la Mode à son tour a fait un sacrifice.
Vous que pour Flamarens nous voyons soupirer,
    Vous qui redoutez sa sagesse,
    Amants, commencez d'espérer :
Flamarens vient enfin d'avoir une faiblesse.

INSCRIPTION

POUR L'URNE QUI RENFERME LES CENDRES DU MANCHON.

    Je fus manchon, je suis cendre légère :
Flamarens me brûla, je l'ai pu mériter ;
    Et l'on doit cesser d'exister [1]
    Quand on commence à lui déplaire.

89. — A MONSIEUR *** [2],

QUI ÉTAIT A L'ARMÉE D'ITALIE.

(1735)

    Ainsi le bal et la tranchée,
    Les boulets, le vin, et l'amour,
    Savent occuper tour à tour
Votre vie, aux devoirs, aux plaisirs attachée.
Vous suivez de Villars les glorieux travaux,
A de pénibles jours joignant des nuits passables.
Eh bien, vous serez donc le second des héros,
    Et le premier des gens aimables.

1. Variante :
Je devais cesser d'exister :
Je commençais à lui déplaire.

2. Le comte de Sade était aide de camp du maréchal de Villars ; et c'est peut-
être à lui qu'est adressée cette pièce. (B.)

90. — A MADAME DU CHATELET.

Lorsque Linus chante si tendrement,
    Crois-tu que l'amour seul l'anime?
Non, il sait l'art d'exprimer dans son chant
    Plus d'amour que son cœur n'en sent;
    Et j'en sens plus qu'il n'en exprime.

91. — A MONSIEUR GRÉGOIRE,

DÉPUTÉ DU COMMERCE DE MARSEILLE.

Voyageur fortuné, dont les soins curieux
Ont emporté les pas aux confins de la terre,
Vous avez vu Paphos, Amathonte, et Cythère,
    Et vous pouvez voir en ces lieux
Hébé[1], Mars[2], et Vénus[3], réunis sous vos yeux.

92. — QUATRAIN

POUR LE PORTRAIT DE MADEMOISELLE LECOUVREUR.

Seule de la nature elle a su le langage;
Elle embellit son art, elle en changea les lois.
L'esprit, le sentiment, le goût fut son partage:
L'Amour fut dans ses yeux, et parla par sa voix.

93. — DEVISE POUR MADAME DU CHATELET.

    Du repos, des riens, de l'étude[4],
    Peu de livres, point d'ennuyeux,

---

1. Mme la duchesse de Villars, née Noailles.
2. Le maréchal de Villars.
3. La maréchale de Villars, née de Maisons.
4. Variante :
    Du repos, une douce étude.

Tel est le commencement de cette devise, qui fut d'abord placée dans un belvédère
construit par Voltaire à Cirey, et que Mme la comtesse de Simiane, née Damas, a

Un ami dans la solitude,
Voilà mon sort; il est heureux [1].

94. — A MADAME DU CHATELET,

EN LUI ENVOYANT L'HISTOIRE DE CHARLES XII.

Le voici ce héros si fameux tour à tour
    Par sa défaite et sa victoire :
S'il eût pu vous entendre et vous voir à sa cour,
Il n'aurait jamais joint (et vous pouvez m'en croire)
A toutes les vertus qui l'ont comblé de gloire
    Le défaut d'ignorer l'amour.

95. — ÉPIGRAMME.

Quand les Français à tête folle
S'en allèrent dans l'Italie,
Ils gagnèrent à l'étourdie
Et Gêne, et Naple, et la v......
Puis ils furent chassés partout,
Et Gêne et Naple on leur ôta ;
Mais ils ne perdirent pas tout,
Car la v..... leur resta [2].

fait mettre dans l'ancienne chambre à coucher de Voltaire. Cette espèce d'inscription est tracée assez grossièrement à l'encre, sur une tablette de marbre blanc que j'ai vue en 1821 et 1827 à Cirey. (CL.)

1. Voyez ci-après, parmi les vers latins, le n° 2.

2. Cette épigramme n'est qu'une imitation de ce distique de La Monnoye :

Parthenopes regnum simul olim, Galle, luemque
    Cepisti : restat nunc tibi sola lues.

Cependant nous avons laissé cette pièce parmi les *Poésies mêlées,* où l'on a l'habitude de la voir.

96. — A MONSIEUR CLÉMENT[1],

DE MONTPELLIER.

QUI AVAIT ADRESSÉ DES VERS A L'AUTEUR, EN L'EXHORTANT
A NE PAS ABANDONNER LA POÉSIE POUR LA PHYSIQUE.

Un certain chantre abandonnait sa lyre;
Nouveau Kepler, un télescope en main,
Lorgnant le ciel, il prétendait y lire,
Et décider sur le vide et le plein.
Un rossignol, du fond d'un bois voisin,
Interrompit son morne et froid délire;
Ses doux accents l'éveillèrent soudain
(A la nature il faut qu'on se soumette);
Et l'astronome, entonnant un refrain,
Reprit sa lyre, et brisa sa lunette.

97. — ÉPIGRAMME.

On dit que notre ami Coypel[2]
Imite Horace et Raphaël :
A les surpasser il s'efforce,
Et nous n'avons point aujourd'hui
De rimeur peignant de sa force,
Ni peintre rimant comme lui.

98. — ÉPIGRAMME[3].

(Janvier 1736.)

On dit qu'on va donner *Alzire*.
Rousseau va crever de dépit,

---

1. Ces vers sont une réponse à Clément de Montpellier, qui avait envoyé à Voltaire seize vers commençant ainsi :

Laisse Clairaut tracer la ligne.

2. Ce peintre a fait six volumes de pièces de théâtre.
3. Ces vers sont donnés comme inédits par l'abbé du Vernet dans sa *Vie de Voltaire*, chapitre IX des premières éditions; chapitre XI de la dernière, qui est de 1797.

S'il est vrai qu'encore il respire :
Car il est mort quant à l'esprit ;
Et s'il est vrai que Rousseau vit,
C'est du seul plaisir de médire.

99. — SUR M. DE LA CONDAMINE,

QUI ÉTAIT OCCUPÉ DE LA MESURE D'UN DEGRÉ DU MÉRIDIEN AU PÉROU,
LORSQUE VOLTAIRE FAISAIT ALZIRE.

(1736)

Ma muse et son compas sont tous deux au Pérou :
Il suit, il examine ; et je peins la nature.
Je m'occupe à chanter les pays qu'il mesure :
Qui de nous deux est le plus fou ?

100. — SUR LE CHATEAU DE CIREY[1].

(Février 1736.)

Un voyageur qui ne mentit jamais
Passe à Cirey, l'admire, le contemple ;
Il croit d'abord que ce n'est qu'un palais ;
Mais il voit Émilie : « Ah ! dit-il, c'est un temple. »

101. — A MADAME DU CHATELET[2].

DE CIREY, OU IL ÉTAIT PENDANT SON EXIL, ET OU ELLE LUI AVAIT ÉCRIT
DE PARIS.

On dit qu'autrefois Apollon,
Chassé de la voûte immortelle,
Devint berger et puis maçon,
Et laissa là son violon
Pour la houlette et la truelle.
Je suis cent fois plus malheureux :
Votre présence m'est ravie ;

---

1. A la fin de sa lettre du 9 février 1736, à Thieriot, Voltaire cite, comme étant
de Linant, quatre vers dont ceux-ci sont la copie corrigée.
2. Je donne ces vers d'après le *Petit Magasin des Dames,* page 172. (B.)

Je ne vois donc plus vos beaux yeux ;
Je vous perds, charmante Émilie ;
C'est moi qui suis chassé des cieux.
Pour vous, dans ce triste séjour,
Je m'adonne à l'architecture ;
Les talents ne sont pas enfants de la nature,
Ils sont tous enfants de l'Amour.

102. — A MADEMOISELLE GAUSSIN.

(1736)

Ce n'est pas moi qu'on applaudit,
C'est vous qu'on aime et qu'on admire ;
Et vous damnez, charmante Alzire,
Tous ceux que Guzman convertit.

103. — A MONSIEUR PALLU,

INTENDANT DE MOULINS.

(1736)

Pope l'Anglais, ce sage si vanté,
Dans sa morale au Parnasse embellie,
Dit que les biens, les seuls biens de la vie,
Sont le repos, l'aisance et la santé.
Il s'est mépris : quoi! dans l'heureux partage
Des dons du ciel faits à l'humain séjour,
Ce triste Anglais n'a pas compté l'amour!
Que je le plains! il n'est heureux ni sage.

104. — A MONSIEUR DE LACHAUSSÉE,

EN RÉPONSE A SON ÉPITRE A CLIO.

(1736)

Lorsque sa muse courroucée
Quitta le coupable Rousseau,
Elle te donna son pinceau,
Sage et modeste Lachaussée.

105. — A MONSIEUR DE VERRIÈRES[1].

(1736)

Élève heureux du Dieu le plus aimable,
Fils d'Apollon, digne de ses concerts,
Voudriez-vous être encor plus louable?
Ne me louez pas tant, travaillez plus vos vers.
Le plus bel arbre a besoin de culture :
Émondez-moi ces rameaux trop épars ;
Rendez leur séve et plus forte et plus pure.
Il faut toujours, en suivant la nature,
La corriger : c'est le secret des arts.

106. — SONNET

A MONSIEUR LE COMTE ALGAROTTI[2].

(1736)

On a vanté vos murs bâtis sur l'onde,
Et votre ouvrage est plus durable qu'eux.

1. Cette pièce est rapportée par Voltaire dans sa lettre à Thieriot, du 18 mars 1736. Les éditeurs de Kehl en ont donné, dans les *Poésies mêlées*, une seconde version que voici:

> Vous qu'Apollon admit à ses concerts,
> Ne me louez pas tant, travaillez mieux vos vers ;
> Le plus bel arbre a besoin de culture.
> Émondez ces rameaux confusément épars ;
> Ménagez cette séve, elle en sera plus pure.
> Sachez que le secret des arts
> Est de corriger la nature.

Une troisième version est ainsi conçue:

> Vous qu'Apollon admit à ses concerts,
> Louez-moi moins, travaillez mieux vos vers ;
> Le plus bel arbre a besoin de culture.
> Emondez-moi ces rameaux trop épars ;
> Rendez leur séve et plus forte et plus pure.
> Il faut, Verrière, en suivant la nature,
> La corriger ; c'est le secret des arts.

Les quatre derniers vers de la seconde version font partie d'un sixain qui est dans la lettre à Cideville, du 2 mars 1731. (B.)

2. Voltaire, en parlant de ce sonnet dans sa lettre à Thieriot, du 18 mars 1736, dit que c'est le premier qu'il ait fait de sa vie.

Venise et lui semblent faits pour les dieux ;
Mais le dernier sera plus cher au monde.

Qu'admirons-nous dans ce dieu merveilleux
Qui, dans sa course éternelle et féconde,
Embrasse tout, et traverse à nos yeux
Des vastes airs la campagne profonde ?

L'invoquons-nous pour avoir sur les mers
Bâti ces murs que la cendre a couverts,
Cet Ilion caché dans la poussière ?

Ainsi que vous il est le dieu des vers,
Ainsi que vous il répand la lumière :
Voilà l'objet des vœux de l'univers.

107. — IMPROMPTU A MONSIEUR THIERIOT[1],

QUI S'ÉTAIT FAIT PEINDRE, LA HENRIADE A LA MAIN.

(1736)

Si je voyais ce monument,
Je dirais, rempli d'allégresse :
« Messieurs, c'est mon plus cher enfant
Que mon meilleur ami caresse. »

108. — A MONSIEUR DE LA BRUÈRE,

SUR SON OPÉRA INTITULÉ LES VOYAGES DE L'AMOUR.

(1736)

L'Amour t'a prêté son flambeau ;
Quinault, son ministre fidèle,
T'a laissé son plus doux pinceau :
Tu vas jouir d'un sort si beau

---

1. Ce quatrain dut être composé vers le commencement d'avril 1736, peu de
temps avant un voyage fait, par Voltaire, de Cirey à Paris. L'auteur dit, dans une
de ses lettres d'avril 1736, à Berger : « Mon ami Thieriot s'est fait peindre avec
la Henriade à la main. »

Sans jamais trouver de cruelle,
Et sans redouter un Boileau.

109. — A MONSIEUR BERNARD,

AUTEUR DE L'ART D'AIMER.

LES TROIS BERNARDS.

En ce pays trois Bernards sont connus :
L'un est ce saint, ambitieux reclus,
Prêcheur adroit, fabricateur d'oracles ;
L'autre Bernard est celui de Plutus,
Bien plus grand saint, faisant plus de miracles ;
Et le troisième est l'enfant de Phébus,
Gentil Bernard, dont la muse féconde
Doit faire encor les délices du monde
Quand des deux saints l'on ne parlera plus.

110. — SIXAIN.

De ces trois Bernards que l'on vante,
Le premier n'a rien qui me tente :
Il dînait mal, et souvent tard ;
Mais mon plaisir serait extrême
De dîner chez l'autre Bernard,
Si j'y rencontrais le troisième.

111. — INVITATION AU MÊME.

Au nom du Pinde et de Cythère,
Gentil Bernard, sois averti
Que l'art d'aimer doit samedi
Venir souper chez l'art de plaire[1].

1. Mme la marquise du Châtelet. On sait que Bernard a fait un poëme de *l'Art d'aimer*. (K.) — Une copie manuscrite nomme Mme de Luxembourg, au lieu de Mme du Châtelet. (B.)

112. — A MADAME DE BASSOMPIERRE[1],

ABBESSE DE POUSSAI.

Avec cet air si gracieux
L'abbesse de Poussai me chagrine, me blesse.
De Montmartre la jeune abbesse
De mon héros[2] combla les vœux ;
Mais celle de Poussai l'eût rendu malheureux :
Je ne saurais souffrir les beautés sans faiblesse.

113. — POUR LE PORTRAIT

DE JEAN BERNOUILLI.

Son esprit vit la vérité,
Et son cœur connut la justice ;
Il a fait l'honneur de la Suisse,
Et celui de l'humanité.

114. — LE PORTRAIT MANQUÉ.

A MADAME LA MARQUISE DE B***[3].

On ne peut faire ton portrait :
Folâtre et sérieuse, agaçante et sévère,
Prudente avec l'air indiscret,
Vertueuse, coquette, à toi-même contraire,
La ressemblance échappe en rendant chaque trait.
Si l'on te peint constante, on t'aperçoit légère :
Ce n'est jamais toi qu'on a fait.
Fidèle au sentiment avec des goûts volages,
Tous les cœurs à ton char s'enchaînent tour à tour :
Tu plais aux libertins, tu captives les sages,

1. Charlotte de Beauvau, sœur de la marquise de Boufflers, née en 1717, mariée, en 1734, à Léopold-Clément de Bassompierre.
2. Le maréchal de Richelieu.
3. Si c'est la marquise de Boufflers, née Beauvau-Craon, mère de l'abbé, chevalier, marquis de Boufflers, ces vers sont postérieurs au mois d'avril 1735, époque de son mariage avec François-Louis de Boufflers. (CL.)

Tu domptes les plus fiers courages,
Tu fais l'office de l'Amour.
On croit voir cet enfant en te voyant paraître ;
Sa jeunesse, ses traits, son art,
Ses plaisirs, ses erreurs, sa malice peut-être :
Serais-tu ce dieu, par hasard?

115. — VERS

MIS AU BAS D'UN PORTRAIT DE LEIBNITZ.

Il fut dans l'univers connu par ses ouvrages,
Et dans son pays même il se fit respecter ;
Il éclaira les rois, il instruisit les sages [1] :
Plus sage qu'eux, il sut douter.

116. — SUR JEAN-BAPTISTE ROUSSEAU.

(1736)

Rousseau, sujet au camouflet,
Fut autrefois chassé, dit-on,
Du théâtre à coups de sifflet,
De Paris à coups de bâton :
Chez les Germains chacun sait comme
Il s'est garanti du fagot ;
Il a fait enfin le dévot,
Ne pouvant faire l'honnête homme.

117. — A MADAME LA MARQUISE DU CHATELET [2].

Tout est égal, et la nature sage
Veut au niveau ranger tous les humains :

1. Dans le *Mercure,* août 1748, on lit :

Il instruisit les rois, il éclaira les sages.

2. Voltaire, en envoyant à Mme du Châtelet cette pièce et la suivante, les accompagna de quelques mots en prose : « Voici des fleurs et des épines que je vous envoie, dit-il. Je suis comme saint Pacôme, qui, récitant ses matines sur sa chaise percée, disait au diable : « Mon ami, ce qui va en haut est pour Dieu, ce qui tombe

Esprit, raison, beaux yeux, charmant visage,
Fleur de santé, doux loisir, jours sereins,
Vous avez tout, c'est là votre partage.
Moi, je parais un être infortuné,
De la nature enfant abandonné,
Et n'avoir rien semble mon apanage :
Mais vous m'aimez, les dieux m'ont tout donné.

118. — ÉPIGRAMME.

Certain émérite envieux,
Plat auteur du *Capricieux*[1],
Et de ces *Aïeux chimériques*[2],
Et de tant de vers germaniques,
Et de tous ces sales écrits,
D'un père infâme enfants proscrits,
Voulait d'une audace hautaine
Donner des lois à Melpomène[3],
Et régenter ses favoris,
Quand du sifflet le bruit utile,
Dont aux pièces de ce Zoïle
Nous étions toujours assourdis,
Pour notre repos a fait taire
La voix débile et téméraire
De ce doyen des étourdis.

119. — RÉPONSE A M. DE LINANT[4].

Mais vous, Linant, que le ciel a doté
De minois rond, de croupe rebondie,

« en bas est pour toi. » Le diable, c'est Rousseau ; et pour Dieu, vous savez bien
que c'est vous. »

1. Titre d'une comédie de J.-B. Rousseau.
2. Autre comédie de J.-B. Rousseau.
3. Allusion à l'*Épître au P. Brumoy*, qui parut vers juillet 1736, avec les
épîtres *à Thalie* et *à Rollin*.
4. Voici les vers de Linant auxquels Voltaire répondait :

> Le nom qu'au prix de ta santé
> T'ont fait tes vers et ton histoire,
> Crois-moi, n'est pas trop acheté :

Et, qui plus est, de cet art enchanté
Par qui l'esprit se joint à l'harmonie,
Votre Apollon, dieu de la poésie,
Est bien aussi le dieu de la santé.

120. — A MADAME DU CHATELET[1],

A QUI L'AUTEUR AVAIT ENVOYÉ UNE BAGUE OU SON PORTRAIT ÉTAIT GRAVÉ.

Barier grava ces traits destinés pour vos yeux;
Avec quelque plaisir daignez les reconnaître :
Les vôtres dans mon cœur furent gravés bien mieux,
Mais ce fut par un plus grand maître.

121. — IMPROMPTU

FAIT DANS LES JARDINS DE CIREY, EN SE PROMENANT AU CLAIR DE LA LUNE

Astre brillant, favorable aux amants,
Porte ici tous les traits de ta douce lumière :
Tu ne peux éclairer, dans ta vaste carrière,
Deux cœurs plus amoureux, plus tendres, plus constants.

122. — A MADAME DU CHATELET,

EN RECEVANT SON PORTRAIT.

Traits charmants, image vivante,
Du tendre et cher objet de ma brûlante ardeur,
L'image que l'amour a gravée en mon cœur
Est mille fois plus ressemblante.

Tu te portes, en vérité,
Encor trop bien pour tant de gloire.

Les éditeurs de Kehl avaient placé ces vers avant la *Réponse* de Voltaire. Il m'a
semblé qu'ils devaient être mis en note. (B.)

1. Ce quatrain est de la fin de 1736. En septembre de cette année, Voltaire
écrivait à l'abbé Moussinot de déterrer un habile graveur en pierres fines. La
commission, n'étant pas alors difficile, a dû être bientôt faite.

123. — A MADAME DU CHATELET.

Mon cœur est pénétré de tout ce qui vous touche ;
De la félicité je vous fais des leçons ;
Mais j’y suis peu savant : un mot de votre bouche
    Vaut bien mieux que tous mes sermons.

124. — POUR LE PORTRAIT

DE MADAME LA PRINCESSE DE TALMONT.

    Les dieux, en lui donnant naissance
    Aux lieux par la Saxe envahis,
    Lui donnèrent pour récompense
    Le goût qu’on ne trouve qu’en France,
    Et l’esprit de tous les pays.

125. — A MADAME D’ARGENTAL[1],

LE JOUR DE SAINTE JEANNE, SA PATRONNE.

Jean fut un saint (si l’on en croit l’histoire
De saint Matthieu) qui buvait l’eau du ciel,
D’un rocher creux faisait son réfectoire,
Et tristement soupait avec du miel.
Jeanne, au rebours, sainte sans prud’homie,
Au sentiment unissait la raison,
Sans opulence avait bonne maison,
Et de l’esprit était la bonne amie :
On l’adorait, et c’était bien raison.
Or vous, grand saint, mangeur de sauterelle,
Dans vos déserts vivez avec les loups,
Prêchez, jeûnez, priez ; mais vous, la belle,
Quand vous voudrez j’irai souper chez vous.

1, Jeanne du Bouchet, mariée au comte d’Argental en octobre 1737, morte en
décembre 1774.

126. — A MONSIEUR JORDAN,

A BERLIN.

(1738)

Un prince jeune, et pourtant sage,
Un prince aimable, et c'est bien plus,
Au sein des arts et des vertus,
Jordan, vous donne son suffrage ;
Ses mains mêmes vous ont paré
De ces fleurs que la poésie
Sous ses pas fait naître à son gré.
Par vous ce prince est adoré,
Et chaque jour de votre vie
A Frédéric est consacré.
Si je n'étais pas à Circy,
Que je vous porterais d'envie [1] !

127. — L'ABBÉ DESFONTAINES ET LE RAMONEUR [2],

OU LE RAMONEUR ET L'ABBÉ DESFONTAINES.

CONTE PAR FEU M. DE LA FAYE.

(1738)

Un ramoneur à face basanée,
Le fer en main, les yeux ceints d'un bandeau,
S'allait glissant dans une cheminée,
Quand de Sodome un antique bedeau,
Qui pour l'Amour prenait ce jouvenceau,
Vint endosser son échine inclinée.
L'Amour cria : le quartier accourut.
On verbalise ; et Desfontaine en rut
Est encagé dans le clos de Bicêtre.

---

1. L'épigramme contre l'abbé Desfontaines qui vient immédiatement après cette pièce, dans d'autres éditions, est rapportée dans la lettre du 5 juin 1738.

2. Dans sa lettre à Thieriot, du 5 juin 1738, Voltaire parle de ce conte comme étant ancien. Cette indication, fût-elle vraie, est trop vague. J'ai donc laissé cette pièce à 1738. (B.)

On vous le lie, on le fait dépouiller.
Un bras nerveux se complaît d'étriller
Le lourd fessier du sodomite prêtre.
Filles riaient, et le cuistre écorché
Criait : « Monsieur, pour Dieu, soyez touché ;
Lisez, de grâce, et mes vers et ma prose. »
Le fesseur lut ; et soudain, plus fâché,
Du renégat il redoubla la dose :
Vingt coups de fouet pour son vilain péché,
Et trente en sus pour l'ennui qu'il nous cause.

128. — VERS

ÉCRITS A LA MARGE D'UN MANUSCRIT DE MADAME DU CHATELET
SUR NEWTON.

Penser avec solidité,
Et d'un style brillant et sage
Oser écrire avec courage
Ce que le génie a dicté ;
Être femme, avoir en partage
Et la grandeur et la beauté,
Sans être vaine ni volage :
Sur les hommes, en vérité,
C'est avoir par trop d'avantage.

129 — A M. H****[1],

ANGLAIS, QUI AVAIT COMPARÉ L'AUTEUR AU SOLEIL.

Le soleil des Anglais, c'est le feu du génie,
C'est l'amour de la gloire et de l'humanité,
Celui de la patrie et de la liberté :
Voilà leur Apollon, voilà leur Polymnie.
Le feu que Prométhée au ciel avait surpris
N'est point dans les climats, il est dans les esprits ;
Le nord n'en éteint point les flammes immortelles ;
Partout vous en portez les vives étincelles.

1. Les initiales M. H... désignent très-probablement *milord Hervey*.

Vous brillerez partout, dans la chaire, au sénat;
Vous servirez le prince, et beaucoup mieux l'État;
　　　Et, né pour instruire et pour plaire,
Ce feu que vous tenez de votre illustre père
　　　A dans vous un nouvel éclat.

130. — A MADAME DE BOUFFLERS[1],

EN LUI ENVOYANT UN EXEMPLAIRE DE LA HENRIADE.

　　Vos yeux sont beaux, mais votre âme est plus belle;
　　　Vous êtes simple et naturelle,
Et, sans prétendre à rien, vous triomphez de tous;
Si vous eussiez vécu du temps de Gabrielle,
　　　Je ne sais pas ce qu'on eût dit de vous,
　　　Mais l'on n'aurait point parlé d'elle.

131. — A MADAME LA DUCHESSE DE LA VALLIÈRE[2],

AU NOM DE MADAME LA DUCHESSE DE***,

EN LUI ENVOYANT UNE NAVETTE.

　　　L'emblème frappe ici vos yeux:
Si les Grâces, l'Amour, et l'Amitié parfaite,
　　　Peuvent jamais former des nœuds,
　　　Vous devez tenir la navette.

132. — A MADAME DU BOCAGE.

　　J'avais fait un vœu téméraire
　　De chanter un jour à la fois
　　Les grâces, l'esprit, l'art de plaire,
　　Le talent d'unir sous ses lois
　　Les dieux du Pinde et de Cythère:

1. Mère du chevalier de Boufflers, morte en 1787.
2. Anne-Julie de Crussol d'Uzès, mariée en 1732 à Louis-César Le Blanc de
La Baume, d'abord duc de Vaujour et ensuite duc de La Vallière, avec lequel Voltaire fut en correspondance; voyez plus loin (n° 144) son portrait en huit vers. (B.)

Sur cet objet fixant mon choix,
Je cherchais ce rare assemblage,
Nul autre ne put me toucher ;
Mais hier je vis du Bocage,
Et je n'eus plus rien à chercher.

133. — LES SOUHAITS.

SONNET[1].

Il n'est mortel qui ne forme des vœux :
L'un de Voisin[2] convoite la puissance ;
L'autre voudrait engloutir la finance
Qu'accumula le beau-père d'Évreux[3].

Vers les quinze ans, un mignon de couchette
Demande à Dieu ce visage imposteur,
Minois friand, cuisse ronde et douillette
Du beau de Gesvre, ami du promoteur.

Roy versifie, et veut suivre Pindare ;
Du Bousset chante, et veut passer Lambert.
En de tels vœux mon esprit ne s'égare :

Je ne demande au grand dieu Jupiter
Que l'estomac du marquis de La Fare,
Et les c.....ons de monsieur d'Aremberg.

134. — A MONSIEUR L'ABBÉ,

DEPUIS CARDINAL DE BERNIS.

Votre muse vive et coquette,
Cher abbé, me paraît plus faite

1. Dans sa lettre du 18 mars 1736, à Thieriot, Voltaire dit qu'il n'avait encore
fait aucun sonnet, si ce n'est celui qu'il venait d'adresser à Algarotti. Il s'ensuit que
celui-ci est postérieur à 1736. (CL.)

D'autres commentateurs, en jugeant plutôt par les personnes qui y sont
nommées, croient qu'il faut reporter ce sonnet à la date de 1711 ou 1712.

2. Le chancelier Voisin, mort en 1717.

3. Crozat.

Pour un souper avec l'Amour
Que pour un souper de poëte.
Venez demain chez Luxembourg,
Venez la tête couronnée
De lauriers, de myrte, et de fleurs ;
Et que ma muse un peu fanée
Se ranime par les couleurs
Dont votre jeunesse est ornée.

135. — AU ROI DE PRUSSE.

BILLET DE CONGÉ.

(1740)

Non, malgré vos vertus, non, malgré vos appas,
  Mon âme n'est pas satisfaite ;
  Non, vous n'êtes qu'une coquette
Qui subjugue les cœurs, et ne vous donnez pas [1].

136. — L'ÉPIPHANIE DE 1741.

Stuart, chassé par les Anglais,
Dit son rosaire en Italie ;
Stanislas, ex-roi polonais,
Fume sa pipe en Austrasie ;
L'empereur [2], chéri des Français,
Vit à l'auberge en Franconie :
La belle reine des Hongrais
Se rit de cette épiphanie.

1. Le roi écrivit au bas ;

> Mon âme sent le prix de vos divins appas :
> Mais ne présumez pas qu'elle soit satisfaite.
> Traître, vous me quittez pour suivre une coquette :
>   Moi, je ne vous quitterais pas.

2. Charles VII.

137. — A MONSIEUR DE LA NOUE,

AUTEUR DE MAHOMET II, TRAGÉDIE,

EN LUI ENVOYANT CELLE DE MAHOMET LE PROPHÈTE.

(1741)

Mon cher La Noue, illustre père
De l'invincible Mahomet,
Soyez le parrain d'un cadet
Qui sans vous n'est point sûr de plaire.
Votre fils est un conquérant ;
Le mien a l'honneur d'être apôtre,
Prêtre, fripon, dévot, brigand :
Faites-en l'aumônier du vôtre.

¹ 138. — SUR LES DISPUTES EN MÉTAPHYSIQUE.

(1741)

Tels, dans l'amas brillant des rêves de Milton,
On voit les habitants du brûlant Phlégéton,
Entourés de torrents de bitume et de flamme,
Raisonner sur l'essence, argumenter sur l'âme,
Sonder les profondeurs de la fatalité,
Et de la prévoyance et de la liberté.
Ils creusent vainement dans cet abîme immense.

1. Les vers sur la banqueroute d'un nommé Michel, et les vers pour le portrait de Maupertuis, qui viennent avant cette pièce en d'autres éditions, se trouvent : les premiers, dans la lettre à Moussinot, juillet 1741 ; les seconds, dans la lettre à Locmaria, 17 juillet 1741.

139. — A MONSIEUR MAURICE DE CLARIS[1],

QUI AVAIT ENVOYÉ A L'AUTEUR UN POÈME SUR LA GRACE.

(1741)

Lorsque vous me parlez des grâces naturelles
    Du héros votre commandant[2],
Et de la déité qu'on adore à Bruxelles[3],
    C'est un langage qu'on entend.
La grâce du Seigneur est bien d'une autre espèce;
Moins vous me l'expliquez, plus vous en parlez bien :
    Je l'adore, et n'y comprends rien.
L'attendre et l'ignorer, voilà notre sagesse.
Tout docteur, il est vrai, sait le secret de Dieu ;
Élus de l'autre monde, ils sont dignes d'envie[4].
    Mais qui vit auprès d'Émilie,
    Ou bien auprès de Richelieu,
    Est un élu dans cette vie.

140. — SUR LE MARIAGE

DU FILS DU DOGE DE VENISE AVEC LA FILLE D'UN ANCIEN DOGE.

Venise et la mère d'Amour
Naquirent dans le sein de l'onde ;
Ces deux puissances tour à tour
Ont été la gloire du monde.

---

1. Le *Mercure* de décembre 1751 donne ces vers comme étant adressés à M. Closier; et c'est sous cette adresse qu'on les trouve dans les éditions de Voltaire. Dans les *Mélanges historiques, satiriques, et anecdotiques de M. de B... Jourdain*, III, 78, cette pièce est transcrite comme ayant été envoyée *à M. Claris, conseiller de la cour des aides de Montpellier;* elle est précédée des vers de M. Claris. M. de Claris est depuis devenu président de la cour des aides; j'ai vu ses manuscrits il y a quelques années, et parmi eux les vers à Voltaire, et la réponse. Je n'ai rien pu découvrir sur Closier, qui n'est peut-être que le nom de Claris mal écrit ou mal lu. (B.)

2. Le duc de Richelieu.

3. La marquise du Châtelet était alors à Bruxelles. (K.) — D'autres commentateurs ont prétendu qu'il s'agissait de la comtesse d'Egmont.

4. Variante :

Et dans un autre monde il est digne d'envie.

C'est pour éterniser un triomphe si beau
      Qu'aujourd'hui l'Amour sans bandeau
      Unit deux cœurs qu'il favorise ;
      Et c'est un triomphe nouveau
      Et pour Vénus et pour Venise.

444. — A MADAME LA PRINCESSE ULRIQUE

DE PRUSSE [1].

      Souvent un peu de vérité
      Se mêle au plus grossier mensonge :

1. Ce madrigal est, sans contredit, de l'année 1743, puisque la princesse Ulrique y fait allusion dans sa lettre à Voltaire, d'octobre 1743. On prétend que Frédéric y fit la réponse que voici :

> On remarque pour l'ordinaire
> Qu'un songe est analogue à notre caractère.
> Un héros peut rêver qu'il a passé le Rhin,
>   Un marchand qu'il a fait fortune,
>   Un chien qu'il aboie a la lune.
> Mais que Voltaire, en Prusse, à l'aide d'un mensonge,
> S'imagine être roi pour faire le faquin,
>   Ma foi, c'est abuser du songe.

Ces vers se trouvent à la page 376 du tome III du *Supplément aux OEuvres posthumes de Frédéric II*, Cologne, 1789, six volumes in-8°. D'un passage de la lettre de Frédéric, du 7 avril 1744, les éditeurs de Kehl concluent que le roi ne pouvait être l'auteur des vers ci-dessus.

Une autre réponse fut faite à Voltaire sur les mêmes rimes que celles de sa pièce :

> Je ne fais cas que de la *vérité :*
> Je ne me repais point d'un séduisant *mensonge.*
>   Je vois sans peine dans un *songe*
> La perte d'un haut rang où vous êtes *monté.*
> Mais ce qui vous en reste et que vous n'osez *dire,*
> S'il est vrai qu'il ne peut jamais vous être *ôté,*
>   Vaut à mes yeux le plus puissant *empire.*

M. de Modène, capitaine au régiment Dauphin, a traduit ainsi le madrigal de Voltaire :

> Sæpe aliquid veri secum mendacia ducunt,
> Hac nocte, in somno, demens, regnare putavi.
> Te ardebam, princeps, audebam dicere. Mane
> Amisi imperium, non abstulit omnia numen.

Fréron imprima dans ses feuilles, en 1752 (*Lettres sur quelques écrits du temps,* VI, 40), que le madrigal était de Lamotte, et qu'on le trouvait dans les OEuvres de cet auteur. Il cite la *Bibliothèque des gens de cour* comme disant que les vers ont été faits pour une princesse de France. Un éclaircissement fut donné dans le *Mercure* de juin 1752, page 198. Le madrigal n'est ni dans les OEuvres de Lamotte, ni dans ses manuscrits. La *Bibliothèque des gens de cour* a eu plusieurs éditions, et ce n'est que dans celle de 1746 qu'est la pièce dont il s'agit : malgré ces expli-

Cette nuit, dans l'erreur d'un songe,
Au rang des rois j'étais monté.
Je vous aimais, princesse, et j'osais vous le dire!
Les dieux à mon réveil ne m'ont pas tout ôté;
Je n'ai perdu que mon empire.

142. — LA MUSE DE SAINT-MICHEL.

(1744)

Notre monarque, après sa maladie [1],
Était à Metz, attaqué d'insomnie.
Ah! que de gens l'auraient guéri d'abord!
Le poëte Roy dans Paris versifie :
La pièce arrive, on la lit, le roi dort.
De Saint-Michel la muse soit bénie [2];

143. — VERS [3]

GRAVÉS AU-DESSUS DE LA PORTE DE LA GALERIE DE VOLTAIRE,
A CIREY.

(1744)

Asile des beaux-arts, solitude où mon cœur
Est toujours demeuré dans une paix profonde,
C'est vous qui donnez le bonheur
Que promettrait en vain le monde.

cations, Fréron ne lâcha pas prise. Il argua de la différence des textes entre la version de la *Bibliothèque des gens de cour* et celle qui est ici, pour soutenir que la version de la *Bibliothèque* a bien l'air d'être l'originale. Il reconnaît toutefois que l'édition de 1746 est la première qui les donne, et produit une lettre de l'abbé Pérau, à qui l'on doit l'édition de 1746. L'abbé dit ne pas se rappeler d'où il a tiré cette pièce, mais qu'elle se trouvait sous le nom de Lamotte parmi les papiers de Gayot de Pitaval, mort en 1743, premier compilateur de la *Bibliothèque des gens de cour*. (B.)

1. Louis XV commença à entrer en convalescence le 19 augusto 1744.
2. Roy était chevalier de Saint-Michel.
3. Ce quatrain est ici tel qu'il a été copié par M. Clogenson en 1821 et 1827. Voyez ci-après le n° 2 des *Vers latins*.
On trouve ce quatrain avec quelques variantes dans la lettre à d'Argental du 28 avril 1744.

144. — PORTRAIT

DE MADAME LA DUCHESSE DE LA VALLIÈRE [1]

> Être femme sans jalousie,
> Et belle sans coquetterie ;
> Bien juger sans beaucoup savoir,
> Et bien parler sans le vouloir ;
> N'être haute, ni familière ;
> N'avoir point d'inégalité :
> C'est le portrait de La Vallière ;
> Il n'est ni fini, ni flatté.

[2] 145. — A L'IMPÉRATRICE DE RUSSIE,

ÉLISABETH PETROWNA,

EN LUI ENVOYANT UN EXEMPLAIRE DE LA HENRIADE, QU'ELLE AVAIT DEMANDÉ
A L'AUTEUR.

> Sémiramis du Nord, auguste impératrice,
> Et digne fille de Ninus ;
> Le ciel me destinait à peindre les vertus,
> Et je dois rendre grâce à sa bonté propice :
> Il permet que je vive en ces temps glorieux
> Qui t'ont vu commencer ta carrière immortelle.
> Au trône de Russie il plaça mon modèle ;
> C'est là que j'élève mes yeux.

146. — ÉPIGRAMME.

> Connaissez-vous certain rimeur obscur,
> Sec et guindé, souvent froid, toujours dur,

---

1. Anne-Julie-Françoise de Crussol d'Uzès, née à Paris le 11 décembre 1713, mariée le 19 février 1732, à Louis-César Le Blanc de La Baume, duc de La Vallière. On a dit que le portrait que Voltaire fait de Mme de La Vallière était une contre-vérité.

2. Nous passons l'impromptu à propos de la *Princesse de Navarre,* déjà cité tome III du *Théâtre,* page 272, et rapporté par Voltaire lui-même dans son *Commentaire historique.*

Ayant la rage et non l'art de médire,
Qui ne peut plaire, et peut encor moins nuire ;
Pour ses méfaits dans la geôle encagé,
A Saint-Lazare après ce fustigé,
Chassé, battu [1], détesté pour ses crimes,
Honni, berné, conspué pour ses rimes,
Cocu, content, parlant toujours de soi ?
Chacun s'écrie : « Eh ! c'est le poëte Roy. »

147. — IMPROMPTU [2]

SUR LA FONTAINE DE BUDÉE, A YÈRE.

Toujours vive, abondante, et pure,
Un doux penchant règle mon cours :
Heureux l'ami de la nature
Qui voit ainsi couler ses jours !

148. — A MADAME DE POMPADOUR,

ALORS MADAME D'ÉTIOLE, QUI VENAIT DE JOUER LA COMÉDIE AUX PETITS APPARTEMENTS.

Ainsi donc vous réunissez
Tous les arts, tous les goûts, tous les talents de plaire :
Pompadour, vous embellissez
La cour, le Parnasse, et Cythère.
Charme de tous les cœurs, trésor d'un seul mortel,
Qu'un sort si beau soit éternel !
Que vos jours précieux soient marqués par des fêtes !
Que la paix dans nos champs revienne avec Louis !
Soyez tous deux sans ennemis,
Et tous deux gardez vos conquêtes.

1. Moncrif est un de ceux qui se firent justice, avec le bâton, des épigrammes de Roy. M. Michaud jeune va même jusqu'à dire (*Biographie universelle*) que le comte de Clermont, reçu à l'Académie française en 1754, ayant été l'objet à cette occasion des sarcasmes poétiques de Roy, celui-ci fut si maltraité par les gens du prince qu'*il expira peu de jours après*. Mais Roy n'est mort que le 23 octobre 1764, de sorte que cette anecdote n'est guère qu'à moitié vraie. (CL.)

2. J'ai trouvé cette pièce dans une note des *Fragments épiques*, *par B. de Malpière*, 1829, page 229. C'est sans aucune donnée sur sa date que je la place ici. (B.)

149. — A MADAME DE BOUFFLERS,

QUI S'APPELAIT MADELEINE.

CHANSON SUR L'AIR DES FOLIES D'ESPAGNE.

Votre patronne en son temps savait plaire ;
Mais plus de cœurs vous sont assujettis.
Elle obtint grâce, et c'est à vous d'en faire,
Vous qui causez les feux qu'elle a sentis.
Votre patronne, au milieu des apôtres,
Baisa les pieds du maître le plus doux :
Belle Boufflers, il eût baisé les vôtres,
Et saint Jean même en eût été jaloux.

150. — QUATRAIN[1]

SUR LE MARÉCHAL DE SAXE.

Ce héros que nos yeux aiment à contempler
A frappé d'un seul coup l'envie et l'Angleterre ;
Il force l'histoire à parler,
Et les courtisans à se taire.

[2] 151. — INSCRIPTIONS

MISES SUR LA NOUVELLE PORTE DE NEVERS,
ÉLEVÉE EN L'HONNEUR DE LOUIS XV.

(1746)

(Du côté de Paris.)

Au grand homme modeste, au plus doux des vainqueurs,
Au père de l'État, au maître de nos cœurs.

1. M. Fayolle a, dans le tome V de ses *Quatre Saisons du Parnasse*, imprimé ce quatrain sous le nom de Voltaire, et le donne comme inédit. M. Auguste de Labouisse, dans *l'Anecdotique* (journal qui s'imprimait à Castelnaudary en 1821 et suiv.) dit, tome Ier, page 192, qu'il est de Mme de Capron, et sur le maréchal de Richelieu.

2. Les vers à Mme de Pompadour en lui envoyant *l'Abrégé de l'Histoire de France* par le président Hénault, que d'autres éditions donnent avant cette pièce, sont dans la lettre au président Hénault, auguste 1745.

(En dedans de la ville.)

A ce grand monument, qu'éleva l'abondance,
Reconnaissez Nevers, et jugez de la France [1].

(En dedans de la porte.)

Dans ces temps fortunés de gloire et de puissance,
Où Louis, répandant les bienfaits et l'effroi,
Triomphait des Anglais aux champs de Fontenoy,
Et faisait avec lui triompher sa clémence ;
Tandis que tous les arts, armés et soutenus,
Embellissaient l'État que sa main sut défendre ;
Tandis qu'il renversait les portes de la Flandre
Pour fermer à jamais les portes de Janus,
Les peuples de Nevers, dans ces jours de victoire,
Ont voulu signaler leur bonheur et sa gloire.
Étalez à jamais, augustes monuments,
Le zèle et la vertu de ceux qui vous fondèrent ;
Instruisez l'avenir : soyez vainqueurs du temps,
Ainsi que le grand nom dont leurs mains vous ornèrent.

152. — A MONSIEUR CLÉMENT DE DREUX [2].

(1746)

On voit sans peine, à vos rimes gentilles
Dont vous ornez ce salutaire don,

---

1. M. L. de Sainte-Marie, dans ses *Recherches historiques sur Nevers*, 1810, in-8°, rapporte les quatre premiers vers de cette pièce, qu'on n'avait pas alors admise dans les *OEuvres de Voltaire*, et dit qu'elle fut payée cent louis.

2. Mme de Goulet ayant remarqué chez la duchesse du Maine que Voltaire aimait beaucoup les lentilles, lui en fit envoyer de sa terre de Goulet près d'Argentan. L'envoi était accompagné de ces vers :

> Fruit cultivé dans ce lieu solitaire,
>   Connaissez tout votre bonheur ;
> Du Châtelet chérit votre saveur,
> Et vous serez l'aliment de Voltaire.
> Soyez celui de mon ambition :
> Les demi-dieux qui vous trouvent si bon
>   Vont vous mêler à l'ambroisie
> Dont les nourrit le divin Apollon.
> Vous n'avez eu jusqu'ici nul renom,
>   Aucun pouvoir sur le génie :
> Puissiez-vous en avoir sur l'inclination,
>   Et de deux cœurs dont mon âme est remplie
>   M'assurer la possession.

Que dans vos champs les lauriers d'Apollon
Sont cultivés ainsi que vos lentilles.
Si, dans son temps, ce gourmand d'Ésaü
Pour un tel mets vendit son droit d'aînesse,
C'est payer cher, il faut qu'on le confesse ;
Mais de surcroît si ce Juif eût reçu
D'aussi bons vers, il n'aurait jamais eu
De quoi payer les fruits de cette espèce.

153. — COUPLETS

CHANTÉS PAR POLICHINELLE, ET ADRESSÉS A M. LE COMTE D'EU, QUI AVAIT FAIT VENIR
LES MARIONNETTES A SCEAUX.

(1746)

Polichinelle, de grand cœur,
   Prince, vous remercie :
En me faisant beaucoup d'honneur
   Vous faites mon envie ;
Vous possédez tous les talents;
   Je n'ai qu'un caractère ;
J'amuse pour quelques moments,
   Vous savez toujours plaire.

On sait que vous faites mouvoir
   De plus belles machines[1] ;
Vous fîtes sentir leur pouvoir
   A Bruxelle, à Malines :
Les Anglais se virent traiter
   En vrais polichinelles ;
Et vous avez de quoi dompter
   Les remparts et les belles.

____

1. L'artillerie, dont le comte d'Eu était grand-maître.

154. — A MADAME DUMONT[1],

QUI AVAIT ADRESSÉ DES VERS A L'AUTEUR, EN LUI DEMANDANT D'ENTRER AVEC SA FILLE
AUX FÊTES DE VERSAILLES POUR LE MARIAGE DU DAUPHIN.

(1747)

Il faut au duc d'Ayen montrer vos vers charmants :
De notre paradis il sera le saint Pierre ;
   Il aura les clefs ; et j'espère
Qu'on ouvrira la porte aux beautés de quinze ans.

155. — SUR CE QUE L'AUTEUR OCCUPAIT A SCEAUX

LA CHAMBRE DE M. DE SAINT-AULAIRE,

QUE MADAME LA DUCHESSE DU MAINE APPELAIT SON BERGER.

(1747)

J'ai la chambre de Saint-Aulaire,
Sans en avoir les agréments ;
Peut-être à quatre-vingt-dix ans[2]
J'aurai le cœur de sa bergère :
Il faut tout attendre du temps,
Et surtout du désir de plaire.

156. — A MADAME LA DUCHESSE DU MAINE[3].

Vous en qui je vois respirer
Du grand Condé l'âme éclatante,
Dont l'esprit se fait admirer
Lorsque son aspect nous enchante,
Il faut que mes talents soient protégés par vous,

1. Mme Dumont, née Lutel, avait adressé à Voltaire une épître en trente-huit
vers, qui est imprimée pages 10 et 11 du *Nouveau Recueil de pièces en vers et en
prose*. Paris, Dehansy, 1764, in-12. (B.)
2. C'était vers cet âge que Saint-Aulaire, mort en 1742, était devenu le berger
de la duchesse.
3. Je possède de ces vers, inédits jusqu'à ce jour (novembre 1833), une copie
de la main de Voltaire ; elle est sans adresse aucune, et sans date. (B.)

Ou toutes les vertus auront lieu de se plaindre ;
        Et je dois être à vos genoux,
Puisque j'ai des vertus et des grâces à peindre.

157. — A MADAME LA MARQUISE DU CHATELET[1],

LE JOUR QU'ELLE A JOUÉ A SCEAUX LE RÔLE D'ISSÉ.

(1747)

Être Phébus aujourd'hui je désire,
Non pour régner sur la prose et les vers,
Car à du Maine il remet cet empire ;
Non pour courir autour de l'univers,
Car vivre à Sceaux est le but où j'aspire ;
Non pour tirer des accords de sa lyre,
De plus doux chants font retentir ces lieux ;
Mais seulement pour voir et pour entendre
La belle Issé qui pour lui fut si tendre,
Et qui le fit le plus heureux des dieux.

158. — A LA MÊME.

PARODIE DE LA SARABANDE D'ISSÉ.

(1747)

Charmante Issé, vous nous faites entendre
Dans ces beaux lieux les sons les plus flatteurs ;
        Ils vont droit à nos cœurs :

1. Un anonyme, par une lettre insérée dans le *Journal encyclopédique* du 1er mars 1770, tout en reconnaissant Marot pour auteur premier de ce madrigal, croit en avoir vu l'idée dans une pièce de Giolito. Il pense que Ferrand, à qui l'on doit une imitation de la pièce de Marot, ne donna la sienne que comme *bouts-rimés*. Il en rapporte deux imitations ou parodies, et ajoute que Voltaire, très-jeune lorsqu'il fit ce madrigal, avait pu aussi s'amuser à remplir cette espèce de *bouts-rimés*. Dans cette supposition, non-seulement les vers ne seraient point de 1747, mais ils n'auraient pas été faits pour Mme du Châtelet ; car Voltaire avait environ quarante ans quand il se lia avec Mme du Châtelet.

La pièce de Ferrand, que l'on comprend, je ne sais pourquoi, dans les Œuvres de J.-B. Rousseau, tout en disant qu'elle n'est pas de ce dernier, est rapportée dans la *Connaissance des beautés et des défauts de la poésie et de l'éloquence dans la langue française*. (B.)

Leibnitz n'a point de monade plus tendre,
Newton n'a point d'*xx* plus enchanteurs;
A vos attraits on les eût vus se rendre;
Vous tourneriez la tête à nos docteurs :
    Bernouilli dans vos bras,
    Calculant vos appas,
    Eût brisé son compas.

159. — A MADAME DU CHATELET,

QUI DÎNAIT AVEC L'AUTEUR DANS UN COLLÉGE, ET QUI AVAIT SOUPÉ LA VEILLE AVEC LUI
DANS UNE HÔTELLERIE.

M'est-il permis, sans être sacrilége,
    De révéler votre secret?
Vénus vint, sous vos traits, souper au cabaret,
Et Minerve aujourd'hui vient dîner au collége.

160. — A UN BAVARD.

    Il faudrait penser pour écrire;
    Il vaut encor mieux effacer.
Les auteurs quelquefois ont écrit sans penser,
Comme on parle souvent sans avoir rien à dire.

161. — IMPROMPTU

ÉCRIT SUR LA FEUILLE DU SUISSE DE M. LE DUC DE LA VALLIÈRE,
A QUI L'AUTEUR ALLAIT DEMANDER LA ROMANCE DE GABRIELLE DE VERGY.

    Envoyez-moi par charité
    Cette romance qui sait plaire,
Et que je donnerais par pure vanité,
    Si j'avais eu le bonheur de la faire.

162. — A MADAME LA DUCHESSE D'ORLÉANS,

QUI DEMANDAIT DES VERS POUR UNE DE SES DAMES D'ATOUR

    Que pourrait-on dire de plus
    De la nymphe qui suit vos traces?

Un jeune objet qui suit Vénus
Doit être mis au rang des Grâces.

163. — A MADAME DE POMPADOUR.

Les esprits, et les cœurs, et les remparts terribles,
Tout cède à ses efforts, tout fléchit sous sa loi ;
Et Berg-op-Zoom et vous, vous êtes invincibles ;
  Vous n'avez cédé qu'à mon roi [1] :
Il vole dans vos bras, du sein de la victoire ;
Le prix de ses travaux n'est que dans votre cœur ;
  Rien ne peut augmenter sa gloire,
  Et vous augmentez son bonheur.

164. — SUR LE SERIN

DE MADEMOISELLE DE RICHELIEU.

J'appartiens à l'Amour ; non, j'appartiens aux Grâces ;
  Non, j'appartiens à Richelieu ;
L'un dans ses yeux, les autres sur ses traces,
  A la méprise ont donné lieu.

165. — A MONSIEUR DE LA POPELINIÈRE,

EN LUI ENVOYANT UN EXEMPLAIRE DE SÉMIRAMIS.

(1748)

  Mortel de l'espèce très-rare
  Des solides et beaux esprits,
Je vous offre un tribut qui n'est pas de grand prix :
Vous pourriez donner mieux, mais vos charmants écrits
Sont le seul de vos biens dont vous soyez avare.

---

1. Voyez le chapitre xxvi du *Précis du siècle de Louis XV*.

466. — VERS [1]

RÉCITÉS PAR UNE PENSIONNAIRE DU COUVENT DE BEAUNE AVANT LA REPRÉSENTATION
DE LA MORT DE CÉSAR, POUR LA FÊTE DE LA PRIEURE.

(1748.)

Osons-nous retracer de féroces vertus
    Devant des vertus si paisibles ?
Osons-nous présenter ces spectacles terribles
A ces regards si doux, à nous plaire assidus ?
César, ce roi de Rome, et si digne de l'être,
Tout héros qu'il était, fut un injuste maître ;
Et vous régnez sur nous par le plus saint des droits :
On détestait son joug, nous adorons vos lois.
Pour nous et pour ces lieux quelle scène étrangère
Que ces troubles, ces cris, ce sénat sanguinaire,
Ce vainqueur de Pharsale, au temple assassiné,
Ces meurtriers sanglants, ce peuple forcené !
Toutefois des Romains on aime encor l'histoire ;
Leur grandeur, leurs forfaits, vivent dans la mémoire.
La jeunesse s'instruit dans ces faits éclatants ;
Dieu lui-même a conduit ces grands événements ;
Adorons de sa main ces coups épouvantables,
Et jouissons en paix de ces jours favorables
Qu'il fait luire aujourd'hui sur les peuples soumis,
Éclairés par sa grâce, et sauvés par son Fils.

[2] 467. — ÉPIGRAMME

SUR BOYER, THÉATIN, ÉVÊQUE DE MIREPOIX,

QUI ASPIRAIT AU CARDINALAT.

En vain la fortune s'apprête
A t'orner d'un lustre nouveau ;

---

1. La lettre d'envoi à Mme de Truchis de La Grange est, à la date du 7 juin 1748,
dans la *Correspondance.* La circonstance pour laquelle ces vers furent composés a
été indiquée tome II du *Théâtre*, page 305.
2. Les vers sur le *Panégyrique de Louis XV,* qui précèdent cette pièce en
d'autres éditions, sont dans le *Commentaire historique.*

Plus ton destin deviendra beau,
Et plus tu nous paraîtras bête.
Benoît[1] donne bien un chapeau,
Mais il ne donne point de tête.

168. — IMPROMPTU

A MADAME DU CHATELET,

DÉGUISÉE EN TURC, ET CONDUISANT AU BAL MADAME DE BOUFFLERS,
DÉGUISÉE EN SULTANE[2].

Sous cette barbe qui vous cache,
Beau Turc, vous me rendez jaloux !
Si vous ôtiez votre moustache,
Roxane le serait de vous.

169. — AU ROI STANISLAS.

Le ciel, comme Henri, voulut vous éprouver.
La bonté, la valeur, à tous deux fut commune ;
Mais mon héros fit changer la fortune,
Que votre vertu sait braver.

170. — A MONSIEUR DE PLEEN,

QUI ATTENDAIT L'AUTEUR CHEZ MADAME DE GRAFFIGNY,
OÙ L'ON DEVAIT LIRE LA PUCELLE.

Comment, Écossais que vous êtes,
Vous voilà parmi nos poëtes !
Votre esprit est de tout pays.

1. Benoît XIV, pape.
2. Le lieu de la scène est à Lunéville, chez Stanislas.

Je serai sans doute fidèle
Au rendez-vous que j'ai promis;
Mais je ne plains pas vos amis,
Car cette veuve aimable et belle,
Par qui nous sommes tous séduits,
Vaut cent fois mieux qu'une pucelle.

171. — A MADAME DU CHATELET.

Il est deux dieux qui font tout ici-bas,
J'entends qui font que l'on plaît et qu'on aime :
Si ce n'est tout, du moins je ne crois pas
Être le seul qui suive ce système.
Ces deux divinités sont l'Esprit et l'Amour,
Qui rarement vivent ensemble;
L'Intérêt les sépare, et chacun a sa cour.
Heureux celui qui les rassemble !
Assez d'ouvrages imparfaits
Sont les fruits de leur jalousie.
Ils voulurent pourtant un jour faire la paix :
Ce jour de paix fut unique en leur vie;
Mais on ne l'oubliera jamais,
Car il produisit Émilie.

172. — ÉTRENNES A LA MÊME,

AU NOM DE MADAME DE BOUFFLERS.

Une étrenne frivole à la docte Uranie !
Peut-on la présenter? oh ! très-bien, j'en réponds.
Tout lui plaît, tout convient à son vaste génie :
Les livres, les bijoux, les compas, les pompons,
Les vers, les diamants, le biribi, l'optique,
L'algèbre, les soupers, le latin, les jupons,
L'opéra, les procès, le bal, et la physique[1].

---

1. Voici la réponse de Mme du Châtelet :

Hélas vous avez oublié,
Dans cette longue kyrielle,
De placer la tendre amitié :
Je donnerais tout le reste pour elle.

173. — A MADAME DE BOUFFLERS[1].

Le nouveau Trajan des Lorrains,
Comme roi, n'a pas mon hommage ;
Vos yeux seraient plus souverains ;
Mais ce n'est pas ce qui m'engage.
Je crains les belles et les rois :
Ils abusent trop de leurs droits ;
Ils exigent trop d'esclavage.
Amoureux de ma liberté,
Pourquoi donc me vois-je arrêté
Dans les chaînes qui m'ont su plaire ?
Votre esprit, votre caractère,
Font sur moi ce que n'ont pu faire
Ni la grandeur ni la beauté.

[2]174. — COMPLIMENT ADRESSÉ AU ROI STANISLAS

ET A MADAME LA PRINCESSE DE LA ROCHE-SUR-YON

SUR LE THÉATRE DE LUNÉVILLE, PAR VOLTAIRE,
QUI VENAIT D'Y JOUER LE RÔLE DE L'ASSESSEUR DANS L'ÉTOURDERIE[3].

O roi dont la vertu, dont la loi nous est chère,
Esprit juste, esprit vrai, cœur tendre et généreux,
   Nous devons chercher à vous plaire,
   Puisque vous nous rendez heureux.
Et vous, fille des rois, princesse douce, affable,
Princesse sans orgueil, et femme sans humeur,
De la société, vous, le charme adorable,
   Pardonnez au pauvre assesseur.

1. A qui est déjà adressé le n° 130.
2. Avant cette pièce, d'autres éditions donnent les *Vers sur l'Amour* qu'on trouve
à la fin de la préface de *Nanine*, tome IV du *Théâtre*, p. 10 ; et des vers à Destouches
qui sont dans une lettre à cet auteur, fin de 1749.
3. Comédie en un acte, de Fagan.

175. — CHANSON[1]

COMPOSÉE POUR LA MARQUISE DE BOUFFLERS.

Pourquoi donc le Temps n'a-t-il pas,
    Dans sa course rapide,
Marqué la trace de ses pas
    Sur les charmes d'Armide?
C'est qu'elle en jouit sans ennui,
    Sans regret, sans le craindre.
Fugitive encor plus que lui,
    Il ne saurait l'atteindre.

176. — AU ROI STANISLAS,

A LA CLÔTURE DU THÉÂTRE DE LUNÉVILLE.

Des jeux où présidaient les Ris et les Amours
    La carrière est bientôt bornée;
    Mais la vertu dure toujours :
    Vous êtes de toute l'année.
Nous faisions vos plaisirs, et vous les aimiez courts;
Vous faites à jamais notre bonheur suprême,
    Et vous nous donnez, tous les jours,
Un spectacle inconnu trop souvent dans les cours :
    C'est celui d'un roi que l'on aime.

177. — A MADAME DU BOCAGE.

En vain Milton, dont vous suivez les traces,
Peint l'âge d'or comme un songe effacé;
Dans vos écrits, embellis par les Grâces,
On croit revoir un temps trop tôt passé.
Vivre avec vous dans le temple des muses,

1. Ce couplet, composé par Voltaire pour la maîtresse du roi Stanislas, est extrait des notes du *Voyage à Saint-Léger*, par M. de Labouisse. (CL.)

Lire vos vers, et les voir applaudis,
Malgré l'enfer, le serpent et ses ruses,
Charmante Églé, voilà le *Paradis*[1].

178. — A LA MÊME,

SUR SON PARADIS PERDU.

Par le nouvel essai que vous faites briller,
Vous nous contraignez tous à vous rendre les armes :
Continuez, Iris, à nous humilier ;
On vous pardonne tout en faveur de vos charmes.

179. — ÉPITAPHE DE MADAME DU CHATELET[2].

L'univers a perdu la sublime Émilie !
Elle aima les plaisirs, les arts, la vérité.
Les dieux, en lui donnant leur âme et leur génie,
N'avaient gardé pour eux que l'immortalité.

180. — A MADAME DE POMPADOUR[3],

QUI TROUVAIT QU'UNE CAILLE SERVIE A SON DÎNER ÉTAIT GRASSOUILLETTE.

Grassouillette, entre nous, me semble un peu caillette.
Je vous le dis tout bas, belle Pompadourette.

1. Voyez, dans la *Correspondance*, les lettres du 21 auguste et du 12 octobre 1749, à Mme du Bocage, qui avait déjà publié une imitation du *Paradis perdu*, et qui venait de donner sa tragédie intitulée *les Amazones.*

2. Ce quatrain est probablement celui que Voltaire désavoue dans sa lettre à Mme du Bocage, du 12 octobre 1749. Mais Longchamp, alors secrétaire de Voltaire, affirme, dans ses *Mémoires*, tome II, page 251, qu'il est de Voltaire.

3. Ces vers sont imprimés dans une note, page 137, de la réimpression publiée en 1824 des *Mémoires de Mme du Hausset, femme de chambre de Mme de Pompadour.* J.-B.-D. Després (mort en 1832) dit tenir ces vers de Laujon, qui était présent lorsque Voltaire les récita. Les courtisans de la favorite trouvèrent que c'était une impertinence ; et Voltaire s'aperçut, dès le lendemain, du refroidissement de Mme de Pompadour pour lui. (B.)

181. — A MONSIEUR D'ARNAUD,

Mon cher enfant, tous les rois sont loués
    Lorsque l'on parle à leur personne ;
    Mais ces éloges qu'on leur donne
    Sont trop souvent désavoués.
J'aime peu la louange, et je vous la pardonne ;
Je la chéris en vous, puisqu'elle vient du cœur.
    Vos vers ne sont pas d'un flatteur ;
Vous peignez mes devoirs, et me faites connaître,
Non pas ce que je suis, mais ce que je dois être.
Poursuivez, et croissez en grâces, en vertus :
Si vous me louez moins, je vous louerai bien plus.

182. — A MADAME DE POMPADOUR,

DESSINANT UNE TÊTE.

Pompadour, ton crayon divin
Devait dessiner ton visage :
Jamais une plus belle main
N'aurait fait un plus bel ouvrage.

183. — A LA MÊME,

APRÈS UNE MALADIE.

Lachésis tournait son fuseau,
Filant avec plaisir les beaux jours d'Isabelle :
J'aperçus Atropos qui, d'une main cruelle,
Voulait couper le fil, et la mettre au tombeau.
J'en avertis l'Amour ; mais il veillait pour elle,
    Et du mouvement de son aile
Il étourdit la Parque, et brisa son ciseau.

184. — IMPROMPTU A MADAME DE POMPADOUR,

EN ENTRANT A SA TOILETTE, LE LENDEMAIN D'UNE REPRÉSENTATION D'ALZIRE AU THÉATRE
DES PETITS APPARTEMENTS, OU ELLE AVAIT JOUÉ LE RÔLE D'ALZIRE.

Cette Américaine parfaite
Trop de larmes a fait couler.
Ne pourrai-je me consoler,
Et voir Vénus à sa toilette?

185. — VERS

FAITS EN PASSANT AU VILLAGE DE LAWFELT.

(1750)

Rivage teint de sang, ravagé par Bellone,
    Vaste tombeau de nos guerriers,
J'aime mieux les épis dont Cérès te couronne,
Que des moissons de gloire et de tristes lauriers.
Fallait-il, justes dieux! pour un maudit village,
Répandre plus de sang qu'aux bords du Simoïs?
Ah! ce qui paraît grand aux mortels éblouis
    Est bien petit aux yeux du sage [1]!

186. — AU ROI DE PRUSSE.

O fils aîné de Prométhée,
Vous eûtes, par son testament,
L'héritage du feu brillant
Dont la terre est si mal dotée.
On voit encor, mais rarement,
Des restes de ce feu charmant
Dans quelques françaises cervelles.
Chez nous, ce sont des étincelles;
Chez vous, c'est un embrasement.

---

[1]. Voltaire, avant d'entrer à Clèves en se rendant de Compiègne à Potsdam, tra-
versa, au commencement de juillet 1750, le village de Lawfelt, où les Français
avaient été vainqueurs le 2 juillet 1747; voyez, page 338, l'épître LXXIII, à Mme la
duchesse du Maine.

Pour ce Boyer[1], ce lourd pédant,
Diseur de sottise et de messe,
Il connaît peu cet élément;
Et, dans sa fanatique ivresse,
Il voudrait brûler saintement
Dans des flammes d'une autre espèce.

187. — IMPROMPTU

SUR UNE ROSE DEMANDÉE PAR LE MÊME ROI.

Phénix des beaux esprits, modèle des guerriers,
Cette rose naquit au pied de vos lauriers.

188. — PLACET

POUR UN HOMME A QUI LE ROI DE PRUSSE DEVAIT DE L'ARGENT.

Grand roi, tous vos voisins vous doivent leur estime,
    Vos sujets vous doivent leurs cœurs;
Vous recevez partout un tribut légitime
    D'amour, de respect, et d'honneurs.
Chacun doit son hommage à votre ardeur guerrière.
O vous qui me devez quelque mille ducats,
Prince, si bien payé de la nature entière,
    Pourquoi ne me payez-vous pas?

189. — AU ROI DE PRUSSE.

J'ai vu la beauté languissante
Qui par lettres me consulta
Sur les blessures d'une amante :
Son bon médecin lui donna
La recette de l'inconstance.
Très-bien, sans doute, elle en usa,

---

1. Boyer, évêque de Mirepoix. Ce nom semble prouver que ces vers ne sont
pas ici à leur place, et qu'il faut les rejeter à l'année 1744, comme réponse à la
lettre de Frédéric du 12 mars de cette année.

En use encore, en usera
Avec longue persévérance :
Le tendre Amour applaudira ;
Certain prince aimable en rira,
Mais le tout avec indulgence.
Oui, grand prince, dans vos États
On verra quelques infidèles :
J'entends les amants et les belles ;
Car pour vous seul on ne l'est pas.

190. — A LA MÉTRIE,

QUI ÉTAIT MALADE.

Je ne suis point inquiété
Si notre joyeux La Métrie
Perd quelquefois cette santé
Qui rend sa face si fleurie.
Quelque peu de gloutonnerie,
Avec beaucoup de volupté,
Sont les doux emplois de sa vie.
Il se conduit comme il écrit ;
A la nature il s'abandonne ;
Et chez lui le plaisir guérit
Tous les maux que le plaisir donne.

191. — IMPROMPTU A MONSIEUR DE MAUPERTUIS,

QUI ÉTAIT A LA TOILETTE DU ROI DE PRUSSE AVEC L'AUTEUR, LORSQUE CE PRINCE, ENCORE
A LA FLEUR DE L'AGE, LEUR FIT REMARQUER QU'IL AVAIT DES CHEVEUX BLANCS.

Ami, vois-tu ces cheveux blancs
Sur une tête que j'adore ?
Ils ressemblent à ses talents :
Ils sont venus avant le temps,
Et comme eux ils croîtront encore.

192. — AUTRE IMPROMPTU

SUR UN CARROUSEL DONNÉ PAR LE ROI DE PRUSSE,

ET OU PRÉSIDAIT LA PRINCESSE AMÉLIE.

Jamais dans Athène et dans Rome
On n'eut de plus beaux jours, ni de plus digne prix.
J'ai vu le fils de Mars sous les traits de Pâris,
Et Vénus qui donnait la pomme.

193. — AUX PRINCESSES ULRIQUE ET AMÉLIE[1].

Si Pâris venait sur la terre
Pour juger entre vos beaux yeux,
Il couperait la pomme en deux,
Et ne produirait plus de guerre.

194. — AUX MÊMES.

Pardon, charmante Ulric, pardon, belle Amélie;
J'ai cru n'aimer que vous le reste de ma vie,
Et ne servir que sous vos lois;
Mais enfin j'entends et je vois
Cette adorable sœur dont l'Amour suit les traces[2].
Ah! ce n'est pas outrager les trois Grâces
Que de les aimer toutes trois.

195. — SUR LE DÉPART DU ROI DE PRUSSE

DE POTSDAM POUR BERLIN.

(1750)

Je vais donc vous quitter, ô champêtre séjour,
Retraite du vrai sage, et temple du vrai juste?

---

1. Je laisse cette pièce et la suivante à la place où les ont mises les éditeurs
de Kehl. Mais, en 1750, la princesse Ulrique était mariée depuis six ans à un
prince de Suède; et ces deux pièces pourraient bien être de 1713, date du premier
voyage de Voltaire à Berlin. (B.)
2. La margrave de Bareith.

J'y voyais Horace et Salluste,
J'étais auprès d'un roi, mais sans être à la cour.
Il va donc étaler des pompes qu'il dédaigne,
D'un peuple qui l'attend contenter les désirs ;
Il va donc s'ennuyer pour donner des plaisirs.
Que j'aimais l'homme en lui ! pourquoi faut-il qu'il règne?

196. — A MONSIEUR DARGET.

(1751)

Bonsoir, monsieur le secrétaire [1],
De la part d'un vieux solitaire
Qui de penser fait son emploi,
Et pourtant n'y profite guère.
O désert, puissiez-vous me plaire,
Et puissé-je y vivre avec moi !
Sans-Souci, beaux lieux qu'on renomme,
Je suis encor trop près d'un roi,
Mais trop éloigné d'un grand homme.

[2] 197. — AU ROI DE PRUSSE.

(1751)

Je baise avec transport un livre si charmant [3] :
Le seigneur de Saint-Jame et celui de Versailles
Ne peuvent faire un tel présent :
Et je m'écrie en vous lisant,
Comme en parlant de vos batailles :
« Non, il n'est point de roi qui puisse en faire autant. »

1. Darget était secrétaire du roi de Prusse.
2. La pièce adressée

A monsieur, monsieur le joyeux de La Métrie,
Fléau des médecins et de la mélancolie,

que d'autres éditeurs donnent avant celle-ci, est dans une lettre à ce docteur, Potsdam, 1751.
Dans la lettre, toutefois, cet intitulé manque.
3. C'est peut-être l'édition de 1751 en un volume in-4° des *Mémoires pour servir à l'Histoire de Brandebourg.*

198. — AU ROI DE PRUSSE.

(1751)

On dit que tout prédicateur
Dément assez souvent ce qu'il annonce en chaire :
        Grand roi, soit dit sans vous déplaire,
        Vous êtes de la même humeur.
        Vous nous annoncez avec zèle
        Une importante vérité ;
Et vous allez pourtant à l'immortalité,
        En nous prêchant l'âme mortelle.

199. — AU MÊME.

(1751)

Affublé d'un bonnet qui couvre de ses bords
Le peu que les destins m'ont donné de visage,
Sur un grabat étroit où gît mon maigre corps,
Oublié des plaisirs, et mis au rang des morts,
        Que fais-je, à votre avis? J'enrage.

Il est vrai, Salomon, que dans un bel ouvrage
Vous m'avez enseigné qu'il faut savoir vieillir,
        Souffrir, mourir, s'anéantir.
Faute de mieux, grand roi, c'est un parti fort sage.

Je fais assez gaîment ce triste apprentissage,
Du mal qui me poursuit je brave en paix les coups.
        Je me sens assez de courage
Pour affronter la nuit du ténébreux rivage,
        Mais non pas pour vivre sans vous.

¹ 200. — AU MÊME.

(1752)

Je n'ai point cultivé votre terre fertile,
J'en ai vu les progrès, et j'en goûte les fruits.
O séjour des neuf Sœurs, où Mars même est tranquille,
Paré des dons divers qu'à mes yeux tu produis,
    Tu seras mon dernier asile!

Je renvoie au héros dont je suis enchanté
Cet ampoulé fatras d'un ministre entêté,
Triomphe du faux goût plus que de l'*innocence;*
    Et je garde la vérité,
Que vous daignez m'offrir des mains de l'éloquence.

201. — ÉPIGRAMME

SUR LA MORT DE M. D'AUBE ²,

NEVEU DE M. DE FONTENELLE.

« Qui frappe là? dit Lucifer.
— Ouvrez, c'est d'Aube. » Tout l'enfer,
A ce nom, fuit et l'abandonne.
« Oh, oh! dit d'Aube, en ce pays
On me reçoit comme à Paris :
Quand j'allais voir quelqu'un, je ne trouvais personne. »

---

1. Les vers sur la naissance du duc de Bourgogne, que d'autres éditions placent
avant ceux-ci, sont dans une lettre à Mme Denis du 20 septembre 1751.

2. Ancien intendant de Soissons, homme fort instruit, mais si contredisant que
tout le monde le fuyait. C'est lui dont il est parlé dans les *Disputes* de M. de
Rulhières. Outre ce neveu, M. de Fontenelle avait encore un frère, qui était prêtre·
Quelqu'un lui demandait un jour ce que faisait son frère : *Le matin il dit la messe,
et le soir il ne sait ce qu'il dit.* (K.) — La pièce des *Disputes,* dont il est parlé
dans cette note, a été réimprimée par Voltaire. (B.)

202. — A MONSIEUR MINGARD[1],

QUI DEMANDAIT UN BILLET POUR VOIR NANINE AU SPECTACLE DE LA COUR DE BERLIN.

Qui sait si fort intéresser
Mérite bien qu'on le prévienne ;
Oui, parmi nous viens te placer ;
Nous dirons tous : « Qu'il y revienne. »

203. — AU ROI DE PRUSSE,

EN LUI RENVOYANT LA CLEF DE CHAMBELLAN ET LA CROIX DE SON ORDRE.

(1753)

Je les reçus avec tendresse,
Je vous les rends avec douleur;
Comme un amant jaloux, dans sa mauvaise humeur[2],
Rend le portrait de sa maîtresse.

204. — A MADAME LA DUCHESSE DE SAXE-GOTHA.

(1753)

Grand Dieu, qui rarement fais naître parmi nous
De grâces, de vertus, cet heureux assemblage,

1. C'était un élève de l'École militaire de Berlin. Désirant, en 1753, assister au spectacle de la cour, il avait adressé à Voltaire ce quatrain :

> Ne pouvant plus gourmander
> Le goût vif qui me domine,
> Daignez, seigneur, m'accorder
> Un billet pour voir *Nanine!*

Les deux quatrains sont imprimés dans les *Mémoires secrets,* à la date du 5 décembre 1769.

2. Colini rapporte que le troisième vers écrit sur le paquet portait :

> C'est ainsi qu'un amant, dans son extrême ardeur, etc.

« Dans sa mauvaise humeur » était déjà trop accentué pour que Voltaire dût se permettre cette expression en l'adressant directement au roi, et à deux pas du roi. Il le sentit, et corrigea ces mots. Thiébault donne le vers encore plus prononcé : « Comme un amant dans sa fureur. » Cette version devait encore moins rester. (G. D.)

Quand ce chef-d'œuvre est fait, sois un peu plus jaloux
De conserver un tel ouvrage :
Fais naître en sa faveur un éternel printemps ;
Étends dans l'avenir ses belles destinées,
Et raccourcis les jours des sots et des méchants
Pour ajouter à ses années.

205. — A LA MÊME.

Loin de vous et de votre image,
Je suis sur le sombre rivage ;
Car Plombière est, en vérité,
De Proserpine l'apanage.
Mais les eaux de ce lieu sauvage
Ne sont pas celles de Léthé ;
Je n'y bois point l'oubli du serment qui m'engage ;
Je m'occupe toujours de ce charmant voyage
Que dès longtemps j'ai projeté :
Je veux vous porter mon hommage ;
Je n'attends rien des eaux et de leur triste usage :
C'est le plaisir qui donne la santé.

206. — A MADAME LA MARQUISE DE BELESTAT,

QUI SE PLAIGNAIT QU'ON LUI AVAIT PRIS DEUX CONTRATS AU JEU,
ET QUI CHOISIT L'AUTEUR POUR ARBITRE.

(1754)

Vous vous plaignez à tort, on ne vous a rien pris ;
C'est vous qui ravissez des biens d'un plus haut prix ;
Qui sur nos libertés ne cessez d'entreprendre.
Votre cœur attaqué sait trop bien se défendre ;
Et la mère des Jeux, des Grâces, et des Ris,
Vous condamne à le laisser prendre.

207. — A MADEMOISELLE DE LA GALAISIÈRE [1],

JOUANT LE RÔLE DE LUCINDE, DANS L'ORACLE [2].

J'allais pour vous au dieu du Pinde,
Et j'en implorais la faveur.
Il me dit : « Pour chanter Lucinde
Il faut un dieu plus séducteur. »
Je cherchai loin de l'Hippocrène
Ce dieu si puissant et si doux ;
Bientôt je le trouvai sans peine,
Car il était à vos genoux.
Il me dit : « Garde-toi de croire
Que de tes vers elle ait besoin ;
De la former j'ai pris le soin,
Je prendrai celui de sa gloire. »

208. — A MONSIEUR DE CIDEVILLE,

SUR LES LIVRES DE DOM CALMET.

(1754)

Ses antiques fatras ne sont point inutiles ;
Il faut des passe-temps de toutes les façons,
Et l'on peut quelquefois supporter les Varrons,
Quoiqu'on adore les Virgiles.

209. — AUX HABITANTS DE LYON [3].

(1754)

Il est vrai que Plutus est au rang de vos dieux,
Et c'est un riche appui pour votre aimable ville :

1. Fille du chancelier du roi de Pologne Stanislas.
2. *L'Oracle* est une petite comédie de Saint-Foix.
3. Ces vers sont dans le *Mercure* de juin 1755, avec cette note : « On les attribue à M. de V....... ». Ils sont imprimés avec la date de 1754 : 1° à la page 485 du
tome XVIII de l'édition in-4° des *OEuvres de Voltaire ;* 2° à la page 334 de la cinquième partie des *Nouveaux Mélanges philosophiques, historiques, critiques,* etc.;

Il n'est point de plus bel asile ;
Ailleurs il est aveugle, il a chez vous des yeux.
Il n'était autrefois que dieu de la richesse ;
Vous en faites le dieu des arts :
J'ai vu couler dans vos remparts
Les ondes du Pactole et les eaux du Permesse.

210. — INSCRIPTION

POUR LE PORTRAIT DE M. DE LUTZELBOURG.

(1754)

Il eut un cœur sensible, une âme non commune ;
Il fut par ses bienfaits digne de son bonheur :
Ce bonheur disparut ; il brava l'infortune.
Pour l'homme de courage il n'est point de malheur.

211. — IMPROMPTU

A MONSIEUR DE CHENEVIÈRES[1],

A QUI VOLTAIRE AVAIT DEMANDÉ SA CONFESSION, ET QUI LUI AVAIT RÉCITÉ QUELQUES VERS.

Vous êtes dans la saison
Des plus aimables faiblesses :
Puissiez-vous servir vos maîtresses
Comme vous servez Apollon !

3° à la page 336 du tome XIII de l'édition encadrée des *OEuvres de Voltaire*, publiée en 1775, in-8°.

M. Breghot, dans les *Archives historiques et statistiques du département du Rhône*, tome III, page 346, pense qu'ils furent envoyés à M. de Fleurieu peu de temps après que Voltaire eut quitté Lyon. Arrivé dans cette ville le 15 novembre 1754, il prit séance à l'Académie le 26 du même mois, et partit le 9 décembre. Voyez, dans le même volume des *Archives,* etc., *du Rhône*, p. 450 et 460, les articles de M. Dumas. (B.)

1. Dans l'édition in-4°, tome XIX, page 519, on lit en tête de cette pièce : « *A M. le marquis de Chauvelin, sur cette jolie pièce de vers qu'il appelait* LES SEPT PÉCHÉS MORTELS. » C'est ce qu'on lit aussi dans l'édition encadrée, tome XIII, page 401. Les éditeurs de Kehl ont, au nom du marquis de Chauvelin, substitué celui de M. de Chenevières, en quoi ils ont été, comme en beaucoup d'autres points, suivis par leurs successeurs. Cependant un éditeur moderne, dans le tome XII de son édition, p. 334, a rétabli le nom de Chauvelin, en ayant l'air de reprocher aux éditeurs de Kehl le changement qu'ils avaient fait. J'ai restitué le nom de Chene-

Entre des vers et vos Lisettes
Goûtez le destin le plus doux :
Votre confesseur est jaloux
Des jolis péchés que vous faites.

212. — AU ROI DE PRUSSE[1].

(1756)

O Salomon du Nord, ô philosophe roi,
Dont l'univers entier contemplait la sagesse !
Les sages, empressés de vivre sous ta loi,
Retrouvaient dans ta cour l'oracle de la Grèce :
La terre en t'admirant se baissait devant toi ;
Et Berlin, à ta voix sortant de la poussière,
A l'égal de Paris levait sa tête altière,
A l'ombre des lauriers moissonnés à Molwitz[2].
Appelés sur tes bords des rives de la Seine,
Les arts encouragés défrichaient ton pays ;
Transplantés par leurs soins, cultivés, et nourris,
Le palmier du Parnasse et l'olive d'Athène
S'élevaient sous tes yeux enchantés et surpris ;
La Chicane à tes pieds avait mordu l'arène,
Et ce monstre, chassé du palais de Thémis,
Du timide orphelin n'excitait plus les cris.
Ton bras avait dompté le démon de la guerre ;
Son temple était fermé, tes États agrandis,
Et tu mettais Bourbon au rang de tes amis.
Mais parjure à la France, ami de l'Angleterre,
Que deviendront les fruits de tes nobles travaux ?
L'Europe retentit du bruit de ton tonnerre ;
Ta main de la Discorde allume les flambeaux ;
Les champs sont hérissés de tes fières cohortes,

vières en tête de la pièce, mais j'en ai changé l'intitulé, d'après *les Loisirs de
M. de C**** (Chenevières), tome 1er, pages 146 et 147. Les vers relatifs à la pièce
de Chauvelin, intitulée *les Sept Péchés mortels,* sont ci-après sous le n° 213. (B.)

1. Voltaire parle de ces vers dans deux lettres du mois de novembre 1756. Je les
admis, en 1823, dans une édition de ses poésies, avec la date de 1756. C'est par
erreur qu'on les date de 1753 dans les *Pièces inédites* publiées en 1820. (B.)

2. La bataille de Molwitz, livrée le 10 avril 1741, fut la première que gagna le
roi de Prusse, ou que l'on gagna pour lui pendant qu'il avait pris la fuite.

Et déjà de Leipsick [1] tu vas briser les portes.
Malheureux ! sous tes pas tu creuses des tombeaux.
Tu viens de provoquer deux terribles rivaux.
Le fer est aiguisé, la flamme est toute prête,
Et la foudre en éclats va tomber sur ta tête.
Tu vécus trop d'un jour, monarque infortuné !
Tu perds en un instant ta fortune et ta gloire ;
Tu n'es plus ce héros, ce sage couronné,
Entouré des beaux-arts, suivi de la victoire !
Je ne vois plus en toi qu'un guerrier effréné,
Qui, la flamme à la main, se frayant un passage,
Désole les cités, les pille, les ravage,
Foule les droits sacrés des peuples et des rois,
Offense la nature, et fait taire les lois.

[2] 213. — A MADAME LA MARQUISE DE CHAUVELIN,

DONT L'ÉPOUX AVAIT CHANTÉ LES SEPT PÉCHÉS MORTELS [3].

(1758)

Les sept péchés que mortels on appelle
Furent chantés par monsieur votre époux :
Pour l'un des sept nous partageons son zèle,
Et pour vous plaire on les commettrait tous.
C'est grand' pitié que vos vertus défendent
Le plus chéri, le plus digne de vous,
Lorsque vos yeux malgré vous le demandent.

1. Le 29 août 1756, un corps de troupes prussiennes s'empara inopinément de
Leipsick ; ce fut le début de la guerre de Sept ans.

2. Trois petites pièces omises ici précèdent ces vers dans d'autres éditions. On
trouvera les vers sur le portrait de dom Calmet dans la lettre à dom Fangé, du
20 novembre 1757 ; ceux que Voltaire fit pour le portrait du duc de Rohan sont
dans la lettre au baron de Zurlauben, du mois de mars 1758 ; et ceux qui furent
adressés à la duchesse d'Orléans sur une énigme inintelligible figurent dans une
lettre à Thieriot, du 8 mai 1758.

3. La pièce de vers du marquis de Chauvelin, intitulée *les Sept Péchés mortels,*
se trouve dans la *Correspondance* de Grimm, au 15 mai 1758 (édition Garnier frères, tome III, page 512) ; mais ce ne fut que six semaines plus tard que Voltaire put
se procurer les vers de Chauvelin ; voyez sa lettre à d'Argental, du 30 juin 1758.

214. — INSCRIPTION[1]

POUR LA TOMBE DE PATU.

(Septembre 1758.)

Tendre et pure amitié, dont j'ai senti les charmes,
Tu conduisis mes pas dans ces tristes déserts ;
Tu posas cette tombe et tu gravas ces vers,
      Que mes yeux arrosent de larmes.

215. — A MADAME LULLIN[2],

EN LUI ENVOYANT UN BOUQUET, LE 6 JANVIER 1759, JOUR AUQUEL ELLE AVAIT
CENT ANS ACCOMPLIS.

      Nos grands-pères vous virent belle ;
      Par votre esprit vous plaisez à cent ans :
      Vous méritiez d'épouser Fontenelle,
            Et d'être sa veuve longtemps.

216. — ÉPIGRAMME SUR GRESSET.

(1759)

      Certain cafard, jadis jésuite,
      Plat écrivain, depuis deux jours
      Ose gloser sur ma conduite,
      Sur mes vers, et sur mes amours :
      En bon chrétien je lui fais grâce,
      Chaque pédant peut critiquer mes vers ;
      Mais sur l'amour jamais un fils d'Ignace
            Ne glosera que de travers.

1. Ami de Palissot, mort en Savoie au mois d'août 1757. Voyez la lettre à
Thieriot, du 8 novembre 1755.

2. Dame de Genève, parente de celle à qui Voltaire adressa des stances le
16 novembre 1773 ; voyez tome VIII, page 539.

217. — ÉPIGRAMME[1].

Savez-vous pourquoi Jérémie
A tant pleuré pendant sa vie?
C'est qu'en prophète il prévoyait
Qu'un jour Lefranc le traduirait.

218. — LES POUR[2].

(1760)

Pour vivre en paix joyeusement,
Croyez-moi, n'offensez personne :
C'est un petit avis qu'on donne
Au sieur Lefranc de Pompignan.

1. Dans un *Éloge de M. de La Marche*, par M. L. F., qui est dans le *Nécrologe des Hommes célèbres de France*, année 1770, on attribue à La Marche ce distique contre la traduction des *Lamentations de Jérémie* par feu l'abbé Cotin :

> Le triste Jérémie avec raison pleurait,
> Prévoyant bien qu'un jour Cotin le traduirait.

M. Breghot du Lut, dans les *Archives historiques et statistiques du département du Rhône*, tome XIV, page 91, pense que M. L. F., auteur de l'*Éloge de La Marche*, pourrait bien être Lefranc de Pompignan, et que les vers aussi pourraient bien être, non de La Marche, mais de l'auteur de son Éloge, c'est-à-dire de Lefranc lui-même. Cette ingénieuse conjecture me semble très-probable. Comme le remarque M. Breghot, c'était de la part de Lefranc une manière adroite de détourner l'épigramme que d'en faire soupçonner l'auteur de plagiat.

Mais j'ai bien d'autres doutes. Le quatrième vers présente, dans quelques impressions, une variante remarquable. On y lit :

> Que Baculard le traduirait.

Baculard d'Arnaud publia en effet *les Lamentations de Jérémie, odes sacrées*, 1752, in-4°. qui ont eu plusieurs éditions; et dans les *Poésies sacrées de Lefranc de Pompignan*, il ne se trouve point de traductions de Jérémie; il y en a de Joël, d'Abdias, de Nahum et d'Habacuc.

J'ai vainement cherché dans les éditions de Voltaire, données de son vivant, le quatrain sur la traduction de Jérémie. Il me paraît difficile qu'il ait été fait contre Lefranc; il est probable au contraire qu'il l'a été contre Baculard, qui, en 1750, s'était fort mal conduit envers Voltaire (voyez la lettre à d'Argental, du 15 mars 1751).

C'est auprès des pièces de 1760 que les éditeurs de Kehl ont placé cette épigramme; c'était une conséquence de la version qu'ils avaient adoptée. Il se peut que, lors des plaisanteries dont Lefranc fut l'objet en 1760, on ait rajeuni l'épigramme contre Baculard d'Arnaud, qui, si elle porte sur Baculard, doit être de 1752. (B.)

2. Cette pièce et les cinq qui la suivent sont dans le *Recueil des facéties parisiennes pour les six premiers mois de l'an* 1760, imprimées sous ce titre : *l'Assemblée des monosyllabes, les Pour, les Que, les Qui, les Quoi, les Oui, et les Non*. Voltaire disait à ce sujet qu'il avait fait passer Lefranc par les monosyllabes.

Pour plaire il faut que l'agrément
Tous vos préceptes assaisonne :
Le sieur Lefranc de Pompignan
Pense-t-il donc être en Sorbonne?

Pour instruire il faut qu'on raisonne,
Sans déclamer insolemment ;
Sans quoi plus d'un sifflet fredonne
Aux oreilles d'un Pompignan.

Pour prix d'un discours impudent,
Digne des bords de la Garonne,
Paris offre cette couronne
Au sieur Lefranc de Pompignan.

Dédié par le sieur A...

219. — LES QUE.

Que Paul Lefranc de Pompignan
Ait fait en pleine Académie
Un discours fort impertinent,
Et qu'elle en soit tout endormie ;

Qu'il ait bu jusques à la lie
Le calice un peu dégoûtant
De vingt censures qu'on publie,
Et dont je suis assez content ;

Que, pour comble de châtiment,
Quand le public le mortifie,
Un Fréron le béatifie,
Ce qui redouble son tourment ;

Qu'ailleurs un noir petit pédant[1]
Insulte à la philosophie,
Et qu'il serve de truchement
A Chaumeix qui se crucifie ;

Que l'orgueil et l'hypocrisie
Contre ces gens de jugement

1. Omer Joly de Fleury, avocat général.

Étalent une frénésie
Que l’on siffle unanimement;

Que parmi nous à tout moment
Cinquante espèces de folie
Se succèdent rapidement,
Et qu’aucune ne soit jolie;

Qu’un jésuite avec courtoisie
S’intrigue partout sourdement,
Et reproche un peu d’hérésie
Aux gens tenant le parlement;

Qu’un janséniste ouvertement
Fronde la cour avec furie :
Je conclus très-patiemment
Qu’il faut que le sage s’en rie.

Prononcé par le sieur F.

220. — LES QUI.

Qui pilla jadis Métastase,
Et qui crut imiter Maron?
Qui, bouffi d’ostentation,
Sur ses écrits est en extase?

Qui si longuement paraphrase
David en dépit d’Apollon,
Prétendant passer pour un vase
Qu’on appelle d’élection?

Qui, parlant à sa nation,
Et l’insultant avec emphase,
Pense être au haut de l’Hélicon
Lorsqu’il barbote dans la vase?

Qui dans plus d’une périphrase
A ses maîtres fait la leçon?
Entre nous, je crois que son nom
Commence en *V*, finit en *aze*.

Offert par RAMPONEAU.

221. — LES QUOI.

Quoi! c'est Lefranc de Pompignan,
Auteur de chansons judaïques,
Barbouilleur du *Vieux Testament*,
Qui fait des discours satiriques?

Quoi! dans des odes hébraïques,
Qu'il translata si tristement,
A-t-il pris ces propos caustiques
Qu'il débite si lourdement?

Quoi! verrait-on patiemment
Tant de pauvretés emphatiques?
L'ennui, dans nos temps véridiques,
Ne se pardonne nullement.

Quoi! Pompignan dans ses répliques
M'ennuiera comme ci-devant?
Nous le poursuivrons très-gaîment
Pour ses fatras mélancoliques.

Présenté par Arnoud.

222. — LES OUI.

Oui, ce Lefranc de Pompignan
Est un terrible personnage ;
Oui, ses psaumes sont un ouvrage
Qui nous fait bâiller longuement.

Oui, de province un président
Plein d'orgueil et de verbiage
Nous paraît un pauvre pédant,
Malgré son riche mariage.

Oui, tout riche qu'il est, je·gage
Qu'au fond de l'âme il se repent.
Son mémoire est impertinent ;
Il est bien fier, mais il enrage.

Oùi, tout Paris, qui l'envisage
Comme un seigneur de Montauban,
Le chansonne, et rit au visage
De ce Lefranc de Pompignan.

Essayé par Matthieu Ballot.

223. — LES NON.

Non, cher Lefranc de Pompignan,
Quoi que je dise et que je fasse,
Je ne peux obtenir ta grâce
De ton lecteur peu patient.

Non, quand on a maussadement
Insulté le public en face,
On ne saurait impunément
Montrer la sienne avec audace.

Non, quand tu quitteras la place
Pour retourner à Montauban,
Les sifflets partout sur ta trace
Te suivront sans ménagement.

Non, si le ridicule passe,
Il ne passe que faiblement.
Ces couplets seront la préface
Des ouvrages de Pompignan.

Répondu par Jacques Agard.

224. — LES FRÉRON[1]. . . . .

D'où vient que ce nom de Fréron
Est l'emblème du ridicule?
Si quelque maître Aliboron,
Sans esprit comme sans scrupule,
Brave les mœurs et la raison;
Si de Zoïle et de Chausson[2]

---

1. Ces vers avaient été imprimés, en 1760, à la page 278 du *Recueil des facéties parisiennes;* mais ce n'est qu'en 1828 qu'ils ont été admis dans les *OEuvres de Voltaire,* par M. Clogenson.

2. Voyez sur ce personnage la note, tome IX, page 519.

Il se montre le digne émule,
Les enfants disent : « C'est Fréron. »

Sitôt qu'un libelle imbécile
Croqué par quelque polisson
Court dans les cafés de la ville,
« Fi, dit-on, quel ennui! quel style!
C'est du Fréron, c'est du Fréron! »

Si quelque pédant fanfaron
Vient étaler son ignorance,
S'il prend Gillot pour Cicéron,
S'il vous ment avec impudence,
On lui dit : « Taisez-vous, Fréron. »

L'autre jour un gros ex-jésuite,
Dans le grenier d'une maison,
Rencontra fille très-instruite
Avec un beau petit garçon.
Le bouc s'empara du giton.
On le découvre, il prend la fuite.
Tout le quartier à sa poursuite
Criait : « Fréron, Fréron, Fréron. »

Lorsqu'au drame de monsieur Hume [1]
On bafouait certain fripon,
Le parterre, dont la coutume
Est d'avoir le nez assez bon,
Se disait tout haut : « Je présume
Qu'on a voulu peindre Fréron. »

Cependant, fier de son renom,
Certain maroufle se rengorge ;
Dans son antre à loisir il forge
Des traits pour l'indignation.
Sur le papier il vous dégorge
De ses lettres le froid poison,
Sans songer qu'on serre la gorge
Aux gens du métier de Fréron.

1. C'est sous le nom de Hume que Voltaire a donné *l'Écossaise;* voyez tome IV
du *Théâtre,* page 409.

Pour notre petit embryon,
Délateur de profession [1],
Qui du mensonge est la trompette,
Déjà sa réputation
Dans le monde nous semble faite :
C'est le perroquet de Fréron.

[2]225. — A M. LE COMTE DE SAINT-ÉTIENNE

QUI AVAIT ADRESSÉ A L'AUTEUR UNE ÉPÎTRE SUR LA COMÉDIE DE L'ÉCOSSAISE.

(1760)

Vous m'avez attendri, votre épître est charmante [3] ;
En philosophe vous pensez.
Lindane [4] est dans vos vers plus belle et plus charmante ;
Et c'est vous qui l'embellissez.

226. — VERS

POUR UNE ESTAMPE DE PIERRE LE GRAND.

(1761)

Ses lois et ses travaux ont instruit les mortels ;
Il fit tout pour son peuple, et sa fille [5] l'imite :
Zoroastre, Osiris, vous eûtes des autels,
Et c'est lui seul qui les mérite.

1. Probablement Lefranc de Pompignan, qui, dans son *Discours de réception* à l'Académie française, avait indirectement dénoncé Voltaire, d'Alembert, Diderot, et autres gens de lettres, comme philosophes. Voyez ce que Voltaire dit des hypocrites et des persécuteurs, à propos de ce *Discours,* dans sa lettre à Saurin, du 5 mai 1760. (CL.) — D'autres commentateurs croient qu'il s'agit d'Omer Joly de Fleury, et le mot « de profession » rend leur conjecture plus probable.

2. Quelques éditeurs donnent avant cette pièce un rondeau : *En riant,* et des vers gravés au bas d'une estampe où l'on voit un âne qui se met à braire en regardant une lyre suspendue à un arbre. Le rondeau est dans une lettre à d'Alembert du 8 octobre 1760, et les vers se trouvent tome IV du *Théâtre,* page 402.

3. Les éditeurs de Kehl avaient placé ce quatrain à la fin de la lettre adressée, par Voltaire, à Duverger de Saint-Étienne en décembre 1760 ; mais il n'est pas dans le texte de la lettre que donne le *Mercure,* 1761, tome Ier, p. 106.

4. Personnage de l'*Écossaise.*

5. Élisabeth.

227. — AU PÈRE BETTINELLI[1].

Compatriote de Virgile,
Et son secrétaire aujourd'hui,
C'est à vous d'écrire sous lui :
Vous avez son âme et son style.

[2]228. — A MONSIEUR LE COMTE DE***,

AU SUJET DE L'IMPÉRATRICE-REINE.

Marc-Aurèle, autrefois des princes le modèle,
Sur les devoirs des rois instruisit nos aïeux ;
Et Thérèse fait à nos yeux
Tout ce qu'écrivait Marc-Aurèle.

229. — CHANSON

EN L'HONNEUR DE MAÎTRE LEFRANC DE POMPIGNAN,

ET DE RÉVÉREND PÈRE EN DIEU, SON FRÈRE, L'ÉVÊQUE DU PUY,

LESQUELS ONT ÉTÉ COMPARÉS, DANS UN DISCOURS PUBLIC,
A MOÏSE ET A AARON[3].

Nota bene que maître Lefranc est le Moïse, et maître du Puy, l'Aaron ; et que maître Lefranc a donné de l'argent à maître Aliboron, dit Fréron, pour être préconisé dans ses belles feuilles.

Sur l'air de la musette de Rameau : SUIVEZ LES LOIS, etc.
(dans les *Talents lyriques*).

(1761)

Moïse, Aaron,
Vous êtes des gens d'importance ;

1. On a une lettre de Voltaire à Bettinelli, de mars 1761. Le quatrain peut être de la même année. Le Père Bettinelli est auteur de *Lettres de Virgile aux Arcades*.
2. Avant cette pièce, on met souvent des vers sur la mort de l'abbé de La Coste, qui sont dans la lettre à Lebrun, mai 1761.
3. Voyez la note 2 de la page 115.

Moïse, Aaron,
Vous avez l'air un peu gascon.
De vous on commence
A ricaner beaucoup en France ;
Mais en récompense
Le veau d'or est cher à Fréron.
Moïse, Aaron,
Vous êtes des gens d'importance ;
Moïse, Aaron,
Vous avez l'air un peu gascon.

230. — IMPROMPTU

SUR L'AVENTURE TRAGIQUE D'UN JEUNE HOMME DE LYON, QUI SE JETA DANS LE RHÔNE,
EN 1762, POUR UNE INFIDÈLE QUI N'EN VALAIT PAS LA PEINE.

Églé, je jure à vos genoux
Que s'il faut, pour votre inconstance,
Noyer ou votre amant ou vous,
Je vous donne la préférence.

231. — ÉPIGRAMME

IMITÉE DE L'ANTHOLOGIE.

L'autre jour, au fond d'un vallon,
Un serpent piqua Jean Fréron.
Que pensez-vous qu'il arriva ?
Ce fut le serpent qui creva.

232. — IMPROMPTU

A MADAME LA PRINCESSE DE VIRTEMBERG,

QUI AVAIT APPELÉ LE VIEILLARD PAPA, DANS UN SOUPER.

O le beau titre que voilà !
Vous me donnez la première des places :
Quelle famille j'aurais là !
Je serais le père des Grâces.

233. — HYMNE

CHANTÉ AU VILLAGE DE POMPIGNAN[1].

SUR L'AIR DE BÉCHAMEL.

1. Cet hymne fut envoyé, avec musique, à d'Alembert, le 21 février 1763 (voyez la lettre de ce jour); mais cette musique ne peut être celle de Grétry, qui ne connut Voltaire qu'en 1767 (voyez tome V du *Théâtre,* page 573).

Il a recrépi sa chapelle
　　Et tous ses vers ;
Il poursuit avec un saint zèle
　　Les gens pervers.
Tout son clergé s'en va chantant :
Et vive le roi, etc.

En aumusse un jeune jésuite
　　Allait devant ;
Gravement marchait à sa suite
　　Sir Pompignan,
En beau satin de président.
Et vive le roi, etc.

Je suis marquis, robin, poëte,
　　Mes chers amis ;

Vous voyez que je suis prophète
En mon pays.
A Paris, c'est tout autrement.
Et vive le roi, etc.

J'ai fait un psautier judaïque,
On n'en sait rien ;
J'ai fait un beau panégyrique,
Et c'est le mien :
De moi je suis assez content.
Et vive le roi, etc.

Je retourne à la cour en poste
Charmer les grands ;
Je protége l'abbé La Coste [1]
Et mes parents ;
Je suis sifflé par les méchants.
Et vive le roi, etc.

Bientôt il revient à Versaille
D'un air humain,
Aux ducs et pairs, à la canaille
Serrant la main ;
Récitant ses vers dignement.
Et vive le roi, et Simon Lefranc,
Son favori,
Son favori!

234. — A MADAME LA MARQUISE DE SAINT-AUBIN [2],

AUTEUR DU LIVRE INTITULÉ LE DANGER DES LIAISONS.

J'ai lu votre charmant ouvrage :
Savez-vous quel est son effet?
On veut se lier davantage
Avec la muse qui l'a fait.

1. Mort aux galères.
2. Mme Ducrest de Saint-Aubin, mère de Mme de Genlis, qui dit, dans le premier volume de ses *Mémoires*, que ces quatre vers étaient le commencement
d'une lettre *remplie de choses flatteuses*. Le *Danger des liaisons* est en trois
volumes in-12, divisés chacun en deux parties.

[1]235. — A LA SIGNORA JULIA URSINA,

DE VENISE,

QUI AVAIT ADRESSÉ UNE LETTRE TRÈS-FLATTEUSE ET TRÈS-AGRÉABLE A VOLTAIRE
SANS SE FAIRE CONNAÎTRE.

Êtes-vous la déesse Isis,
Sous son grand voile méconnue?
Êtes-vous la mère des Ris?
Mais quelquefois elle était nue.
Nous voyons de vous un écrit
Plein de raison, brillant, et sage ;
Mais, en nous montrant tant d'esprit,
Ne cachez plus votre visage.

236. — IMPROMPTU A UNE DAME DE GENÈVE,

QUI PRÊCHAIT L'AUTEUR SUR LA TRINITÉ.

Oui, j'en conviens, chez moi la Trinité
Jusqu'à présent n'avait pas fait fortune ;
Mais j'aperçois les trois Grâces en une :
Vous confondez mon incrédulité.

237. — INSCRIPTION

POUR LA STATUE DE LOUIS XV A REIMS.

(1763)

Peuple fidèle et juste, et digne d'un tel maître,
L'un par l'autre chéri, vous méritez de l'être [2].

1. On trouvera la fable intitulée *les Renards et les Loups* dans une lettre à Damilaville, du 19 juin 1763, et la *Chanson* sur Simon Lefranc dans une lettre au même Damilaville, du 21 décembre de la même année.
2. On trouvera deux autres inscriptions pour la même statue dans la lettre à d'Argental, du 18 septembre 1763, et dans celle à Damilaville, du 21 septembre de la même année.

238. — A L'IMPÉRATRICE DE RUSSIE

CATHERINE II,

QUI INVITAIT L'AUTEUR A FAIRE UN VOYAGE DANS SES ÉTATS.

Dieux qui m'ôtez les yeux et les oreilles,
Rendez-les-moi, je pars au même instant.
Heureux qui voit vos augustes merveilles,
O Catherine! heureux qui vous entend!
Plaire et régner, c'est là votre talent;
Mais le premier me touche davantage.
Par votre esprit vous étonnez le sage,
Qui cesserait de l'être en vous voyant.

[1] 239. — A M. LE CHEVALIER DE LA TREMBLAYE[2],

SUR LA RELATION EN VERS ET EN PROSE
DE SON VOYAGE D'ITALIE.

Ce Chapelle, ce Bachaumont,
Ont fait un moins heureux voyage;
Tout est épigramme ou chanson
Dans leur renommé badinage.
Vous parlez d'un plus noble ton;
Et je crois entendre Platon
Qui, revenant de Syracuse,
Dans Athène emprunte la muse
De Pindare et d'Anacréon.

1. On trouve souvent avant cette pièce des vers sur le buste de Mme de Brionne, et un sixain à Mme de Beaumont. Les vers *Sur le buste de Mm^e de Brionne* font partie d'une lettre à la princesse de Ligne, du 6 juin 1764; et le sixain à Mme Élie de Beaumont se trouve dans une lettre à cette dame, du 29 juin de la même année.

2. Le chevalier de La Tremblaye, né dans l'Anjou, en 1739, mort en 1807; auteur de quelques écrits, soit en vers, soit en prose. On a publié ses *OEuvres posthumes*, 1808, deux volumes in-12. Voyez la lettre de Voltaire à M. le marquis de Chauvelin, du 28 auguste 1764.

240. — AU MÊME.

Ce beau lac de Genève, où vous êtes venu,
Du Cocyte bientôt m'offre les rives sombres :
Vous êtes un Orphée en ces lieux descendu
    Pour venir enchanter les ombres.

241. — A MADAME DU BOCAGE,

APRÈS SON VOYAGE D'ITALIE.

    Sur ces bords, fameux dans l'histoire,
    Que vous venez de parcourir,
Qu'avez-vous admiré? des débris pleins de gloire,
    Où rien n'a pu vous retenir[1],
    Des noms d'éternelle mémoire.
Ces chefs-d'œuvre vantés, vous les avez vus tous ;
    Ils ont mérité vos suffrages ;
Mais vous n'avez rien vu de plus charmant que vous,
    Ni de plus beau que vos ouvrages.

242. — COUPLETS A MONSIEUR DE LA MARCHE[2],

PREMIER PRÉSIDENT AU PARLEMENT DE BOURGOGNE,

QUI AVAIT FAIT DES VERS POUR SA FILLE.

    Plus d'un amant sur sa lyre a formé
    Les tendres sons qui charment les amantes.
    Un père a fait des chansons plus touchantes :
    Pourquoi cela? c'est qu'il a mieux aimé.

    Je suis bien loin de blasphémer l'Amour ;
    C'est un grand dieu ; je le sers, et je jure

---

1. Variante :
    Des monuments pompeux qui ne peuvent périr.

2. Claude-Philibert Fiot de La Marche, premier président du parlement de
Bourgogne, né quelques mois après Voltaire, avec lequel il fut en correspondance,
mourut le 3 juin 1768. (CL.)

De le servir jusqu'à mon dernier jour :
Mais il faut bien qu'il cède à la nature.

[1] 243. — ÉPIGRAMME.

Aliboron, de la goutte attaqué,
Se confessait ; car il a peur du diable :
Il détaillait, de remords suffoqué,
De ses méfaits une liste effroyable ;
Chrétiennement chacun fut expliqué,
Stupide orgueil, mensonge, ivrognerie,
Basse impudence, et noire hypocrisie :
Il ne croyait en oublier aucun.
Le confesseur dit : « Vous en passez un.
— Un ? de par Dieu ! j'en dis assez, je pense.
— Eh, mon ami, le péché d'ignorance[2] ! »

244. — A MONSIEUR DE LAHARPE,

QUI AVAIT PRONONCÉ UN COMPLIMENT EN VERS SUR LE THÉATRE DE FERNEY
AVANT UNE REPRÉSENTATION D'ALZIRE,

(1765)

Des plaisirs et des arts vous honorez l'asile,
Il s'embellit de vos talents :
C'est Sophocle dans son printemps,
Qui couronne de fleurs la vieillesse d'Eschyle [3].

1. On place souvent avant cette pièce une parodie d'une ancienne épigramme
à propos des *Lettres secrètes de Voltaire*. Cette parodie est dans le *Commentaire
historique*.

2. Une autre épigramme contre Fréron est citée dans une lettre à Marmontel,
du 17 mars 1765.

3. Variante :

    C'est Sophocle dont le printemps
Vient couronner de fleurs la vieillesse d'Eschyle.

245. — COUPLETS D'UN JEUNE HOMME [1],

CHANTÉS A FERNEY, LE 11 AUGUSTE 1765, VEILLE DE SAINTE-CLAIRE,
A MADEMOISELLE CLAIRON [2].

Sur l'air : *Annette, à l'âge de quinze ans.*

Dans la grand' ville de Paris
On se lamente, on fait des cris,
Le plaisir n'est plus de saison ;
  La comédie
  N'est plus suívie :
  Plus de Clairon.

Melpomène et le dieu d'Amour
La conduisirent tour à tour ;
En France elle donne le ton.
  Paris répète :
  « Que je regrette
  Notre Clairon ! »

Dès qu'elle a paru parmi nous
Nos bergers sont devenus fous :
Tircis vient de quitter Fanchon.
  Si l'infidèle
  Laisse sa belle,
  C'est pour Clairon.

Je suis à peine à mon printemps,
Et j'ai déjà des sentiments :
Vous êtes un petit fripon [3].
  Sois bien discrète ;

---

1. Ce jeune homme était Voltaire, alors dans sa soixante-douzième année. (Cl.) — On lit au contraire à la marge d'un volume de *Mélanges* une note manuscrite attribuée à Voltaire ainsi conçue : « Ces vers sont d'un jeune homme qui était alors à Ferney. »

2. Variante de ce titre : « Couplets en l'honneur de Mlle Clairon chantés à Ferney en 1765 pour le jour de sainte Claire par deux jeunes enfants. » — Ces vers furent débités par le petit Florian, âgé de dix ans. Florian, habillé en berger, était accompagné d'une bergère de son âge.

3. C'est la bergère qui donne cette réplique.

La faute est faite,
J'ai vu Clairon.

Clairon, daigne accepter nos fleurs ;
Tu vas en ternir les couleurs :
Ton sort est de tout effacer.
La rose expire ;
Mais ton empire
Ne peut passer.

COUPLET AJOUTÉ PAR M.***

Nous sommes privés de Vanlo ;
Nous avons vu passer Rameau :
Nous perdons Voltaire et Clairon.
Rien n'est funeste,
Car il nous reste
Monsieur Fréron.

246. — VERS A MESDAMES D. L. C. ET G.,

PRÉSENTÉS PAR UN ENFANT DE DIX ANS, EN 1765[1].

A tout âge il est dangereux
De vous voir et de vous entendre :
Sans faire un choix entre vous deux,
A toutes deux il faut se rendre.

A MADAME D. L. C[2].

Par vous l'Amour sait tout dompter.
Songez que je suis de son âge ;
Et, si vous avez son visage,
Dans mon cœur il peut habiter.

A MADAME G.

Avec tant de beauté, de grâce naturelle[3],
Qu'a-t-elle affaire de talents ?

---

1. Encore Florianet.
2. Sans doute Mme de La Chabaterie, sœur de Chabanon.
3. Grimm, à la date du 15 novembre 1759, cite ce quatrain comme adressé à Mme de Chauvelin. (B.)

Mais avec des sons si touchants,
Qu'a-t-elle affaire d'être belle ?

247. — A MONSIEUR LE COMTE DE SCHOWALOW,

QUI AVAIT ADRESSÉ UNE ÉPÎTRE A L'AUTEUR.

Puisqu'il faut croire quelque chose,
J'avouerai qu'en lisant vos séduisants écrits
Je crois à la métempsycose.
Orphée, aux bords du Tanaïs,
Expira dans votre pays.
Près du lac de Genève il vient se faire entendre ;
En vous il renaît aujourd'hui ;
Et vous ne devez pas attendre
Que les femmes jamais vous battent comme lui.

[1]248. — COUPLET A MADAME CRAMER[2],

POUR M. LE CHEVALIER DE BOUFFLERS.

(1766)

Mars l'enlève au séminaire ;
Tendre Vénus, il te sert ;
Il écrit avec Voltaire ;
Il sait peindre avec Hubert ;
Il fait tout ce qu'il veut faire,
Tous les arts sont sous sa loi :
De grâce, dis-moi, ma chère,
Ce qu'il sait faire avec toi.

1. Les vers à l'abbé Voisenon sur l'opéra d'*Isabelle et Gertrude*, souvent placés
ici, se trouvent dans la lettre à Voisenon, du 28 octobre 1765.

2. C'est de cette dame que Voltaire parle au commencement de ses *Stances* au
chevalier de Boufflers (voyez tome VIII, page 530) :

Certaine dame honnête, et savante, et profonde.

Wagnière la cite comme femme de beaucoup d'esprit, et très-aimable.

249. — A MONSIEUR DUMOURIEZ [1],

AUTEUR DU POËME DE RICHARDET.

(1766)

Vous ne parlez que d'un moineau,
Et vous avez une volière :
Il est chez vous plus d'un oiseau
Dont la voix tendre et printanière
Plaît par un ramage nouveau.
Celui qui n'a plumes qu'aux ailes,
Et qui fait son nid dans les cœurs,
Répandit sur vous ses faveurs :
Il vous fait trouver des lecteurs,
Comme il vous a soumis des belles.

250. — AU PRINCE DE BRUNSWICK [2].

VERS PRONONCÉS A FERNEY PAR MADEMOISELLE CORNEILLE.

(Janvier 1766)

Quoi! vous venez dans nos hameaux!
Corneille, dont je tiens le sang qui m'a fait naître,
Corneille à cet honneur eût prétendu peut-être :
Il aurait pu vous plaire; il peignait vos égaux.

1. Anne-François du Perrier Dumouriez, né en 1707, mort en 1769 (père du général mort en 1823), avait publié *Richardet, poëme dans le genre bernesque imité de l'italien,* 1764, in-8°, contenant six chants où étaient réduits les quinze premiers chants de Fortiguerra. Une édition intitulée *Richardet, poëme en douze chants,* parut en 1766, deux parties in-8° et petit in-12. C'est à douze chants que sont réduits les trente de l'original. Voici les vers de Dumouriez auxquels répond Voltaire :

> O vous, l'Apollon de notre âge,
> Qui tour à tour badin, sublime, sage,
> Vous soumettant tous les genres divers,
> Par vos accords ravissez l'univers,
> J'ose vous offrir mon ouvrage.
> En recevant ce médiocre don,
> Songez qu'au grand Virgile, au sommet d'Hélicon,
> Jadis de son moineau Catulle fit hommage.

2. Celui-là même qui commandait les coalisés en 1792, et à qui sont adressées les *Lettres sur Rabelais,* etc.

On vous reçoit bien mal en ce désert sauvage :
Les respects à la fin deviennent ennuyeux.
Votre gloire vous suit ; mais il faut davantage ;
Et si j'avais quinze ans je vous recevrais mieux.

251. — A MADAME DE SCALLIER [1],

QUI JOUAIT PARFAITEMENT DU VIOLON.

(Auguste 1766)

Sous tes doigts l'archet d'Apollon
Étonne mon âme, et l'enchante ;
J'entends bientôt ta voix touchante,
J'oublie alors ton violon ;
Tu parles, et mon cœur plus tendre
De tes chants ne se souvient plus :
Mais tes regards sont au-dessus
De tout ce que je viens d'entendre.

252. — A MADAME DE SAINT-JULIEN [2],

QUI ÉTAIT A FERNEY.

(Auguste 1766)

J'étais dans ma solitude
Sans espoir et sans lien,
Et de n'aspirer à rien
C'était ma pénible étude :
Je vous vois : je sens très-bien
Qu'il faut que mon cœur désire ;
Et vous me forcez à dire
L'oraison de saint Julien [3].

1. Cette dame, dont Voltaire parle dans sa lettre du 30 auguste 1766, à Chabanon, fit une apparition à Ferney quelques jours avant l'arrivée de Mme de Saint-Julien. (CL.)

2. Cette dame, à laquelle Voltaire donna plus tard le nom de *Papillon-philosophe*, était à Ferney vers le milieu du mois d'auguste 1766, comme le prouve la lettre de Voltaire à Richelieu, du 19 du même mois. Mme de Saint-Julien, née de La Tour du Pin, ressemblait à Mme du Châtelet, selon Voltaire, qui lui écrivit, le 14 septembre 1766 : *Je suis amoureux de votre âme.* (CL.)

3. Voyez, dans les *Contes* de La Fontaine, l'*Oraison de saint Julien*, *nouvelle tirée de Boccace.*

253. — SUR LA MORT DU DAUPHIN[1].

(1766)

Connu par ses vertus plus que par ses travaux,
Il sut penser en sage, et mourut en héros.

254. — A MADAME LA MARQUISE DE M***[2],

PENDANT SON VOYAGE A FERNEY.

On dit que les dieux autrefois
Dans de simples hameaux se plaisaient à paraître :
On put souvent les méconnaître,
On ne peut se méprendre aux charmes que je vois.

255. — A MONSIEUR DESRIVIÈRES[3],

SERGENT AUX GARDES FRANÇAISES,

QUI AVAIT ADRESSÉ A L'AUTEUR LE LIVRE INTITULÉ LOISIRS D'UN SOLDAT.

Soldat digne de Xénophon,
Ou d'un César, ou d'un Biron[4],
Ton écrit dans les cœurs allume
Le feu d'une héroïque ardeur :
Ton régiment sera vainqueur
Par ton courage et par ta plume.

1. Mort le 20 décembre 1765.
2. J'ignore la date de ce quatrain, que j'extrais du *Magasin des dames*, 1806, quatrième année, page 31. (B.)
3. Ces vers ont été imprimés dans le *Mercure* de septembre 1767, p. 29. Ferdinand Desrivières était né en Bourgogne en 1734. Ses *Loisirs d'un soldat* forment un volume, 1767, in-12.
4. Louis-Antoine de Gontaut, duc de Biron, né en 1701, colonel du régiment des gardes françaises depuis 1745, maréchal de France depuis 1757, mort en 1787.

256. — SUR JEAN-JACQUES ROUSSEAU.

Cet ennemi du genre humain,
Singe manqué de l'Arétin,
Qui se croit celui de Socrate ;
Ce charlatan trompeur et vain,
Changeant vingt fois son mithridate ;
Ce basset hargneux et mutin,
Bâtard du chien de Diogène,
Mordant également la main
Ou qui le fesse, ou qui l'enchaîne,
Ou qui lui présente du pain.

257. — RÉPONSE

A MESSIEURS DE LAHARPE ET DE CHABANON[1],

QUI LUI AVAIENT DONNÉ DES VERS A L'OCCASION DE SAINT FRANÇOIS, SON PATRON,
EN OCTOBRE 1767.

« Ils ont berné mon capuchon ;
Rien n'est si gai ni si coupable.
Qui sont donc ces enfants du diable ? »
Disait saint François, mon patron.
C'est Laharpe, c'est Chabanon :
Ce couple agréable et fripon
A Vénus vola sa ceinture,
Sa lyre au divin Apollon,
Et ses pinceaux à la Nature.
« Je le crois, dit le penaillon ;
Car plus d'une fille m'assure
Qu'ils m'ont aussi pris mon cordon. »

1. Laharpe et Chabanon étaient à Ferney quand Mme Denis, le jour de la Saint-François, donna une fête à son oncle, qui en parle dans sa lettre du 12 octobre 1767, à Mme de Florian (Mme de Fontaine).

258. — A MONSIEUR LE COMTE DE FÉKÉTÉ [1].

(1767)

Un descendant des Huns veut voir mon drame scythe;
Ce Hun, plus qu'Attila rempli d'un vrai mérite,
A fait des vers français qui ne sont pas communs.
Puissiez-vous dans les miens en trouver quelques-uns
Dont jamais au Parnasse Apollon ne s'irrite!
Ceux qu'on rime à présent dans la Gaule maudite
      Sont bien durs et bien importuns.
Il faut que désormais la France vous imite:
Nos rimeurs d'aujourd'hui sont devenus des Huns [2].

259. — VERS

POUR LE PORTRAIT DE M. DE LA BORDE.

(1768)

Avec tous les talents le Destin l'a fait naître,
Il fait tous les plaisirs de la société:
     Il est né pour la liberté,
     Mais il aime bien mieux son maître [3].

260. — LE HUITAIN BIGARRÉ.

AU SIEUR DE LA BLETTERIE,

AUSSI SUFFISANT PERSONNAGE QUE TRADUCTEUR INSUFFISANT.

(1768)

On dit que ce nouveau Tacite
Aurait dû garder le *tacet:*
Ennuyer ainsi, *non licet.*
Ce petit pédant prestolet

---

1. Voyez la lettre à ce comte, du 23 octobre 1767.
2. Pour d'autres vers de Voltaire au comte de Fékété, voyez la note sur le n° 290.
3. La Borde était premier valet de chambre du roi.

Movet bilem (la bile excite).
En français le mot de sifflet   ,
Convient beaucoup *(multum decet)*
A ce translateur de Tacite.

261. — REMERCIEMENT D'UN JANSÉNISTE

AU SAINT DIACRE FRANÇOIS DE PARIS.

Dans un recueil divin par Montgeron[1] formé,
		Jadis le pieux La Blétrie
Attesta que la toux d'un saint prêtre enrhumé
Par le bienheureux diacre en trois mois fut guérie.
L'espoir d'un vain fauteuil d'académicien
A ce traître depuis fit accepter la bulle[2] ;
Tu punis l'apostat, saint diacre, et tu fis bien.
		Chez le dévot, chez l'incrédule
Il n'est qu'un renégat méprisé de tous deux ;
		Chez les grands il rampe et mendie ;
Il transforme Tacite en un cuistre ennuyeux,
		Et n'est point de l'Académie.

262. — LA CHARITÉ MAL REÇUE.

Un mendiant poussait des cris perçants ;
Choiseul le plaint, et quelque argent lui donne.
Le drôle alors insulte les passants ;
Choiseul est juste : aux coups il l'abandonne.
Cher La Blétrie, apaise ton courroux ;
Reçois l'aumône, et souffre en paix les coups[3].

1. Carré de Montgeron. Voyez, dans le *Dictionnaire philosophique*, l'article Convulsions.

2. L'abbé de La Bletterie, auteur d'une *Vie de Julien* surnommé l'*Apostat*, avait, dans l'espoir d'être reçu à l'Académie française, accepté la bulle *Unigenitus,* qu'il avait d'abord repoussée.

3. Voyez d'autres vers contre La Bletterie dans la lettre à d'Alembert, du 27 avril 1768, dans une lettre à Saurin, du 1er juillet, et dans une lettre à Marin, du 19 août de la même année.

263. — A UNE JEUNE DAME DE GENÈVE,

QUI AVAIT CHANTÉ DANS UN REPAS[1].

Que j'ai goûté le plaisir de l'entendre !
Que j'ai senti le danger de la voir !
Dans tous ses traits l'Amour mit son pouvoir ;
Même on m'a dit qu'il lui fit un cœur tendre :
Je suis venu trop tard pour y prétendre,
Mais assez tôt pour l'aimer sans espoir.

264. — A MADAME DU BOCAGE,

QUI AVAIT ADRESSÉ A L'AUTEUR UN COMPLIMENT EN VERS, A L'OCCASION DE SA FÊTE.

(1768)

Qui parle ainsi de saint François ?
Je crois reconnaître la sainte
Qui de ma retraite autrefois
Visita la petite enceinte.
Je crus avoir sainte Vénus,
Sainte Pallas, dans mon village :
Aisément je les reconnus,
Car c'était sainte du Bocage.
L'Amour même aujourd'hui se plaint
Que, dans mon cœur étant fêtée,
Elle ne fut que respectée :
Ah ! que je suis un pauvre saint !

265. — PORTRAIT DE M⁰⁰ DE SAINT-JULIEN.

L'esprit, l'imagination,
Les grâces, la philosophie,

1. Tel est l'intitulé de cette pièce dans le *Mercure* de décembre 1768, page 52. La jeune dame était Lucrèce-Angélique Denormandie, alors divorcée d'avec Théodore Rilliet (voyez tome IX, page 527) et qui, en 1772, épousa le marquis de Florian, veuf de Mᵐᵉ de Fontaine, nièce de Voltaire. Elle n'était pas encore Mᵐᵉ de Florian quand elle inspira ces vers.

L'amour du vrai, le goût du bon,
Avec un peu de fantaisie ;
Assez solide en amitié,
Dans tout le reste un peu légère :
Voilà, je crois, sans vous déplaire,
Votre portrait fait à moitié.

266. — ÉPITAPHE DU PAPE CLÉMENT XIII.

(1769)

Ci-gît des vrais croyants le mufti téméraire,
Et de tous les Bourbons l'ennemi déclaré [1] ;
De Jésus sur la terre il s'est dit le vicaire ;
Je le crois aujourd'hui mal avec son curé.

267. — A MADAME LA COMTESSE DE B****[2].

A quoi peut-on servir sur la fin de sa vie?
Ah! croyez-moi, choisissez mieux :
Sans doute un vieil aveugle ennuie,
C'est un aveugle enfant qu'il faut à vos beaux yeux.

268. — A MONSIEUR ***.

Beau rossignol de la belle Italie,
Votre sonnet cajole un vieux hibou,
Au mont Jura retiré dans un trou,
Sans voix, sans plume, et surtout sans génie.
Il veut quitter son pays morfondu ;
Auprès de vous, à Naple il va se rendre :
S'il peut vous voir, et s'il peut vous entendre,
Il reprendra tout ce qu'il a perdu.

---

1. Voyez le *Précis du Siècle de Louis XV,* chapitre xxxix.
2. Je crois que c'est Mme de Brionne, à qui est consacré le n° 281. (B.)

269. — SUR UN RELIQUAIRE.

Ami, la Superstition
Fit ce présent à la Sottise :
Ne le dis pas à la Raison ;
Ménageons l'honneur de l'Église.

270. — A MONSIEUR ***,

SUR L'IMPÉRATRICE DE RUSSIE[1].

Tu cherches sur la terre un vrai héros, un sage,
Qui méprise les sots et leur fasse du bien,
Qui parle avec esprit, qui pense avec courage :
Va trouver Catherine, et ne cherche plus rien.

271. — A MADAME DE ***,

QUI AVAIT FAIT PRÉSENT D'UN ROSIER A L'AUTEUR.

Vous embellissez la retraite
Où, loin des sots et de leur bruit,
Dans le sein d'une étude abstraite,
De la paix je goûte le fruit.
C'est par vos bienfaits qu'il arrive
Que le plus charmant arbrisseau
Au verger que ma main cultive
Va prêter un éclat nouveau :
De ce don mon âme est touchée.
Ainsi, dans l'âge heureux d'Astrée,
La main brillante des talents,
En dépit des traits de l'envie,
Sur les épines de la vie
Sema les roses du printemps.

1. J'ai sous les yeux une copie de ce madrigal, avec ce titre : *Sur mademoiselle de Soubise.* (CL.)

272. — SUR CATHERINE II.

Ses bontés font ma gloire, et causent mon regret;
Elle daigne à mes vers accorder son suffrage :
Si j'étais né plus tard, elle en serait l'objet;
    Je réussirais davantage.

[1] 273. — A MONSIEUR LE CHANCELIER DE MAUPEOU.

(1771)

    Je veux bien croire à ces prodiges
    Que la fable vient nous conter ;
    A ces héros, à leurs prestiges,
    Qu'on ne cesse de nous citer ;
  Je veux bien croire à ce fier Diomède
    Qui ravit le palladium ;
Aux généreux travaux de l'amant d'Andromède ;
  A tous ces fous qui bloquaient Ilium ;
De tels contes pourtant ne sont crus de personne :
Mais que Maupeou tout seul du dédale des lois
    Ait su retirer la couronne,
Qu'il l'ait seul rapportée au palais de nos rois ;
Voilà ce que je sais, voilà ce qui m'étonne.
    J'avoue avec l'antiquité
    Que ses héros sont admirables :
    Mais par malheur ce sont des fables ;
    Et c'est ici la vérité [2].

1. Avant cette pièce on place souvent des vers à Mlle de Vandeuil, qui font partie de la lettre à l'abbé Audra, du 10 décembre 1769.

2. Les vers de Voltaire furent ainsi parodiés :

    Je veux bien croire à tous ces crimes
    Que la fable vient nous conter,
    A ces monstres, à ces victimes
    Qu'on ne cesse de nous vanter :
  Je veux bien croire aux fureurs de Médée,
    A ses meurtres, à ses poisons ;
A l'horrible banquet de Thyeste et d'Atrée,
A la barbare faim des cruels Lestrigons :
De tels contes pourtant ne sont crus de personne.
Mais que Maupeou tout seul ait renversé les lois,
    Et qu'en usurpant la couronne,

274. — SUR Mme LA MARQUISE DE MONTFERRAT,

ASSISE A TABLE ENTRE UN JÉSUITE ET UN MINISTRE PROTESTANT.

Les malins qu'Ignace engendra,
Les raisonneurs de jansénistes,
Et leurs cousins les calvinistes,
Se disputent à qui l'aura.
Les Grâces, dont elle est l'ouvrage,
Ont dit : « Elle est notre partage,
C'est à nous qu'elle restera. »

275. — A MONSIEUR LE PRÉSIDENT DE FLEURIEU,

QUI REPROCHAIT A L'AUTEUR DE N'AVOIR PAS RÉPONDU A L'UNE DE SES LETTRES,
ET D'AVOIR ÉCRIT A SON FILS, M. DE LA TOURETTE.

Également à tous je m'intéresse ;
Je vois partout les vertus, les talents.
Que l'on écrive au père, à la mère, aux enfants,
C'est au mérite qu'est l'adresse.

276. — AU LANDGRAVE DE HESSE[1],

AU NOM D'UNE DAME A QUI CE PRINCE AVAIT DONNÉ UNE BOÎTE ORNÉE DE SON PORTRAIT.

J'ai baisé ce portrait charmant,
Je vous l'avouerai sans mystère :
Mes filles en ont fait autant ;
Mais c'est un secret qu'il faut taire :
Une fille dit rarement
Ce qu'elle fit, ou voulut faire.

Par ses forfaits il règne au palais de nos rois ;
Voilà ce que j'ai vu, voilà ce qui m'étonne.
J'avoue avec l'antiquité
Que ses monstres sont détestables :
Aussi ce ne sont que des fables,
Et c'est ici la vérité.

1. Frédéric II, né en 1720, mort en 1785. Voltaire était en corr spondance avec
ce prince.

Vous trouverez bon qu'une mère
Vous parle un peu plus hardiment ;
Et vous verrez qu'également
En tous les temps vous savez plaire.

277. — A MONSIEUR ***,

OFFICIER RUSSE QUI AVAIT SERVI CONTRE LES TURCS,

SUR UN PRÉSENT QUE LUI AVAIT FAIT L'IMPÉRATRICE DE RUSSIE.

Reçois de cette amazone
Le noble prix de tes combats ;
C'est Vénus qui te le donne,
Sous la figure de Pallas.

278. — IMPROMPTU

FAIT DEVANT UN RIGORISTE QUI PARLAIT DE VERTU AVEC UN PEU DE PÉDANTERIE.

Le dieu des dieux assez mal raisonna
Lorsqu'à Vénus le bonhomme ordonna
D'être à jamais de grâces entourée :
C'est à Minerve, et pédante et sucrée,
Que ces conseils devaient être adressés.
Écoutez bien, gens à morale austère :
Sans nos avis la beauté songe à plaire,
Et la vertu n'y songe pas assez.

279. — A MADEMOISELLE CLAIRON.

(1772)

Les talents, l'esprit, le génie,
Chez Clairon sont très-assidus ;
Car chacun aime sa patrie.
Chez elle ils se sont tous rendus
Pour célébrer certaine orgie[1]

---

1. L'inauguration de la statue de Voltaire, fête célébrée chez Mlle Clairon, en
octobre 1772. Cette actrice, habillée en prêtresse d'Apollon, posa une couronne de

Dont je suis encor tout confus.
Les plus beaux moments de ma vie
Sont donc ceux que je n'ai point vus !
Vous avez orné mon image
Des lauriers qui croissent chez vous :
Ma gloire, en dépit des jaloux,
Fut en tous les temps votre ouvrage.

280. — A MONSIEUR *** [1].

Croyez-moi, je renonce à toutes les chimères
    Qui m'ont pu séduire autrefois.
Les faveurs du public, et les faveurs des rois,
    Aujourd'hui ne me touchent guères.
Le fantôme brillant de l'immortalité
Ne se présente plus à ma vue éblouie.
Je jouis du présent, j'achève en paix ma vie
    Dans le sein de la liberté ;
Je l'adorai toujours, et lui fus infidèle.
    J'ai bien réparé mon erreur ;
    Je ne connais le vrai bonheur
    Que du jour que je vis pour elle.

281. — A MADAME LA COMTESSE DE BRIONNE [2],

QUE L'AUTEUR RECONDUISAIT A GENÈVE.

Oui, vous avez raison, j'applaudis à vos yeux :
J'en suis plus satisfait cent fois que vous ne l'êtes.
Je vous vois, il suffit : un autre fera mieux.
    Je voudrais voir ce que vous faites.

laurier sur le buste de l'auteur de *Zaïre*, et récita une ode de Marmontel en son
honneur. (K.) — Cette petite apothéose de Voltaire est de septembre 1772.
    1. Je laisse cette pièce à la place où l'ont mise les éditeurs de Kehl. S'il faut
en croire Luchet, ces vers ont été composés peu après le retour de Prusse. L'*autrefois* du second vers me fait penser qu'ils ont été écrits longtemps après. (B.)
    2. Voyez le n° 267.

282. — QUATRAIN [1]

ÉCRIT AU CRAYON CHEZ MADAME MALLET, DE FERNEY, AU BAS D'UN PORTRAIT
QUE LA NIÈCE DE CETTE DAME ENVOYAIT A SA FAMILLE.

Si le Sort injuste et jaloux
Condamne votre Adèle aux tourments de l'absence,
Tous ses traits vous diront que, malgré la distance,
Son cœur est au milieu de vous [2].

283. — SUR LA DESTRUCTION DES JÉSUITES

EN 1773.

C'en est donc fait, Ignace, un moine [3] vous condamne :
C'est le lion qui meurt d'un coup de pied de l'âne.

284. — A MONSIEUR GUÉNEAU DE MONTBELLIARD [4].

Dans le séjour d'Euclide, un compagnon d'Horace,
Par des vers délicats, pleins d'esprit et de grâce,
Veut en vain ranimer mes esprits languissants :
Ma muse eut quelque feu, l'âge vient la morfondre.
Que votre épouse et vous me prêtent leurs talents,
Alors je pourrai vous répondre [5].

1. Extrait de l'*Almanach des Muses du Midi*, première année (1822), page 40.
2. Cette pièce est parfois suivie d'un huitain *Sur le vol* fait par le contrôleur des finances de tout l'argent mis en dépôt par des particuliers chez Magon, banquier du roi. Ce huitain est dans le *Commentaire historique*.
3. Le pape Clément XIV avait été franciscain. Voltaire avait beaucoup d'estime pour ce pape ; il avait applaudi à la destruction des jésuites : en voila plus qu'il ne faut pour douter que Voltaire soit l'auteur de ce distique. (B.)
4. Né en 1720, mort le 28 novembre 1785. Ce fut M. Guéneau qui concourut à la réconciliation de Voltaire et de Buffon vers la fin de 1774. M. Decroix dit, dans une note des *Mémoires sur Voltaire*, par Longchamp et Wagnière, que *Gueneau prenait un vif intérêt à l'edition des Œuvres de Voltaire* (celle de Kehl), et qu'il remit dans le temps aux éditeurs *plusieurs lettres et pièces de vers inedites qui y ont été inserées*. (CL.)
5. Les vers à l'abbé de Voisenon, placés souvent après ceux-ci, se trouvent dans le *Commentaire historique*.

285. — IMPROMPTU

ÉCRIT DE GENÈVE A MESSIEURS MES ENNEMIS, AU SUJET DE MON PORTRAIT
EN APOLLON [1].

(1774)

Oui, messieurs, c'est ma fantaisie
De me voir peint en Apollon ;
Je conçois votre jalousie,
Mais vous vous plaignez sans raison :
Si mon peintre, par aventure,
Tenté d'égayer son pinceau,
En Silène eût mis ma figure,
Vous auriez tous place au tableau :
Messieurs, vous seriez ma monture [2].

286. — SUR L'ESTAMPE [3]

MISE PAR LE LIBRAIRE LE JAY A LA TÊTE D'UN COMMENTAIRE SUR LA HENRIADE,
OÙ LE PORTRAIT DE VOLTAIRE EST ENTRE CEUX DE LA BEAUMELLE ET DE FRÉRON.

(1774)

Le Jay vient de mettre Voltaire
Entre La Beaumelle et Fréron :

1. On voit encore dans le salon voisin de la chambre de Voltaire, à Ferney,
un tableau que Mme de Genlis appelle une *enseigne à bière*, et qui représente
Voltaire offrant *la Henriade* à Apollon, en présence de ses ennemis flagellés par
les Furies. J'ai vu aussi, en 1825 et en 1827, ce tableau, de l'invention de Mme Denis, et c'est très-probablement celui au sujet duquel cette épigramme fut composée. (CL.)
— Dans le tableau de Ferney, fait observer M. G. Desnoiresterres, Voltaire n'est
pas en Apollon, puisque Apollon se trouve là sur la haute colline pour recevoir son
offrande. Faudrait-il croire qu'il s'agit d'une autre toile tout à fait distincte de
« l'enseigne à bière » de Mme de Genlis? (*L'Art*, 25 février 1877, p. 174.)
2. Les vers au roi de Prusse sur le mot *immortali*, souvent placés ici, sont dans
le *Commentaire historique*.
3. Le Jay avait fait remettre par le sieur Rosset, libraire à Lyon, une épreuve
de cette estampe à Voltaire, qui, pour réponse, lui fit tenir ces quatre vers.

Ce serait vraiment un Calvaire,
S'il s'y trouvait un bon larron[1].

287. — A MONSIEUR DECROIX[2],

SUR DES VERS PRÉSENTÉS LE JOUR DE SAINT FRANÇOIS.

Pourquoi vous plaisez-vous, avec ce doux langage,
A me reprocher mon patron?
Ne me raillez pas davantage,
Monsieur, et gardez son cordon.

[3]288. — A MONSIEUR LE CHEVALIER DE CHASTELLUX,

QUI AVAIT ENVOYÉ A L'AUTEUR SON DISCOURS DE RÉCEPTION A L'ACADÉMIE FRANÇAISE, LEQUEL TRAITAIT DU GOUT.

(1775)

Dans ma jeunesse, avec caprice,
Ayant voulu tâter de tout,
Je bâtis un Temple du Goût;
Mais c'était un mince édifice.
Vous en élevez un plus beau;
Vous y logez auprès du maître:
Et le Goût est un dieu nouveau
Qui vous a nommé son grand-prêtre.

1. Voici comment Mme du Deffant rapporte ces quatre vers :

> Quelqu'un, dit-on, a point Voltaire
> Entre La Beaumelle et Fréron :
> Cela ferait un vrai Calvaire,
> S'il n'y manquait un bon larron.

2. Jacques-Joseph-Marie Decroix, né à Lille le 15 mars 1746, mort en 1827, fut l'un des éditeurs de l'édition de Kehl. Il n'a cessé de s'occuper de Voltaire pendant soixante ans. Je lui suis redevable de communications importantes. La veille de sa mort, il m'envoya son manuscrit de la comédie de *l'Envieux*, pièce inédite de Voltaire. (B.) — Cette comédie, dans la présente édition, est au tome II du *Théâtre*, page 523.

3. Avant cette pièce figurent d'ordinaire une *Inscription sur l'île de Malte*, qui est dans une note de la lettre au marquis de Courtivron, du 12 octobre 1775, et l'*Épitaphe* de l'abbé de Voisenon, qui se trouve dans la lettre à Mme de Saint-Julien, du 8 décembre 1775.

289. — IMPROMPTU SUR M. TURGOT.

Je crois en Turgot fermement :
Je ne sais pas ce qu'il veut faire,
Mais je sais que c'est le contraire
De ce qu'on fit jusqu'à présent.

290. — A MONSIEUR LE PRINCE DE BELOSELSKI[1].

(1775)

Dans des climats glacés Ovide vit un jour
Une fille du tendre Orphée ;
D'un beau feu leur âme échauffée
Fit des chansons, des vers, et surtout fit l'amour.
Les dieux bénirent leur tendresse,
Il en naquit un fils orné de leurs talents ;
Vous en êtes issu : connaissez vos parents,
Et tous vos titres de noblesse[2].

291. — RÉPONSE A MADEMOISELLE ***,

DE PLAISANCE (DÉPARTEMENT DU GERS), AGÉE DE ONZE ANS.

(1775)

A l'âge de douze ans faire d'aussi beaux vers
Pour un vieillard octogénaire,
C'est lui donner, Églé, le plus charmant salaire
Que puissent briguer ses concerts.
Je crois votre estime sincère ;

1. Voyez la lettre du 27 mars 1775.

2. Une lettre de Voltaire au comte de Fékété, du 23 octobre 1767, et imprimée dans l'ouvrage intitulé *Mes Rapsodies,* Genève, 1781, deux volumes, commence ainsi :

Au bord du Pont-Euxin le tendre Ovide un jour
Vit un jeune tendron de la race d'Orphée ;
D'un beau feu, etc.

Voyez ci-dessus le n° 258.

Mais quittez les moutons, les bois, et la fougère ;
    Allez sur des bords plus heureux
Charmer les beaux esprits, et captiver les dieux :
Quand on a vos talents, on naquit pour leur plaire [1].

292. — A MONSIEUR L'ABBÉ DELILLE [2].

    Vous n'êtes point savant en *us;*
    D'un Français vous avez la grâce ;
    Vos vers sont de *Virgilius,*
    Et vos épîtres sont d'Horace.

293. — A MONSIEUR LEKAIN [3].

Acteur sublime, et soutien de la scène,
Quoi ! vous quittez votre brillante cour,
Votre Paris, embelli par sa reine !
De nos beaux-arts la jeune souveraine [4]
Vous fait partir pour mon triste séjour !
On m'a conté que souvent elle-même,
Se dérobant à la grandeur suprême,
Sèche en secret les pleurs des malheureux :
Son moindre charme est, dit-on, d'être belle.
Ah ! laissons là les héros fabuleux :
Il faut du vrai, ne parlons plus que d'elle.

1 Voici les vers auxquels répondait Voltaire :

> Vous qui d'Homère embouchant la trompette,
> Des chantres de la Grèce égalez les concerts,
> Vous qui d'Anacréon et du berger d'Admète
>   Unissez les talents divers,
> Permettez qu'en ce jour, marqué pour votre fête,
> Une jeune bergère, éprise de vos vers,
> Vous offre une des fleurs qui ceignent sa houlette.

2. Ces vers doivent être du mois d'avril 1776.

3. On voit par la lettre à d'Argental, du 5 auguste 1776, que Lekain avait donné plusieurs représentations soit à Ferney, soit aux environs.

4. Marie-Antoinette.

294. — A MADAME DE FLORIAN[1],

QUI VOULAIT QUE L'AUTEUR VÉCUT LONGTEMPS.

[(Septembre 1776.)

Vous voulez arrêter mon âme fugitive :
  Ah ! madame, je le vois bien,
De tout ce qu'on possède on ne veut perdre rien ;
  On veut que son esclave vive.

295. — VERS AU CHEVALIER DE RIVAROL.

(1777)

En vain ma muse surannée
Voudrait, ainsi que vous, rimer des vers aisés ;
  Je sens que ma force est bornée,
Ma chaleur est éteinte, et mes sens sont usés :
  Mais vous brillez à votre aurore ;
  Vous êtes l'ami des neuf Sœurs,
  Et je vois vos talents éclore
  Avec les plus belles couleurs.
  Seize lustres brisent mon être ;
  Je respire avec peine l'air ;
  Mais vous commencez à paraître,
  Et l'on voit le printemps renaître
  Des tristes débris de l'hiver.

296. — A MONSIEUR LE PRINCE DE LIGNE[2].

  Sous un vieux chêne un vieux hibou
  Prétendait aux dons du génie ;
  Il fredonnait dans son vieux trou
  Quelques vieux airs sans harmonie :

1. Louise-Bernade Joly, troisième femme du marquis de Florian.
2. La réponse du prince de Ligne est dans la *Correspondance* de Grimm, de
février 1777.

Un charmant cygne, au cou d'argent,
Aux sons remplis de mélodie,
Se fit entendre au chat-huant,
Et le triste oiseau sur-le-champ
Mourut, dit-on, de jalousie.
Non, beau cygne, c'est trop mentir,
Il n'avait pas tant de faiblesse :
Il eût expiré de plaisir,
Si ce n'eût été de vieillesse.

297. — A MONSIEUR NECKER,

DIRECTEUR GÉNÉRAL DES FINANCES.

(1777)

On vous damne comme hérétique ;
On vous damne bien autrement
Pour votre plan économique,
Fruit du génie et du talent :
Mais ne perdez point l'espérance.
Allez toujours à votre but
En réformant notre finance.
On ne peut manquer son salut
Quand on fait celui de la France.

298. — A MONSIEUR D'HERMENCHES[1],

BARON DE CONSTANT, ETC.,

QUI AVAIT JOUÉ LA COMÉDIE A FERNEY, ET CHANTÉ DES COUPLETS A LA LOUANGE DE L'AUTEUR,
SUR L'AIR : VIVE LA SORCELLERIE! A LA SUITE D'UNE PETITE PIÈCE OU IL FAISAIT LE RÔLE
D'UN MAGICIEN.

De nos hameaux vous êtes l'enchanteur ;
De mes écrits vous voilez la faiblesse ;
Vous y mettez, par un art séducteur,
Ce qu'ils n'ont point, la grâce, la noblesse.

1. Voltaire l'appelait le *bel Orosmane*. On l'a quelquefois confondu avec son
frère Samuel.

C'est bien raison qu'un sorcier si flatteur
Pour son épouse ait une enchanteresse.

299. — A MADAME DE SAINT-JULIEN.

Dans un désert un vieux hibou
Tombait sous le fardeau de l'âge :
Un serin fit près de son trou
Briller sa voix et son plumage.
Que faites-vous, serin charmant?
Pourquoi prodiguer vos merveilles,
Sans pouvoir à ce chat-huant
Rendre des yeux et des oreilles?

300. — A MADAME DENIS[1].

Si par hasard, pour argent ou pour or[2],
A vos boutons vous trouviez un remède,
Peut-être vous seriez moins laide ;
Mais vous seriez bien laide encor.

301. — A MONSIEUR ***.

Je le ferai bientôt ce voyage éternel
Dont on ne revient point au séjour de la vie :
En vain vous prétendez que le Dieu d'Israël
Daignera me prêter, comme au bonhomme Élie,
Un beau cabriolet des remises du ciel,
Avec quatre chevaux de sa grande écurie ;
Dieu fait depuis ce temps moins de cérémonie :
Le luxe était permis dans le Vieux Testament ;
De la nouvelle Loi la rigueur le condamne ;

1. C'est le marquis de Villette qui, dans une lettre datée de Ferney, 1777, (*OEuvres*, 1784, in-12, page 122, lettre XIX), rapporte ces vers échappés à Voltaire dans un moment d'impatience et d'humeur contre Mme Denis arrangeant son visage.
2. Variante :
Quand vous pourriez pour argent ou pour or
A vos boutons apporter un remède.

Tout change sur la terre et dans le firmament :
Élie eut un carrosse, et Jésus n'eut qu'un âne.

302. — SUR LE MARIAGE

DE M. LE MARQUIS DE VILLETTE.

(1777)

Il est vrai que le dieu d'amour,
Fatigué du plaisir volage,
Loin de la ville et de la cour,
Dans nos champs a fait un voyage.
Je l'ai vu, ce dieu séducteur :
Il courait après le bonheur,
Il ne l'a trouvé qu'au village.

303. — A MONSIEUR PIGALLE,

SCULPTEUR,

CHARGÉ PAR LE ROI DE FAIRE LES STATUES DU MARÉCHAL DE SAXE
ET DE VOLTAIRE.

Le roi connaît votre talent :
Dans le petit et dans le grand
Vous produisez œuvre parfaite :
Aujourd'hui, contraste nouveau,
Il veut que votre heureux ciseau
Du héros descende au trompette[1].

---

1. Mme du Deffant, dans sa lettre à Horace Walpole, du 1er mars 1778, rapporte ainsi cette pièce :

> Le roi sait que votre talent
> Dans le petit et dans le grand
> Fait toujours une œuvre parfaite ;
> Et, par un contraste nouveau,
> Il veut que votre heureux ciseau
> Du héros descende au trompette.

« On avait dit à Voltaire, ajoute Mme du Deffant, que le roi avait commandé à Pigalle, pour la galerie du Louvre, la statue du maréchal de Saxe et celle de Voltaire. C'était le comte d'Angivilliers qui les avait commandées ; et les statues ou bustes sont pour M. de Marigny. »

304. — A MADAME DU DEFFANT,

POUR S'EXCUSER DE NE POUVOIR ALLER AVEC ELLE VOIR L'OPÉRA DE ROLAND.

(Février 1778 [1])

De ce *Roland* que l'on nous vante
Je ne puis avec vous aller, ô du Deffand,
Savourer la musique et douce et ravissante.
Si Tronchin le permet, Quinault me le défend [2].

305. — A MADAME HÉBERT [3].

(1778)

Je perdais tout mon sang, vous l'avez conservé ;
Mes yeux étaient éteints, et je vous dois la vue.
    Si vous m'avez deux fois sauvé,
    Grâce ne vous soit point rendue ;
Vous en faites autant pour la foule inconnue
    De cent mortels infortunés ;
    Vos soins sont votre récompense :
    Doit-on de la reconnaissance
    Pour les plaisirs que vous prenez ?

306. — A MONSIEUR LE MARQUIS DE SAINT-MARC,

SUR LES VERS QU'IL FIT PRONONCER LORS DU COURONNEMENT DE L'AUTEUR
AU THÉATRE-FRANÇAIS [4].

Vous daignez couronner, aux jeux de Melpomène,
D'un vieillard affaibli les efforts impuissants :
Ces lauriers, dont vos mains couvraient mes cheveux blancs,

1. Voltaire venait d'arriver à Paris.
2. Marmontel avait retouché l'opéra de Quinault. — Ce quatrain est attribué à Voltaire par Wagnière.
3. Cette dame avait conseillé à Voltaire de prendre de la purée de fèves, à cause de son crachement de sang, et lui avait indiqué un remède contre une fluxion sur les yeux. (Cl.) — Le mari de cette dame était depuis 1725 trésorier de l'argenterie et des menus-plaisirs du roi.
4. Voyez les vers du marquis de Saint-Marc, que Mme Vestris récita à la sixième représentation d'*Irène*, tome VI du *Théâtre*, page 322.

Étaient nés dans votre domaine.
On sait que de son bien tout mortel est jaloux :
Chacun garde pour soi ce que le ciel lui donne :
Le Parnasse n'a vu que vous
Qui sût partager sa couronne.

307. — A MONSIEUR GRÉTRY,

SUR SON OPÉRA DU JUGEMENT DE MIDAS,

REPRÉSENTÉ SANS SUCCÈS DEVANT UNE NOMBREUSE ASSEMBLÉE DE GRANDS SEIGNEURS,
ET TRÈS-APPLAUDI QUELQUES JOURS APRÈS SUR LE THÉATRE DE PARIS.

La cour a dénigré tes chants,
Dont Paris a dit des merveilles.
Hélas ! les oreilles des grands [1]
Sont souvent de grandes oreilles.

308. — ÉPITAPHE DE M. JAYEZ,

MINISTRE DE L'ÉVANGILE A NOYON,

DEMANDÉE PAR SA VEUVE A VOLTAIRE.

(1778)

Sans superstition ministre des autels,
        Il fut plus citoyen que prêtre :
Il instruisait, aimait, soulageait les mortels,
Et fut digne de Dieu, si quelqu'un le peut être.

309. — ADIEUX A LA VIE.

(1778)

Adieu ; je vais dans ce pays
D'où ne revint point feu mon père :

1. Variante :
        La cour a sifflé tes talents,
    Paris applaudit tes merveilles.
    Grétry, les oreilles des grands, etc.

Mais la pièce est rapportée telle qu'elle est dans les *Mémoires de Grétry*, I, 306.

Pour jamais adieu, mes amis,
Qui ne me regretterez guère.
Vous en rirez, mes ennemis;
C'est le *requiem* ordinaire.
Vous en tâterez quelque jour;
Et lorsqu'aux ténébreux rivages
Vous irez trouver vos ouvrages,
Vous ferez rire à votre tour.
   Quand sur la scène de ce monde
Chaque homme a joué son rôlet,
En partant il est à la ronde
Reconduit à coups de sifflet.
Dans leur dernière maladie
J'ai vu des gens de tous états,
Vieux évêques, vieux magistrats,
Vieux courtisans à l'agonie :
Vainement en cérémonie
Avec sa clochette arrivait
L'attirail de la sacristie;
Le curé vainement oignait
Notre vieille âme à sa sortie;
Le public malin s'en moquait;
La satire un moment parlait
Des ridicules de sa vie;
Puis à jamais on l'oubliait;
Ainsi la farce était finie.
Le purgatoire ou le néant
Terminait cette comédie.
   Petits papillons d'un moment,
Invisibles marionnettes,
Qui volez si rapidement
De Polichinelle au néant,
Dites-moi donc ce que vous êtes.
Au terme où je suis parvenu,
Quel mortel est le moins à plaindre?
C'est celui qui ne sait rien craindre,
Qui vit et qui meurt inconnu.

VERS LATINS.

1. — INSCRIPTION

GRAVÉE SUR UNE PORTE DU CHATEAU DE CIREY.

(1736)

Hæc ingens incœpta domus fit parva; sed ævum [1]
Degitur hic felix et bene, magna sat est.

2. — AUTRE

GRAVÉE AUSSI A CIREY.

Hic virtutis amans, vulgi contemptor et aulæ,
Cultor amicitiæ vates latet abditus agro [2].

1. Je rapporte ces vers tels qu'ils ont été copiés sur les lieux mêmes, en 1821, par M. Clogenson, qui a bien voulu me les communiquer. Voltaire, qui les transcrit dans sa lettre à M. de La Faye, de septembre 1736, a mis :

Ingens incœpta est, fit parvula casa; sed, etc.

Il paraît que ces vers n'étaient pas encore gravés au moment où Voltaire écrivait à La Faye. (B.)

2. Ce distique, que j'ai publié en 1823, m'avait été communiqué simultanément par M. Clogenson et M. Leroy, le même à qui appartient un huitain longtemps imprimé parmi les *OEuvres de Voltaire*. (B.) — Voyez page 463.

Au-dessous de ces vers latins on lisait les quatre vers français imprimés ci-dessus, sous le n° 143; voyez aussi le n° 93.

3. — VERS SUR LE FEU[1].

(1738)

Ignis ubique latet, naturam amplectitur omnem,
Cuncta parit, renovat, dividit, unit, alit.

4. — VERS

POUR LE PORTRAIT DU PAPE BENOIT XIV[2].

(1745)

Lambertinus hic est, Romæ decus et pater orbis,
Qui mundum scriptis docuit, virtutibus ornat.

5. — AU CARDINAL QUIRINI.

(1745)

Sic veneranda suis plaudebat Roma Quirinis,
    Laus antiqua redit, Romaque surgit adhuc;
Non jam Marte ferox, dirisque superba triumphis :
    Plus mulcere orbem quam domuisse fuit[3].

6. — A MONSIEUR AMMAN,

SECRÉTAIRE DE M. L'AMBASSADEUR DE NAPLES A PARIS,

QUI AVAIT ADRESSÉ DE JOLIS VERS LATINS A M. DE VOLTAIRE.

(1746)

Tu vatem vates laudatus Apolline laudas,
Concedisque tua decerptas fronte coronas.

---

1. Ces vers servaient de devise au *Mémoire sur la nature du feu et sa propagation,* envoyé à l'Académie des sciences. Voyez la lettre de Voltaire à d'Alembert, du 1er juillet 1766.

2. Voyez la correspondance de Voltaire et de Benoît XIV en tête de la tragédie de *Mahomet,* tome III du *Théâtre,* page 102.

3. Extraits de la lettre de Voltaire à ce cardinal, à la date du 25 octobre 1745.

Carminibus nostram petis ad certamina musam :
O utinam videar tibi respondere paratus !
Sed quondam dulcis vox deficit, atque labore
Nunc defessus, iners, ignava silentia servans,
Semper amans Phœbi, non exauditus ab illo,
Te miror, victus ; non invidus, arma repono.

7. — INSCRIPTION

PROPOSÉE POUR L'ÉCOLE DE CHIRURGIE.

Arte manus regitur, genius prælucet utrique [1].

8. — VERS [2]

POUR LE PORTRAIT DE ***

Musarum amicus, judex, patronus fuit [3].

1. Ce vers est dans la lettre au comte de Rochefort, du 28 avril 1773.

2. Ce « vers iambe », comme dit Voltaire, est dans une lettre à Marct, du 28 avril 1773.

Cette même année, Voltaire avait chez lui Durey de Morsan, à qui il avait donné asile. Durey de Morsan avait, au-dessous d'un crucifix placé dans sa chambre, le portrait de J.-J. Rousseau, avec ce distique :

> Ante meos oculos pendet tua, Rufe, tabella.
> Pendentis colitur sic mihi forma Dei.

Un jour qu'il était absent, Voltaire entra par hasard dans cette chambre ; et ayant aperçu les deux vers, il effaça sur-le-champ le dernier, et y substitua celui-ci :

> Sed cur non pendet vera figura viri ? (B.)

3. M. A. Pierron, dans un volume intitulé *Voltaire et ses maîtres*, Paris, librairie académique Didier et Cⁱᵉ, 1866, a fait, chapitre ix, une critique très-vive de ces différents morceaux au point de vue de la bonne latinité.

VERS ANGLAIS.

------

1. — TO MILADY HERVEY[1].

(1727)

Laura, would you know the passion
  You have kindled in my breast?
Trifling is the inclination
  That by words can be express'd.
In my silence see the lover;
True love is by silence known :

1. Quand je communiquai ces vers en 1819, je croyais, d'après M. Hennet, auteur de la *Poétique anglaise,* que Voltaire les avait adressés à lady Hervey; mais M. de Châteauneuf assure, dans les *Divorces anglais,* ouvrage publié en 1821, que Voltaire composa ce madrigal pour Laura Harley, femme d'un marchand qui se connaissait mieux en chiffres qu'en mots alignés, et qui, fort chatouilleux sur l'article de l'honneur marital, *le fit figurer dans le procès-verbal* dressé contre *deux autres séducteurs de sa femme.* (B.)

M. G. Desnoiresterres ne croit pas à cette Laura Harley; il maintient que ces vers furent adressés à lady Hervey, femme de lord Hervey, grand seigneur bel esprit, dont Voltaire a traduit quelques vers dans ses *Lettres anglaises* ou *Lettres philosophiques,* lettre XX. « Châteauneuf, dit-il [*], n'eut-il pas dû juger fort utile de citer « le vieux recueil » où cette petite historiette (du marchand de Londres) se trouve mentionnée? » Lord Hervey, s'il eut connaissance de ces vers galants, n'en prit pas ombrage. Ses relations avec Voltaire restèrent amicales. Voltaire en 1733 lui recommande Thieriot. En 1740, il lui écrit une longue lettre dans laquelle il dit notamment : « Je vous réponds bien que, si certain procès est gagné, vous verrez arriver à Londres une petite compagnie choisie de newtoniens à qui le pouvoir de votre attraction et celui de milady Hervey feront passer la mer. »

[*] *Jeunesse de Voltaire,* page 387.

In my eyes you'll best discover
All the power of your own [1].

2. — SUR LES ANGLAIS.

Capricious, proud, the same axe avails
To chop off monarchs' heads or horses' tails [2].

1. Ces vers, dont voici la traduction, furent composés dans les derniers mois de 1727 ou en 1728 :

A milady Hervey.

Désirez-vous connaître, Hervey, la passion
    Que dans mon sein vous avez allumée ?
Bien légère serait une inclination
    Qui par des mots pourrait être exprimée.
Le véritable amour s'exprime par les yeux ;
    Un tel langage est moins trompeur que d'autres.
Lisez dans mes regards, vous découvrirez mieux,
    Charmante Hervey, tout le pouvoir des vôtres.

2. Je trouve ces vers à la page 337 du second volume de la *Poétique anglaise*, par M. Hennet. M. Clogenson les croit de 1760. Dans une lettre de Villette à Vil-levieille, de 1777, on lit : « Un de ces jours, à table avec le lord Littleton, à la suite d'une conversation au vin de champagne, Voltaire lui répondit par ces vers :

Fier et bizarre Anglais, qui des mêmes couteaux
Coupez la tête aux rois et la queue aux chevaux.

C'est d'après Villette que ces deux vers français sont rapportés page 80 de la deuxième partie des *Mémoires pour servir à l'Histoire de M. de Voltaire* (par Chaudon), 1785, deux parties in-12. (B.)

TRADUCTIONS

AVERTISSEMENT

Voltaire a fait un grand nombre de traductions et d'imitations d'auteurs anciens et d'auteurs étrangers. Toutes ces traductions ou imitations sont disséminées dans ses ouvrages. Nous ne croyons pas nécessaire de les recueillir ici ; mais, pour faciliter les recherches qui pourraient être faites à un point de vue particulier, nous donnons la liste des auteurs traduits ou imités, et indiquons l'ouvrage de Voltaire où l'on pourra trouver les traductions et imitations.

ADDISON. — Voyez, dans le *Dictionnaire philosophique*, l'article ART DRAMATIQUE.

ANONYMES. — Vers *Sur la Disgrâce de Giafar le Barmécide*, imités d'un poëte anglais. Voyez l'*Essai sur les Mœurs*, chapitre VI. — Églogue allemande. *Hernand, Dernin*. Voyez, dans le *Dictionnaire philosophique*, l'article ÉGLOGUE. — Vers imités d'un auteur anglais. Voyez, dans le *Dictionnaire philosophique*, l'article CARACTÈRE. — Épigrammes imitées de l'*Anthologie grecque*. Voyez, dans le *Dictionnaire philosophique*, l'article ÉPIGRAMME, et, dans la *Correspondance*, la lettre à Thieriot, du 2 mars 1763.

ARIOSTE. — Voyez, dans le *Dictionnaire philosophique*, les articles AUGUSTE, DROIT, ÉPOPÉE.

AUSONE. — Voyez, dans le *Dictionnaire philosophique*, l'article LÈPRE ET VÉROLE.

BUTLER. — Voyez les *Lettres anglaises*, et le *Commentaire sur les Horaces*, acte Ier.

CERTAIN. — Voyez la troisième des *Lettres à S. A. M. le prince de Brunswick*.

CICÉRON. — Voyez, *Théâtre*, tome IV, page 207, la préface de *Rome sauvée*.

CLAUDIEN. — Voyez, dans le *Dictionnaire philosophique*, l'article INITIATION.

DANTE. — Voyez l'*Essai sur les Mœurs*, chapitre LXXXII, et, dans le *Dictionnaire philosophique*, l'article DANTE.

DRYDEN. — Voyez les *Lettres anglaises*, et, dans le *Dictionnaire philosophique*, l'article BLASPHÈME.

GARTH. — Voyez, dans le *Dictionnaire philosophique*, l'article BOUFFON.

GUARINI. — Voyez, dans le *Dictionnaire philosophique*, les articles BAISER et HONNEUR.

HERVEY. — Voyez les *Lettres anglaises*.

HÉSIODE. — Voyez, dans le *Dictionnaire philosophique*, les articles ÉPOPÉE et ANGE.

HOMÈRE. (Fragments du IX⁰ et du XXIV⁰ chant de *l'Iliade*.) — Voyez, dans le *Dictionnaire philosophique*, les articles ÉPOPÉE et SCHOLIASTE.

HORACE. — Voyez, dans le *Dictionnaire philosophique*, les articles BOIRE A LA SANTÉ, BIEN, SOUVERAIN BIEN, et ANCIENS ET MODERNES. — Voyez l'*Essai sur les Mœurs*, introduction § XIV, et le *Siècle de Louis XIV*, chapitre X. — Voyez les *Fragments sur l'histoire*, chapitre XXVII; et, aux *Facéties*, la CANONISATION DE SAINT CUCUFIN.

LUCAIN. — Voyez, dans le *Dictionnaire philosophique*, l'article FIN DU MONDE.

LUCRÈCE. — Voyez, dans le *Dictionnaire philosophique*, les articles FABLE, ANCIENS ET MODERNES, CURÉ DE CAMPAGNE, ENFER et IDENTITÉ; et les *Singularités de la nature*, chapitre XX.

MACHIAVEL. — Voyez, dans le *Dictionnaire philosophique*, l'article ANE.

MANDEVILLE. — Voyez, dans le *Dictionnaire philosophique*, l'article ABEILLES.

MARVEL. — Voyez, dans le *Dictionnaire philosophique*, l'article CROMWELL.

MIDDLETON. — Voyez la vingt-sixième des *Honnêtetés littéraires*.

MILTON. — Voyez, dans le *Dictionnaire philosophique*, l'article ÉPOPÉE.

MORDAUNT. — Voyez, dans le *Dictionnaire philosophique*, l'article DE CATON ET DU SUICIDE.

ORPHÉE. — Voyez, dans le *Dictionnaire philosophique*, les articles BIBLIO-THÈQUE et EMBLÈME; et *Un Chrétien contre six Juifs*, chapitre XLVIII.

OVIDE. — Voyez, dans le *Dictionnaire philosophique*, les articles FIGURE, FIN DU MONDE, et CIEL DES ANCIENS; et les *Singularités de la nature*, chapitre XVI.

PERSE. — Voyez, dans le *Dictionnaire philosophique*, l'article ÉGLISE.

PÉTRARQUE. — Voyez l'*Essai sur les Mœurs*, chapitre LXXXII.

PÉTRONE. — Voyez le *Pyrrhonisme de l'histoire*, chapitre XIV.

PINDARE. — Voyez, dans le *Dictionnaire philosophique*, l'article BOUC.

POLIGNAC. — Voyez, dans le *Dictionnaire philosophique*, l'article ANTI-LUCRÈCE.

POPE. — Voyez, dans le *Dictionnaire philosophique*, l'article LARMES, et la vingt-deuxième des *Lettres anglaises*.

PRIOR. — Voyez, dans le *Dictionnaire philosophique*, les articles AME et BOUFFON.

PRUDENCE. — Voyez, dans le *Dictionnaire philosophique*, l'article APOSTAT.

ROCHESTER. — Voyez la vingt et unième des *Lettres anglaises*.

RUTILIUS. — Voyez l'*Examen important de milord Bolingbroke*, chapitre XXII.

SADDI. — Voyez, dans le *Dictionnaire philosophique*, l'article ZOROASTRE.

SANTEUL. — Voyez, aux *Dialogues*, LES ADORATEURS.

SÉNÈQUE. — Voyez, dans le *Dictionnaire philosophique*, l'article E*n f e r* ; voyez *Dieu et les hommes*, chapitre xii, et le *Traité de l'âme, par Soranus*.

SHAKESPEARE. — Voyez, dans le *Dictionnaire philosophique*, les articles A*r t dramatique, Ana, Anecdotes*.

THÉOCRITE. — Voyez, dans le *Dictionnaire philosophique*, l'article É*glogue*.

TRITHÈME. — Voyez, dans le *Dictionnaire philosophique*, l'article B*iens d'église*.

VÉGA (LOPE DE). — Voyez, *Théâtre*, tome VI, p. 495 et p. 537, dans l'*Héraclius espagnol*, l'analyse de la première journée et la dissertation du traducteur.

VIRGILE. — Voyez, dans le *Dictionnaire philosophique*, les articles A*mplification, De Caton et du suicide, Enfer, Fin du monde, Résurrection, Tonnerre*.

WALLER. — Voyez la vingt et unième des *Lettres anglaises*.

XÉNOPHANE. — Voyez, dans le *Dictionnaire philosophique*, l'article E*mblème*; voyez *Un Chrétien contre six Juifs*, chapitre xlviii.

Un seul morceau n'a pas sa place dans les autres ouvrages de l'auteur, et parut à part : c'est la traduction en prose et en vers du commencement du seizième chant de *l'Iliade*. L'histoire en est singulière. L'Académie française avait, en 1777, proposé, pour sujet du prix de poésie pour 1778, la traduction en vers du commencement du seizième livre de *l'Iliade*. Voici ce qu'on lit dans la *Correspondance* de Laharpe, tome II, page 273 :

« Une anecdote très-remarquable, et dont j'ai la certitude, c'est que M. de Voltaire avait envoyé au concours une pièce sous le nom du marquis de Villette. Cette pièce s'est trouvée la cinquième du concours, et a été jugée très-faible, quoique facile. On n'en sera pas étonné si on fait réflexion que le talent de la haute poésie demande une force qui n'est pas celle de quatre-vingt-quatre ans. Mais quelle étrange avidité de gloire de venir à cet âge disputer le prix de l'Académie aux jeunes poëtes ! Ce trait, peut-être unique, peint bien le caractère de cet homme, en qui tout a été un excès, et surtout l'amour de la gloire. Dépositaire de ce secret, que m'avait confié le marquis de Villette, et qui aujourd'hui n'en est plus un, j'observais avec curiosité, je l'avoue, l'effet que produirait la pièce de Voltaire sur des juges qui n'en connaîtraient pas l'auteur : elle ne fit aucune sensation. A peine y vit-on un beau vers, et on eut peine à aller jusqu'à la fin. Elle n'aurait pas même obtenu une mention si je n'avais, en opinant, ramené mes confrères à mon avis, et si je ne leur eusse représenté qu'elle était écrite du moins assez purement, mérite que l'Académie doit toujours encourager. Mais je me disais à moi-même : Si vous saviez quel homme vous jugez en ce moment ! si vous saviez que vous balancez à relire un ouvrage qui est de l'auteur de *Zaïre* et de *la Henriade !* Voilà ce que je pensais intérieurement, et je plaignais le sort de l'humanité qui méconnaît sa faiblesse, et le sort du génie qui s'avilit. »

Le point le plus important du récit de Laharpe se trouve confirmé par une note de Wagnière, secrétaire de Voltaire.

L'Académie française ne donna point de prix ; on le réserva pour augmenter la valeur de celui de l'année suivante, et dont le sujet était l'éloge
de Voltaire.

Il parut, après la mort de Voltaire, une brochure intitulée *Commencement du seizième chant de l'Iliade, sujet proposé par l'Académie française pour le prix de poésie de l'année 1778, traduit par M. le marquis
de Villette*, Paris, Demonville, 1778, in-8° de 23 pages, contenant la *traduction littérale* et la *traduction libre* qui sont ci-après.

Après avoir fait l'envoi à l'Académie sous son nom, le marquis de Villette
ne pouvait pas en mettre un autre à l'ouvrage qui n'avait pas eu le prix ; et
après cette première édition de 1778, il était difficile de ne pas comprendre
ces morceaux dans les éditions qu'il donna de ses *Œuvres*. Mais, quoique
faisant partie des *Œuvres du marquis de Villette*, la *Traduction littérale*
et la *Traduction libre* sont de Voltaire. Cela est prouvé, pour la *Traduction
libre*, par le témoignage de Wagnière et de Laharpe, et il y a une grande
apparence que la *Traduction littérale* est également de Voltaire. La *Traduction libre* est dans les *Œuvres* depuis 1823 ; la *Traduction littérale* y a été
admise par Beuchot, en 1833.

Plus d'une mésaventure avait pu démontrer à Voltaire les inconvénients
de l'incognito et du masque. On se rappelle notamment que *le Baron
d'Otrante*, opéra-comique présenté aux comédiens italiens comme l'ouvrage
d'un jeune homme de province, fut refusé par eux. (Voyez tome V du
Théâtre, p. 574.) L'anecdote du concours académique de 1778 prouve que
Voltaire, jusqu'au dernier moment, fut incorrigible.

L. M.

COMMENCEMENT

DU

SEIZIÈME LIVRE DE L'ILIADE

———

TRADUCTION LITTÉRALE

DE LA RAPSODIE[1] DE L'ILIADE, INTITULÉE

PATROCLÉE.

C'est ainsi qu'ils combattaient autour des vaisseaux garnis de bancs de rameurs. Mais Patrocle était auprès d'Achille pasteur des peuples, pleurant à chaudes larmes, comme une fontaine noire qui, du haut d'un rocher, répand son eau noire. Le divin Achille, puissant des pieds, eut pitié de lui; et élevant la voix avec des paroles qui avaient des ailes, lui dit : « Patrocle, pourquoi pleures-tu comme une petite fille qui, courant avec sa mère, la prie de la prendre entre ses bras, la retient par sa robe, tandis que sa mère se hâte de marcher, et qui la regarde en pleurant, jusqu'à ce que la mère l'ait mise dans ses bras? Semblable à elle, ô Patrocle, tu répands des larmes molles! Apportes-tu des nouvelles aux Myrmidons ou à moi-même? As-tu écouté quelque messager de Phthie? Ils disent pourtant que Ménestée ton père, fils d'Actor, est vivant; et qu'Æacide Pélée est parmi les Myrmidons. Certes, s'ils étaient morts, nous nous attristerions. Pleures-tu pour les Grecs, parce qu'on les tue vers leurs vaisseaux creux, à cause de leur injustice? Parle, ne me cache rien; nous ne sommes que nous deux. »

Tu soupiras alors profondément, ô Patrocle, bon écuyer! tu

—————

1. C'est le titre qui fut donné à *l'Iliade* dans toutes les anciennes éditions. (*Note de Voltaire.*)

lui dis : « O Achille, fils de Pélée, le plus vaillant des Grecs! une douleur cruelle oppresse les Grecs ; car tous ceux qui étaient les plus forts sont couchés dans leurs vaisseaux, blessés de loin et de près. Le fort Diomède, fils de Tydée, a été blessé de loin ; et Ulysse, fameux par sa lance, a été blessé de près ; et Eurypyle l'est à la cuisse par une flèche. Les médecins sont occupés à leur préparer des médicaments et à guérir leurs blessures.

« Mais vous êtes inexorable, ô Achille! Dieu me préserve de ressentir jamais une colère comme la vôtre! Vous êtes fort pour le mal. Qui secourrez-vous donc dorénavant, si vous n'avez pas pitié des Grecs, et si vous les abandonnez à leur ruine? Non, Pélée le dompteur de chevaux n'était point votre père, ni Thétis votre mère ; mais les flots bleus de la mer et les rochers escarpés vous ont engendré, car votre âme est cruelle.

« Mais si vous craignez quelques prédictions, et si votre vénérable mère vous a dit quelque chose de la part de Jupiter, prêtez-moi du moins au plus vite les troupes de vos Myrmidons : je pourrai servir de lumière et de secours aux Grecs. Mettez aussi vos armes sur mes épaules, afin que je m'arme. Peut-être en me prenant pour vous, à cause de la ressemblance, les Troyens renonceront à la bataille, et les enfants de la Grèce respireront devant Mars. Ils sont accablés actuellement : ils reprendront haleine ; nous repousserons facilement les ennemis fatigués ; nous leur ferons regagner la ville loin de nos navires et de nos tentes. »

C'est ainsi qu'il parla en suppliant, et c'était avec beaucoup d'imprudence : car il demandait une mort fatale. Achille au pied léger lui répondit avec de profonds soupirs : « Hélas! illustre Patrocle, que m'as-tu dit? je ne crains point les prédictions. Ma respectable mère ne m'en a jamais fait de la part de Jupiter ; mais une douleur cruelle occupe mon âme. Un homme dont je suis l'égal m'a voulu priver de mon partage, parce qu'il est plus puissant que moi ; il m'a ravi le prix que j'avais gagné : cette injure tourmente mon esprit.

« Cette fille que les Grecs m'avaient donnée pour ma récompense, et que j'avais méritée avec ma lance en renversant une ville très-forte, Agamemnon, fils d'Atrée, l'a ravie de mes mains, et m'a traité comme un homme sans honneur. Mais cet outrage est fait, n'en parlons plus. Il ne faut pas que la colère soit toujours dans le cœur. J'avais résolu de ne vaincre mon ressentiment que quand les ennemis et le danger seraient venus jusqu'à mes vaisseaux. Endosse mes armes brillantes sur tes épaules, et con-

duis mes belliqueux Myrmidons au combat : car une nuée de
Troyens environne les vaisseaux ; le danger augmente ; notre
flotte est enfermée sur le bord de la mer dans un espace fort
étroit, et la ville entière de Troie fond sur nous, pleine de confiance ; car les Troyens ne voient pas encore mon casque resplen-
dissant ; ils auraient bientôt couvert nos fossés de leurs cadavres
si le roi Agamemnon avait été plus doux envers moi ; mais à présent ils assiégent notre armée enfermée.

« La lance de Diomède, fils de Tydée, ne peut écarter la mort
qui fond sur les Grecs. Je n'ai point entendu la voix du fils d'Atrée
mon ennemi ; mais j'ai entendu la voix tonnante d'Hector, qui
exhorte les Troyens ; ils répondent par des frémissements guerriers. Les vainqueurs sont dans tout notre camp. Mais qu'ainsi ne
soit ; Patrocle, va chasser au loin cette peste ; attaque-les vaillam-
ment ; qu'ils ne portent point la flamme dans nos vaisseaux ; qu'ils
ne nous privent point d'un doux retour. Fais périr tous les Troyens,
mais abstiens-toi d'attaquer Hector. Obéis à ma remontrance ;
qu'elle soit présente à ton esprit : conserve-moi le grand honneur et la gloire que j'attends de tous les Grecs ; qu'ils me rendent la belle fille qu'on m'a enlevée, et qu'ils me fassent de
riches présents.

« Dès que tu auras repoussé les ennemis des vaisseaux, reviens
à moi, si tu veux que le tonnant mari de Junon te donne de la
gloire. Ne cède point à l'ambition de combattre sans moi contre
les belliqueux Troyens ; car tu m'exposerais à la honte. Ne te laisse
point emporter à la chaleur du combat, en tuant les Troyens
jusqu'aux murs d'Ilion, de peur que quelque dieu ne descende
de l'éternel Olympe ; car Apollon, qui tire de très-loin, protége
Troie. Reviens dès que tu auras mis en sûreté les vaisseaux. Laisse
aller les Troyens dans la campagne. Plût à Dieu que le père Jupiter, et Minerve, et Apollon, nous livrassent tous les Troyens ! qu'aucun n'évitât la mort, et qu'aucun des Grecs n'échappât ! que nous
évitassions la mort tous deux seuls, et que nous pussions tous
deux seuls renverser les murs sacrés de Troie ! »

C'est ainsi qu'Achille et Patrocle parlaient ensemble. Ajax
cependant ne pouvait plus résister. Il était accablé de traits. Les
décrets de Jupiter et les illustres archers troyens l'oppressaient.
Son casque brillant rendait un son terrible autour de ses tempes ;
car il était frappé sans cesse sur les clous très-bien arrangés de
son casque. Il repoussait les traits ennemis de l'épaule gauche,
tenant toujours d'une main ferme son bouclier ; et les Troyens,
qui le pressaient, ne pouvaient, à coups de javelots, le faire

remuer de sa place. Il haletait; la sueur coulait de tous ses membres, il ne pouvait plus respirer : mal sur mal fondait sur lui.

Dites-moi à présent, muses, habitantes des maisons de l'Olympe, comment le feu prit d'abord aux vaisseaux des Grecs.

Hector, qui était tout auprès, frappa avec sa grande épée la lance de bois de frêne (la lance d'Ajax), et la coupa juste à l'endroit par lequel le bois tenait à la hampe. Ajax Télamon empoigna alors inutilement sa pique mutilée. La hampe d'airain était tombée à terre loin de lui, en retentissant.

Ajax, d'un esprit éclairé, reconnut l'ouvrage des dieux; et comme Jupiter, foudroyant d'en haut, renversait tous les desseins des Grecs dans la bataille, et décernait la victoire aux Troyens, il se retira donc de la mêlée; et les Troyens jetèrent de tous côtés des feux sur les vaisseaux agiles; et la flamme inextinguible s'étendit soudain partout, car le feu environna la poupe.

Alors Achille, s'étant frappé les cuisses, parla ainsi : « Hâte-toi, illustre Patrocle, dompteur de chevaux; car je vois sur les vaisseaux l'impétuosité d'un feu ennemi : crains que les flammes ne les embrasent tous, et qu'il n'y ait plus ensuite moyen de s'enfuir. Prends les armes incessamment; et moi j'assemblerai les troupes. »

Il parla ainsi, et Patrocle s'arma d'un brillant airain. Il mit d'abord les bottines autour de ses belles jambes. Ensuite il attacha autour de sa poitrine la cuirasse du prompt Achille, peinte de couleurs diverses, et semée d'étoiles. Il pendit à ses épaules l'épée d'airain enrichie de clous d'argent, et le bouclier vaste et solide. Il mit sur sa forte tête le casque bien battu, dont l'aigrette était de crins de cheval; et une crête terrible flottait au-dessus d'eux. Il mit dans ses mains deux forts javelots carrés, propres pour elles. Il ne prit point la lance du brillant Achille, grande, pesante, forte, qu'aucun autre des Grecs ne put manier, et que le seul Achille sut lancer. C'était un bois de frêne péliaque, que Chiron avait donné à Pélée, père d'Achille, coupé sur le haut du mont Pélion pour donner un jour la mort aux héros.

Il ordonne à Automédon d'atteler sur-le-champ les chevaux. Il honorait Automédon, après Achille, comme le plus capable de rompre les bataillons ennemis; car il était fidèle et attentif dans la bataille à soutenir les efforts menaçants des ennemis. Automédon lui amena donc sous le joug Xante et Balie, chevaux impétueux qui égalaient les vents à la course. La harpie Podarge les avait conçus du vent Zéphyre, un jour qu'elle paissait dans un

pré sur le bord de l'Océan. Il joignit encore aux courroies du
timon l'illustre Pédase. Achille avait pris ce cheval au sac de la
ville d'Étion. Ce Pédase, quoique mortel, allait fort bien avec les
chevaux immortels.

Achille fit prendre les armes à ses Myrmidons, allant par
toutes les tentes avec des armes. Ils étaient comme des loups,
dévorant. de la chair crue, exerçant une grande force dans
leurs entrailles, qui déchirent et mangent dans les montagnes
un cerf aux grandes andouillées, après l'avoir tué. Leur mâ-
choire est toute rouge de sang; et ils s'en vont en troupe, d'une
fontaine aux eaux noires, boire à petites gorgées la superficie
d'une eau noire que leur gueule mêle avec des grumeleaux de
sang. Leur poitrine est intrépide, et leur large ventre est tendu
fortement.

C'est ainsi que les chefs des Myrmidons, et les princes, accompagnaient le courageux serviteur d'Achille au pied léger; et ils
allaient d'un grand courage. Achille était au milieu d'eux, semblable à Mars, les exhortant, eux, et leurs chevaux, et leurs bou-
cliers [1].

TRADUCTION LIBRE.

Tandis que les héros défenseurs du Scamandre
Mettaient la Grèce en fuite et ses vaisseaux en cendre,
Patrocle aux pieds d'Achille apportait ses douleurs.
Ses yeux étaient baignés de deux ruisseaux de pleurs;
Il éclate en sanglots. Le fils de la déesse
D'un regard dédaigneux contemple sa faiblesse;
Mais dans son fier courroux respectant l'amitié,
Indigné de ses pleurs, attendri de pitié :
« Quoi! c'est l'ami d'Achille! il m'apporte des larmes.
N'est-il qu'un faible enfant dont la mère en alarmes,
En pleurant avec lui, le serre entre ses bras?
Est-ce avec des sanglots qu'on revient des combats?
Qui peux-tu regretter? Tes parents ni mon père
N'ont point de leurs vieux ans terminé la carrière.

1. Ce sont là les 167 vers sur lesquels l'Académie a voulu qu'on travaillât; si
l'auteur a poussé son travail jusqu'au 217e vers, ce n'est que pour parvenir au
moment où Patrocle va combattre. (*Note de Voltaire.*)

Alors, certes, alors ma juste piété
Égalerait du moins ta sensibilité.
Qui pleures-tu? dis-moi : des Grecs qui me trahissent,
Qui n'ont pas su combattre, et que les dieux punissent;
Les esclaves d'un roi qui m'a persécuté?
Va, s'ils sont malheureux, ils l'ont bien mérité. »
    Patrocle lui répond d'une voix lamentable :
« Grand et cruel Achille, Achille inexorable !
Malheur à qui serait, dans ce mortel effroi,
Dans ce malheur public, aussi ferme que toi !
La mort est sur nos pas : Diomède, Eurypyle,
Ulysse, sont blessés, et tu restes tranquille !
Le sang du puissant roi qui t'osait outrager,
Le sang d'Agamemnon coule pour te venger.
Crois-moi, voilà le temps où les grands cœurs pardonnent.
A quels affreux loisirs tes chagrins s'abandonnent !
A perdre tes amis quels dieux t'ont animé?
O ciel ! Hector triomphe ! Achille est désarmé !
Il voit d'un œil content la Grèce désolée !...
Non, tu n'es pas le fils du généreux Pélée ;
Non, la tendre Thétis n'a point formé ton cœur,
Ce cœur que j'implorais, et qui me fait horreur,
Qui dédaigne Patrocle et qui hait sa patrie.
Les autans déchaînés, les vagues en furie,
T'ont formé, t'ont vomi dans les antres affreux,
Pour être plus terrible et plus funeste qu'eux.
Pardonne, j'en dis trop : mais si vers cette rive
Ton éternel courroux tient ta valeur captive,
Ou si de nos devins quelque oracle menteur
Enchaîne ton courage et nous ôte un vengeur,
Souffre au moins qu'un ami puisse tenir ta place.
Prête-moi ton armure, et j'aurai ton audace.
Autour de nos vaisseaux Ajax combat encor.
Ton casque sur mon front fera trembler Hector ;
Et ton nom préparant un triomphe facile,
Les Troyens sont vaincus s'ils pensent voir Achille. »
    C'est ainsi qu'il parlait : ainsi, par sa vertu,
Il ébranle un courroux de pitié combattu ;
Il l'assiége, il le presse. Ah ! malheureux, arrête ;
Hélas ! tu ne vois point ce que le ciel t'apprête :
Ta vertu te trompait ; tu courais au trépas.
    Achille cependant ne le rebutait pas ;

Mais dans sa bonté même éclatait sa colère.
« Je méprise, dit-il, cette erreur populaire
Qui croit que l'avenir au prêtre est révélé,
Et qu'il nous faut mourir lorsque Delphe a parlé[1].
Je ne m'occupe point d'une chimère vaine ;
J'écoute mon dépit, je me livre à ma haine ;
Elle est juste, il suffit. Je n'ai point pardonné
A cet indigne roi par mes mains couronné,
A cet Atride ingrat, au rival que j'abhorre,
Qui m'ôta Briséis et la retient encore,
Qui devant tous les Grecs osa m'humilier :
Non, jamais tant d'affronts ne pourront s'oublier.
    « Mais enfin j'ai prescrit un terme à ma vengeance ;
J'ai promis, si jamais, poursuivis sans défense,
Les Argiens tremblants aux bords du Ximoïs
Fuyaient jusqu'aux vaisseaux par nous-mêmes conduits,
Qu'alors de ces vaincus j'aurais pitié peut-être ;
Que je pourrais souffrir qu'on secourût leur maître ;
Qu'on le couvrît de honte en conservant ses jours.
Ce temps est arrivé ; va, marche à son secours.
Je vois d'Agamemnon la fuite avilissante ;
D'Hector qui le poursuit j'entends la voix tonnante.
Il t'appelle à la gloire, arme-toi contre lui ;
Et si le ciel vengeur te seconde aujourd'hui,
N'abuse point surtout du bonheur qu'il t'envoie ;
Ne tente point les dieux, ne va point jusqu'à Troie :
Modère ta valeur ; c'est assez d'écarter
Cet Hector insolent qui nous ose insulter ;
C'est assez d'arracher aux flammes, au pillage,
Nos vaisseaux exposés sur cet affreux rivage.
Puissent ces fils de Tros, et ces Grecs odieux,
Ces communs ennemis, en horreur à mes yeux,
S'égorger l'un par l'autre, et tomber nos victimes !
Que leur sang détestable efface enfin leurs crimes !
Qu'il ne reste que nous pour détruire à jamais
Les lieux qu'ils ont souillés d'opprobre et de forfaits ! »
    Tandis que, d'une voix si terrible et si fière,
Achille à sa pitié mêlait tant de colère,

---

1. Ces vers, qui ne sont pas fournis par l'original, sont imités de Lucain (livre IX),
et c'est la troisième imitation qu'en donne Voltaire. (Voyez tome III du *Théâtre*,
p. 510, et tome IX, p. 414.)

Ajax versait son sang. Ce fils de Télamon,
Défenseur de la Grèce et terreur d'Ilion,
Combattait une armée, Hector, et les dieux mêmes.
Sa force défaillit; ses périls sont extrêmes :
L'immense bouclier dont le poids le défend
Va bientôt échapper à son bras languissant.
    O muse! apprenez-moi; muse fière et sensible,
Qui gardez de nos maux la mémoire terrible,
Dites aux nations quel mortel ou quel dieu,
Lançant avec la mort et le fer et le feu,
Sur les vaisseaux des Grecs apporta l'incendie.
    C'est le fils de Priam; c'est cette main hardie
Qui, d'un glaive tranchant, fit tomber en éclats
La lance dont Ajax armait encor son bras :
Apollon dirigeait un coup si redoutable.
Ajax périra-t-il sous le dieu qui l'accable?
Il a trop reconnu qu'il ne peut résister
A ce dieu qui s'obstine à le persécuter;
Il pâlit, il succombe, il cède, il se retire.
    Les Troyens acharnés, que son absence attire,
Lancent sur les vaisseaux des brandons allumés.
Quelles voiles, quels bois, sont déjà consumés?
C'est le vaisseau d'Ajax : il périt à sa vue;
La flamme en tourbillons monte et fuit dans la nue.
Achille en est témoin; il se frappe les flancs;
Il s'écrie : « Arme-toi, cher Patrocle, il est temps;
Va combattre et sauver la flotte menacée. »
    De Patrocle déjà la valeur empressée
Du bouclier d'Achille avait chargé son bras;
Il essayait sa lance, et ne s'en servit pas :
Le seul fils de Thétis en pouvait faire usage,
Mais il saisit le glaive, instrument du carnage,
Dont l'argent le plus pur est le simple ornement.
Il a couvert son front du casque étincelant
Dont le flottant panache inspirait l'épouvante;
Sa poitrine soutient la cuirasse pesante;
Deux puissants javelots brillaient entre ses mains,
Tout prêts à se plonger dans le sang des humains.
    Le brave Automédon, digne écuyer d'Achille,
Déjà d'une main prompte, et ferme autant qu'habile,
Attelait du héros les coursiers écumants,
Des amours du Zéphyre impétueux enfants;

Ils prouvent leur naissance, et leur course légère
Dans les champs des combats a devancé leur père.
Patrocle impatient sur le char est monté.
   Enfin, maître de soi, quoique encore irrité,
A ses Thessaliens Achille se présente.
Sur cinquante vaisseaux aux rivages du Xante
Il les avait conduits pour venger Ménélas :
Trop longtemps en ces lieux il enchaîna leurs bras.
   Cinq héros commandaient leur troupe partagée.
Sous le fier Ménestus la première est rangée ;
Ménestus est le fils d'un des dieux ignorés
Qu'aux champs thessaliens le temps a consacrés,
Et qui sut captiver la belle Polydore.
La seconde phalange est sous les lois d'Eudore,
Héros que Polymèle, hélas! a mis au jour
Quand le flatteur Mercure eut trompé son amour.
Phénix, de qui la Grèce a vanté la prudence,
Qui du fils de Pélée a gouverné l'enfance,
Conduisait aux combats un autre bataillon.
Les derniers ont suivi Pisandre, Alcimédon,
Alcimédon, parent du dangereux Ulysse.
   Non loin de ses vaisseaux, dans une vaste lice,
Achille les rassemble, et leur parle en ces mots :
« Assez et trop longtemps mon funeste repos,
Braves Thessaliens, excita vos murmures.
Du fier Agamemnon l'outrage et les injures,
Mes affronts, mes malheurs, ne vous ont point touchés ;
Ma vengeance est un droit que vous me reprochez.
Vous me disiez toujours : Impitoyable Achille,
Jusqu'à quand rendrez-vous la valeur inutile?
Aux vallons de Tempé renvoyez vos soldats,
Si votre dureté les tient loin des combats,
Si vous leur défendez de servir la patrie.
Eh bien! vous le voulez? j'entends la voix qui crie :
Aux armes! aux assauts! aux périls! à la mort!
Vous l'emportez : marchez ; je me rends sans effort.
Marchez avec Patrocle, et laissez votre maître
Dévorer ses chagrins, qu'il combattra peut-être :
Ma main ne peut servir l'indigne roi des rois. »
   Ses guerriers cependant se pressent à sa voix ;
Tout obstiné qu'il est, lui-même il les arrange.
En bataillons serrés il unit sa phalange ;

Les soldats aux soldats paraissent s'appuyer ;
Le bouclier d'airain se joint au bouclier ;
Le casque joint le casque ; une forêt mouvante
De panaches brillants porte au loin l'épouvante.
Tel d'un vaste palais l'habile ordonnateur
Par des marbres épais en soutient la hauteur,
Les unit l'un à l'autre ; et le superbe faîte
S'élève inaccessible aux coups de la tempête[1].

1. Une place à part est réservée dans cette édition à quelques pièces de poésie, qui n'ont pas été recueillies jusqu'à présent dans les Œuvres de Voltaire, et qui lui sont attribuées avec plus ou moins de vraisemblance.

FIN.

TABLE

CONTES

SATIRES.

ÉPITRES.

POÉSIES MÊLÉES.

VERS LATINS.

VERS ANGLAIS.

TRADUCTIONS.

FIN DE LA TABLE.